Du musst dich überzeugen, mein Liebster,
dass ich dich mehr als die Dinge liebe,
die mein Leben ausmachen.
Mehr als meine Rosen
mit dem tiefen Duft und den brennenden Gesichtern.

Juana de Ibarbourou
(Dichterin aus Uruguay)

Prolog

Montevideo 1829

Wenn Valeria Olivares die Augen schloss und Erinnerungen an ihre Kindheit beschwor, fühlte sie sich manchmal in ihre katalanische Heimat zurückversetzt. Sie genoss die neckenden Sonnenstrahlen, lauschte dem von den Mauern des Hauses gedämpften Schnauben der Maultiere und Knirschen der Fuhrwerke und sog den eigentümlichen Geruch ein, der in der Luft lag und Valencias Brise glich: Der salzige des Meeres vermischte sich mit dem süßen von Obst und dem erdigen nach Pferdemist. Doch sobald sie die Augen aufschlug, musste sie sich enttäuscht darauf besinnen, dass sie fern der Heimat lebte, und ihr die Stadt, in die es sie verschlagen hatte, fremd geblieben war.

Sie stand im Innenhof des Hauses, wo sie – bereits wenige Wochen nach ihrer Ankunft – Blumen gepflanzt hatte. Sie wuchsen mittlerweile üppig, rochen süßer als Obst und schenkten jenem dunklen Haus, dessen Böden grau und Wände eintönig weiß waren, eine Fülle an Farben. Aber selbst die Blumen konnten sie nicht mit Montevideo versöhnen, und die Nelken, Kamelien und Hortensien täuschten nicht darüber hinweg, dass der einzige Rosenstock verdorrt war.

Valeria blickte auf das armselige Gewächs und sagte zu ihrer treuen Dienerin Esperanza: »Ich werde nicht aufhören, mich nach meiner Heimat zu sehnen.«

In Esperanzas Adern floss das Blut der Indianer Uruguays. Ihre Haut war dunkler als die der Spanier, ihr Blick unergründlicher und ihre Weisheit unerschöpflich. »Ihr müsst Euch Zeit lassen. Es sind erst wenige Jahre ...«

Valeria Olivares hob abrupt die Hand, um sie zum Schweigen zu bringen, und schüttelte energisch den Kopf. »Nein«, erklärte sie. »Die Zeit facht meine Sehnsucht an, anstatt sie zum Erlöschen zu bringen.«

Sie deutete auf den kleinen Jungen, der nicht weit von ihnen im Patio spielte. Er hatte ihre Locken, wenngleich sein Haar um einige Nuancen heller war, und ihre feinen Züge, obwohl er, anders als sie, glücklich und befreit lächelte. »Ich dachte, es würde alles anders werden, wenn ich hier ein Kind geboren hätte. Aber auch wenn Montevideo Julios Geburtsstadt ist – meine Heimat ist es dennoch nicht.« Sie senkte ihren Blick und strich sich über den deutlich gewölbten Bauch. »Und daran wird sich auch nichts ändern, wenn ich mein zweites Kind geboren habe«, fügte sie leise hinzu.

Esperanza widersprach nicht länger, sondern zuckte die Schultern, indes sich Valeria seufzend zu dem verkrüppelten Rosenstock beugte. Die Erde war feucht, sie hatte die Blumen ausreichend gegossen, die Mauern spendeten Schatten und die Mittagssonne genügend Licht. Warum gingen ausgerechnet ihre Lieblingsblumen ein? War es ein schlechtes Omen, weil auch sie wähnte, hier langsam zu verblühen?

»Vielleicht ... vielleicht solltet Ihr häufiger das Haus verlassen und in die Stadt gehen«, schlug Esperanza vor.

Valeria erschauderte beim Gedanken an die vielen fremden Menschen. »In meinem Zustand ist das unmöglich!«, rief sie. Auch als sie noch nicht schwanger gewesen war, hatte sie sich gescheut, Montevideo zu erforschen. Für ihren Mann Alejandro war es damals ein großes Abenteuer gewesen, hierher auf-

zubrechen, und er war mühelos heimisch geworden. Voller Eifer hatte er sich auf die Aufgabe gestürzt, sich eine neue Existenz aufzubauen und endlich ein erfolgreicher Kaufmann zu sein, der nicht von seinem Vater gegängelt wurde und im Schatten seiner Brüder stand, der vielmehr seinen Geschäftssinn, seine Skrupellosigkeit und seinen Ehrgeiz ungehindert ausleben konnte. Für ihn war Montevideo eine brodelnde Stadt, eine Stadt mit Zukunft, eine Stadt, in der alle Zeichen auf Neubeginn standen: Überall wurde gebaut, und jeden Tag legten neue Schiffe an, die Auswanderer aus Europa brachten. Für Valeria war Montevideo hingegen eine Stadt ohne Geschichte. Es gab zu viel, was an ihre militärische Vergangenheit erinnerte, zu wenig, was von Schönheit kündete.
Einzig ihr Blumengarten war schön, von dem Rosenstock abgesehen, der keine Blüte getrieben hatte – zumindest fast keine. Plötzlich fiel Esperanza nämlich auf die Knie, griff in den verdorrten Strauch und deutete auf eine winzige Knospe, die sich hinter den Zweigen versteckt hatte. Sie war noch gänzlich verschlossen und verströmte keinerlei Duft, aber ihre Blütenblätter hatten sich leicht rosig verfärbt.
»Wie es aussieht, waren Eure Bemühungen nicht ganz umsonst.«
Trotz ihres Kummers musste Valeria lächeln. Schwerfällig beugte sie sich nach vorne und strich zärtlich über die winzige Rose. Die Blütenblätter fühlten sich so weich an wie die Haut von Kindern – von ihren Kindern, dem geborenen und dem noch ungeborenen. Sie selbst würde hier nicht glücklich werden, aber die beiden vielleicht schon.
»Aua!«, entfuhr es ihr. Sie hatte nicht nur die Blütenblätter berührt, sondern auch die Stachel, die die Zweige übersäten. Ein winziger Blutstropfen perlte über ihre Hand, tropfte auf die Erde und versickerte dort.

Valeria erschrak. Als sie auf die dunkle Erde starrte, kamen ihr die Worte des Priesters in den Sinn, dass der Mensch aus Staub hervorgegangen sei und irgendwann wieder zu Staub werde. Dereinst würde sie unter solcher Erde begraben liegen und keine Rosen mehr riechen …
Kälte stieg vom Boden auf und erfasste ihre Glieder. Doch ehe sie zu zittern begann, spürte sie, wie das Kind in ihrem Leib strampelte. Dies war nicht der rechte Moment, an die Vergangenheit zu denken, die Heimat – und den Tod.
Kurzentschlossen pflückte sie die einzige Rose und streckte die Hand nach Esperanza aus, damit diese ihr aufhelfen und sie ins Haus begleiten konnte.

Erstes Buch

Rosa ~ die Exotin

1847 ~ 1851

1. Kapitel

Rosa blickte sich verzweifelt um, las in den Gesichtern, die auf sie gerichtet waren, jedoch nur Tadel. Kein einziges Mitglied ihrer Familie stand auf ihrer Seite oder zeigte Verständnis für ihr Anliegen.

Letzteres hatte sie zumindest von Tante Orfelia erwartet, die sich ansonsten immer als gutmütig erwies und ihr vieles durchgehen ließ: Sie hatte verschwiegen, dass Rosa einmal eine teure Vase kaputt gemacht hatte, und überdies immer die kleinen Diebstähle aus der Speisekammer gedeckt. Schließlich hatte sie selbst eine Schwäche für Süßes, obwohl sie zerbrechlich dünn war. Doch nun hielt sie ihren Blick beharrlich auf den Boden gesenkt.

»Tante Orfelia!«, rief Rosa hilfesuchend. »Nun sag doch auch etwas!«

Aber Orfelia schwieg und überließ wie so oft ihrer älteren Schwester Eugenia das Wort. Die war genauso dünn, die Furchen im Gesicht waren jedoch tiefer, und die Stimme war nicht hell und hoch, sondern dunkel und heiser. Auch sie war zu Rosa zwar nie wirklich streng gewesen, aber ihrem Bruder Alejandro, Rosas Vater, bedingungslos ergeben.

»Du solltest deinem Vater wirklich dankbar sein.«

Rosa schüttelte den Kopf. Sie hatte mehrfach all ihre Argumente vorgebracht, aber es war, als würde sie gegen eine Wand reden – weder die Tanten noch Alejandro de la Vegas selbst gingen darauf ein. Ihr Vater erklärte stattdessen zum nun schon wiederholten Male: »Ricardo del Monte stammt

aus einer alten Familie Valencias, die genauso wie unsere in der Neuen Welt ihr Glück gemacht hat. Ricardo selbst hat beim Unabhängigkeitskrieg Uruguays tatkräftig mitgekämpft.«
Rosa unterdrückte ein Seufzen. Das, was Alejandro für Ricardo del Monte einnahm, sprach in ihren Augen genau gegen ihn.
Die »33 Unsterblichen« hieß jene Gruppe Uruguayer, die sich einst gegen die Spanier erhoben hatten, um Uruguay von der Fremdherrschaft zu befreien. Das war nun zwanzig Jahre her – was wiederum bedeutete, dass Ricardo del Monte, wenn er damals tatsächlich mitgekämpft hatte, uralt war.
Wieder richtete Rosa sich flehentlich an Orfelia. »Willst du zusehen, wie ich gezwungen werde, einen Mann zu heiraten, den ich nicht will? Du bist doch auch unverheiratet geblieben!«
Orfelia stand in der Tat schon immer im Schatten der älteren Schwester, und als Eugenia geheiratet hatte, war sie ihr gefolgt und hatte ihr den Haushalt geführt. Nach dem frühen Tod von Eugenias Gatten waren beide Schwestern wieder ins Elternhaus zurückgekehrt. Obwohl Eugenia immerhin ein paar Jahre ihres Lebens an der Seite eines Mannes verbracht hatte, wirkte sie nicht minder altjüngferlich wie Orfelia. Beide machten nicht den Eindruck, als hätten sie je geliebt.
»Du musst gehorsam sein«, sagte Orfelia. »Und bedenke – viele Mädchen deines Alters sind längst verheiratet.«
Ohne Zweifel hatte sie recht. Die meisten Bräute, die Rosa kannte, waren um die sechzehn Jahre alt, manche sogar erheblich jünger. Sie hingegen war letztes Frühjahr bereits achtzehn geworden. Allerdings sprach dieser Umstand allein noch nicht für Ricardo. Dass sie älter war als eine normale Braut, machte ihn zu keinem jugendlichen Mann.

In jedem Fall sah sie ein, dass sie von den Tanten keine Hilfe zu erwarten hatte, und wandte sich erneut an ihren Vater. In seiner Nähe empfand sie immer ein wenig Scheu, aber sie hoffte, dass er sein Herz gegenüber der einzigen Tochter nicht verschließen würde. Als Kind hatte sie oft auf seinem Schoß gesessen, wenn er eine Zigarre rauchte, hatte den Geruch eingesogen und mit seinen Barthaaren gespielt. Jetzt war es undenkbar, auf seinen Schoß zu klettern, dennoch ergriff sie zumindest seine Hand. Seit langem hatte sie ihn nicht mehr so eindringlich gemustert: Sein Bart war grau geworden, sein Gesicht faltig, und die Hand war von Flecken übersät.

»Papá …«, flehte sie. »Du gehörst doch zu den Porteños, den Hafenbewohnern der Banda Oriental, und es heißt, dass diese aufgeschlossen seien und sehr modern. Ein typischer Porteño besitzt kein Land, sondern verdient sein Geld mit dem Handel. Ricardo dagegen zählt zu den Hacienderos, und über die hast du dich doch immer beschwert.«

Für gewöhnlich interessierte sie sich mitnichten für den tiefen Konflikt, der die Banda Oriental zerriss. Nun jedoch nutzte sie die unüberwindbar tiefe Kluft zwischen den Kaufleuten an der Küste und den despotischen Landbesitzern. Leider hatte ihr Appell keinen Erfolg.

»Nun, in diesem Fall tut das nichts zur Sache«, erklärte Alejandro streng. »Ricardo besitzt eine eigene Manufaktur, und das bedeutet, dass ihm viel am Handel gelegen ist. Auch wenn seine Herkunft eigentlich dagegenspricht – er ist einer von uns Colorados.«

Rosa unterdrückte einmal mehr ein Seufzen. Was sollte sie dagegen noch anführen?

Ihr Vater unterteilte die Welt stets in Schwarz und Weiß. Oder eben in Colorados und Blancos, wie die zwei verfeindeten

Parteien genannt wurden. Nichts hasste er so sehr wie die Blancos.

Sie selbst war zu unbedeutend, um sie zu hassen – nur ein Mädchen, dessen Wille sich in seinen Augen leicht brechen ließ. »Du wirst mir gehorchen«, erwiderte er streng.

»Aber ich will Ricardo nicht heiraten!«, schrie sie trotzig.

»Ricardo riecht nach Kuhmist, spuckt ständig Tabak aus und ist auf einem Auge blind. Und ich will auch nicht aus Montevideo fortziehen.«

Alejandro sagte nichts mehr, sondern nickte Tante Eugenia nur zu.

»Wie mir scheint, brauchst du etwas Zeit, um darüber nachzudenken«, schaltete sich diese ein. »Und das tust du am besten in deinem Zimmer. Du wirst so lange dort bleiben, bis du Ricardos Vorzüge zu schätzen weißt.«

Tante Eugenias Augen blitzten bösartig, Orfelia hielt ihren Blick dagegen immer noch auf den Boden gerichtet. Zuletzt starrte Rosa ihren Bruder Julio an, der bis jetzt am Fenster gestanden und geschwiegen hatte und auch jetzt kein Wort über die Lippen brachte.

Feigling!, schimpfte sie ihn innerlich.

Julio war oft anderer Meinung als Alejandro und lästerte heimlich über den halsstarrigen Alten, aber sie hatte noch nie erlebt, wie er ihm offen trotzte.

»Ihr könnt mich einsperren, bis ich verrotte!«, rief sie verzweifelt. »Trotzdem werde ich Ricardo del Monte nicht heiraten!«

Als niemand etwas sagte, straffte sie die Schultern und lief freiwillig in ihr Zimmer. Dort bemühte sie sich mit aller Macht um eine gleichgültige Miene. Erst als sie hörte, wie Eugenia von außen zusperrte, traten ihr Tränen der Ohnmacht und Verzweiflung in die Augen.

Rosa ging unruhig in ihrem Zimmer auf und ab. Sie war seit nunmehr einem Tag eingesperrt – und allein mit ihren Gedanken. Zuerst hatte sie Trübsinn geblasen, doch nach einer unruhigen Nacht hatte sie Unrast gepackt, und mittlerweile kreisten alle Gedanken um eine mögliche Flucht.
Die meisten Häuser in ihrer Straße waren einstöckig, und auch in ihrem spielte sich das gesellschaftliche Leben vor allem im Erdgeschoss ab, doch ausgerechnet ihr Schlafzimmer befand sich direkt unter dem Dach.
Sie trat auf den Balkon aus Zedernholz und blickte hinab auf die Straße. Wie sie schon gedacht hatte: Für einen Sprung war es viel zu hoch.
Zähneknirschend betrachtete sie die Hauswände aus ungebranntem Backstein. Der Balkon wurde von einem Gerüst gestützt ... Vielleicht könnte sie sich daran herunterlassen. Allerdings müsste sie es erst erreichen – und dabei könnte sie sich alle Knochen brechen.
Als sie hörte, wie sich der Schlüssel umdrehte, stürzte sie hoffnungsvoll zurück in ihr Zimmer, doch es kam weder eine der Tanten noch der Vater, um sie wieder freizulassen.
»Ach, du bist es nur, Espe ...«
Esperanza war die treue Dienerin ihrer verstorbenen Mutter gewesen. Sie war zwar jünger als die Tanten – mittlerweile zählte sie über dreißig Jahre –, doch sie hatte aufgrund des dunklen, wissenden Blicks immer schon uralt gewirkt. So treu sie einst zu Rosas Mutter stand – ob ihr Loyalität im Blut lag oder sie diese als rechtlose Indianerin einfach als nützlich erkannt hatte, war nie recht offensichtlich –, erwies sie sich auch gegenüber der Tochter. Viele Worte machte sie jedoch nicht, und sie sparte auch an liebevollen Gesten. Eine Weile blickte sie Rosa nur ruhig an, dann stellte sie schweigend ein Tablett mit Essen ab. Brot und etwas Ziegenkäse lagen auf

dem Teller, eine frische Orange und ein Saft, den Esperanza jeden Morgen selbst braute und dessen Zutaten Rosa nicht kannte. Obwohl ihr Magen knurrte, musterte Rosa das Essen nur flüchtig.
»Ich kann ihn nicht heiraten«, sagte sie verzweifelt.
»Ja«, meinte Espe, wie Rosa sie nannte, seit sie sprechen konnte.
»Und ich ertrag's auch nicht, länger hier eingesperrt zu sein.«
»Ja«, murmelte Espe wieder.
Ihr Gesicht war ausdruckslos. Nur selten verriet sie mit Worten oder ihrer Miene, was sie dachte.
»Ich ... ich muss fliehen«, stammelte Rosa.
Endlich sagte Espe mehr als nur ein Wort. »Und wohin willst du gehen?«
Rosa zuckte die Schultern. Die Wahrheit war – sie hatte keine Ahnung. Sie hatte in ihrem Leben das Haus der de la Vegas' stets nur in Begleitung ihrer Familie verlassen. Die Welt da draußen war ihr größtenteils fremd. Sie mochte voller Verheißungen sein, aber eben auch voller Gefahren.
»Egal«, sagte sie hastig. »Ich will einfach nur weg von hier. Danach kann ich mir immer noch überlegen, wie es weitergehen sollte. Vielleicht ... vielleicht hilft mir auch Julio, wenn ich erst einmal in Ruhe mit ihm allein reden kann.«
Sonderlich groß war die Hoffnung nicht, ausgerechnet von ihrem Bruder Hilfe zu erfahren. Allerdings liebte Julio es, Geschäfte zu machen, und das lieber mit Engländern, die viel von Wirtschaft verstanden, als mit Spaniern. Julio wäre wohl selbst am liebsten ein Engländer gewesen – und vielleicht war es bei diesen nicht üblich, junge Mädchen gegen ihren Willen zu verheiraten. Sie könnte an ihn appellieren, dass eine erzwungene Ehe keinen guten Eindruck machte, ihn möglicherweise sogar auf die Idee bringen, dass es mehr Vorteile

brachte, wenn sie einen Engländer heiratete. All seine Geschäftspartner, die sie kennengelernt hatte, sprachen zwar ein unverständliches Spanisch, waren bleich und rotgesichtig und schwitzten stark, aber im Augenblick war ihr jeder Mann lieber als der uralte Ricardo.
Rosa blickte wieder nach draußen. »Ich müsste unter vier Augen mit Julio sprechen. Am besten außerhalb des Hauses. Ich könnte ihn bei den Lagerhallen am Hafen suchen – dort verbringt er die meiste Zeit. Ich frage mich nur, wie ich dorthin kommen soll. Es ist zu hoch, um hinunterzuklettern.«
Espe schwieg wieder lange. »Du könntest über den Corral fliehen.«
Der Corral war der letzte von insgesamt drei Innenhöfen. Der erste Hof befand sich zwischen dem Hauseingang und dem Salon, der zweite zwischen Speisesaal und dem Flügel mit den Privatgemächern. Und wenn man diesen verließ, kam man in besagten Corral, der zu den Stallungen führte, dem Holz- und Kohlenschuppen und den Käfigen für das Federvieh. Außerdem befand sich dort – neben dem Haupteingang – eine zweite kleine Tür, durch die die Dienstboten das Haus betraten und verließen.
»Es könnte funktionieren …«, setzte Rosa zögerlich an.
»Ich würde an deiner Stelle die Siesta abwarten, wenn alle schlafen.«
Rosa bekam es trotz ihrer Unrast nun doch mit der Angst zu tun. Sie hatte gehofft, dass Espe nicht nur ihre Flucht unterstützen, sondern sie sogar begleiten würde. Doch auch wenn sie nie bekundet hatte, ihn sonderlich zu mögen, erlaubte es wohl die Treue zu Alejandro de la Vegas nicht, dass sie so weit ging.
»Soll ich es wirklich tun?«, fragte sie zaudernd.
Espe zuckte die Schultern. »Es ist deine Wahl. Auf jeden Fall solltest du vorher etwas essen.«

Erst als Rosa sich über das Brot mit Ziegenkäse hermachte, fügte sie hinzu: »Ricardo ist älter als dein Vater.« Mehr brauchte sie nicht zu sagen, um Rosas Bedenken zu zerstreuen.

Einige Stunden später kam Esperanza wieder in ihr Zimmer und bedeutete ihr schweigend, ihr zu folgen. Rosa schlich ihr auf Zehenspitzen nach, eine Mühe, die sie sich eigentlich sparen konnte, denn die Tanten schliefen stets so tief, dass man ihr lautes Schnarchen bis ins Freie hörte. Alejandro wiederum saß meist im Salon und rauchte eine Zigarre.

»Ich hoffe, du bekommst meinetwegen keine Schwierigkeiten«, flüsterte Rosa.

»Lass das mal meine Sorge sein.«

Rosa war einmal mehr über Espes Gelassenheit erstaunt. Obwohl sie nur eine Dienstbotin war, legte sie dennoch die aufrechte Haltung einer Königin an den Tag. Gewiss, dass sie die Vertraute ihrer verstorbenen Mutter gewesen war, unterschied sie rangmäßig von den anderen Frauen, die im Haushalt arbeiteten. Doch es war nicht nur das, sondern ihre Würde, die dazu führte, dass Alejandro ihr nie einen seiner knappen Befehle erteilte und die Tanten lieber die jungen Mädchen herumscheuchten.

Über die marmorne Treppe gelangten sie ins Freie. Ehe sie die Stallungen erreichten, passierten sie den Garten, wie er in vielen der Patio-Häuser angelegt war und wo Blumen, Sträucher und Schlingpflanzen wuchsen. Die Gewächse wurzelten nicht in der Erde, sondern standen in irdenen Gefäßen, hölzernen Kübeln oder durchgesägten Fässern.

Als Rosa den durchdringenden Geruch der Blumen einsog, musste sie an ihre Mutter Valeria Olivares denken. Sie hatte sie nie kennengelernt, weil sie bei ihrer Geburt gestorben war, aber Espe hatte ihr viel von ihr erzählt, so auch, dass sie es geliebt hatte, Blumen zu züchten. Üppig und farbenprächtig seien sie alle gewachsen – nur die Rosen nicht. Die waren bis auf eine einzige allesamt eingegangen, so dass Valeria, die sich so oft nach ihrer Heimat Valencia sehnte, schließlich beschlossen hatte, es nicht länger zu versuchen und stattdessen ihr Kind, so es denn eine Tochter wurde, Rosa zu nennen.

Rosa wurde die Kehle eng. Ob Valeria Olivares diesen Namen noch hatte aussprechen können, ehe sie starb? Ob sie ihr Kind noch in den Händen gehalten, es liebkost hatte? Sie hatte Espe nie danach gefragt, aber sie war sich plötzlich sicher: Valeria Olivares würde nicht gutheißen, dass ihre Tochter den alten Ricardo del Monte heiraten sollte. Stark genug, sich gegen Alejandro durchzusetzen, wäre sie wohl dennoch nicht. Schließlich hatte sie ihn auch gegen ihren Willen nach Montevideo begleiten müssen.

Seit Generationen trieb Alejandros Familie Handel mit der Neuen Welt – schon sein Urgroßvater war oft die Handelsroute entlanggesegelt, die von Sevilla aus über die Kanaren oder die Antillen nach Cartagena in Kolumbien und Portobello in Panama führte. Später hatten die de la Vegas' enge Geschäftsbeziehungen mit den drei Vizekönigreichen in Südamerika gehalten: Neugranada im Norden, Peru im Westen und die Region um den Río de la Plata im Süden.

Als daraus drei Staaten hervorgingen – Argentinien, Uruguay und Paraguay –, die allesamt auf Unabhängigkeit pochten, ihrem einstigen Mutterland Spanien den Krieg erklärten und auf diese Weise den Handel zum Erliegen brachten, entschied Alejandro de la Vegas, sich von seinem Heimatland loszusagen und in der Neuen Welt sein Glück zu versuchen. In Valencia galt er seitdem als Verräter – in Montevideo, wo er sich niedergelassen hatte, als reicher, angesehener Geschäftsmann. Nur die Mutter war hier so verblüht wie die Rosen ...

Der Gedanke an jene Frau, an die nur ein Ölgemälde erinnerte, lenkte Rosa ab. Schon hatten sie die Stallungen erreicht, ohne entdeckt zu werden, und kamen wenige Augenblicke später an die Hintertür.
»Du kennst den Weg zum Hafen?«, fragte Espe knapp.
Rosa nickte, obwohl sie ihn noch nie allein gegangen war. Hätte Espe sie umarmt, hätte sie sich nie überwinden können zu gehen, doch wie so oft blieb diese mit verschränkten Armen vor ihr stehen, und Rosa nahm allen Mut zusammen und trat auf die Straße.
Jetzt – zur Siesta – war sie fast menschenleer. Fliegen umsurrten ihren Kopf. Hunde schliefen im Schatten. Rosa lief hastig die Straße entlang und verlangsamte ihren Schritt erst, als das Haus der de la Vegas' außer Sichtweite lag. Hier begegnete sie nun doch einigen Menschen, und sie senkte rasch den Blick, um nicht aufzufallen.
Je weiter sie sich vom Haus entfernte, desto größer wurden ihre Zweifel. Würde Julio wirklich auf ihrer Seite stehen? Und was, wenn sie ihn gar nicht in den Lagerhallen antraf? Gewiss, sie könnte dort auf ihn warten, aber wenn man zwischenzeitig ihr Verschwinden bemerkte, würde man sie suchen. Auch wenn die Tanten nie sonderlich streng zu ihr gewesen waren, würden sie ihre Flucht streng bestrafen – wobei es jedoch keine schlimmere Strafe gab, als Ricardo zu heiraten.
In ihrer Verzweiflung achtete Rosa nicht länger auf den Weg. Zwar konnte man sich in Montevideo gut zurechtfinden, da sämtliche Straßen in einem rechtwinkligen Netz verliefen, doch als sie stehen blieb und sich umblickte, hatte sie keine Ahnung, in welcher Richtung nun der Hafen lag.
Sie bog in ein enges Gässchen ein – und bereute es bereits, als sie es erst zur Hälfte durchschritten hatte.

Mehrere Männer lungerten hier herum. Sie waren in Lumpen gekleidet, und Rosa hielt sie zunächst für Bettler, die gleich ihre Hände ausstrecken und um Almosen bitten würden. Doch die meisten Bettler waren krank, gelähmt und blind – diese Männer aber stark und bei guter Gesundheit. Wendig sprangen sie auf, kaum dass sie ihrer ansichtig wurden, und maßen sie mit unverhohlen anzüglichen Blicken.
»So alleine unterwegs, Täubchen?«, fragte einer.
Der Mann grinste – aber es wirkte mitnichten freundlich und vertrauenerweckend.
Rosa zuckte zurück, als eine Woge übelriechender Atem sie traf. Entweder hatte der Mann zu viel getrunken oder litt an einem fauligen Zahn.
»Wohin willst du denn?«, fragte er gedehnt.
Sie beschloss, nicht zu antworten, und senkte vermeintlich demutsvoll den Blick. Doch als sie das Gässchen wieder zurückgehen wollte, verstellten ihr zwei der Männer den Weg.
Rosa versuchte, die aufsteigende Panik zu unterdrücken, und blickte sich unauffällig um. Weit und breit war niemand zu sehen, von dem sie Hilfe erwarten konnte. Sämtliche Fenster und Türen waren verschlossen, um die Bewohner vor der oft gleißenden Sonne zu schützen oder vor dem Staub, den die häufigen, ganz plötzlich auftretenden Stürme hochwirbelten.
Der Mann, der sie angesprochen hatte, hob seine Hand und strich ihr über die Wange. Noch nie hatte ein Fremder sie derart vertraulich angefasst, und obwohl Rosa darum kämpfte, sich ihr Unbehagen nicht anmerken zu lassen, duckte sie sich unwillkürlich. Prompt brachen die Männer in Gelächter aus. Ob sie um Hilfe schreien sollte? Oder ob das diese Halunken noch mehr anstacheln würde?
Ihr kam eine bessere Idee. Sie straffte ihre Schultern, hielt den Blick nicht länger gesenkt, sondern maß den anderen Mann

herausfordernd. Hoffentlich merkte er nicht an ihrer zitternden Stimme, wie mulmig ihr zumute war.

»Ich bin Rosa de la Vegas – die Tochter von Alejandro de la Vegas. Lasst mich sofort vorbei!«

Wenn sie mit ihrer Familie unterwegs war, hatte sie oft erlebt, dass allein der Klang ihres Namens Respekt einflößte, war Alejandro doch einer der einflussreichsten Bürger der Hafenstadt.

Bei diesen Männern erzielte sie allerdings nicht die gewünschte Wirkung. In ihrem Blick leuchtete etwas auf, das sie nicht deuten konnte.

»Soso, Alejandro de la Vegas …«

Der Mann, der ihre Wange gestreichelt hatte, nickte seinen Kumpanen zu, und schon zogen sie einen noch engeren Kreis um sie.

»Hier ist's, als müsste man nur den Mund aufmachen – und schon kommt ein köstlicher Braten hereingeflogen.«

Rosa hatte keine Ahnung, was er meinte – noch nicht. Schon im nächsten Augenblick fiel ihr jedoch die Armbinde auf, die die Männer trugen, und sie ahnte Schlimmes. Die Binde war das Letzte, was sie sah, denn während sie sich an dem einen Mann vorbeikämpfen wollte, stülpte ein anderer einen Sack über sie. Es war ein rauher Stoff, der kratzte und unter dem sie nur noch Schemen erkennen konnte, und sobald sie von einem Mann gepackt und über die Schultern geworfen wurde, nicht einmal mehr das.

»Hilfe!«, schrie sie laut – und vergebens. Der Griff wurde nur noch fester, und während sie wie ein Mehlsack fortgeschleppt wurde, zischte ihr einer der Männer zu: »Noch ein falsches Wort – und dir wird Hören und Sehen vergehen.«

Rosa presste die Lippen zusammen. Sie war sich sicher, dass er die Warnung wahr machen würde.

Die Armbinde, die sie gesehen hatte, war weiß und bedeutete, dass die Männer zu den Blancos gehörten – den Erzfeinden ihres Vaters, der – als Colorado – seit dem Bürgerkrieg von 1835 oft eine rote Binde trug.
Mein Gott, wie dumm sie war, ausgerechnet den Namen ihres Vaters zu nennen!
Mit jedem Schritt, den ihre Entführer machten, wuchsen ihre Magenschmerzen. Blut schoss ihr in den Kopf, und dieser wurde ganz heiß. Sie konnte nicht deuten, in welche Richtung die Schritte führten, nahm aber schließlich den schwachen Geruch nach fauligem Fisch wahr. Offenbar befanden sie sich in der Nähe des Hafens. Vorsichtig hob sie den Kopf, konnte jedoch nichts erkennen, nur dass es plötzlich dunkler wurde. Es roch nicht länger nur nach Fisch, sondern nach Holzstaub. Vielleicht hatten sie eine jener Lagerhallen betreten, in denen ihr Bruder Julio oft seine Geschäfte abwickelte.
Der Mann hob sie von seinen Schultern und warf sie zu Boden. Unsanft landete sie auf ihrem Hinterteil.
»Und was stellen wir nun mit ihr an?«
»Sie kann uns ein nettes Lösegeld einbringen.«
»Warum sollten wir auf Geld pochen? Mit ihr in unserer Hand können wir Alejandro zwingen, uns die Argentinier auszuliefern.«
Rosa rieb sich ihre schmerzenden Glieder und dachte über die Worte nach. In Montevideo waren viele Argentinier untergeschlüpft, die vor ihrem despotischen Präsidenten de Rosas geflohen waren. Dieser wiederum unterstützte die Blancos. In Alejandros Haus gingen die flüchtigen Argentinier ein und aus, und er schloss mit ihnen Geschäfte ab. Sie waren zwar nicht seine Freunde, aber der gemeinsame Feind einte sie.
Rosa hob die Hand und zerrte den Sack von ihrem Gesicht. Sofort konnte sie befreiter atmen, und ihr Kopf glühte nicht

mehr ganz so heiß. Die Männer achteten nicht auf sie, sondern diskutierten laut, was zu tun war. Sie zögerte nicht, diese Chance zu nutzen – vielleicht die einzige, die ihr blieb. Sie rollte blitzschnell zur Seite, sprang auf und lief ein paar Schritte. Die Lagerhalle war voller Boote, und sie stieß gegen eines und schrammte sich ihr Knie auf. Sie achtete nicht auf den Schmerz – zu nahe war die Tür, durch die sie sich nach draußen retten konnte. Schon hörte sie Stimmen und Schritte dahinter – von Menschen, die sie beschützen würden.

Doch ehe sie um Hilfe rufen konnte, packte eine Hand ihr Haar und riss sie daran zurück. Ihr Schrei erstarb zu einem erbärmlichen Quieken.

2. Kapitel

Albert Gothmann fluchte, als er einmal mehr in einen Haufen Kuhscheiße trat. Zu Beginn seines Spaziergangs hatte er noch sorgsam darauf geachtet, genau das zu vermeiden, doch er hatte es satt, den Blick ständig gesenkt zu halten. Schließlich wollte er etwas von der Stadt sehen – und prompt war's passiert.
Mit angewiderter Miene rieb er seine Schuhe am Pflaster ab. Seit seiner Ankunft hatte er viele Briten klagen gehört, dass die Gebäude schrecklich vernachlässigt seien und die Straßen voller Pferdemist und Kuhscheiße. Bis jetzt hatte er sie für verwöhnt und kleinlich gehalten, aber mittlerweile hatte auch seine Begeisterung für die fremde Stadt gelitten. Jene Abenteuerlust, die ihn getrieben hatte, diese weite Reise anzutreten und zum ersten Mal in seinem Leben Europa zu verlassen, war schnell der Ernüchterung gewichen. Montevideo war alles andere als das exotische Paradies, das er sich zu Hause vorgestellt hatte. Es war gar nicht so fremdartig, nur ärmlicher, nicht zuletzt, weil es seit Jahren belagert wurde.
Prüfend blickte er auf seine Schuhe: Trotz seiner Bemühungen war natürlich Dreck an den Sohlen haften geblieben. Hoffentlich stank er nicht danach. Als er weiterging, unterdrückte er ein Seufzen und bemühte sich, wieder das Positive zu sehen. Gewiss, Montevideo war ärmlich und heruntergekommen, aber auch sehr lebendig. Eben ging er durch eine Straße, in der Tabakläden sich mit Essständen und den Buden der öffentlichen Schreiber oder Notare und Geldwechselkon-

tore abwechselten. Menschen strömten in Seidenwarenläden und Lebensmittelgeschäfte, Pulperías genannt und hauptsächlich von Italienern betrieben, deren Singsang man bis hinaus auf die Straße hörte. Übertönt wurden sie nur von den Händlern, die in kleinen Buden hockten und den Passanten ihre Ware anpriesen: Schuhe aus Córdoba, Zigarren aus Salta oder Kunstgewerbe aus San Juan.

Albert waren diese Orte fremd, aber er blieb interessiert stehen und betrachtete die Waren. Da er allerdings nicht daran dachte, etwas zu kaufen, was nur wenig praktischen Nutzen versprach, wurde er von den enttäuschten Händlern wütend vertrieben.

Oh, dieses südländische Temperament!, dachte er etwas überfordert und tupfte sich mit einem Spitzentaschentuch den Schweiß von der Stirn.

Er floh in eine etwas ruhigere Gasse, wurde dort jedoch prompt von einem Barbier angeredet, der ihm nicht nur anbot, den Bart zu stutzen – sah der Banause denn nicht, dass er das bereits selbst getan hatte? –, sondern ihm obendrein alle möglichen Tiegelchen und Döschen vors Gesicht hielt, die Seifen, Duftwässer oder andere Artikel der Hautpflege beinhalteten. Albert schüttelte dankend den Kopf und sah sich sogleich neuen Flüchen ausgesetzt.

Wieder seufzte er. Die Briten hatten ihn ja gewarnt, ihm nicht nur erzählt, wie dreist die Barbiere den eingesessenen Apotheken Konkurrenz machten, sondern dass sie völlig ungenießbare Liköre als vermeintlich magenstärkende Heilmittel verkauften. Nun, wenn er etwas hätte trinken wollen, hätte Albert eher zu so einem Likör gegriffen, als in eine der Chinganas einzukehren – finstere Spelunken, wo Trauben- und Zuckerbranntwein, der jeden wachen Geist benebelte, in Strömen floss und die Stühle und Tische derart verklebt und verdreckt waren, dass Albert lieber in den Kuhmist stieg, als dort Platz zu nehmen.

Er eilte das Gässchen entlang in Richtung Hafen, wo es auch nicht viel ruhiger zuging. Die Mole war erst vor zwei Jahrzehnten neu errichtet worden, erwies sich aber längst als zu klein für die Schiffe, die mit immer größerem Tiefgang ausgestattet wurden. Deshalb wurde sie eben ausgebaut – und das unter lautstarkem Geschrei, von dem Albert nicht recht sagen konnte, ob es von dem Bauherrn stammte oder aufrührerischen Arbeitern. Und dort, wo diese ausnahmsweise schweigend ihren Dienst verrichteten, herrschte Streit um Anlegeplätze.
Das Sprachenwirrwarr, das Albert traf, faszinierte und verunsicherte ihn gleichermaßen. Am häufigsten vernahm er neben der spanischen die französische und englische Sprache. Mit einem britischen Schiff hatte er selbst vor einigen Wochen angelegt – ein mühsames Unterfangen angesichts der argentinischen Belagerung. Der dortige Präsident wollte in seinem Nachbarland eine Regierung der Blancos etablieren, hieß es offiziell. Unter der Hand sprach allerdings jeder offen davon, dass es de Rosas weniger um Politik ging als vielmehr um den Handel: Was diesen anbelangte, stellte sein Nachbarland eine große Konkurrenz dar, die er gerne ausgeschaltet hätte.
Doch auch die Belagerung hatte die rege Ein- und Ausfuhr von Leder und Fleisch nicht zum Erliegen gebracht. Die Franzosen und Engländer hielten mit ihren Kriegsschiffen den Hafen offen und gewährleisteten die Versorgung der Stadt, und falls sie einmal nicht rechtzeitig eingriffen, machten sich Montevideos Seemänner und Abenteurer wie Giuseppe Garibaldi einen Namen, indem sie die Seewege gegen die Argentinier verteidigten.
Albert blickte auf das blau funkelnde Meer. So wie er selbst einst das fremde Land verherrlicht hatte, hier nun aber immer wieder in Kuhscheiße stieg, wurde auch der Freiheitskampf

der belagerten Stadt in Europa hochstilisiert und Montevideo als neues Troja bezeichnet.

Von wegen, dachte Albert. Gegen die Engländer haben die Argentinier ohnehin keine Chance, und was den freien Handel mehr bedroht als die Blockade, ist die fehlende ordnende Hand, die das Chaos bannt.

Wieder tupfte er sich den Schweiß von der Stirn, als er in neuerliches Geschiebe und Gedränge rund um den Fischmarkt geriet. Angesichts der vielen und lauten Menschen konnte er sich schwer vorstellen, dass Montevideo vor wenigen Jahrzehnten kaum mehr als ein Dorf gewesen war und Einwanderer von den Kanarischen Inseln und den baskischen Regionen mit dem Versprechen vieler Privilegien angelockt werden mussten, um den Ort ein wenig zu beleben. Mittlerweile war die Einwohnerzahl längst auf hunderttausend angewachsen, und der Stadtkern platzte aus allen Nähten.

Als Albert sein Spitzentaschentuch einsteckte, berührte er das lederne Notizbüchlein, das er in seiner Brusttasche trug. Seit Beginn seiner Reise hatte er alle aufgeschnappten Informationen über Land und Leute aufgeschrieben und sie immer mal wieder durchgelesen. War er bis vor kurzem noch stolz auf die wachsenden Schriften gewesen, so zweifelte er seit einigen Tagen an deren Sinn. Er hatte alles richtig machen und sich bei den Kontakten mit Einheimischen als kundig erweisen wollen, doch bis jetzt hatte er hauptsächlich mit Engländern zu tun, und die interessierten sich mitnichten für die Vergangenheit des Landes, solange sie dessen Zukunft mitgestalten konnten.

Er selbst wollte das auch gerne und hatte sich gegenüber seinem Vater, einem Frankfurter Bankier, durchgesetzt, der ihm die Reise hatte verbieten wollen.

»Begreif doch, Vater«, hatte er erklärt. »Wenn man als Bankier heutzutage Erfolg haben will, braucht man Kapital. Und das Kapital kommt aus dem Handel, und wenn man keine entsprechenden Beziehungen in Europa hat wie wir, dann müssen wir den Handel in Übersee nutzen. In Montevideo sind kaum deutsche Kaufleute tätig, von ein paar Hamburgern und Bremern abgesehen. Es ist möglich, eine Nische zu entdecken und zu nutzen.«

Albert Gothmann senior hatte ihn schließlich zähneknirschend ziehen lassen, und Albert junior hatte bis zuletzt verheimlichen können, dass ihn nicht nur das Geschäft antrieb, sondern das Fernweh, vor allem, seit er ein Gemälde von Montevideo gesehen hatte – einer Stadt in der Nähe von Stränden, Palmen und schimmerndem Meer. Wenn sein Vater ihn jetzt gesehen hätte, hätte er wohl gehöhnt, dass die Strände außerhalb der Stadt lagen, die Palmen rar waren und das Meer im Hafen wie eine Kloake stank. Überdies wurde der Blick auf die funkelnde Weite von dem ständigen Gedränge verleidet.

Wieder brach Albert der Schweiß aus, aber anstatt erneut sein Spitzentaschentuch zu zücken, zog er es vor, sich ein ruhigeres Fleckchen zu suchen. Dort hinten bei den Lagerhäusern waren zwar einige Männer zugegen, um Waren ein- und auszuladen, doch die meisten Hallen waren verschlossen und die Wege davor menschenleer.

Albert stellte sich vor eines dieser Lagerhäuser, atmete tief durch und schloss kurz die Augen. Es glich einem Überlebenskampf, durch die Stadt zu gehen, und das jetzige Innehalten fühlte sich wie eine Atempause in einer ewig andauernden Schlacht an.

Ja, hier war er in Sicherheit vor Lärm, Gedränge und Gestank. Zumindest glaubte er das, bis er plötzlich lautes Geschrei vernahm – aus dem Mund einer Frau.

»Hilfe!«, schrie sie ein ums andere Mal. »So helft mir doch!«

Der Schrei kam von drinnen. Albert lugte durch die Ritzen der Lagerhalle und konnte mehrere Männer erkennen, die eine junge Frau festhielten. Als sie erneut um Hilfe schrie, schlug einer ihr ins Gesicht.
»Maul halten!«, knurrte der Mann. »Wenn du dich still verhältst, kommst du heil aus der Sache raus.«
»Alejandro de la Vegas' Tochter – was für ein Fisch am Haken!«, rief ein anderer.
»Und deswegen müssen wir genau überlegen, wie wir vorgehen.«
»Mein Vater wird euch alles geben, was ihr wollt«, rief das Mädchen dazwischen.
Albert erschauderte. Er hatte den Namen de la Vegas schon einmal gehört – er war ein ziemlich einflussreicher hier in Montevideo. Offenbar hatten die Männer das Mädchen entführt, um ihren Vater zu erpressen.
Am liebsten wäre Albert unauffällig geflohen. Bis jetzt hatte er sich aus jedem Händel herausgehalten, von denen es hierzulande viele gab. Allerdings war er dazu erzogen worden, Frauen zu schützen.
Mit aller Macht unterdrückte er sein Unbehagen, stieß die Tür zur Lagerhalle auf und streckte seinen Rücken durch, um sich so groß wie möglich zu machen. »Was geht hier vor?«, rief er streng.
Die Männer fuhren herum und blickten ihn wütend an.
Erst jetzt sah er die Armbinden, die sie als Blancos, vielleicht sogar als Argentinier auswiesen. Ihre Stiefel und Ponchos ließen darauf schließen, dass sie Viehzüchter waren – und falls sie tatsächlich aus dem Nachbarland kamen, hatten sie als solche nichts zu verlieren. Während die Engländer dafür sorgten, dass Montevideo für die Kaufleute aller Welt zugänglich war, blockierten sie die argentinischen Häfen: Die dortige Wirt-

schaft hatte schlimm darunter zu leiden – und betroffen waren vor allem die Viehhändler.

In ihren Mienen stand keinerlei schlechtes Gewissen, weil er sie bei dieser Untat ertappt hatte, sondern die Gier eines Raubtiers, das seine Beute mit allen Mitteln verteidigen würde.

Gott, warum habe ich mich nur eingemischt?

Übermächtig wurde der Drang, wieder rückwärts ins Freie zu treten und davonzurennen. Aber dann fiel sein Blick abermals auf das Mädchen, und er musterte es genauer. Die Engländer hatten ihn vor den Frauen Uruguays gewarnt: Jene würden nur nach äußerer Eleganz streben, wären ansonsten aber unzivilisiert, derb und dreckig wie Bäuerinnen. Dieses Mädchen musste jedoch auch auf jeden Europäer ungemein anziehend wirken. Wer konnte es betrachten und nicht seine Anmut rühmen, die dunklen Augen, die lebendig funkelten, die scharf geschnittene Nase, den zierlichen Mund, das üppige, glänzende Haar?

»Also, was geht hier vor?«, brüllte Albert energischer, als ihm zumute war.

Einer der Männer trat auf ihn zu, hob die Hand und schlug ihm auf die Brust. Es war nur ein nachlässiger Stoß, mehr Warnung als ernsthafter Angriff, doch Albert geriet ins Stolpern.

»Misch dich nicht ein, ja?«

»Ein Mann mit Ehre kann sich unmöglich heraushalten, wenn ein Mädchen so schändlich behandelt wird.« Er war stolz, dass er die spanische Sprache fast fließend beherrschte, wenngleich sie ihn natürlich nicht vor den Männern retten würde.

»Soso«, spottete der eine, »wenn du so viel Ehre im Blut hast, besitzt du dann auch eine Waffe, um sie notfalls zu verteidigen?«

Das nun leider nicht. Albert zauderte, ehe sein Blick erneut auf das Mädchen fiel, das ihn so verzweifelt anblickte und sogleich so hoffnungsvoll. Für gewöhnlich wurde er von Frauen nicht betrachtet, als taugte er zum Helden. Als Bankierssohn galt er als gute Partie, und die Blicke, die auf ihn fielen, waren meist berechnend.

Erneut bezähmte er den Drang, zu fliehen. »Ich habe keine Waffe, sondern Geld. Ihr wollt offenbar ihren Vater erpressen, lasst mich das Lösegeld zahlen.«

Jener, der das Mädchen geschlagen und danach festgehalten hatte, stieß sie zurück und trat auf ihn zu. Zwar hatte er genau das gehofft, aber als er in das gefurchte Gesicht starrte, packte ihn die Angst.

»Wir wollen kein Geld, sondern die Herausgabe der argentinischen Verräter.«

»Das heißt, ihr würdet das Geld lieber liegen lassen?«

Verwirrung breitete sich in den Gesichtern aus. »Was heißt liegen lassen?«

Während er gesprochen hatte, hatte Albert in seinen Hosentaschen gewühlt. Sie waren voller Münzen, und zum ersten Mal war er dem Umstand dankbar, dass hier kaum Papiergeld in Gebrauch war. Nun warf er die Münzen hoch, die prompt zu allen Seiten herabregneten, und auf die niedrigen Instinkte der Männer war Verlass: Wie erhofft, bückten sie sich, um die Münzen einzusammeln.

Er wollte dem Mädchen ein Zeichen geben, zu fliehen, doch das war ohnehin bereits losgestürmt. Eben flitzte es an einem der vielen Boote vorbei, doch bevor es zum Ausgang kam, sprang der, der es vorhin festgehalten hatte, auf. »Halt!«, rief er streng und streckte seine Hand nach dem Mädchen aus.

Albert hatte keine Ahnung, was er nun tun sollte – im Zweikampf würde er ohne Zweifel unterliegen. Doch das Mäd-

chen wusste sich selbst zu helfen, zog etwas aus dem Fischerboot und warf es über den Argentinier. Albert erkannte, dass es ein Netz war, in dem sich der Mann verhedderte. Er stolperte, ging zu Boden.
Im nächsten Augenblick stand das Mädchen vor ihm. Albert war wie erstarrt.
»Nun rennen Sie doch!«
Das ließ er sich kein zweites Mal sagen. Er preschte los, kam aber dem Mädchen kaum nach. Sie lief viel schneller als er, und auch als sie die Lagerhalle längst hinter sich gelassen und eine belebtere Gegend erreicht hatten, hörte sie nicht zu rennen auf. Erst als das Gewühl so dicht wurde, dass sie kaum mehr vorankam, hielt sie schnaufend inne. Ihm selbst pochte das Herz bis zum Hals, seine Brust schien zu zerspringen. Er konnte sich nicht erinnern, jemals so schnell gelaufen zu sein.
Kurz stützte er sich an einem Brunnen ab, und als er wenig später den Kopf wieder hob, war von dem Mädchen weit und breit nichts zu sehen. Er war tief enttäuscht und wollte sich schon seines Weges machen, als er es doch noch im Schatten eines Hauseingangs entdeckte.
Ihre Schultern zuckten, und er dachte, dass sie vor lauter Schreck zu weinen begonnen hätte, doch als er vorsichtig seine Hände auf ihre Schultern legte – selten hatte er eine Frau so vertraulich berührt –, fuhr sie herum und lachte aus voller Kehle.
»Haben Sie ihre Gesichter gesehen? Wie dumm sie dreingeblickt haben!«
Sie hatte eine hohe, melodische Stimme, die ihn verzauberte.
»Es war sehr mutig von Ihnen, das Netz über den Mann zu werfen ...«, setzte er an. Sein Spanisch war eben noch flüssig gewesen, doch nun rang er nach jedem Wort. Sein Hals war

trocken – nicht nur vor Anstrengung, auch von dem Anblick ihrer sanft geröteten Wangen.

»Sie aber auch! Die Männer waren Blancos, vielleicht sogar Argentinier.«

»Das dachte ich mir schon.«

Die junge Frau musterte ihn neugierig. »Sie sind nicht von hier, oder?«

»Ich komme aus Frankfurt.«

Sie blickte ihn fragend an. »Liegt das in Brasilien oder Argentinien?«

Er musste lachen. »Nein, es ist eine deutsche Stadt«, erklärte er schnell, und als sich immer noch keinerlei Verständnis in ihren Zügen ausbreitete, fügte er rasch hinzu: »Das ist in Europa.«

»Oh!« Sie nickte bewundernd. Offenbar war sie kaum je einem Menschen begegnet, der von so weit angereist war.

»Mein Name ist Albert Gothmann«, fügte er hinzu, und auch sie stellte sich vor.

»Rosa«, murmelte sie, »ich bin Rosa de la Vegas.«

Ein Name wie ein Lied … Wahrscheinlich waren die de la Vegas' eine alte spanische Adelsfamilie. Dementsprechend elegant war sie auch gekleidet. Das hellblaue Musselinkleid hatte zwar ein paar Flecken abbekommen, aber das tat ihrer Anmut keinen Abbruch.

»Soll ich Sie nach Hause bringen?«, fragte er.

Sie dachte eine Weile darüber nach, schüttelte dann jedoch den Kopf. »O nein, besser nicht«, erwiderte sie hastig.

Er wusste nicht, was er davon halten und nun tun sollte. Unmöglich konnte er sie einfach hier stehen lassen, aber er fand keinen Vorwand, um weiterhin ihre Nähe zu suchen.

Ehe er eine Entscheidung traf, kam sie ihm zuvor.

»Sie sind doch noch nicht lange hier, und die Stadt ist Ihnen gewiss fremd, nicht wahr? Ich könnte sie Ihnen zeigen.«

Es war ein verführerisches Angebot, und er brachte es nicht übers Herz, es auszuschlagen.
»Nur zu gerne«, stieß er heiser hervor.
Er ahnte: Wenn er die Stadt durch ihre Augen sah, würde ihm die Kuhscheiße ebenso wenig auffallen wie die heruntergekommenen Häuser. Montevideo würde vielmehr die verheißungsvollste Stadt der Welt sein.

Rosa wusste, dass es klüger gewesen wäre, nach ihrer Befreiung den ursprünglichen Plan umzusetzen, Julio aufzusuchen und mit ihm zu überlegen, wie sie der Heirat mit Ricardo entgehen konnte. Doch ob es nun die Erleichterung nach ausgestandenem Schrecken war, das warme Sonnenlicht, das sie nach der dunklen Schiffshalle als noch belebender empfand, oder die Gesellschaft dieses freundlichen, wenngleich etwas steifen Mannes, der sie nicht wie ein dummes, kleines Mädchen, sondern wie eine Dame behandelte – die Versuchung, das drohende Schicksal für ein paar gestohlene Stunden zu verdrängen und ihre ungewohnte Freiheit auszukosten, war zu groß. Nur allzu bald würde sie wieder die Rosa sein, die von ihrem Vater gegängelt und von den Tanten gemaßregelt wurde – in diesem Augenblick aber wollte sie die erwachsene Rosa sein, die kundige Stadtführerin von Welt, die einem Besucher aus einem fernen Land ihre Stadt zeigte.
Nun ja, genau genommen war es nicht *ihre* Stadt. Bislang war sie ausschließlich in Begleitung ihrer Familie unterwegs gewesen, und die Straße, die sie nun entlangging, kannte sie nicht einmal. Allerdings ließ sie sich das nicht anmerken, sondern holte tief Luft und begann, alles aufzuzählen, was sie über ihre Heimat wusste.
»Montevideo wurde einst in gleich großen, rechtwinkligen Vierecken angelegt. Die Straßen sind mäßig breit und gepflas-

tert. Na ja«, sie blickte etwas kritisch auf den Boden, »das Pflaster ist denkbar schlecht ...«

Zwischen den ungleichen Steinen wucherte Dreck, und man geriet leicht ins Stolpern. Albert Gothmann achtete jedoch nicht auf das Pflaster, sondern starrte sie hingerissen an.

Rosa errötete und fuhr hastig fort: »Sehen Sie dort – am Rand der Straßen gibt es erhöhte Bürgersteige! Seltsam nur, dass dort kein Mensch geht.«

Möglicherweise lag es daran, dass die Steinplatten, mit denen man diese bedeckt hatte, bei jedem Tritt wankten und zu kippen drohten. Wahrscheinlich war Albert Gothmann viel bessere Wege gewohnt, und sie schämte sich wegen des miserablen Zustands von Montevideos Straßen. Aber dann erreichten sie die Kreuzung von einer der sechs Hauptstraßen und einer der vielen kleinen Gassen, und man sah an beiden Seiten das Meer. Vielleicht lag auch Alberts Heimatstadt Frankfurt am Meer, so genau wusste sie das nicht, doch sie konnte sich nicht vorstellen, dass es einen noch schöneren Anblick als diesen gab, und klatschte in die Hände.

»Sieh nur, wie das Meer funkelt – es ist, als wäre es von Tausenden Diamanten gekrönt!«, rief sie. In ihrer Begeisterung war sie ganz selbstverständlich zum Du übergegangen, und da er keinen Einwand erhob – wahrscheinlich hatte er es wegen seiner mangelhaften Spanischkenntnisse gar nicht bemerkt –, entschied sie, dabei zu bleiben.

Sosehr er von ihr bezaubert war – der Anblick des Meers schien ihn wenig zu interessieren. Stattdessen musterte er die Häuser.

»Man sieht der Stadt an, dass sie planmäßig erbaut wurde. Noch vor wenigen Jahrzehnten lebten hier nur einige hundert Soldaten, die sie gegen die Portugiesen aus Brasilien schützten.«

Davon hatte Rosa keine Ahnung, aber das wollte sie nicht zugeben. Hektisch blickte sie sich um und überlegte, womit sie

ihn ablenken könnte. »Dort oben ist die Plaza Mayor!«, rief sie. »Wir wollen um die Wette laufen – wer kommt wohl als Erster dort an?«
Anstatt seine Antwort abzuwarten, lief sie los, und so wie vorhin auf der Flucht erwies sie sich erneut als die Schnellere. Es machte ihr so großen Spaß, zu laufen, sie konnte sich nicht erinnern, es je getan zu haben.
Albert hingegen schwitzte, als er endlich ankam. Umständlich kramte er in seiner Tasche nach dem Spitzentaschentuch, um sich die Stirn abzuwischen, und hatte erst dann die Muße, die Kathedrale Matriz zu bewundern. Die Kirche war aus gebrannten Ziegeln errichtet und besaß drei Schiffe: Das mittlere mündete in einer großen Kuppel, über den seitlichen war eine eigene Galerie errichtet worden, vorn an der Fassade zierten zwei schlanke Türme die Ecken – was ohne Zweifel elegant wirkte, aber nicht darüber hinwegsehen ließ, dass die Kirche noch nicht verputzt war. Rosa, die mit ihrer Familie hier sonntäglich den Gottesdienst besuchte, wusste, dass auch im Inneren die Wände heruntergekommen waren und es an jeglichem Prunk fehlte. Da sie das warme Sonnenlicht auf der Haut genoss, scheute sie sich ohnehin, das dunkle Gebäude zu betreten, und sie war froh, dass Albert keine entsprechenden Anstalten machte, sondern sich begnügte, die Kathedrale von außen in Augenschein zu nehmen.
Obwohl er noch nicht hier gewesen zu sein schien, hatte er wohl schon von der Kathedrale Matriz gehört. »Der Bau wurde 1790 begonnen«, dozierte er mit ernster Stimme, »und hat vierzehn Jahre gewährt.«
Gütiger Himmel, wen interessierte das schon? Das war lange, bevor sie geboren worden war! Wahrscheinlich war Ricardo del Monte schon damals auf der Welt gewesen, aber an ihren Bräutigam wollte sie ebenso wenig denken wie an den ur-

sprünglichen Plan, Julio aufzusuchen. Sie drehte sich nach allen Seiten, hielt das Gesicht in die Sonne und jauchzte. Von hier oben konnte man das Meer noch besser sehen. »Wie schön!«, rief sie.

»Eigentlich habe ich auf der langen Reise genug Meerwind abbekommen«, meinte Albert nur.

Rosa hatte keine Ahnung, wie lange die Reise von Europa bis hierher währte. Die Vorstellung, wochenlang auf einem Schiff unterwegs zu sein, machte sie neugierig. »Erzähl mir vom Schiff!«, forderte sie ihn auf. »Hast du Fliegende Fische gesehen? Mein Bruder Julio behauptet, dass es sie gibt.«

Er zuckte die Schultern. »Die meiste Zeit war ich in meiner Kajüte. Ich war etwas seekrank.«

Rosa ließ sich davon nicht abschrecken. »Oh, ich würde so gerne einmal auf einem Schiff reisen! Und ich würde auch einmal so gerne das Landesinnere kennenlernen. Die Menschen behaupten zwar, dass unser Land nicht viel zu bieten hätte, weil es hier weder Berge noch Dschungel gebe. Aber manchmal stelle ich mir vor, wie es ist, einfach loszureiten. Der Wind bläst mir ins Gesicht, meine Zöpfe lösen sich, die Sonne scheint auf mich herab ...« Sie hielt ihr Gesicht kurz mit geschlossenen Augen in die warmen Strahlen. »Nun, den Geruch nach Meer würde ich in der Pampa schon vermissen.« Sie lachte auf. »Komm mit! Sieh nur dort hinten!«

Flugs hatten sie den Platz überquert und die Reste einer alten Mauer erreicht. Sie war nicht sonderlich hoch, und sofort raffte Rosa ihr Kleid, kletterte darauf und balancierte darüber.

»Mein Gott, das ist gefährlich!«, rief Albert Gothmann entsetzt.

»Ach was, ich falle schon nicht herunter. Und so hoch ist es auch wieder nicht.« Sie lachte erneut, als sie sein bestürztes Gesicht sah, woraufhin er weiteren Tadel unterließ. Allerdings begann er wieder, mit dieser ernsten Stimme zu dozieren: »Das sind gewiss Ruinen von der ersten Befestigung. Montevideo war immer von einer Mauer umgeben, schon 1726, als die Stadt gegründet wurde – damals noch zum Schutz gegen die Portugiesen. Vor einigen Jahren wurden die übrigen Festungsmauern geschliffen, weil die Stadt für die vielen Bewohner zu klein wurde.«

Rosa achtete nicht auf seine Worte. Warum sprach er ständig über Dinge, die so lange zurücklagen? »Kannst du auch balancieren?«, fragte sie. »Oder hast du Angst, dass du herunterfällst?«

Albert trat näher an die Mauer heran, um sie notfalls aufzufangen, bestieg sie jedoch nicht selbst. »Eigentlich sollten nach der Schleifung der Mauer viele freie Flächen neu bebaut werden. Aber aufgrund der Belagerung durch die Argentinier geht das nur schleppend voran.«

»Aha«, machte Rosa und imitierte seine ernste Miene.

»Nun, scheinbar werden für diese Bauarbeiten die alten Steine wiederverwendet«, fuhr Albert fort. In der Tat arbeiteten nicht weit von ihnen einige Männer, und manche von ihnen kamen näher, um von hier Steine fortzuschleppen, und scheuchten sie fort.

Albert reichte Rosa die Hand, damit sie herunterklettern konnte, doch sie nahm sie nicht, sondern sprang wendig wie eine Katze auf den Boden.

»Vielleicht werden damit nicht nur neue Siedlungen errichtet, sondern auch der Hafen erweitert«, sinnierte er laut. »Meines Wissens gibt es überdies Pläne, das Hauptquartier der Regierung und die Handelssiedlung der Kaufleute auszubauen.«

»Du klingst davon so angetan, als würdest du selbst gleich mitbauen wollen!«

»Das nun doch nicht!«, stritt er ab. »Ich bin hier, um Handelsbeziehungen aufzunehmen und ...«
Er redete eine Weile weiter, aber sie hörte ihm nicht zu. Geld und Waren hatten sie noch nie interessiert.
»Komm doch!«, rief sie und lief wieder die Straße hinunter, die Richtung Meer führte. Er betrachtete voller Interesse die einstöckigen Gebäude, sie betrachtete nicht minder fasziniert die Menschen, die die Stadt bevölkerten.
»Sieh doch nur!«
Sie deutete ungeniert auf eine schwarzfarbige Frau. »Wie lustig sie aussieht! Schau dir nur ihre gekräuselten Haare an!«
»Ich habe gehört, dass es hier – anders als in Brasilien – nicht sehr viele Negersklaven gibt«, erklärte Albert ernsthaft, »und die wenigen arbeiten in den Haushalten in Montevideo, nicht auf den Feldern. Auch die indianische Bevölkerung ist in der Banda Oriental nicht sehr zahlreich. Als die Spanier einst das Land eroberten, trafen sie nur etwa fünftausend an.«
Woher wusste er nur all diese Sachen?
Rosa überlegte, ob sie etwas Geistreiches dazu beitragen konnte. »Espe ist auch die Tochter einer Indianerin«, fiel ihr ein.
»Wer ist Espe?«
»Eigentlich heißt sie Esperanza. Sie ist die einstige Dienerin meiner Mutter, die Frau, die mir geholfen hat, auszureißen.«
Albert starrte sie verblüfft an, und Rosa biss sich auf die Lippen. Warum musste sie sich aber auch nur verplappern?
»Du bist ausgerissen? Warum denn?«
Rosa entschied, dass es zu spät war, sich in irgendwelchen Ausflüchten zu ergehen. »Mein Vater will mich dazu zwingen, einen alten Mann zu heiraten ... einen uralten.« Sie verzog angewidert ihr Gesicht. »Es ist einfach so schrecklich! Ich wusste natürlich, dass ich bald heiraten würde, aber ...«

Albert betrachtete sie nachdenklich. »Welchen Mann würdest du denn stattdessen heiraten wollen?«
»Darüber habe ich mir noch keine Gedanken gemacht. In jedem Fall müsste er jünger als Ricardo del Monte sein. Schöner. Und weltmännischer. So wie du. Wenn auch nicht ganz so ernst.« Sie grinste ihn keck an und freute sich, als er errötete und das Lächeln erwiderte. Die Männer, mit denen Julio Geschäfte machte, oder gar Männer wie Ricardo erröteten nie. Sie waren allesamt höflich, aber steif, buckelten vor den Engländern und hassten die Blancos. Rosa fühlte sich von ihnen eingeschüchtert, während sie sich an Alberts Seite ungemein verwegen vorkam.
Während er mit immer röterem Gesicht nach einer Entgegnung suchte, hatte sie schon etwas Neues entdeckt: In der Nähe des Hafens befanden sich mehrere Lokale, wo man rund um kleine Tische auf Korbstühlen im Freien sitzen konnte. Am Abend wurde hier wohl Wein ausgeschenkt – jetzt begnügte man sich mit Matetee.
»Hast du schon einmal Matetee getrunken?«, rief sie eifrig. »Wenn du Land und Leute kennenlernen willst, ist das unverzichtbar. Jeder trinkt hier Matetee in rauhen Mengen!«
Wenig später hatten sie Platz genommen und die Bestellung aufgegeben – eine ungemein abenteuerliche Angelegenheit für Rosa, war sie doch mit ihren Tanten nie in einem solchen Etablissement eingekehrt. Dennoch erklärte sie nun besserwisserisch: »Der Matetee wird aus der Gurde getrunken – das ist dieses runde Gefäß –, und zwar mit einem Trinkröhrchen, der Bombilla. Wenn er sich dem Ende zuneigt, musst du den Rest schlürfen, aber insgesamt nur drei Mal, alles andere gilt als unhöflich und wenig vornehm.«
Albert sog an der Bombilla und schrie prompt: »Aua!« Wieder lief sein Gesicht rot an, diesmal nicht aus Verlegenheit. »Das ist doch viel zu heiß!«, fügte er keuchend hinzu.

Rosa lachte: »Dabei verbrennt sich fast jeder Fremde, der die Stadt besucht, den Mund.«

Albert wagte nicht, noch einen Schluck zu nehmen, sondern kramte in seiner Jacke und zog schließlich ein kleines Notizbüchlein hervor. Mit ernster Miene schrieb er etwas hinein.

»Was machst du denn da?«, fragte Rosa neugierig.

»Ich schreibe alles auf, was ich hier erlebe. Und was ich über das Land erfahre.«

Eine Weile sah sie ihm zu, doch je länger er schrieb, desto ungeduldiger wurde sie. Sie neigte sich vor, riss ihm das Buch aus der Hand und fing an, daraus vorzulesen, indem sie seine ernste Stimme imitierte: »Das Gebiet östlich vom Río Uruguay hieß bei den Spaniern Östliche Seite – deswegen nennen sich die Menschen dort ›los Orientales‹. In der Zeit der Kolonialherrschaft nannte man das Gebiet die Vereinigten Provinzen des Río de la Plata – Uruguay war damals noch kein eigener Staat, sondern die Banda Oriental del Uruguay, was so viel heißt wie ›das östliche Ufer des Uruguays‹. Bis heute nennen viele Bewohner ihr Land noch so.«

Rosa blickte auf. »Warum schreibst du denn nicht auf, wie lustig die Negerkrausen aussehen?«

Albert ging nicht darauf ein, sondern streckte die Hand nach seinem Notizbüchlein aus. »Nun gib es mir wieder!«

Rosa lachte, wandte sich zur Seite, so dass er das Büchlein nicht an sich bringen konnte, und las weiter: »Der Name Uruguay kommt aus der Sprache der Guaraní – das ist ein Indianerstamm, der heute noch in Paraguay lebt. ›Guá‹ heißt Ort, ›y‹ heißt Wasser, und ›urú‹ heißt bunter Vogel. Man könnte Uruguay folglich übersetzen mit ›Ort des Wassers des bunten Vogels‹ oder mit ›Fluss der bunten Vögel‹.«

Sie blickte ihn zweifelnd an. »Ich habe hier noch nie viele bunte Vögel gesehen.«

Er zuckte die Schultern. »Ich auch nicht«, gab er zu.
Vergebens griff er erneut nach dem Buch. Sie sprang auf, wedelte damit über den Kopf, und einer jähen Eingebung folgend, riss sie eine Seite heraus und zerknüllte sie.
»Was machst du denn da?«, rief er entsetzt.
»Wenn du dieses Land erleben willst, dann musst du die Augen schließen, die Sonne genießen und dir die Geräusche und Gerüche einprägen!«
Er betrachtete sie ebenso verwirrt wie verständnislos.
Sie blickte auf die nächste Seite und las: »Diagonal wird das Land vom Río Negro durchflossen, südlich stößt es aufs Meer und den Río de la Plata, nördlich an den Río Grande Brasiliens und westlich an den Río Uruguay.« Wieder riss sie kurzerhand diese Seite heraus. »Du schreibst über Flüsse, aber siehst nicht, wie das Meer funkelt?«
Er schien protestieren zu wollen, gab es jedoch schließlich seufzend auf, ihr das Büchlein zu entwenden.
»Ich finde es ja durchaus ansprechend, dass die Stadt vom Meer umgeben ist«, murmelte er. »Wobei es, genau betrachtet, nicht das offene Meer, sondern die Mündung des Río de la Plata ist.«
Sie vertiefte sich in sein Büchlein, wo die Namen weiterer Flüsse aufgezeichnet waren. »Es heißt, dass es in manchen Flüssen Krokodile gibt«, sagte sie, »aber ich habe noch nie eins gesehen. Du etwa?«
»Gott bewahre! Es sind gefährliche Tiere.«
»Ach, ich würde gerne eines sehen«, lachte sie, ehe sie sich wieder an den Tisch setzte und weiterlas: »Montevideo hieß ursprünglich San Felipe del Puerto de Montevideo. Die Stadt befindet sich auf einer Landzunge, deren Mitte sich buckelartig wölbt. Es gibt zwei Erklärungen, wie die Stadt ihren Namen bekam. Einige behaupteten, dass man sie ursprünglich Monte-vireo nannte, was man im Altspanischen mit ›Grüner

Berg‹ übersetzte. Andere behaupten, dass der Name auf Magellan zurückgeht. Der segelte 1520 mit seiner Flotte durch den Río de la Plata und suchte die Durchfahrt zum Pazifik. Stattdessen stieß er auf einen Berg, den er Monte de San Ovidio nannte, woraus später Montevideo wurde. Eigentlich erstaunlich, dass die Stadt nach einem Berg benannt wurde. Im Grunde ist es bestenfalls ein Hügel – ein sehr niedriger ... Gott, davon habe ich ja noch nie gehört! Wer ist denn dieser Magellan?« Sie wartete seine Antwort nicht ab, sondern riss auch dieses Blatt heraus und zerknüllte es.
»Nun lass das doch!«, rief er leicht gequält.
»Wenn du dieses Land erleben willst – genügt es dann nicht, mich anzusehen, dir meine Züge einzuprägen und immer an mich zu denken, wenn Montevideos Name fällt?«
Kokett legte sie ihren Kopf schief und neigte sich etwas vor. Sein Gesicht war mittlerweile dunkelrot, und seine Hand zitterte. Ob ihn das Verlangen packte, über die ihre zu streicheln? Sie auf jeden Fall war kurz davor, wagte es aber dann doch nicht. Stattdessen sprang sie auf und winkte ihm, mit ihr zu kommen. »Wir haben nun lange genug stillgesessen! Es wird Zeit, dass wir die Stadtführung fortsetzen!«
Als er ihr nicht gleich folgte, packte sie ihn an der Hand und zog ihn mit sich. Ein paar Schritte lang ließ er sie gewähren, dann machte er sich los, und seine Zurückhaltung fachte ihre Verwegenheit erst recht an. Erneut wollte sie seine Hand nehmen, doch mitten in der Bewegung erstarrte sie. Das Lachen erstarb in der Kehle.
Julio kam die Straße entlang und hatte sie im gleichen Moment gesehen, da ihr Blick auf ihn fiel. Erst starrte er sie nur ungläubig an, dann schimpfte er empört. »Gütiger Himmel, Rosa! Was machst du hier?«

Rosa war so überrascht, dass ihr nichts einfiel, um ihren Bruder gnädig zu stimmen.
»Du wurdest doch in deinem Zimmer eingesperrt – wie kommst du nur hierher?«, fragte Julio streng.
Rosa starrte ihn weiterhin wortlos an, doch die Antwort dämmerte ihm langsam selbst. »Du bist einfach aus dem Haus geflohen«, stellte er fest und packte sie am Arm. »Wie kannst du so etwas wagen?«
Sein Griff war nicht schmerzhaft, dennoch schrie sie auf. Albert hatte den fremden Mann bis jetzt nur verwirrt gemustert, nun fuhr er ihn an: »Warum sind Sie bloß so grob?«
Julio beäugte ihn kühl. »Es steht mir zu, ich bin ihr Bruder. Ich frage mich allerdings, wer Sie sind und woher Sie sich das Recht nehmen, eine unverheiratete Frau zu belästigen.«
»Er hat mich nicht belästigt!«, rief Rosa dazwischen. »Es ist nicht seine Schuld, nur meine! Und ich habe …«
»Gut, dass du das einsiehst«, unterbrach Julio sie barsch. »Und jetzt kommst du mit.«
Ohne Albert die Gelegenheit zu geben, sich zu rechtfertigen, zerrte er sie einfach fort. Es blieb ihr nicht einmal Zeit, sich von Albert zu verabschieden. Sie warf ihm lediglich einen letzten hilfesuchenden Blick zu, während er wie angewurzelt stehen blieb. Sie gegen Argentinier zu beschützen, das war eine Sache, aber sie erkannte, dass er viel zu gut erzogen war, um einzugreifen, wenn der eigene Bruder Gehorsam verlangte.
Er war längst aus ihrem Blickfeld verschwunden, als Julio endlich stehen blieb, seinen Griff etwas lockerte und sie kopfschüttelnd ansah. »Was machst du nur für Sachen?«, fragte er tadelnd.
Die Wut, die sie eben noch auf ihn empfunden hatte, wich der Verzweiflung. »Ach Julio, ich wollte doch eigentlich zu dir.

Ich dachte, du könntest mir helfen. Ich ... ich will Ricardo del Monte nicht heiraten!«
»Frauen bestimmen nun mal nicht, wen sie heiraten werden. Das ist Sache der Väter.« Er klang herrischer, als er dreinblickte. »Wer war eigentlich dieser Mann – Engländer oder Deutscher?«
Er wirkte ehrlich neugierig, und Rosa, die eben noch überlegt hatte, wie sie ihn auf ihre Seite ziehen konnte, war erstaunt.
»Warum interessiert dich das denn?«
Julio schwieg vielsagend. Normalerweise nahm er nur an Dingen Anteil, die mit Geschäften zu tun hatten. Allerdings war Albert ja auch ein Geschäftsmann so wie alle Europäer, die hierherkamen.
»Er ist Deutscher«, sagte sie schnell. »Albert Gothmann ist sein Name.«
»Hm, eigentlich schade, den Engländern gehört die Zukunft in der Region. Es gibt keinen Wirtschaftszweig, an dem sie nicht beteiligt sind, ob es nun um Felle aus dem Río de la Plata geht, Guano und Nitrat aus Peru, Kupfer aus Chile, Zucker aus Kuba, Kaffee aus Brasilien ...«
Er hörte gar nicht mehr zu reden auf, und seine Stimme nahm einen ebenso schwärmerischen wie neidischen Klang an.
»Nun ja«, schloss er, »es gibt auch den einen oder anderen deutschen Händler hier. Hat er erzählt, was er hier macht?«
Rosa musste an das Notizbuch denken, zuckte aber die Schultern.
»In welchem Gewerbe ist er denn tätig? Die Engländer investieren seit kurzem in den Bau der Eisenbahn, die Telegraphenlinien und die Dampfschiffe für Flüsse. Oder ist er vielleicht im Baumwollhandel tätig? Nein, nein«, gab er sich selbst zur Antwort, »das ja wohl nicht. Niemand bietet Wolle so billig an wie die Engländer. Wahrscheinlich setzt er auf Ni-

schenprodukte, wie es die Hanseaten tun: Sie verkaufen Leinenstoffe und Glaswaren aus Böhmen.«

Rosa wurde es immer langweiliger, ihm zuzuhören. »Julio, ich will Ricardo wirklich nicht heiraten. Er ist doch viel zu alt.«

Diesmal verwies ihr Bruder sie nicht auf ihre Gehorsamspflicht gegenüber dem Vater, sondern blickte sie nur nachdenklich an. »Nun, wenn ich ehrlich bin, halte ich es auch für keine so gute Idee«, begann er gedehnt. »Ricardo gehört zur alten Schule – er erkennt die Zeichen der Zeit einfach nicht. Seinesgleichen fällt nichts Besseres ein, als Tierhäute und Pökelfleisch zu verkaufen. Das ist zwar ein ganz nettes Geschäft, aber auch da werden die Engländer bald die Nase vorne haben, denn sie haben längst erkannt, dass es ein billiges Essen für die Arbeiter in den Kaffeeplantagen von Brasilien abgibt. Der Export läuft vielversprechend an. Wie auch immer, wir sollten stärker die neuen Möglichkeiten des Freihandels nutzen und …«

»Julio, kannst du nicht mit Vater reden?«, unterbrach sie ihn, denn sie wollte nicht schon wieder endlos lange Reden über Geschäfte hören.

»Albert Gothmann hieß der Mann also«, murmelte Julio. »Weißt du, in welchem Hotel er wohnt?«

»Nein.«

»Nun, das müsste herauszufinden sein.«

Rosa verstand nicht, warum er das wissen wollte. »Kannst du nun mit Vater reden, damit ich Ricardo nicht heiraten muss?«

Julio lächelte bedeutungsvoll. »Nein, ich habe eine viel bessere Idee.«

3. Kapitel

Zwei Tage später aß Albert im Hotel mit einem Engländer zu Abend. Gute Gasthäuser waren nicht leicht zu finden, aber das Hotel de Comercio und das Hotel Paris waren ihm schon auf der Reise empfohlen worden. Die anderthalb Pesos, die für einen Tag zu zahlen waren, schlossen Zimmer und Verköstigung ein. Besonders dankbar war er für sein Einbettzimmer – er hatte gehört, dass dies in vielen südamerikanischen Ländern geradezu ein Ding der Unmöglichkeit war und man nicht nur den Schlafraum, ja sogar das Bett mit anderen teilen musste.

Eben schmierte er sich Butter aufs Brot – auch das war eine rare Kostbarkeit: Hierzulande aß man an ihrer statt meist eine Mischung aus Rindertalg und Kürbis, die Albert ekelhaft fand. Er konnte nicht verstehen, wie man dergleichen freiwillig aß, aber es gab so vieles, das er nicht verstand, so auch, dass man Knochen und Hufe als Brennstoff verwendete.

Rufus Smith, der ihm gegenüber Platz genommen hatte, sparte nicht an der Butter und legte die typische Blasiertheit seiner Landsleute an den Tag, die Albert eigentlich abstieß. Dennoch hatte er sich mit ihm angefreundet, weil Rufus Smith sich gerne reden hörte – im Übrigen mit einem arroganten Unterton, als würde niemand die Welt so gut verstehen und deuten können wie er – und Albert von keinem so viel über Land und Leute erfahren hatte wie von ihm.

»Die Argentinier toben, weil sie Montevideo einfach nicht in die Knie zwingen können«, spottete Rufus nun. »Dass eine gewaltsame Belagerung zu nichts führt, hätten wir ihnen eigentlich gleich prophezeien können.«

Albert musste unwillkürlich an seine Begegnung mit den Blancos denken. Es gruselte ihn immer noch bei der Vorstellung, was passiert wäre, wenn er und Rosa nicht rechtzeitig geflohen wären.

»Wir selbst haben schließlich den Beweis erbracht, dass man in dieser Region nicht mit Gewalt zu Herren aufsteigt, sondern mit Geld«, fuhr Rufus fort.

Er nutzte immer die Wir-Form, sobald es um die Leistungen der Engländer ging, als wäre er bei allem persönlich zugegen gewesen – ob bei der Entscheidung, sich verstärkt in Lateinamerika zu engagieren, oder beim Versuch des englischen Heers, Argentinien zu besetzen – worin es gnadenlos gescheitert war und man daraus die Lektion gezogen hatte, künftig militärische Auseinandersetzungen zu meiden. So peinlich die damalige Niederlage auch gewesen war, hatte die britische Besatzung von der La-Plata-Mündung lang anhaltende Folgen. In jener Zeit waren britische Waren in Montevideo zollfrei angeboten worden, und seit damals sehnte man sich hierzulande nach dem Freihandel. Und als er schließlich entgegen den Interessen des spanischen Mutterlands durchgesetzt wurde, waren Londoner Kaufleute die ersten und wichtigsten Geschäftspartner geworden.

»Sie sehen das auch so, oder?«, fragte Rufus forsch.

Albert zuckte zusammen. Er hatte die letzten Worte nicht gehört, weil er in Gedanken versunken war, nickte nun aber schnell: »Natürlich.« Für gewöhnlich reichte es, Rufus Smith dann und wann Stichworte zu liefern oder zu nicken, doch heute deutete der auf das Stück Brot mit Butter, das Albert immer noch in der Hand hielt, anstatt endlich ein Stück abzubeißen. Die geschmolzene Butter troff über seine Finger.

»Haben Sie Sorgen?«, erkundigte sich Rufus.
Albert schwieg; er hatte mit dem Briten noch nie über Persönliches geredet, doch kurz schien es verlockend, ihm alles anzuvertrauen. Rufus Smith war zwar ein denkbar schlechter Gesprächspartner, aber er wäre dann nicht mehr alleine mit seinen Gedanken gewesen – den Gedanken an Rosa de la Vegas. Dennoch verwarf er die Idee wieder. Rufus Smith hätte nie und nimmer nachvollziehen können, warum ihn das Schicksal eines einheimischen Frauenzimmers derart beschäftigte.
Gestern war eine dunkelhäutige Frau im Hotel aufgetaucht, hatte sich als Esperanza vorgestellt und einen Brief von Rosa überbracht. Darin entschuldigte sie sich für das Auftreten ihres Bruders und beklagte erneut, dass sie sich nur darum ganz alleine in der Stadt herumgetrieben hatte, weil sie einer erzwungenen Ehe zu entgehen versuchte. Die Zeilen waren nüchtern formuliert, doch Albert hörte die Hilfeschreie, die sich dahinter verbargen, und die stürzten ihn in Verzweiflung. Er hatte keine Ahnung, wie er ihr helfen könnte, und genauso wenig, wie er sie sich aus seinem Kopf schlagen sollte.
Rufus Smith bedrängte ihn nicht, ihm seine Gedanken anzuvertrauen, sondern fuhr fort: »Die Menschen hier sind ja unzivilisiertes Pack. Und äußerst roh. Gut, in der Banda Oriental gibt es keine Sklaven mehr – in Brasilien jedoch umso mehr. Sie werden wie Tiere behandelt, weil ihre Besitzer selbst kaum etwas anderes als Tiere sind. Natürlich frage ich mich: Warum ihnen mühsam die Menschenrechte in den Schädel hämmern? Ist es etwa unser Problem? Soll Brasilien ruhig seine Sklaven halten – wichtig ist doch nur, dass es sich aus Uruguay heraushält und das Land ein Pufferstaat bleibt. Dann ist es uns am nützlichsten. Und meinetwegen kann Spanien noch ewig zögern, die Unabhängigkeit von Uruguay anzuerken-

nen. Im Grunde gereicht uns das zum Vorteil: Solange diese Feindschaft mit Spanien besteht, werden sie keinen Handel mit dem einstigen Mutterland treiben – und wir haben alles in der Hand.«

Er lachte, als wären die langen Jahre der Unabhängigkeitskriege ein großer Spaß.

Albert nickte geistesabwesend, während seine Gedanken abermals abschweiften. Zu seinem Erstaunen hatte er nicht nur von Rosa einen Brief erhalten, sondern auch von ihrem Bruder Julio. So rüde der ihn auch behandelt hatte, zeigte er sich nun sehr an gemeinsamen Geschäften interessiert und lud ihn sogar zum Abendessen ein. Albert war unsicher, wie er darauf reagieren sollte. Zwar war es das Ziel dieser Reise, in den Kolonialhandel einzusteigen und seine Kontakte nicht nur auf Engländer zu beschränken, aber er fühlte sich noch nicht ausreichend gerüstet, konkrete Geschäfte abzuschließen – umso mehr, wenn seine Gefühle womöglich seinen Verstand blockierten.

Allerdings – noch unerträglicher als die Vorstellung, falsche Entscheidungen zu treffen, war die, gar nichts erst versucht zu haben. Albert stopfte sich das Butterbrot in den Mund und beugte sich entschlossen vor.

»Sagen Sie«, setzte er unwillkürlich an, »Sie kennen doch bestimmt die Familie de la Vegas. Ich habe kürzlich ihre Bekanntschaft gemacht, und ich frage mich, inwiefern ich als deutscher Privatbankier für sie interessant sein könnte.«

Rufus Smith wirkte kurz irritiert über die Unterbrechung, aber dann erschien wieder sein übliches dreistes Grinsen im Gesicht. Er fand es offensichtlich schmeichelhaft, dass Albert ihn um Rat fragte. »Sie stammen aus Frankfurt, nicht wahr?«

»Ja, aber ich habe die Stadt vor einigen Jahren verlassen und in London ein Praktikum gemacht. Darum bin ich überhaupt

erst auf die Idee gekommen, nach Montevideo zu reisen. In Deutschland kennt man diese Stadt so gut wie gar nicht.«
»Aha, und deshalb sprechen Sie dieses grauenhafte Englisch.«
Rufus grinste noch breiter.
Albert unterdrückte seine Wut. Er hatte sich immerhin die Mühe gemacht, Fremdsprachen zu lernen – sowohl Englisch als auch Spanisch. Rufus dagegen beherrschte nur seine Muttersprache.
»Nun«, fuhr Rufus fort, »in Frankfurt gibt es meines Wissens einen regen Handel mit englischen Waren aus den Kolonien, Kattun und Schafwollgewebe, Indigo, Kaffee, Tabak und Wein. Bis jetzt sind dort vor allem englische Zwischenhändler tätig – und die Frankfurter Kaufleute praktisch wehrlos gegen sie. Sie können völlig überhöhte Preise verlangen, weil sie keine Konkurrenz haben.« Er lachte, da er sich offenbar köstlich darüber amüsierte, dass die Deutschen von den Briten übertölpelt wurden. Immerhin war er gönnerhaft genug, um hinzuzufügen: »Sie nun hätten die Chance, die britischen Zwischenhändler auszuschalten und selbst Waren zu importieren. Leute wie Alejandro und Julio de la Vegas haben gute Kontakte zu den hiesigen Hacienderos. Das könnten Sie sich zunutze machen.«
Albert nickte nachdenklich. »Und was wissen Sie über die Familie de la Vegas?«
»Eine alte spanische Familie, die vor zwanzig Jahren hierher ausgewandert ist. Zunächst hielten sie wie alle ihresgleichen enge Verbindungen zum Mutterland, aber dann wuchs die Einsicht, dass sich die Unabhängigkeit mehr lohnt. Der alte Alejandro setzt klassisch auf Häute, Talg und Fleisch – sein Sohn auf größere Vielfalt der Waren. Ich nehme an, er ist für jeden Kontakt nach Europa dankbar.«
»Und ich könnte diese Kontakte bieten«, schloss Albert.

Rufus klatschte sich auf die Schenkel: »Was bin ich für ein Idiot, Ihnen Ratschläge zu geben. Schließlich will ich mir von euch Deutschen das Geschäft nicht verderben lassen. Eines Tages wird Lateinamerika eine englische Kolonie sein – und das ganz ohne Gewalt.«
Albert nahm sich ein zweites Brötchen und schmierte Butter darauf. Er entschied, auf Julios Schreiben zu antworten und die Abendeinladung anzunehmen. Allein der Gedanke daran versetzte ihn in Aufregung. Auch wenn er immer noch nicht wusste, wie er Rosa helfen würde – er würde sie wiedersehen. Und falls er wirklich mit Julio ins Geschäft kam, wäre dies ein Triumph gegenüber seinem Vater. Dann musste der nämlich eingestehen, dass es alles andere als ein Fehler war, diese weite Reise unternommen zu haben, und Albert hatte den Vorwand, immer wieder aufs Neue in ferne Länder aufzubrechen.

Am nächsten Abend zog sich Albert seinen besten Frack an – keinen besonders eleganten, wie er sie in Frankfurt trug, aber einen von jenen, die nicht zum Knittern neigten –, und brach zu den de la Vegas' auf.
Bis jetzt hatte er keines der spanischen Patio-Häuser von innen gesehen, und als er es erreichte, blieb er stehen und nahm das typische Flachdach und das Aussichtstürmchen gründlich in Augenschein. Die Vorderfront kündete nicht unbedingt von Reichtum, eher davon, dass die Familie hinter kleinen, vergitterten Fenstern Abgeschiedenheit suchte. Das bestätigte, was er oft genug gehört hatte: dass sich das Leben der reichen Familien vorzugsweise im Inneren abspielte und sie nur zu wenigen Anlässen das Haus verließen.
Er betrat es nun durch ein großes Portal aus dicken Zedernholzbohlen und mit Bronzebuckeln, das bis abends geöffnet

blieb, und betrat einen schmalen, dunklen Flur, der dahinter folgte.
Dort wurde er von Julio de la Vegas in Empfang genommen.
»Kommen Sie nur, kommen Sie!«, rief er und schlug ihm die Hand auf die Schulter, als empfinge er einen alten Freund. Albert klopfte sich unauffällig den Staub vom Ärmel, versuchte aber, eine gleichmütige Miene aufzusetzen.
Auf die Eingangshalle folgte ein kurzer Vorplatz, Zagúan genannt, dessen Wände mit Malereien aufwarteten, und von dort erreichte man den zweiten Innenhof, um den herum die Wohnräume lagen.
Der Hof war mit kleinen Steinen gepflastert, und ein Kanal brachte Wasser in die Räume und den Garten. Albert hob bewundernd die Braue. Bis jetzt hatte es ihn entsetzt, dass es in der Stadt kaum Wasserleitungen gab und die Straßen allesamt dreckig waren, doch bei den reichen Familien galten erfreulicherweise andere Standards.
Julio schien zu bemerken, was in ihm vorging. »Wir leben eben doch nicht wie die Tiere, auch wenn die Engländer Sie das gewiss glauben machen wollten.«
Albert sagte nichts dazu. Er war überrascht über Julios joviales Lächeln und dessen sichtbaren Eifer, ihn zu beeindrucken. Damals, als er ihn mit Rosa erwischt hatte, hatte er eher feindselig gewirkt. Sein Herz pochte schneller, als er an Rosa dachte, doch noch war weit und breit nichts von ihr zu sehen.
Julio brachte ihn zum großen Saal – la Sala –, wo die Familie befreundete Personen empfing und sich abends nach dem Essen aufhielt. Albert stellte fest, dass die Zimmer hoch sowie geräumig und die Fenster um vieles größer als die Luken waren, die zur Straße hinwiesen. Der Boden war mit Teppichen ausgelegt – viel prächtigere, als er bisher hier gesehen hatte. Sein Hotelzimmer war nur mit chinesischen Matten belegt.

Ein Dutzend mit Seidendamast überzogene Stühle stand zusammen mit zwei ebensolchen Lehnstühlen und Sofas um einen Mitteltisch mit Marmorplatte. Zwei goldgerahmte Spiegel schmückten die Wände zwischen zwei Glasschränken für allerlei Tand, im hinteren Teil des Raumes nahm er ein Piano wahr.
Wieder hielt er unauffällig nach Rosa Ausschau, aber an ihrer statt trat ihm ein älterer Mann entgegen, dem rechts und links zwei Frauen folgten. Sie achteten sorgsam darauf, ein paar Schritte Abstand und den Kopf gesenkt zu halten. Alejandro de la Vegas war ein Ebenbild von Julio, nur dass seine Haut gegerbter war, sein Haar grauer und seine Haltung starrer. Anders als sein anbiedernder Sohn wirkte er stolz, fast ein wenig mürrisch. Die beiden Frauen waren wohl seine Schwestern, doch obwohl sie sich mit den trippelnden Schritten und der geduckten Haltung schüchtern gaben, waren die verstohlenen Blicke, die sie Albert zuwarfen, prüfend: Eine betrachtete ihn mit einem Hauch Wohlwollen, die andere mit Verachtung. Aufgeregt wirkten sie beide – offenbar kam es nicht oft vor, dass Fremde zum Abendessen geladen wurden.
Julio trat auf seinen Vater zu. »Das ist der Deutsche, von dem ich dir erzählt habe«, erklärte er.
Alejandro de la Vegas' Gesichtsausdruck wurde misstrauisch.
»Sie sind also Kaufmann«, begann er gedehnt.
»Genau betrachtet, bin ich Bankier. Aber es stimmt, ich bin hierhergekommen, um Handel zu treiben.«
Während Alejandro ihn musterte, erfüllte angespanntes Schweigen den Raum. Julio war ein wenig zurückgetreten, und Albert fühlte sich mit jedem Augenblick, der verrann, hilfloser, doch schließlich erklärte eine der älteren Frauen resolut: »Um Geschäfte zu schließen, gilt es, den Magen zu füllen. Ich darf Sie zu Tisch bitten.«

Alejandro sagte kein Wort, nickte jedoch widerwillig.
Vom großen Saal aus erreichten sie den Speisesaal mit einer dunklen Tafel, und hier sah Albert Rosa endlich wieder. Sie schien schon länger zu warten und unruhig auf und ab zu gehen, doch als ihre Familie den Raum betrat, blieb sie stehen und senkte sittsam den Blick. Als Julio ihr Albert vorstellte, tat sie so, als ließe er sie völlig kalt.
Natürlich, ging es Albert durch den Kopf, sie darf nicht zugeben, mich zu kennen.
Dennoch war er ein wenig enttäuscht, weil er sich so sehr nach einem Lächeln sehnte.
Immerhin, als Orfelia de la Vegas ihn zu seinem Platz führte, sah sie hastig hoch und zwinkerte ihm vertraulich zu. Da waren sie wieder – dieses Feuer in den Augen, diese so ansteckende Lebenslust!
Alberts Herz pochte schneller. Er hatte zwar immer noch keine Ahnung, wie er ihr helfen konnte, aber die Welt schien kurz stillzustehen.
Viel zu bald wurde ihr Gesicht wieder ausdruckslos. Alle widmeten sich dem Essen, das großteils schweigend verlief und aus Fainá mit Schafskäse als Vorspeise bestand – dünne Fladen aus Kichererbsenmehl –, Lomo de ternera in Pfeffersauce und Ñoquis als Hauptspeise – Kalbsfilet mit Kartoffelnudeln – und Anisbiskuit als Dessert. Alejandro ignorierte den Gast weitgehend und warf ihm nur dann und wann einen kurzen Blick zu. Julio dagegen war weniger wortscheu. Ähnlich wie er vorhin das Haus der de la Vegas' gerühmt hatte, begann er nun, ein Loblied auf das Essen zu singen: »Sie müssen zugeben, das Fleisch ist ausgezeichnet, und auch die Butter ist von bester Qualität. Und ich bin mir sicher, dass die Engländer keinen besseren Käse machen. Gewiss, der Weizen kommt aus Nordamerika, er wird hierzulande kaum ange-

baut. Aber unser Bäcker versteht es, daraus vorzügliches Brot zu backen.«
Das konnte Albert nicht leugnen, obwohl ihm diese Prahlerei übertrieben schien. Er nickte hastig und lächelte schmallippig.
Julio beugte sich vor. »Und trinken Sie noch ein Gläschen Wein. Ich habe extra französische Rotweine servieren lassen, Château Margaux und Château Yquem. Als Europäer und somit als wahrer Kenner wissen Sie das sicher zu schätzen, obwohl ich Ihnen ganz ehrlich sagen muss: Die Weine und Schnäpse aus Mendoza sind diesen nicht unterlegen.« Er machte eine kurze Pause, ehe er laut und vernehmlich hinzufügte: »Nicht wahr, Vater?«
Alejandro räusperte sich. Ihm fehlte der Sinn für gutes Essen ebenso wie die Bereitschaft, um Alberts Respekt zu buhlen. Immerhin musterte er ihn erstmals mit gebührender Aufmerksamkeit. »Also«, setzte er an, »welche Art von Handel wollen Sie treiben?«
Albert war nun doch froh, einen Schluck Wein zu nehmen und die trockene Kehle zu benetzen. Seit seinem Gespräch mit Rufus hatte er sich viele Gedanken gemacht, doch er war sich nicht sicher, ob sie auch taugten. »Ich habe festgestellt, dass der Markt hier regelrecht mit englischen Produkten überspült wird«, begann er.
Er wollte noch etwas hinzufügen, aber Alejandro fiel ihm bereits brüllend ins Wort. »Und was soll daran schlecht sein? Die Engländer sind unsere Verbündeten gegen die verfluchten Blancos und Argentinier.«
Das jähe Geschrei ließ Albert zusammenzucken – es kam wie ein Donnerschlag aus heiterem Himmel. Überdies war der Blick des Alten mit einem Mal so verächtlich, dass er insgeheim damit rechnete, gleich des Hauses verwiesen zu werden.

Doch er beherrschte sich und zuckte nicht einmal mit den Wimpern. Prompt wurde Alejandros Ausdruck etwas milder, und Albert begriff, dass dessen rüdes Verhalten wohl dem Zweck diente, seinen festen Willen auf die Probe zu stellen.
Albert reckte stolz sein Kinn. Wenn es der Alte unbedingt darauf anlegte, dann würde er beweisen, dass man einen Gothmann so schnell nicht einschüchtern konnte. Sein Blick huschte unauffällig zu Rosa, ehe er erklärte: »Gewiss, viele Importprodukte sind unverzichtbar, aber ich bleibe dabei: Der lateinamerikanische Markt wird von englischen Produkten geradezu ruiniert. Leder, Holz und Porzellan – alles kommt vom Vereinigten Königreich.«
Alejandros Gesicht blieb etwas misstrauisch, doch dass er nicht gleich wieder losbrüllte, war ein Zeichen von Anerkennung. Albert war erleichtert, sich gründlich vorbereitet zu haben.
»Ich muss Señor Gothmann recht geben«, schaltete sich Julio ein. »Manche Produkte, die importiert werden, sind ungeheuer wichtig, manches jedoch absurd. Hast du davon gehört, dass Handelsagenten aus Manchester, Glasgow und Liverpool eigens Argentinien bereisten, um die dortigen Ponchos zu kopieren oder die nach Landessitte umgekehrten Steigbügel aus Holz? Als ob wir dergleichen nicht selbst anfertigen könnten!«
»Was ist daran absurd?«, fuhr Alejandro auf. »Wenn er in Argentinien hergestellt wird, kostet der Poncho sieben Pesos, stammt er aus Yorkshire, nur drei. Was einmal mehr beweist, was für Halsabschneider die Argentinier sind.« Der Alte schnaubte. »Und bei der Erzeugung von Sporen, Pflugscharen, Zaumzeug und Nägel, haben die Briten ebenfalls die Nase vorne.«
Albert nickte. »Gewiss, aber andere Waren sind doch auch in diesem Land gut herzustellen – ich denke an Kessel, Koch-

töpfe oder Messer.« Er deutete auf die reich gedeckte Tafel der de la Vegas', denn er war sich sicher, dass die Teller, von denen sie gegessen, und die Gläser, aus denen sie getrunken hatten, nicht von hier stammten. »Und teilweise gibt es regelrecht sinnlose Importe: Särge, Schlittschuhe und Brieftaschen, obwohl doch kaum Papiergeld in Gebrauch ist. Wie auch immer«, Albert beugte sich vor, »ich will die Geschäfte mit England gar nicht schlechtmachen, ich denke nur, dass Ihr Land gut daran tut, auf den verstärkten Export zu setzen – ob nun von Waren, die es selbst herstellt, oder die, die von den Nachbarländern gekauft werden. In Europa gibt es durchaus einen entsprechenden Absatzmarkt. Und ich könnte Kontakte zu den deutschen Ländern anbieten.«
Alejandro lehnte sich zurück, und erstmals erschien ein schmales Lächeln auf seinen Lippen. Albert unterdrückte ein erleichtertes Seufzen. Scheinbar war nicht mit weiterem Gebrüll zu rechnen. »Und an welche Waren haben Sie da gedacht?«
Albert sah sich um. Abermals fiel sein Blick kurz auf Rosa, und zum zweiten Mal deutete sie ein Lächeln an. Ihm schwirrte der Kopf – nicht nur wegen ihres Anblicks, sondern auch, wozu ihn dieser verleitete. Eigentlich war er doch hierhergekommen, um den deutschen Export anzuregen, nicht den von Uruguay. »Nun«, sagte er, »zum Beispiel luxuriöse Hölzer.«
»Die kommen allesamt aus Paraguay«, erklärte Alejandro grimmig. »Und Paraguay verschließt sich dem Außenhandel.«
»Was wir allerdings umgehen könnten«, warf Julio ein. »Ich habe auch in Paraguay den einen oder anderen Geschäftspartner. Sicherlich wären sie bereit, Waren zu exportieren.«
Alejandro kniff seine Augen zusammen: »Du rühmst dich also auch noch des Schmuggels? Und Sie!«, er wandte er sich erneut an Albert. »Sie wollen das unterstützen?«

Alberts Entschlossenheit wankte. Worauf hatte er sich da nur eingelassen? Das waren gewiss nicht die Art Geschäfte, die er schließlich wollte. Rosa schien seinen Widerwillen zu spüren, denn ihr Blick wurde geradezu flehentlich. Was sollte er nur tun?

»Nun gut«, fuhr Alejandro indes gemäßigter fort. »Ich kann mir schon vorstellen, Waren zu liefern, die für den deutschen Markt interessant wären. Meinetwegen besagtes Holz oder auch Zucker und Kaffee aus Brasilien. Solche Geschäfte bedürfen aber viel Vertrauens. Sie sind ein Fremder, den ich nicht kenne, noch dazu ein Deutscher.«

Es klang wie ein Schimpfwort, und Albert fiel nichts ein, seine Vorurteile zu entkräften. Genau genommen waren auch er und Rosa einander fremd. Sie hatten nur einen einzigen Nachmittag miteinander verbracht. Dennoch war ihm ihr Anblick so vertraut, und er dachte, es müsste ihm das Herz zerreißen, wenn er dieses Haus für immer verließ und sie nie wiedersah.

Er rang nach Worten, doch Julio kam ihm zu seinem Erstaunen zuvor. »Es gäbe durchaus eine Möglichkeit, dass er kein Fremder bleibt, Vater. Die Beziehungen zu unserer Familie ließen sich durchaus … stärken.«

Alejandro musterte ihn sichtlich irritiert.

Eine der Tanten, jene mit Namen Eugenia, die strenger als die andere schien, räusperte sich. »Es wäre vielleicht angebracht, wenn wir uns zurückziehen. Gewiss wollen Sie eine Zigarre rauchen und ein Glas Whiskey trinken.«

Beides war in Gegenwart der Frauen wohl nicht üblich.

Alejandro jedoch machte eine Bewegung, als wollte er ein lästiges Insekt erschlagen. »Und wie stellst du dir das vor?«, fragte er seinen Sohn streng, ohne seine Schwester auch nur eines Blickes zu würdigen.

»Nun«, begann Julio gedehnt, »Sie reisen doch allein, Herr Gothmann. Ich nehme an, Sie sind noch Junggeselle.«
»Ja«, antwortete Albert knapp und fühlte sich zum Stichwortgeber verdammt.
Er sah, wie Rosa errötete, und begriff erst in diesem Moment, was ihr Bruder vorhatte und dass sie in seinen Plan eingeweiht sein musste.
»Herr Gothmann wäre doch ein passabler Bräutigam für unsere Rosa, oder nicht?«, fuhr Julio fort.
Albert war fassungslos, dass er es ohne Absprache wagen konnte, so weit zu gehen. Doch Julio hatte nicht nur ihn überrumpelt, sondern auch Alejandro. Dem blieb der Mund offen stehen, während die Tanten beide aufschrien. Albert konnte nicht recht deuten, ob sie einfach nur überrascht waren oder empört. Ihm selbst brach Schweiß aus. Ja, natürlich hatte er diese Möglichkeit in Betracht gezogen und nicht zuletzt darum geschäftliche Beziehungen vorgeschlagen. Doch er hatte gedacht, dass er über lange Wochen um das Vertrauen der de la Vegas' ringen müsste – Zeit genug, seine eigenen Gefühle für Rosa zu prüfen und abzuschätzen, wie tragfähig sie für eine gemeinsame Zukunft waren.
Tante Eugenia erhob sich. »Wir gehen nun«, erklärte sie streng. »Die Geschäfte der Männer sind unsere Sache nicht.«
Rosa blieb jedoch einfach sitzen: »Wie es aussieht, geht es aber nicht um Geschäfte, sondern um mich.« Ihre Stimme klang heiser. War es ein Ausdruck von Liebe oder Verzweiflung?
Alejandro hatte sich indessen wieder gefasst. »Ich habe Rosa aber Ricardo del Monte versprochen …«, setzte er an. Der Rest des Satzes ging im Stimmengewirr unter.
»Aber Ricardo ist so alt!«, rief Rosa, woraufhin Eugenia sie unnachgiebig belehrte: »Als Mädchen tut man, was der Vater sagt.«

»Bedenke«, warf Julio wiederum ein, »Ricardo kann uns bestenfalls zu Kontakten mit anderen Hacienderos verhelfen, und das sind großteils Blancos – Herr Gothmann hingegen zu ganz Europa.«
Ob das nicht zu viel versprochen war?, dachte Albert.
Im nächsten Augenblick verstummten sämtliche Gedanken. Rosa hatte sich nun doch erhoben, jedoch nicht, um mit den Tanten das Haus zu verlassen, sondern um energisch zu verkünden: »Ich würde Señor Gothmann viel lieber heiraten als Ricardo del Monte. O bitte, Vater! Du willst doch nicht, dass ich unglücklich werde. Ich bin deine einzige Tochter. Meine Mutter hätte das sicher nicht gewollt.«
Alejandros Lippen begannen zu zittern, und kurz spiegelten seine Züge Alberts Hilflosigkeit. Fast rechnete er damit, er würde mit der Faust auf den Tisch donnern, um sie zu bezwingen, doch stattdessen nahm er das Weinglas und trank einen kräftigen Schluck – offenbar, um etwas Zeit zu gewinnen und sich seiner Gefühle klarzuwerden. Doch er verschluckte sich am Wein, fing zu husten an und konnte – selbst wenn er es gewollt hätte – Rosas Ansinnen nicht zurückweisen. Noch ehe er Luft holen konnte, war Julio schon aufgesprungen und hob seinerseits das Weinglas. »Nun, dann würde ich vorschlagen, dass wir auf die glückliche Zukunft des jungen Paares anstoßen.«
Alejandro brach vor Schreck in neuerliches Husten aus. »Ich habe meine Zustimmung noch nicht gegeben«, japste er mit rotem Gesicht, »und Albert Gothmann hat noch nicht seine Meinung dazu bekundet.«
Albert trat noch mehr Schweiß auf die Stirn, und das Essen lag ihm wie Blei im Magen. Dennoch erhob er sich wie von einer fremden Macht gesteuert. Er trat zu Rosa und nahm ihre Hand. Wie klein ihre Finger waren, wie weich ihre Haut war.

Er war sich nicht sicher, ob eine so vertrauliche Berührung gestattet war, denn zum wiederholten Mal schrien beide Tanten auf. Allerdings wirkten ihre Blicke nicht empört, eher sensationslüstern. Und Rosa lächelte ihm zu. Nein, er wollte diese Hand nicht wieder loslassen. Und nein, er wollte den Zweifeln und Ängsten nicht nachgeben, die in ihm aufstiegen.
»Ich würde Ihre Tochter sehr gerne heiraten«, sagte er.
Noch nie hatte er sich zu einer derart überstürzten Entscheidung hinreißen lassen, doch als er das freudige Funkeln in ihren Augen sah, durchströmte ihn heißes Glücksgefühl.
Rosa, dachte er. Meine Rosa …

Rosas Leben war stets gemächlich verlaufen und hatte kaum Abwechslung gekannt, doch nun ging alles blitzschnell: Binnen einer Woche war sie verlobt, binnen eines Monats verheiratet, und noch am Abend nach der Hochzeit bestieg sie mit ihrem frischgebackenen Ehemann ein Schiff nach Europa.
»Ich wollte eigentlich noch mehr Länder Südamerikas bereisen«, hatte Albert erklärt, »aber nun muss ich dich erst einmal meiner Familie vorstellen – und mit meinem Vater über die Geschäfte sprechen, die ich künftig mit deinem Vater und Julio betreiben werde.«
Kurz nach Alberts Heiratsantrag hatte bei Rosa ein Gefühl des Triumphes überwogen: Sie hatte ihr Schicksal gewendet und war dem uralten Ricardo entkommen. Doch je näher die Trauung rückte, desto größer wurde die Angst vor einer ungewissen Zukunft.
Insbesondere die Erwähnung von Alberts Familie erinnerte sie daran, dass sie die eigene verlassen musste. Sie hatte nicht gedacht, dass es ihr so schwerfallen würde, und allein der Gedanke daran beschwor regelrechte Panik in ihr herauf. Dass Albert überdies die Geschäfte erwähnte, führte ihr vor Au-

gen, dass sie ihn im letzten Monat über kaum etwas anderes hatte sprechen hören. Es hatte keine Möglichkeit gegeben, mit ihm allein zu sein, immer waren die Tanten, ihr Vater oder Julio zugegen – und Letzterem schien das Glück der Schwester gleichgültig, Hauptsache, er konnte reich werden. Das Schlimme war, dass ihr auch Albert stets so nüchtern erschien. Zwar hatte er sich während ihres Stadtrundgangs ebenfalls etwas steif verhalten, aber damals hatte sie einfach die Seiten aus dem Notizbüchlein gerissen und ihn zum Lachen gebracht. Jetzt gab es keine Gelegenheit, diese langweiligen Gespräche zu stören.

Am Abend vor der Hochzeit war ihr zum Weinen zumute, aber sie brachte es nicht über sich, ihre Sorgen den Tanten anzuvertrauen, die Alberts Heiratsantrag und die Tatsache, dass Rosa der Ehe mit Ricardo entging, mit einer Mischung aus Sensationsgier, Empörung und einer Prise Wohlwollen hingenommen hatten. Orfelia beklagte zwar, dass Rosa bald die Reise nach Europa antreten und dann für lange Zeit von der Familie getrennt sein würde, aber Eugenia erklärte kategorisch: »Eine Frau hat ihrem Mann zu folgen.«

Ihnen gegenüber konnte sie ihre Ängste unmöglich zugeben. Nur zu Espe sagte sie: »Europa ist so schrecklich weit weg.«
»Nun, deine Mutter ist in Valencia aufgewachsen«, erklärte sie ruhig. »Für sie war Montevideo auch eine fremde Stadt.«
»Hat sie sich damals schnell eingelebt?«, fragte Rosa begierig, um etwas zögernder hinzuzufügen: »Und war sie mit meinem Vater glücklich?«
Espe zuckte die Schultern. »Sie hatte ihre Blumen«, wich sie einer Antwort aus.
»Aber keine Rosen.«
»Dafür dich.«
»Aber sie hat nicht erleben dürfen, wie ich groß wurde.«

»Ich bin sicher, sie wäre zufrieden und stolz, wenn sie dich jetzt sehen könnte. Und sie wäre mit Señor Gothmann einverstanden. Er ist ein feiner Mann.«
Rosa war überrascht, dass Espe sich so offen äußerte. Für gewöhnlich bekundete sie ihre Meinung nicht. Vielleicht lag es daran, dass sie Rosas Verzweiflung witterte.
»Espe ... Espe, begleitest du mich?«, rief Rosa. »Ich könnte es nicht ertragen, so ganz allein in der Fremde zu sein ... Ich weiß doch nicht, was mich erwartet. Gewiss, Albert ist so gut und freundlich, aber ich kenne seine Familie nicht. Scheinbar ist sein Vater sehr streng und seine Mutter oft krank. Und dann gibt es da noch seinen jüngeren Bruder und dessen Frau. Vielleicht mögen sie mich nicht.«
Espe entkräftete ihre Ängste nicht, sagte jedoch entschieden: »Natürlich werde ich mit dir kommen. Ich kann Valerias Tochter doch nicht alleinlassen.«
Rosa hätte am liebsten die dunkle, runde Frau umarmt, wagte es aber nicht. Als Kind hatte Espe sie hingebungsvoll betreut, jedoch selten liebkost; ihre Wärme ging von ihrem Blick aus, nicht von ihren Händen. So oder so fühlte sich Rosa getröstet. Wenn sie an die morgige Hochzeit dachte – ein großes Fest, zu dem viele Familien geladen worden waren und üppige Speisen aufgetragen werden würden –, war ihr nicht länger zum Weinen zumute, sondern eine fiebrige Aufregung erfasste sie.

Albert erlebte den Tag seiner Hochzeit wie im Traum. Er konnte sich des Gefühls nicht erwehren, dass er nur ein stummer Beobachter war, der mit dem Fest eigentlich nichts zu tun hatte. Vielleicht lag es daran, dass es weder Freunde noch Familienangehörige, sondern vor allem Fremde waren, deren Hände er schüttelte. Vielleicht auch daran, weil er sich so fern von seinem Zuhause aufhielt, wo nichts von seiner eigenen Geschichte und der seiner Familie zeugte.

Alejandro de la Vegas hatte keine Kosten und Mühen gescheut, um seinen Reichtum zur Schau zu stellen, als er seine einzige Tochter unter die Haube brachte – angestiftet wahrscheinlich nicht nur von seiner eigenen Eitelkeit und seinem Geltungsbedürfnis, sondern von Julio. Albert vermeinte zwischenzeitig, dass Letzterem mehr an der Hochzeit lag als ihm selbst und Rosa, zumal diese viel zerbrechlicher und schüchterner als das lebenslustige Mädchen wirkte, das er vor den Argentiniern gerettet hatte.

Ihr Anblick rührte ihn, und als er beim Heiratsschwur ihre Hand ergriff, schämte er sich wegen des Gefühls, nicht dazuzugehören. Es stimmte ja nicht, dass er sich unter Fremden aufhielt – sie war jetzt seine Frau; niemand würde ihm künftig so nahestehen wie sie. Und hatte er nicht genau das gewollt, als er nach Uruguay aufgebrochen war? Dass er etwas erlebte, was nichts mit Bankgeschäften zu tun hatte, dass sein Leben bunter wurde, dass er, verglichen mit seinem zwar geschäftstüchtigen, aber erstarrten Vater, neue Wege beschritt?

Ein wenig gruselte es ihn schon, wenn er an seinen Vater dachte und daran, dass er ihm schon in wenigen Wochen die überstürzte Heirat erklären musste ...

Aufgrund des blockierten Hafens konnten sie nicht länger mit der Abreise warten, sondern mussten die erste Gelegenheit nutzen und bestiegen das Schiff, noch ehe alle Hochzeitsgäste die Feier verlassen hatten. Espe hatte eine eigene Kajüte, in der anderen war er nun mit Rosa allein.

Ihr Anblick ließ ihn fast noch mehr erschaudern als der Gedanke an den fernen Vater. Was ... was sollte er nun tun?

Nicht dass er nicht über die Dinge Bescheid wusste, die zwischen Mann und Frau vor sich gingen – schließlich hatte ihn

sein Vater mit sechzehn Jahren zum ersten Mal ins Bordell mitgenommen. Zuvor hatte sich Albert Mut angetrunken, was dazu geführt hatte, dass ihm schrecklich übel war und er sich, als sich eines der leichten Mädchen vor ihm entkleidet hatte, erbrochen hatte. Das Mädchen hatte gelacht und er sich entsetzlich geschämt, aber ausgerechnet das hatte den Bann brechen lassen – wohl, weil das Mädchen in Wahrheit erleichtert war, die Nacht mit einem unwissenden Burschen anstatt mit einem rohen Mann zu verbringen. Behutsam hatte sie ihn in die Künste der Liebe eingeführt, und das Vergnügen daran hatte die Scham schließlich besiegt. Dennoch war er am nächsten Morgen vor allem dankbar, es hinter sich zu haben. Er war nun mal kein Mann mit übermäßigem Verlangen – und wenn es ihn doch überkam, nun, dann hatte er ihm in diskreten Etablissements mit erfahrenen Frauen nachgegeben. Wie aber sollte er sich Rosa nähern, ohne dass sie vor Angst, Scham und Ekel verging? Zumindest hatte er einmal gehört, dass sich wohlerzogene Mädchen so verhielten.
Während er noch wartete, übernahm sie das Kommando. Unerwartet stürzte sie auf ihn zu, umarmte ihn und presste ihren Körper ganz fest an seinen.
»Ich habe ein wenig Angst«, bekannte sie freimütig.
Er brauchte eine Weile, um zu begreifen, dass ihre Angst weniger der Hochzeitsnacht galt als vielmehr dem Aufbruch in die Fremde. Womöglich überkamen auch sie Zweifel an der überstürzten Ehe – und um ihnen zu entgehen, warf sie sich nicht nur an ihn, sondern küsste ihn obendrein.
Noch nie hatte er eine Frau auf den Mund geküsst, bestenfalls flüchtig auf die Hand und seine Mutter auf die Wange. Nun schmeckte er ihre Lippen, schmeckte auch ihre Zunge, ein wohliges Gefühl und zugleich erschreckend. Er wurde den Verdacht nicht los, dass eine feine Frankfurterin nie so weit

gehen würde. Schon gar nicht würde eine solche nach dem Kuss den Seidenmantel ablegen, den Rosa mit Espes Hilfe vorhin angezogen hatte.

Da war es nun wieder – das stürmische Mädchen, das ihm Montevideo gezeigt und seine Notizen zerrissen hatte. Wie an jenem Tag imponierte es ihm ... und machte ihm ein wenig Angst. Beinahe war er geneigt, sie zurückzustoßen, doch als sie sich erneut an ihn klammerte, ließ er sich von ihrem Überschwang an Gefühlen mitreißen. Er führte sie zur Koje und begann, sich selbst zu entkleiden. Erst jetzt merkte er ihr leichtes Zittern und das Rot auf den Wangen. Doch in dem Augenblick, da er schon wieder zurückweichen wollte, machte das Schiff einen Ruck. Sie fielen beide von der Koje und drehten sich wegen der Wucht des Aufpralls einmal um die eigene Achse.

»Lieber Himmel, hast du dir weh getan?«

Ein ersticktes Geräusch antwortete ihm. Weinte sie etwa? Doch als er sich über sie kniete, sah er, dass sie in prustendes Gelächter ausgebrochen war. Es klang ein wenig schrill, aber zugleich befreiend, und er konnte gar nicht anders und stimmte ein. Als er sie hochziehen wollte, hielt sie ihn davon ab. »Wir bleiben besser auf dem Boden liegen, sonst fallen wir womöglich erneut aus der Koje.«

Abermals kam ihm insgeheim der Verdacht, dass sich das für eine Dame nicht schickte – doch wieder überwog die Erleichterung, dass es in ihrer Gegenwart so selbstverständlich, ja natürlich schien, nicht nur Kleidung, sondern auch Konventionen abzulegen. Er schien ein ganz anderer zu werden, war für wenige Augenblicke kein schüchterner junger Mann mehr, der sich beim Anblick der ersten nackten Frau übergeben hatte, sondern ein hitziger Liebhaber.

So wurde die Ehe von Albert Gothmann und Rosa de la Vegas auf dem Boden ihrer Kabine vollzogen – so schnell und überstürzt, wie sich diese Ehe angebahnt hatte. Als es vorbei war, war Albert sich nicht sicher, ob es schön und erfüllend gewesen war. Beider Keuchen verriet lediglich, dass es in jedem Falle wild und aufregend vonstattengegangen war.

Rosa kicherte in einem fort – vielleicht, weil sie glücklich war, vielleicht, um die Verlegenheit zu überbrücken. Wie vorhin stimmte er in ihr Lachen ein. Es klang fremd in seinen Ohren, aber er merkte dankbar, wie sich die Anspannung entlud.

Später, als sie sich wieder angekleidet hatten, legten sie sich doch noch in die Koje. Er strich über ihren Unterarm und konnte nicht fassen, dass diese Frau zu ihm gehörte, zart und mutig zugleich, zerbrechlich und lebenslustig, anschmiegsam und selbständig.

»Ich habe ein wenig Angst«, wiederholte sie.

Er war kurz davor, zuzugeben, dass es ihm genauso erging. Ja, er fürchtete sich vor ihren stürmischen Gefühlen, fürchtete sich vor den eigenen, fürchtete sich schließlich, dem Vater gegenüberzutreten. Doch stattdessen sagte er: »Wir werden immer wieder nach Montevideo zurückkehren.«

»Wegen der Geschäfte, nicht wahr?«

»Ja, ich werde meinen Vater dazu überreden, verschiedene kaufmännische und industrielle Vorhaben hier mit seiner Bank zu finanzieren. Ich weiß – einige andere Bankhäuser Frankfurts haben bereits einen eigenen Agenten, der auf fernen Märkten aktiv ist. Hier in Südamerika trifft man diese kaum, und hier nun werde ich diese Rolle einnehmen und …«

Er fühlte sich immer sicherer, je länger er sprach, und zum ersten Mal auf vertrautem Terrain. Von Geschäften verstand er etwas. Doch Rosa kicherte nicht mehr, sondern gähnte.

»Wir werden gemeinsam viel reisen«, murmelte er, und diese Aussicht stimmte ihn optimistisch. Auf diese Weise würde ihr Heimweh nicht übermächtig werden, er konnte der nörgeln-

den Stimme seines Vaters entgehen, der leidenden seiner oft so kranken Mutter Adele. Er konnte seinem Bruder Carl-Theodor aus dem Weg gehen, seiner französischen Schwägerin Antonie …
Wie wohl deren Urteil über Rosa ausfallen würde?
Er küsste sie erneut, wenngleich nur auf die Wangen.
Rosa kuschelte sich an ihn, was einerseits angenehm war, zugleich aber schmerzhaft, trieben sich ihre Nägel doch tief in sein Fleisch, gleich so, als klammerte sich eine Ertrinkende an ihm fest, die nur er allein retten könnte. Kurz ging ihm durch den Sinn: Wie soll ich sie denn retten, wenn sie mich derart festhält, dass ich mich kaum rühren kann?
Doch dann dachte er: Ich bin ein glücklicher Mann. Ja, ganz gleich, was alle anderen sagen werden – ich bin ein sehr glücklicher Mann.

4. Kapitel

Adele Gothmann fühlte sich einmal mehr sehr krank.
Der Hausarzt, Doktor Haubusch, war bereits hier gewesen, aber wie so oft hatte er ihr nicht helfen können. »Es ist sicher der Schock«, hatte er diagnostiziert. »Nach allem, was Sie durchstehen mussten, ist es nicht erstaunlich, dass Sie sich elend fühlen.«
Adele wusste, dass er unrecht hatte. Sie war schon lange vor der Tragödie krank gewesen. Eigentlich hatte sie sich, solange sie denken konnte, stets unwohl gefühlt. Es war erstaunlich, dass sie heute noch lebte, während er …
Sie seufzte. Sie war immer überzeugt gewesen, dass sie jung sterben würde – genauso wie ihre Schwester Gerda, die nur wenige Monate nach ihrer Heirat eine Fehlgeburt erlitten hatte und kurze Zeit später am Fieber hingeschieden war. Ihr Mann hatte daraufhin einen riesigen Sarkophag bauen lassen: Er zeigte eine junge Frau, die auf einem Bett aus Blumen lag, von Rosen gekrönt und von einem Engel bewacht. Als Steinstatue war Gerda viel schöner als zu Lebzeiten. Ihre Nase war nicht breit und lang, sondern schmal und spitz, die Lippen nicht dünn, sondern voll, die Haare nicht glatt, sondern gelockt. »Für immer geliebt« stand auf der Inschrift des Grabes, und das war die zweite Lüge. Adele fand zwar, dass das sehr romantisch klang, aber sie war nicht überrascht, dass Gerdas Mann bald wieder heiratete – diesmal eine Frau, die ihm Kinder gebären konnte.

Manchmal fragte sich Adele, ob Gerda es nicht besser getroffen hatte, und sehnte sich insgeheim, selbst unter einem solchen Steinsarkophag zu liegen. Aber zu ihrem Erstaunen hatte sie selbst gesunde Söhne geboren – und Albert Gothmann senior, ihr Gatte, hatte das nicht als besondere Gnade, sondern als Selbstverständlichkeit hingenommen. Wenn sie bei der Geburt oder schon zuvor gestorben wäre, hätte er sich einige Tage lang sehr mürrisch gezeigt, ganz sicher aber keinen Steinsarkophag bauen lassen, schon gar nicht mit der Inschrift: »Für immer geliebt«.

Auch Adele war sich nicht sicher, ob sie ihren Gatten je geliebt hatte – falls ja, war es zu spät, es ihm zu beteuern. Falls nicht, dann müsste sie sich jetzt eigentlich besser fühlen, nicht so schrecklich niedergeschlagen.

Sie läutete nach Frau Lore, der treuen Haushälterin der Gothmanns. Diese kam sofort und schien wenig überrascht, dass sie Adele im Bett liegen sah. Nach dem Unglück rechnete niemand damit, dass sie aufstand.

»Soll ich die Vorhänge zuziehen?«

Adele schüttelte den Kopf. »Ich hasse es, wenn es finster ist.«

Schon als Kind hatte sie die Dunkelheit gefürchtet – vielleicht war es doch nicht erstrebenswert, in einem Steinsarkophag zu liegen. Allerdings merkten die Toten nichts mehr. Auch Albert, ihr Mann, würde nie wieder etwas fühlen. Hatte er jemals in seinem Leben etwas gefühlt?

»Ich glaube, ich brauche einen Einlauf«, erklärte Adele.

Frau Lore musterte sie aufmerksam: »Leiden Sie an Verstopfung?«

Adele war sich nicht sicher und zuckte die Schultern. Sie hatte sich so oft gegen Verstopfung behandeln lassen – mit Aderlass, Schröpfen oder einem Trunk aus Bittersalz, aber sie hatte sich danach nie besser gefühlt.

»Ich kann Ihnen einen Tee machen – mit Kalmuswurzel, Wermut und Pfefferminzkraut. Das ist gut gegen Übelkeit.«
Adele war nicht übel, und Frau Lore wusste das auch – aber sie kannte die Bedürfnisse der Hausherrin nur allzu gut: Oft genügte es, diverse Behandlungsmethoden laut zu besprechen, anstatt sie anzuwenden.
»Faulbaumrindentee würde gegen Hartleibigkeit helfen«, fuhr sie fort, »ebenso ein Enzianaufguss. Sie könnten eine Mundspülung mit Salbei machen, etwas Eibischtee gegen den Husten zu sich nehmen oder Biersuppe, in die man eine halbe Muskatnuss reibt gegen Durchfall.«
Frau Lore sprach ernsthaft und ließ keinen Zweifel aufkommen, dass jemand, der eben noch über Verstopfung geklagt hatte, gleichzeitig an Durchfall leiden könnte.
Adele fühlte sich langsam besser. Sie fühlte sich immer besser, wenn andere sich um sie kümmerten. Eigentlich hatte sie auch die letzten Tage genossen, da sich sämtliche Familienangehörige und Freunde um sie gesorgt und so viel Mitleid mit ihr gehabt hatten. Nur war ihr plötzlich alles über den Kopf gewachsen. Unerträglich waren die Erinnerungen an Gerda, an ihre Jugend, ehe sie Albert geheiratet hatte, und an die ersten Tage an seiner Seite, da sie täglich den Tod erwartete. Der Tod war ferngeblieben, sie war so alt geworden, und dennoch wirkte ihr Leben im Rückblick so kurz. Was nutzte es, lange zu leben, wenn man zu wenige schöne Erinnerungen hatte, um sich daran zu erfreuen?
Es klopfte an der Tür, und Frau Lore öffnete. Carl-Theodor, ihr jüngerer Sohn, stand vor dem Zimmer.
»Jetzt nicht!«, rief Adele und zog die Decke über das Gesicht. Sie mochte Carl-Theodor mehr als ihren Erstgeborenen Albert junior. Er war genauso höflich, aber weniger steif, hilfsbereit, aber nicht so nüchtern, ausgeglichen, aber fröhlicher.

In diesen Tagen trauerte er ehrlich um seinen Vater, doch genau das wollte sie nicht sehen und sich eingestehen müssen, wie sehr diese Trauer sie befremdete. Noch unerträglicher als Carl-Theodors Gesellschaft war ihr die von Antonie, ihrer spröden Schwiegertochter, die keinen Sinn für ihre körperlichen Leiden hatte, sondern heimlich darüber spottete. Zumindest war Adele überzeugt, dass es so war. Antonie spottete über alles und jeden. Als Carl-Theodor sie geheiratet hatte, hatte sie sich eigentlich gefreut, weil Antonie Französin war und Adele selbst aus dem Badischen stammte, wo die Menschen, wie es hieß, mehr Franzosen als Deutsche waren. Die Männer tranken gern und lachten viel, die Frauen waren hübsch, lebendig und sprachen in jenem bezaubernden Singsang. Genau all das traf auf Adele nicht zu – und auf Antonie auch nicht. Sie war eine nüchterne Frau. Nahezu eine kalte, wie Adele befand. Sie zog die Decke noch höher, obwohl Carl-Theodor ohne seine Gemahlin das Zimmer betreten hatte und keine Anstalten machte, wieder zu gehen.

»Mutter«, sagte er leise, »Albert ist wieder da.«

Kurz dachte sie, dass er sich über sie lustig machte, aber dann begriff sie, dass er nicht Albert senior, ihren Mann, meinte, sondern ihren Ältesten.

Ruckartig schlug sie die Decke zurück und richtete sich auf. Also war Albert wieder in ihre vornehme Stadtvilla in der Neuen Mainzer Straße, Frankfurts bester Wohngegend, zurückgekehrt – keinen Augenblick zu früh, denn morgen schon würde sie sich in ihr Landhaus im Taunus zurückziehen.

»Er hat die Reise also überstanden«, murmelte sie und war erstaunt. So wie sie selbst stets mit dem Tod rechnete, hatte sie auch immer das Schlimmste für ihre beiden Söhne erwartet. Nur dass der Gatte vor ihr sterben würde, hatte sie nicht kommen sehen.

»Ich habe ihm noch nichts gesagt«, murmelte Carl-Theodor, »ich dachte, du wolltest selbst ...«
Er brach ab. Adele hätte sich am liebsten wieder unter der Decke versteckt und mit Frau Lore weitere Rezepturen durchgesprochen, aber sie ahnte, dass sie Carl-Theodor so leicht nicht loswerden würde. Obwohl sie ihn mochte, erschien er ihr wie ein Eindringling. Auch ihren Gatten hatte sie nur ungern in ihrem Schlafzimmer geduldet. Gottlob hatte der nach der Geburt zweier Söhne auf seine nächtlichen Besuche verzichtet.
Unwillig nickte sie Frau Lore zu, die ihr den Morgenmantel reichte. Erst als sie die Treppe herunterschritt, fiel ihr auf, dass er rot war, nicht schwarz. Wie unpassend!
Albert ging im Eingangsbereich auf und ab. Er wirkte verwirrt und hatte offenbar schon bemerkt, dass etwas nicht stimmte. Adele suchte nach geeigneten Worten, fand jedoch keine, um ihm die Nachricht möglichst schonend beizubringen.
Sie war noch nicht am unteren Ende der Treppe angekommen, als sie mit der Neuigkeit herausplatzte – wie ein Kind, das kein Geheimnis wahren kann: »Dein Vater ist tot. Er ist vom Pferd gefallen. Doktor Haubusch meinte, es war kein Unfall, sondern ein Schlaganfall.« Sie gab Albert nicht die Zeit, sich zu fassen, sondern fügte hinzu: »Ich bin so froh, dass du wieder hier bist. Du bist nun der Erbe der Bank.«
Alberts Gesicht war von einer gesunden Bräune – scheinbar hatte die weite Reise nicht an ihm gezehrt, sondern ihn beflügelt –, und Adele empfand fast ein wenig Neid, vor allem aber Genugtuung, als er erblasste. Doch im nächsten Augenblick wurde sie blind für ihren Sohn.
Albert war nicht alleine gekommen. Nicht weit von ihm stand – starr wie eine Statue – eine alte Frau mit gefurchtem

Gesicht, schwarzen Augen, in denen man sich verlieren konnte, und feisten Händen. Und dann war da eine zweite Frau, die unruhig auf und ab ging und neugierig den Eingangsbereich betrachtete, wobei sie eigentlich nicht ging, sondern hüpfte. Sie war viel jünger als die andere, hatte ebenfalls schwarze Augen – funkelnde, nicht abgründige –, und ihr Gesicht war nicht gefurcht, sondern glatt. Obwohl ihr die noble Blässe fehlte, wirkte sie nicht gewöhnlich, sondern wunderschön.
Das bin ich auch einst gewesen, dachte Adele plötzlich, schöner als Gerda, schöner selbst als die Statue von Gerda.
Die Schönheit der jungen Frau allein setzte ihr nicht zu. Ungleich schlimmer war es, dass sie so lebendig wirkte, so gesund. Was hatte eine gesunde, lebendige Frau hier verloren?
Sie blickte Albert fragend an, doch der war von der Nachricht zu tief betroffen, um zu antworten. Adele war sich nicht sicher, was ihn mehr schockierte – dass der Vater tot war oder dass er die Bank erbte. In jedem Fall stellte sich die junge Frau selbst vor.
»Ich bin Rosa de la Vegas, Alberts Frau.«
Je länger Adele Gothmann ihre neue Schwiegertochter betrachtete, desto kränker fühlte sie sich. Neuer Schwindel überkam sie, und ihre Hände wurden plötzlich ganz taub.
Ich muss Doktor Haubusch noch einmal kommen lassen, überlegte sie.
Sie versteifte sich unwillkürlich; die Anwesenheit dieser Frau erschien ihr nahezu bedrohlich. Je rosiger deren Wangen waren, desto bleicher mussten ihre wirken.
Nun, auch Albert war bleich, nachdem er die Schreckensnachricht vernommen hatte, aber eben fasste er sich wieder.
»Ich weiß, die Heirat kommt sehr überraschend … Aber Rosa stammt aus einer einflussreichen Familie Montevideos.«
Adeles Blick ging wieder zu der alten Frau an Rosas Seite.

»Das ist Esperanza … die Dienerin meiner verstorbenen Mutter.«

Rosa sagte das – zumindest glaubte Adele, dass sie das sagen wollte. Ganz sicher war sie sich nicht, sprach die andere doch mit fremd klingendem Akzent. Natürlich, sie musste Deutsch erst lernen, sie war ja Spanierin. Ob alle Spanierinnen so gesund waren?

Ihr Blick wanderte zu Albert, der seinerseits seine Frau musterte – trotz des Schocks sehr liebevoll und bewundernd. So hatte sie Albert noch nie gesehen, vielmehr immer vermutet, er käme nach seinem gefühlskalten Vater. Nun, vielleicht hätte auch Albert Gothmann senior eine Frau lieben können – eine Frau, die nichts mit ihr gemein hatte, eine wie Rosa, gesund, lebendig, warmherzig.

Sie brachte immer noch kein weiteres Wort hervor. Gottlob war Carl-Theodor ihr nach unten gefolgt.

»Du hast geheiratet, einfach so?«, fragte er verblüfft.

»Das ist eine längere Geschichte. Die de la Vegas' sind eine Kaufmannsfamilie – und unsere künftigen Handelspartner. Zumindest wollte ich Vater das vorschlagen …« Er schüttelte den Kopf. »Wie ist das nur möglich, dass er so plötzlich gestorben ist, er war doch immer gesund?«

Ja, dachte Adele mit leiser Schadenfreude, er war immer gesünder als ich, und ist dennoch als Erster gestorben.

Und diese Rosa mochte jetzt noch gesünder und frischer und fröhlicher als sie sein, aber an Alberts Seite und in diesem Haus würde sie vielleicht irgendwann auch nur noch ein Schatten ihrer selbst sein.

In diesem Moment trat die neue Schwiegertochter auf sie zu und nahm ihre Hand. »Es tut mir schrecklich leid, dass Sie Ihren Mann verloren haben. Was für eine Tragödie, Sie müssen völlig zerstört sein.«

Adele setzte die zarte Berührung ungleich mehr zu als die Witwenschaft. Rasch entzog sie sich der Schwiegertochter, doch ehe sie ihre Ablehnung ganz offen zeigen konnte, ertönte eine Stimme von oben.
»Was höre ich – Albert ist verheiratet?«
Antonie stand dort oben an das Treppengeländer gelehnt, grazil und elegant wie immer. Das Kleid, das sie aufgrund der Trauer trug, stand ihr vorzüglich. Es betonte ihre dunklen Augen und die weiße Haut – und unterstrich ihre Arroganz.
Albert trat zu Rosa und zog sie von seiner Mutter fort. »Das ist mein jüngerer Bruder Carl-Theodor, von dem ich dir erzählt habe. Und Antonie, seine Frau.«
Rosa ließ Adeles Hand los und sagte zu Antonie, dass sie sich freute, sie kennenzulernen – wieder mit so starkem Akzent, dass Adele sie kaum verstand.
»Sie hat erst auf dem Schiff begonnen, Deutsch zu lernen«, erklärte Albert hastig, »doch sie ist sehr begabt.«
»Das hört sich aber nicht so an«, meinte Antonie mit üblich scharfem Spott. Sie ließ ihren Blick langsam und sichtlich abfällig über Rosa gleiten, doch während die ihre Verachtung nicht bemerkte, entging sie Adele keineswegs.
Sie mag sie auch nicht, stellte sie befriedigt fest.
Sie selbst weigerte sich weiterhin, auch nur ein einziges Wort zu sagen, doch Rosa schien nicht darauf zu warten. So selbstverständlich, wie sie Adeles Hand genommen hatte, umarmte sie Carl-Theodor, der es widerstandslos über sich ergehen ließ. Antonie war zwar nicht näher gekommen, aber Rosa lief einfach die Stufen hoch, um auch sie überschwenglich zu umarmen.
Adele sah, wie Antonie sich versteifte und sich rüde losmachte.

»Mir scheint, sie hat noch mehr zu lernen als nur die deutsche Sprache«, zischte sie.
Erst jetzt fand Adele die Sprache wieder. »Nun, liebste Antonie, willst du dich um deine neue Schwägerin kümmern? Nach der langen Reise braucht sie eine Stärkung, und außerdem muss ein Zimmer für sie vorbereitet werden. Ich sehe mich nicht in der Lage, mich darum zu kümmern. Das werdet ihr doch gewiss verstehen.«
Sie hatte kaum geendet, als sie schon nach oben in ihr Gemach floh, sich in ihr Bett legte und die Decke wieder hochzog. Wenn sie sich allerdings vorstellte, dass Rosa mit der spröden Antonie auskommen musste, fühlte sie sich nicht mehr ganz so krank.

Ehe Antonie Rosa und Espe nach oben gebracht hatte, hatte ihm seine junge Frau noch einen letzten Blick zugeworfen, der ebenso hilfesuchend wie ängstlich wirkte. Das fremde Haus und seine ihr nicht minder fremde Familie schüchterten sie sichtlich ein, doch als Albert ihr aufmunternd zugenickt hatte, war sie Antonie zu seiner Erleichterung sofort gefolgt. Er fühlte sich zwar für sie verantwortlich und hätte ihr den Anfang gerne leichter gemacht, aber in diesem Augenblick musste er allein sein, um seiner widerstrebenden Gefühle Herr zu werden.
Der allmächtige Vater war tot, das Begräbnis bereits vorbei und er selbst nicht zugegen gewesen. Albert konnte es kaum glauben und fühlte immer noch den strengen, abschätzigen Blick auf sich ruhen, als er langsam durchs Haus ging.
Es strahlte trotz des Reichtums seiner Familie Nüchternheit und wenig Individualität aus: Wie die meisten Villen im Westend war es ein breites, von der Straße zurückliegendes Gebäude mit Auffahrt und Freitreppe unter einem schützenden Bal-

kon und einem sanft geneigten Dach. Hinter den hohen Fenstern reihte sich ein quadratischer Raum an den nächsten. Das Parkett glänzte, die Wände waren allesamt weiß oder grau, was die Zimmer gediegen und vornehm wirken ließ, aber zugleich kühl. Auf der Rückseite befanden sich Arkaden und ein englischer Garten mit alten Bäumen sowie ein Springbrunnen, dessen liebliches Plätschern irgendwie nicht in die steife Umgebung passte. Albert trat hinaus und sog den Geruch der Blumen und Hecken ein. Auch diese verhießen vor allem Strenge. Kein einziges Zweiglein konnte sich Wildwuchs erlauben, sondern wurde alsbald vom aufmerksamen Gärtner bezähmt. Eigentlich lag ihm jene Nüchternheit und die Unaufgeregtheit, die dieses Anwesen verhieß, doch jetzt, da er erst ziellos durch den Garten schlenderte und dann wieder hineinging, fühlte er sich verloren. Das Haus des Vaters war jetzt sein Haus, die Bank seines Vaters jetzt seine Bank.

Zögernd betrat er das Arbeitszimmer seines Vaters im Erdgeschoss, wo alles so aussah, wie er es kannte, gleich so, als würde Albert Gothmann senior noch leben, jederzeit wiederkehren und sich an seinen akkurat geordneten Schreibtisch setzen. Albert strich geistesabwesend über die Geschäftsbücher. Sein Vater hatte ihm immer nur in seinem Beisein erlaubt, sie zu lesen, und sie zu öffnen, fühlte sich nahezu verboten an.

Der Vater war selbstverständlich davon ausgegangen, dass er nach seinem Ableben die Bank übernahm, doch insgeheim hatte er wohl Zweifel gehegt, dass Albert ein würdiger Erbe war, und hatte ihn seine Vorbehalte immer spüren lassen.

Das letzte Mal, als er hier gewesen war, hatte er mit seinem Vater gestritten. Die Aussicht auf das große Abenteuer hatte ihm den Mut verliehen, ihm zum ersten Mal jene Vorwürfe zu machen, die er sich sonst verkniffen hatte: dass er in der alten Zeit steckengeblieben war, als von den Bankiers kaum mehr

verlangt wurde, als den Gegenwert von Münzen zu kennen und Fürstenhäusern Darlehen zu vermitteln, aber dass künftig die Beziehungen zu Handel und Industrie viel wichtiger waren.
All das hatte sein Vater nicht verstehen wollen.
Albert blickte hoch, als Carl-Theodor den Raum betrat. Sein jüngerer Bruder wirkte mitgenommen und seine Trauer ehrlich.
»Nachdem er den Schlaganfall erlitten hat und vom Pferd stürzte – war er dann sofort tot?«, fragte Albert.
»Ja, es ging sehr schnell. Ich war an seiner Seite, aber ich konnte mich nicht mehr von ihm verabschieden.«
Vielleicht war das eine gnädige Lüge – ein Trost für ihn, weil er so weit weg gewesen war und sich nun Vorwürfe machen könnte, im entscheidenden Moment gefehlt zu haben. Allerdings – warum sollte ausgerechnet Carl-Theodor ihn trösten? Mit seinem Vater hatte sich Albert gerieben und gestritten – sein Bruder war ihm immer fremd geblieben, obwohl sie nicht nur als Kinder viel Zeit miteinander verbracht hatten. Als Albert nach London ging, um ein Praktikum bei einer dortigen Bank zu machen, hatte Carl-Theodor ebenfalls England bereist und sich bemüht, in der Textilbranche von Manchester Fuß zu fassen, und ganz nebenbei auch das Land kennengelernt, während Albert immer nur in der Hauptstadt geblieben war. Eigentlich wäre Carl-Theodor dafür prädestiniert gewesen, nach Südamerika zu reisen, aber auf den Aufenthalt in England war einer in Paris gefolgt, wo er die Tochter eines Pariser Bankiers kennen- und lieben gelernt hatte, seine jetzige Ehefrau Antonie. Und so hatte Albert die Reise über den Ozean angetreten – und hatte nun auch eine Frau.
Er dachte an Rosa und was er ihr versprochen hatte: dass sie viele Reisen unternehmen und immer wieder ihre Familie in

Montevideo besuchen würden. Er dachte auch daran, was er Julio versprochen hatte – enge geschäftliche Beziehungen zu pflegen und sowohl Export als auch Import ohne Zwischenhändler zu forcieren.
Aber nun …
»Ich werde deine Hilfe brauchen«, sagte Albert unwillkürlich.
Carl-Theodor hob die Braue.
Albert fuhr fort: »Kannst du dich noch daran erinnern, wie wir als Kinder in der Wechselstube Verstecken gespielt haben?«
»Vater hat das gar nicht gern gesehen.«
»Meist hat er es doch gar nicht bemerkt. Wir haben gegenseitig Wache gestanden.«
Ja, damals standen sie einander noch nahe – und die Wechselstube war ein faszinierender Ort gewesen. Heute repräsentierte sie veraltete Geschäftspraktiken.
»Später habe ich mich dort gelangweilt«, gab Carl-Theodor unumwunden zu.
Albert unterdrückte ein Seufzen. Sein Bruder war zwar stets neugierig gewesen, jedoch nie sonderlich pflichtbewusst. Er gab immer seinen Leidenschaften nach und ließ sich von momentanen Interessen leiten. Nicht zuletzt darum hatte er auch Hals über Kopf Antonie geheiratet, obwohl jene eine so kühle, spröde Frau war. Ob er es insgeheim schon bereute?
Nun, eine überstürzte Ehe konnte er seinem Bruder gewiss nicht zum Vorwurf machen. Und er war fest entschlossen, seine eigene Ehe nie zu bereuen. Auch Rosa sollte das nicht, obwohl die Zukunft nun anders aussah als geplant.
»Wir müssen zusammenarbeiten«, erklärte Albert.
»Das Bankgeschäft liegt mir nicht.«
»Das meine ich auch nicht.«

Er griff in seine Brusttasche und zog das Notizbüchlein mit all seinen Reiseschilderungen hervor. Er brauchte es nicht mehr. Carl-Theodor würde die Reisen an seiner Stelle machen – ob nun mit oder ohne Antonie –, während er in Frankfurt bleiben würde mit Rosa an seiner Seite. Was, wenn sie sich nicht wohl fühlte? Wenn sie vor Heimweh verging?
Allerdings war Rosa jung und begeisterungsfähig, sie würde sich rasch an das neue Leben gewöhnen und ihre Familie nicht sonderlich vermissen. Sie schien ihren Vater ohnehin nicht zu mögen und ihren Bruder Julio auch nicht.
»Unsere Bank hat einen alten Namen und eine große Zukunft, vorausgesetzt, wir bleiben liquide. Und das bedeutet, dass wir in den Handel einsteigen müssen – den Handel in Übersee. Ich habe in Montevideo viele wertvolle Kontakte geknüpft, aber ich werde keine Zeit haben, mich darum zu kümmern.«
Carl-Theodor setzte sich auf den Stuhl des Vaters, was Albert wie ein Sakrileg vorkam. Er selbst hätte es nicht gewagt, obwohl dies doch eigentlich nun sein Platz war. Albert Gothmann junior. Frankfurter Bankier. Kein Bankier der alten Schule. Sondern der neuen Zeit.
Die Last wog nun etwas leichter, fiebrige Aufregung erfasste ihn, noch war der Geist des Vaters präsent, aber er würde ihn vertreiben. Energisch öffnete er die Geschäftsbücher, überflog die Zahlen – und genoss es. Niemand würde ihm verbieten, sie zu studieren – niemand reinreden, wenn es galt, noch mehr Gewinn zu machen.
»Deine junge Frau ist sehr schön«, sagte Carl-Theodor.
»Ja«, murmelte Albert abwesend.
»Und so erfrischend lebendig.«
»Ja.«
Der Bruder sagte noch etwas, aber mittlerweile war Albert so in die Bücher vertieft, dass er gar nicht mehr hinhörte.

5. Kapitel

Jeden Tag verließ Albert frühmorgens das Haus, und Rosa bedauerte es, dass er nicht da war, wenn sie erwachte. Meist wusste sie kurz nicht, wo sie sich befand, fühlte sich fremd und unsicher und konnte sich erst ein wenig entspannen, wenn Espe ihr das Frühstück ans Bett brachte. Die anderen Dienstboten behandelten sie mit einer gewissen Scheu, und auch die Familienmitglieder schienen sie zu meiden: Adele fühlte sich meist nicht wohl und blieb den ganzen Tag über im Bett. Antonie, ihre französische Schwägerin, betrachtete sie manchmal mit diesem eigentümlichen Lächeln, hielt sich ansonsten von ihr fern – was Rosa insgeheim nur recht war, so unbehaglich wie sie sich in der Gegenwart dieser rätselhaften Frau fühlte. Carl-Theodor wiederum war ausnehmend nett, und sie mochte ihn auf Anhieb, aber wie Albert war auch er meist nicht da.
Sie hatte keine Ahnung, welche Geschäfte die Brüder genau betrieben und was Albert im Bankhaus zu tun hatte, das er von seinem Vater geerbt hatte, fragte jedoch nicht nach, weil sie nicht als unwissend gelten wollte. Sie war froh, dass Albert meist schon am frühen Nachmittag zurückkehrte, um trotz der vielen Arbeit, die nach dem Tod seines Vaters anfiel, jeden Tag zumindest einige Stunden mit Rosa zu verbringen.
Er nutzte diese Zeit, um ihr seine Heimatstadt Frankfurt zu zeigen und ihr wie schon während der Schifffahrt viel darüber zu erzählen. Damals war Rosa noch überzeugt gewesen, dass sie nicht lange in dieser Stadt verweilen, sondern viele Reisen

unternehmen würden, und hatte sich kaum dafür interessiert. Jetzt gefiel sie ihr zwar ausnehmend gut, war sie doch so viel sauberer und gepflegter als Montevideo, doch Alberts ausschweifende Erklärungen verstand sie großteils nicht. Weder wusste sie, wer oder was der Wiener Kongress war, auf dessen Beschluss hin Frankfurt eine Freie Stadt geworden war, noch, was es bedeutete, dass diese Stadt Klassizismus und Natur gut vereinte. Ihr war schleierhaft, warum man so komplizierte Begriffe verwendete – war es nicht viel einfacher zu sagen, dass die weißen, pistaziengrün und rosa angemalten Häuser schön anzusehen waren, wie vornehm die Villen zwischen gepflegten Gärten und an breiten Promenaden wirkten und dass es ein Gefühl von Freiheit schenkte, wenn man in der Ferne den Main glitzern sah? Sie liebte die Spaziergänge an der Uferpromenade, und wenn die vorüberfahrenden Schiffer den Passanten muntere Grüße zuriefen, dann erwiderte sie sie aus Leibeskräften, obwohl sie dafür von Albert skeptische Blicke erntete.

Waren sie müde von der frischen Luft, kehrten sie meist in der Mainlust ein – einem beliebten Kaffeegarten, wo man auch zu Abend aß und von wo man einen guten Blick auf die Flusslandschaft mit dem Stadtwald im Hintergrund hatte.

Natürlich flanierten sie auch die Zeil auf und ab – eine breite Geschäftsstraße, wo sich Dinge des täglichen Bedarfs ebenso kaufen ließen wie ausgefallene Luxuswaren.

Obwohl Rosa sich am liebsten im Freien aufhielt, widerstand sie Alberts Drängen nicht, dann und wann auch ein Museum aufzusuchen, so das Städelsche Kunstinstitut, wo man eine Fülle von Gemälden betrachten konnte. Auch dazu gab Albert langatmige Erklärungen ab und nannte stets die Namen der offenbar berühmten Maler. Rosa hatte von keinem von ihnen je gehört, aber hier in Frankfurt waren sie anscheinend allen bekannt, und so nickte sie verständig, um sie später gleich wieder zu vergessen.

Sie strömten wie so viele Besucher der Stadt zu Danneckers Ariadne, einer marmornen, auf einen Panther hingegossenen Schönheit, für die Baron Bethmann eigens ein Museum hatte bauen lassen, und besichtigten den Dom, die Krone der Stadt. Obwohl der Turm noch unvollendet war, konnte man ihn besteigen und von dort aus die Landschaft des Rhein-Main-Gebiets bewundern.

Rosa klatschte in die Hände, so fasziniert war sie vom satten Grün der vielen Bäume; wenn der Main im Sonnenlicht funkelte, dachte sie an das Meer, und auch wenn sie hier dessen Weite vermisste, lachte sie vergnügt auf, manchmal so laut, dass Leute sie verwundert ansahen.

»Es ist nicht üblich, hier so laut zu lachen«, sagte Albert, »der Turm gehört schließlich zum Gotteshaus.« Aber sein Blick fiel meist wohlwollend, wenn nicht hingerissen aus. So bezaubert er jedoch von seiner Frau war – auf seine Vorträge wollte er nicht verzichten, und sie fragte sich, ob er all seine Informationen in einem ähnlichen Notizbüchlein festgehalten hatte wie jenes, aus dem sie die Seiten gerissen und fortgeschleudert hatte.

Weder stellte sie je Nachfragen, noch merkte sie sich etwas davon. Nur dann und wann berichtete er ihr von mancher Episode aus seiner Kindheit, die sie amüsierte – so auch, wie er im Jahre 1830 die Juli-Proteste erlebt hatte. Das Volk lehnte sich damals gegen die Entrichtung eines Sperrbatzens für Spätheimkehrer aus den Weingärten auf und ebenso gegen die Verordnung, wonach jeder Bürger abends eine Laterne zu tragen hätte.

»Um auf die Obrigkeit zu spotten, haben alle Bürger am helllichten Tag eine Laterne herumgetragen – auch Carl-Theodor und ich«, schloss Albert.

»Und dein Vater?«
»Der natürlich nicht. Aber zumindest hat er es uns nicht verboten.«
»Und jener Sperr... Sperr... Sperr...«
»Der Sperrbatzen wurde abgeschafft, ja. Aber das nutzte meinem Bruder und mir wenig. Wären wir in jungen Jahren trunken heimgekommen, hätte es so oder so eine Standpauke gegeben.«
Mitleidig legte Rosa ihre Hand auf seine und fühlte sich ihm, der wie sie unter einem strengen Vater zu leiden hatte, sehr nahe. Doch anstatt ihr mehr über seine Kindheit zu erzählen, begann er alsbald, über weitere Auswirkungen der Julirevolution zu dozieren.
Am nächsten Tag besichtigten sie das Judenviertel, und während Rosa fasziniert auf die Löckchen der Orthodoxen starrte, sagte Albert respektvoll: »Von hier aus hat immerhin der Aufstieg der Rothschilds begonnen.«
Rosa hatte diesen Namen noch nie gehört, und sie hätte auch gerne darauf verzichten können, mehr über die Familie zu erfahren, aber wie so oft fühlte sich Albert verpflichtet, ihr zu erklären, wie sich aus dem kleinen Bankhaus ein großes Unternehmen entwickelt hatte.
Er klang schwärmerisch, und Rosa verstand nicht recht, warum er davon begeisterter war als vom Anblick eines grünen Baums. Zumindest versuchte sie zu erahnen, was in ihm vorging.
»Offenbar würdest du es gern jener Familie gleichtun«, sagte sie.
»Ja, natürlich!«, rief er enthusiastisch. »Und hier in Frankfurt bieten sich mir auch alle Möglichkeiten dazu.« Er blieb stehen, ergriff ihre Hände und berichtete mit energischer Stimme vom Aufstieg Frankfurts als bedeutendstem Bankplatz

aufgrund seiner Lage am Schnittpunkt europäischer Handels- und Schifffahrtswege.

»Wenn mein Vater etwas mehr Mut und Innovationsfreude bewiesen hätte – unser Bankhaus könnte längst so erfolgreich sein wie das von Georg Friedrich Metzler. So aber müssen wir fürs Erste zusehen, nicht inmitten der unzähligen Konkurrenz unterzugehen und ... sag, langweile ich dich etwa?«

Rosa hätte es gerne geleugnet, aber sie konnte nicht länger Interesse heucheln: »Ich merke mir die vielen Namen ja doch nicht«, erwiderte sie und lächelte ihn entwaffnend an.

Albert runzelte die Stirn. Ihm schien unbegreiflich, warum sie nicht seine Begeisterung teilte. »Nun ja«, gab er schließlich nach. »Lass uns von etwas anderem reden. Ich könnte dir die Main-Neckar-Eisenbahnbrücke zeigen. Noch ist sie nicht fertiggestellt, aber bereits jetzt wird deutlich, dass sie ein regelrechtes Wunderwerk der Baukunst ist mit ihren zwanzig Bögen, den neun Flussöffnungen, dem roten Sandsteinquaderwerk und ...«

»Eigentlich würde ich lieber noch mehr Wälder sehen. So grüne Bäume wie hierzulande gibt es in Uruguay nicht.«

Albert wirkte noch befremdeter, nickte jedoch schließlich. »Nun gut, dann lass uns jetzt heimkehren. Und ab morgen unternehmen wir einige Ausflüge ins Umland.«

Von nun an kutschierten sie häufig in Frankfurts schöne Umgebung: Sie passierten die weiten Gärten vor den Toren der Stadt und fuhren durch den Stadtwald zum Forsthaus der Familie oder Richtung Taunus bis nach Kronthal – eine, wie Albert erklärte, feinere Gegend als jene um Bad Homburg, wohin es die einfachen Leute zog.

Sie durchkreuzten Rosas heißgeliebte Wälder, kamen aber auch an den Häusern der Großgrundbesitzer vorbei, umgeben von dicken Eichen, Gärten und Feldern.

Rosa sog den Stallgeruch ein – und fühlte sich an Montevideo erinnert, wo sich der Pferdemist an jeder Straßenecke häufte. Hier standen die Tiere auf der Weide – sanft hügelig und von sattem Grün wie das restliche Land.
»Wie schön!«, rief sie. »Hier fühlt man sich so viel freier als in der Stadt.«
Albert folgte schulterzuckend ihrem Blick. »Die Grundbesitzer hier haben oft große Not. Gewiss, ihre Anwesen sind prächtig anzusehen, aber die meisten haben den Sprung in die neue Zeit nicht geschafft. Von Landwirtschaft wird man nicht reich …«
Rosa ließ sich ihre Begeisterung fürs Landleben nicht nehmen – vor allem nicht, als sie ihr erstes Wochenende auf dem Landgut der Gothmanns verbrachten. Es lag im Taunus mit freiem Blick auf Kronberg zur einen und Königstein zur anderen Seite.
Mehrmals klatschte sie begeistert in die Hände, als Albert sie durch das Haus führte. Es war im 18. Jahrhundert gebaut worden, mehr Schloss als Villa, mit großen Fensterfronten zu allen Seiten, die die Räume licht wirken ließen. Von der Halle im Erdgeschoss schlossen sich rechts Salon, Bibliothek und Arbeitszimmer an. Zur Linken betrat man den Speisesaal, der zur einen Seite zum Pflanzenzimmer führte, zur anderen ins Anrichtezimmer. An Letzteres grenzte der Trakt mit den Dienstbotenräumen, der Vorratskammer und der Küche. Von der Eingangshalle wiederum führte eine breite Treppe in den ersten Stock mit den Schlafgemächern.
Verzückt tanzte Rosa durchs Haus.
Der geraffte Mull der Vorhänge ließ die Räume noch heller wirken. Das Sonnenlicht fiel auf kunstvolle Vitrinen und Kirschbaumschränke, auf runde Tischchen mit schlanken Beinen, auf weiße Säulen und die beliebten Lyra-Stühle. Blu-

menstöcke standen auf Nähtischchen, die Wände waren mit Landschaftsgemälden behängt.
»Es ist so schön!«, rief Rosa freudestrahlend. »So wunderschön! Ich ... ich will hier mehr Zeit verbringen als dann und wann ein Wochenende. Ich würde so gerne immer hier leben!«
Albert zog verwundert die Braue hoch und gab zu bedenken, dass hier vieles verwahrlost war, allen voran der Garten, wo mehr Unkraut als Blühendes wuchs. »Aber unser Stadthaus ist um vieles eleganter.«
»Aber man kann hier alles herrichten lassen, oder nicht? Wir haben doch genug Geld!«
»Mein Vater wollte nie hier leben.«
»Aber nun triffst du die Entscheidungen, nicht wahr?«
»Nun, wir könnten fürs Erste zumindest den Sommer hier verbringen.«
In der Familie stieß diese Idee auf wenig Begeisterung. Adele zog sich immer wieder für einige Tage ins Landhaus zurück, da sie davon überzeugt war, dass ihr das Klima guttun könnte, Antonie dagegen murmelte, dass sie nicht vorhabe, auf dem Land zu versauern. Carl-Theodor erzählte, dass sie als Knaben glückliche Stunden dort erlebt und mehr Freiheiten genossen hatten als in der Stadt, wandte jedoch ein, dass Albert dann täglich eine weite Strecke zur Bank zurücklegen müsse. »Allerdings ist es nicht meine Sache, dies zu entscheiden«, schloss er. »Ich werde ohnehin bald auf Reisen gehen. Ich denke nur, dass du mehr Zeit mit deiner jungen Frau verbringen willst, als andauernd in der Kutsche zu sitzen.«
»Aber hier sind wir den grünen Wäldern so nahe!«, rief Rosa.
»Wenn sie doch hier glücklich ist ...«, meinte Albert.
So kam es, dass wenige Wochen nach Rosas Ankunft in Frankfurt der Haushalt in den Taunus übersiedelte. Die Dienstboten schwärmten in den ersten Tagen wie fleißige Bie-

nen durch das Haus. Von außen wirkte es noch lange etwas heruntergekommen, aber drinnen erstrahlte es bald in altem Glanz. Wände wurden neu tapeziert oder gestrichen, alte Türen ausgetauscht, neue Teppiche verlegt. Die Böden wurden gewienert, die Vorhänge gewaschen, die Fenster geputzt, die Betten frisch bezogen. Manches Mobiliar wurde aus dem Stadthaus hertransportiert, anderes neu gekauft.

Rosa war die vornehme Einrichtung herzlich egal. Die frische Luft beglückte sie mehr als eine kunstvolle Vitrine mit Intarsien aus Elfenbein. Doch als sie eines Tages von einem Ausflug zurückkehrte, erwartete sie eine große Überraschung.

Im Salon war eine neue Tapete angebracht worden, und diese zeigte nicht wie alle anderen ein gleichförmiges Muster, sondern glich einem riesigen Gemälde: Eine fremdartige Landschaft war darauf zu sehen, mit Palmen, hohem Schilfrohr und verwinkelten Gebäuden, wie man sie hierzulande nicht kannte.

»Solche gemalten Tapeten von fremden Ländern sind gerade in Mode«, erklärte Albert. »Ich dachte, der Anblick heitert dich etwas auf, falls du Heimweh hast ...«

Bis jetzt hatte Rosa nicht viele Gedanken ans ferne Montevideo verschwendet, beim Anblick der Palmen und dem blauen Streifen, der offenbar das Meer andeutete, aber stiegen ihr Tränen hoch. Doch sie wollte sie Albert nicht zeigen und rief frohgemut: »Vielen, vielen Dank! Dies ist fortan ein Stückchen Heimat für mich.«

Albert lächelte befriedigt. »Ich freue mich, dass es dir gefällt – und ich bin auch erleichtert, dass du dich so gut eingelebt hast. In den nächsten Monaten werde ich weniger Zeit für dich haben.«

Rosa blickte ihn verwundert an. Sie hatte erwartet, dass es immer so weitergehen würde, dass er nur die Vormittage in

der Bank, die Nachmittage jedoch bei ihr verbringen würde. Schon jetzt konnte sie seine Heimkehr meist nicht erwarten.
»Aber was soll ich denn den ganzen Tag tun?«, fragte sie entsetzt.
Albert zuckte unsicher die Schultern. »Nun, ausreiten, Romane lesen, dein Deutsch verbessern.«
Rosa dachte insgeheim, dass sie nur ungern ritt, noch nie ein Buch gelesen hatte und mittlerweile recht passabel Deutsch sprach. Aber wieder wollte sie ihm ihren Kummer nicht zeigen, sondern lächelte ihm zu.
Das Elend überkam sie erst einige Wochen später. Albert blieb nun von Tag zu Tag immer länger weg, und die Langeweile machte sie verrückt. Bei gutem Wetter hielt nichts sie im Haus, doch jetzt regnete es häufig, und sie ging wieder und wieder durch die Räume und fühlte sich bei jedem Schritt wie eine Gefangene. Sie setzte sich aufs Sofa, stand erneut auf, ging hoch ins Schlafzimmer, kehrte abermals in den Salon zurück. Lange stand sie vor der Tapete – und heute verhieß sie nicht länger ein Stückchen Heimat, sondern nur, dass diese für immer verloren war.
Als Espe sie hier fand, war Rosa in Tränen aufgelöst. »Ich dachte, wir würden bald nach Montevideo zurückkehren«, schluchzte sie hemmungslos. »Aber anscheinend werden wir auf lange Zeit hierbleiben.«
»Macht Albert dich denn nicht glücklich?«, fragte Espe.
Rosa dachte nach. Sie war gerne mit ihm zusammen, vor allem in den Nächten, da sie seine Nähe und Leidenschaft genoss.
»Was nützt es mir, wenn er kaum da ist?«, fragte sie.
Espe seufzte. »Dir geht es wie deiner Mutter. Nachdem sie mit deinem Vater Valencia verlassen musste, hat sie sich auch lange nicht wohl gefühlt.«

Valeria de la Vegas' Erwähnung machte es nicht leichter. Rosa hatte sie zwar nie gekannt, aber plötzlich überkam sie Sehnsucht nach einer Frau, in deren Adern ihr Blut floss, die sie ganz und gar verstand und nur das Beste für sie wollte.
Sie schlug die Hände vors Gesicht und weinte nun bitterlichst.

Als Albert am Abend von der Bank heimkehrte, war das Heimweh verflogen und Rosa wieder guter Dinge, doch schon am nächsten Morgen setzte neuer Regen ein. Wann immer sie aus dem Fenster sah, starrte sie auf eine graue Wand. Die Blätter der Bäume neigten sich unter dem Gewicht der Tropfen und boten einen trostlosen Anblick, den Rosa von ihrer Heimat nicht kannte. Während sie es zunächst als ebenso absonderliches wie faszinierendes Naturschauspiel betrachtete, ertränkten die Wasserfluten bald alle Fröhlichkeit, und das Grau, das sich wie ein erdrückender Schleier über das Land gelegt hatte, spiegelte den Zustand ihres Gemüts.
Stundenlang stand sie vor der Wandtapete und fühlte sich, als wäre sie aus dem Paradies vertrieben worden und ihr Leben damit unwiderruflich vorbei. Ihre Tränen bildeten einen so stetigen Fluss wie der Regen. Sie sehnte sich nach Sonne und Meer, sehnte sich nach ihren Tanten, sehnte sich nach Julio und selbst nach ihrem Vater. Sogar an Ricardo del Monte konnte sie denken, ohne dass sie das nackte Grauen packte. Was immer sie an seiner Seite hätte erdulden müssen – Regen hätte nicht dazugehört. Und auch wenn sie manchmal mit ihrer Familie gehadert hatte – in Montevideo hatte sie zumindest eine gehabt, hier hingegen nicht. Carl-Theodor war zwar immer freundlich, aber distanziert, seine Frau Antonie blieb ihr fremd, und Adele Gothmann zog sich weiterhin ständig in ihr Schlafzimmer zurück. Auch Rosa verbrachte nun die

meiste Zeit in ihrem Gemach, denn sie wollte nicht, dass man sie weinen sah. Ihre Augen waren am Abend meist rot verquollen, und sie legte sich kühlende Tücher auf, damit sie Albert verborgen blieben.

Albert sah ohnehin nicht genau hin. Ohne Unterlass sprach er über seine Bankgeschäfte oder war in Gedanken versunken. Zunächst war sie erleichtert, später befremdet, wie blind er sich ihrem Kummer zeigte, war der doch nicht zuletzt davon bedingt, dass er sich keine Zeit mehr für sie nahm.

Ihr Heimweh verschwieg sie ihm – über die Langeweile aber klagte sie eines Tages ganz offen.

»Du könntest doch ausreiten«, schlug er einmal mehr vor.

»Bei diesem Regen?«

Er blickte zum Fenster und lauschte dem steten Prasseln so verwundert, als hörte er es zum ersten Mal. Rosa fühlte sich plötzlich tief gekränkt – wie konnte er von dem schlechten Wetter nichts mitbekommen? Und wie nicht erkennen, dass sie einsam war?

Sie floh vom gemeinsamen Abendessen, lief hoch ins Schlafzimmer und brach erneut in Tränen aus. Als Albert wenig später klopfte, rief sie wütend: »Ich will allein sein!«

Sie hörte, wie sich seine Schritte entfernten, und war tief enttäuscht. Sie wollte doch gar nicht allein sein, im Gegenteil, sie wollte sich an ihn schmiegen und wünschte sich, dass er ihr die Tränen vom Gesicht wischte.

Wenig später klopfte es wieder. Diesmal war es Espe, die Einlass begehrte und die sich nicht einfach fortschicken ließ.

Sie setzte sich zu ihr ans Bett und betrachtete Rosa nachdenklich. »Es wird nicht besser«, stellte sie fest, »nur immer schlimmer.«

Die Wahrheit so unumwunden ausgesprochen zu hören, entsetzte und erleichterte Rosa zugleich.

»Ja«, stieß sie hervor. »Der ständige Regen! Er macht mich noch verrückt. Ich weiß nicht, was ich während des ganzen Tages tun soll! Und Albert ... Albert ist ... mir so fremd.«
Sie biss sich auf die Lippen, denn sie klang schrecklich vorwurfsvoll, klang so wütend auf ihn ... und auf sich selbst, weil sie ihn geheiratet hatte. Aber das war doch kein Fehler gewesen, das durfte keiner sein!
Espe strich ihr über den Kopf und stimmte ein Kinderlied in einer fremden Sprache – die der Indianer – an. Eine Weile tat es Rosa gut, zuzuhören, doch dann wurde es immer schmerzlicher. Sie zog den Kopf zurück. »Lass es gut sein.«
Espe schien zu begreifen, dass jeder Versuch, sie zu trösten, noch tiefer ins Herz schnitt. Sie zog sich wortlos zurück, und nachdem sie gegangen war, weinte Rosa weiter. Erst im Morgengrauen versiegten ihre Tränen, und sie schlief endlich ein.
Es war fast Mittag, als sie erwachte. Sie hatte Kopfschmerzen, ihre Glieder fühlten sich schwer und steif an. Der Regen hatte nachgelassen, aber der Himmel war immer noch grau. Vielleicht sollte sie wirklich einmal ausreiten ...
Sonderlich groß war die Lust darauf nicht, trotzdem rief sie nach Espe, zwang sich, zu frühstücken, und kleidete sich an, ehe sie nach unten ging.
Bis dahin war ihr Wille stark gewesen, doch beim neuerlichen Anblick der Tapete fühlte sie sich wie gelähmt. Nein, sie konnte nicht ausreiten, konnte sich auch mit nichts anderem beschäftigen, konnte nur in ihrem Elend versinken. Sie griff nach dem erstbesten Gegenstand, der ihr in die Hände kam – eine Blumenvase – und schleuderte sie gegen die Wand. Das Klirren war laut und nicht minder leise ihr Entsetzensschrei. Noch befremdender als ihre Schwermut war diese Gier, etwas zu zerstören – nicht nur eine Vase oder die Tapete ... sondern Albert ... sich selbst.

Nie hatte sie sich vor sich selbst gefürchtet wie in diesem Augenblick, und zum ersten Mal brach sie nicht erst im Schlafzimmer in Tränen aus, sondern hier, wo jeder sie sehen konnte – und wo wenig später Antonie auf sie stieß.

Antonie Gothmann, geborene Morel, betrachtete Rosa eine Weile von der Türschwelle aus. Ein mitfühlendes Lächeln erschien auf ihren Lippen, denn sie hatte ihr Leben lang gelernt, ihre wahren Gefühle zu verbergen – ein Vermögen, das ihr nützlich erschien, das Rosa aber gänzlich fehlte. Als diese sie erblickte, wischte sie sich nicht etwa schnell die Tränen ab und suchte nach einer Ausrede, warum sie geweint hatte, sondern schluchzte noch heftiger.
Antonies Lächeln wurde breiter, aber ihre Augen wurden schmaler. Sie konnte die Verachtung, die in ihr hochstieg, beinahe schmecken – gallig und bitter und zäh. Auf dieser Welt gab es viel zu viele Frauen, die nicht still und heimlich heulten, sondern vor anderen, die sich nicht bemühten, ihr Geschlecht vom Verdacht der Hysterie loszusprechen, sondern jenes Vorurteil, wonach sie wankelmütiger, hilfloser und dümmer wären als die Männer, bestätigten – und damit nicht nur sich selbst, sondern allen anderen Frauen einen Bärendienst erwiesen.
Antonie löste sich vom Türrahmen. Bis jetzt war sie Alberts Frau geflissentlich aus dem Weg gegangen, auch wenn Adele es gerne gesehen hätte, dass sie sich mehr um sie kümmerte, doch heute änderte sie ihre Taktik.
Sie bemühte sich um einen mitleidigen Tonfall, als sie fragte: »Was ist denn passiert?«
»Nichts ...«, stammelte Rosa. »Das ist es ja ... nichts passiert ... Mir ist so langweilig. Es regnet immerzu. Und ich musste an mein Zuhause denken.«

Antonie trat zögerlich näher und lehnte sich an die Chaiselongue. »Du solltest dich ablenken, indem du dich deinen Pflichten widmest.«
Der Schmerz in Rosas Gesicht wich der Überraschung. »Welchen Pflichten?«
»Nun, du bist die Frau von Albert Gothmann.«
»Aber hier im Haus werden alle Arbeiten von den Dienstboten erledigt! Sie wissen genau, was sie zu tun haben – ich hingegen habe keine Ahnung.«
Antonie zog ihre Braue hoch, aber schluckte ansonsten ihre Verachtung herunter. »Ich meine nicht die Haushaltsführung – die ist bei Frau Lore in der Tat in den besten Händen –, sondern deine gesellschaftlichen Pflichten.«
Rosa sah sie mit großen Augen an.
»Du weißt nicht, was das bedeutet?«, fragte Antonie gedehnt.
Rosa zuckte die Schultern. »In Uruguay bleiben die Frauen meist zu Hause – und unter sich.«
»Und siehst du – hier ist es ganz anders. Die bedeutenden Familien pflegen enge Kontakte.«
»Welche Familien?«
»Hat Albert dir etwa nichts darüber erzählt?«
Rosa schüttelte erst den Kopf, um dann zögernd zuzugeben: »Albert erzählt so viel ... Er hat jede Menge Namen erwähnt, aber ...«
Sie brach ab.
Antonie löste sich von der Chaiselongue und setzte sich zu ihr. Wie immer begnügte sie sich mit wenig Platz. Sie war eine schlanke Frau, die stets vorsichtig durch die Welt ging, als wollte sie nirgendwo anecken – und schon gar keines dieser wehleidigen Frauenzimmer berühren. »Dann erzähle ich dir nun auch etwas über diese Familien«, sagte sie. »Du solltest dir ihre Namen unbedingt merken, denn sie bestimmen

Frankfurts Geschick. Da gibt es einmal die lutherischen Familien wie die Bethmanns oder Städels – allesamt Kaufmanns- und Bankiersfamilien und in den politischen Selbstverwaltungsgremien präsent.«

Rosa sah sie immer noch mit weit aufgerissenen Augen an, nickte jedoch.

»Dann haben wir die reformierten Familien. Sie sind erst nach 1806 in die Gremien aufgestiegen, und ihr Ehrgeiz, aller Welt zu beweisen, dass sie dazugehören, ist entsprechend groß.«

Antonie lachte kurz auf. »Schließlich gibt es die katholischen Familien Brentano und Guaita, die gute Kontakte zu Italien haben, und einige Patrizierfamilien wie die von Brackhausen oder von Holzhausen, die sich gerne als Sammler betätigen, um aller Welt ihren Kunstverstand vor die Nase zu halten.«

Rosa hatte endgültig zu weinen aufgehört. »Du redest ja wie Albert!«, stieß sie aus. »Das sind so viele Namen! Die kann ich mir doch unmöglich alle merken.«

Antonie unterdrückte ein ärgerliches Zischen. Auch solche Frauen kannte sie zur Genüge – Frauen, die nichts wussten, es auch noch zugaben und mit großen Augen in die Welt blickten, gleich so, als wäre etwas nicht zu wissen und zu verstehen keine schreckliche Schande, sondern ein Vorrecht ihres Geschlechts.

»Nun, als ich seinerzeit nach Frankfurt kam, war es auch für mich schwierig, mich hier zurechtzufinden.«

»Du stammst aus Paris, nicht wahr?«

»Eigentlich bin ich auf der ganzen Welt zu Hause – wir haben nie an einem Ort gelebt.« Sie zögerte, ehe sie von ihrer Herkunft erzählte. Auch ihr Vater war Bankier gewesen, hatte nach einer Fehlspekulation jedoch sein Bankhaus verloren und danach als Associé gearbeitet – ein paar Jahre in der Great St. Helen's Street im Londoner Finanzviertel, später wieder in

Paris, wo die Rue de Provence das Zentrum der Finanzwelt bildete, eine Zeitlang schließlich bei wichtigen Kölner Privatbankhäusern. Dort hatte er gelernt, dass die Zukunft der Banken darin lag, Kredite an die Industrie zu verleihen und jenes Geld dafür einzusetzen, das man aus dem Handel gewinnt. Um einiges klüger geworden und überdies weniger leichtsinnig war Gustave Morel nach Paris zurückgekehrt und hatte ein neues Bankhaus eröffnet.
Ihre Stimme nahm einen wehmütigen Klang an, den Antonie sich nur ungern gestattete, weil er sie zutiefst befremdete. Eigentlich war ihr das Leben bei ihren Eltern doch immer zuwider gewesen, warum vermisste sie es überhaupt? Das Denken ihrer Eltern war ständig nur um ihre Brüder gekreist, obgleich diese Hohlköpfe waren, die nichts taugten. Dass die Tochter einen ungleich schärferen Verstand besaß, war geflissentlich übergangen worden. Carl-Theodor, den sie bei einer Dinnereinladung ihres Vaters kennengelernt hatte, war der Erste gewesen, der mit ihr über Geschäfte sprach und ihr Wissen und ihre Klugheit zu schätzen wusste. Nie hätte sie, hätte er auf diese Weise nicht ihr Herz geöffnet, so rasch, ja nahezu überstürzt seinem Antrag zugestimmt und die erstbeste Gelegenheit genutzt, dem Elternhaus zu entfliehen. Aber es war ein Irrtum gewesen, dass sich ihr Leben an seiner Seite ändern würde. Carl-Theodor erwartete zwar fortan, dass sie sich mit ihm austauschte, ihm Informationen und Ratschläge gab, ihm Hilfe und Stütze war, da er sich oft so überfordert fühlte, und sie ihn mit ihrer Unkonventionalität inspirierte – aber er gestand ihr diese Rolle nur im Geheimen zu. In Gesellschaft erwartete er von ihr, dass sie sich wie ein klassisches Eheweib verhielt, nicht unbedingt zu bescheiden und demütig zwar, aber bereit, zum Gatten hochzublicken und ihm die Führung zu überlassen. Sie wusste – er hatte ihr nie etwas vorgemacht,

sie nie in die Irre geführt, doch dass sie es schon nach kurzer Zeit bereute, so schnell geheiratet und überdies derart überzogene Erwartungen an die Ehe gestellt zu haben, lastete sie nicht nur sich selbst an, sondern auch ihm. Und obwohl es klüger gewesen wäre, sich mit seinem heimlichen Respekt zu begnügen, überkam sie immer wieder Verbitterung ... oder jene Verachtung, wie sie heute Alberts heulende Frau provozierte.
»Albert hat versprochen, viel zu reisen. Doch nun ...«
»Nun halten ihn seine Pflichten in Frankfurt, und Carl-Theodor wird es an seiner Stelle tun«, sagte Antonie und strich ihr vermeintlich mitleidig über den Kopf.
Rosa zog ihn nicht zurück, sondern blickte sie treuherzig wie ein Hündchen an. »Wirst du ihn begleiten?«
»Vielleicht.« Antonie hatte noch nicht darüber nachgedacht. Manchmal verspürte sie eine Sehnsucht nach einem Ortswechsel, wie diese ihre Jugend geprägt hatten, doch zugleich wusste sie, dass in den meisten Ländern Frauen noch mehr im Schatten ihrer Männer standen als hier. Nur in Frankfurt und Paris hatte sie gebildete, unkonventionelle und selbstbewusste Geschlechtsgenossinnen kennengelernt, und Frauen wie Rosa machten es ihr nicht gerade schmackhaft, Banda Oriental zu bereisen. »Dein Platz ist auf jeden Fall hier«, lenkte sie ab, »und diesen Platz musst du dir erobern.«
»Aber wie?«, fragte Rosa verständnislos.
»All diese Familien, von denen ich sprach, wollen dich sicher kennenlernen. Für sie bist du eine Exotin, und das fasziniert ungemein.«
»Und wie soll ich mich dort verhalten?«
Antonie zögerte. Erinnerungen an ihr erstes Jahr in Frankfurt stiegen hoch. Zunächst hatte sie viele Vorurteile bestätigt gesehen, wonach die Frankfurter Salons nicht wie die Pariser

und Berliner vom Geistigen geprägt wären. Vielmehr hatten die Frankfurter Kaufleute die Köpfe voller Nullen, weil sie seit dem fünfzehnten Jahr im Büro saßen und anstelle eines Herzens nur das Einmaleins in der Brust hatten.
Aber dann war sie auf immer mehr Ausnahmen gestoßen: Die wohlhabenden Frankfurter Familien begnügten sich nicht mit wirtschaftlichem Erfolg, sondern wollten noch mehr Ansehen gewinnen, indem sie Kunst sammelten, Stipendien für Studenten vergaben, Fachbibliotheken und naturwissenschaftliche Sammlungen förderten. Und da die Männer meist mit dem Geschäft zu tun hatten, waren es nicht zuletzt ihre Frauen, die hier das meiste Engagement bewiesen. Schnell hatte Antonie Freundschaft mit ihresgleichen geschlossen – gebildete Frauen, die sich nicht über Kochrezepte und Mode, sondern über Bücher austauschten.
»Du bist sehr überschwenglich, nicht wahr?«, stellte sie gedehnt fest. »Du trägst das Herz auf der Zunge und hast nicht die besten Manieren.«
»Ist das schlimm?«, fragte Rosa erschrocken.
Antonies Lächeln wurde spöttisch. »Ganz und gar nicht!«, rief sie im Brustton der Überzeugung. »Auf die Frankfurter Familien wird es sehr erfrischend wirken. Sei einfach, wie du bist. Stell alle Fragen, sobald sie dir in den Sinn kommen! Sag zu jedem Gesprächsthema immer gleich das, was dir als Erstes durch den Kopf geht. Alle werden von dir begeistert sein – und das wiederum wird auch Albert erfreuen.«
Rosa ergriff ihre Hand, und Antonie hatte große Mühe, das Verlangen zu unterdrücken, sie fortzuziehen. »Du ... du hilfst mir doch, mich zurechtzufinden, ja? Ich möchte so sehr, dass Albert stolz auf mich ist.«
Antonie entzog ihr nun doch sanft die Hand. Mehr noch als die Berührung setzten ihr diese Worte zu – und die Leicht-

gläubigkeit, die diese zum Ausdruck brachten. Auf Hilfe hoffen … den Mann stolz machen … vertrauensselig sein … nicht einmal ahnen, was hinter ihrer Stirn vorging … sich naiv stellen … und erwarten, damit durchzukommen und glücklich zu werden … glücklicher als sie, die ihr Leben lang so sehr zu kämpfen hatte, sich nicht zu verlieren.

Antonie streichelte erneut über ihren Kopf. »Aber natürlich helfe ich dir.«

6. Kapitel

Rosa war schrecklich aufgeregt. Heute würden die Gothmanns zum ersten Mal nach Albert seniors Tod ihr gesellschaftliches Leben wieder aufnehmen und die Gelegenheit nutzen, ihr neuestes Mitglied, Rosa, den Freunden und Bekannten zu präsentieren.

Antonie hatte ihr in den letzten Wochen zwar viel darüber erzählt, aber Rosa konnte sich nicht wirklich vorstellen, wie hierzulande ein abendlicher Empfang verlief. Gewiss, auch in Montevideo hatten sie manchmal Besuch bekommen. Aber nach dem Abendessen hatte sie meistens im Kreise älterer Damen gehockt, die mit den Tanten über den Verfall der Sitten sinnierten, sowie schüchterner, junger Mädchen, die um eine unbeteiligte Miene rangen und ihr Gähnen unterdrückten.

Hier war offenbar alles anders, und sie wünschte sich so sehr, dass Albert stolz auf sie war! Ihre Nervosität wuchs mit jeder Stunde, und nur der Blick in den Spiegel schenkte ihr ein wenig Selbstvertrauen.

Sie war so schön anzusehen – nie hatte sie ein derart elegantes Kleid getragen! Es hatte einen weiten Ausschnitt mit achtfach gerüffter Umrahmung, die ihr Dekolleté betonte, eine enganliegende Taille, die sie sehr schlank aussehen ließ, breit gebauschte Keulenärmel und Rosengestecke in dem weiten Rock, der in weichen Falten zu Boden fiel. Außerdem trug sie ein Umschlagetuch aus Kaschmir, wie es modern war, und einen Fächer.

Espe betrat leise ihr Boudoir und musterte sie wohlwollend.
»Deine Mutter wäre von deinem Anblick begeistert.«
»Ich hoffe, Albert ist es auch.«
»Aber gewiss doch. Seine Augen leuchten jedes Mal, wenn er dich sieht.«
Was, wie Rosa insgeheim dachte, viel zu selten der Fall war ... Aber heute Abend wollte sie keinen trüben Gedanken nachhängen.
Wenig später bestieg sie gemeinsam mit Antonie und Adele die Kutsche nach Frankfurt. Albert hatte wie so oft noch im Bankhaus zu tun, und Carl-Theodor leistete ihm Gesellschaft, bereitete er sich doch auf seine Reise nach Südamerika vor. Rosa wurde bei der Vorstellung ganz wehmütig zumute, dass er bald an ihrer statt in Montevideo sein und ihrer Familie nur einen Brief von ihr übergeben würde, aber auch daran wollte sie jetzt nicht denken.
Adele war sehr schweigsam. Bis zum letzten Augenblick war sie unschlüssig gewesen, ob es ihrer fragilen Gesundheit überhaupt zuträglich war, ein Fest zu besuchen. Schließlich hatte sie sich dennoch dazu durchgerungen, versteckte aber ihr Gesicht hinter einem schwarzen Schleier.
Rosa hatte immer eine Scheu vor der Schwiegermutter empfunden, und in Trauerkleidung machte sie ihr sogar Angst, aber sie versuchte, sie nicht zu beachten, und wandte sich aufgeregt an Antonie: »Sag mir noch einmal, was ich wissen muss und wie ich mich verhalten soll.«
Antonie lächelte auf ihre eigentümliche Art. »Oh, eigentlich musst du gar nichts wissen! Wie gesagt, es genügt, wenn du einfach nur du selbst bist.«
»Aber erzähl mir doch etwas über unsere Gastgeberin!«
Wie immer zögerte Antonie erst, ehe sie ihrer Bitte mit jener gnädigen Herablassung folgte, die sie häufig an den Tag legte,

und ihr von Clotilde Koch-Gontard berichtete, einer gesellschaftlichen Größe Frankfurts und mit ihrem Mann Robert Koch vom Geist des Liberalismus geeint.
Rosa hatte keine Ahnung, was Liberalismus bedeutete, aber sie fragte nicht nach. Es war wohl nicht so wichtig – viel mehr zählte, dass Clotilde Koch-Gontard für ihre festlichen Diners, Soupers und Soireen mit mehr als einhundert Leuten ebenso berühmt war wie für ihre Wohltätigkeitsveranstaltungen.
Als sie wenig später ankamen, konnte sich Rosa mit eigenen Augen überzeugen, warum ihre Feste zu den erlesensten gehörten. Für gewöhnlich fanden sie im Palais Thurn und Taxis statt, doch jetzt im Frühling hatte man die Feierlichkeit ins Kochsche Sommerhaus an der Mainzer Chaussee verlegt, wo unter freiem Himmel Tische aufgestellt worden waren. Sie bogen sich unter hauchdünnen Sektschalen, exquisiten Rotwein- und Rheinweingläsern, hohen Wassergläsern und Gefäßen für den Süßwein. Champagner floss ebenso in Strömen wie Château Lafite, der edelste aller Weine.
In den vielen Pavillons im Park würde gespeist werden: Runde Tische waren mit Damasttischtüchern und feinstem Porzellangeschirr aus England gedeckt worden. Vor weißen und rosafarbenen Draperien und den wohlduftenden fremdländischen Blüten brach sich das Licht der Kerzen auf hohen Kandelabern in Spiegelscheiben. Das Haus erstrahlte innen und außen in Festbeleuchtung, die zunächst so grell schien, dass man kaum etwas vom Gebäude erkennen konnte. Aber als sich der Tag neigte – die Feste dauerten bis lange nach Mitternacht –, verlieh dieses Licht allem einen warmen Glanz.
So neugierig Rosa den Garten musterte, so unsicher fühlte sie sich seit dem Augenblick, in dem sie aus der Kutsche gestie-

gen war. Sie war erleichtert, als Albert auf sie zukam und sie begrüßte, doch ehe sie ein Wort mit ihm wechseln und der Aufregung etwas Herr werden konnte, zog er sie schon in Richtung einer Familie mit rabenschwarzem Haar, dunklen Augen und nicht ganz so blasser Haut. Wahrscheinlich war das die italienische Familie Brentano.

Sie hörte, wie Albert sie vorstellte, nicht aber, was die Brentanos erwiderten. Das Blut rauschte laut in ihren Ohren, und die deutsche Sprache, die sie mittlerweile gut beherrschte, kam ihr mit einem Mal fremd vor. Trotz allem war es tröstlich, als Erstes einer Familie zu begegnen, mit der sie das südländische Temperament teilte. Als deren neugierige Blicke sie maßen, dachte sie an Antonies Rat, ihrem Herzen zu folgen und frank und frei ihre Meinung zu sagen, strahlte insbesondere Frau Brentano an und erklärte: »Wahrscheinlich fühlen Sie sich hier in Frankfurt genauso fremd wie ich.«

Kurz entglitten der Frau die Züge, und sie starrte Rosa halb entsetzt, halb missbilligend an. Bald riss sie sich wieder zusammen und lächelte ausdruckslos, doch sie kommentierte Rosas Ausruf mit keinem Wort. Es folgte irgendeine höfliche Bemerkung in Alberts Richtung, dann rauschten die Brentanos von dannen.

Rosa blickte ihnen verwirrt nach. »Was habe ich denn falsch gemacht?«

»Ach herrje«, seufzte Albert. »Die Brentanos leben schon seit langer Zeit in Frankfurt. Sie betrachten sich als eine der wichtigsten Familien der Stadt und werden nicht gerne auf ihre Herkunft angesprochen. Es ist ihrem Ruf nicht zuträglich, als Südländer gesehen zu werden – zumal sie stolz sind, reich und angesehen wie die deutschen Familien zu sein.«

Rosa war bestürzt. »Aber ich wollte sie keinesfalls beleidigen! Ich bin doch selbst Spanierin!«

Erst als sie verklungen waren, merkte sie, dass sie ihre Worte geschrien hatte und sich mehrere Gäste irritiert nach ihr umdrehten.

Albert zog sie rasch mit sich. »Nun, ich weiß das, aber sie kennen dich noch nicht und könnten deine Arglosigkeit für schiere Bosheit halten.«

Rosa wollte noch etwas entgegnen, aber da hatte Albert einen Mann erblickt, mit dem er offenbar Geschäfte trieb, begrüßte ihn und erging sich bald in einer hitzigen Debatte. Rosa stand stumm daneben und fühlte sich immer unbehaglicher. Sie wusste weder, wohin sie schauen, noch, was sie mit ihren Händen machen sollte, sondern nestelte nervös an den Falten ihres Kleides.

»Hier bist du!«, traf sie plötzlich eine Stimme. »Komm, ich will dir jemanden vorstellen.«

Antonie hatte sich lautlos an sie herangeschlichen, hängte sich unter ihrem Arm ein und zog sie von Albert fort. Rosa wollte protestieren, doch da blieb Antonie bereits vor einer wunderschön gekleideten Frau stehen. »Das ist meine Namensvetterin ... Antonie von Birkenstock.«

Nicht nur ihre Kleidung war ungemein edel, sondern auch die Züge sehr fein geschnitten. So schön sie allerdings anzusehen war, die Augen wirkten kalt und spiegelten die gleiche Arroganz, die Rosa bei ihrer ersten Begegnung bei Antonie wahrgenommen hatte. Sie blickte sich hilfesuchend nach Albert um, doch der war immer noch in sein Gespräch vertieft. Antonie nickte ihr indessen aufmunternd zu. »Antonie von Birkenstock ist eine geborene Brentano«, flüsterte sie ihr ins Ohr.

Rosa wurde der Mund trocken. Sie wollte nicht schon wieder etwas falsch machen und entschied sich, zu schweigen, aber da neigte sich Antonie von Birkenstock selbst vertraulich vor:

»Man erzählte mir, dass Sie aus der Banda Oriental stammen. Es ist ein fernes Land, nicht wahr, sehr wild und anarchisch? Es heißt, es wird von Gauchos regiert.«
Rosa hatte keine Ahnung, ob das so war – und sie war auch nicht sicher, ob die Worte verächtlich gemeint waren oder anerkennend.
»Davon weiß ich nichts«, gab sie unumwunden zu. »Ich bin in Montevideo aufgewachsen. Mein Großvater ist ein Kaufmann.«
»Nun, in der Stadt geht es sicher gesitteter zu als in der Wildnis. Erzählen Sie mir von Ihrer Heimat. Ich habe so gar keine Vorstellung von dem Land. Von welcher Musik wird es durchdrungen?«
Rosa wusste nicht, was sie meinte. »Meines Wissens ist der Bau einer Oper geplant«, stammelte sie, »mein Vater meint allerdings, das sei eine reine Geldverschwendung.«
Als Antonie von Birkenstock irritiert die Braue hob, fügte sie schnell hinzu: »Die Dienstboten singen gerne während der Arbeit. Und unser Stallknecht spielt die Bandola, das ist ein Instrument mit …«
»Wie man nur ohne Kunst leben kann!«, unterbrach Antonie von Birkenstock, die das offenbar nicht gelten lassen wollte, sie abrupt. »Ich würde keine Luft zum Atmen finden. Hat das Land denn große Maler hervorgebracht?«
Nun war die Verachtung in ihrer Stimme unüberhörbar. Rosa warf einen hilfesuchenden Blick zu Antonie, doch diese nickte ihr nur wieder zu, als wolle sie sie an den Rat erinnern, ganz sie selbst zu sein.
Rosa entschied sich für Offenheit. »Manche Innenhöfe unserer Häuser sind mit Bildern ausgestattet. Mein Vater allerdings meinte einmal, dass es nicht notwendig sei, es genüge, sie mit Leder zu bespannen.«

»Einen Künstler vom Schlage eines Carl Morgenstern findet man in der Banda Oriental also vergeblich?«, fragte Frau von Birkenstock beißend.
»Wer ist denn das?«, gab Rosa verwirrt zurück.
Die Dame verdrehte die Augen. »Gott gebe, dass ich Europa nie verlassen muss.«
Mit diesen Worten rauschte sie davon.
Rosa richtete sich an Antonie: »Was habe ich denn nun schon wieder falsch gemacht?«
Anstatt darauf einzugehen, reichte Antonie ihr ein Glas Champagner. Rosa hatte dergleichen nur selten getrunken. Prickelnd rann das Getränk durch die Kehle und belebte sie. Sie fühlte, wie ihre Wangen sich röteten, und als sie sich umblickte, stieg Schwindel in ihr hoch. Albert war weiterhin in sein Gespräch vertieft, an dem sich nun auch Carl-Theodor beteiligte, und Adele hockte im Kreise anderer gewandeter Frauen.
»Komm, ich stelle dir noch mehr Damen vor«, meinte Antonie und zog sie mit sich.
Rosa hätte sich am liebsten gesträubt, folgte ihr jedoch schließlich.
Namen wurden genannt, die sie schon einmal gehört, aber wieder vergessen hatte – Rothschild, Bernus und Guaita. Die Gesichter, die dazugehörten, waren edel und stolz. Die Blicke, die auf Rosa fielen, ein wenig fasziniert, aber vor allem herablassend.
Die meisten der Damen sprachen von Dingen, die Rosa nicht verstand und die sich um Kunst und Politik drehten. Nur eine richtete direkt das Wort an sie. »Die Reise von Ihrem Heimatland hierher muss schrecklich weit gewesen sein.«
Rosa nickte. »Wir waren mehr als einen Monat unterwegs.«
»Gütiger Himmel!« Die Frau wedelte sich mit einem Fächer frische Luft zu. »Dafür bin ich zu alt. Meine längste Reise

führte nach Italien. Mein Gatte und ich sind dort auf Goethes Spuren gewandelt.«
»Wer ist Goethe?«, fragte Rosa.
»Sie kennen den berühmtesten Sohn dieser Stadt nicht?«, rief die Dame ungläubig.
Rosa war verwirrt, Antonie schwieg vielsagend. »Ist er etwa auch heute Abend hier zu Gast?«, wollte Rosa wissen.
Antonie unterdrückte hörbar ein Prusten, die anderen Frauen lachten offen. »Ihm dürfte es etwas schwerfallen, einer Einladung nachzukommen, selbst wenn unsere liebe Clotilde Koch-Gontard sie ausspricht. Der werte Herr Geheimrat ist schließlich seit über fünfzehn Jahren tot.«
Rosa schwieg verlegen. Plötzlich gesellte sich auch Antonie von Birkenstock wieder zu ihnen. »Ich fürchte, in der Banda Oriental gibt es keine Dichter wie hierzulande. Gewiss haben Sie auch noch nichts von Schiller, Hölderlin und Novalis gehört.«
In Rosa erwachte bei aller Verlegenheit Trotz. Sie hatte oft erlebt, dass ihre Tanten über andere Frauen lästerten, doch nie hätten sie ihren Spott mit ihr getrieben. »Ich muss mich erst hier einleben«, murmelte sie.
Zumindest eine der Damen hörte endlich zu lachen auf: »Die Loge der Koch-Gontards steht Freunden der Familie jederzeit offen. Vielleicht haben Sie einmal Lust auf einen Opernbesuch?«
Ehe Rosa etwas sagen konnte, schaltete sich wieder Antonie von Birkenstock ein: »Ich fürchte, die neue Frau Gothmann hat keine Ahnung von der Oper.«
»Nun lass sie doch in Ruhe. Beim letzten Mal, als die Herzogin von Kent hier zu Besuch war, hat sie auch einen Opernbesuch abgelehnt. Nicht jedem liegt Musik so am Herzen wie dir.«

»Wer ist denn nun schon wieder die Herzogin von Kent?«
Rosa hatte die Frage ganz leise an Antonie gerichtet, aber die antwortete für alle laut und vernehmlich: »Du weißt nicht, wer die Herzogin von Kent ist? Sie besucht jeden Sommer die Koch-Gontards. Sie wird überall für ihren Stil und ihre Bildung gerühmt. Hier herrscht regelrecht ein Krieg, wer sie bewirten darf.«
Abermals fühlte Rosa befremdete Blicke auf sich ruhen, und sie schwieg beschämt und lauschte den Gesprächen. Erneut fielen Namen, die sie noch nie gehört hatte, aber sie gab sich nicht noch einmal die Blöße, nachzufragen. Erst nach einer Weile kam die Rede auf eine Spitzenmanufaktur, und auch wenn sie sich nie sonderlich für Geschäfte interessiert hatte, erschien ihr dies nicht als gar so fremdes Terrain wie die Oper oder die Literatur. Um endlich wieder etwas zum Gespräch beitragen zu können, erklärte sie: »Mein Bruder Julio handelt ebenfalls mit Stoffen. Er importiert sie aus Leiden in Belgien.«
Sie wusste nicht, wo Belgien lag, aber sie war stolz, den Namen des Landes zu kennen.
Doch wieder wurde ihr nur mit spöttischem Gelächter geantwortet. »Sie denken, Clotilde handelt mit Stoffen – wie köstlich!«
»Aber Sie haben doch gerade eine Manufaktur erwähnt!«
»Nun ja, Clotilde hat diese tatsächlich gegründet – allerdings nur, um den armen Frauen aus den Taunusdörfern Arbeit zu geben. Es geht nicht um Geschäfte, sondern um Wohltätigkeit. Haben Sie sich schon überlegt, wo Sie sich engagieren werden?«
Rosa zuckte betreten mit den Schultern und nahm hastig einen weiteren Schluck Champagner. Vorhin hatte das prickelnde Gesöff sie belebt, nun wurde ihr immer heißer und

schwindliger. Sie trat von den Frauen weg und hielt Ausschau nach Albert, doch der hatte weiterhin keine Augen für sie. Zögerlich wollte sie an Antonies Seite zurückkehren, aber dann vernahm sie, wie diese einer ihrer Freundinnen zuraunte: »Ich habe keine Ahnung, warum Albert ausgerechnet sie geheiratet hat – und das so überstürzt.«
»Wahrscheinlich bereut er es längst«, erwiderte die andere. »Sie ist strohdumm wie eine Küchenmagd.«
Antonie grinste. »Ach, seid doch ein wenig nachsichtig. Seit wann begehren Männer geistreiche Frauen?«
»Trotzdem – dein Schwager ist ein angesehener Bankier und überaus kultiviert. Es muss ihm peinlich sein, mit so einer Frau in der Öffentlichkeit zu erscheinen. Kein Wunder, dass er sich ihrer nicht annimmt.«
»Und ihr Vater soll Kaufmann sein? Pah! Wahrscheinlich ist er ein Viehhändler, der die Kühe eigenhändig über die Weide treibt.« Auf schrilles Lachen folgte Kopfschütteln. »Es haben sich doch so viele Damen für Albert interessiert.«
»Die wollte er nun mal alle nicht haben.«
»Arme Antonie. Es wird Jahre dauern, bis du ihr das Wichtigste beigebracht hast.«
Zuerst war Rosa tief beschämt und verletzt und hätte sich am liebsten in einem dunklen Winkel verkrochen. Doch als Antonie kalt lachte, erwachte plötzlich blanke Wut. Sie verstand nicht recht, warum sie das getan hatte – aber sie zweifelte nicht daran, dass Antonie sie mit ihrer Aufforderung, ganz sie selbst zu sein, absichtlich in die Irre geführt hatte.
Sie wusste, es wäre klüger gewesen, die Kränkung zu schlucken, aber sie hatte zu viel getrunken, um den ohnmächtigen Zorn zu bändigen.
Sie stürzte auf Antonie zu, umkrallte ihren Arm und zog sie mit sich. »Wie konntest du nur?«, platzte es aus ihr heraus.

»Wie konnte ich was?«, fragte die Schwägerin gedehnt.
»Wie konntest du zulassen, dass ich mich bloßstelle?«
»Das hast du ganz allein zustande gebracht.« Nun verzog kein freundliches Lächeln mehr ihre Lippen; in ihrer Miene war nur blanke Verachtung zu lesen.
»Aber du hast doch gesagt …«
»Ganz gleich, was man dir sagt«, fiel sie ihr ins Wort, »warum hast du nicht deinen Verstand benutzt und meinen Ratschlag hinterfragt? Warum bist du so vertrauensselig? Oh, ich weiß, du bist eines von den Weibchen, die mit süßem Lächeln und bitteren Tränen ihre Männer bezirzen. Doch damit machst du dir hier keine Freunde.«
»Aber …«
»Wenn du ein bisschen aufmerksam und verständig wärst, hättest du schnell herausgefunden, dass die Damen Frankfurts zu den emanzipiertesten in allen deutschen Landen zählen.«
Rosa hatte keine Ahnung, was emanzipiert bedeutete, und wollte sich nicht die Blöße geben, nachzufragen. Aber Antonie war ihr verständnisloser Blick ohnehin nicht entgangen: »Du weißt nicht einmal, was das ist, nicht wahr?«, sagte sie bitter. »Du hast nicht die leiseste Ahnung, dass sich aus der Teestunde bei Clotilde ein politischer Salon entwickelt hat, der selbst die bekannten Salons der Brentanos in den Schatten stellt. Hier wird über Kultur geredet, über Politik, über Naturwissenschaft, nicht über Kleider, Stickereien und Blumen.«
Rosa starrte sie fassungslos an. »Du hast mich ins offene Messer laufen lassen.«
Erst als die Worte gesagt waren, merkte sie, dass sie sie geschrien hatte. Schweigen senkte sich über die Gesellschaft, noch mehr befremdete Blicke fielen auf sie, und Rosas Wan-

gen glühten. Spät, viel zu spät eilte Albert an ihre Seite. »Was ist hier los?«, fragte er peinlich berührt.

Hätte er sie getröstet, hätte sie wenigstens Mitleid in seiner Miene lesen können, sie hätte sich stumm von ihm fortziehen lassen. Doch sein Blick erschien ihr jäh so kalt wie der der spöttischen Frauen.

»Antonie ist so gemein!«, brach es aus ihr hervor, und sie stampfte auf dem Boden auf. »Sie hat mich glauben lassen, dass ...«

»Lieber Himmel!«, fiel Albert ihr ins Wort. »Hier ist kein Ort, um wie zwei Mägde zu zanken.«

Rosa war zu aufgewühlt, um sich zur Räson bringen zu lassen. »Sie hat nicht nur mich bloßgestellt, auch meinen Vater ... Sie haben gesagt, er wäre Viehhändler und würde die Rinder ...«

»Rosa!«

Seine Stimme klang wie ein Peitschenknall. Nie hatte er bis jetzt so mit ihr gesprochen.

»Es ist deine Schuld!«, rief sie verzweifelt. »Du kümmerst dich nie um mich, du bist nie für mich da. Wie soll ich wissen, was ich zu tun habe, wenn du ...«

Ihre Stimme überschlug sich, und da erst hielt sie inne. Mittlerweile war niemandem mehr der Aufruhr entgangen. Auch die Witwen waren näher gekommen – unter ihnen Adele. Kurz glaubte Rosa, ein eigentümliches Lächeln wahrzunehmen, das sie an Antonie erinnerte, doch ehe sie es deuten konnte, kippten Adeles Augen ins Weiße, und sie sank mit einem Seufzen nieder. Die Damen starrten nicht länger spöttisch auf Rosa, sondern stießen entsetzte Schreie aus. Carl-Theodor stürzte zu seiner Mutter und bekam sie gerade noch rechtzeitig zu fassen, ehe ihr Kopf auf den Boden krachte. Auch Albert eilte an ihre Seite.

Irgendjemand rief erschrocken: »Sie ist ohnmächtig geworden!«
Keiner achtete mehr auf Rosa, alle ergingen sich in Mitleidsbekundungen für die arme Adele. »Wahrscheinlich hat sie den Tod ihres Gatten noch nicht überwunden.«
»Riechsalz, wir brauchen Riechsalz!«
»Diese arme Frau!«
Hektik brach aus, nur Antonie blieb steif stehen. »Wie gut, wenn man auf Kommando in Ohnmacht fallen kann«, höhnte sie leise.
Rosa war tief bestürzt. Kurz hatte sie befürchtet, dass ihr Verhalten für den Zusammenbruch der Schwiegermutter verantwortlich war. Doch was Antonie andeutete, war noch schwerer zu ertragen: Demnach spielte die alte Dame ihre Ohnmacht, um von ihrer Schande abzulenken.
Eben kam Adele wieder zu sich, richtete sich auf und griff sich an den Kopf.
Rosa fühlte Alberts Blick auf sich ruhen, und er nickte ihr zaghaft zu – offenbar ein Zeichen, dass sie besser nichts mehr sagte. Carl-Theodor sah sie mitleidig an, Antonie zog spöttisch die Braue hoch, und Adele wirkte erstaunlich frisch – und triumphierend.
Rosa war nicht länger heiß. Sie fröstelte, als sie kehrtmachte und nach draußen floh, wo die Kutschen warteten.

Antonie saß in ihrem Boudoir: Nach der Heimfahrt hatte sie sich sofort zurückgezogen und ausgekleidet und kämmte sich nun mit langsamen Strichen ihr Haar. Sie musste immer noch lächeln, wenn sie sich die Ereignisse des Abends vor Augen hielt. Nach einer Weile hörte sie ein unterdrücktes Räuspern und spürte einen Blick auf sich ruhen. Sie drehte sich nicht um, denn sie wusste, dass Carl-Theodor hinter ihr stand. Er betrachtete sie oft heimlich, wenn sie sich die Haare kämmte – mit einer Mischung aus Scheu und Faszination. Anfangs hatte dieser Blick sie nahezu berauscht, und sie hatte die Macht genossen, die sie über ihn ausspielen konnte, doch mittlerweile war er ihr meistens lästig. Wie immer tat sie so, als würde sie ihn nicht bemerken, doch Carl-Theodor räusperte sich ein zweites Mal und fragte schließlich: »War das unbedingt nötig?«

Sie drehte sich um und las in seiner Miene nichts von der üblichen Bewunderung – nur Überdruss und ... leise Verachtung. Befremdet ließ sie die Bürste sinken. Vor ihm hatte sie sich nie verstellen müssen, hatte immer ihren Gefühlen freien Lauf gelassen, und nie hatte er sie dafür getadelt.

»Ich hasse diese dummen Frauen, die glauben, sie können mit einem Lächeln alles erreichen, anstatt ihren Verstand einzusetzen«, sagte sie heiser.

»Rosa ist nicht dumm ...«

»In jedem Fall ist sie schrecklich ungebildet«, zischte Antonie.

Carl-Theodor trat näher. Sie hatte sich von ihm abgewandt, konnte sein Gesicht aber im Spiegel betrachten. Seine Züge waren etwas feiner als die seines Bruders und wirkten wegen des weißblonden Haars auch blutleerer. Sie mochte es, dass er keiner dieser lauten, prahlenden, herrschsüchtigen Männer war, hasste ihn jedoch zugleich für seine Harmoniesucht, die ihn so oft erbärmlich schwach erscheinen ließ. Zumindest heute Abend gab er dieser nicht nach. »Wenn du dich tatsächlich an ihrer fehlenden Bildung gestört hättest, hättest du ihr geholfen, dies nachzuholen«, erklärte er streng. »Stattdessen hast du sie vor allen bloßgestellt. Denn dir ist es letztlich egal, ob Rosa ihren Verstand benutzt oder nicht. Du kannst nur nicht ertragen, dass sie womöglich glücklicher ist als du. Weil du nie wirklich glücklich sein kannst.«

»Wie soll jemand wie ich in dieser Welt auch glücklich sein?«, fuhr Antonie auf. »Man lässt die Frauen pflichtlos als Schmetterlinge in der Welt umherflattern, sich putzen und zieren und kokettieren ... und als geistige Nahrung bringt man ihnen französische und englische Romane oder die unter solchen Umständen geradezu schädliche, weil lediglich spielerische Beschäftigung mit der Musik.« Sie hatte jenen belehrenden Tonfall aufgesetzt, wie immer, wenn sie aus einem ihrer Bücher zitierte. Für gewöhnlich konnte sie Carl-Theodor damit imponieren, doch heute schüttelte er nur müde den Kopf.
»Ich habe dich nie gedrängt, so zu sein, ich habe dir immer alle Freiheiten gelassen.«
»Ja, im Geheimen – aber nach außen hin mitnichten. Du gibst dich verständnisvoll und tolerant, aber als ich Artikel für die Zeitung schreiben wollte, warst du dagegen, weil es sich für eine Frau Gothmann nicht ziemt, als Journalistin tätig zu sein. Du würdest mir meine Überzeugungen niemals ausreden – aber stünde ich vor aller Welt und würde sie lautstark ausposaunen, würdest du mir den Mund zuhalten, sobald sie in deinen Augen zu verwegen wären.«
»Der Ruf der Familie ...«
»... ist dir wichtiger als mein Glück.«
»Herrgott! Hängt etwa dein Glück davon ab, diesen Ruf zu zerstören, so wie du's heute tatest?«
»Albert hat Rosa geheiratet und riskiert, dass sie sich nicht zu benehmen weiß. Nicht jeder vermag es schließlich, ein braves Frauchen zu sein wie ich.«
»Nun, heute hast du dich gewiss nicht wie ein braves Frauchen verhalten.«
»Und nun?«, rief sie höhnisch. »Wirst du mich bestrafen? Mir meine Bücher nehmen? Ich lese gerade eins von Rahel Varnhagen, einer jüdischen Intellektuellen.« Ihren Vater hätte sie

damit provozieren können – Carl-Theodor nicht. Sie wusste nicht, warum genau das sie am meisten erboste. An ihm konnte sie sich nicht reiben, an ihm prallte alles ab. Sie hatte ihn geheiratet, weil er sich nicht von ihrem scharfen Verstand einschüchtern ließ, und gedacht, endlich zu bekommen, was sie wollte. Doch mit den Jahren stellte sich mehr und mehr heraus, dass sie an seiner Seite ausschließlich diesem Verstand folgte, ihre Gefühle jedoch wie tot waren. Wenn überhaupt, konnte er nur die schlechten erwecken, die ihre Seele vergifteten, anstatt ihr zu einem erfüllten Leben zu verhelfen.

»Warum tust du so, als wäre ich dein Feind?«, fragte er leise.

»Weil du insgeheim auf Rosas Seite stehst. Letztlich hast du mich auch nur geheiratet, weil ich aus guter Familie stamme und hübsch anzusehen bin.«

»Ich habe immer deine Klugheit bewundert, und das habe ich dir auch immer gesagt.«

»Weil du wusstest, dass du mich damit erobern kannst – nicht, weil es deine Überzeugung ist. Denn wenn es so wäre – warum erwartest du dann nicht, dass auch Rosa sich als klug erweist? Theodor Gottlieb von Hippels schreibt in seinem Buch *Über die bürgerliche Verbesserung der Weiber*, dass die evidente Vernunft eine Mitgift ist, welche die Natur allen Menschen in gleichem Maße bewilligt hat.«

»Mag sein, aber es ist nicht deine Sache, Rosa zu erziehen. Und mir scheint, dass sie – wenn auch nicht viel Verstand – so doch ein Herz hat, und zwar ein größeres als du.«

»Wie schade, dass du dann nicht mit ihr verheiratet bist, sondern mit mir«, rief sie und verachtete sich selbst, weil ihre Kehle so eng wurde. Sie hatte nicht gedacht, dass er die Macht haben könnte, sie zu kränken.

»Hast du etwa aus Eifersucht so gehandelt?«, fragte er gedehnt, um sich gleich selbst die Antwort zu geben: »Nein,

gewiss nicht, denn Eifersucht wäre ein Zeichen, dass dir etwas an mir läge. Aber du kannst mir nicht vergeben, dass ich es gewagt habe, dich zu heiraten, nicht wahr? Ich verstehe nur nicht, warum du nicht einfach nein gesagt hast.«
Antonie schluckte schwer.
Weil sie gehofft hatte, an seiner Seite eine andere zu werden – nicht länger vergiftet von der Verzweiflung, immer hinter den Brüdern zu stehen. Aber offenbar hatte sie sich zu sehr daran gewöhnt, um sie abzuschütteln. Laut zugeben konnte sie das allerdings nicht. »Mein Vater wollte eine Verbindung zu eurem Bankhaus.«
»Soso, du pochst auf deine Freiheit und auf die Vernunft der Frauen, aber fügst dich deinem Vater wie ein kleines Mädchen, das nach seinem Lob heischt. Und lässt mich dafür büßen, mich und Rosa und Albert. Wie kann eine starke, kluge, selbstbewusste Frau nur so erbärmlich sein?«
Selten hatte er so harsch mit ihr gesprochen, selten auch so heftige Gefühle gezeigt. Plötzlich überkam sie Reue. Sie wandte sich von ihrem Spiegelbild ab, wollte etwas sagen, wollte ihn umarmen, wollte irgendetwas tun, was an die ersten Wochen ihrer Ehe erinnerte, als sie noch liebevoll miteinander umgegangen waren. Doch Carl-Theodor verließ ihr Boudoir, ohne ihr gute Nacht zu wünschen.
Antonie starrte ihm nach. Das Haar fiel ihr ins Gesicht, sie lächelte nicht länger. Die Genugtuung, Rosa bloßgestellt zu haben, schmeckte plötzlich schal.

Es war lange nach Mitternacht, aber Albert zögerte, sein Schlafzimmer zu betreten. Er war sich sicher, dass Rosa noch nicht schlief. Sie würde ihn durch die dünne Verbindungstür hören, zu ihm kommen, Trost in seinen Armen suchen, vielleicht sogar weinen. Er wusste – in den letzten Wochen hatte sie oft geweint. Zwar hatte sie versucht, es vor ihm zu verbergen, aber ihm waren ihre geröteten Augen nicht entgangen, und nach dem heutigen Eklat war sie gewiss zutiefst verletzt und verunsichert. Er war ja selbst wütend auf Antonie und auch auf sich, weil er Rosa nicht vor ihr geschützt hatte. Aber ein klein wenig galt sein Ärger nicht zuletzt ihr. Sie wusste doch, dass er ein angesehener Bankier war. Warum konnte sie sich nicht ein klein wenig zusammenreißen, warum musste sie frank und frei ausplaudern, was ihr auf der Zunge lag? Warum konnte sie sich nicht besser seiner Welt anpassen, in der sie schließlich doch auch seine Sprache gelernt hatte?

Er seufzte.

Er ertrug diese Gedanken ebenso wenig wie Rosas Gegenwart, da sie immer so fordernd, immer so überschwenglich war, und flüchtete sich dorthin, wo beides keinen Platz hatte – an seinen Schreibtisch.

Stunde über Stunde hockte er dort, wälzte Bücher, machte sich Gedanken über die Zukunft der Bank und wurde darüber eher wacher als müder.

Der Morgen dämmerte, als es klopfte. Er zuckte zusammen und schämte sich wenig später seiner Erleichterung, dass es nicht Rosa war, die ihn hier aufsuchte, wie er im ersten Moment gedacht hatte, sondern Carl-Theodor. Auch jener hatte offenbar nicht geschlafen, doch anders als er wirkte er erschöpft und ausgezehrt.

Albert lehnte sich zurück. Er befürchtete, Carl-Theodor könnte irgendetwas zum Drama des gestrigen Abends sagen, und kam ihm darum zuvor, indem er ihm die Pläne erklärte, die er in den letzten Stunden gefasst hatte.

»Ich will unserem Bankhaus eine ganz neue Ausrichtung geben«, begann er eifrig. »Bislang haben wir zu sehr auf den

Handel gesetzt, künftig sollten wir der Industrie mehr Augenmerk gönnen.«
»Bitte?«, fragte sein Bruder verständnislos. Er machte nicht deutlich, ob ihn das Ansinnen an sich verwirrte oder weil Albert es ausgerechnet an einem Tag wie diesem fasste.
Albert fuhr rasch fort: »Privatbankiers wie wir nehmen im Moment die beherrschende Stellung ein, doch unser Wirkungskreis ist beschränkt.«
»Ist das im Moment deine größte Sorge?«
»Wir müssen an die Zukunft denken!«, rief Albert und klang enthusiastisch wie selten. »Noch ist es allein unser Name, der Vertrauen schafft, weil die Verbindungen zwischen uns und den Unternehmern sehr eng sind, von jahrzehntelanger persönlicher Freundschaft bestimmt. Aber das Kapital, das wir einsetzen können, ist beschränkt. Es reicht nicht aus, um größere Vorhaben der Industriellen zu finanzieren. Und irgendwann werden diese sich lieber an diese neumodischen Aktienbanken wenden als an unsereins. Für diesen Fall müssen wir gerüstet sein.«
Carl-Theodor blickte ihn verständnislos an.
»Ich dachte, dir wären vor allem die Beziehungen zum Handel so wichtig – darum warst du doch auch in Montevideo. Wohin ich übrigens demnächst aufbrechen werde.«
»Das ist auch gut und wichtig, aber der Kolonialhandel ist eben nur ein Standbein – das andere ist, wie gesagt, die Industrie, und darum werde ich mich kümmern.« Albert nickte bekräftigend. »Ich werde in den nächsten Wochen viel unterwegs sein.«
Carl-Theodor begann, im Zimmer auf und ab zu gehen. »Das wird Rosa nicht gefallen. Warum bist du nicht bei ihr?«
Albert blickte starr auf die Tischplatte, und dies verlieh ihm – anders als der Anblick seines Bruders – die Kraft, die Wahrheit einzugestehen. »Sie ist nicht glücklich hier.«

Carl-Theodor blieb stehen. »Das liegt daran, dass du zu wenig Zeit für sie hast. Ach Albert, bei Antonie hatte ich nie wirklich eine Chance ... Vielleicht war gerade das auch der Grund, warum ich um sie gebuhlt habe. Ich habe nun mal eine Schwäche für verlorene Sachen und habe mir eingeredet, dass ich das Herz einer Frau aus Eis gewinnen kann. Aber es ist mir nicht gelungen. Du hingegen, Albert, du hast eine warmherzige, liebevolle Frau, die gerade tief gekränkt ist, an Heimweh leidet und sich einsam fühlt. Du kannst ihr helfen, du kannst sie glücklich machen. Geh zu ihr, ich bitte dich, geh zu ihr!«
Während er gesprochen hatte, hielt Carl-Theodor den Blick auf den Boden gesenkt. Auch nachdem er geendet hatte, sah er nicht auf, sondern verließ das Arbeitszimmer, ohne Alberts Entgegnung abzuwarten. Der blieb eine Weile sitzen. Unwillkürlich hatte er sich am Schreibtisch festgeklammert, als wäre das ein Rettungsanker. Aber dann gab er sich einen Ruck und erhob sich. Carl-Theodor hat ja recht, sagte er sich, ich trage die Verantwortung für sie, nur meinetwegen hat sie ihre Heimat verlassen ...
Mit jedem Schritt, den er nach oben stieg, vermeinte er, schwerer daran zu schleppen. Auf Zehenspitzen betrat er ihr Schlafzimmer und hoffte, dass sie schon schlief. Als er zu ihrem Bett trat, hielt sie tatsächlich die Augen geschlossen, doch kaum wandte er sich ab, um in sein eigenes Gemach zu gehen, erwachte sie.
»Albert?«
»Schlaf weiter«, murmelte er.
Sie richtete sich auf, sprang aus dem Bett und klammerte sich an ihn.
»Bleib doch, bleib! Lass mich nicht allein«, jammerte sie. »Bitte, es tut mir alles so leid. Ich habe dich vor allen Leuten bloßgestellt.«

Albert unterdrückte ein Seufzen. »Das ist doch nicht weiter schlimm. Es gibt so viele Skandale in dieser Stadt – dieser wird bald vergessen sein.«
Zu seiner Bestürzung sah er, dass sich ihre Augen mit Tränen füllten.
»Ich möchte, dass du stolz auf mich bist«, klagte sie.
»Mach dir keine Sorgen. Ich bin froh, eine so schöne Frau zu haben.«
»Dann bleib. Bleib bei mir! Ich will … ich will, dass du mich liebst.«
Kurz zögerte er, doch ihr Griff wurde immer fester, und schließlich ergab er sich ihr und sank mit ihr aufs Bett. Wie immer ließ er sich von ihrer Leidenschaft mitreißen, denn wie hätte er es über sich bringen sollen, sich von einer Frau zu lösen, die ihn so inniglich umarmte. Es war ein stürmischer Akt und durchaus lustvoll. Für eine Weile vergaß er alle Sorgen, vergaß auch das leise Befremden, das ihn bei ihrem Anblick heimgesucht hatte. Auch wenn so viel Unausgesprochenes zwischen ihnen stand – ihre Körper redeten die gleiche Sprache. Doch auf dem Höhepunkt der Lust brach Rosa plötzlich erneut in Tränen aus.
Albert wusste nicht, was er sagen sollte. Eine Zeitlang hielt er die schluchzende, zitternde Frau, dann machte er sich vorsichtig von ihr los.
»Ich muss noch etwas erledigen.«
Ihr Schluchzen verstärkte sich, doch er achtete nicht darauf, sondern verließ das Schlafzimmer. Durch das dunkle Haus ging er zurück in sein Arbeitszimmer.
Ja, Investitionen in die Industrie – darin lag die Zukunft. Er streichelte über seinen Schreibtisch, als wäre er ein lebendiges Wesen. Dann griff er nach der Feder und schrieb seine Pläne nieder.

7. Kapitel

Nach einem verregneten Sommer folgte ein rotgoldener Herbst, der frühzeitig dem Winter wich. Kalte Stürme rissen die letzten Blätter von den Bäumen; bald hingen dicke Eiszapfen von den Dächern, und eine Schneedecke verschluckte das hügelige Land. Anfang März bekam sie Risse, und erste Frühlingsboten, die ihre Köpfchen aus der dunklen Erde zwängten, färbten die Welt wieder bunt. Rosas Leben jedoch blieb grau, die Wärme der neckenden Sonnenstrahlen erreichte nicht ihr Herz. Zwischen ihr und der Welt schien eine wabernde Nebelwand zu stehen, die alles erstickte. Sie fühlte nicht einmal mehr Heimweh, sondern rein gar nichts, ganz so, als stünde sie außerhalb ihres Körpers und beobachtete sich von weitem, kopfschüttelnd und erstaunt, was aus ihr geworden war. Espe versuchte mit aller Macht, ihr den Trübsinn auszutreiben. Obwohl sie ansonsten mit Berührungen sparte, massierte sie ihr mit ihren kräftigen Händen den Rücken, und danach glühte ihr Körper, alle Glieder waren geschmeidig. Die Leere in ihr aber konnte sie nicht füllen. Albert war die meiste Zeit nicht zu Hause, und während sie anfangs mit diesem Umstand gehadert hatte, war sie jetzt sogar erleichtert. Sie wollte nicht, dass er sie so sah. Und sie wollte vor allem nicht, dass sie ihn sah und sich fragte: War es das wert?

Manchmal aßen sie gemeinsam zu Abend – und manchmal war es unvermeidbar, an seiner Seite auf einem der Empfänge zu erscheinen. Rosa blieb meist völlig stumm und litt unter den Blicken der anderen Frauen, von denen sie sich verspottet fühlte. Antonie ignorierte sie zwar, aber sie wurde den Verdacht nicht los, dass diese noch mehr Vorurteile gegen die exotische Schwägerin schürte. Dass sie sich nicht zu benehmen wüsste … dass sie ihrem Mann zur Schande gereiche … dass sie schrecklich dumm sei.

Der letzte Vorwurf schmerzte am meisten. Sie konnte doch lesen und schreiben – anders als die meisten Frauen von Montevideo! War es ihre Schuld, dass sie nicht in Frankfurt aufgewachsen und darum mit den hiesigen Gesprächsthemen nicht vertraut war?

Für kurze Zeit erwachte Ehrgeiz, es Antonie zu zeigen, und sie verbrachte manche Stunde in der Bibliothek der Gothmanns, um sich diverse Bücher zu Gemüte zu führen. Doch auch wenn sie durchaus verstand, was darin zu lesen stand – es fesselte weder ihre Aufmerksamkeit, noch weckte es ihre Leidenschaft. Es kam ihr so verkehrt vor, stumm zu lesen, anstatt mit anderen zu plaudern. Und noch verkehrter schien es ihr, ein Buch über Vögel zu lesen, wie sie es eines Tages tat, anstatt draußen im Wald spazieren zu gehen, deren Gezwitscher zu lauschen und ihr buntes Gefieder zu bewundern! Sie lernte alle Namen der Vögel, um sich selbst zu beweisen, dass sie nicht ohne Verstand war, aber als sie alle beherrschte, schloss sie das Buch, verließ die Bibliothek und kehrte nicht zurück. Wenn Antonie, Adele, Carl-Theodor, ja Albert selbst sie nur schätzten, weil sie etwas auswendig gelernt hatte, war es die vielen Stunden der Einsamkeit, in denen sie sich dieses Wissen erwarb, nicht wert, dachte sie trotzig.

Einsam blieb sie natürlich auch dann noch, als sie sich nicht länger mit der Ornithologie beschäftigte. Auf Antonies und Adeles Gesellschaft konnte sie zwar gerne verzichten, nicht aber auf die von anderen Menschen, und so floh sie eines Tages aus dem Gemach und nahm die Hintertreppe, die zu den Wirtschaftsräumen führte. Hier war sie noch nie gewesen, obwohl sich Espes Kammer in diesem Trakt befand. Espe war nirgendwo zu sehen – nur emsig umherhuschende Dienstboten, die für sie blind waren. Rosa ging Stufe um Stufe die Treppe herunter, bis sie im Keller landete, von dem eine kleine Tür in die Speisekammer führte. Steintöpfe und Fässer standen dort randvoll mit Vorräten gefüllt, außerdem Krüge mit Most und Kästen mit Brot. Auf Schnüren hing geräucherter Schinken, auf einem Rost lag Backobst. Es roch durchdringend nach Majoran und Zwiebel – beides offenbar Zutaten einer frisch gebackenen Pastete.

Rosa sog den Duft ein. Er war ihr fremd, aber dennoch wohltuend, kündete er doch von einer schlichten Welt, in der sich froh schätzt, wer sich den Magen vollschlagen kann und nicht mehr vom Leben fordert. Erstmals bekam sie wieder etwas Appetit, und unwillkürlich streckte sie die Hände aus, berührte ein paar Kohlköpfe und Möhren und glaubte, das erste Mal seit langem wieder etwas Gefühl in den tauben Fingerspitzen zu haben. Eine Weile blieb sie in der Speisekammer stehen, dann ging sie nach oben, um das Treiben in der Küche zu beobachten. Obwohl Albert nicht zum Abendessen zurückerwartet wurde, Carl-Theodor nach Südamerika gereist war und Antonie, Adele und sie selbst nur wie Vögelchen aßen, wurde ein üppiges Mahl bereitet: In einer zinnernen Schüssel wurde Kartoffelteig für Klöße geknetet, in einer eisernen Pfanne Fleisch gebrutzelt, in einer Pfannkuchenpfanne ein Omelett geschwenkt, und in einem Schüsselchen wurden mit eisernem Mörser Gewürze gemahlen. Jetzt im Frühling galt es, die Reste von Wintervorräten aufzubrauchen, so das Kirsch- und Pflaumenmus oder eingelegte Gurken, Sauerkohl und Heringe. In die Suppe kam ein Schuss Brannt-

wein, den man aus Kartoffeln gebraut hatte, und in die Rouladen eine Mischung aus Karotten, Sellerie, Senf und Petersilie, die man im Herbst in Kisten mit Sand gesetzt hatte.
Rosa konnte sich nicht erinnern, dass sie in Montevideo jemals die Küche betreten und beim Kochen zugesehen hatte. In jedem Fall belebte sie der Anblick der Köche wie der Geruch in der Speisekammer. Ewig hätte sie hier verharren können – an einem Ort, wo jeder beschäftigt war, wusste, was er zu tun hatte, und keine Zeit blieb, trübsinnigen Gedanken nachzuhängen. Hier pulsierte das wirkliche Leben – während sie selbst die letzten Monate in einem dunklen Traum gefangen gewesen war.
Sie hatte die Küche so lautlos betreten, dass es eine Weile dauerte, bis man sie bemerkte. Dann aber hielten alle inne und senkten den Blick. Keiner wagte es, sie anzusprechen, stattdessen wurde hastig Frau Lore geholt. Sie war, wie Rosa mittlerweile wusste, nicht nur die Haushälterin, die alles überwachte, sondern auch Adeles Vertraute und überdies die einstige Amme von Carl-Theodor, die – wie so viele ihresgleichen – bei der Familie geblieben war und neue Aufgaben übernommen hatte, nachdem er entwöhnt worden war.
Anders als der Rest wirkte sie von Rosas Gegenwart nicht eingeschüchtert, sondern fragte mit freundlichem, offenem Blick: »Haben Sie einen Wunsch – vielleicht etwas zu essen oder zu trinken?«
Nein, dachte Rosa, ich will einfach nur nicht allein sein ...
Das wagte sie natürlich nicht laut zu sagen. »Kann ich mich hinsetzen?«, fragte sie und deutete auf den breiten Nussholztisch. Die Köchin hatte hier eben Teig geknetet, doch weiter oben war ein Plätzchen frei.
Falls Frau Lore von diesem ungebührlichen Ansinnen befremdet war, zeigte sie es nicht. Sie wies einladend auf einen

Stuhl. »Aber natürlich!«, rief sie und klatschte in die Hände – für die anderen das Zeichen, weiterzuarbeiten.
In der nächsten Stunde traf Rosa dann und wann ein verstohlener Blick. Niemand ließ ihretwegen erneut die Arbeit ruhen, aber die meisten bemühten sich, dabei einen möglichst weiten Kreis um sie zu ziehen. Nur eines der Hausmädchen, das von oben kam, überwand schließlich die Scheu.
Offenbar war die junge Frau nicht in der Küche beschäftigt, denn sie trug ein schwarzes Kleid und darüber eine gestärkte weiße Schürze. Zu Rosas Überraschung verlangte sie einen Laib altes Brot, den sie neben ihr auf dem Tisch aufschnitt.
»Was machst du denn da?«, fragte Rosa. »Sind das etwa Almosen für arme Leute?«
Das Mädchen lachte auf. »Nein, damit werden die verschmutzten Tapeten abgerieben. Es gibt kein besseres Mittel, um sie zu säubern.«
»Das ist aber merkwürdig!«
»Ach, ich mag es eigentlich, die Tapeten abzureiben«, erklärte das Mädchen freimütig. »Man bekommt keinen krummen Rücken davon. Gestern haben wir die Dielen gescheuert – mit Sand und Salmiak, mir tun noch heute die Knie davon weh.«
Sie lachte abermals auf. »Es ist immer so viel zu tun, wenn der Frühlingsputz ansteht.«
Rosa bekam ein schlechtes Gewissen, weil sie so gar nichts davon bemerkt hatte. Sie kam sich schrecklich unnütz vor. Die Hände des Mädchens waren gerötet und rauh, ihre eigenen hingegen schneeweiß. Gewiss, Adele und Antonie hätten dies als Zeichen ihrer vornehmen Stellung gewertet, aber kurz wünschte sich Rosa, sie könnte beweisen, dass Kraft und Leben in ihr steckten – und sei es durch harte Arbeit.
»Wie heißt du denn?«, fragte sie das Mädchen neugierig.
»Eigentlich Toni, aber hier nennen mich alle Else.«

»Warum das denn?«

»Wenn eine Dienstmagd den gleichen Vornamen wie ein Familienmitglied trägt, dann wird sie wie die Vorgängerin gerufen. Und da Frau Antonie so heißt, heiße ich eben wie die alte Else, deren Rücken irgendwann so krumm war, dass sie mehr Last als Hilfe war.«

Rosa runzelte die Stirn. Wie schrecklich, dem Mädchen seinen Namen zu rauben!

Doch die fand es nicht sonderlich schlimm. »Nun, eigentlich heiße ich lieber Else als Toni. In unserem Dorf gibt es eine andere Toni, müssen Sie wissen. Sie ist ein schrecklich dickes, hässliches Mädchen. Ich frage mich, was aus ihr geworden ist …«

Sie plapperte eine Weile fort, und Rosa hörte nicht länger zu, sondern genoss einfach nur den Klang dieser hohen Stimme und jenen Wasserfall an Worten, die nichts mit ihrem Elend zu tun hatten. Am Ende lachte Else wieder auf – und Rosa stimmte ein, ohne den Grund zu kennen.

Alsbald verstummte sie, denn Frau Lore betrat erneut die Küche, und nachdem Else hastig den Teller Brot nahm und nach oben trug, zog sich auch Rosa zurück. Von nun an war sie jedoch fast täglich in den Wirtschaftsräumen oder der Küche. Insbesondere Elses Nähe suchte sie, um ihr beim Arbeiten zuzusehen und den vielen Geschichten von deren Kindheit in Hofheim zu lauschen.

Else war flink und wendig und mochte es am liebsten, im Freien zu arbeiten. Bis jetzt hatte Rosa den Garten meist gemieden. Die Hecken und Wiesen waren so streng beschnitten, das sie nie recht wusste, wohin sie ihren Fuß setzen durfte. Doch nun leistete sie Else Gesellschaft, als diese Blumen pflanzte: Mit einer Harke schlug sie Löcher in den noch kalten Boden und setzte einen Samen in jedes. Anfangs sah Rosa

ihr nur dabei zu, aber dann musste sie an ihre Mutter Valeria denken, die Blumen so sehr geliebt hatte und in Montevideo vergeblich versucht hatte, Rosen zu pflanzen.
»Kann ich dir helfen?«, fragte sie.
Else sah sie kurz verwirrt an. Zwar war sie mittlerweile an die stete Gesellschaft der Hausherrin gewöhnt, wirkte dennoch befremdet, dass sich diese ihre Hände schmutzig machen wollte.
»Ihr schönes Kleid könnte Flecken abbekommen!«, wandte sie ein.
»Ach, ich habe so viele davon!«, rief Rosa. Prompt kniete sie sich ins Blumenbeet und vergrub die Hände in der Erde. Obwohl der Frost bald in all ihren Gliedern saß, vermeinte sie kurz, den Pulsschlag von Mutter Erde zu spüren – und der wirkte beruhigend und heilend. Am Abend hatte sie schwarze Ränder unter den Fingernägeln, rote Wangen und das Gefühl, die Welt sei so strahlend wie an jenem Tag, als sie Albert Montevideo gezeigt hatte.

Täglich drängte es sie nun in den Garten – am liebsten zu den Rosenbüschen. Else zeigte ihr, wie man sie beschnitt und pflegte, und Rosa packte begeistert mit an, obwohl sie sich auf diese Weise viele Kratzer auf ihren Händen zuzog. Albert fiel es eines Tages auf, als er sie im Schlafgemach besuchte.
»Um Gottes willen, was hast du denn damit gemacht?«, rief er.
»Mit einem Kätzchen gespielt«, flunkerte sie und musste über sein verwirrtes Gesicht lachen. Es klang glockenhell wie früher, und seine Verwirrung machte Erleichterung und Freude Platz, dass er dem Mädchen wiederbegegnete, das er geheiratet hatte. Sie liebten sich leidenschaftlich, und diesmal klammerte sie sich nicht so verzweifelt an ihm fest wie sonst.

An den verregneten Tagen mied sie den Garten und war umso häufiger in der Küche, wo man sich an ihren Anblick gewöhnt und langsam die Scheu abgelegt hatte. Die Köchin fragte sie häufig, wie man in Montevideo kochte, und Rosa erzählte, dass man dort vorzugsweise Rindfleisch aß, nicht etwa geschmort wie hier, sondern scharf gebraten und das so kurz, dass das Fleisch innen rosig blieb.
Die Köchin schüttelte den Kopf, und Frau Lore fragte verdutzt: »Und das essen auch die feinen Leute?«
»Aber ja doch!«
»Und welche Gewürze werden verwendet?«
»Nur viel Pfeffer, und manchmal wird das Fleisch mit Zwiebeln gebraten. Eintöpfe gibt es auch – meist mit Lamm und Schaffleisch. Dazu isst man Brot in Form von Fladen. Ach«, sie seufzte, »wie gerne würde ich wieder einmal solche Fladen essen.«
Je länger sie sprach, desto hungriger wurde sie.
»Ich kann versuchen, so einen Fladen zu backen«, schlug die Köchin vor.
Rosa sprang auf. »Nein, ich werde selbst einen machen.« Ehe Frau Lore etwas dagegen einwenden konnte, stürzte Rosa mit wahrem Feuereifer in die Vorratskammer. Sie blickte sich um – dort hinten war der Mehlsack, außerdem brauchte sie Öl und Salz. Wenn sie den Teig dann noch mit etwas Wasser anrührte, würde es genügen. Später konnte sie Butter und Käse auf dem heißen Fladen zerlassen. Das Wasser lief ihr im Mund zusammen, doch als ihr der durchdringende Geruch von einigen Gewürzen in die Nase stieg, wurde ihr plötzlich schwindlig.
Sie griff sich an den Kopf, die Lippen fühlten sich auf einmal taub an. Mit letzter Kraft wollte sie sich an einem Regal abstützen, aber ihre Hände griffen ins Leere. Schweiß brach ihr

aus, die Wände waren plötzlich ganz nahe und verschwammen vor den Augen. Ihr Mund wurde trocken, der Appetit auf einen frischen Fladen wich Übelkeit.
»Frau Lore ...«, stammelte sie. Die eigene Stimme kam von weit her, als würde eine Fremde zu ihr sprechen. Ehe sie ein weiteres Mal nach der Haushälterin rufen konnte, sackte sie ohnmächtig auf den kalten Steinboden.

»Gebt mir noch etwas kaltes Wasser – oder besser noch: Tränkt ein Leinentuch darin. Dann können wir es ihr in den Nacken legen.«
Die Stimme klang durch die Schwärze, beruhigend und tröstlich. Rosa konnte die Augen immer noch nicht öffnen, aber sie fühlte, wie Leben in ihre Glieder zurückkehrte und diese zu kribbeln begannen.
»Nun macht schon!«
Die Stimme gehörte einem Mann und klang fremd. Er sprach mit starkem Akzent, den sie nicht recht einordnen konnte.
Ein Stöhnen kam über ihre Lippen.
»Wir brauchen keine kalten Tücher. Kölnischwasser ist bei einer Ohnmacht immer noch das Beste.« Diese Stimme war vertraut und gehörte Frau Lore. Ein beißender Geruch stieg Rosa in die Nase. Aus ihrem Stöhnen wurde ein Husten, und obwohl die Lider bleischwer waren, öffnete sie die Augen.
»Sehen Sie, jetzt kommt sie zu sich.«
Das Bild vor ihren Augen war noch verschwommen, aber trotzdem erkannte sie, dass Frau Lore mit irgendetwas vor ihrem Gesicht herumfuchtelte. Neben ihr hockte ein Mann, den sie noch nie gesehen hatte – mit gewelltem Haar, aristokratisch spitzer Nase und feinen Lippen. Er trug zwar nur schlichte, graue Hosen und ein etwas abgenutztes Jackett, doch etwas lag in seiner Haltung, das ihn von den Dienstboten unterschied –

etwas Stolzes, Edles. Rosa richtete sich auf, blickte sich um und erkannte, dass sie auf dem Küchenboden lag.
Mühsam rief sie sich in Erinnerung, was passiert war.
»Wie ... wie ...«
»Monsieur Ledoux hat geholfen, Sie hierherzutragen«, erklärte Frau Lore.
Der Mann streckte die Hände nach ihr aus und half ihr auf. Neuerlicher Schwindel überkam sie, aber da führte er sie schon zum Küchentisch und drückte sie auf einen Stuhl. Sein Blick war ebenso besorgt wie der des Personals, das sich um den Tisch versammelt hatte.
»Wer sind Sie?«, fragte sie.
»Fabien Ledoux«, stellte er sich mit einer rauchigen Stimme vor. »Ich bin der Musiklehrer von Antonie Gothmann und lebe seit einigen Wochen hier. Madame Antonie meint, dass nur Franzosen etwas von Musik verstünden, und hat mich deswegen eingestellt.« Er klang selbstbewusst, aber zugleich hörte Rosa leisen Spott heraus, als würde er sich insgeheim über Antonie lustig machen.
»Offenbar war man sich nicht sicher, wie man mich behandeln soll – ob als Dienstboten oder als Familienmitglied«, fuhr er fort. »Deswegen bekomme ich hier in der Küche mein Essen, darf dennoch das Haus über den Vordereingang betreten, während das dem übrigen Personal verboten ist.«
Diesmal war der Spott in der Stimme unüberhörbar. Rosa musste lachen, doch kaum war jener helle, warme Laut verklungen, packte sie erneut Übelkeit. Erschrocken schlug sie sich die Hand vor den Mund.
»Geht es Ihnen nicht gut?«, fragte Fabien Ledoux besorgt. »Soll ich einen Arzt holen?«
Rosa schluckte verzweifelt gegen den säuerlichen Geschmack in ihrem Mund an und wollte schon nicken, als Frau Lore ihn

zur Seite schob, Rosas Hand ergriff und sie aufmerksam musterte. »Sie können natürlich Doktor Haubusch konsultieren, wenn Sie das wollen, Frau Gothmann, aber ich kann Ihnen auch so sagen, woran Sie leiden.«
Rosa wurde angst und bange. »Ist es etwas Schlimmes?«
»Mitnichten!«, rief Frau Lore lachend. »Ich könnte schwören, Sie sind guter Hoffnung.«

Der Schwindel verflüchtigte sich, als Rosa durchs Haus lief, nicht länger von unsichtbarer Last bedrückt, sondern mit federleichtem Schritt. Ein Glücksgefühl durchströmte sie, wie sie es schon lange nicht mehr kannte.
Ein Kind, sie bekam ein Kind! Ein Kind, das ihr gehörte! Ein Kind, das sie mit der neuen Heimat versöhnen würde! Ein Kind, das sie aus der Einsamkeit erretten konnte!
Die Tränen, die ihr nun in die Augen schossen, waren Tränen des Glücks.
Natürlich hatte sie gewusst, dass die meisten Eheleute mit der Zeit Kinder bekamen, und natürlich hatte auch sie gehofft, dass ihr eines geschenkt würde, doch im Elend der letzten Wochen hatte sie nie darüber nachgedacht.
»Albert!«, rief sie. »Albert, wo bist du?«
Das Glück verwirrte sie so sehr, dass sie gar nicht wusste, welche Tageszeit war. Erst als sie das Arbeitszimmer leer vorfand, begriff sie, dass Albert in der Bank und der Abend noch nicht angebrochen war. Sie hatte keine Ahnung, wie sie es ertragen sollte, so lange zu warten, bis sie ihm endlich die Neuigkeit berichten konnte.
Als sie sich umdrehte, sah sie, dass Antonie im Türrahmen lehnte, graziös und etwas angespannt wie immer. Ihre Augen waren starr auf sie gerichtet – gleich so, als betrachtete sie ein fremdes Insekt.

In den letzten Wochen und Monaten waren sich die Schwägerinnen meist aus dem Weg gegangen. Antonie hatte überdies viel Zeit im Stadthaus in Frankfurt verbracht, seit Carl-Theodor auf Reisen war. Was sie nun genau hierher aufs Land gelockt hatte, wusste Rosa nicht – und wollte es auch gar nicht wissen. Vor allem wollte sie nicht daran denken, wie Antonie sie vor der Frankfurter Gesellschaft bloßgestellt hatte. Ihr Glück stimmte sie versöhnlich, und in diesem Zustand wäre ihr jeder recht gewesen, um die großartige Neuigkeit loszuwerden.

»Stell dir vor!«, rief sie überschwenglich. »Ich bekomme ein Kind!«

Kurz war sie geneigt, die Schwägerin zu umarmen – so wie einst bei ihrer ersten Begegnung. Doch Antonie wich hastig zurück.

»Ich muss es Albert so schnell wie möglich berichten«, fuhr Rosa fort.

Antonie zog die Brauen hoch. »Albert ist in diesen Tagen mit Wichtigerem beschäftigt. Oder weißt du etwa nicht, was eben in Frankfurt geschieht?«

Rosa starrte sie verständnislos an. »Was könnte wichtiger sein, als dass ich ein Kind bekomme?«

»Pah!«, machte Antonie abfällig. »Kinder werden ständig geboren. Und ein paar von ihnen sterben gleich nach der Geburt wieder. Revolutionen hingegen gibt es nicht ganz so oft.«

Erst jetzt nahm Rosa den eigentümlichen Glanz in ihren Augen wahr. Trotz üblicher Arroganz und Verächtlichkeit, die sie an den Tag legte, schien Antonie irgendetwas zu begeistern.

»Revolutionen?«, fragte Rosa verwirrt.

Antonie nickte triumphierend. »Im Großherzogtum Baden hat alles seinen Ausgang genommen, und mittlerweile haben

die Unruhen auf andere Staaten des Bundes übergegriffen. Willst du etwa sagen, du hast davon nichts gehört?«
Rosa zuckte die Schultern. »Vielleicht hat es Albert einmal beim Abendessen erwähnt.«
Antonies Miene nahm einen feierlichen Ausdruck an. »Von Berlin bis Wien wurden liberale Regierungen berufen. In Bälde soll eine neue Verfassung erarbeitet werden, und zu diesem Zweck treffen sich Deputierte aus ganz Deutschland in der Paulskirche.«
»Und was hat Albert damit zu tun?«, fragte Rosa.
Antonie schüttelte tadelnd den Kopf. »Es betrifft jeden, denn wir alle sind freie Bürger, denen das Denken nicht verboten ist, wir alle sind Teil des Staates! Aber es mag sein, dass dich das als Südamerikanerin nicht interessiert. In diesen Breitengraden geht es doch sehr unzivilisiert, wenn nicht barbarisch zu. Was versteht ihr schon von Freiheit!«
Rosa wusste nicht genau, was die andere meinte – fühlte sich in jedem Fall aber verletzt und an die peinliche Bloßstellung erinnert. »Ich bekomme ein Kind«, wiederholte sie trotzig. Nicht länger erschienen ihr diese Worte als glückliche Nachricht – eher als Schutzschild, hinter dem sie sich verstecken konnte. Übermächtig wurde das Gefühl, sie müsste sich vor Antonie ducken, und auch wenn sie dieser Regung widerstand, legte sie zumindest rasch ihre Hand auf den Bauch.
»Erwartest du jetzt etwa, dass Albert deine Hand hält, nur weil du schwanger bist? Mein lieber Schwager ist nicht nur Bankier, sondern auch aufrechter Demokrat. So schnell wird er heute Abend nicht nach Hause kommen. Und was das Kinderkriegen anbelangt – nun, ich bekomme ebenfalls eins. Kein Grund, deswegen solchen Aufruhr zu betreiben.«
Sprach's, drehte sich um und schlenderte davon.

Rosa starrte ihr nach. Plötzlich fühlte sie sich nicht mehr wie der glücklichste Mensch auf Erden, sondern zurechtgewiesen wie ein kleines, dummes Mädchen. Eine neue Woge der Übelkeit überfiel sie, und in ihrem Mund schmeckte es plötzlich bitter.

Die Übelkeit verging, aber das warme Glücksgefühl kehrte nicht zurück. Wie sollte sie nur die Zeit hinter sich bringen, bis Albert wiederkam?
Eine Weile ging sie im Haus auf und ab, dann eilte sie über die Hintertreppe zur Küche. Die übliche Geschäftigkeit beruhigte ihren aufgewühlten Geist, und als sie Espe entdeckte, konnte sie sich wieder über die Neuigkeit freuen.
»Ein Kind!«, platzte es aus Rosa heraus. »Hast du es schon gehört? Ich bekomme ein Kind.«
»Das habe ich bereits geahnt, nachdem ich vor einigen Wochen davon geträumt habe.«
Wie immer wahrte Espe Distanz, aber ihre dunklen Augen leuchteten, und Rosas Stolz wuchs, als sie überdies Frau Lores wohlwollenden Blick auf sich ruhen spürte. Else nahm sie zur Seite und begann wie so oft, munter zu plappern: »Sie müssen etwas essen, Frau Gothmann, Sie brauchen jetzt mehr als sonst. Meine Mutter hat insgesamt zehn Kinder geboren, und nach dem fünften sagte sie, es reiche eigentlich, aber sie war dann doch jedes Mal froh, weil sie mehr zu essen bekam.«
Rosa wollte eigentlich ablehnen, spürte dann jedoch, dass ihr tatsächlich der Magen knurrte.
»Etwas Salziges ist besser als etwas Süßes«, erklärte Else. »Das vertreibt die Übelkeit.«
Ehe sie sichs versah, hatte Else sie schon an den Tisch geführt und einen Teller vor sie hingestellt.
Ein kräftiger Geruch stieg Rosa in die Nase.

»Das ist Wurstsuppe«, erklärte Else. »Normalerweise essen nur wir Dienstleute dergleichen, aber das stärkt ungemein.«
Rosa führte zögernd den Löffel zu ihrem Mund. »Das habe ich noch nie gegessen.«
Else lächelte vielsagend. »So etwas Leckeres kennen Sie in Südamerika nicht.«
Die Suppe schmeckte sehr sauer, und Rosa hätte beinahe den ersten Bissen wieder ausgespuckt, aber dann schluckte sie ihn. Egal, was sie aß – ihr wurde plötzlich warm ums Herz. Als sie da am großen Küchentisch saß und das geschäftige Treiben beobachtete, verloren Antonies bissige Worte ihre Macht, und sie fühlte sich nicht länger einsam.
Else setzte sich ungeniert zu ihr und aß ebenfalls einen Teller Wurstsuppe. »Mein Vater hat die Wurst selbst gemacht«, erzählte sie stolz. »Gewiss habe ich schon mal erwähnt, dass er Bauer ist. Alle Leute sagen, ich hab's gut getroffen, dass ich nun hier arbeiten kann, aber manchmal sehne ich mich doch nach meinem Zuhause. Am schönsten war immer das Schlachtfest vor Weihnachten. Danach gab es Schinken, Speck und Mettwurst, Pökelfleisch und Schmalz, und wir hatten jedes Mal so viel Grützwurst, dass wir sie unseren Nachbarn schenkten.«
»Besuchst du deine Familie noch oft?«, fragte Rosa.
»Eigentlich ist Hofheim nicht weit entfernt. Aber ich komme hier leider nicht oft weg. Schade. Das Leben auf dem Hof war einfach und hart, aber wir hatten immer unseren Spaß.« Sie beugte sich vertraulich vor. »Hier geht's oft so ernst zu.«
»Das stimmt!«, platzte es aus Rosa heraus.
»Und es wird nicht gesungen und nicht getanzt ... nicht so wie bei uns.«
Else schob ihren Teller zurück und sprang auf, um es ihr zu zeigen, doch ehe sie den ersten Tanzschritt machte, hielt sie

inne und zog rasch den Kopf ein. Rosa blickte sich verwirrt um und sah, dass Adele in der Küche stand und erst das Dienstmädchen, dann die Schwiegertochter mit einem ebenso verwirrten wie strengen Blick musterte. Sie trat zögerlich näher, und als sie den Teller Wurstsuppe vor Rosa sah, verzog sie angewidert ihr Gesicht.
»Was machst du denn hier, Rosa?«
Rosa fühlte sich zunächst ertappt, doch dann sprang sie auf und fiel Adele im Überschwang der Gefühle um den Hals: »Ich bekomme ein Kind!«, rief sie.
Adele versteifte sich. Sie murmelte undeutlich, dass es großartig wäre, aber weder glänzten ihre Augen wie die von Espe, noch blickten sie wohlwollend wie die von Frau Lore. Hastig machte sie sich von ihr los. »Du kommst nun besser mit …«
Sie verließ die Küche, und Rosa wagte es nicht, sich ihr zu widersetzen, sondern folgte ihr schnell.
Im Salon war es deutlich kälter als in den Wirtschaftsräumen. Adele musterte sie lange, und ihr Blick wirkte plötzlich irgendwie verschlagen. Die Wurstsuppe lag Rosa wie Blei im Magen.
»Ich habe gar nicht gesehen, dass Doktor Haubusch hier war«, sagte Adele schließlich.
»Das war er auch nicht.«
»Woher willst du dann wissen, dass du ein Kind bekommst?«
»Nun, Frau Lore sagte es …«
Adele sah das offenbar anders: »Ich werde sofort nach Doktor Haubusch schicken. Frau Lore hat dich doch nicht etwa angefasst, oder?«
»Nein, aber sie meinte …«
»Denn siehst du«, fiel ihr Adele ins Wort. »Dies war eigentlich der Grund, warum ich dich suchte. Antonie ist es auch schon aufgefallen, wenngleich es ihr nicht wichtig ist, wo du

deine Zeit verbringst. Mir ist es hingegen ganz und gar nicht gleichgültig. Ich muss doch auf dich aufpassen, wenn Albert nicht hier ist, nicht wahr?«

Rosa hatte keine Ahnung, worauf sie hinauswollte. Obwohl sie nun die Hand auf ihren Unterarm legte, wirkte sie keineswegs fürsorglich. »Ich beobachte es nun schon seit geraumer Zeit. Und es gefällt mir nicht, es gefällt mir ganz und gar nicht.« Düster schüttelte sie den Kopf.

»Was?«

»Du musst dich hüten, dass du dich zu sehr dem Hauspersonal anschließt.«

Rosa starrte sie immer noch verständnislos an.

Adele seufzte. »Du isst mit ihnen, du lässt dir Geschichten erzählen und das Allerschlimmste: Ich habe dich im Garten gesehen, wie du mit bloßen Händen in der Erde gewühlt hast. Wie konntest du nur?«

Rosa fiel keine Antwort ein. »Ich ... ich ...«, setzte sie hilflos an.

»Nun, dergleichen ist ab sofort ohnehin streng verboten. Wenn du wirklich schwanger bist, musst du dich schonen. Am besten, du bleibst die meiste Zeit im Bett, das ist seinerzeit auch mir gut bekommen, als ich guter Hoffnung war. In jedem Fall bleibst du der Küche fern, das ist ein ganz und gar unpassender Ort für jemanden wie dich.«

»Aber ...«

»Sie sind nicht unsere Freunde, sie sind Dienstboten!«

»Aber ...«

»Sie betreten das Haus nur über die Hintertreppe – du nicht. Sie hocken in den Wirtschaftsräumen, du isst hier. Und wenn dir der Verdacht kommt, dass du ... guter Hoffnung bist, dann darfst du nicht mit Frau Lore darüber sprechen.«

»Frau Lore ist eine herzliche, nette Person, und du selbst ...«

»Ich lasse mich von ihr pflegen, wenn ich krank bin, mehr nicht!«, unterbrach Adele sie rüde. »Rosa, du bist die Frau von Albert Gothmann! Kannst du dich nicht mehr daran erinnern, was beim Empfang der Gontards passiert ist? So etwas willst du ... wollen wir alle nicht noch einmal erleben. Du musst lernen, dich richtig zu benehmen.«
Rosa errötete. »Aber ich freue mich doch so, weil ich guter Hoffnung bin.«
»Gerade, weil du ein Kind bekommst, musst du dich zusammenreißen ... Du musst es irgendwann einmal dazu erziehen, die Standesgrenzen zu wahren. Das siehst du doch ein, nicht wahr? Du willst Albert doch nicht noch mehr Schande machen.« Derselbe Ausdruck wie damals beim Empfang trat in ihre Züge. Nicht etwa nur Empörung stand darin, auch etwas Triumphierendes.
Rosa konnte es nicht deuten. »Espe ...«, setzte sie an.
»Sie ist so etwas wie deine Zofe, selbstverständlich darf sie sich um dein leibliches Wohl kümmern – so wie Frau Lore sich um meines. Aber das ändert nichts daran, dass du eine Dame bist.«
Aus ihrem Mund klang es mehr wie eine Beleidigung als eine Auszeichnung.
»Versprich mir, dich fortan anständig zu benehmen.«
Ihre Hand krallte sich förmlich in Rosas Unterarm.
»Ich verspreche es«, murmelte Rosa kleinlaut. Die Wurstsuppe lag ihr noch schwerer im Magen. Als sie die Treppe hochstieg, um auf Doktor Haubusch zu warten, fühlte sie sich regelrecht krank.

Albert konnte nicht glauben, wie schnell sich die Welt in diesen Tagen drehte. Eigentlich schätzte er Gemächlichkeit und befand überdies, dass man besser mit kühlem Kopf Geschäften nachging als mit aufgeregtem Herzen.

Doch er musste zugeben – er hatte nie so spannende Tage erlebt wie diese letzten im März 1848. Er empfand es als Glück, sie mitzuerleben – was wiederum der Tatsache zu verdanken war, dass Frankfurt seit 1816 Sitz der Deutschen Bundesversammlung war und somit ebendiese Stadt das Zentrum jener Bewegung war, die das Land verändern würde.
Er erlebte die Tage wie in einem Rausch. Von morgens bis abends wurden Neuigkeiten ausgetauscht, und man erging sich in hitzigen Wortgefechten. Frankfurt war seit jeher liberal, und somit hatte ein jeder, ob Kaufmann oder Bankier, seine Meinung zu den Forderungen des Vorparlaments beizusteuern.
Aufregende Zeiten standen bevor, und obwohl Albert kein Freund von Überraschungen war, war ihm diese angenehm: Schließlich war er nicht selbst involviert, sondern konnte aus angemessener Entfernung zusehen, konnte freiwillig auf den üblichen Tagesrhythmus verzichten, was bedeutete, dass er viele Stunden in Gasthäusern und nicht wie gewohnt am Schreibtisch verbrachte. Dort merkte er in der rauchgeschwängerten Luft gar nicht, wie müde er sich eigentlich fühlte und wie schnell die Zeit verging, so dass er meist spätabends nach Hause zurückkehrte, so auch heute.
Erst als er das Landhaus im Taunus betrat, ließ die fiebrige Erregung nach. Ein schlechtes Gewissen gegenüber Rosa überkam ihn. Gewiss wartete sie wie immer begierig auf ihn. Doch der Salon war wider Erwarten leer – und er insgeheim erleichtert. Er hätte ihr zwar gerne erzählt, was in Frankfurt in diesen Tagen geschah, doch wenn er in den letzten Wochen politische Umwälzungen angedeutet hatte, hatte sie nie richtig zugehört, geschweige denn, sich ehrlich dafür interessiert. So manches Mal hatte er sich bei dem Gedanken ertappt, wie schön es wäre, eine gebildete, politisch versierte Frau wie An-

tonie an seiner Seite zu haben. Wobei Antonie natürlich ein kalter Fisch war – vor allem in den Nächten war ihm Rosa deutlich lieber. Vielleicht sollte er doch hoffen, dass sie noch wach war.
Als er die Treppe nach oben ging, hörte er schon von weitem ihr Weinen.
Das schlechte Gewissen flammte abermals auf, aber auch Überdruss. Warum denn schon wieder neue Tränen? In den letzten Wochen hatte sie ihn doch oft rotwangig und glücklich empfangen! Er hatte fast geglaubt, dass die begeisterte, lebendige Rosa von Montevideo endlich wieder zum Leben erwacht war.
Unschlüssig verharrte er vor ihrem Zimmer, rang sich schließlich jedoch dazu durch, es zu betreten.
Sie blickte ihn an, und ihr Schluchzen verstummte, aber ihr Blick war so leer.
»Albert ...«
»Was ist denn los?« Er war entsetzt, dass es ihm so schwerfiel, den Überdruss in seiner Stimme zu verbergen.
»Ich ... ich bekomme ein Kind.«
Die hitzige Freude, die ihn den ganzen Tag über begleitet hatte und eben erlahmt war, überkam ihn erneut – noch stärker, noch intensiver. Manchmal war er von Kollegen geneckt worden, wann sich bei ihm denn endlich Vaterfreuden einstellen würden, doch in den letzten Monaten hatte er kaum daran gedacht, sondern hatte sich damit zufriedengegeben, dass Rosa halbwegs glücklich schien.
Er stürzte auf sie zu und ergriff ihre Hände.
»Das ist doch großartig, warum weinst du denn dann?«
»Natürlich ist es großartig!«, rief sie. »Aber du warst nicht da, um es dir zu sagen.«
»Nun, aber jetzt bin ich doch hier.«

»Und deine Mutter will nicht, dass ich bei Frau Lore in der Küche bin ... und Antonie hat gesagt, Kinder werden immer geboren, aber Revolutionen finden nur selten statt ... und ich habe so schrecklich Heimweh.«

Er verstand das meiste nicht, bedauerte nur, vorhin so ungehalten gewesen zu sein. »Ach Rosa ...«

Sie klammerte sich an ihn und rieb ihre tränennassen Wangen an der seinen. »Du wirst jetzt mehr Zeit hier verbringen, oder? Du lässt mich nicht mehr so oft allein?«

Verlegen entzog er sich ihr. Wie sollte er ihr das versprechen, ausgerechnet jetzt in der Zeit des Umbruchs, durch die er die Bank zu führen hatte?

Er antwortete nicht auf ihre Frage. »Du darfst nicht weinen«, sagte er schnell. »Das schadet dem Kind, und das willst du nicht, oder?«

»Nein, das will ich nicht.«

Er zog sie an sich, und diesmal klammerte sie sich nicht ganz so ungestüm an ihm fest, sondern barg lediglich ihr Gesicht an seiner Brust. Behutsam strich er ihr über den Rücken. Plötzlich kam sie ihm so zart, so zerbrechlich vor – kaum vorzustellen, dass dieser Leib sich bald runden würde. Dennoch – sie trug ein Kind unter ihrem Herzen, vielleicht einen Sohn ...

Und dieser Sohn würde in einer neuen Welt aufwachsen.

8. Kapitel

In den ersten Monaten ihrer Schwangerschaft litt Rosa unter Schwindel und Übelkeit, doch als sich ihr Leib mehr und mehr rundete, vergingen die Beschwerden, wenngleich sie sich lange Zeit nicht wirklich wohl in ihrer Haut fühlte. An manchen Tagen blieb sie im Bett liegen – nicht, weil Schwäche sie dazu zwang, sondern weil sie keine Idee hatte, wie sie die Zeit totschlagen sollte. Manchmal stand sie stundenlang am Fenster, blickte in den Garten und sah Else zu, wie sie in der Erde wühlte.

Anders als früher kam Adele nun öfter zu ihr ins Zimmer und brachte ihr heiße Schokolade oder an wärmeren Tagen Limonade. Sie erwies sich stets als fürsorglich, deckte sie zu und fragte besorgt, wie es ihr ging. Offenbar wollte sie gerne hören, dass die Schwangerschaft Rosa zu schaffen machte, denn sie erklärte selbst immer wieder, mit wie viel Leid dieser Zustand verbunden sei. Wenn Rosa ihr zu widersprechen wagte und meinte, dass die Übelkeit der ersten Monate schon lange nachgelassen hatte, wirkte Adele fast ein wenig enttäuscht und malte ihr mit umso eindringlicheren Bildern aus, wie schrecklich schmerzhaft eine Geburt sei. Sie selbst, so schloss sie, wäre bei beiden fast umgekommen.

Rosa lauschte entsetzt – nur einmal meinte sie nüchtern: »Aber du hast überlebt.«

Adele zuckte zurück, als wäre sie schlimm beleidigt worden. »Das war eine Gnade Gottes, keine Selbstverständlichkeit, auf die man zählen kann.«

Als sie gegangen war, wandte Rosa sich ängstlich an Espe: »Ist es wirklich so schlimm, wie sie sagt?«
»Wenn man kein zu schmales Becken hat und bei guter Gesundheit ist, ist es das Normalste der Welt, ein Kind zu gebären.«
»Aber meine Mutter ist doch auch daran gestorben.«
»Du kommst mehr nach deinem Vater. Am besten, du denkst nicht daran.«
Aber sie konnte gar nicht anders, als daran zu denken. Die Angst, das gleiche Schicksal wie Valeria Olivares zu erleiden, war groß, aber noch größer war manchmal das Entsetzen, dass sich zu dieser Angst die Sehnsucht gesellte, zu sterben, nicht mehr da zu sein, sich nicht mehr langweilen zu müssen, nicht mehr ständig auf Albert zu warten …
Gewiss, er war sehr liebevoll zu ihr, aber ihre Schwangerschaft hatte nichts daran geändert, dass er tagsüber im Bankhaus war. Und selbst in den Nächten kam er nun nicht mehr zu ihr. Er war derselben Meinung wie seine Mutter – dass Schwangere der unbedingten Schonung bedürften, als wären sie aus Porzellan. Wahrscheinlich teilte er auch Adeles Meinung, was ein zu vertrauliches Verhältnis zu den Dienstboten anbelangte. Rosa hatte ihn zwar nie danach gefragt, aber sie konnte sich noch gut an seinen peinlich berührten Gesichtsausdruck erinnern, als sie von Antonie bloßgestellt worden war. Diesen wollte sie nie wieder erleben – und indem sie sich zurückzog und von allen abschottete, machte sie nichts falsch. Dem gesellschaftlichen Leben konnte sie sich leider nicht ganz entziehen. Schwangere Frauen gingen zwar nicht aus, hatten aber doch manchmal im Namen ihrer Ehemänner Abendeinladungen auszusprechen, zumindest solange sie den gerundeten Leib unter den Falten üppiger Kleider verstecken konnten.

Für Rosa waren diese Anlässe eine Qual. Sie hielt es nur schwer aus, ruhig zu sitzen und ebenso endlosen wie langweiligen Gesprächen zu lauschen. Immer ging es um Politik, in welche Richtung sich die Revolution entwickelte und wer am Ende überlegen war: die bürgerlich-demokratischen Bewegungen oder die Heilige Allianz. Am Ende stand meist die Frage, ob es zum Bürgerkrieg kommen würde, wo er am frühesten auszubrechen drohte und wie er sich verhindern ließe. Rosa wollte nichts von Kriegen hören und war froh, dass die Schwangerschaft einen Vorwand bot, sich früh zurückzuziehen oder später gesellschaftliche Zusammenkünfte wie diese ganz zu meiden.
Wie es Antonie in der Schwangerschaft ging, wusste sie nicht. Schon zu deren Beginn hatte diese verkündet, dass ihr die Landluft nicht bekäme. Da es ihr im Frankfurter Stadthaus allerdings zu einsam wurde, reiste sie nach Hamburg, wo Carl-Theodor offenbar eine Dependance seines Handelsunternehmens eröffnet hatte, was, wie Albert Rosa erklärte, für internationale Beziehungen unabdingbar war.
Rosa war erleichtert, Antonies Gesellschaft zu entgehen. Anders als diese hatte ihr Klavierlehrer Fabien Ledoux das Haus jedoch nicht verlassen, wie sie eines Tages feststellte. Beschämt fiel ihr ein, dass sie ihm seit dem Vorfall in der Speisekammer nie ihren Dank ausgesprochen hatte. Das tat sie jetzt umso überschwenglicher und verdrängte Adeles Mahnung, sich gegenüber den Dienstboten als nicht zu offenherzig zu erweisen. Schließlich nahm er ja auch als Musiker einen anderen Status ein als Frau Lore oder Else.
»Warum leben Sie denn noch hier?«, fragte sie neugierig.
»Nun, ich spiele Ihrer Frau Schwiegermama manchmal etwas vor. Sie liebt Klaviermusik.«
Rosa war so empört, dass sie keine weiteren Worte hervorbrachte und Monsieur Ledoux einfach stehenließ. Wie unge-

recht es war! Ihr nahm Adele das Vergnügen, gemeinsam mit Else im Garten zu werkeln – und verbrachte ihrerseits Zeit mit einem Klavierlehrer. Die Wut wandelte sich bald in lähmenden Überdruss, und anstatt Streit mit ihrer Schwiegermutter zu riskieren, vergrub sie sich in ihrem Zimmer.

Dort verbrachte sie einen schwülen Sommer und die ersten kühlen Herbsttage, ohne der Langeweile etwas anderes entgegenzusetzen als stumme Tränen. Eines Tages jedoch erwachte tiefe Unrast in ihr, die sie aus dem Bett trieb. Ihre Gelenke und Füße waren geschwollen, der Leib war hart wie Stein, und im Rücken fühlte sie zwar keine Schmerzen, aber ein unangenehmes Ziehen.

Espe war für gewöhnlich immer in Rufnähe, doch als Rosa nach ihr läutete, erschien sie nicht. Anscheinend war sie in den Dienstbotentrakt gegangen. Rosa warf sich einen Schal um, um sie zu holen, doch kaum hatte sie das Erdgeschoss erreicht, war die Sehnsucht nach frischer Luft größer als die nach Gesellschaft. Durch den Salon trat sie ins Freie und sog tief die Luft ein, während sie durch den Garten spazierte.

Albert hatte einmal erwähnt, dass nicht länger nur Else für die Blumenbeete zuständig war, sondern ein neuer Gärtner angestellt worden war – und der erwies sich als sehr ehrgeizig. Er wollte einen jener »Frankfurter Gärten« schaffen, die weit über die Grenzen der Stadt hinaus gerühmt wurden und die sich durch ihre kunstvoll arrangierten Boskette und Lauben, Blumenrabatten, Terrassen und Springbrunnen auszeichneten. Überdies wurden botanische Neuheiten kultiviert – ob Ananas, Aloe und Ginkgo biloba –, kunstvolle Gartenplastiken aufgestellt, Chinoiserien und Grottenidyllen errichtet.

Rosa betrachtete alles neugierig und kam aus dem Staunen nicht heraus. Immer weiter entfernte sie sich vom Haus, bis sie es nicht mehr sehen konnte. Der Rückweg würde ziemlich

lange dauern – wobei sie eigentlich keine Lust hatte, wieder im schwülen Zimmer zu hocken. Außerdem fühlte sich ihr Leib so schwer an. Sie lehnte sich an eine der steinernen Bänke und betrachtete einen Tümpel mit Seerosen, als sie plötzlich ein plätscherndes Geräusch vernahm.
Wie merkwürdig, dachte sie, die Oberfläche des Tümpels kräuselte sich doch nicht im Geringsten.
Im nächsten Augenblick spürte sie, wie etwas Warmes über ihre Beine lief. Sie zog ihr Kleid hoch, starrte darauf, und während sie noch feststellte, dass es – anders als befürchtet – kein Blut war, sondern eine farblose Flüssigkeit, wurde aus dem Ziehen im Rücken ein krampfartiger Schmerz.

Der Schmerz ließ nach, doch anstatt diese Atempause zu nutzen und zurück zum Haus zu eilen, ließ sich Rosa auf die Bank fallen und blieb wie erstarrt sitzen. Der Schmerz kam wieder, und sie klammerte sich so fest an die kalte Steinlehne, bis ihr die Hand weh tat. Als sie endlich wieder aufstehen konnte, zögerte sie nicht länger. Doch sie kam kaum zehn Schritte weit – dann kehrte der Schmerz zurück. Sie verstand das nicht. Hatte Espe nicht gesagt, eine Geburt wäre eine langwierige Angelegenheit, gerade beim ersten Mal? In den ersten Stunden wären die Wehen noch erträglich, doch diese Krämpfe waren nicht auszuhalten! Rosa schrie den Schmerz aus sich heraus, und als er endlich verebbte, ging sie nicht weiter, sondern brach kraftlos in die Knie. Wimmernd blieb sie hocken, bis eine neuerliche Wehe ihren Körper quälte, und sie schrie noch lauter.
Erst war sie erleichtert, dass niemand hören konnte, wie sie die Fassung verlor. Später jedoch höhlte der Schmerz jedes Schamgefühl aus – und zurück blieb Entsetzen, dass ihr niemand zu Hilfe eilen würde und sie ihr Kind allein gebären musste.

Der Schweiß, der ihr am ganzen Leib ausgebrochen war, erkaltete, und sie zitterte erbärmlich. Die Luft roch herbstlich, das eben noch rostrote Licht schwand vom Himmel. Mit aller Kraft kämpfte sie sich während der nächsten Wehenpause hoch und kam wieder ein paar Schritte weiter. Das Haus war immer noch nicht zu sehen, jedoch einer der Gartenpavillons, wo sie zumindest vom aufziehenden Wind geschützt sein würde.

Bei der nächsten Welle kam nur ein Keuchen über ihre Lippen. Die Angst vor dem Tod, die sie die ganze Schwangerschaft über begleitet hatte, kämpfte gegen ihren Willen, zu leben und ein gesundes Kind zu gebären, und Letzterer war stark genug, um sämtliche Kraft zu nutzen und um Hilfe zu rufen.

»Bitte ... helft mir! So helft mir doch!«

Es ertönte keine Antwort, nur der eigene Atem und das Knirschen ihrer Schritte war zu hören, als sie sich dem Gartenpavillon näherte. Endlich hatte sie ihn erreicht, und sie wollte die Holztür öffnen. Doch die war verschlossen, auch ein verzweifeltes Rütteln änderte nichts daran. Erschöpft brach sie davor nieder.

»Hilfe! So helft mir doch!«

»Frau Gothmann! Um Gottes willen!«

Der Schmerz, der sie übermannte, war so absolut, dass sie nicht erkannte, aus welcher Richtung die Stimme und die Schritte kamen. Jemand beugte sich über sie, strich ihr über die Stirn. Nur mit Mühe öffnete sie die zusammengekniffenen Augen und blickte in ein ebenmäßiges Gesicht.

»Fabien ...«

»Frau Gothmann.«

»Ich bekomme das Kind ... viel schneller als erwartet ... Espe ...«

»Ich hole Hilfe!«

»Nein!« Sie klammerte sich an seine Hand. »Lassen Sie mich nicht allein.«
Sie sah deutlich die Verlegenheit im Gesicht des Musikers. Wahrscheinlich hatte er wie sie einen Spaziergang durch den herbstlichen Garten gemacht.
»Ich weiß doch nicht, was ich tun soll«, stammelte er.
»Die ... Tür ... klemmt ...«, stieß sie heiser hervor.
Er nickte und schob sie ein wenig zur Seite. Dann nahm er Anlauf und warf sich gegen das Holz. Ein Knirschen erklang, dann ein Schmerzenslaut. Er war ganz offensichtlich kein Mann, der seine körperlichen Kräfte häufig nutzte.
Immerhin, die Tür gab nach, doch der Raum dahinter war völlig leer. Nicht einmal eine Bank stand darin. Rasch schlüpfte Fabien Ledoux aus seinem Mantel und breitete ihn auf dem steinernen Boden aus.
»Und jetzt?«, fragte er.
Sie hatte keine Ahnung, was nun passieren würde und wie er ihr helfen konnte. Espe hatte ihr einiges über die Geburt erzählt, aber selbst wenn sie sich alles gemerkt hätte, waren ihre Gedanken vor Schmerz wie gelähmt.
»Soll ich nicht doch ...«
»Nein!«, schrie sie.
Sie umklammerte seinen Arm und hörte zu ihrer Erleichterung weitere Schritte. Wenig später kniete Espe neben ihr. Ob der Zufall sie hierhergeführt hatte oder eine dunkle Ahnung, das würde sie nie erfahren.
»Gott sei Dank ...«, stammelte Rosa.
Espe wusste, was zu tun war; sie würde ihr helfen, das Kind heil zur Welt zu bringen, sie würde nicht sterben müssen.
»Ich könnte einen Arzt holen«, schlug Fabien Ledoux vor.
Rosa hielt seine Hand nach wie vor fest. »Bleiben Sie«, forderte sie ihn zum dritten Mal auf.

Auch mit Espe an ihrer Seite fühlte sie sich hilflos und ausgeliefert wie nie zuvor und war dankbar für jeden, der ihr in der Stunde beistand, in der sie ihr erstes Kind gebar.

Albert ging durch Frankfurt, und mit jedem Schritt, den er zurücklegte, wurde ihm das Herz schwerer. Das heiße Glücksgefühl, das ihn vor einigen Monaten erfasst hatte, galt es nun teuer zu bezahlen – mit einer Enttäuschung, die tiefer ging, als er erwartet hatte. Hätte er sich bloß weniger auf die Anspannung, die Aufbruchsstimmung und Begeisterung eingelassen, die er vor kurzem noch mit allen Menschen in den Gassen und Wirtshäusern geteilt hatte! Hätte er ein wenig mehr Nüchternheit und Besonnenheit an den Tag gelegt! Hätte er sich nur keine Illusionen gemacht! Dann würde er heute nicht darunter leiden, dass sich ein dunkler Schatten über die Stadt gelegt hatte.
Seine Bankgeschäfte nahmen zwar weiterhin ihren Lauf, aber die Hoffnung auf mehr Demokratie und Bürgerfreiheiten hatte sich nicht erfüllt, und obwohl er kein Politiker war, wurde er das Gefühl nicht los, gescheitert zu sein.
Eigentlich hatte es gut begonnen: Jede Zensur wurde gesprengt, Journale schossen wie Pilze aus dem Boden, und in diesen neuartigen Frankfurter Presseerzeugnissen fanden viele liberal-demokratische Ideen Ausdruck. Doch nach jenen rasch erkämpften Errungenschaften, zu denen auch die Bauernbefreiung zählte, geriet die revolutionäre Bewegung seit Mitte des Jahres zunehmend in die Defensive. Der endgültige Niedergang hatte vor mehr als einem Monat begonnen, als zwei Abgeordnete der Nationalversammlung ermordet worden waren und die darauffolgenden Barrikadenkämpfe viele Menschenleben gekostet hatten. Auch andernorts herrschten bürgerkriegsähnliche Zustände, und Albert war sich sicher:

Das Chaos würde die Revolution nicht weiterbringen. Am Ende würde sie vielmehr von den preußischen und österreichischen Truppen gewaltsam niedergeschlagen werden.
Als eigentliche Katastrophe empfand er, dass die Verhandlungen in der Paulskirche stagnierten, jedwede Debatte in einem zermürbenden Kleinkrieg endete und selbst wohlwollende Zeitgenossen von einem »Tollhaus« sprachen. Die Zukunft, die sich alle Freigeister eben noch so rosig ausgemalt hatten, war düster geworden, die rot-goldenen Fahnen, Sinnbilder der Einheit und Freiheit Deutschlands, verschwanden wieder aus dem Stadtbild.
Albert wusste noch nicht, welche Auswirkungen das Scheitern der Revolution auf seine Bankgeschäfte haben würde – mit Schaden war in jedem Fall zu rechnen. In der allgemeinen Euphorie war mehr Geld ausgegeben worden, er selbst hatte großzügige Kredite gewährt – und konnte nun nicht darauf zählen, ob sie ihm zurückgegeben werden würden.
Seine Schritte verlangsamten sich. Vor dem Bankhaus stand wie immer eine Kutsche für ihn bereit, aber anstatt sie zu besteigen, zog er es vor, in einer Apfelweinkneipe nahe dem Römer einzukehren. Hier hatte er bis vor kurzem noch eifrige Debatten geführt und sich mit Fremden verbrüdert, heute hockte ein jeder schweigend am Tisch. Nun, zumindest war er von Gleichgesinnten umgeben, die seine Sorgen um die Zukunft teilten – ganz anders als zu Hause. Mit Rosa konnte er nicht darüber reden, Rosa durfte er schließlich nicht aufregen, sie bekam ein Kind. Zumindest redete ihm seine Mutter ständig ein, er müsse sie schonen. Eigentlich hatte er das Gefühl, dass sie nicht sonderlich schwer an ihrer Leibesfülle schleppte – zumindest nicht so schwer wie an trübseligen Gedanken, die ihr Gemüt verdunkelten. Schon in der Zeit des Optimismus hatte er ihre vielen Tränen und Vorwürfe kaum ertragen

können, und jetzt floh er erst recht bei jeder Gelegenheit aus dem Haus. Das schlechte Gewissen ihr gegenüber begleitete ihn wie ein steter Schatten, aber er hatte sich längst daran gewöhnt und es nach einigen Schluck Apfelwein betäubt. Bald würde alles besser sein, dachte er sich, bald würde er einen Sohn haben und in die Zukunft blicken ohne Bedauern über das, was in der Vergangenheit schiefgelaufen war. Bald würde wieder Aufbruchsstimmung herrschen – nicht in der Welt, aber in seiner Bank …
Es war schon finster, als er die Kneipe endlich verließ. Auf dem Weg zurück zum Bankhaus und während der anschließenden Kutschfahrt begleitete ihn ein leichter Druck auf den Schläfen. Er hoffte, sich bald ins Bett zu legen, und als er zu Hause ankam, wanderte sein Blick unwillkürlich nach oben zu Rosas Schlafzimmer. Gottlob war es dahinter schon dunkel! Er hatte seine Heimkehr also lange genug hinausgezögert.
Albert erwartete, das übrige Haus ebenso still vorzufinden, doch der Salon war hell erleuchtet. Zu seiner Überraschung sah er seine Mutter dort sitzen, zwar schon mit Schlafhaube auf dem Kopf, aber erstaunlich wach und erregt.
»Mutter …«
Adele wirkte fassungslos. »Man muss es sich nur vorstellen!«, stieß sie aus, als sie seiner ansichtig wurde. »Auf dem Boden des Gartenpavillons! Wie beschämend! Und dass sie es überhaupt überlebt hat … ja, dass es so schnell gegangen ist!« Immer wieder schüttelte sie den Kopf.
Albert verstand zunächst kein Wort, aber dann kam das Hausmädchen Else mit roten Wangen auf ihn zugestürzt. »Herr Gothmann, Herr Gothmann! Ist es nicht ein großes Glück, dass Monsieur Ledoux sie rechtzeitig gefunden hat?«
Albert verstand sie nicht recht, aber dann vernahm er ein quäkendes Geräusch aus dem Nebenzimmer und begriff endlich,

dass Rosa das Kind geboren hatte. Er schüttelte seine Starre ab und stürzte in den Empfangsraum. Rosa lag dort auf einem schmalen Sofa. Ihr Kleid war voller Flecken aus Blut, Wasser und Erde, ihre Haare waren aufgelöst, die Wangen gerötet, und ihre Augen glänzten zum ersten Mal seit langem. Das Kind hatte dicke, schwarze Haare, war mit gelbem Schleim bedeckt und schmatzte an ihrer Brust.
Es war ein befremdlicher Anblick – Frauen ihres Standes hatten doch Ammen!
»Rosa …«
Sie blickte lächelnd hoch.
»Sieh doch nur – unser Kind!«
»Ein Sohn?«, fragte er hoffnungsvoll. »Ist es ein Sohn?«
Sie lächelte. »Nein, eine Tochter, kräftig und gesund, hör nur, wie sie brüllen kann.«
Aus dem quäkenden Geräusch wurde Geschrei.
Kein Sohn …
Er versuchte, seine Enttäuschung herunterzuschlucken. Wann immer er sich in den letzten Monaten die Zukunft ausgemalt hatte, hatte er einen kleinen Jungen vor sich gesehen, der unter seinem Schreibtisch spielte – ähnlich wie Carl-Theodor und er einst das Kontor der Bank unsicher gemacht hatten. Sein Vater war ungeduldig und streng gewesen – er jedoch würde ganz anders sein, würde seinen Nachwuchs behutsam in künftige Pflichten einweisen, würde seinem Sohn die Liebe geben, die ihm selbst verwehrt geblieben war. Aber stattdessen hatte er nun eine Tochter …
Er rang sich ein Lächeln ab. Erst jetzt nahm er Espe wahr und einen jungen Mann. Er kam ihm bekannt vor, wusste jedoch nicht, wo er ihn zuletzt gesehen hatte. Verwirrt starrte er ihn an.
»Ich habe sie Gott sei Dank im Garten gefunden – gerade noch rechtzeitig …«, erklärte der Fremde.

Ehe Albert etwas sagen konnte, neigte sich der Mann über Rosa und das Kind und streichelte über das Köpfchen.
Antonies Klavierlehrer, schoss es Albert durch den Kopf. Was machte er nur hier?
»Nun komm doch, sieh sie dir an!«, rief Rosa.
Albert tat, wozu sie ihn aufforderte, und als er näher kam, trat Monsieur Ledoux – jetzt fiel ihm der Name wieder ein – zurück. Albert beugte sich über das Kind und lächelte gezwungen, aber insgeheim wurde er das Gefühl nicht los, es wäre nicht seines.

Einen Monat später wurde Alberts und Rosas Tochter auf den Namen ihrer Großmütter Valeria Maria Adele getauft. Carl-Theodor reiste nur wenige Stunden vorher an – in Begleitung von Antonie und dem eigenen Töchterlein. Gerade noch rechtzeitig war er vor einigen Wochen aus Montevideo zurückgekehrt, um bei dessen Geburt in Hamburg zugegen zu sein. Wie Valeria war die Kleine nach ihrer Großmutter mütterlicherseits benannt worden und hörte auf den Namen Claire.
Valeria war ein rundes Baby mit dichtem, dunklem Haar und einer kräftigen Stimme – Claire dagegen ein blonder, zarter Engel, dessen Geschrei eher dem Miauen einer Katze als dem Gequengel eines Menschenkindes glich. Auch das Verhalten ihrer Mütter konnte kaum unterschiedlicher sein: Rosa hatte sich zwar dazu überreden lassen, eine Amme einzustellen, wollte aber so viel Zeit wie möglich mit dem Kind verbringen. Sie herzte es immer wieder, oft so fest, als wollte sie es ersticken – und meistens schrie es danach erst recht, woraufhin Rosa in Tränen ausbrach. Albert stand kopfschüttelnd daneben. Warum überließ sie den Säugling nicht der Obhut von Espe und der Amme? Genügte es nicht, das Kinderzim-

mer nur dann und wann zu betreten und die Kleine ehrfürchtig zu betrachten, wie er es tat?
Antonie wiederum teilte seine Scheu vor dem Kind, allerdings war er auch über ihre Miene erschrocken, war sie doch manchmal so angewidert, als würde sie sich vor der Kleinen ekeln. In der Tat schrie Claire – ähnlich wie Valeria – meistens dann am durchdringendsten, wenn ihre Mutter im Raum war. Bald stellte sich heraus, dass sie sich beide am besten beruhigen ließen, wenn man sie nebeneinander in die Wiege legte. Auch wenn sie sich nicht ähnlich sahen, gefiel Albert der Gedanke, dass sie wie Schwestern aufwachsen und sich vielleicht eines Tages viel näherstehen würden als er und Carl-Theodor. Mit jenem führte er nicht lange nach der Taufe ein ungewohnt vertrauliches Gespräch.
»Ich dachte, mit Claires Geburt würde alles besser werden«, murmelte Carl-Theodor unwillkürlich. »Aber unsere Tochter hat uns einander nicht nähergebracht. Antonie hat schrecklich gelitten – und bei jedem Schrei, den sie ausstieß, hatte ich das Gefühl, dass sie mir die Schuld daran gab.«
Albert konnte jene Unsicherheit und jenes Befremden gegenüber der eigenen Ehefrau nachvollziehen – jedoch nicht, dass Carl-Theodor seine Gefühle so offen und unvermittelt aussprach. Um abzulenken, fragte er ihn nach seinem Aufenthalt in Montevideo und den Handelsbeziehungen zum Haus der de la Vegas' aus, doch Carl-Theodor ging nicht darauf ein.
»Ich habe es dir schon einmal geraten – und tue es jetzt wieder«, sagte er energisch. »Du solltest dich mehr um Rosa kümmern ... und auch um Mutter.«
»Wieso das denn?«, entfuhr es Albert.
»Sie macht einen sehr kränklichen Eindruck auf mich.«
Albert lauschte verdutzt. »Den macht sie doch stets. Hast du Mutter je kraftstrotzend und bei bester Gesundheit erlebt?«

»Sie leidet ständig«, erwiderte Carl-Theodor nachdenklich, »aber neben allen üblichen Wehwehchen erscheint sie mir sehr verwirrt. Das ist sie früher nie gewesen. Ist dir aufgefallen, dass sie oft nicht den Wochentag weiß, geschweige denn das Jahr?«
Albert zuckte die Schultern. »Ich hatte viel zu tun. Jetzt, nach der gescheiterten Revolution, gilt es, die Krise abzuwehren, die so viele Bankhäuser bedroht. Es ist mit einer Regression zu rechnen, und ...«
Carl-Theodor hob abwehrend die Hand, um ihn zum Schweigen zu bringen. »Du hast Angst vor ihr, nicht wahr?«
Albert zog die Braue hoch, wie es eigentlich Antonie zu eigen war. »Bitte?«, fragte er bestürzt. »Ich soll Angst vor Mutter haben?«
»Nein – nicht vor ihr, sondern vor deiner eigenen Frau«, entgegnete Carl-Theodor. »Rosa ist dir so fremd, und du weißt nicht, wie du dich ihr gegenüber verhalten sollst. Ich verstehe dich in gewisser Weise – auch ich habe das Gefühl, es Antonie nie recht machen zu können. Aber Rosa liebt dich, und darum stehen deine Chancen ungleich besser, mit ihr glücklich zu sein. Oder ist es etwa genau das, das Scheu erweckt? Ihr Überschwang der Gefühle, ihr großes Herz, ihre Natürlichkeit? So etwas haben wir von unseren Eltern nicht gelernt, nicht wahr?«
Albert fühlte sich bloßgestellt und senkte rasch den Blick.
»Sie hat doch jetzt das Kind ...«
»Was nicht heißt, dass sie dich weniger braucht.«
Beinahe wollte Albert sagen: »Eben.«
Dies machte ihm insgeheim nämlich am meisten zu schaffen: Er brauchte sie doch auch! Er sehnte sich nach jemandem, der treu an seiner Seite stand und ihn unterstützte! Aber Rosa war so in ihrem eigenen Schmerz gefangen, dass sie blind für seinen war ...

Er unterdrückte ein Seufzen. »Ich will nicht darüber reden«, erklärte er barsch. »Und außerdem ist alles gut. Ja, Rosa liebt mich, und ich liebe sie, warum sonst hätte ich sie damals so schnell geheiratet? Und jetzt ist unsere Liebe von einem Kind gekrönt worden!«
Carl-Theodor sagte nichts mehr, aber Albert stieg jäh der bittere Geschmack von Zweifel auf. Nicht an der Liebe, aber dass Liebe ausreiche, dass sie glücklich wurden – er selbst, seine Gattin und ihre kleine Tochter.

9. Kapitel

Rosa liebte ihre Tochter von Herzen, aber sie wartete vergebens darauf, dass mit ihr die Schwermut abfiel. Jedes Mal, wenn der Säugling schrie, trieb ihr das erst recht Tränen in die Augen. Sie tröstete sich damit, dass Valeria noch zu klein war, um sie von ihrer Einsamkeit zu befreien, und wartete ungeduldig auf ihr erstes Wort. Als das ihrer Amme galt, nicht ihr, war sie tief enttäuscht. Nun wartete sie auf den ersten Schritt, doch den machte Valeria Hand in Hand mit der blonden, zarten Claire und nicht an ihrer Seite. Rosa schalt sich dafür, dass sie auf ein Kind eifersüchtig war, konnte jedoch nicht verhindern, dass es ihr jedes Mal einen Stich versetzte, wenn Valeria ihr breitestes Lächeln zeigte, sobald sie Claire ansichtig wurde. Auch in der Gegenwart der Amme oder von Espe schien sie glücklich. Nur wenn Rosa sie herzte, verzog sie weinerlich den Mund. Nun gut, auch bei Albert versteifte sie sich, wenn dieser sie umarmen wollte, und in Adeles Gegenwart begann sie regelmäßig zu brüllen – doch das war kein Wunder: Albert war schließlich kaum da und somit ein Fremder für das Kind, und Adele war allem jungen, frischen Leben gegenüber feindselig eingestellt, zumal sie noch häufiger kränkelte als früher und zunehmend zerstreut war. Gewiss witterte das Kind, dass es von seiner Großmutter keine Fürsorge erwarten durfte. Warum aber schien es auch sie, Rosa, seine leibliche Mutter, nicht zu mögen? Warum entschädigte Valeria sie nicht dafür, dass sie in der Fremde leben musste?

Manchmal wurde Rosa regelrecht wütend auf ihr Kind und drückte es so grob an sich, bis es greinte. Ehe sie ihm ernsthaft weh tun konnte, kam sie zur Besinnung, floh aus der Kinderstube und verzichtete die nächsten Tage lieber darauf, mit der Kleinen Zeit zu verbringen.

In den Briefen an Tante Orfelia und Eugenia schrieb sie immer wieder, wie glücklich sie als Mutter war und wie prächtig sich Valeria entwickelte, doch ein Jahr nach deren Geburt erfuhr sie von Julio, dass beide Tanten, die schon zu Lebzeiten nichts ohneeinander gemacht hatten, kurz hintereinander gestorben waren – und Rosa verging vor Trauer. Diese galt weniger dem Ableben der Tanten, die sie ohnehin schon seit Jahren nicht mehr gesehen hatte, als vielmehr der Tatsache, dass sie nun niemandem mehr vorlügen konnte, wie glücklich sie war.

Immerhin – trotz aller Schwermut weinte sie weniger als früher und schon gar nicht in Alberts Nähe. Sie wollte ihm nicht zur Last fallen, nun, da er ständig in Gedanken versunken war und mit Sorgenfalten von schweren wirtschaftlichen Zeiten sprach. Weiterhin besuchten sie Soireen, Bälle und Nachmittagsrunden – aber die Gerichte, die dort aufgetischt wurden, und die Kleider, die die feinen Frauen trugen, waren schlichter als früher, die Gesichter ernster und die Gespräche pessimistischer.

Rosa war das gleich; sie verstand ohnehin nicht, worüber da gesprochen wurde, und war lediglich erleichtert, dass sie – nun, da andere Themen zählten – nicht länger verspottet oder als Exotin begafft wurde. Sie war Alberts stummer Schatten, an den man sich irgendwann gewöhnt hatte, zumal Antonie zu selten hier war, um sich mit ihren Freundinnen über sie lustig zu machen. Sie erklärte, dass ihr das Klima in Hamburg besser bekomme, lebte dort auch, wenn Carl-Theodor in

Übersee war, und ließ die Tochter nur allzu gern im Taunus zurück – was Rosa zunächst empörte, jedoch insgeheim immer besser verstand, je häufiger sie selbst Valerias Nähe mied. War Antonie mal nicht in Hamburg, hielt sie sich bei ihrer Familie in Frankreich auf, obwohl sie bis jetzt meist sehr abfällig über diese gesprochen hatte. Auch das erweckte zunächst Rosas Unverständnis, bevor sie sich eingestand, dass auch sie, die Alejandro so gehasst hatte, weil er sie mit Ricardo del Monte hatte verheiraten wollen, und Julio immer als schrecklich langweilig empfunden hatte, sich nun nach ihnen sehnte. Vielleicht sehnte sie sich gar nicht nach Vater und Bruder – vielmehr danach, das junge, unbedarfte Mädchen zu sein, das sie in ihrer Obhut gewesen war.

Dieses Mädchen, fröhlich und lebenshungrig, schien tot – zumindest bis zu einem Tag, da sie einmal mehr die Rothschilds besuchten. Sie hielt wie immer ihren Kopf gesenkt und ging ein paar Schritte hinter Albert her. Während niemand das Wort an sie richtete, fragte man ihn nach dem Wohlbefinden seiner Mutter, die schon seit längerer Zeit das Haus nicht verlassen hatte, erkundigte sich nach Carl-Theodor und gratulierte zum offenbar erfolgreichen Kolonialhandel, den dieser betrieb.

Die Gespräche plätscherten dahin, Rosa hörte gar nicht zu. Wenn nur der Abend schon vorbei wäre, wenn sie nur wieder in ihrem Bett liegen würde, wenn nur …

Plötzlich hob sie den Kopf. Sie war zunächst nicht sicher, welcher Laut sie da aus den Gedanken gerissen hatte, aber dann vernahm sie deutlich die herrlichen Klänge eines Klaviers, melodisch und mitreißend. Schon lange war dergleichen nicht mehr im Haus der Gothmanns erklungen. Antonie war zu selten da, um sich im Spiel zu üben, und Adele zu oft im Bett, um der Musik zu lauschen. Hier nun aber spielte ein Pianist voller Leidenschaft – und es war kein Fremder.

Albert schien nicht zu bemerken, dass Rosa sich von ihm entfernte und förmlich auf den jungen Mann zustürzte.
»Monsieur Ledoux?«, rief sie.
Er brach sein Spiel ab, blickte auf und errötete leicht, als er sie erkannte. Ob er daran dachte, wie sie hilflos in den Wehen vor ihm im Gartenhaus gelegen hatte?
Erstaunlicherweise beschämte sie selbst diese Erinnerung nicht. Zwar hatte sie in den letzten Jahren nie an den Musiker gedacht, aber nach allem, was sie gemeinsam durchgestanden hatten, fühlte sie sich ihm so nahe, als wären sie alte Freunde.
»Sie sind wieder in der Stadt?«, fragte sie.
»Genau genommen bin ich nie weg gewesen. Ich habe vielen Damen hier in Frankfurt Gesangsunterricht gegeben. Leider waren sie alle nicht sehr begabt.« Er zwinkerte ihr vertraulich zu und schien nicht länger verlegen zu sein.
Rosa musste lachen, obwohl sie nicht recht wusste, warum. »Ich dachte, Sie wären nach Paris zurückgekehrt, nachdem meine Schwägerin Antonie keinen Unterricht mehr bei Ihnen nahm.«
»Soll ich Ihnen etwas verraten?«, er beugte sich vor. »Auch sie war nicht besonders begabt fürs Klavierspielen und ihre Stimme nicht die beste.«
Rosa lachte wieder, ein frischer, heller Laut, der fremd in ihren Ohren klang. Sie spürte neugierige Blicke auf sich ruhen, ignorierte sie jedoch.
»Sie hingegen singen sicher vorzüglich«, meinte Fabien Ledoux.
»O nein!«, stritt sie heftig ab.
»Haben Sie es denn je versucht?«
Sie zuckte die Schultern. »Als Kind habe ich manchmal mit Espe gesungen.«
»Wie geht es eigentlich Ihrer Tochter? Sie muss groß geworden sein. Hat sie immer noch so schwarze Haare?«

»Sie sind etwas heller geworden, braun mit einem rötlichen Glanz – und lockig.«
»Bestimmt ist sie ein ganz entzückendes Kind – zumindest, wenn sie nach ihrer Mutter kommt.«
Rosa lächelte geschmeichelt, Fabien deutete auf das Klavier.
»Ich muss mich nun wieder dem Spiel widmen, ansonsten werde ich nicht bezahlt. Ich habe mich sehr gefreut, Sie wiederzusehen.«
Er vertiefte sich in die Noten, und seine Finger huschten über die Tasten – es waren so schöne, geschmeidige Finger.
Rosa blieb am Klavier stehen und hörte versonnen zu. Albert achtete weiterhin nicht auf sie. Sie rang mit sich, doch als Fabien sein Stück beendet hatte, beugte sie sich entschlossen zu ihm.
»Vielleicht haben Sie recht«, sagte sie. »Vielleicht sollte ich tatsächlich Gesangsstunden nehmen. Sie ... Sie würden mich doch unterrichten, Monsieur Ledoux?«

Das Glück kehrte schleichend in ihr Leben zurück, richtete sich dann aber beharrlich dort ein. Am Anfang war es Sehnsucht nach einem vertrauten Menschen, der Rosa bewogen hatte, Fabien als Gesangslehrer zu engagieren. Doch zu ihrem Erstaunen besaß sie tatsächlich jenes Talent, das er ihr prophezeit hatte: Ihre Stimme war hell und klar, und mit den richtigen Übungen traf sie mühelos auch die ganz hohen Töne. Selten hatte ihr etwas so viel Freude bereitet wie das Singen. Deutsche Lieder wie Schuberts *Lindenbaum* gehörten ebenso zu ihrem Repertoire wie französische und spanische Weisen. Schon lange hatte sie nicht mehr in der Sprache der Kindheit geredet – auch Espe hatte Deutsch gelernt und nutzte es –, mit Fabien aber tat sie es umso lieber. Er verstand zwar kein Spanisch, begriff jedoch aufgrund dessen Ähnlichkeit zum Französischen, was sie meinte. Er selbst antwortete wiederum auf Französisch, das sie erst nur ansatzweise, dann immer besser verstand – und so entwickelte sich zwischen ihnen nach und nach eine Art Geheimsprache.

Anfangs hatte sie sich noch gescheut, in seiner Gegenwart zu singen, aber als ihre Stimme immer geschulter, er ihr immer vertrauter und das gemeinsame Musizieren selbstverständlich geworden war, konnte sie dabei nicht ruhig verharren. Anstatt ernst und aufrecht neben dem Klavier zu stehen, drehte sie sich im Takt und tanzte so oft durch das halbe Zimmer. Einmal brachte die Amme Valeria und Claire, und beide Mädchen glucksten begeistert, als sie an ihnen vorbeischwebte. Rosa hob ihr Kind hoch und herzte es, und diesmal reagierte Valeria nicht mit Weinen, sondern lachte noch lauter.

Sie mag mich ja doch, ging es Rosa beglückt durch den Kopf. Anfangs hatte sie nur ein Mal in der Woche Gesangsunterricht, dann zwei oder drei Mal, irgendwann täglich. Und schließlich erklärte sie, Fabien solle doch wie einst wieder im Hause Gothmann wohnen, das sei doch viel praktischer. Er bejahte schnell, und seine Wangen erröteten vor Freude – es war das erste Mal, dass sie sich fragte, ob er nur ihre Stimme schätzte oder sie von Herzen mochte.

Der Gedanke, er könnte gar in sie verliebt sein, war zunächst erschreckend, weil skandalös. Aber je mehr Zeit sie mit ihm verbrachte, desto berauschender fühlte es sich an. Albert war seit Jahren nicht mehr errötet, wenn er sie sah, und er hatte ihr schon lange nicht mehr gesagt, dass er sie liebte.

Allerdings: Den Gedanken an Albert schob sie am liebsten weit weg. Er kam ohnehin immer spät nach Hause, und da sie nun nicht mehr darüber klagte, sogar noch später. Anfangs erzählte sie ihm noch begeistert von den Gesangsstunden, doch da er sie nie aufforderte, ihm einmal etwas vorzusingen, unterließ sie es. Sein mangelndes Interesse kränkte sie zu ihrem Erstaunen nicht ein bisschen. Die Musik gehörte schließlich ihr und Fabien und vielleicht den Kindern, Espe, und auch dem Hauspersonal – aber nicht ihm. Und auch nicht Adele, die zwar als musikbegeistert galt, den Winter jedoch meist im Bett verbrachte.

Als der Frühling mit seinem warmen Licht und satten Grün kam, das den Augen schmeichelte, und die Obstbäume und Wiesen sich in jenem bunten Gewand kleideten, das Rosas Sehnsucht nach dem weitaus kargeren Uruguay vertrieb, gingen sie dazu über, nach den Musikstunden im Garten spazieren zu gehen, und einmal kamen sie dabei am Gartenpavillon vorbei, wo sie Valeria geboren hatte.

Kurz beschämte sie der Gedanke daran, dass er in einem so intimen Moment zugegen gewesen war, doch Fabien schien nicht peinlich berührt, sondern erklärte freimütig: »Gottlob, dass ich Sie damals gefunden habe, Frau Gothmann.«

»Nennen Sie mich nicht so. Nennen Sie mich Rosa!«

»Rosa …«, wiederholte er. So wie er den Namen aussprach, klang er wie Musik und schien wie die Blumen zu duften.

Bald wurde ihnen der Garten zu klein, und sie begannen, Ausflüge ins Umland zu unternehmen. Fabien ritt nicht, weil er befürchtete, vom Pferd zu fallen und sich die kostbaren Hände zu brechen, weswegen sie sich in der Kutsche herumfahren ließen oder manche Strecke zu Fuß gingen. Ob sie nun durchs malerische Kronberg schritten und die Werke der dortigen Malerkolonie besichtigten oder an den Gärten und Feldern von Mammolshain vorbei – ein wenig fühlte sich Rosa wie in der ersten Zeit in Frankfurt, als alles neu, verheißungsvoll und schön gewesen war. »Ein wunderbares Fleckchen Erde …«, murmelte sie, als sie einen Waldweg entlanggingen. Das Sonnenlicht, das durchs Dach der hohen Bäume fiel, sprenkelte das Moos, die Farne und die Wurzeln.

»Hast du nicht manchmal Heimweh?«, fragte er.
Sie nickte, obwohl es ihr in diesen Tagen schwerfiel, das Haus der de la Vegas' in Montevideo heraufzubeschwören. Es schien so unendlich weit weg, und nach dem Tod der Tanten war es gewiss ein einsamer Ort. Ihr Bruder Julio hatte zwar geheiratet, wie sie aus einem seiner Briefe erfahren hatte, und auch er war Vater einer Tochter geworden, die den Namen Isabella trug, aber plötzlich ging ihr auf, dass sie sich dort viel fremder fühlen würde als hier. Dort nämlich würde sie nicht singen.
»Und du?«, fragte sie. »Willst du nicht manchmal nach Paris zurückkehren? Antonie ist oft dort – nach dem Scheitern der Revolution, so sagte sie einmal, hält sie es nicht mehr in den deutschen Landen aus.«
Wie immer, wenn sie ihn auf sein Heimatland ansprach, wurde Fabien sehr einsilbig. Er erzählte ihr nie von Paris, auch nicht, wie und mit wem er dort gelebt hatte.
»Ich bin hier glücklich«, antwortete er knapp, »so glücklich mit dir ...«
Einmal mehr war sie sich sicher, dass er in sie verliebt war. Es fühlte sich verboten an ... und so gut.

Adele Gothmann hatte sich nie in ihrem Leib wohl gefühlt, aber in den letzten Jahren war ihr Leben zu einer zunehmenden Qual geworden. Die vagen Schmerzen, von denen sie sich nie sicher war, woher sie rührten und ob sie echt oder eingebildet waren, wurden nicht schlimmer – aber es war kein Genuss mehr, sich stundenlang zu überlegen, was Linderung schuf. Sie ließ sich immer noch regelmäßig von Doktor Haubusch untersuchen, doch es machte ihr keine Freude, diverse Behandlungsmöglichkeiten mit ihm zu diskutieren. Die, für die sie sich heute entschieden hatte, war nämlich morgen schon vergessen. Ja, oft konnte sie sich am Nachmittag nicht mehr daran erinnern, woran sie vormittags gelitten hatte.

Sie machte ausgedehnte Badekuren in Schwalbach oder Bad Soden, aber anstatt dort ihr Elend zu zelebrieren wie in den Vorjahren, verlief sie sich auf dem Weg in die Bäder. Doktor Haubusch verschrieb ihr danach einen kräftigenden Trunk – gebraut aus Löwenzahn, Schafgarbe, Brennnessel – und behauptete, das würde nicht nur ihrem Körper guttun, sondern vor allem ihrem Geist. Doch anstatt den Sud regelmäßig zu sich zu nehmen, vergaß sie ihn, fand später irgendwo volle Tassen und starrte verwirrt darauf. Das eigene Leben erschien ihr wie eine zu groß gewordene Kleidung, die nicht mehr passte. Wie im Nebel versunken waren auch viele Erinnerungen. Sie empfand keinen Triumph mehr, dass sie noch lebte, ihre Schwester Gerda hingegen nicht, denn deren Gesicht verblasste zunehmend; sie empfand auch kein Erstaunen, dass sie ihren Mann überlebt hatte, denn sie wusste in manchen Stunden nicht mehr, dass sie überhaupt verheiratet gewesen war. Und sie empfand meistens keinen Neid mehr auf junges, frisches Leben, weil sie ihr eigenes Alter vergessen hatte. Manchmal ließ sie ihre Enkeltöchter zu sich bringen, und ihr Lachen und Geschrei setzten ihr nicht zu wie früher, sondern stimmten sie nur traurig – und weil sie keine Ahnung hatte, woher jene Traurigkeit rührte, war sie hinterher noch verwirrter. Sie sprach Claire mit Valeria an und umgekehrt, und die Mädchen glaubten, es wäre ein lustiges Spiel, und lachten sich kaputt, aber Adele dachte: Wann habe ich das letzte Mal gelacht? Wann habe ich überhaupt je gelacht?

Der Tod war nie ein Feind gewesen – immer hatte sie mit ihm gerechnet und sich vorgestellt, wie eine Steinstatue, die ihr Antlitz trug, neben ihrem Grab errichtet wurde. Doch jetzt, da ihr das Leben unter den Händen zerrann, empfand sie fehlendes Lachen als ein Versäumnis und die vielen Stunden, da sie sich der Behandlung von ihren Leiden gewidmet hatte, als verlorene Zeit.

Sie verbrachte ganze Tage im Bett und verschlief sie, lag des Nachts aber wach und wurde von Unrast gepackt – auch eines Abends, als Lore ihr warme Asche aufgelegt hatte, die gegen Rheuma helfen sollte. Adele wusste insgeheim: Sie wurde nicht von ihren Knochen gequält, sondern von etwas anderem. Irgendetwas steckte in ihrem Kopf – ein dunkler Knoten, der manchmal Schmerzen mit sich brachte, manchmal ein Gefühl von Taubheit und manchmal, dass sich ihr Blick auf die Welt und auf ihr Leben veränderte.

Sie zuckte zusammen, als sie plötzlich ein Lachen hörte – jenes Lachen, auf das sie so lange verzichtet hatte. Es kam nicht aus Valerias oder Claires Mund, denn die Kinder schliefen schon, sondern aus dem von Rosa.

Die Verärgerung gegenüber der Schwiegertochter war in den letzten Jahren geschwunden. Aus der lebenslustigen Frau mit rosa Wangen und funkelnden Augen war ein fahles Geschöpf mit stumpfsinnigem Blick geworden. Ihre Schritte, einst laut und schnell, fielen fast so schleichend aus wie die Adeles. Bei den letzten seltenen Begegnungen hatte sie sogar gedacht, dass sie sie eigentlich recht gerne mochte.

Jetzt aber, da sie sie lachen hörte, erwachte plötzlich Hass in Adele – ein lebendigeres Gefühl als alles, was sie in den letzten Jahren gespürt hatte. Sie achtete nicht auf den dumpfen Schmerz in ihrem Kopf, sondern erhob sich. Die warme Asche fiel von ihr, und als Adele auf den grauen Staub blickte, glaubte sie kurz, sie würde selbst zu Asche zerfallen. Ihr war so kalt.

Fröstelnd griff sie nach ihrem Tuch. Wenigstens brannten Kerzen im Zimmer – sie hasste die Dunkelheit. Dunkel war es bei Gerda im Grab. Dunkel in der Familiengruft, wo Albert Gothmann senior ruhte. Was, wenn nicht das Licht, hatte sie ihnen voraus?

Allerdings ging ihr soeben auf, dass sie auf Licht verzichten könnte, wenn sie nur einmal so lachen könnte wie Rosa, kräftig, herzlich, aus voller Kehle.

Sie lugte durch den Türspalt und erwartete Rosa mit Albert anzutreffen, doch stattdessen war der Klavierspieler an ihrer Seite. Adele hatte seinen Namen vergessen.

»Es war so lustig im Theater!«, rief Rosa begeistert.

Hatte sie etwa mit dem Klavierspieler das Theater besucht?

»Na ja, man merkt, dass es von Bankiers finanziert wird. Die begnügen sich mit einfacher Ausstattung und schlechten Schauspielern.«

»Nun, so schlecht auch wieder nicht.«

»Nicht schlecht, da hast du recht, einfach grässlich.«

Adele fand das Theater ebenfalls grässlich. Seit Ewigkeiten war sie nicht mehr dort gewesen – das letzte Mal hatte eines jener Lärmstücke auf dem Programm gestanden, in dem Hexen und Geister, Furien und Teufel ihr Unwesen trieben.

Doch warum lachte der Klavierspieler, wenn es so grässlich gewesen war? Und warum lachte auch Rosa?

»Wir müssen unbedingt bald wieder eine Vorstellung besuchen!«

»Oder wir gehen einmal in die Oper! Wobei – niemand könnte dort mit deiner Stimme mithalten!«

Der Klavierlehrer duzte sie?

»Ach was, du übertreibst.«

Rosa legte ihre Hand auf seine und nickte ihm zu, ehe sie sich für die Nacht verabschiedeten.

Adele wankte zurück ins Zimmer. Sie konnte sich nicht an ihren letzten Opernbesuch erinnern, und auch nicht, wann

ihr der Klavierspieler das letzte Mal etwas vorgespielt hatte. Obwohl er meisterhaft musizierte, hatte es in ihren Ohren geklungen, als würden Blechnäpfe aufeinanderreiben.
Ihr Blick fiel erneut auf die Asche, und anstelle von Verwirrung überkam sie bei dem Anblick blanke Wut. Wie konnte Rosa es wagen, so zu lachen! Und das nicht einmal mit ihrem Mann, sondern mit einem Fremden!

Albert nächtigte nun oft in Frankfurt. Es erschien ihm als verlorene Zeit, abends heimzufahren, da Rosa meistens ohnehin schon schlief, wenn er nach Hause kam, und seine Tochter auch. Er betrachtete das Mädchen zwar gerne im Schlaf, das dann immer so friedlich wirkte, und freute sich, dass sie bei guter Gesundheit war, kräftig und lebhaft, aber manchmal nagte immer noch die Enttäuschung an ihm, dass sie kein Sohn geworden war. Er wusste, Rosa war jung, sie konnten noch mehr Kinder haben, wenngleich es zu diesem Zweck besser gewesen wäre, zu Hause zu schlafen. Doch er war jedes Mal erleichtert, wenn sie schon zu Bett gegangen war, anstatt ihn mit Tränen zu erwarten. Also weckte er sie nie auf und wurde zum Gast im eigenen Haus.
Es gab so viel zu tun, so viel zu entscheiden. Seit dem Niedergang der Revolution vor nunmehr drei Jahren kämpfte er um das Fortbestehen der Bank. Die – von ihm seit langem befürchtete – Krise hatte viele Unternehmen ins Verderben gerissen, und er hatte kurzfristig auch mit dem Niedergang der Bank gerechnet. Statt sich von seinen Zukunftsängsten bezwingen zu lassen, hatte er jedoch viele mutige Entscheidungen getroffen, um das Blatt zu wenden. Er investierte in die Eisenbahn, arbeitete verstärkt mit Aktienbanken zusammen und baute mit Carl-Theodors Hilfe den Kolonialhandel aus. Rosa interessierte sich dafür ebenso wenig wie in den Jahren

zuvor. Er musste sich begnügen, dass sie halbwegs glücklich schien, dass er sich dann und wann mit Carl-Theodor austauschen konnte, wenn der gerade nicht auf Reisen oder in Hamburg war, und die stillen Abende im Stadthaus fern der Familie zu genießen, die zwar nicht glücklich machten, aber entspannten.

Nur am Wochenende konnte er nicht in der Stadt bleiben. Diesmal war er am Sonnabend sogar früher als sonst heimgekehrt, hatte jedoch erfahren, dass Rosa das Theater besuchte. Insgeheim war er froh, dass er das Abendessen allein zu sich nehmen konnte – seine Mutter hatte sich wie oft zurückgezogen – und er sich nicht mit ihr unterhalten musste. Am nächsten Morgen war er zeitig wach, um zum Gottesdienst in den Dom zu fahren. Rosa ließ ihm von Else ausrichten, dass sie verhindert wäre – die Mühe, sich eine gute Ausrede einfallen zu lassen, machte sie sich gar nicht erst –, und Albert stellte sich schon darauf ein, allein aufzubrechen, da Adele das Haus seit Monaten nicht verlassen hatte. Doch während er seinen Sonntagsanzug zuknöpfte, klopfte es an der Tür, und seine Mutter stand vor ihm – in bester Kleidung, mit kunstvoll frisiertem Haar und einem merkwürdigen Glanz in den Augen. So gesund und frisch hatte er sie schon seit langem nicht mehr gesehen.

»Mutter?«, fragte er überrascht.

Sie ging zu ihm und legte ihm die Hand auf den Unterarm. Auch diese Geste befremdete ihn. Adele war nie eine Frau gewesen, die ihre Söhne liebkoste. Früher hatte er das vermisst, jetzt dachte er oft schuldbewusst, dass er selbst Valeria kaum berührte.

»Was ist los, Mutter?«

Der seltsame Glanz in ihren Augen verhieß tiefe Befriedigung, wie ihm nun aufging. Auch durch ihre Stimme klang

Triumph, als sie feststellte: »Du hättest sie nicht heiraten sollen.«

Albert hob fragend die Braue. Er wusste, dass Adele Rosa nie wirklich gemocht hatte, aber bis jetzt war sie nie so weit gegangen, das offen zuzugeben.

»Mutter …«, setzte er gequält an.

»Doch!«, bestand sie knapp. Anstatt etwas hinzuzufügen, machte sie nur ein wissendes Gesicht. Erst nach einer Weile befahl sie: »Komm mit! Dann zeige ich es dir!«

Albert unterdrückte ein Seufzen und folgte ihr die Treppe hinunter. Adele war erstaunlich gut zu Fuß, obwohl sie doch seit Wochen im Bett gelegen hatte.

Albert wurde immer verwirrter, umso mehr, als Adele das Haus verließ und in den Garten trat. Frühlingssonne fiel auf sie. Albert hatte sie schon seit Ewigkeiten nicht mehr gespürt; er labte sich an ihren warmen, neckischen Strahlen und sog den süßen Duft der Blumen ein – nicht minder gierig wie Adele –, und kurz sah er sie beide mit den Augen eines Fremden. Zwei Schatten waren sie durch diesen Blick, die für gewöhnlich in finsteren Räumen hockten und die Sehnsucht nach der frischen Luft bezähmten, gleich so, als hätten sie Furcht, im Sonnenlicht zu Asche zu zerfallen, als hätten sie Furcht vor dem prallen Leben, das jene Blütenpracht verhieß, als hätten sie Furcht vor dem Glück, wie es die zwitschernden Vögel verkündeten. Er schirmte seine Augen mit der Hand vor dem grellen Sonnenlicht ab, verdrängte den Gedanken und folgte Adele zur Gartenlaube.

Schon von weitem vernahm er Klänge, so süß wie der Rosenduft. Rosa sang, die Kinder lachten.

Frau Lore hatte hier draußen den Frühstückstisch gedeckt, doch niemand saß dort: Die beiden Mädchen liefen lachend über die Wiese; Rosa drehte sich singend im Kreis. Sie trug

nur ein leichtes weißes Tageskleid, ihre Haare fielen offen über den Rücken.
Albert starrte sie an, als wäre sie eine Fremde. Wie schön sie war. Wie jung. Wie lebendig.
Derselbe Gedanke war ihm auch damals in Montevideo gekommen, als sie noch ein Mädchen gewesen war – und trotz des jahrelangen Heimwehs, trotz der Geburt der Tochter schien sie seitdem kaum gealtert zu sein. Er selbst fühlte sich alt, wie er da neben seiner Mutter stand, nicht nur weil seine Haare ein paar graue Strähnen aufwiesen und er nicht mehr ganz so leichtfüßig durch die Welt schritt wie als junger Mann, sondern weil er um den Traum betrogen worden war, den er in der Jugend gehegt hatte: zu reisen, fremde Länder kennenzulernen, den Geschmack der Freiheit zu kosten.
Adele hielt inne. »Das kannst du dir nicht bieten lassen«, sagte sie schlicht.
Kurz begriff er nicht, was sie wohl meinte. Kurz dachte er, wie widersinnig es war, dass sie zwar endlich einmal das Bett verließ, nun aber nicht den schönen Frühlingstag genoss, sondern seine Frau schlechtmachte. Doch dann ging ihm auf, dass auch er, der er sich endlich einmal in den Garten gewagt hatte, weder mit Rosa tanzte noch sein Kind liebkoste, sondern wie ein Statist an der Seite stand. Ein anderer tanzte mit Rosa – der Klavierspieler, Fabien Ledoux, der ihre Hand nahm, sich ein paar Mal mit ihr im Kreis drehte, sich schließlich zu Valeria beugte, sie hochnahm, sie in die Luft warf. Das Mädchen kreischte glücklich. Behutsam setzte er es wieder auf die Wiese, nahm nun Claire auf den Arm.
Albert versteifte sich. Die Sonne blendete ihn, anstatt ihn zu wärmen. Er erinnerte sich, wie Fabien Ledoux nach der Geburt von Valeria neben Rosa gesessen hatte, wie er den Säugling gestreichelt und damit geprahlt hatte, ihr gerade noch

rechtzeitig geholfen zu haben. Albert selbst war ja nicht da gewesen. Er war ja nie da.
Adele nickte ihm schmallippig zu, und in Albert erwachte Wut.
Er hatte ein Recht, nicht da zu sein, er musste sich um die Geschäfte kümmern. Warum hatte Rosa ihn nie verstanden, warum nie unterstützt, warum hatte sie ihn in Frankfurts Gesellschaft blamiert, anstatt sein Ansehen zu vergrößern, warum lachte sie mit dem Klavierlehrer, während sie in seiner Gegenwart ständig nur weinte?
Am liebsten wäre er sofort auf Fabien losgestürzt und hätte ihm mit der Faust ins Gesicht geschlagen. Doch er wahrte mühsam die Beherrschung.
»Lass uns zurückgehen«, sagte er.
Adele nickte. »Ja, ich sollte mich wieder hinlegen. Ich fühle mich nicht wohl.«

Albert ging in seinem Arbeitszimmer auf und ab wie ein gefangenes Raubtier. Anfangs hatte er gehofft, das würde ihn besänftigen, doch mit jedem Schritt wuchs seine Wut. Er war bestürzt, wie heftig ungeahnte Gefühle in ihm tobten. Für gewöhnlich fiel es ihm doch nicht schwer, seine Gelassenheit zu wahren. Warum erstickte er nun nahezu an seiner Eifersucht? Er warf einen fast hilfesuchenden Blick zum Schreibtisch, wo sorgsam geschichtete Akten lagen, doch selbst dieser Anblick konnte ihn nicht beruhigen. Etwas nagte an ihm – und zwar nicht nur der Verdacht, Rosa könnte ihn betrügen, sondern die Einsicht, dass er sie nicht verstand, dass er sie nie verstanden hatte, dass ihre überschäumenden Gefühle ihn oft hilflos gemacht hatten … und manchmal sogar lästig gewesen waren.
Natürlich, er hatte sich gerne von ihrer Leidenschaft in den Nächten mitreißen lassen, aber seit Valerias Geburt waren

diese selten geworden, und auch schon zuvor hatten diese Nächte sie nicht vor Heimweh und Traurigkeit bewahren können. Er wusste ja, dass sie sich einsam fühlte, aber er war das doch auch! Nie hatte sie gefragt, wie er der Last der Verantwortung standhielt oder wie er mit der Enttäuschung nach der missglückten Revolution lebte! Er bot ihr doch ein sorgenfreies Leben! Sie konnte tun und lassen, was sie wollte! Aber anstatt dankbar zu sein, zog sie sich von ihm zurück und hatte eine Affäre mit dem Klavierlehrer ...
Warum sonst würden sie so vertraulich miteinander umgehen?
Albert ballte seine Hände zu Fäusten. Oft hatte er Carl-Theodor bedauert, weil der mit der spröden, kalten Antonie sein Leben verbringen musste, aber jetzt war er sich sicher: Antonie würde ihren Mann nicht betrügen. Antonie hatte ihre Eigenheiten, aber sie wusste, was sich gehörte. Schließlich war sie hier in Europa geboren ... anders als Rosa.
Wir passen nicht zusammen, dachte er plötzlich. Sie ist mir immer fremd geblieben.
Die Erkenntnis traf ihn tief und rührte an einem Schmerz, der älter war als seine Ehe – der Schmerz, zwischen Eltern zu stehen, die auch nicht füreinander geschaffen waren und sich aneinander aufrieben: Der rational denkende Vater war an Adeles Seite immer strenger und härter geworden, die sensible Mutter an dessen Seite immer kränklicher und lethargischer.
Albert blieb stehen. Den Schmerz plötzlich deuten zu können, hieß nicht, ihn ertragen zu können. Und wie der Schmerz wuchs der Wunsch, etwas kaputt zu schlagen, gleichwohl er, während er sich danach umsah, begriff, dass eine zerbrochene Vase seinen Zorn nicht abkühlen würde. Er atmete tief durch – dann ließ er Fabien Ledoux zu sich kommen.

Er hatte damit gerechnet, dass er sich in Gegenwart eines anderen, und sei es der Nebenbuhler selbst, fassen konnte. Stattdessen fühlte er Zorn und Ohnmacht nur noch mehr wachsen. Er hatte diesen Fabien bislang kaum je angesehen, doch jetzt ging ihm auf: Er war ein schöner Mann, dessen etwas arrogante Züge an Antonie erinnerten ... und nicht nur an diese.

Bildete er es sich nur ein, oder sah Valeria ihm tatsächlich ähnlich? Ähnlicher als ihm selbst?

Der Zweifel traf ihn wie ein Schlag.

Nein, unmöglich, dass Rosa ihn so lange betrogen hat – ein letztes Fünkchen Nüchternheit hielt dem schrecklichen Verdacht, es könnte anders sein, stand, aber ansonsten verlor er endgültig die Beherrschung.

»Ich will, dass Sie mein Haus verlassen und nicht wiederkommen«, brüllte er.

Fabien wirkte nicht im mindesten schuldbewusst, sondern zog nur die rechte Braue hoch.

»Und wagen Sie es nicht, meiner Frau jemals wieder nahe zu kommen!«, schrie Albert, ehe der andere etwas sagen konnte.

»Ich gebe ihr doch nur Unterricht ...«

Erst jetzt fiel Albert auf, dass Fabien Ledoux mit starkem französischen Akzent sprach, so wie Rosa nach all den Jahren immer noch mit spanischem. Die beiden hatten also etwas gemeinsam: Sie waren hier Fremde, die sich nach ihrer Heimat sehnten. Hatten er selbst und Rosa auch etwas gemein?

»Fortan wird sie einen anderen Lehrer haben«, verkündete er streng.

»Weiß Rosa davon?«, fragte Ledoux gedehnt.

Er wagte es doch tatsächlich, ihren Namen in den Mund zu nehmen! Albert stürzte auf Fabien Ledoux zu, packte ihn am Kragen und schüttelte ihn. »Ich habe Sie beide gesehen.«

Fabien kniff den Mund zusammen und wirkte, als wollte er sagen: Na und?

Er war entweder skrupellos, naiv oder bösartig. Und er selbst war ein Narr, den anderen nicht loszulassen, obwohl sich der nicht wehrte. Albert hatte sich noch nie mit jemandem geprügelt, nicht einmal mit Carl-Theodor, als sie noch Kinder gewesen waren. Er hatte überhaupt nur selten seinen Gefühlen freien Lauf gelassen – genau genommen nur einmal, als er Rosa völlig überstürzt geheiratet hatte. Er wusste nicht, ob das der größte Fehler seines Lebens gewesen war – oder dass er hinterher nichts gegen ihre Entfremdung unternommen hatte. So oder so – der andere hatte kein Recht, ihn so herausfordernd anzustarren. Kein Recht auch, trotzig zu verkünden: »Wenn Rosa nicht mehr unterrichtet werden will, soll sie es mir selbst sagen.«

Alberts Griff hatte sich etwas gelöst, und prompt befreite Fabien sich und wollte schon gehen.

»Bleiben Sie!«

»Ich dachte, ich soll Ihr Haus verlassen?«

Spottete er etwa über ihn?

»Ich werde nicht zulassen, dass Sie meine Ehre beschmutzen!«

»Soso. Ich dachte, es geht um Ihre Frau – nicht um die Ehre.«

Albert fühlte sich bloßgestellt – nicht zuletzt, weil er ihm insgeheim recht geben musste. Nie hatte er jene Männer verstanden, die ihre Frauen als ihren Besitz ansahen, den es mit Leib und Seele zu verteidigen galt. Für ihn war Rosa mehr gewesen – die erste große Liebe in seinem Leben, die Frau, die aus ihm kurzfristig einen anderen gemacht hatte und die er so gerne mit Glück hatte überhäufen wollen. Es war ihm nicht gelungen. Wahrscheinlich war er seinem Vater ähnlicher, als er sich jemals eingestehen wollte – wobei sich Albert Goth-

mann senior wohl nie von einem einfachen Klavierlehrer in die Enge hätte treiben lassen.
»Also, was wollen Sie von mir?«, fragte Fabien Ledoux.
Albert wusste, er beging einen schweren Fehler, doch die Worte brachen förmlich aus ihm heraus, und als sie ausgesprochen waren, Fabien erblasste, aber zugleich noch arroganter den Mund zusammenkniff, war es unmöglich, sie zurückzunehmen.

10. Kapitel

Rosa wusste nicht genau, was sie nicht schlafen ließ. Bald war es Mitternacht, aber sie fand keine Ruhe. Eigentlich lag ein gewöhnlicher Tag hinter ihr, der aufwühlende Vorkommnisse entbehrte. Nun gut, Albert hatte beim gemeinsamen Abendessen etwas angespannt gewirkt, doch das tat er oft. Ob es nun mit der Politik im Allgemeinen oder der Bank im Besonderen zu tun hatte – es gab immer etwas, das ihm Kopfzerbrechen verursachte, und Rosa hatte sich längst abgewöhnt, danach zu fragen. Sie verstand ja doch nichts von diesen Dingen, und nach solchen Gesprächen war er ihr noch fremder als sonst.
Sie wälzte sich unruhig hin und her, erhob sich schließlich und warf den Morgenmantel über. Auf Zehenspitzen schlich sie über den Gang zum Kinderzimmer. Claire und Valeria lagen dort eigentlich in zwei Bettchen, doch immer wieder – so auch heute – kam es vor, dass sich ein Mädchen zum anderen legte. Sie schliefen beide aneinandergekuschelt, zwei Engeln gleichend, friedlich und entspannt.
Es war ein Anblick, der Rosa rührte und ihr zugleich weh tat. So inniglich, wie sich die Kinder im Schlaf aneinanderklammerten, hatte sie ihre Tochter selten liebkost. Eine Weile blieb sie stehen und betrachtete die Kinder, ehe sie sich seufzend abwandte. Den beiden ging es gut, davon konnte ihre Unruhe nicht rühren.
»Frau Gothmann?«
Sie ging soeben zurück, als die Stimme sie traf. Wie so oft fühlte sie sich nicht angesprochen, denn in Uruguay behielten die

Frauen die Namen ihrer Eltern. Erst als sie jemanden schnellen Schrittes kommen hörte, drehte sie sich um. Else lief auf sie zu.
»Du bist noch wach? So spät? Es ist doch …«
»Frau Gothmann, wissen Sie, wo Ihr Mann ist?«, unterbrach Else sie aufgeregt.
Rosa war verwirrt. Sie kannte keine Standesdünkel wie Antonie, aber ob sie die Nächte mit Albert verbrachte oder nicht, war doch Privatsache der Herrschaften und wollte sie nicht von der Dienerschaft beredet wissen.
»Wahrscheinlich schläft er längst.«
»Wenn es so wäre!«, stieß Else aus.
»Was meinst du?«
Die nächsten Worte waren so wirr, dass Rosa sie erst nicht verstand, doch nach einer Weile bekam sie es mit der Furcht zu tun. Von Fabien war die Rede, von einem Streit und wüsten Vorwürfen, von Eifersucht und schließlich …
»Gott, was redest du da?«, herrschte Rosa das Mädchen an. Erst jetzt sah sie, dass Else vor Aufregung zitterte.
»Herr Gothmann glaubt, er müsse seine Ehre wiederherstellen. Das hat mir Franz erzählt – Sie wissen, wer das ist …«
»Gewiss. Einer der Reitknechte.«
»Und obendrein zuständig für die Wartung der Jagdwaffen!«, rief Else.
Rosa wurde eiskalt. Die Ehre wiederherstellen … Dergleichen war ihr nicht fremd. In Montevideo gab es Fehden, die über Generationen Familien entzweiten, immer wieder zu neuen Ausbrüchen von Gewalt führten und später nicht minder grausam gerächt wurden. Aber hier in Alberts zivilisierter Welt?
Sie packte Else an den Schultern. »Was ist passiert?«
»Franz hat angedeutet, dass sie sich zu Mitternacht treffen. Und darum wollte ich wissen, ob Herr Gothmann schon das Haus verlassen hat.«

»Um diese Zeit?«
»Nun, eigentlich ist es verboten ...«
»Zum Teufel, was denn?«
Else seufzte. »Ein Duell«, verkündete sie düster. »Herr Gothmann hat von Fabien Satisfaktion verlangt ...«

Rosa stürzte noch im Schlafrock die Treppe hinunter. An deren Ende wartete Espe, die entweder instinktiv geahnt hatte, dass ihr Schützling in Aufregung war, oder von den Stimmen geweckt worden war. Sie stellte keine Fragen, doch als sich Rosa an ihr vorbeidrängte und zur Tür stürzte, hielt sie sie fest. »Du hast keine Schuhe an.«
Rosa starrte verwirrt auf ihre nackten Füße.
»Sie haben den Verstand verloren!«, rief sie panisch. »Sie wollen sich doch tatsächlich duellieren!« Sie brach in Tränen aus. »Ich muss es unbedingt verhindern.«
Trotz der Entschlossenheit konnte sie keinen weiteren Schritt machen – als wären ihre nackten Füße, nun, da sie nicht mehr darüber hinwegsehen konnte, ein unüberwindbares Hindernis. Espe erwiderte nichts, sondern holte rasch ein Paar Schuhe und einen warmen Mantel, und Else half Rosa hinein.
»Weißt du, wo sie sind?«
»Irgendwo am Waldrand. Johann, sein Leibdiener, begleitet Herrn Gothmann – wen Fabien bei sich hat, weiß ich nicht.«
Sie verließen das Haus, der Garten lag in völliger Stille und Dunkelheit vor ihnen. Die Dienstboten schliefen längst in ihrem eigenen Trakt, und auch im Haupthaus waren schon fast alle Lichter gelöscht worden.
Rosa hastete los und vernahm nun doch etwas – das Zirpen von Grillen, das Rascheln der Grashalme unter ihren Schritten, doch keinerlei Stimmen ... oder Schüsse.
»Wohin?«, fragte sie.

Else zuckte die Schultern. »Ich bin mir nicht sicher – vielleicht in diese Richtung?«
Sie deutete auf den Wald, eine dunkle Wand, vor der keinerlei Menschen auszumachen waren. Wieder ließ sich nichts vernehmen – nur die eigenen Schritte und die von Espe, die langsamer und schwerfälliger folgte und immer noch keine Fragen stellte.
Rosa rief sich ins Gedächtnis, was sie über Duelle wusste. Obwohl sie offiziell verboten waren, fanden sie häufig statt, denn kein Mann, der Wert auf Rang und Ansehen legte, lehnte eine Aufforderung ab – schon gar nicht, wenn er bei der Armee war. Dort wurde man gar entlassen, verweigerte man sich der Forderung um Satisfaktion. Selbst wenn bei einem Duell ein Todesopfer zu beklagen war, war für den Mörder oft keine Strafe zu erwarten. Was Rosa stets am meisten entsetzt hatte, war die Planmäßigkeit, mit der man zur Sache ging: Die Waffen wurden sorgsam gewählt, die Entfernung vor dem Schuss genau festgelegt, und jeder Duellant hatte einen Begleiter bei sich, der die Rechtmäßigkeit zu überwachen hatte.
Nun, irgendwie passte es zu Albert, in einen so nüchternen Kampf zu gehen, anstatt spontan die Fäuste sprechenzulassen. Dennoch: Sie konnte sich ihn unmöglich mit einer Pistole in den Händen vorstellen. Und noch weniger Fabien, dessen feine Hände doch einzig dafür gemacht schienen, übers Klavier zu huschen!
Sie kam immer näher an den Wald, erkannte in der Dunkelheit einzelne Bäume, durch deren Blätterwerk das silbrige Mondlicht fiel, und hörte aus der Ferne Stimmen. Gott sei Dank!, dachte sie, solange sie noch miteinander sprachen, würden sie sich nicht abknallen.
Jetzt sah sie auch die Gestalten im Schatten jener Fackel, die Johann hochhielt, doch es war zu dunkel, in den Mienen zu

lesen. Wahrscheinlich waren sie grimmig entschlossen, nun, da die beiden Duellanten auseinandergingen und Johann laut die Schritte zählte. Wenn sie ausreichend Entfernung zwischen sich gebracht hatten, würden sie sich umdrehen und schießen.
»Nicht!«, schrie Rosa. Sie keuchte nach dem Laufen, und ihre Stimme war gepresster als erhofft – doch immerhin laut genug, um die beiden zum Innehalten zu bewegen.
Sie lief auf Albert zu, aber ehe sie ihn erreichte, stolperte sie und fiel zu Boden. Das harte Gras, das hier kniehoch stand, schnitt ihr in die Hände. Als sie hochblickte und sich gedankenverloren das schmerzende Knie rieb, hatte sich Fabien über sie gebeugt – eine Pistole in der rechten Hand.
»Bist du verrückt geworden?«, herrschte sie ihn an.
Das Mondlicht fiel auf ihn und ließ sein Gesicht noch blasser, stolzer und schöner wirken. Doch ehe sie sich in diesem Anblick verlieren konnte, hatte sie auch Albert erreicht und drängte den Musiker zur Seite.
»Wagen Sie es nicht, meine Frau anzufassen!«
Bis jetzt hatte bei Rosa blankes Entsetzen geherrscht, nun packte sie die Wut. Seit langem hatte nicht mehr ein so heftiges Gefühl in ihr getobt.
»Was heißt hier – *deine* Frau? Seit Monaten, nein, seit Jahren hast du nur Sinn für deine Bankgeschäfte, die Politik, die feinen Familien Frankfurts! Und nun willst du Fabien töten, um deine Ehre zu wahren?«
Sie blickte auf seine Pistole, und auch in seinen Händen wirkte sie wie ein Fremdkörper. Sie hatte Männer gesehen, die bei der Jagd regelrecht mit ihrer Waffe zu verschmelzen schienen, doch Albert hatte nie dazu gehört.
Sein Gesicht war ausdruckslos. »Geh wieder zurück ins Haus!«, befahl er streng.

»Damit ihr euch in Ruhe totschießen könnt?«, rief sie. »Nie und nimmer! Dieser Wahnsinn muss sofort ein Ende haben. Legt die Waffen ab!«
Keiner der beiden machte nur die geringsten Anstalten, ihrem Befehl zu folgen.
»Mag sein, dass ich zu wenig Zeit für dich hatte, aber das gab dir kein Recht, mich mit ihm zu betrügen«, murrte Albert bissig und zutiefst gekränkt zugleich.
Eine vernünftige Stimme in ihr sagte, dass sie sofort beteuern sollte, ihn nie betrogen zu haben und Fabien nicht zu lieben, aber ihre Wut war lauter. »Du hast mich in dieses fremde Land gebracht, du hast mich deiner Welt ausgeliefert und dann im Stich gelassen. Die einzigen glücklichen Stunden der letzten Zeit verlebte ich mit ihm!«
»Du gibst es also zu? Du liebst ihn?«
Rosa schwieg verstockt. Die Wut erkaltete – aber die Verbitterung wuchs. »Du hast mir nach unserer Hochzeit versprochen, dass wir bald wieder meine Heimat besuchen, aber das haben wir nie getan. Du bist doch froh, wenn du dich an deinen Schreibtisch flüchten kannst, um mir zu entgehen.«
»Es ist meine Pflicht, unser Bankhaus zu leiten – so wie auch du Pflichten hast. Und wenn auch ich dich nicht glücklich machen kann – warum dann nicht unsere kleine Tochter?«
»Bei deren Geburt du mir nicht beigestanden hast – er schon!«
Kurz schob sich eine Wolke vor den Mond und verdunkelte sein Gesicht. Als das silbrige Licht ihn wieder beschien, wirkte er nicht länger kalt und entschieden, sondern hilflos und verzweifelt – Gefühle, die ihr vertraut waren, desgleichen wie sein Unmut, dass er sie nicht glücklich machen konnte, ähnlich groß wie ihrer war, ihn nicht zu verstehen ... nie verstanden zu haben.
Eine Weile starrten sie sich schweigend an, ehe sich Fabien, der sich bis jetzt zurückgehalten hatte, zu Wort meldete.

»Komm, Rosa!«, sagte er sanft. »Ich bringe dich ins Haus. Du hast ja recht – diese ganze Sache hier ist tatsächlich Irrsinn. Ich hätte mich nie darauf einlassen dürfen.«
Albert hatte eben noch durchaus erleichtert gewirkt, diesen Kampf nicht ausfechten zu müssen. Doch als Fabien Rosa nun am Arm nahm und wegführte, stieß er einen wütenden Schrei aus.
»Sie lassen mich nicht einfach so stehen!«
»Was wollen Sie denn dagegen tun? Mir in den Rücken schießen?«
Mit einem neuerlichen Wutschrei stürzte Albert auf ihn zu und riss ihn zurück. Rosa bekam einen Ellbogen zu spüren, wusste jedoch nicht, wem er gehörte. Die beiden gingen rangelnd zu Boden, und im bleichen Mondlicht konnte sie weiterhin nicht bestimmen, welche Hand wem gehörte. Sie sah nur, dass die Männer immer noch beide eine Pistole hielten, während sie aufeinander einschlugen.
Sie wollte schreien, aber ihr Mund war zu trocken. Der einzige Laut, der schließlich ertönte, war ein ohrenbetäubender Knall.

Adele schreckte aus dem Schlaf hoch. Nur vage war die Erinnerung, was sie geträumt hatte, aber es musste etwas Schreckliches gewesen sein, denn sie fühlte sich vor Angst wie gelähmt. Eine Weile konnte sie sich nicht rühren, dann stieß sie einen spitzen Schrei aus.
Jetzt wusste sie es wieder – sie hatte geträumt, dass sie in einem Sarg gefangen lag, wo es dunkel und kalt war. Was, wenn es allen Toten so erging – dass nämlich nur ihre Leiber verstorben waren, ihr Geist aber hellwach blieb? Was, wenn Gerda und ihr Mann so ausharren mussten – ewiglich gefangen und zur Untätigkeit verbannt? Was, wenn dieses

grausame Schicksal auch sie selbst ereilte, wenn sie selbst tot war?

Sie schüttelte den Kopf. Was für ein unsinniger Gedanke!

Als sie sich allerdings umblickte, ahnte sie, was die Panik in ihr heraufbeschworen hatte. Die Kerzen, die stetig brannten, waren erloschen. Es war stockdunkel in ihrem Schlafgemach – und sie fühlte sich elend. Dieser schreckliche Druck im Kopf machte alles noch schlimmer, denn er gab ihr das Gefühl, sie würde auch dann nichts sehen, wenn es taghell wäre.

»Frau Lore?«

Keine Antwort – natürlich: Es war ja mitten in der Nacht, und Frau Lore schlief im anderen Trakt. Aber Albert war in ihrer Nähe – und Rosa. Kurz packte sie die Reue, dass sie ihn auf deren vertrauliches Verhältnis zu Fabien aufmerksam gemacht hatte. Nur zu gerne hätte sie sich jetzt von Rosa helfen lassen wollen.

Sie rief erst ihren Namen, dann den des Sohnes. Wieder ertönte keine Antwort, so dass ihr nichts anderes übrigblieb, als aufzustehen. Der Kopf schien zu zerspringen, ihr Hals schmerzte.

Ach, wenn Frau Lore da wäre – sie wüsste ein Mittel: Sie könnte ihr ein Bad aus Heusamen bereiten oder einen Fencheltee. Sie könnte ihr in Kampferessig getränkte Tücher auf die Stirn legen oder ihr Tabak aus getrockneten Maiblumen zum Schnupfen geben.

Je länger sie allerdings darüber nachdachte, desto augenscheinlicher wurde, dass sie weniger an ihren Kopfschmerzen litt als an dieser durchdringenden Kälte. Hier auf dem Land war es immer viel kälter als in der Stadt. Warum nur hatte sie Frankfurt bloß verlassen? Als Kind hatte sie auch viel zu oft gefroren. Ihre Eltern waren zwar reich gewesen, hatten aber

beim Feuerholz gespart. Einmal hatte sie gemeinsam mit ihrer Schwester ein Feuer gemacht ... was, wenn Gerda in ihrem Grab tatsächlich noch lebte und dort entsetzlich fror?
Sie schüttelte den Kopf. Seit Jahren hatte sie nicht selbst ein Feuer entfacht, aber nun blieb ihr gar nichts anderes übrig. Denn als sie das Zimmer verließ und wieder Rosas und Alberts Namen rief, blieb es weiterhin finster und still.
Irgendwo in der Nähe mussten die beiden kleinen Mädchen schlafen, aber die waren keine Hilfe.
Adele tastete sich nach unten.
Oh, es war schwer, ein Feuer zu machen, ging ihr auf, es war regelrecht eine Kunst! Man bedurfte dazu eines Stückes Feuerstein, Schwefelfadens und einer nach unten mit Blech geschlossenen Abteilung Zunder, der meist aus alten Strumpfsocken hergestellt war. Dann schlug man Stahl und Feuerstein über dem Zunderkästchen zusammen, bis ein Funken hineinfiel.
Allerdings – Adele war nun unten angekommen –, hatte Frau Lore ihr nicht irgendwann einmal gesagt, dass es mittlerweile leichter geworden sei, eine Flamme zu entzünden, dank der Erfindung des Schwefelhölzchens nämlich?
Irgendwo musste sie doch welche finden – dann konnte sie Kerzen anzünden, den Kamin beheizen und in angenehmer Wärme und mildem Licht den Gedanken an Gerda im Grab abschütteln.
Auch im Salon war alles ruhig. Sie tastete sich bis zum Kamin vor, und tatsächlich lag auf dem marmornen Vorsprung ein Kästchen mit Schwefelhölzchen. Vor Erleichterung hätte sie am liebsten geweint. Sie entzündete eines, hielt es hoch und genoss es, wie das Licht aus einer bedrohlichen Welt eine vertraute machte. Mit dem zweiten Hölzchen entzündete sie die Kerzen. Eigentlich hätten einige wenige ausgereicht, um die Finsternis zu bannen, doch als sie erst einmal damit begonnen

hatte, konnte sie nicht aufhören, sondern zündete jede Kerze an, die sie fand. Der Raum war nun beinahe taghell, doch der Druck im Kopf kehrte trotzdem wieder. Nicht die Finsternis machte ihr länger zu schaffen – sondern die Einsicht, dass sie trotz der vielen Kerzen schrecklich einsam war. Und ihr war nach wie vor kalt. Sie beugte sich zum Kamin und wollte ein Holzscheit ergreifen, als der Druck im Kopf immer schlimmer wurde. Es fühlte sich an, als würde sie einen Schlag erhalten, die Haut darunter platzen, die Knochen brechen. Sie griff blind nach etwas, um sich festzukrallen, spürte die Platte eines Tischchens, hatte jedoch nicht die Kraft, sich aufrecht zu halten. Sie hörte einen dumpfen Knall, als erst das Tischchen umkippte, dann sie selbst.
Als sie nach einer Weile die Augen aufschlug, war es nicht mehr kalt, vielmehr umgab sie sengende Hitze und noch mehr Licht. Ihr Verstand fasste nicht, was sie sah – so viele Flammen, rötliche, hungrige Flammen.
Auf dem umgekippten Tisch hatten mehrere Kerzen gestanden, die erst den Teppich, dann die Seidentapeten, zuletzt die Holzvertäfelung erfasst hatten.
Für einen kurzen Moment war Adele glücklich. Wie warm es war, wie licht!
Doch als sie keuchend einatmete und ihre Kehle vom Rauch verätzt wurde, war beides kein Segen mehr. Es brannte lichterloh, und sie konnte nichts dagegen tun. Ihr Körper war gelähmt, sie konnte ihre Hände nicht heben, geschweige denn aufstehen, sie konnte nicht einmal um Hilfe schreien. Sie würde nie in einem kalten Grab liegen, denn ihr Körper würde zur Unkenntlichkeit verbrannt werden. Und sie starb nicht nur mit dem Wissen, dass nichts anderes als Asche von ihr bleiben würde, sondern dass sie ihre beiden Enkeltöchter nicht würde retten können.

Der Schuss war verklungen, auch das dumpfe Geräusch, als ein Körper leblos zu Boden sackte. Rosa stand wie erstarrt da, begriff nicht, wer von wem getroffen wurde und fiel. Dann blickte sie in Alberts schreckgeweitetes Gesicht. Er hatte seine Pistole fallen lassen, die – verglichen mit Fabiens Körper – ungleich leiser auf dem Boden landete.

Rosa sank kraftlos neben den Musiker. Sie spürte Feuchtigkeit durch ihre Kleider dringen – und war sich nicht sicher, ob es Tau oder Blut war.

Im fahlen Licht wirkte das Blut pechschwarz, und kurz verfiel sie der irrwitzigen Hoffnung, dass niemand tot sein könnte, wer nicht kräftig rot blutete.

Doch Fabien war tot – daran bestand kein Zweifel. Seine Augen waren weit aufgerissen und starr, immer mehr Flüssigkeit – weiterhin wie Pech – drang aus seinem Brustraum. Noch war das Blut warm, aber da war kein Herzschlag zu spüren, kein Atem zu vernehmen.

Rosa blickte hoch, brachte jedoch kein Wort hervor. Auch Albert konnte zunächst nichts sagen, ehe er nach einigem Stammeln schließlich doch verzweifelt rief: »Das habe ich nicht gewollt! Der Schuss hat sich einfach gelöst … Ich weiß nicht einmal, aus welcher Pistole.«

Was sie nun tun sollten, sagte er nicht.

Später dachte Rosa, dass sie – wäre sie allein mit ihm beim Toten gewesen – bis zum Morgengrauen dort gehockt und auf Alberts hilfloses Stammeln gehört hätte. Doch es war auch Espe da – und Espe war nicht erschüttert wie sie, sondern übernahm das Kommando.

»Steh auf, Rosa«, befahl sie mit ruhiger, fester Stimme. »Atme ein paar Mal tief durch. Wenn du dich beruhigt hast, gehst du ins Haus und kleidest dich um. Die blutigen Kleider werden wir später verbrennen. Und wer immer dich danach fragt – du

hast heute Nacht nichts gesehen und gehört, sondern tief und fest in deinem Bett geschlafen.«
»Aber ...«
Espe ging nicht auf den Widerspruch ein, sondern wandte sich an Albert. »Sehen Sie zu, dass die Pistolen verschwinden, am besten vergraben Sie sie irgendwo.«
Wie Rosa starrte Albert sie verständnislos an. Indessen kamen die beiden Männer näher, die das Duell bezeugen sollten. Fabiens Gefährte war ein dünnes Männlein, das eher befremdet als betroffen auf den Toten blickte.
Rosa hörte Espe mit ihm sprechen, verstand aber kaum etwas, nur dass es um Geld ging. Sie begriff erst nicht, warum ausgerechnet jetzt darüber gesprochen wurde. Erst als der Mann ging, verstand sie, dass Espe ihn bestochen hatte, damit er den Todesfall nicht meldete.
Nun wandte sich Espe Johann zu, Alberts Leibknecht. Bei ihm war nicht von Geld die Rede, sondern von Treue gegenüber den Gothmanns. Der Mann nickte und wollte offenbar gehen.
»Bleiben Sie!«, herrschte Espe ihn an. »Wir müssen den Leichnam irgendwo verschwinden lassen, und Sie müssen uns dabei helfen. Und du, Else«, wandte sie sich an das Dienstmädchen, »du auch.«
Else sagte nichts. Sie war zwar blass wie die anderen Beteiligten, bückte sich aber sofort bereitwillig nach dem Toten.
Wollten sie Fabien etwa hier begraben?
Erstmals regte sich Protest in Rosa – und Entsetzen. Ihr Fabien, so schön, feinsinnig und mit den geschmeidigen Händen, sollte einfach in der Erde verscharrt werden, auf dass nichts mehr an den Mann erinnerte, der so wunderbar Klavier gespielt und sie zum Lachen gebracht hatte?
Sie brach in Tränen aus.

Doch Espe sagte ungewohnt streng zu ihr: »Tu endlich, was ich dir gesagt habe. Geh ins Haus, wasch dich und leg dich ins Bett.«

Sie wandte sich an Albert: »Und Sie auch. Falls jemals Fragen auftauchen – Sie waren bis spätabends im Arbeitszimmer. Ich hoffe, Señor Ledoux wird nicht vermisst. Er hat gewiss nicht viele Freunde in Frankfurt, da er doch die meiste Zeit hier verbrachte, nicht wahr, Rosa?«

Rosa bebte am ganzen Körper. »Wir können doch nicht einfach …«

»Ihr müsst sogar!«

»Du hast ihn getötet!«, schrie Rosa schrill, ging auf Albert los und schlug auf seine Brust. Sie fühlte sich seltsam leblos an, als wäre auch er tot.

Da spürte sie plötzlich Espes Hände um sich, die sie zurückrissen, und anders als Alberts Körper waren diese warm und kräftig. »Mein Mädchen, du musst die Fassung bewahren. Wenn dein Mann als Mörder verurteilt wird, dann schadet das nicht nur dir, sondern vor allem Valeria. Du musst an deine Tochter denken!«

Rosa konnte an nichts denken, sondern nur zittern. Immerhin – in Espes Armen verflüchtigte sich das Beben etwas. Irgendwann war sie bereit, sich zum Haus ziehen zu lassen. Sie drehte sich nicht um, um nachzusehen, ob Albert ihr folgte oder ob er Johann und Else half, den Leichnam fortzuschaffen. Kurz wurde es ganz still in ihrem Kopf – da war kein Platz für Vorwürfe, nicht gegenüber Albert, weil er Fabien erschossen hatte, nicht gegenüber sich selbst, weil es nie so weit gekommen wäre, wenn sie Fabien nicht als Gesangslehrer engagiert und sich heimlich darüber gefreut hätte, dass er in sie verliebt war. All das würde morgen über sie hereinbrechen, jetzt noch nicht: Jetzt senkte sich nur diese große Stille

über sie – oder nein, doch keine Stille. Denn plötzlich waren lautes Knistern, Krachen und Geschrei zu vernehmen. Sie hörte, wie Espe scharf den Atem einsog und offenbar Gleiches befürchtete wie sie: Das Unglück ließ sich nicht vertuschen, die Nachricht von Fabiens Tod hatte schon die Runde gemacht.
Doch plötzlich stieg Rauch in die Nase, und der Garten wurde hell erleuchtet.
Nun würde Fabiens Blut nicht länger pechschwarz wirken, sondern rot. Das Haus der Gothmanns brannte lichterloh.

Diesmal konnte sich Rosa früher aus ihrer Starre lösen; diesmal erfasste sie das Schreckliche nicht quälend langsam, sondern blitzschnell. Das Haus brannte, und ihre Tochter befand sich ebenso noch darin wie die kleine Claire. Sie stürzte auf das Haus zu, doch Espe stellte sich ihr in den Weg und hielt sie wie vorhin fest. Sosehr sich Rosa auch gegen ihren Griff wehrte, sie konnte sich nicht befreien.
Wie die Dienstboten, die aus ihrem Trakt gelaufen kamen, musste sie zusehen, wie die Flammen die Wände hochkletterten und den Dachstuhl erfassten. Die Männer kämpften noch darum, das Feuer einzudämmen, doch die Löschgerätschaften, die ihnen zur Verfügung standen – Feuerhaken, Löscheimer und Feuerleiter –, waren keine Hilfe. Wind fuhr ins brennende Gebälk und ließ Funken sprühen.
Der Brand musste im Salon seinen Ausgang genommen haben und hatte sich über die Holztreppe in den ersten Stock ausgebreitet. Aus sämtlichen Fenstern drang mittlerweile Rauch.
»Valeria!«, brüllte Rosa hilflos, aber sie kam nicht gegen den Lärm an – weder gegen das Knistern der Flammen noch gegen das Geschrei der Dienstboten.

Albert schrie nicht, als er zu ihr aufgeschlossen hatte. Kalkweiß stand er neben ihr.
»So tu doch etwas!«, kreischte Rosa.
Er wirkte uralt und gebeugt, als er geradezu traumwandlerisch auf das Haus zutrat. Er hatte das Portal noch lange nicht erreicht, als er vor der sengenden Hitze zurückwich und die Hände schützend vor den Kopf hob.
»So tu doch etwas!«, brüllte sie ein zweites Mal.
Endlich entkam sie Espes Armen und lief selbst auf das Haus zu. Anders als ihr Mann scheute sie die Hitze nicht, doch Albert packte sie und riss sie zurück. Obwohl er so alt und kraftlos gewirkt hatte – sein Griff war noch fester als der von Espe.
»Nicht, Rosa! Wir können nichts tun!«
Sie spürte seine Hände, seinen Körper, seinen warmen Atem. Sie konnte sich nicht erinnern, wann er sie das letzte Mal berührt hatte. In diesem Augenblick war er ihr einfach nur widerwärtig. Sie wollte ihn treten, kratzen, schlagen, ja, wollte auf ihn schießen, doch sie konnte ihn nicht einmal anschreien: Eine Woge Rauch traf sie, verätzte ihre Kehle, und sie hustete, bis sie tränenblind war. Als sich das Bild endlich klärte, lief alles merkwürdig langsam vor ihr ab, als hätte jemand die Welt angehalten, und als würde sich diese danach nur holprig weiterdrehen.
Sie sah, wie die Männer ihre Löschversuche einstellten, stattdessen die Pferde aus dem nahen Stall retteten und wie eines der Tiere panisch wiehernd stieg. Sie sah, dass Frau Lore hemmungslos weinte, dass Espe sich bekreuzigte und dass Else ihre Hände vors Gesicht schlug. Und plötzlich sah sie auch, wie sich das Portal öffnete und aus dem Rauch eine Gestalt auftauchte, die inmitten der grauen Schwaden so unwirklich schien, als wäre sie ein Geist. Das Gesicht war rußgeschwärzt,

so dass sie den Mann nicht erkannte, doch die beiden Mädchen, die er rechts und links hielt und die aus Leibeskräften brüllten, waren gewiss kein Trugbild.

Albert ließ sie los, und sie stürzte auf ihre Tochter zu. Valeria schrie immer noch, als sie sie an sich zog – Claire dagegen verstummte und blickte mit großen Augen um sich.

»Ich kam im letzten Augenblick ...«

Der Mann, der die Kinder gerettet hatte, war Carl-Theodor. Die Erleichterung fühlte sich wie ein schmerzhafter Schlag an; die Luft blieb ihr weg, als sie mit Valeria im Arm auf den Boden sank.

Anders als sie fasste sich Albert früher.

»Was machst du hier?«, rief er. »Ich dachte, du wärst in Hamburg.«

»Ich bin heute Abend zurückgekehrt – gerade noch rechtzeitig, wie mir scheint. Wie kommt es, dass die Kinder allein im Haus waren, ihr aber hier draußen?«

Valeria brüllte noch lauter, strampelte und hinterließ blutige Kratzer auf ihrer Wange. Rosa fühlte keinen Schmerz, aber auch nicht länger Erleichterung, dass die Mädchen noch lebten. Um ein Haar wären sie gestorben – Alberts und ihretwegen. Und Fabien war tatsächlich tot.

Sie hörte Espe neben sich etwas murmeln. »Den Brand können wir gut gebrauchen, um das Duell zu vertuschen. Johann soll den Leichnam hierherschaffen – wir können angeben, dass Señor Ledoux in den Flammen umgekommen ist.«

Rosa wusste, dass Espe das alles tat, um sie und Valeria zu schützen, dennoch packte sie die Wut.

»Wie kannst du so etwas sagen!«, schrie sie. »Fabien ist ...«

Alberts Hand legte sich auf ihren Mund, um sie am Sprechen zu hindern. »Still, so sei doch still!«, rief er und deutete panisch auf Carl-Theodor, der ihren Worten verwirrt lauschte.

Sie wusste, auch er tat gut daran, den Unfall … den Mord zu vertuschen, doch der Hass auf ihn war noch größer als der Zorn auf Espe. Sie schlug seine Hand weg. Sie würde sich nie wieder von ihm berühren lassen.

Zwar sprach sie Fabiens Namen nicht noch einmal aus, aber sie sagte kalt: »Du bist an allem schuld.«

Albert wirkte erschöpft und verzweifelt. »Du«, stammelte er, »du hast mich doch mit ihm betrogen.«

Sie stritt es nicht einmal ab. Selbst wenn es so gewesen wäre, dachte sie, hätte er dennoch kein Recht dazu gehabt, den Nebenbuhler herauszufordern und jene Kette an Unglücksfällen in Gang zu bringen. Sie setzte zu einer wütenden Entgegnung an, doch Carl-Theodor trat zwischen sie.

»Mutter«, stammelte er, »ich kann Mutter nirgendwo sehen. Offenbar ist sie noch im Haus.«

Im Haus, dessen Dachstuhl jetzt unter lautem Ächzen nachgab und dessen Wände unter dem Gewicht zusammenbrachen wie ein Kartenhaus. Eine Wolke aus Rauch, Ruß und Holzteilen verschluckte sie. Blind begann Rosa zu laufen. Als sie endlich stehen blieb, war die Luft nicht mehr so heiß und etwas klarer, aber ihre Kehle schmerzte, als hätte sie Glasscherben geschluckt. Obwohl sie Valeria an sich gepresst hielt, klang ihr Schreien so, als käme es von weit her.

Rosa wusste später nicht mehr, wer ihr das Kind abnahm, die beiden Mädchen fortbrachte und was sie und Albert bis zur Dämmerung taten.

Als die Morgensonne aufstieg, das Ausmaß der Zerstörung offenbar wurde und das Feuer endlich erlosch, wusste sie nur, dass nicht zuletzt ihretwegen zwei Menschen in dieser Nacht gestorben waren – und mit ihnen ein großer Teil ihrer Seele.

11. Kapitel

Rosa konnte nicht essen, nicht sprechen, nicht schlafen. Sie zwang sich zwar dazu, regelmäßig etwas zu trinken, aber sie hatte nicht das Gefühl, ihren Durst zu stillen. In ihr war ja doch nur Wüste; nirgendwo war da ein Stückchen fruchtbarer Boden, auf dem Lebendiges sprießen konnte.

Erst einige Tage nach dem Brand erwachte etwas in ihr, was noch Überbleibsel vom einstigen Überschwang an Gefühlen bewies: Neid. Zu ihrem Erstaunen richtete er sich auf jemanden, der ihn eigentlich am wenigsten verdiente oder provozierte – auf Espe.

Rosa beobachtete sie und stellte mit zunehmendem Befremden fest, dass nie auch nur der geringste Ausdruck von Entsetzen, Trauer oder Betroffenheit in ihrem Gesicht stand – nur Mitgefühl, und nicht einmal das ging bis zum Grund dieser dunklen Augen. Sie war durch und durch beherrscht, verzichtete zwar darauf, Rosa zu massieren wie früher, weil sie wohl ahnte, dass sie keine Berührung ertragen konnte, redete jedoch ruhig und bestimmt auf sie ein.

»Du musst Haltung bewahren, denk an Valeria, bestätige der Polizei, was Albert gesagt hat. Bei der Beerdigung von Adele darfst du ruhig weinen, aber nicht allzu fassungslos sein. Man könnte misstrauisch werden ...«

Eine Weile hörte ihr Rosa stumm zu, doch als Espe ihre Mahnungen ständig aufs Neue wiederholte, wurde sie ärgerlich – und fand die Sprache wieder. »Warum bist du so besonnen?

Warum so ... kalt? Warum konntest du schon in dieser schrecklichen Nacht befehlen, was zu tun war? Gewiss, Fabien stand dir nicht nahe, aber ... aber ...« Ihre Stimme zitterte bedrohlich, doch anstatt in Tränen auszubrechen, atmete sie tief ein und fügte vorwurfsvoll hinzu: »Zwei Menschen starben – und es scheint, dass keinen Augenblick lang dein Herz auch nur ein wenig unruhiger pocht.«
Espe hielt ihrem Blick gelassen stand. »Nun, Fabien war nicht der erste Mensch, den ich sterben gesehen habe«, sagte sie leise.
Rosas Ärger machte der Verwirrung Platz. Sie wusste nicht mehr über Espes Vergangenheit, als dass sie ihrer Mutter treu gedient hatte und von Indianern abstammte. Als Kind hatte sie sich oft ausgemalt, wie Espe einst inmitten einer furchterregenden Wildnis in einem Zelt geschlafen hatte, doch nie hatte sie nachzufragen gewagt, wie ihr Leben tatsächlich ausgesehen hatte, ehe sie in den Dienst der de la Vegas' getreten war. Nicht dass sie nicht neugierig gewesen war – aber trotz aller Wärme in den dunklen Augen hatte Espe immer auch ein wenig unnahbar gewirkt. Wer den Bannkreis überschritt, den sie zwischen sich und der Welt zog, so hatte Rosa stets vermutet, würde sich womöglich schmerzhaft verbrennen.
Auch jetzt fragte sie nicht nach, doch Espe setzte sich zu ihr ans Bett und begann zu erzählen.
»Mein Stamm lebte in der Nähe der Grenze zu Brasilien. Und dort arbeiten, wie du weißt, viele Negersklaven.«
»In Uruguay ist es verboten, Menschen zu versklaven.«
»Ja – und deswegen flohen die Schwarzen reihenweise aus Brasilien. Ihre Besitzer schickten Sklavenjäger hinterher, und einer von ihnen hatte meinen Stamm im Verdacht, den Flüchtigen Unterschlupf zu bieten. Zumindest hat er das als Vorwand genommen, mit einer Truppe Soldaten unsere Siedlung

zu überfallen, die Hütten niederzubrennen und alle Männer zu entführen, auf dass sie die Schwarzen ersetzten.«
»Aber das war doch gegen das Gesetz!«
»Wer in Uruguay hätte schon für mein Volk Partei ergriffen?«, fragte Espe verächtlich. Sie blickte auf ihre Hände, und ihre Stimme wurde dunkel und tief, als sie knapp hinzufügte: »Wer sich wehrte, wurde getötet.«
»Zählte auch deine Familie zu den Opfern?«
Espe schluckte schwer, bevor sie nickte. »Meine Schwester hatte das zweite Gesicht. Sie sah das Unheil kommen und wollte alle warnen, aber niemand hörte auf sie. Ich habe ihr auch nicht geglaubt, doch am entscheidenden Tag lotste sie mich von unserem Dorf weg, und so konnten wir uns in einem Wald verstecken, als die Truppe kam. Aus der Ferne haben wir zugesehen, wie meine Brüder, mein Vater, ihr künftiger Mann und auch meiner entweder starben oder verschleppt wurden. Meine Mutter war so verzweifelt, dass sie sich selbst getötet hat. Viele Frauen folgten diesem Beispiel.«
Sie verstummte.
»Wie schrecklich! Wie grauenhaft!«, rief Rosa. »Und dann?«
»Als die Brasilianer weg waren, haben meine Schwester und ich uns zurück ins Dorf gewagt und dort festgestellt, dass es sich nicht lohnte, die Hütten wieder aufzubauen. Wir stießen auf zu wenig Überlebende, als dass unsere Sippe eine Zukunft gehabt hätte. Deswegen haben wir entschieden, den Ort zu verlassen. Meine Schwester hat Unterschlupf bei einem anderen Stamm gefunden, doch ich hatte Angst, dass ich das gleiche Schicksal erneut erleiden müsste, bliebe ich bei ihnen, und so bin ich nach Montevideo aufgebrochen, um ein ganz neues Leben zu beginnen.«
Ihre Miene kündete nicht von Schmerz und Verzweiflung, sondern war nüchtern wie eh und je.

»Siehst du, so bist du!«, erwiderte Rosa, und trotz ihres Mitleids klang Empörung durch ihre Stimme. »Du erwähnst nicht einmal, wie groß die Trauer gewesen sein musste – als wäre es das Leichteste der Welt gewesen, das zu tun, was zwar vernünftig war, dir aber zugleich das Herz brechen musste.«
Espe ging nicht darauf ein. »Deine Mutter hat mich in ihre Dienste genommen. Sie war gerade aus Valencia in die Stadt gekommen und brauchte eine Dienerin. Ich werde ihr nie vergessen, dass sie mir Arbeit gab und überdies stets gut zu mir war.«
Ja, Gefühle von Dankbarkeit, Treue, Hingabe waren Espe gewiss nicht fremd. Wie aber war sie der dunklen Empfindungen Herr geworden? Wie hatte sie nach dem Grauen weitermachen können?
Rosa stellte die Frage nicht laut, sah sie nur lauernd an.
»Weißt du«, murmelte Espe nach langer Stille, »auf dieser Welt gibt es nur wenig, was wir beeinflussen können. Meine Schwester hatte, wie gesagt, die Gabe des zweiten Gesichts. Aber die gab ihr nur die Macht, die Zukunft vorherzusagen, nicht, sie zu wenden. Niemand kann das. Zu vieles geschieht, das wir ohnmächtig ertragen müssen. Unschuldige sterben, und Bösewichte kommen davon, Arme werden ihres wenigen Besitzes beraubt, die Reichen noch reicher, Kinder verhungern, Frauen bricht man das Herz, Männer fallen im Krieg. Die Welt ist kein schöner Ort. Sie ist ein reißender Fluss voller Strudel; manche gehen darin gänzlich unter, die meisten werden zumindest von den Fluten mitgerissen. Nur dann und wann stoßen wir mit unseren Zehenspitzen auf den Grund oder können uns an einem Ast festhalten. Und in diesen seltenen Augenblicken liegt es an uns, mit ganzer Kraft zuzupacken.«

»Das also ist deine Weisheit«, murmelte Rosa betroffen. »Nicht unter dem zu leiden, was wir ohnehin nicht ändern können ...«
Espe nickte. »Wie wir leben, können wir meist nicht bestimmen. Nur ob wir leben oder aufgeben – das ist unsere Entscheidung. Und wenn man sich fürs Weiterleben entscheidet, so meine ich, dass man sich die Zukunft nicht von der Vergangenheit vergällen lassen darf. Auch, dass man besser nicht im Kreis geht, sondern Schritt für Schritt geradeaus.«
Rosa nickte langsam. Kurz erwachte die Hoffnung in ihr, dass sie stark wie Espe war, dass sie ihr Elend bewältigen konnte und den Kopf aus dem Strudel halten, dass sie nicht zugrunde gehen, sondern nach dieser Tragödie ihr Leben neu anpacken würde.
Doch je länger sie Espe betrachtete, desto bewusster wurde ihr: Deren Nüchternheit und Entschlossenheit täuschten nicht darüber hinweg, dass etwas in ihr zerbrochen war und nie mehr ganz heil werden würde. Das Leben als Geschäft zu sehen, das nichts schenkte, was man nicht selbst mit aller Macht ertrotzte, war sicher klug. Und zugleich unendlich traurig.

Albert fragte sich oft, wann genau sein Leben unwiderruflich zum Alptraum geworden war, aus dem er nicht mehr erwachen würde – ob an dem Tag, als Fabien in ihrem Leben auftauchte, ob schon viel früher, als er und Rosa sich entfremdeten, oder erst mit dem Brand, da nicht länger zu leugnen war: Seine Ehe, ja, sein ganzes Leben war zerstört.
Die Zeit, die auf die Katastrophe folgte, war die quälendste in seinem Leben. Jeden Tag war er überzeugt, dass es ihm nicht länger gelingen würde, die Beherrschung zu wahren und die Wahrheit zu vertuschen, doch jeden Tag wurde es Abend,

ohne dass seine Maske Sprünge bekam. Wie es darunter aussah, interessierte niemanden.

Ganz ruhig stand er die Polizeibefragung durch und sinnierte mit den Beamten über die Ursache des Feuers, bei dem zwei Menschen – Adele Gothmann und Fabien Ledoux – den Tod gefunden hatten. Er war Espe insgeheim dankbar, dass sie veranlasst hatte, den Leichnam in die brennenden Trümmer zu schaffen – es ihr jemals offen sagen konnte er nicht. Er brachte es nicht über sich, Fabiens Namen auszusprechen, denn es war unerträglich genug, dass all sein Denken um ihn kreiste – und der Tatsache, dass dessen Blut an seinen Händen klebte. Die Beamten wiederum behandelten ihn voller Respekt: Schließlich war er ein angesehener Bankier ohne Fehl und Tadel, und niemand hegte auch nur den geringsten Verdacht, dass er eiskalt lügen könnte. Carl-Theodor ahnte vielleicht etwas von den wahren Umständen des Feuers, doch er bohrte nicht nach, sondern schien einzig erleichtert, dass sein Töchterchen noch lebte.

Zur nächsten großen Prüfung wurde das Begräbnis seiner Mutter, an dem alle einflussreichen Familien Frankfurts teilnahmen. Sie sprachen ihm ihr Beileid aus, doch er vernahm ihre Stimmen kaum, starrte auf den Sarg und dachte: Im Grunde habe ich sie genauso getötet wie Fabien.

Auch wenn nie geklärt werden würde, warum in jener Nacht das Feuer ausgebrochen war – er war sicher, dass der Brand vermieden worden wäre, wenn er zu Hause gewesen wäre und sich um die verwirrte Adele gekümmert hätte.

Frau Lore war von allen am meisten erschüttert. »Immer war sie krank – und nun stirbt sie ausgerechnet bei einem solch schrecklichen Unglück.«

Sie weinte die Tränen, die Albert nicht hatte. Er sah auch Rosa nicht weinen. Ein bleicher Schatten war sie, der ihm auswich und – falls sich das nicht vermeiden ließ – voller stummer Vorwürfe anstarrte.

Er ertrug diese nicht, suchte verzweifelt nach Ablenkung und fand diese, als es erste Pläne zu schmieden galt, das Haus im Taunus wieder aufzubauen. Eigentlich empfand er jenen Boden als verflucht, aber das konnte er nicht offen eingestehen, und bis aus den Ruinen ein neues Heim errichtet war, würden ohnehin viele Jahre vergehen. In dieser Zeit würden sie im Stadthaus leben, wo Antonie einige Tage nach Adeles Beerdigung eintraf. Albert fragte sich, ob sie absichtlich so spät gekommen war, und hegte den Verdacht, dass sie nicht aus Trauer schwarze Kleidung trug, sondern weil es sich nun einmal gehörte und es ihr überdies hervorragend stand.

Carl-Theodor begrüßte sie ungewohnt herzlich und suchte in einer innglichen Umarmung offensichtlich Trost zu finden, doch Albert wurde Zeuge, wie Antonie sich unwirsch von ihm löste, und plötzlich stieg kalte Wut auf sie in ihm auf.

»Warum behandelst du deinen Mann so kühl?«, fuhr er sie an. »Immerhin hat er deiner Tochter das Leben gerettet.«

Antonie zeigte nicht den geringsten Anflug von schlechtem Gewissen. »Wie ich hörte, auch deiner«, sagte sie leise. »Wo warst du eigentlich?«

Ehe Albert etwas antworten konnte, traf ihn Carl-Theodors warnender Blick. Halt dich aus meiner Ehe raus, wollte er ihm damit wohl sagen, kümmere dich lieber um deine eigene. Albert wusste es ja selbst – er sollte sich endlich mit Rosa aussprechen, aber er konnte ihr nicht unter die Augen treten. Er fühlte sich schrecklich schuldig, doch wenn er an sie dachte, stieg zugleich das Bild von ihr und Fabien auf, wie sie gemeinsam gelacht und getanzt hatten. Die Eifersucht quälte ihn ebenso wie die Frage, ob sie ihn wirklich betrogen hatte.

Unmöglich konnte er sie fragen. Unmöglich würde sie ihm antworten.

Sie wich nicht nur ihm aus, sondern sprach mit niemandem, zog sich zurück und ließ nur Espe zu sich. Nicht einmal Valeria wollte sie sehen, und Albert war sich sicher, dass sie wieder in Schwermut versunken war und stundenlang weinte. Doch eines Abends, als er mit Antonie und Carl-Theodor beim Dinner saß, gesellte sie sich unerwartet zu ihnen: Ihre Augen waren nicht rot verquollen, sondern wirkten kalt und hart und wegen der schwarzen Kleidung noch dunkler. Ihre Haltung war vornehm, nahezu starr, ihre Schritte sorgsam bemessen, ihr Lächeln schmal und ausdruckslos.

Das war nicht die Rosa, die er kannte.

Er sah, wie Antonie bewundernd die Braue hob, ihm selbst jedoch der Mund trocken wurde. Carl-Theodor war der Erste, der das Schweigen brach.

»Wir haben eine Dinnereinladung der Rothschilds erhalten, und ich denke, wir sollten hingehen«, murmelte er.

»So bald nach Mutters Tod?«

»Es sind nun drei Monate vergangen. Es wird Zeit, dass wir uns wieder am gesellschaftlichen Leben beteiligen.«

Jene drei Monate erschienen ihm wie ein ewig andauernder Tag.

Albert war unschlüssig. Die Vorstellung, unter Leute zu gehen, ihr Mitleid entgegenzunehmen und seine wahren Gefühle zu verschleiern, war ihm unerträglich, doch das konnte er nicht offen zugeben.

Als er das Ansinnen schon abweisen wollte, meldete sich plötzlich Rosa zu Wort.

»Ich finde, wir sollten die Einladung annehmen.«

Albert sah sie verwundert an. Gerade ihr war es doch immer so unangenehm gewesen, sich unter die Leute zu mischen!

Ohne ein weiteres Wort zu sagen, senkte sie ihren Blick und begann, ihre Suppe zu essen. Plötzlich ahnte er – sie hatte in den letzten Wochen kein einziges Mal geweint. Doch diese merkwürdige Starre und Leblosigkeit erschreckten ihn ungleich mehr als ihre Gefühlsausbrüche und Melancholie.

Bis zuletzt zweifelte Albert daran, dass Rosa wirklich bereit war, auszugehen. Er war überzeugt, dass sie kurz zuvor doch noch absagen würde – umso mehr, da sie am Abend der Einladung lange auf sie warten mussten. Antonie und Carl-Theodor waren längst zur Abfahrt bereit, während sie sich nicht blicken ließ. Albert schickte Else nach ihr, doch eine Weile später erschien nicht diese am oberen Ende der Treppe, sondern Rosa.
Albert stockte der Atem, als er seine Frau sah. Carl-Theodor stieß ein lautes Pfeifen aus, und auch Antonie hob sichtlich erstaunt ihre Brauen hoch.
Rosa sah unglaublich schön aus. Sie hatte viel mehr Augenmerk als sonst auf ihre Frisur gelegt: In je drei Puffen, die sorgsam eingedreht worden waren, legte sich das Haar rechts und links an Schläfen und Wangen; der Mittelscheitel war akkurat gezogen, die winzigen Seitenlocken schimmerten. Ihr Kleid mit den drei Reihen Volants am weiten Rock war das prächtigste, das sie jemals getragen hatte. Zwar hatte sie wegen der Trauer auf bunte Farben verzichtet und sich stattdessen für ein dunkles Grau entschieden, aber es stand ihr vorzüglich und unterstrich die Blässe ihres feinen Gesichts. Dazu trug sie Schuhe mit breiten Schnallen, einen indischen Schal mit langen Fransen, mattblaue Handschuhe und ein mit Perlen besticktes Täschchen.
Albert starrte sie fassungslos an.

»Du hast dir alle Mühe gegeben«, sagte Antonie anerkennend. Der übliche Spott wirkte heute nicht bissig, sondern gutmütig.
Rosa schritt langsam die Treppe hinunter. Sie ignorierte Albert und wandte sich direkt an Antonie. »Ich weiß, dass ihr alle über mich gespottet habt. In euren Augen war ich eine Exotin, eine Zirkusattraktion. Aber ich werde nicht länger zulassen, dass ihr über mich lacht.«
Was sie sagte, klang so stolz, so herrschaftlich ... so tot.
Antonie lächelte schmal; Albert wusste nicht recht, ob sie amüsiert war oder gekränkt.
Die Fahrt verlief schweigend und führte zur zauberhaften Villa Grüneburg, in der Anselm und Charlotte Rothschild residierten. Charlotte veranstaltete viele Soireen, Dinners und Feste und begrüßte sie an der Seite ihrer Töchter Julie und Mathilde. Beide machten einen wohlerzogenen Eindruck, doch in Wahrheit tuschelte ganz Frankfurt darüber, dass die beiden heimlich rauchten – nicht etwa Zigaretten, sondern Zigarren.
»Herr Gothmann, wie schön, dass Sie und Ihre Familie trotz des tragischen Unglücks gekommen sind!«, rief ihnen Charlotte entgegen. »Ich kann Ihnen versichern, unser Mitgefühl ist ganz bei Ihnen. Vielleicht hilft der heutige Abend, Sie ein wenig aufzumuntern. Zumindest die Musik könnte dazu beitragen. Robert Schumann zählt heute zu unseren Gästen. Und der berühmte Sänger Rubini wird auftreten.«
Ehe Albert etwas erwidern konnte, trat Rosa vor.
»Das freut mich außerordentlich«, sagte sie mit dieser fremden, ausdruckslosen Stimme. »Von Schumann hört man, dass er seine dritte Sinfonie in Es-Dur in nur einem Monat komponiert hat. Die Uraufführung in Düsseldorf war ein großer Erfolg, auch wenn man ihm nachsagt, dass er mit dem rheinischen Temperament nicht recht warmwird. Ich habe gehört,

dass Sie häufig Musiker in Ihrem Haus empfangen. Wie schade, dass Herr Mendelssohn-Bartholdy nicht mehr unter den Lebenden weilt. Sein Tod kam viel zu früh.«
Alle starrten sie an. Als Charlotte Rothschild und ihre Töchter sich den nächsten Gästen zuwandten, lachte Antonie auf.
»Du hast dich in der Tat gründlich vorbereitet.«
Rosa erwiderte ihr Lächeln auf schale Weise, sagte aber nichts. Albert konnte seinen Blick nicht von ihr nehmen. Wo war sie hin – die schwermütige Rosa, die weinende, die verzweifelte? Wo war sie hin – die lebenslustige, lebendige, lachende? Wer war dieses so vollkommen kontrollierte, nüchterne Wesen unter ihrer Maske?
Er schwankte zwischen Faszination, Entsetzen und Trauer. Er ahnte, fortan würde sie ihre Rolle perfekt spielen – aber nicht aus Liebe zu ihm, sondern weil ihr keine andere Wahl blieb. Sie konnte ihn nicht des Mordes anklagen, konnte nicht ihre Scheidung durchsetzen und ihn verlassen, weil darunter nicht nur ihr Ruf, sondern vor allem der von Valeria gelitten hätte. Um der Tochter willen würde sie nach außen hin eine vorzügliche Ehefrau abgeben – doch nichts mehr mit dem Herzen machen, mit Leidenschaft, mit Freude.
Charlotte Rothschild sagte etwas, und Rosa antwortete. Er verstand es nicht, aber es musste klug und geistreich sein, denn Antonie lachte wieder auf, und Carl-Theodor nickte anerkennend.
Er selbst konnte nur denken: Ich habe sie getötet. Ich habe sie genauso getötet wie Mutter und Fabien Ledoux.

Es war spät am Abend, aber Rosa konnte immer noch nicht schlafen. Eine Weile ging sie in ihrem Schlafgemach auf und ab, dann hielt sie es nicht mehr aus und schlich nach unten in den Salon. Erst jetzt fiel ihr ein, dass beim Brand ihres Landhauses auch die farbenfrohe Tapete, die ein fernes Land zeigte, zerstört worden war. Hier in der Neuen Mainzer Straße waren die Wände grau und nüchtern.

Zum ersten Mal seit der Katastrophe traten Tränen in ihre Augen. Das Landhaus würde wieder aufgebaut werden, aber nie wieder würde sie jene Wandtapete betrachten und sich kurz in ihre Heimat versetzt fühlen.

Ein Geräusch ließ sie zusammenzucken, und rasch schluckte sie ihre Tränen herunter. Noch ehe sie sich umdrehte, ahnte sie, dass Albert hinter ihr stand – wie sie unfähig, Schlaf zu finden. Auf seinen trostlosen Anblick war sie jedoch nicht vorbereitet. Seine Haare, ansonsten schön frisiert, standen nach allen Seiten ab. Sein Blick war glasig, seine Schritte gerieten schwankend.

Als er auf sie zuging, wollte sie am liebsten zur Treppe nach oben flüchten.

»Bitte!«, rief er flehentlich. »Bitte bleib!«

Sie erstarrte.

»Rosa ... was ich dir sagen wollte ...« Seine Zunge stieß beim Reden an seine Zähne an. »Ich danke dir ... dein Auftritt ... wie vornehm ... du ...«

Er rang nach Worten.

»Ich weiß«, sagte sie schlicht.

Er senkte seinen Blick. »Nur deinetwegen ist der Name Gothmann nicht beschmutzt. Ich meine ... dass du wegen Fabiens Tod geschwiegen hast, das ist ... das war ...«

Sie hob abwehrend die Hände. Erst jetzt merkte sie, wie kalt ihr war. Sie hatte noch nie so gefroren wie jetzt, nicht einmal in jener Nacht, da sie ins Freie geeilt war, um das Duell zu verhindern.

»Sprich seinen Namen niemals aus!«

Albert ließ die Schultern hängen. »Ich habe Fehler gemacht, schlimme Fehler. Ich habe dich vernachlässigt, ich war eifer-

süchtig, ich habe mich von meinen Gefühlen zu einer großen Dummheit hinreißen lassen ... Aber Rosa, gib unserer Liebe eine Chance! Ich verspreche dir, ich werde alles besser machen. Wenn wir noch einmal neu beginnen, dann ...«
»Es ist zu spät.« Ihre Stimme war so eiskalt wie ihre Hände.
Er wankte, als hätte sie ihn geschlagen. »Warum?« fragte er heiser. »Weil ich ... ihn getötet habe? Oder weil du ihn liebtest?«
Sie schwieg. Wenn sie an Fabien dachte, hörte sie immer noch seine Musik. Ihr zu lauschen, hatte sie mit jeder Faser genossen, doch wenn er nicht gerade Klavier spielte, hatte ihr Herz bei seinem Anblick nie schneller gepocht. Nein, sie hatte ihn nicht geliebt. Doch das würde sie nie zugeben. Wenn Albert dachte, dass sie ihn mit Fabien betrogen hatte, würde er in diesem Glauben weiterleben müssen, und wenn ihm darob das Herz zerriss, dann würde er nachfühlen können, was in ihrem vorging, als sie ihre Liebe sterben sah – die zu ihm, ihrem Mann, nicht etwa zu ihrem Gesangslehrer.
Schweigend wandte sie sich ab und ging zur Treppe. Als er ihr folgen wollte, hob sie erneut abwehrend die Hand.
»Bleib mir fern! Ich will nicht, dass du jemals wieder in mein Schlafzimmer kommst.«
Seine Augen waren gerötet – sie war nicht sicher, ob vom Alkohol oder vor unterdrückten Tränen. Er gehorchte und kam ihr nicht zu nahe, klammerte sich jedoch ans Treppengeländer, um nicht hinzufallen.
»Bitte verlass mich nicht! Geh nicht fort.«
»Ich gehe nicht. Ich bleibe. Nicht bei dir, aber bei meiner Tochter. Für alle anderen kommt das auf dasselbe raus. Ganz Frankfurt wird denken, dass wir eine glückliche Ehe führen, aber für mich bist du nicht mehr mein Mann.« Sie zögerte

kurz, und die aufgesetzte Starre bekam Sprünge; etwas Hitziges brach sich seine Bahn: »Ich hasse Frankfurt«, zischte sie, »ich hasse die Menschen hier, und ich hasse den Regen. Aber ich kann nun nicht mehr nach Montevideo zurückkehren. Es war der größte Fehler meines Lebens, dir in dieses Land gefolgt zu sein. Hätte ich bloß auf meinen Vater gehört und Ricardo del Monte geheiratet. Lieber würde ich an der Seite eines Greises leben als an der eines Mörders.«
Bei jedem Wort zuckte Albert zusammen.
Sie sah, dass er den Mund öffnete, aber nichts hervorbrachte, und er hielt sie auch kein weiteres Mal auf, als sie nach oben ging. Mit jeder Stufe, die sie zurücklegte, gewann die Kälte in ihr wieder Oberhand. Kälte, die sie vor Entsetzen und Schmerz und Heimweh schützte und die sie zugleich zum einsamsten Menschen Frankfurts machte.

Carl-Theodor ordnete gemeinsam mit Frau Lore den Nachlass seiner Mutter, und mit jedem Stück, das sie in Seidenpapier wickelten, um es auf dem Dachboden zu verstauen – ob eine Brosche, ihre Ohrringe oder das Büchlein, worin sie Rezepte aufgeschrieben hatte – wurde ihm weher ums Herz.
Er trauerte um seine Mutter, wie er um seinen Vater getrauert hatte – mit leiser Verwirrung, dass der Schmerz so tief ging, und Wehmut, weil er ihnen zu Lebzeiten seine Zuneigung nicht hatte beweisen können. Am bittersten war die Erkenntnis, dass es kaum einen Unterschied gemacht hätte, jede Wärme, jede Liebe ja doch abgeprallt wäre – ob nun an der Härte des Vaters oder dem Selbstmitleid der Mutter. Sie hatten in ihrer eigenen Welt gelebt und die Tür dazu auch vor den Söhnen verschlossen gehalten.
Es ist wie bei Antonie, dachte er bestürzt.

»Werden Sie … werden Sie nun bald nach Hamburg fahren?«, fragte Frau Lore. Sie hatte in den letzten Wochen oft um Adele geweint, aber als pragmatische Frau, die sie war, war sie längst wieder zu ihrem gewohnten Tagesrhythmus zurückgekehrt.
Carl-Theodor nickte. »Meiner Frau bekommt das Klima dort. Und ich werde aus geschäftlichen Gründen gebraucht. Außerdem geht es bald wieder nach Montevideo.«
»Und werden Sie Claire mitnehmen?«
Wieder nickte er. Bis vor kurzem war er überzeugt gewesen, es wäre besser, sie der vertrauten Umgebung nicht zu entreißen. Doch nun war nicht nur das Anwesen im Taunus abgebrannt, sondern die Stimmung im Stadthaus merklich erkaltet. Rosa und Albert sahen sich seit dem Brand nicht mehr in die Augen und behandelten einander wie Fremde.
Was genau sie nach vielen Krisen endgültig entzweite – er wusste es nicht. Er dachte nur schweren Herzens, dass es in dieser Familie keine Liebe gab: Seine Eltern hatten sich nie geliebt, er Antonie nur einseitig, und Rosa und Albert waren unfähig, ihre Liebe zu pflegen.
Als er das Gemach seiner Mutter verließ, fühlte er sich trostlos wie selten, und der Blick auf die grauen Wände und das schlichte Mobiliar hoben seine Stimmung kaum. Er fühlte sich erst wieder ein bisschen leichter, als er das Kinderzimmer betrat und Claire erblickte – die blonden Haare zu zwei akkuraten Zöpfen geflochten, die Wangen rosig und das graue Kleidchen ohne Riss oder Flecken, wie sie Valerias Kleidung so oft abbekamen. Claire saß auf ihrem Schaukelpferd und versuchte, möglichst lautlos zu schaukeln.
»Was machst du denn da?«, fragte Carl-Theodor lächelnd.
»Pst!«, raunte Claire ernsthaft. »Sie muss doch schlafen.«
Carl-Theodor folgte ihrem Blick und sah, dass Valeria über das Spiel mit ihrer Puppenküche eingeschlafen war.

»Die Gouvernante sagt, sie schläft viel zu selten«, fuhr Claire mit altkluger Stimme fort. »Und sie läuft viel zu schnell und lacht viel zu laut.«
Carl-Theodor sah von Valeria nicht mehr als einen Kranz dunkler Locken, die ihr ins Gesicht gefallen waren. Er trat zum Schaukelpferd. »Dann wollen wir sie weiterschlafen lassen, was meinst du?«
Claire nickte ihm verschwörerisch zu. Lautlos traten sie auf den Gang. »Wirst du noch lange in Frankfurt bleiben?«, fragte Claire, und ihre Augen blickten plötzlich groß und traurig. Bis jetzt hatte sich Carl-Theodor nicht viele Gedanken gemacht, was seine häufige Abwesenheit in der Kleinen auslöste, nun erkannte er betroffen, dass sie ihn mehr vermisste, als er sich bewusst gewesen war.
Er kniete sich zu ihr, so dass sie auf einer Augenhöhe waren. »Ich muss tatsächlich bald verreisen«, sagte er, »aber weißt du was: Diesmal kommst du mit.«
»Mit dem Schiff?«, fragte Claire aufgeregt. »Verreist du mit dem Schiff?«
»Nein, zunächst nur mit der Eisenbahn. Aber auch das ist aufregend. Auf dem Schiff kannst du mich noch nicht begleiten. Wenn ich über den Ozean fahre, wirst du bei Maman in Hamburg bleiben.«
»Hamburg …«
»Das ist eine große Stadt in der Nähe des Meeres. Es gibt dort einen Hafen …«
»Das weiß ich doch!«, fiel Claire ihm ins Wort. »Du hast mir schon so oft davon erzählt.«
»Nun, bald wirst du diese Stadt selbst kennenlernen.«
Claire hatte eben noch gelächelt, wurde nun jedoch schlagartig ernst. Bedauernd zuckte sie die Schultern. »Aber das geht doch nicht!«, rief sie aus.

Carl-Theodor starrte sie verwundert an. »Warum denn nicht?«
»Ich muss doch auf Valeria aufpassen«, verkündete sie und stemmte ihre Hände in die Hüften.
Carl-Theodor runzelte die Stirn. »Valeria macht doch einen fröhlichen, starken Eindruck. Denkst du nicht, sie kommt ohne dich zurecht?«
Claire schüttelte den Kopf, ehe sie sich zu ihm beugte und in sein Ohr flüsterte: »Valeria hat manchmal Angst vor dem Finstern. Nach dem Feuer noch mehr als zuvor. Und Valeria ist schrecklich frech. Sie gehorcht nur mir ... der Gouvernante überhaupt nicht.«
Carl-Theodor ahnte, dass das maßlos übertrieben war, und musste sich zugleich eingestehen, dass er unterschätzt hatte, wie eng das Band der beiden Mädchen war. Während er noch nachdachte, was er tun sollte, war Claire zurück in die Kinderstube gelaufen, und als er ihr wenig später folgte, sah er, dass sie sich an Valeria gekuschelt hatte.
»Du willst also lieber bei Valeria bleiben als mit mir kommen?«, fragte er gedehnt. Er wusste, Antonie würde es nie und nimmer gutheißen, dass er eine Entscheidung wie diese einem dreijährigen Kind überließ. Aber Claire kam ihm in diesem Augenblick so groß vor ... so weise.
»Natürlich!«, sagte sie und legte rasch den Finger auf den Mund, zum Zeichen, dass er nicht zu laut reden dürfte.
Carl-Theodor betrachtete die beiden Mädchen gerührt. Wenn er an sein künftiges Leben mit Antonie dachte, fühlte er nichts als leisen Überdruss – und wahrscheinlich ging es Albert ähnlich, wenn er sich seine Zukunft mit Rosa ausmalte. Aber diese Mädchen standen sich so nahe wie Schwestern.
Es gibt sie ja doch, dachte er bewegt. Es gibt ja doch Liebe in dieser Familie.

Zweites Buch

*Valeria und Claire ~
die Liebenden*

1866~1870

12. Kapitel

Valeria kaute an ihrem Griffel, doch das weiße Blatt vor ihr schien sie regelrecht auszulachen. Ihr fiel absolut nichts Vernünftiges ein, was sie schreiben konnte, und der strenge Blick von Fräulein Claasen machte es nicht besser. Diese schritt die Reihen auf und ab, und ihre Lippen wurden jedes Mal noch schmaler, wenn sie an Valeria vorbeikam. Zwar deckte Valeria das noch leere Blatt ab, aber Fräulein Claasen schien zu ahnen, dass sie einfach nicht vorankam. Wie denn auch?, dachte Valeria ungehalten. Es war schließlich ein Artikel aus dem *Töchter-Album* von Thekla von Gumpert, das erbauliche und lehrhafte Geschichten sowie Anstandsregeln enthielt, zu dem sie einen Aufsatz schreiben sollte. Die Geschichten hatten miteinander gemein, dass sie schrecklich langweilig waren, und wenn man die Regeln einhielt, wurde man mit der Zeit wohl so hohl im Kopf, dass man die Langeweile nicht bemerkte.

Fräulein Claasen blieb neben ihr stehen. »Was gab es zu Mittagessen?«, fragte sie.

Valeria blickte verwundert hoch. »Erbsensuppe«, sagte sie rasch.

»Und das hat Sie nicht satt gemacht?«

Was für eine Frage? Satt war sie schon, aber das Essen im Pensionat war ein schrecklicher Fraß!

»Doch«, erklärte sie schnell.

Fräulein Claasen fuhr streng fort: »Und warum müssen Sie dann Ihren Griffel aufessen?«

Aus dem Mund einer anderen hätte dieser Tadel Humor verheißen, doch Fräulein Claasens Lippen blieben schmal. Frau Miesepeter, nannten Claire und sie die Erzieherin oft – und Valeria bedauerte zum wiederholten Mal, dass Claire keine Schülerin des Pensionats mehr war. Claire hätte sie abschreiben lassen, während die anderen Mädchen nicht daran dachten und sie nun wegen Frau Claasens Tadel höhnisch angrinsten.
Valeria schluckte ihren Ärger hinunter und tat, als würde sie demütig zu Boden blicken. Das Kleid von Frau Claasen war bodenlang – und aus dem Saum hatte sich ein Faden gelöst. Nur mühsam unterdrückte Valeria ein Auflachen. Fräulein Claasen sah nicht nur wie eine Krähe aus, sondern war immer akkurat frisiert und gekleidet, und der heutige Makel brachte Valeria auf eine Idee. Wenn Claire hier gewesen wäre, hätte sie sie gewiss davon abgehalten, aber so spann sie den Gedanken weiter.
Ehe sie den Plan allerdings in die Tat umsetzen konnte, ging Fräulein Claasen schon weiter.
Valeria seufzte und tat so, als würde sie den Stift kreisen lassen. Es war ja noch schwerer, diesen Aufsatz zu schreiben, als Briefe an ihre Eltern zu verfassen!
Auch dann saß sie meistens vor einem weißen Blatt Papier, denn sie hatte Rosa und Albert Gothmann nichts zu sagen, zumal deren Briefe nur mit Phrasen gefüllt waren. Immer wieder verliehen sie ihrer Hoffnung Ausdruck, dass es ihr gutginge, dass sie Fortschritte machte und dass sie ihnen Ehre einbrachte, doch Valeria hatte nicht das Gefühl, dass es sie wirklich interessierte. Wegen ihrer Streiche wurde sie von der hiesigen Direktorin oft bestraft – niemals aber, wenn sie im Sommer und zu Weihnachten nach Hause kam, obwohl man dort von ihren Schandtaten wusste. Ohne Zweifel – es war

schrecklich langweilig im Mädchenpensionat, aber noch unerträglicher war es zu Hause. Sie war jedes Mal froh, wenn die Schule wieder begann und sie der kühlen Atmosphäre entfliehen konnte, zumindest solange sie Claire im Pensionat an ihrer Seite wusste.

Dieses Jahr war leider alles anders: Nach dem Tod ihrer Mutter war Claire in Hamburg bei ihrem Vater geblieben und half ihm dabei, den Haushalt zu führen. Valeria stellte sich das schrecklich öde vor, und sie hatte auch nie verstanden, dass Claire ihren Vater von Herzen liebte und seine Nähe genoss.

Fräulein Claasens Schritte kamen näher, und natürlich blieb sie wieder neben Valeria stehen. »In einer halben Stunde ist Abgabe«, mahnte sie.

Und sie hatte noch keinen Satz geschrieben!

Sei's drum, dachte sie trotzig und stieg auf den Faden, der von Fräulein Claasens Kleid hing. Als diese weiterging, trat ein, was sie erhofft hatte: Der Saum begann, sich aufzutrennen.

Valeria grinste, und die anderen Mädchen taten so, als hätten sie nichts gesehen. Sie mochten Valeria nicht, doch Fräulein Claasen mochten sie noch weniger. Keine hatte sich jemals an einem von Valerias Streichen beteiligt – aber insgeheim hatten sich alle darüber gefreut.

Nur Claire hätte sie dafür getadelt. Claire war immer die Vernünftigere gewesen, schon als Kind: Beim Baumplündern zu Weihnachten hatte sie sich stets vornehm zurückgehalten, und bei der Ostereiersuche hatte sie nur nach Verstecken Ausschau gehalten, die angemessen waren, während Valeria die Gelegenheit genutzt hatte, auf Bäume zu klettern und in der Vorratskammer Unfug anzustellen. Einmal war sie in ein leeres Fass gekrochen und fast nicht mehr herausgekommen. Claire war auch immer viel sauberer gewesen und trug ihr weißes Mullkleid mit Schärpe ohne Widerwillen. Nie war es beim Spiel irgendwo hängengeblieben und gerissen. Und als ihnen Carl-Theodor 1855 von der Pariser Weltausstellung zwei bewegliche Babypuppen aus Gussmasse mitgebracht hatte, hatte Claire hingebungsvoll damit gespielt, während Valeria die ihre sofort kaputt gemacht hatte.

Im Pensionat hatte sich ihr Verhalten fortgesetzt. Claire war bei sämtlichen Lehrerinnen beliebt, Valeria hingegen allen ein Dorn im Auge.

Obwohl Claire am liebsten Bücher las, bewies sie auch bei den hauswirtschaftlichen Fächern Höchstleistungen, allen voran im Nähen. Wahrscheinlich hätte sie auch flugs Fräulein Claasens Saum wieder festgenäht – so aber wurde der Faden immer länger, und der Stoff schleifte am Boden.

Claire hatte schon als Kind gerne Nähkränzchen veranstaltet, bei denen Weihnachtsgeschenke für arme Kinder angefertigt wurden. Und sie hatte liebend gerne an Wohltätigkeitsbasaren teilgenommen, um arme Leute zu verköstigen: Valeria hatte das stets gehasst, aber wenn sie an die Erbsensuppe vom Mittagessen dachte, wurde sie ganz gierig auf die Leckereien, die dann aufgetischt worden waren: Bouillon, Gurkenbrötchen, Plätzchen und Törtchen ...

Genießerisch schmatzte sie. Ach, warum war Claire nach Antonies Tod nur in Hamburg geblieben?

Ein schriller Schrei riss sie aus den Gedanken. Fräulein Claasens Blick war auf den Saum ihres Kleides gefallen. Prompt verfolgte sie den Verlauf des Fadens, und Valeria zog den Fuß zu spät zurück. Die anderen Mädchen schafften es, ausdruckslose Gesichter zu machen, doch Valeria prustete los.

Wutentbrannt kam Frau Claasen auf sie zu.

»Das wird ein Nachspiel haben, Fräulein Gothmann, das können Sie mir glauben!«

Wenig später saß Valeria vor der Direktorin des Pensionats, Thekla Widmayr. Es war nicht zum ersten Mal, dass sie nach einem Streich eine ordentliche Standpauke über sich ergehen lassen musste, doch heute war das Gesicht von Fräulein Widmayr ungewohnt ernst. Für gewöhnlich war sie viel humorvoller als Fräulein Claasen – und entsprechend milder, wenn es um die Bestrafung ging.

Während Fräulein Claasen wohl aus purer Not Lehrerin geworden war, ihre Arbeit aber mehr als Last denn als Erfüllung sah, wie die verhärmte Miene bekundete, führte Fräulein Widmayr das Pensionat mit großer Leidenschaft. Vielleicht hatte auch sie einmal einen anderen Lebenstraum gehabt, doch ihr war es ganz offensichtlich gelungen, den aus Not erwählten Beruf kurzerhand zu diesem zu machen.

Claire mochte sie, auch wenn sie sie oft dafür kritisierte, dass in diesem Pensionat – anders als in fortschrittlicheren Schulen – die Mädchen nicht in Physik und Naturgeschichte unterrichtet wurden, sondern man am traditionellen Fächerkanon festhielt, der vor allem Lektionen in Französisch, Sticken, Zeichnen und Klavierspiel vorsah.

Valeria war es egal, was unterrichtet wurde – grundsätzlich fand sie alle Fächer langweilig und mochte keine der Lehrerinnen. Mit gutem Willen betrachtete sie Fräulein Widmayr als Ausnahme – zumindest bis heute.

»Sitz gerade!«, befahl diese eben streng.

Valeria unterdrückte ein Seufzen. Von allen Unterrichtsfächern fand sie den Kurs am unsinnigsten, in dem die Mädchen nicht nur Tanzen, sondern korrekte Körperhaltung lernten. Stakkatoartig waren dann Befehle zu hören wie: Geh mit durchgestrecktem Rücken, mach nicht so große Schritte, reck das Kinn nicht stolz in die Luft, fuchtele nicht mit den Armen!

Noch schlimmer war nur der Kurs »Sittsames Benehmen«. Valeria fand, dass der Name eigentlich nicht zutreffend war. Viel passender wäre der Titel »Wie bekomme ich Standesdünkel« gewesen. Sie fand es ermüdend, wie den höheren Töchtern ständig eingeredet wurde, dass sie etwas Besseres waren und dass sie niemals mit ihrer Hände Arbeit Brot verdienen mussten. Das tat schließlich der werte Ehemann für sie. Und um einen solchen zu bekommen, reichte es, anmutig und liebenswürdig, aber nicht klatschsüchtig zu sein, bewandert in der Haushaltsführung, aber nicht gebildet, stets aufmerksam, aber nie neugierig.

Valeria konnte sich das Leben, auf das sie hier allesamt eingeschworen wurden, nur schwer vorstellen. Sie wusste: Irgendwann würde sie heiraten, weil das schließlich alle taten und aus den wenigen Frauen, die keinen Bräutigam fanden, verschrobene Tanten wurden, die man nur widerwillig im Haushalt des Bruders oder Vaters duldete. Doch zuvor wollte sie etwas erleben – etwas, das sie glücklich machte, welterfahren und alle ihre Sehnsüchte erfüllte.

»Sag, hast du mir überhaupt zugehört?«, fragte Fräulein Widmayr streng.

Valeria war so in Gedanken versunken, dass sie nicht einmal bemerkt hatte, wie diese ihre Standpauke eröffnet hatte. Sie senkte den Blick, um Schuldbewusstsein vorzutäuschen.

»Ich bin Fräulein Claasen nur versehentlich auf den Saum getreten – wirklich!«

»Davon habe ich gar nicht gesprochen.«

Valeria schwieg betreten.

»Du bist nun achtzehn Jahre alt – und für ein Mädchen somit viel zu lange auf der Schule.«

»Die Burschen gehen doch auch so lange aufs Gymnasium.«

»Nun, die müssen auch viel lernen, um später zu studieren ... Mädchen brauchen keinen Schulabschluss.«

Valeria wusste: Aussagen wie diese machten Claire rasend. Ihr selbst war es zwar nur recht, wenn sie so wenig wie möglich lernen, lesen und schreiben musste, aber sie konnte sich nicht verkneifen, sich Claires Argumente zu eigen zu machen, wenngleich sie nur aus Trotz, nicht aus Überzeugung widersprach: »Also haben Sie das Pensionat nur gegründet, um Eltern die Möglichkeit zu geben, ihre Töchter irgendwo aufzubewahren, bis diese alt genug sind, um zu heiraten? Und nicht etwa, um jungen Frauen Bildung zu vermitteln und einen Schulabschluss anzustreben?«
»Hüte deine Zunge! Im Übrigen habe ich soeben deinem Vater geschrieben und ihn gebeten, dich abzuholen.«
Valeria hob entsetzt den Blick. Unmöglich, dass ein harmloser Streich solche schwerwiegenden Folgen hatte!
»Sie schmeißen mich raus?«, entfuhr es ihr bestürzt.
Das Schweigen der Direktorin war Antwort genug. Immerhin war Fräulein Widmayr bereit, etwas milder hinzuzufügen: »Es liegt nicht nur an deinem Benehmen. Wir denken einfach, dass du nicht länger in das Pensionat passt, nicht zuletzt wegen deines Alters. Deine Eltern haben sicher große Pläne …«
Valeria konnte sich nicht vorstellen, dass Rosa und Albert sich irgendwelche Gedanken über ihre Zukunft machten. Ihr selbst erschien diese Zukunft plötzlich unerträglich trist: Ein Leben in ihrem Landhaus im Taunus oder gar in Frankfurt war noch öder als die Kurse im Pensionat. Es bedeutete, stundenlang auf Empfängen, Soireen und Bällen zu lächeln, bis einem der Mund weh tat, obendrein in Gesellschaft der eisigen Eltern, die sich wie immer anschweigen würden, und dazu verpflichtet, Konversation mit Bankiers wie ihrem Vater zu betreiben, die nur über Geschäfte sprachen. Erst letzten Sommer war sie während der Ferien einem jungen Mann vor-

gestellt worden, der so eifrig über die Chancen referierte, die die neugegründeten Sparkassen insbesondere für arme Leute boten, dass sie ständig seine Speicheltröpfchen abbekam. Der Benimmkurs sah leider keine Lehreinheit vor, in der man übte, sich unauffällig das Gesicht abzuwischen. Wie unerträglich das alles war, zumal seit letztem Sommer auch nicht mehr länger nur über langweilige Geschäfte gesprochen, sondern überdies ständig über die preußische Besatzung geklagt wurde!
»Aber ...«, setzte sie an. Sie überlegte fieberhaft, wie sie die Direktorin noch umstimmen konnte, aber ihr fiel kein Argument ein. Vielleicht konnte sie es mit Tränen versuchen ... doch während sie noch nachdachte, ob es ihr überhaupt gelingen würde, echte Tränen zu weinen, ging ihr etwas durch den Sinn.
Nur weil sie hier nicht mehr geduldet wurde, bedeutete das noch lange nicht, dass sie nach Frankfurt zurückkehren musste ...
»Wann wird mein Vater anreisen?«, fragte sie.
»Ich nehme an, dass er es wegen seiner vielen Geschäfte erst nächste Woche einrichten kann.«
Das war Zeit genug.
Wieder senkte sie ihren Blick. »Es war mir eine große Freude, hier zur Schule gehen zu dürfen.«
Die Direktorin sah sie wahrscheinlich überrascht an, doch bevor sie den unerwarteten Anflug von Sittsamkeit hinterfragte, hatte sich Valeria schon erhoben und den Raum verlassen.
Ihre Schritte hallten über den Marmorboden. Nur mit Mühe verkniff sie sich ein triumphierendes Lächeln, bis sie den Schlafsaal erreicht hatte.
Dort öffnete sie rasch die Schatulle, in der sie all ihre Kostbarkeiten aufbewahrte – den Schmuck, den sie von ihrer Groß-

mutter Adele geerbt hatte, und, unter dem roten Samt verborgen, das Geld. Ihre Eltern schickten es regelmäßig, damit sie sich passend einkleiden konnte, aber Valeria begnügte sich damit, in der Freizeit ebenfalls die blaue Schuluniform zu tragen. Anders als Claire gab sie ihr Geld auch nicht für Bücher aus.

Hastig zählte sie die gesparten Scheine ab. Sie hatte keine Ahnung, wie lange sie mit diesem Betrag auskommen würde, doch um den ersten Schritt ihres Plans umzusetzen, sollte das Geld reichen.

Claire ließ ihr Buch sinken und lauschte nach draußen. So kurz vor ihrer Abreise nach Montevideo empfing ihr Vater noch viele Gäste in seinem Hamburger Stadthaus. Meist war es langweilig, den Gesprächen zuzuhören, weil sie ausschließlich um Geschäfte kreisten, aber seit einigen Tagen kamen vor allem die vielen Familien zu Besuch, die nach Uruguay auswandern wollten.

Erst kürzlich hatte die dortige Regierung eine Kolonisationsgesellschaft ins Leben gerufen, und Carl-Theodor Gothmann unterstützte sie, indem er Informationen über Land und Leute hier in Hamburg weitergab. Das lockte immer mehr auswanderungswillige Deutsche in das edle Stadthaus – die meisten aus Bremen und Lübeck –, die ihn baten, ihre Papiere zu prüfen und ihnen Reisetipps zu geben. Die meisten waren einfache Leute – Matrosen und Landarbeiter, Tagelöhner und Handwerksgesellen –, aber es waren auch Möbelhändler und Schreiner dabei, Sattler und Kaufleute, die sich schon jetzt ihr Geld mit Import und Export verdienten und sich von der Ausreise neue Kontakte erhofften.

Auch ein paar Frauen kamen, die demnächst nach Uruguay reisen würden, um dort einen Landsmann zu heiraten. Während sich etliche von diesen eine Frau aus der Banda Oriental als Künftige erkoren hatten, legten einige wenige Wert darauf, sich die Bräute aus der einstigen Heimat zu holen und darauf zu zählen, dass – wo Bräuche und Sprache die gleichen waren – auch das Eheleben besser harmonierte.

Claire hatte bislang sehr zurückgezogen gelebt und die Freiheiten genossen, die der Vater ihr ließ. Ihre Haushälterin Frau Grotebeck hätte es zwar gerne gesehen, wenn sie die Haushaltsführung übernommen hätte, aber Claire war es unangenehm, die Dienstmädchen zurechtzuweisen, wenn in einer Ecke Staub wucherte, und herzlich egal, welche Menüfolge sich die Köchin ausgedacht hatte. Und gottlob verlangte ihr Vater nicht von ihr, mehr Engagement zu zeigen, anstatt sich mit ihren Büchern in ihrem Zimmer zu verkriechen. Dieser Tage lugte sie allerdings oft durch den Türspalt und betrachtete die ärmlich gekleideten Menschen, die bald die Reise antreten würden, mit unverhohlenem Respekt. Sie waren ohne Zweifel sehr mutig, sich auf dieses Wagnis einzulassen, obwohl sie nicht gewiss sein konnten, in der Fremde genug Geld zu verdienen, um sich und die ihren durchzubringen, und obwohl die Kolonisationsagenten deutlich eine klare Warnung ausgesprochen hatten: Wer es hier in Deutschland nicht geschafft hatte, sich eine Existenz mit einträglichem Auskommen aufzubauen, würde es in Uruguay womöglich erst recht nicht weit bringen.

Noch mehr faszinierten sie die Frauen, die zu künftigen Bräutigamen reisten – Männern, die sie zuvor noch nie gesehen, sondern mit denen sie bestenfalls ein paar Briefe ausgetauscht hatten. Claire wäre an ihrer statt vor Aufregung gestorben. Nun gut, auch sie selbst würde bald in die Fremde aufbrechen und die weiteste Reise antreten, die sie je gemacht hatte, aber sie würde es an der Seite ihres geliebten Vaters tun.

Sie freute sich schon seit Wochen darauf. Anders als Valeria war sie immer gern aufs Pensionat gegangen, um dort zu lernen, aber nach dem Tod ihrer Mutter wollte sie ihren Vater nicht alleine lassen. Sie hatte behauptet, dass ihr an seiner Seite schon niemals langweilig werden würde, solange sie Bücher hatte. Aber insgeheim dachte sie manchmal, dass sie noch zu jung war, um den stets gleichen Tagesablauf zu genießen, und als er ihr vorgeschlagen hatte, sie einmal nach Montevideo zu begleiten, war ihr das als willkommene Abwechslung erschienen. Auch ihrem Vater, der oft in Melancholie versank, würde der baldige Aufbruch guttun.
Claire legte ihr Buch zur Seite, verließ das Zimmer und ging die Treppe nach unten. Dicke Teppiche dämpften ihre Schritte, samtene Vorhänge hielten alles Tageslicht fern. Im Haus war alles gediegen – und dunkel.
Einst hatte es Antonie so eingerichtet, die vor einigen Monaten ganz plötzlich gestorben war – zumindest hatte es für die anderen diesen Anschein gehabt. In Wahrheit hatte sie wohl schon länger an einer Frauenkrankheit gelitten, wie ihr Hausarzt nach ihrem Tod bestätigte, ohne konkreter zu werden. Antonie hatte sich wie immer beherrscht gezeigt und niemandem verraten, welche Schmerzen ihr zusetzten. Ihr Vater hatte gemeint, dass sie ihre Familie hatte schonen wollen, aber Claire ahnte, dass es ihr eher darum gegangen war, Distanz zu wahren. Niemals hatte sie ihre wahren Gefühle offenbart – warum sollte sie ausgerechnet die Angst vor dem Tod oder das Bedauern über ein zu kurzes Leben teilen. Sie starb mit dem ihr eigentümlichen Lächeln auf den Lippen, das stets etwas zu kalt und zu spöttisch gewesen war, um freundlich zu wirken.
Ihr Tod hatte ihren Vater in Verzweiflung gestürzt, obwohl er und seine Frau sich längst entfremdet hatten, und wenn-

gleich Claire aufrichtiges Mitleid mit ihm hatte – sie selbst weinte keine einzige Träne. Sie wollte keine Trauer heucheln, die sie nicht fühlte, und war sich sicher, dass ihre Mutter auf so ein Verhalten stolz gewesen wäre, auch wenn sie das ebenso wenig zugegeben hätte wie die heimliche Freude, dass ihre Tochter ein wissbegieriges Mädchen und eine Büchernärrin war.

Claire erreichte das Erdgeschoss und hörte ihren Vater murmeln. Sein Gegenüber war offenbar kein Auswanderer, sondern ein angesehener Bürger Hamburgs, der in Montevideo Konsul werden sollte.

»Mir ist es wichtig«, erklärte der Mann eben, »dass der Zusammenhalt der Deutschen gestärkt wird. Ich habe gehört, dass sie bis jetzt nicht viel miteinander zu tun haben und sich vielmehr an die Engländer halten würden. Im Fremdenclub hätten allein diese das Sagen.«

»Was immer ich tun kann …«

»Nun, Sie verfügen in Montevideo doch über viele Kontakte. Meines Wissens reichen diese bis zur deutschen Kaufmannskolonie in der Zavala. Es wäre wünschenswert, wenn Sie sich am gesellschaftlichen Leben Montevideos stärker beteiligen könnten – und auch Ihre Geschäftspartner dazu ermutigen.«

»In den letzten Jahren hatte ich viel mit den Familien Girtanner und Düsenberg zu tun. Sie sind Ihrem Vorhaben gewiss nicht abgeneigt.«

Claire hörte diese Namen nicht zum ersten Mal. Friedrich Girtanner und Wilhelm Düsenberg zählten zu den erfolgreichsten deutschen Einwanderern Montevideos.

Sie wollte die Gelegenheit nutzen, etwas mehr über das kulturelle Leben Montevideos zu erfahren und solcherart ihre größte Angst zu bekämpfen – dass es nämlich ein unzivilisiertes Land sei, dem es an Museen, Büchern und Theater, ihrem

eigentlichen Lebenselixier, mangelte –, doch ehe sie den Salon betreten konnte, wurde sie aufgehalten.
»Fräulein Clara!«
Frau Grotebeck nannte sie nie bei ihrem richtigen Namen, und Claire war es leid, sie darauf hinzuweisen, dass ihre Mutter Französin gewesen und sie auf diese Wurzeln stolz war.
»Fräulein Clara, kommen Sie doch mal!«
Claire unterdrückte ein Seufzen: Sie hatte ganz vergessen, den Menüplan fürs Abendessen abzusegnen. Als ob es für sie oder ihren Vater einen Unterschied machte, ob Fleisch oder Fisch auf den Tisch kam! Sie konnte sich auch nicht vorstellen, dass sich die dürre Antonie jemals sonderlich oft mit dem Menüplan beschäftigt hatte. Allerdings – bald war sie Frau Grotebeck ohnehin los, und dieser Gedanke stimmte sie milde.
»Was schlagen Sie vor – Königsberger Klopse, Wildragout, falscher Hase?« Claire setzte ein Lächeln auf.
Ausnahmsweise hatte die Haushälterin etwas anderes im Sinn. »Eine junge Frau will Sie unbedingt sprechen«, erklärte sie aufgeregt.
»Mich?«, fragte Claire erstaunt. Sie kannte in Hamburg so gut wie niemanden, denn schon lange vor Antonies Tod hatten die Gothmanns sehr zurückgezogen gelebt. Dies war nicht zuletzt der Grund, warum Carl-Theodor eingewilligt hatte, sie mit nach Montevideo zu nehmen. Er ließ ihr zwar alle Freiheiten, hatte aber insgeheim Angst, dass sie sich im finsteren Hamburger Stadthaus zu einer Eigenbrötlerin entwickeln würde – und somit der steifen, unnahbaren Antonie immer ähnlicher.
»Wo ist die Frau?«
»Sie wollte Ihrem Vater nicht begegnen. Sie wartet in der Küche.«

Claire folgte ihr rasch, und obwohl die Frau ihr den Rücken zugewandt hielt, erkannte sie sie sofort an der Mähne des honigbraunen, lockigen Haars, das sie von Albert geerbt hatte, und der dunklen Haut, die sie von der exotischen Mutter hatte und im Kontrast zu Claires blasser stand. Sie wirkte zu südländisch, um hierzulande als klassisch schön zu gelten, aber Claire kam sich mit ihren blonden Locken und den blauen Augen im Vergleich zu ihr immer farblos vor.
»Valeria!«, rief sie. »Was machst du denn hier? Lieber Himmel, Vater wird staunen. Ist Onkel Albert auch da und warum ...«
Valeria fuhr herum. »Pst!«, machte sie. »Niemand darf wissen, dass ich hier bin.«
Claire riss die Augen auf. Sie konnte sich nicht erklären, was die andere hier wollte – aber sie ahnte, dass sie gehörige Unruhe in die letzten Tage in Hamburg bringen würde.

Wenig später hatte Claire Valeria unauffällig in ihr Zimmer gelotst. Frau Grotebeck hatte Claire zwar versprochen, dem Vater nichts von der Anwesenheit des anderen Fräuleins zu berichten, doch ihr Blick war sehr skeptisch ausgefallen, und Claire wollte ihre Gutwilligkeit nicht überstrapazieren, indem sie um eine Tasse Tee und etwas Gebäck bat. Valeria schien ohnehin nicht besonders hungrig zu sein und die Strapazen ihrer Anreise gut weggesteckt zu haben.
Anstatt endlich zu erklären, warum sie alleine hierhergekommen war, inspizierte sie dreist Claires Taschen und Koffer.
»Wieso in Gottes Namen hast du nur so viele Bücher eingepackt?«
»Nun, weil die Reise mehrere Wochen dauert und mir ansonsten schrecklich langweilig werden würde.«
Valeria machte ein ungläubiges Gesicht. Für sie war es offenbar undenkbar, dass ausgerechnet Bücher Zerstreuung brin-

gen konnten. »Von wegen!«, rief sie. »Auf einem solchen Schiff gibt es doch so viel zu beobachten. Und so viel Aufregendes zu erleben! Die Äquatortaufe zum Beispiel!«
Claire hatte von diesem Ritual gehört, und obwohl sie nicht wasserscheu war, vielmehr das Schwimmen liebte, hoffte sie, dass es ihr erspart würde, nach der Überquerung des Äquators nass gemacht zu werden.
»Wie kommst du hierher?«, lenkte sie ab.
»Was denkst du denn, natürlich mit der Eisenbahn! Das war ein nicht ganz so großes Abenteuer, und obendrein konnte ich nur eine Fahrkarte zweiter Klasse kaufen. Ich saß neben einer Familie, die schrecklich gestunken hat.« Sie rümpfte die Nase. »Der Mann hat Hosen getragen, die voller Flicken waren, und die Frau eine Schürze, die starrte vor ...«
»Wahrscheinlich waren es arme Leute, die sich keine neue Kleidung leisten können«, unterbrach Claire sie streng.
Valeria zuckte die Schultern. »Dafür kann ich doch nichts. Und meinetwegen kann alle Welt stinken. So schnell werde ich ohnehin nicht mehr mit dem Zug reisen.«
»Was hast du stattdessen vor?«
Sie schloss einen von Claires Koffern wieder, nachdem sie dessen Inhalt inspiziert hatte, und blickte die Cousine flehentlich an. »Du ... du wirst mir doch helfen?«
»Helfen wobei?«
Hastig erläuterte Valeria ihr Vorhaben, und während Claire noch vor Fassungslosigkeit der Mund offen stand, fügte sie hinzu: »Bitte, ich kann doch nicht zurück nach Frankfurt! Ich bin vom Pensionat geflogen.«
Claire unterdrückte ein Seufzen. Sie war zwar gewohnt, dass Valeria ständig in Schwierigkeiten steckte, aber was sie nun plante, war keiner ihrer gewöhnlichen Streiche.
»Das kann doch nicht dein Ernst sein«, rief sie entsetzt.

Entgegen ihrer Gewohnheit schwieg Valeria vielsagend. Claire musterte ihre entschlossene Miene und verkniff sich jedes Widerwort. Sie war sich sicher, es würde ohnehin nichts nützen. Beim Blick auf die eingepackten Bücher seufzte sie nun doch und fragte sich, wann sie sie wohl in Ruhe würde lesen können.

13. Kapitel

Carl-Theodor atmete tief die Seeluft ein. Ihre Abreise aus Hamburg lag nun eine Woche zurück, und die Luft wurde zunehmend schwüler – selbst an Tagen wie heute, da die Sonne nicht zu sehen war, das Meer und der diesige Himmel grau wirkten und miteinander zu verschmelzen schienen.

Um ihn herum herrschte lebhaftes Treiben: Junge Burschen hatten sich an Deck versammelt und beugten sich über die Reling, um die Fliegenden Fische zu beobachten. Zunächst dachte Carl-Theodor noch, dass sie von diesem ungewöhnlichen Naturschauspiel fasziniert seien, aber dann lauschte er Diskussionen um die Nahrhaftigkeit ihres Fleisches und wie man sie am besten fing.

Nun ja, er konnte sie verstehen: Die meisten Passagiere reisten im Zwischendeck, und dort wurde nicht gerade mit kulinarischen Leckerbissen aufgewartet, eher mit keimenden Kartoffeln und Reis voller Maden, und er war in diesem Alter auch immer hungrig gewesen.

Er selbst konnte sich den Luxus erlauben, erster Klasse zu reisen, und er bekam dort vorzügliches Essen aufgetischt – ob Schellfisch, Rinderbraten mit Erbsen oder Gänsekeule mit Rotkraut –, aber ihm fehlte meist der Appetit, zumal er immer allein essen musste. Claire hatte die Seekrankheit besonders arg erwischt, und sie verließ die Kajüte so gut wie nie. Er hatte sich zwar darauf gefreut, mit seiner Tochter zu reisen, die Enttäuschung, dass sie sich nun jedoch komplett zurückzog, schnell geschluckt – schließlich war er jene einsamen Tage auf hoher See gewohnt. Antonie hatte ihn nie nach Montevideo begleitet, und in Stunden wie diesen konnte er sich vormachen, dass sie noch lebte.

Es überraschte ihn selbst, dass er diesen Schein wahren wollte. In den letzten Jahren waren sie so distanziert wie Fremde miteinander umgegangen, fast ein wenig so wie Rosa und Albert, und manchmal hatte er sich bedauernd gefragt, warum gerade ihnen beiden, so unterschiedlich sie auch waren, es nicht gelang, eine glückliche Ehe zu führen.

Trotz aller Entfremdung: Er vermisste Antonie oder vielleicht auch nur diesen steten Schmerz, dass sie ihn nicht lieben konnte und der den jungen Mann in ihm am Leben erhalten hatte – einen Mann, der Sehnsüchte und Träume hatte, der noch nicht abgeklärt auf sein Leben blickte, sondern den Enttäuschungen verbitterten und der noch darauf hoffte, mit einer Frau zu lachen und zu scherzen. Mit Antonies Tod war eine Quelle steten Haderns versiegt – doch genau das ließ ihn sich alt fühlen.

Nun, wie immer war das Reisen eine vorzügliche Abwechslung, und je weiter Hamburg hinter ihnen lag, desto mehr wuchs seine Vorfreude auf Montevideo.

Am Anfang hatte er wenig mit dem fernen Land anfangen können, und er hatte dort nur deshalb seine Geschäfte abgewickelt, weil Albert es so eingefädelt hatte. Sicher, eine gewisse Neugierde für alles Fremde hatte ihn immer angetrieben, aber in Montevideo hatte er viel erlebt, was ihn abgestoßen hatte – ständiges Chaos, viele Schießereien sowie Verrat und Intrigen, die der Krieg zwischen Blancos und Colorados hervorbrachte. Sozialpolitik wurde überhaupt keine betrieben: Die Kluft zwischen Arm und Reich war erschreckend tief.

Doch durch den regen Handel hatte sich die Bevölkerung vielen Errungenschaften Europas nicht gänzlich verschließen können, und Carl-Theodor hatte es zunehmend befriedigt, das Land mitzuprägen und zu wandeln. Er befürchtete nur, dass ein neuerlicher Rückschritt unvermeidlich war, nun, da es – ebenso wie Brasilien und Argentinien – im Krieg mit Paraguay lag. Er hatte nicht genau verstanden, worum es bei dem Konflikt wirklich ging, doch Julio de la Vegas hatte ihm zugesichert, dass es keine Kämpfe in Montevideo gab und das Leben dort seinen gewohnten Gang nahm. Nur deswegen war er bereit gewesen, Claire auf seine Reise mitzunehmen.

Der Gedanke an seine Tochter trieb ihn zurück in die erste Klasse. Sie hatten getrennte Kabinen, und wann immer er ihre betrat, lag sie mit blassem Gesicht in der Koje und erwies sich als ungewohnt wortkarg. Dennoch wollte er regelmäßig nach ihr sehen.

Als er den Gang betrat, stutzte er jedoch. Einer der Stewards trug ein reichlich beladenes Tablett in Richtung von seiner Kajüte. Ein Stück gebratenes Huhn mit Erbsen und Kartoffeln befand sich darauf, frisches Brot, Butter und Käse, Pflaumenpudding und eine Tasse Kaffee, außerdem ein Glas Portwein.

Er wollte ihm schon zurufen, dass er bereits gegessen hatte, doch dann stellte er fest, dass der Steward nicht etwa seine, sondern Claires Kajüte betrat. Wie merkwürdig! Sie sagte doch ständig, ihr sei schrecklich übel. Warum ließ sie sich dann solche Unmengen an Essen bringen? Ging es ihr vielleicht endlich besser?

Er wartete, dass der Steward die Kabine wieder verließ, ehe er langsam näher trat, und er hob schon die Hand, um zu klopfen, als er plötzlich Stimmen hörte.

Mit wem redete Claire da? Ohne Zweifel, es war eine Mädchenstimme, und sie kam ihm sehr bekannt vor. Es war doch nicht möglich, dass ...

Anstatt zu klopfen, riss er die Tür auf. Die zwei Mädchen in der Kajüte fuhren herum. Claire wirkte schuldbewusst, die andere nicht.

»Valeria, was um Himmels willen ...«

Claire sprang auf. Blut schoss ihr ins Gesicht. Während Carl-Theodor sie fassungslos anstarrte, begann sie zu stammeln: »Vater, es tut mir so leid, dass ich dich hintergangen habe, aber ... aber ich konnte es dir doch nicht sagen.«

Carl-Theodor achtete nicht auf sie, sondern wandte sich mit strenger Miene an seine Nichte. »Was hast du hier verloren?« Anders als Claire war Valeria nicht erschrocken. Ruhig hielt sie seinem Blick stand. »Keine Angst, ich habe für die Passage bezahlt«, erklärte sie trotzig.

»Aber wie bist du aufs Schiff gekommen, ohne dass ich es bemerkt habe?«

»Sie hat sich im Schrankkoffer mit den Kleidern versteckt.« Claire wurde noch röter, aber Valeria schien auf diese Idee sichtlich stolz zu sein.

Carl-Theodor schüttelte den Kopf. »Ja, seid ihr denn wahnsinnig geworden?«

»Ich bin aus dem Pensionat geworfen worden – und ich wollte nicht nach Frankfurt zurückkehren«, gab Valeria ungerührt zu.

Nicht dass er ihr das nicht nachsehen konnte. Er mochte seine Nichte, und er hatte oft genug erlebt, wie unglücklich sie bei ihren Eltern war, was seinen Zorn auf Rosa und Albert schürte. Nun gut, vielleicht hatte auch Claire manchmal unter der Entfremdung von ihm und Antonie gelitten. Doch er hatte sich immer darum bemüht, der Tochter ein liebevoller Vater

zu sein – anders als Albert. Der hatte in Carl-Theodors Augen nicht einmal ausreichend um Rosa gekämpft.
»Deine Eltern werden sich schreckliche Sorgen machen«, murmelte er kopfschüttelnd.
Valeria zuckte die Schultern. »Das glaube ich kaum. Und außerdem ist es jetzt doch zu spät, mich wieder zurückzuschicken. Das Schiff ist seit Tagen auf offener See.«
Carl-Theodor bemühte sich um eine missbilligende Miene, aber insgeheim imponierte ihm die Courage der Nichte.
Claire erklärte hastig: »Ich habe vor unserer Abreise einen Brief an Tante Rosa und Onkel Albert geschrieben. Darin habe ich erklärt, dass Valeria mit uns reist – und du davon wüsstest.«
»Claire! Also wirklich!«
»Und Alejandro und Julio de la Vegas werden sich doch sicher freuen, mich kennenzulernen«, warf Valeria ein. »Ich bin schließlich die Enkeltochter und Nichte.«
Carl-Theodor konnte sich nicht vorstellen, dass die beiden auf ihre Verwandte sonderlich neugierig waren. Er hatte Julio als einen Mann kennengelernt, der sich ausschließlich fürs Geschäft interessierte, und Alejandro hatte er kein einziges Mal nach seiner Tochter Rosa fragen gehört. Wahrscheinlich hatte er ihr nicht verzeihen können, dass sie sich seinen Heiratsplänen widersetzt hatte.
Wie auch immer – Valeria hatte recht: Es war nun nicht mehr zu ändern. Carl-Theodor seufzte und ergab sich seinem Schicksal. »Gleich nach unserer Ankunft werde ich deinen Eltern schreiben und sie über die wahren Hintergründe dieser Reise aufklären, und wenn sie darauf bestehen, dass du zurückkehrst, nimmst du das erste Schiff.«
Claire war erleichtert, dass sie keine strengere Standpauke über sich ergehen lassen musste, und Valeria lächelte trium-

phierend. Sie schien sich ihrer Sache sicher, und auch Carl-Theodor ahnte, dass Rosa und Albert nicht auf ihre vorzeitige Heimkehr bestehen würden.

Valeria hatte zunächst nicht verstanden, warum Claire so viele Bücher mitgenommen hatte. Die Reise auf dem Schiff war doch viel zu spannend, um sich in der Kajüte zu verkriechen! Ihr selbst war es unerträglich gewesen, sich dort vor Onkel Carl-Theodor zu verstecken, und sie war dankbar, dass sie sich nach ihrer Enttarnung endlich frei bewegen und das Schiff erforschen konnte. Doch in den vier Wochen – so lange währte ihre Fahrt von Hamburg nach Montevideo – wurde vieles, was anfangs noch Aufregung und Abwechslung verheißen hatte, langweilig.
Die Reise brachte nicht nur den Duft der großen weiten Welt mit sich – in diesem Fall frische Seeluft –, sondern auch jede Menge Gestank: Auf Deck roch es nicht nur nach Wind und Meer, sondern nach Kohle, Bilgewasser, Kochdünsten aus der Kombüse und Trangestank der Vordecklampe. Das Essen war nur anfangs gut und abwechslungsreich, das Wasser, das sie tranken, schmeckte irgendwann schal, und leider erlaubte es Carl-Theodor nicht, dass sie mehr als ein Glas Portwein täglich zu sich nahmen.
Zunächst hatte Valeria stundenlang aufs Meer blicken können, das sich mal dunkel vom Himmel abhob, mal gräulich mit den diesigen Wolken verschwamm, mal türkis schimmernd weiße Kronen schaukeln ließ. Doch irgendwann erweckte der Anblick nur Unrast, und sie harrte ungeduldig jeder Abwechslung. Eine lange ersehnte war ein kurzer Zwischenstopp auf Teneriffa, wo man schon von weitem den Gipfel des Pico del Teide sah und Claire irgendetwas vom dunklen Gestein und den exotischen Pflanzen zu schwafeln

begann, die die Insel prägten. Das war Valeria herzlich egal – sie wollte endlich wieder einmal andere Menschen sehen! Der Landausflug währte jedoch nur wenige Stunden und war schrecklich heiß. Die einzigen Lebewesen, denen sie in der Mittagshitze begegneten, waren Hunde, und auch diese schliefen oder hoben nur müde den Kopf. Sie kehrten mit roten Gesichtern zurück aufs Schiff und warteten dort vergebens auf eine Abkühlung. Im Gegenteil, es wurde immer heißer. Nie hatte Valeria so geschwitzt wie in den Tagen, nachdem sie den Äquator überquert hatten.
Die Mädchen klagten, woraufhin Carl-Theodor ungewohnt streng entgegenhielt: »Früher war man monatelang nach Montevideo unterwegs. Ihr werdet wohl diese wenigen Wochen aushalten!«
Endlich ließ die Hitze ein wenig nach. Auf der südlichen Erdkugel herrschte schließlich gerade Winter, wenngleich es, wie Claire erklärte, in Uruguay nie so kalt wurde wie in Deutschland und dort auch kein Schnee fiel.
Nach Teneriffa legten sie in Río de Janeiro an, doch zu Valerias Bedauern diente dieser Aufenthalt einzig dazu, neuen Proviant aufzuladen, so dass keine Zeit blieb, die Stadt zu erkunden. Bald ging es weiter an den Río de la Plata, wo sie zunächst heftige Stürme erwarteten. Der Regen stand wie eine graue Wand zwischen ihnen und dem Schiff, und erst als das Ziel kurz vor ihnen lag, klarte der Himmel wieder auf, und Valeria konnte mehr von der Heimat ihrer Mutter erahnen.
Nahe der Einfahrt in den Río de la Plata erspähten sie in der Ferne und über einer Reihe blanker Sandberge die Kathedralstürme des Städtchens Maldonado, ehe sie um die äußerste Ecke der Banda Oriental bogen. In den nächsten Stunden war das Land nur ein grauer Streifen, zu dem sich nach einer Wei-

le im Westen ein zweiter gesellte – die kleine Isla de las Flores, die aus drei dicht aneinander geschlossenen Felsrücken bestand und, zumindest auf den ersten Blick, bis auf einen Leuchtturm unbebaut war. Der Leuchtturm war hoch, dick und kegelförmig und mit einer mächtigen Laterne auf seiner Spitze versehen. Gleich daneben befand sich die quadratische Wohnung für Beamte, die dort ihren Dienst versahen.
»Was für ein schrecklich langweiliges Leben diese Menschen fristen müssen!«, stieß Valeria aus.
Claire zuckte die Schultern. »Irgendwie stelle ich es mir auch faszinierend vor. Denk doch nur – ganz allein auf einer Insel zu leben, umgeben nur von Naturgewalten …«
»Und den ganzen Tag starrt man aufs Meer. Was für ein eintöniger Anblick, das ist ja wie auf hoher See. Und von den Blumen, die der Insel den Namen gaben, sieht man auch nichts, nur grauen Stein.«
Immer näher kamen sie der Insel und erfuhren, dass hier nicht nur der Leuchtturm besetzt war, sondern es auch eine Quarantänestation gab. Jedes Schiff, das in Montevideo einlaufen wollte, musste knapp vor der Insel Anker werfen und dem Quarantänewächter Zugang zum Schiff gewähren, wo dieser die Reisenden untersuchte und feststellte, ob sie alle bei guter Gesundheit waren und keine gefährliche Krankheit einschleppten. Als der Wächter – in Begleitung des Kapitäns und des Schiffsarztes – auf die Insel zurückgekehrt war, war es Nacht geworden. Erst am nächsten Morgen nahm das Schiff wieder Fahrt auf, um die letzten drei Stunden zurückzulegen, die sie noch von Montevideo trennten.
Dick hing der Frühnebel über dem Wasser, doch als er sich am späten Vormittag lichtete, konnten sie im Süden die Isla de Lobos erkennen – bewohnt von Seehunden, Albatrossen und Möwen – und im Westen das Festland. Als es den breiten La-

Plata-Strom hinaufging, dessen gelbe Fluten eine scharfe Grenze mit dem Meerwasser bildeten und aus dem neugierige Seehunde emportauchten, kamen sie immer wieder an Leuchttürmen vorbei, und schließlich warfen sie einen ersten Blick auf die Stadt. Schon von weitem waren die hohen Türme der Kathedrale über dem niedrigen Vorland deutlich sichtbar, das es, wollte man den Hafen erreichen, zu umschiffen galt.
Während Valeria begeistert lachte, meinte Claire bang: »Es heißt, die Gegend sei für Schiffer äußerst unheilvoll. Es gebe so viele kleine Klippen und Felsenspitzen, gegen die ein ungeübter Seemann stoßen könnte. Und der Hafen von Montevideo ist bei stürmischem Wetter unsicher – oft werden Schiffe losgerissen und ans Ufer geworfen.«
»Du kannst doch schwimmen«, meinte Valeria trocken. »Und das Wasser ist hier nicht kalt – oder, Onkel Carl-Theodor?«
»Abgehärtet muss man schon sein, wenn man sich zu dieser Jahreszeit in die Fluten stürzt«, erklärte Carl-Theodor.
Anders als gestern regnete es nicht, aber der Wind wehte ziemlich scharf und vertrieb die letzten Reste des Morgendunstes, der über der Stadt lag: Nicht länger sahen sie nur die Türme der Kathedrale, sondern die vielen kleineren, die die Häuser zierten und Miradores genannt wurden. Aus ihrer Perspektive erschienen sie sich direkt aus dem Wasser zu erheben. Die Uferzone, die sie umgab, war flach, doch zur Rechten der Stadt erhob sich ein Kegelberg, der ihr den Namen gegeben hatte und auf dem ein Kastell lag.
Valeria konnte ihre Ungeduld nicht länger bezähmen. Sie wollte endlich wieder festen Boden unter den Füßen spüren! Doch auch als sie angelegt hatten, mussten sie noch gefühlte Ewigkeiten warten, bis sie tatsächlich das Schiff verlassen konnten: Erst als alle Formalitäten erledigt waren, stiegen sie in eines der italienischen Landungsboote, die jedes ankom-

mende Schiff zu umkreisen pflegten. Das Ausschiffen selbst dauerte nur wenige Minuten, und wenig später waren sie ins lebhafte Treiben am Hafen geworfen. Von allen Seiten rief man ihnen etwas zu, und Valeria brauchte eine Weile, um zu begreifen, dass all diese Menschen ihnen in den unterschiedlichsten Sprachen anboten, das Gepäck zu tragen oder die Stadt zu zeigen.

Claire, die ungleich sprachbegabter war, versuchte, die verschiedenen Sprachen zu erkennen, Valeria hingegen studierte die vielen fremden Gesichter. Fast alle Menschen waren etwas dunkelhäutiger als in Europa, erinnerten sie an Espe, und kurz wurde die Sehnsucht nach der Frau, die sie in ihrer Kindheit stets behütet und beschützt hatte und die ihr näher als eine Großmutter stand, übermächtig. Wie gerne wäre sie wohl selbst in die Stadt zurückgekehrt, aber aufgrund ihrer unerschütterlichen Treue zu Rosa de la Vegas hatte sie es immer abgelehnt, Deutschland zu verlassen.

Ich muss ihr unbedingt schreiben, nahm sich Valeria fest vor. Carl-Theodor winkte einen Mann heran, den er offenbar kannte. Es war der Kutscher der de la Vegas', der ihr Gepäck in Empfang nahm und sie zum Haus der Familie bringen wollte.

»Ach bitte, Onkel Carl-Theodor!«, rief Valeria. »Müssen wir wirklich schon zu den de la Vegas' fahren? Wir sind doch eben erst angekommen und haben so lange nur das Meer gesehen. Können wir nicht erst eine Stadtrundfahrt machen?«

Der Onkel blickte skeptisch drein, aber Claire unterstützte Valerias Ansinnen, so dass er schließlich nachgab.

Gleich hinter dem wuchtigen Zollgebäude öffnete sich das Hafenviertel mit seinen farbenfrohen Auslagen und improvisierten Buden. Mulattische Hafenarbeiter schleppten sich mit Säcken ab oder rollten Öl- oder Bierfässer über die Straßen,

Hausmädchen waren zu Einkäufen unterwegs. Vom Hafen führte die Fischergasse weg, die Calle de los Pescadores, wo an diversen Ständen erkalteter Grillfisch angeboten wurde.
»Hier leben ja lauter Italiener!«, rief Claire.
»Woher weißt du das?«, fragte Valeria.
»Weil ich ihre Sprache verstehe, zumindest ein bisschen. Sie ist dem Spanischen gar nicht so unähnlich und …«
Sie stockte. Sie hatten eine andere Straße – einen Flanierboulevard mit Juweliergeschäften, die Confitería Oriental der Familie Narizano, wo es Liköre und süße Spezialitäten zu kaufen gab, und jeder Menge internationalen Buchhandlungen – erreicht. Claire stürzte begeistert zu einer der Auslagen.
»Du und deine Bücher!« Valeria verdrehte die Augen. »Sag bloß, du willst dich wieder darin vergraben, wo es hier doch viel Interessanteres zu entdecken gibt.«
Sie eilte weiter in Richtung der Plaza Matriz, und tatsächlich hatten sie wenig später den quadratischen Hauptplatz vor der Kathedrale erreicht. Zwei mächtige Linden, die hier gepflanzt worden waren, spendeten Schatten, die Häuserfronten waren einheitlich in Weiß gehalten, die Kathedrale wirkte sehr mächtig.
Die Mädchen waren so schnell gelaufen, dass Carl-Theodor kaum nachgekommen war. Stöhnend ließ er sich auf einer Bank im Schatten der Linden nieder. Er gewährte den beiden ein Stündchen, um den Platz und die umliegenden Straßen und Gässchen zu erforschen, mahnte danach aber, dass nun die Zeit gekommen war, um zum Haus der de la Vegas' zu fahren und sich dort auszuruhen.
Valeria war gar nicht müde, obwohl sie in der Nacht vor Aufregung kaum geschlafen hatte, und folgte ihrem Onkel und der Cousine nur widerwillig, hätte sie doch viel lieber noch mehr von dieser Stadt gesehen. Dieser Lärm, dieses

Stimmengewirr, diese fremdländischen Menschen, diese Farbenpracht – sie alle versprachen Aufregung ... und noch mehr. Plötzlich war sie sich sicher: Hier würde sie ein ganz anderes Leben führen, als sie es gewohnt war. Hier würde sich ihr künftiges Schicksal entscheiden – und sie erwachsen werden.

Espe hatte Valeria einst viele Geschichten von Alejandro de la Vegas erzählt und ihn als stolzen, strengen, halsstarrigen Mann beschrieben, weswegen Valeria auf eine entsprechend herrschaftliche Erscheinung gefasst war. Als Alejandro und Julio sie begrüßten, war sie jedoch enttäuscht: Alejandro hatte nichts mit einem respekteinflößenden Despoten gemein, sondern war ein alter, ziemlich gekrümmter Mann, aus dessen rechtem Mundwinkel ständig Speichel floss. Vor allem schien er recht wirr im Kopf zu sein.
Sein Willkommensgruß fiel denkbar knapp aus, und dass nicht nur Claire Carl-Theodor begleitete, sondern auch seine Enkeltochter, die er noch nie gesehen hatte, schien ihn wenig zu interessieren. Stattdessen begann er eine ausufernde Rede, die ständig um Attila kreiste.
Valeria war nicht so gebildet wie Claire, glaubte jedoch vage zu wissen, dass der ein legendärer Hunnenkönig gewesen war.
»Gott verfluche ihn, den Hurensohn!«, rief Alejandro.
»Was hat er denn gegen den Hunnenkönig?«, fragte sie verwirrt. Ihres Wissens hatte der zwar halb Europa verwüstet, war aber mit seinen kriegerischen Horden bestimmt nicht durch Uruguay gestürmt.
Erstmals schaltete sich Julio ein – ein Mann mit Schnauzbart, füllig um die Taille, wachen Augen und dunklen Ringen darunter, von denen nicht klar war, woher sie kamen: ob von der

überreichen Arbeit, mit der er sein Geld verdiente, oder von zwielichtigen Vergnügungen, bei denen er dieses Geld wieder ausgab.

»Er redet nicht vom Hunnenkönig, sondern von Francisco Solano Lopez«, erklärte er. »Der wiederum ist der Diktator von Paraguay. In den argentinischen Zeitungen wurde er schon mehrmals als Attila Südamerikas bezeichnet.«

Alejandro knurrte unwillig: »Wobei es eigentlich der Ehre zu viel ist, ihn Attila zu nennen. Attila fegte wie ein Sturm über Europa, aber diesen Solano werden wir bald mundtot machen und sein Heer vernichtend schlagen. Wie eine Schlange werden wir ihn töten.«

Valeria unterdrückte ein Gähnen. Claire hatte ihr auf der Reise ausführlich von einem Krieg erzählt, in dem Uruguay sich befand und der offenbar gegen besagten Diktator geführt wurde, aber sie hatte keinerlei Interesse, noch mehr darüber zu hören. Als Julio einwandte, dass jetzt nicht die rechte Zeit sei, um über den Krieg zu sprechen, sondern er den Gästen lieber das Haus zeigen wolle, war sie sehr erleichtert.

Die de la Vegas' bewohnten seit einigen Jahren ein neues Haus in der Avenida 18 de Julio. Wie viele Angehörige der Oberschicht hatten sie die Altstadt verlassen, nachdem dort 1857 eine Gelbfieberepidemie grassierte. Julio war sichtlich stolz auf das Anwesen und prahlte überdies damit, dass es nicht das einzige war: »Wir besitzen natürlich auch ein Sommerhaus – es liegt einige Meilen außerhalb Montevideos. In Paso de Molino. Dort genießen wir die Ruhe, die kühle Luft – und dass man nur mit besten Nachbarn zu tun hat.«

Mit den besten meinte er wohl vor allem die reichsten.

Er zwinkerte ihnen zu: »Es ist schon merkwürdig. Die Hacienderos auf dem Land legen zunehmend Wert darauf, ihren Wohnsitz in die Hafenstadt zu verlegen – während es umgekehrt Montevideos Kaufleute auf das Land zieht und sie ihr Kapital dort anlegen.«

Wieder zwinkerte er – diesmal eindeutig in Carl-Theodors Richtung. Die Bemerkung diente offenbar dem Zweck, ihm vor Augen zu halten, wie gut trotz des Krieges die Geschäfte liefen und einen teuren Hauskauf ermöglichten.

Valerias Müdigkeit verflüchtigte sich. Das Gerede von Geld fand sie langweilig, aber das Haus faszinierte sie. Die Räume waren dunkler, als sie es von ihrem lichten Landhaus im Taunus gewohnt war, aber keineswegs ärmlicher.

Julio sonnte sich in ihrem unverhohlen bewundernden Blick.

»Wir haben das Haus natürlich nach britischem Vorbild bauen lassen. Die Südamerikaner verstehen ja nicht viel von Architektur. Stellt euch vor – in den meisten ihrer Häuser gibt es nicht einmal Rauchabzüge, denn die Menschen befürchten, dass Feuchtigkeit und Kälte auf diese Weise Einzug halten. Was für ein Unsinn! Man muss nur wissen, wie man richtig heizt.«

Er wusste es offenbar ganz genau, so eingebildet, wie er lachte. Espe hatte Valeria einmal das einstige Heim der de la Vegas' beschrieben, das demnach aus mehreren Häusern bestanden hatte, die durch Innenhöfe verbunden waren und wo sich das Leben vor allem im Erdgeschoss hinter Fenstern mit Eisengittern abgespielt hatte. Das neue Anwesen hatte nur einen großen Hof, von dem aus eine Treppe in den ersten Stock führte. Dort befanden sich Räume mit hohen Fenstern und Balkonen, desgleichen der Aufstieg zu einem Turm, der wiederum in einem luftigen Zimmer mündete, von dem man nach allen Seiten hin die Stadt überblicken konnte. Eine noch bessere Aussicht bot sich offenbar auf dem Dach.

»Die Dächer hierzulande sind flach«, sagte Julio, »und mit Ziegeln belegt. Man kann sie am Abend zur Erfrischung be-

treten. Vor allem die alten Damen, die kaum noch das Haus verlassen, nutzen die Gelegenheit, über die Brüstung hinab auf die Straße zu schauen und über alles zu klatschen, was dort vor sich geht. Als wir hier einzogen, waren meine Tanten Orfelia und Eugenia allerdings schon tot. Ich bin mir auch nicht sicher, ob sie sich überhaupt die Mühe gemacht hätten, ihre Leiber die Treppe hochzuwuchten.«
Er lachte despektierlich, woraufhin Carl-Theodor tadelnd die Miene verzog und sichtlich nichts Lustiges daran finden konnte. »Und was ist mit dem alten Haus geworden?«, wollte er wissen.
»Das ist mittlerweile eine Bank. In der Ciudad Vieja siedeln sich immer mehr Banken an. Die braucht es auch, so wie die Geschäfte zurzeit laufen. So schnell wie heutzutage konnte man noch nie reich werden.«
»Obwohl Krieg ist?«, erkundigte sich Carl Theodor.
»Ach, im Moment ruhen die Waffen – alle Seiten sind erschöpft und begraben ihre Gefallenen.«
Valeria hatte so gehofft, dass das Thema Krieg endlich erledigt war, doch Claire fragte neugierig: »Ich habe immer noch nicht verstanden, warum man überhaupt Krieg gegen Paraguay führt!«
»Nun, Paraguay wird vom Diktator Lopez regiert – besagter Attila Südamerikas. Wie Vater schon meinte – man tut ihm zu viel Ehre an, wenn man ihn so nennt. Letztlich ist er nur ein Wichtigtuer, dem es um Einfluss geht. Er allein ist schuld an diesem Krieg, den Paraguay gegen Brasilien, Argentinien und unser Land führt – er hat ihn regelrecht provoziert!«
Eben hatten sie nach der Hausbesichtigung wieder den Empfangssaal erreicht, wo Alejandro auf sie gewartet hatte, und kaum vernahm er den Namen des Feindeslandes, brüllte er

aufs Neue los: »Francisco Lopez ist doch nur in den Krieg gegen Brasilien eingetreten, weil der dortige Kaiser ihm die Hand einer seiner Töchter verweigert hat!«
Julio seufzte: »Das ist Unsinn, Vater, und das weißt du auch. In jedem Fall hoffe ich, Francisco Lopez wird bald erledigt sein. Aber wir wollen die Frauen nicht länger mit Politik langweilen, sondern ihnen lieber eine Erfrischung anbieten und das Zimmer zeigen. Ich sehe – Leonora und Isabella sind von den Einkäufen zurück.«
Julios Frau war eine wuchtige Matrone mit Doppelkinn, kleinen, dicken Fingern, völlig verschwitzt und erbärmlich schnaufend. Trotz ihrer Kurzatmigkeit redete sie viel – und anders als Alejandro bekundete sie laut ihre Freude, Valeria zu sehen, Rosas Kind. Sie hatte Rosa nie kennengelernt, erklärte sie bedauernd, weil Julio sie erst lange nach deren Hochzeit mit Albert Gothmann geheiratet hatte, aber viel von ihr gehört. Was beneidete sie die unbekannte Schwägerin dafür, dass sie in Europa leben konnte!
Während sie gar nicht zu schwatzen aufhörte, blieb das Mädchen an ihrer Seite völlig stumm. Erst als Valeria auffällig in ihre Richtung starrte, stellte sie sich schüchtern als Isabella vor, ihre Cousine.
Sie war – vor allem im Vergleich zur wuchtigen Mutter – nahezu dürr und schrecklich unscheinbar, aber das freundliche Lächeln wirkte, anders als das theatralische ihrer Mutter, echt.
»In Europa sind die Frauen viel vornehmer als hierzulande«, rief Leonora mit einer schrillen Stimme. »Und sie sind eleganter gekleidet! Das sieht man auch an euch beiden.«
Begierig musterte sie Claire und Valeria. Obwohl deren Reisekleidung aus braunem Stoff nicht unbedingt kleidsam war, erweckte sie offenbar Leonoras Neid.

»Du solltest dir ein Beispiel an deinen Cousinen nehmen, Isabella«, ermahnte sie ihre Tochter, »und dir in den nächsten Wochen so viel wie möglich von ihnen abschauen.«
Isabella errötete verlegen, und Valeria war froh, dass Julio einschritt und die Gäste in den Salon brachte, wo Limonade für die Frauen und Sherry für die Herren serviert wurde sowie Unmengen an süßem Gebäck, das an den Zähnen klebte.
Valeria hatte keinen Appetit. Immer größer wurde die Sehnsucht nach einem weichen, frisch überzogenen Bett. Doch leider zeigte ihnen Leonora nicht wie erhofft die Zimmer, sondern begann zu allem Überdruss, nun auch vom Krieg zu reden, was Alejandro erneut mit lautem Geschrei kommentierte.
»Stellt euch vor, trotz des Krieges müssen die Frauen in Asunción – das ist die Hauptstadt Paraguays – an Tanzveranstaltungen teilnehmen, auch die Witwen der Gefallenen! Lopez selbst hat das befohlen – und das Fernbleiben gilt als Verrat, für den man hingerichtet wird.«
Valeria riss die Augen auf. Die Todesstrafe für einen Tanzunwilligen?
»Wie herzlos und grausam!«, schrie Alejandro. »Was für ein Schurke!«
Leonora nickte, aber ihre Augen glänzten fasziniert.
»Lopez ist bekanntlich ein richtiger Frauenheld«, fuhr sie sensationslüstern fort. »Als ihm doch einmal eine Frau einen Korb gab, Pancha Garmendia war ihr Name, ließ er ihre Brüder als Landesverräter hinrichten und sie selbst über viele Jahre hinweg foltern. Keine Ahnung, ob sie noch lebt.«
»Dieser Hundsfott!«, brüllte Alejandro.
Carl-Theodor wirkte abgestoßen. »Schrecklich ...«, murmelte er.

»Lopez hat nicht den geringsten Anstand.« Leonora beugte sich vertraulich vor, um erstmals zu flüstern: »Denkt euch, die Frau an seiner Seite ist nicht seine Ehefrau, sondern nur seine Geliebte.« Sie hob vielsagend die Brauen.

»Sie heißt Elisa und kommt aus Frankreich«, warf Julio ein.

»Und die feinen Leute Paraguays haben sie anfangs geächtet«, rief Leonora. »Zumindest eine Weile lang. Einmal, während einer Dampferfahrt, zu der sie geladen hatte, sprach niemand ein Wort mit ihr – woraufhin sie alles Essen und alle Getränke von Bord schmeißen ließ und zehn Stunden damit wartete, wieder anzulegen. Die Gäste sind in der Hitze fast umgekommen.«

Valeria musste grinsen. Das fand sie nun doch faszinierender als das bisherige Gerede über den Krieg. Im Pensionat war nie davon die Rede gewesen, dass ein Mann mit einer Frau zusammenleben könnte, die nicht seine Ehefrau war. Es wurde zwar manchmal angedeutet, dass es unzüchtige Frauenzimmer gab, aber was diese sich genau zuschulden hatten kommen lassen, wurde nie erwähnt. Hier hingegen zerriss man sich offen das Maul darüber.

Doch gerade jetzt, da es anfing, spannend zu werden, erklärte Leonora, dass sie die Mädchen, nun, da die Zeit der Siesta gekommen war, auf ihr Zimmer bringen würde.

Als Valeria es wenig später gemeinsam mit Claire betrat, nahm sie sich keine Zeit mehr, die Einrichtung zu studieren. Sie sah das breite Brett, legte sich samt Reisekleidung darauf, hörte, wie aus weiter Ferne Claire deswegen mit ihr schimpfte – war aber schon im nächsten Augenblick eingeschlafen.

14. Kapitel

Während der ersten verheißungsvollen Tage in Montevideo erwachte Valeria jeden Morgen mit der Hoffnung, dass ihr Leben nun ein unwiderruflich anderes sein würde und im fremden Land ein großes Abenteuer auf sie wartete. Doch mit der Zeit musste sie erkennen, dass der Alltag auch hier einer strengen Routine unterworfen und vieles davon schrecklich langweilig war. Zwar war sie keinen missmutigen Lehrerinnen ausgeliefert, die ständig an ihr herumnörgelten, aber Leonora nahm sie unter die Fittiche – was bedeutete, dass sie sie kaum aus den Augen ließ und ständig bequatschte. Wie schrecklich öde die vielen Gespräche waren, die stets um eins kreisten: die europäische Lebenskultur! Valeria kam sich oft wie in einem Verhör vor, so viele Fragen musste sie beantworten. Leonora wollte wissen, wie man in Deutschland lebte, was man dort aß, wie man sich kleidete, und vor allem, wie man sich einrichtete. Ständig führte sie Valeria durchs eigene Haus und heischte um die Bestätigung, dass der hiesige Standard durchaus mit denen Europas verglichen werden konnte.
Aus reiner Höflichkeit tat Valeria ihr den Gefallen und bewunderte das Mobiliar. Ja, die seidenen Vorhänge waren edel, desgleichen die mit Elfenbein eingelegten Vitrinen. Wie prächtig dieser Spiegel im Florentiner Rahmen anzusehen war, welche Zierde diese seltenen Bronze- und Porzellangefäße!
Leonoras Gesicht wurde immer röter, und falls Valeria vergaß, einen ihrer Schätze zu erwähnen, tat sie es selbst: »Die

leinenen Tischtücher stammen selbstverständlich aus Belgien, die Gläser sind echte Baccarat, und sieh doch nur die großen Sträuße mit blühenden Orangenzweigen!«

Valeria war die Einrichtung herzlich egal. Auch die Hoffnung, Leonora endlich mundtot zu machen, wenn sie nur oft genug betonte, wie luxuriös die de la Vegas' lebten, erfüllte sich nicht. Zwar war das Thema Mobiliar irgendwann abgehakt, doch Leonora hörte nicht auf, Fragen zu stellen und Lob einzufordern.

»Die Engländer behaupten ja immer, dass die Morgentoilette von uns Spanierinnen nicht sehr gründlich ausfällt, aber in meinem Fall stimmt das nicht«, verkündete sie eines Tages stolz. »Ich nehme jeden Tag ein Bad.«

Valeria wollte sich die wuchtige Herrin des Hauses lieber nicht in der Badewanne vorstellen, aber sie lächelte höflich.

»In deinem Bett wirst du nie eine Wanze finden, und Dienstboten, die Läuse haben, werden sofort entlassen«, fuhr Leonora fort.

Dies nun fand Valeria grausam, aber sie ließ sich lieber nicht auf eine Debatte ein und lächelte weiterhin. Leider regte das Leonoras Redefluss nur noch an, und zu Valerias Überdruss begnügte sie sich nicht länger damit, die eigene Kultiviertheit herauszustreichen, sondern Valerias Erscheinen vor ihrer Tochter anzupreisen. Isabella folgte ihnen wie ein lautloser Schatten und fühlte sich am wohlsten, wenn sie schweigend zuhören konnte. Als ihr Name fiel, errötete sie – umso mehr, als Leonora sie wegen ihrer Schüchternheit zu tadeln begann.

»Sieh sie dir an, unsere Valeria!«, rief sie. »Du solltest sie dir zum Vorbild nehmen.«

Isabella duckte sich, als hätte sie eine Kopfnuss abbekommen, und Valeria tat sie schrecklich leid. Es klang fast so, als schämte sich Leonora ihrer Tochter, und Valeria konnte all dem Lob

nichts Gutes abgewinnen, wenn es denn nur den Zweck erfüllte, Isabella zu erniedrigen und Leonora in ihrem Trachten, die anderen Damen der Gesellschaft auszustechen, zu bestätigen.
»Ja, schau nur!«, ließ Leonora nicht locker. »Wie Valeria sich kleidet, wie sie geht, wie selbstbewusst sie ist!«
Auch wenn sie es nicht sagte, zwischen den Zeilen war deutlich herauszuhören, dass Isabella eine graue Maus war. Und dass die sich verlegen wand, machte sie nicht gerade hübscher. Am meisten bestürzte es Valeria, dass sie nicht nur ihre Mutter, sondern auch Valeria selbst entschuldigend anlächelte. Sie selbst wäre wahrscheinlich wütend auf das Mädchen gewesen, das man ständig als Vorbild hochhielt, und hätte mit Trotz reagiert, doch Isabella wollte offenbar nicht nur die ständig tadelnde Mutter zufriedenstellen, sondern von Herzen ihre Freundin sein.
Nun, Leonora ließ sich nicht gnädig stimmen, aber Valeria bemühte sich fortan, so freundlich wie nur möglich zu ihrer Cousine zu sein, auch wenn sie oft nicht wusste, was sie mit ihr reden sollte. Isabella antwortete auf Fragen, wenn überhaupt, nur einsilbig, und richtete kaum das Wort an sie.
Einmal kam sie jedoch in ihr Zimmer geschlichen, als Valeria gerade ihr Haar kämmte, beobachtete sie eine Weile hingerissen und strich dann ehrfürchtig über ihre dicken Locken.
»Wie wunderschön du bist!«, rief sie.
»Das bist du doch auch!«, gab Valeria hastig zurück. Diese Heuchelei erschien ihr allerdings denn doch zu offensichtlich, also verbesserte sie sich rasch: »Ich meine, das kannst du auch sein.«
Isabella deutete auf ihre eigenen Haare. »Das glaube ich kaum. Meine Haare haben die Farbe einer Maus, und sie sind so glatt und dünn.«

Valeria musterte sie nachdenklich. An den Haaren war in der Tat wenig Gutes zu finden. Sie machten sie älter, als sie war – ein Eindruck, der nicht zuletzt durch das graue Kleid, das sie trug, unterstrichen wurde. »Aber es würde schon genügen, wenn du etwas hellere Kleider trägst«, schlug sie vor. »Organza oder Seide würde dir gut stehen. Am besten in Pastelltönen.«
Isabella schüttelte den Kopf. »Vater würde niemals so viel Geld für Stoffe ausgeben. Nicht, wenn sie für mich bestimmt wären. Sie sind sehr teuer, und er beklagt jetzt schon oft genug, dass meine Mutter so viel Geld verschwendet.«
Valeria sah sie ungläubig an. In diesem Haus wurde Luxus doch großgeschrieben – und ausgerechnet Isabella wurde knappgehalten?
Isabella erriet, was in ihr vorging, und zuckte die Schultern: »Ich glaube, ich bin für meinen Vater eine große Enttäuschung. Er hat sich so sehr einen Sohn gewünscht, aber nach meiner Geburt konnte meine Mutter keine weiteren Kinder bekommen.«
»Aber das ist doch nicht deine Schuld!«
Wieder zuckte sie mit den Schultern. »Ich glaube, er würde am liebsten vergessen, dass es mich überhaupt gibt. Und meine Mutter wiederum ist insgeheim wohl ganz froh, dass ich so hässlich bin – weil sie dann als die Schönere gilt.«
Valeria konnte sich nicht vorstellen, dass die Eltern sich tatsächlich als so lieblos und gleichgültig erwiesen, doch in den nächsten Tagen beobachtete sie sie aufmerksam und kam zu dem Schluss, dass Isabella recht hatte. Leonora hatte ständig etwas an ihr auszusetzen, um ihre eigenen Vorzüge umso dreister hervorzustreichen, und Julio war gänzlich blind gegenüber der eigenen Tochter.
In Valeria erwachte Empörung. Sie selbst hatte nicht das beste Verhältnis zu den Eltern, aber diese hatten sie zumindest nie

ihre Verachtung spüren lassen, und Valeria hatte insgeheim geahnt, dass Rosa und Albert auch einen Sohn ähnlich unterkühlt behandelt hätten. In ihr reifte der Wunsch, Isabella etwas Gutes zu tun. Die Aufmerksamkeit ihres Vaters konnte sie natürlich nicht erzwingen, aber vielleicht konnte sie ihr zu einem schönen Kleid – und etwas mehr Selbstbewusstsein – verhelfen.
Wie sie das anstellen sollte, wusste sie jedoch noch nicht. Am besten wäre es vielleicht, mit Carl-Theodor zu sprechen, aber sie traf ihn so gut wie nie allein an. Die Männer saßen stundenlang beisammen, rauchten viel, tranken Whiskey, sprachen über die Geschäfte und noch mehr über den Krieg. Meist schotteten sie sich völlig ab. Nur beim Mittag- und Abendessen nahmen auch die Frauen teil, aber selbst dann bot sich kaum eine Möglichkeit, die Gespräche zu lenken. Wann immer Valeria den Mund aufmachte, um etwas zu sagen, schrie Alejandro irgendetwas über zurückliegende Schlachten.
Valeria verstand nicht, warum Claire so aufmerksam lauschte. Wie sollte sie nur das Thema auf Mode bringen?
»Wir haben es den Paraguayern gezeigt!«, dröhnte Alejandro einmal mehr. »Wie geprügelte Hunde sind sie in Estero Bellaco vom Schlachtfeld geschlichen.«
»Mag sein«, murmelte Julio. »Aber die meisten Opfer haben wir erlitten. Die Schlacht bei Tuyutí hat allein dreizehntausend Menschenleben gefordert.«
Obwohl Valeria all das Gerede über den Krieg so langweilig fand, erschauderte sie. So viele Tote! Und hier in Montevideo merkte man gar nichts davon!
»Manchmal gilt es, für Siege seinen Preis zu zahlen«, beharrte Alejandro stur.
»Wir haben aber nicht nur Siege eingefahren, sonst wäre der Krieg längst zu Ende.«

Alejandro tobte los: »Es gibt zu wenig echte Männer hier! Als ich noch jung war, hätten wir den Hurensöhnen längst den Garaus gemacht!«

»Du kannst unserem Heer kaum anlasten, dass viele unserer Soldaten von Seuchen hingerafft wurden.«

Alejandro sah so aus, als würde er auch das gerne der heutigen Jugend vorwerfen, doch ausnahmsweise fehlten ihm die rechten Worte, und in sein Schweigen hinein sagte Valeria plötzlich zu Julio: »Du musst erleichtert sein, keinen Sohn zu haben. Sonst müsstest du schreckliche Sorgen ausstehen.«

Alle Blicke ruhten verwundert und auch ein wenig peinlich berührt auf ihr. Alejandro sah sie wie ein lästiges Insekt an, war er es doch nicht gewohnt, dass sich Frauen an den Gesprächen beteiligten, und Julio stimmte ihr nicht wie erhofft zu, sondern erklärte düster: »Ein Mann ohne Sohn ist wie ein General ohne Heer, wie ein Soldat ohne Waffe oder wie ein Bauer ohne Pflug.«

Isabella stiegen Tränen in die Augen, so verlegen war sie, und Claire schüttelte kaum merklich den Kopf, offenbar eine Warnung, nicht noch mehr zu sagen. Das hatte Valeria ohnehin nicht im Sinn. Es tat ihr unendlich leid, mit ihren unbedachten Worten alles noch viel schlimmer gemacht zu haben. Nach dem Essen entschuldigte sie sich bei Isabella, aber diese winkte ab. »Es ist nicht deine Schuld. Ich glaube, Vater erwartet wohl von mir, dass ich mich endlich verlobe. Aber so viele junge Männer sind im Krieg. Auch jetzt während des Waffenstillstands gibt es kaum Feste – und selbst wenn es anders wäre. Ich bin ja doch zu hässlich, um einen Bräutigam zu finden.«

»Das ist nicht wahr!«, widersprach Valeria energisch. »Du könntest durchaus etwas aus dir machen. Lass mich überlegen – meine verstorbene Tante Antonie hat immer französi-

sche Modehefte gelesen: *Le journal des Demoiselles* oder *La France élégante*. Vielleicht kann ich eines davon auch hier …«
»Lass es gut sein«, meinte Isabella und wandte sich ab.
Aber Valeria wollte es nicht gut sein lassen! Sie überlegte, mit Claire zu reden, aber die war noch nie an Mode interessiert gewesen. Wenn sie Geld gehabt hätte, hätte sie alles für Bücher ausgegeben, ganz sicher nicht für feine Stoffe. Am besten, sie sprach doch noch einmal mit Onkel Carl-Theodor.
Sie plante, ihn am nächsten Tag vor Julios Arbeitszimmer abzupassen, wo wie immer dick der Zigarettenrauch hing. Valeria hatte noch nie so viele Menschen rauchen gesehen wie hier in Uruguay: Nicht nur die Männer zündeten sich immer wieder aufs Neue eine Zigarette an – auch die Damen, ja, selbst die Kellner in den Gasthäusern, während sie die Speisen auftrugen.
Sie unterdrückte ein Husten und lauschte, ob sie Carl-Theodors Stimme vernehmen konnte. Von ihm war jedoch nichts zu hören – Julio schien in ein Gespräch mit einem Fremden vertieft.
»Wann ist mit der Lieferung aus Frankreich zu rechnen?«, fragte er eben.
»Noch innerhalb der nächsten Woche.«
»Und es ist wirklich alles dabei, was ich bestellt habe?«
»Wie versprochen – nur die allerbeste Ware! Wer, wenn nicht die Franzosen, könnte so etwas herstellen.«
»Großartig!«
Die beiden Männer lachten zufrieden.
Valeria runzelte die Stirn. Allerbeste Waren aus Frankreich? Was konnte damit gemeint sein? Sie wusste, dass Franzosen viel von Mode verstanden – oft genug hatte sie Tante Antonie prahlen gehört, dass sich nur ihre Landsleute anständig kleiden könnten. Und Carl-Theodor hatte einmal erwähnt, dass

Parfüme und Seifen aus Paris nach Montevideo exportiert wurden. Womöglich hatte Julio diese Geschäftsbeziehungen intensiviert und noch mehr Luxusartikel, vielleicht sogar Stoffe, aus Frankreich kommen lassen.
Und seine Tochter bekam nichts davon ab!
Valeria schlich wieder davon. Ehe sie mit Carl-Theodor reden würde, wollte sie noch mehr über diese mysteriöse Lieferung herausfinden.

Claire hatte sich zunächst in ihre Bücher verkrochen, doch bald hatte sie alle wiederholt gelesen, und im Haus der de la Vegas' gab es zu ihrem Bedauern keine Bibliothek. Sie beschäftigte ihren wachen Geist fortan, indem sie von einem Hausmädchen Spanisch lernte. Schon als Kind hatte sie es oft mit dem Vater geübt und die Fremdsprache darum besser beherrscht als Französisch, das ihnen auf dem Pensionat eingebleut worden war. Hier nun sprach sie es bald flüssig, und je besser sie sich verständigen konnte, desto größer wurde ihr Wunsch, die Stadt zu erforschen.
Natürlich machten Leonora und Isabella mit Valeria und ihr Ausflüge, aber diese fielen immer viel zu kurz aus, und schnell gab es dabei kaum mehr etwas Neues zu entdecken. Nach einem Monat kannte Claire die wichtigsten Straßen in- und auswendig: Die Calle de Sarandí, die längste Straße der Stadt, die direkt auf den Marktplatz und die Markthalle zuführte, welche wiederum aus einem der beiden ursprünglichen Forts errichtet worden war. Die Calle del 25 Mano, der eleganteste und belebteste Boulevard Montevideos. Und schließlich die Avenida 18 de Julio, die vom Plaza de la Independencia wegführte, das Hauptscharnier zwischen Ciudad Vieja und Ciudad Nueva bildete und die bedeutendste Geschäftsstraße Montevideos war.

Leonora ging dort vorzugsweise einkaufen, während Isabella sehnsuchtsvoll die Auslagen betrachtete, aber niemals wagte, um etwas für sich zu bitten. Valeria hatte sich offenbar zum Ziel gesetzt, ihr zu einem neuen Kleid zu verhelfen, doch auch sie schwieg bei diesen Anlässen, hatte sie doch offenbar anderes im Sinn, um Isabellas geheimen Wunsch zu erfüllen, als die Konfrontation mit Leonora zu suchen. Claire entschied, besser nicht nachzufragen. Sie selbst wollte viel lieber mehr über die Stadt erfahren und sie eigenmächtig erkunden! Anfangs war die Furcht, sich zu verlaufen, größer als die Neugierde, aber eines Morgens entschied sie, einfach das Haus zu verlassen. Ihr Vater hatte ihr immer viele Freiheiten zugestanden, so dass sie seine Zustimmung voraussetzte, und Leonora gegenüber fühlte sie sich zu keiner Rechenschaft verpflichtet: Heute wollte sie endlich einmal keine Einkaufsstraße entlangflanieren, sondern das Nationalmuseum besuchen, das dem Publikum während der ganzen Woche zur Benutzung offen stand. Claire las grundsätzlich alles, was ihr in die Finger kam, aber die Naturwissenschaften hatten es ihr ganz besonders angetan. Begeistert studierte sie die umfangreiche Sammlung wertvoller Knochen von urweltlichen Tieren und einheimischen Vögeln wie der Nachtschwalbe, dem Cocoireiher oder dem Trauertyrann. Die irritierten Blicke, die auf sie fielen, weil sie nicht nur allein unterwegs war, sondern überdies oft begeistert aufschrie, merkte sie gar nicht. Die Zeit verging wie im Flug, und als sie das Museum verließ, war es Mittag und ihr Fehlen im Haus der de la Vegas' wohl längst aufgefallen. Dennoch drängte nichts sie zur raschen Heimkehr. Sie schlenderte ganz beseelt von den Eindrücken aus dem Museum durch die Straßen und hoffte, irgendwann auch einen Ausflug ins Umland unternehmen zu können, um die Tierwelt des Landes noch weiter zu studieren.

Obwohl das rechtwinklige Straßennetz die Orientierung eigentlich erleichterte, verirrte sie sich. Anstatt zum Hafen zu gelangen, wie sie es vorgehabt hatte, landete sie bei der englischen Protestantischen Kirche, die direkt am Meer lag. Sie glich mit ihren vier Säulen einem griechischen Tempel, den Claire interessiert in Augenschein nahm. Noch mehr aber als dieses Gebäude fesselte sie der Anblick der vielen Frauen in weißen Badehemden, die einen kleinen Strand, nicht weit von der Kirche entfernt, bevölkerten. Einige spazierten am Wasser entlang, andere genossen die warme Sonne, einige wenige wagten es, in die Fluten zu waten.
Vage erinnerte sich Claire daran, dass Leonora – in einer Mischung aus Sensationsgier und Unverständnis – erzählt hatte, dass das Schwimmen im Meer zunehmend in Mode käme und sich in der Nähe der englischen Kirche der Lieblingsbadeplatz der Frau befände. Sie selbst würde bei einem solch schamlosen Treiben natürlich niemals mitmachen!
Claire konnte sich die wuchtige Leonora auch nur schwer in einem der weißen Badehemden vorstellen und musste bei dem Gedanken an ihre Worte grinsen.
Neugierig ging sie auf den Strand zu. Leonora hatte auch berichtet, dass stets mehrere Polizeibeamte darüber wachten, dass die Frauen vor aufdringlichen Blicken beschützt waren, doch das war – wie so vieles, was sie vollmundig verkündete – reichlich übertrieben. Claire sah nur einen Beamten am Strand stehen – einen großgewachsenen Mann, dessen rotblondes Haar für diese Breitengrade ungewöhnlich hell war und in starkem Kontrast zu seinem dunkel gebräunten Gesicht stand. Er trug eine graue Uniform, kniehohe Stiefel und stand steif wie eine Marmorstatue. Als einziger Mann in der Gegend trafen ihn viele neugierige Blicke, doch der Polizist tat so, als würde er weder sie noch das aufgeregte Tuscheln be-

merken, sondern blickte starr aufs Meer, um aller Welt zu bekunden, dass er sich vom Anblick leichtbekleideter Frauen nicht davon abhalten lassen würde, Ertrinkende zu retten.
Nun, so schnell würde hier keine ertrinken, da die meisten Frauen nur knietief im Wasser spazierten. Es war unerwartet klar und funkelte in der Mittagssonne türkis, und als Claire die salzige Meerluft einsog, merkte sie, wie sie geschwitzt hatte. Wie herrlich wäre es, hier zu baden!
Sie war seit Jahren eine begeisterte Schwimmerin. Im Pensionat hatte man zwar diesen Sport als unzüchtig verdammt, doch in allen großen Städten waren Badeanstalten in Mode gekommen – auch für Frauen.
Sie blickte zum strahlend blauen und wolkenlosen Himmel. Gewiss würde das gute Wetter noch für einige Stunden halten – was bedeutete, dass sie in ihrer Unterwäsche schwimmen gehen und diese hinterher von der Sonne trocknen lassen konnte.
Ehe ihr Zweifel kamen, ob es nicht doch besser wäre, wieder nach Hause zurückzukehren, suchte sie sich ein windgeschütztes Plätzchen und legte ihre Kleidung ab.
Der Winter war eben erst zu Ende gegangen und das Wasser darum noch eiskalt. Dennoch zögerte sie nicht, sondern tauchte – anders als die anderen Frauen – gleich mit dem ganzen Körper hinein. Kurz blieb ihr die Luft weg, aber sie machte rasch ein paar kräftige Stöße, um ihre Glieder zu erwärmen, und als Arme und Beine wohlig zu kribbeln begannen, konnte sie der Versuchung nicht widerstehen, ins Meer hinauszuschwimmen. Das Wasser brannte auf ihrer Haut, doch solange sie nicht innehielt, vermochte die Kälte ihre Glieder nicht zu lähmen.
Wie herrlich es war, im Meer zu schwimmen, ein größeres Vergnügen noch als in einem Schwimmbecken! Selten hatte sie sich so frei von allen Lasten gefühlt, so lebendig, so aben-

teuerlustig. Unwillkürlich riss sie die Hände hoch und jauchzte, bevor sie noch weiter ins offene Meer schwamm. Jedes Mal, wenn sie sich umdrehte, hatte sie eine neue Perspektive auf die Stadt. Der Strand wurde immer kleiner, die Menschen wurden immer winziger. Was sie jedoch gut erkennen konnte, war, dass plötzlich sämtliche Frauen, die eben noch träge in der Sonne gelungert hatten, am Ufer zusammenströmten und aufgeregt aufs Meer deuteten. Claire sah sich um, konnte aber nichts Ungewöhnliches erkennen. Was war nur los?

Erst nach einer Weile begriff sie, dass sie alle in ihre Richtung wiesen und wild durcheinanderschrien. Claire konnte die Worte nicht verstehen, aber sie veranlassten den Polizisten, der den Strand beaufsichtigte, hektisch seine Stiefel und Uniform abzulegen und mit einem Hechtsprung von einem Steinmäuerchen ins Wasser zu springen. Es war ein höchst eleganter Anblick, wie er mit kräftigen Zügen das Wasser durchpflügte, doch Claire verstand immer noch nicht, warum er direkt auf sie zugeschwommen kam.

»Niña, alles in Ordnung mit Ihnen?«, rief er ihr prustend zu, kaum hatte er sie erreicht.

Ehe sie antworten konnte, überwand er die letzte Distanz, packte sie an den Händen und zog sie an sich. Und bevor sie ihrer Verblüffung Herr wurde und sich dagegen wehrte, griff er ihr schon unter den Kopf und zog sie mit sich Richtung Strand. Ihre nackten Füße stießen unter Wasser gegeneinander, und Claire erschauderte. Nie hatte sie ein Mann, überdies ein Fremder, so vertraulich berührt.

»Gütiger Himmel!«, stieß sie aus. »Was tun Sie denn da?«

»Nun, ich rette Sie vor dem Ertrinken!«

Sie lachte laut auf, und der Polizist war so verwirrt, dass sich sein Griff lockerte. Claire machte sich los. »Wie kommen Sie bloß auf die Idee, ich würde ertrinken?«

»Aber es haben doch alle gesagt …«
Sie spähte zum Strand, wo die Badenden immer noch heftig gestikulierten, und begriff erst jetzt, dass man ihr Jauchzen als Hilfeschrei ausgelegt hatte. Als sie überdies begeistert die Arme in die Höhe gerissen hatte, hatte man vermutet, sie würde verzweifelt um ihr Leben kämpfen.
Sie konnte gar nicht anders, als wieder zu lachen, doch als sie sah, wie verlegen der Mann wirkte, verstummte sie.
»Ich wollte Sie nicht in Ihrem Stolz treffen«, sagte sie rasch.
»Und ich wollte Ihnen nicht zu nahe treten, Niña. Aber hier schwimmen Frauen nicht so weit hinaus. Und sie gehen auch nicht allein zum Schwimmen.«
Er wirkte fast ein wenig gekränkt. Offenbar war er jemand, der seine Pflichten ganz genau nahm und sich nun lächerlich gemacht fühlte.
»Auf jeden Fall danke ich Ihnen«, sagte Claire beschwichtigend. »Es ist beeindruckend, dass Sie keine Sekunde gezögert haben, eine Frau in Not zu retten. Und ich muss zugeben – ich bin weiter hinausgeschwommen, als ich es vorhatte. Das Wasser hier ist kalt, die Strömungen gewiss nicht ungefährlich. Wenn ich ehrlich bin, bin ich ziemlich erleichtert, dass ich nicht allein zurück ans Ufer schwimmen muss.«
Wahrscheinlich entging ihm nicht, dass sie maßlos übertrieb, aber er war dankbar, dass sie ihn sein Gesicht wahren ließ, und nickte ernsthaft.
Schnell schwammen sie zurück, und Claire warf immer wieder verstohlene Blicke auf ihn. Die Frauen mochten hierzulande nicht sonderlich gut schwimmen – die Männer aber umso besser. Er war eine überaus elegante Erscheinung, seine Schwimmzüge waren kraftvoll und geschmeidig. Sie konnte ihren Blick selbst dann nicht von ihm lassen, als sie das Ufer erreichten. Seine Hosen hatte er anbehalten, doch sein mus-

kulöser Oberkörper war nackt, und das Wasser perlte von seiner glatten Haut. Er selbst hielt die Augen gesenkt, als sie den Fluten entstieg, und sie rechnete es ihm hoch an, war doch ihre helle Unterwäsche etwas durchsichtig.

Erst als sie sich beide angekleidet hatten – aufgrund seiner Nähe verzichtete sie darauf, erst wieder ganz trocken zu werden –, richtete er erneut das Wort an sie: »Wie gesagt, ich wollte Ihnen nicht zu nahe treten. Es ist nicht meine Art, eine Situation wie diese auszunützen und eine Frau unsittlich zu berühren.«

Er bückte sich hastig, um seine Stiefel überzustreifen.

»Da Sie mich gerettet haben – darf ich Ihren Namen erfahren?«

»Ich habe Sie nicht gerettet.«

»Und deswegen darf ich nicht wissen, wie Sie heißen?«, fragte sie belustigt.

»Doch, natürlich. Mein Name ist Luis Silveira.«

»Und ich heiße Claire Gothmann.«

»Sie sind also Ausländerin? Ich habe es mir wegen Ihres Akzents schon gedacht.«

Sie nickte. »Ich komme aus Deutschland.«

Bis jetzt hatte er seine Augen immer noch sittsam gesenkt gehalten, doch als er auch seinen zweiten Stiefel angezogen hatte, glitt sein Blick verstohlen über ihren Körper. Gewiss bemerkte er, dass sich unter dem feuchten Stoff ihre Glieder abzeichneten. Sanfte Röte stieg ihm ins Gesicht, wenngleich er schon im nächsten Augenblick streng verkündete: »Nun, hier wie in Deutschland gilt, dass man besser nicht alleine schwimmt.«

Mit diesen Worten wandte er sich ab, nahm wieder seine Position als Beobachter ein und tat so, als würde er niemanden bemerken – am allerwenigsten sie.

Claire setzte sich auf einen Stein und ließ sich von der Sonne wärmen. Mehrmals drehte sie sich nach ihm um, aber er verzog keine Miene, und sie bedauerte es zutiefst, obwohl sie nicht recht sagen konnte, warum.
Schließlich wandte sie sich zum Gehen. Sie hatte den Strand schon fast verlassen, als sie sich ein letztes Mal zu ihm umwandte. Ihr entging nicht, dass er ihr nun doch nachsah, und unwillkürlich musste sie grinsen. Vielleicht war es nur eine Täuschung, aber auch seine Mundwinkel schienen zu zucken.
»Luis Silveira«, murmelte sie auf dem Heimweg immer wieder. »Luis Silveira …«

15. Kapitel

Schon wenige Tage später sah Claire Luis unerwartet wieder. Diesmal trug sie nicht nur ihre weiße Unterwäsche, sondern ihr schönstes Kleid aus einem satten Rot und dazu den Rubinschmuck, den sie von ihrer französischen Großmutter geerbt hatte. Bis jetzt hatte es keine Gelegenheit gegeben, sich feinzumachen, doch nun besuchte sie zum ersten Mal die Oper von Montevideo.
Anders als Valeria, die ungern still saß und schon gar nicht über Stunden, hatte sie sich seit Tagen darauf gefreut. »Das Opernhaus heißt Theater de Solis«, erklärte sie ihrer Cousine. »Es wurde nach Juan Diaz de Solis benannt – einem der ersten Spanier, der mit seinem Schiff in den Río de la Plata einlief. Er bezahlte es mit seinem Leben, denn er wurde dort von Einheimischen erschlagen.«
Valeria schien von der grausamen Geschichte durchaus fasziniert, verdrehte dann aber die Augen: »Dass du dir so viel merken kannst! Hast du keine Angst, dass dein Kopf irgendwann so voll ist, dass nichts mehr reinpasst?«
Auch wenn Valeria wenig erpicht schien, die Oper zu sehen, freute auch sie sich über den Anlass, sich schön zu machen und unter die Leute zu kommen. Beide Mädchen waren aufgeregt, als sie am frühen Abend zum Theater aufbrachen, das nicht weit vom alten Kastell, das gegenwärtig die Markthalle beherbergte, lag. Es war ein großes Gebäude vor einem runden, weiten Platz, der auf den gegenüberliegenden Seiten von hässlichen Buden und Baracken umgeben war – ein Zeichen

dafür, dass in diesem Land Reich und Arm dicht nebeneinanderlagen. Viele kleine Gaslaternen beleuchteten das Gebäude, und überdies lockten aufsteigende Raketen das Publikum ins Theater.
Claire hatte zunächst gedacht, dass sie etwas zu fein gekleidet war, stellte nun jedoch fest, dass auch alle anderen Besucher ihre beste Kleidung aus dem Schrank geholt hatten, gleich so, als besuchten sie keine Opernvorstellung, sondern einen Ball: Die Herren trugen allesamt einen schwarzen Frack mit weißer Halsbinde und weißen Glacéhandschuhen; die Damen waren in elegante Kleider geschlüpft und hatten ihr teuerstes Geschmeide angelegt. Keine von ihnen trug einen Hut, so dass man kunstvoll geflochtene und hochgesteckte Frisuren bewundern konnte. Wenn nicht in der Ferne das Meer gerauscht hätte, so hätte Claire geglaubt, in Frankfurt oder Paris zu sein. Carl-Theodor nickte Julio anerkennend zu. »Dieses Theater lässt die Eleganz der deutschen Stadttheater weit hinter sich«, stellte er fest.
»Niemand soll uns vorwerfen, dass wir hinter Europa zurückstehen.« Julio sonnte sich einmal mehr im Lob ihrer Lebensart, als wäre alles sein Verdienst – und auch Leonora lächelte geschmeichelt. Nur Isabella machte wie so oft einen unglücklichen Eindruck. Ihr braunes Kleid schlotterte an ihrem schmalen Leib und ließ sie noch blasser aussehen.
Als sie auf das Gebäude zugingen, bestaunten Valeria und Claire ehrfürchtig das von sechs korinthischen Säulen getragene Peristyl, über dem sich der Hauptbau mit dem großen Giebelfeld erhob und wo eine goldene Sonne, das Wappen der de Solis', prangte. Hinter dem Eingang befand sich eine geräumige Vorhalle, deren Decke von sechs Säulen aus weißem Marmor mit bronzenen Kapitellen getragen wurde, und von hier ging es zu den Korridoren, Logen und dem Parterre.

Valeria packte Claire am Arm. »Schau doch mal! Diese Damen dort, sie sind alle verschleiert! Wo sie wohl hinwollen?«
»Wie es aussieht, in die oberste Loge«, erwiderte Claire.
Diese weiblichen Besucherinnen waren nicht elegant, sondern ganz in Schwarz gekleidet und ihre Gesichter hinter undurchsichtigen Schleiern verborgen. Wie Valeria sah auch Claire ihnen neugierig nach – ehe ihr Blick von etwas anderem gefesselt wurde: Der Mann, der die Damen durch den Vorraum Richtung Loge geleitet hatte und danach dort unten wartete, war Luis Silveira. Er trug keine Stiefel, aber seine Uniform, auf der heute mehrere Orden prangten. Obwohl er mit gesenktem Kopf dort stand, war er eine edle, stolze Erscheinung, die sie wie bei ihrer ersten Begegnung bannte.
»Geh schon mit den anderen mit«, sagte Claire leise, »ich komme gleich nach.«
Valeria wirkte verwirrt, bemerkte dann aber, wohin Claire so offensichtlich starrte, und wohl auch, dass ihr das Blut ins Gesicht geschossen war. »Kennst du den Mann?«, fragte sie mit vielsagendem Grinsen.
»Nun mach schon! Lenk Vater irgendwie ab! Sag ihm, ich musste mich kurz erfrischen.«
Obwohl sie sichtlich neugierig auf den Fremden war, der es ihrer Cousine so angetan hatte, gab Valeria nach und folgte den anderen zur Loge.
Luis' Gesicht blieb unbewegt, als Claire auf ihn zutrat. Erst als sie unmittelbar vor ihm stand, verzog ein leichtes Lächeln seinen Mund, und er straffte kaum merklich seinen Rücken.
»Niña Gothmann«, murmelte er.
»Warum so förmlich? Nennen Sie mich doch Claire!«
Er runzelte die Stirn. »Denken Sie nicht, das ist etwas zu vertraulich?«

»Was könnte vertraulicher sein, als gemeinsam kaum bekleidet im Meer zu schwimmen?«, lachte sie.
Die Erinnerung daran war ihm sichtlich unangenehm, und um ihm nicht zu nahe zu treten, lenkte sie rasch vom Thema ab. »Was machen Sie hier? Besuchen Sie auch die Aufführung heute Abend?«
»Nein, ich bin im Dienst. Ich begleite die Tapadas.«
»Die ... was?«
»Nun, diese verschleierten Frauen, die Sie gewiss eben gesehen haben. Sie sind Witwen oder unverheiratete Damen und besuchen die Oper ohne männlichen Verwandten. Deswegen verzichten sie auch auf die Toilette und verbergen sich hinter einem Schleier. Sie nehmen in der Galeria Platz, wo sie gänzlich ungestört von Männern sind. Damit sie auch auf dem Weg dorthin und wieder zurück nach Hause nicht belästigt werden, begleite ich sie.«
Was für ein merkwürdiger Brauch, ging es Claire durch den Kopf. Allerdings konnte sie sich nicht erinnern, ob sie jemals ohne ihren Vater die Oper in Frankfurt besucht hatte und ob es andere Frauen gab, die ohne männliche Begleitung unterwegs waren. Im Zweifelsfall hätte sie sich auch lieber einen Schleier umgelegt, als auf einen Opernbesuch zu verzichten.
»Das heißt, Sie werden die Oper gar nicht sehen?«, fragte sie bedauernd.
»Nein, ich warte hier. Aber ich kann die Musik hören. Ich ... ich liebe Musik.«
Sie war erstaunt über das Bekenntnis und den sehnsuchtsvollen Klang seiner Stimme. Beides war an einem so steif und streng wirkenden Mann eigentlich nicht zu vermuten.
»Ich muss nun in die Loge zu meiner Familie«, erklärte sie. »Aber in der Pause kann ich wiederkommen, dann werde ich Ihnen das Bühnenbild und die Kostüme schildern.«

Er ließ es sich nicht anmerken, ob ihn diese Aussicht erfreute oder nicht, aber sie wertete es schon als Erfolg, dass er ihr Angebot nicht rundweg ablehnte.

Claire war sich zunächst nicht sicher, ob sich überhaupt ein Anlass bieten würde, später unauffällig der Loge zu entfliehen, aber als sie sie betrat, stellte sie fest, dass nichts leichter war als das, denn auch nach Beginn der Aufführung ging es in den Logen unruhig zu. Offenbar war es in Montevideo Brauch, dass sich die reichen Familien gegenseitig Besuche abstatteten und einige Zeit, mitunter einen ganzen Akt lang, bei ihnen verweilten. Nicht nur das stete Kommen und Gehen lenkte von der Musik ab – aufgeführt wurde heute Abend Mozarts *Entführung aus dem Serail* –, sondern auch die ungeniert lauten Gespräche. Vor allem Julio schien mitnichten an der Musik interessiert, sondern diskutierte die ganze Zeit über die aktuellen Wollpreise. Bei jeder anderen Gelegenheit hätte sich Claire darüber geärgert, doch so harrte sie ungeduldig darauf, wieder zu Luis huschen zu können.

Die Pause nach dem ersten Akt hatte noch nicht begonnen, als viele Männer bereits die Loge verließen, um in den Gängen Zigarren zu rauchen. Die Frauen folgten und genossen ein Glas Champagner. Auch Claire wurde eines gereicht, doch sie trank nicht daraus, sondern ging mit dem Glas in der Hand hinunter ins Foyer. Luis stand dort so steif, wie sie ihn verlassen hatte – er schien in der vergangenen Stunde nicht einmal mit der Wimper gezuckt zu haben. Dennoch huschte wieder der Anflug eines Lächelns über sein Gesicht, als er sie sah.

»Ich habe Ihnen eine kleine Stärkung mitgebracht.«

»Im Dienst trinke ich keinen Alkohol.«

»Nicht einmal, wenn dieser Dienst Sie in die Oper führt?« Claire seufzte. »Warum sind Sie nur so streng mit sich?«

»Ich bin nicht streng, sondern einfach nur pflichtbewusst.«
Dies war für gewöhnlich eine Eigenschaft, die sie selbst an den Tag legte und die ihr Valeria häufig vorwarf. Heute schien es, als hätte sie die Rolle der Cousine übernommen, und als sie Luis ungewohnt neckisch zuzwinkerte und dann aufreizend selbst einen kleinen Schluck Champagner nahm, gefiel sie sich gut darin. Der Champagner stieg ihr prompt heiß ins Gesicht.
Luis stand immer noch steif da, fragte dann aber: »Wollten Sie mir nicht etwas erzählen?«
»Was?«
»Nun, wie das Bühnenbild aussieht. Und die Kostüme.«
Claire ließ sich nicht ein zweites Mal bitten. Ausufernd berichtete sie vom Garten, in dem Osmin die Feigen pflücken wollte, und den fremdländischen, farbenprächtigen Kostümen des Janitscharenchors. Sie musste immer lauter sprechen, denn im Foyer herrschte bald ein dichtes Gedränge, und sie hatte noch nicht geendet, als der zweite Akt begann und die Menschen zurück in die Loge strömten.
»Besser, Sie gehen nun auch wieder zu Ihrer Familie«, meinte Luis.
Claire zögerte. Sollte sie ihn einfach hier stehenlassen, nachdem der Zufall sie wieder zusammengeführt hatte? In der nächsten Pause oder gar nach der Aufführung gab es womöglich keine Gelegenheit mehr, mit ihm zu sprechen. Sie wusste nur seinen Namen, sonst nichts, hätte jedoch so gerne noch mehr über ihn erfahren, vor allem, wie man diesen beherrschten Mann aus der Reserve lockte!
Sie fügte sich nur vermeintlich, aber als auf dem Weg nach oben Canapés gereicht wurden, sammelte sie ein paar davon auf einem kleinen Teller. Den Alkohol konnte er mit Recht abschlagen, gewiss aber keine kleine Stärkung.

Valeria lief auf sie zu. »Hier steckst du, ich suche dich seit Ewigkeiten! Kaum zu glauben, dass du für diesen flotten Unbekannten bereit bist, einen Takt deiner geliebten Musik zu versäumen. Oder hast du denn nicht bemerkt, dass die Aufführung schon wieder weitergeht? Sagst du mir jetzt, wer er ist?«
»Ein Polizist«, antwortete Claire, »viel mehr weiß ich selbst nicht.«
»Aber scheinbar bist du gewillt, es herauszufinden.« Valeria kicherte.
Leider war auch Carl-Theodor nicht weit. »Wo bleibt ihr denn?«, rief er den Mädchen zu.
Claire sah Valeria hilfesuchend an. »Ich würde gerne noch ein wenig mit ihm plaudern, aber dafür brauche ich deine Unterstützung. Du hilfst mir doch?«
»Wenn du mir hinterher alles über deinen schmucken Polizisten erzählst – gerne!«
»Claire! Valeria!«, rief Carl-Theodor.
Fieberhaft suchte Claire nach einer Ausrede – und musste plötzlich lächeln, als ihr eine Idee kam.

Valeria konnte sich auch weiterhin ihr Grinsen nicht verkneifen. Ausgerechnet Claire, die immer so vernünftige, beherrschte Cousine und obendrein ein schrecklicher Bücherwurm, starrte ganz gebannt auf einen Mann und lauschte hingerissen jedem seiner Worte.
Claire hatte Onkel Carl-Theodor vorhin erklärt, dass ihr Kleid einen Fleck abbekommen hatte und dass Valeria helfen würde, ihn zu reinigen. Nun war der zweite Akt fast vorbei, doch Claire konnte sich nach wie vor nicht von ihrem Gesprächspartner lösen. Die Miene des Polizisten war vermeintlich ausdruckslos, aber immer wenn Claire es nicht bemerkte, ließ er seinen Blick unauffällig über ihre Gestalt huschen.

Valeria beobachtete sie eine Weile, aber da sie nicht hören konnte, was die beiden redeten, wurde es ihr bald zu langweilig, die Anstandsdame zu spielen, zumal sich Carl-Theodor ohnehin wieder in die Loge begeben hatte und dort der Oper zuhörte – ganz anders als Julio, der, wie sie nun sah, im Foyer geblieben war und sich mit einem älteren Herrn unterhielt. Während sie miteinander sprachen, blickten sie sich mehrmals um und verbargen sich später gar im Schatten einer Säule, offenbar, um den Inhalt ihres Gesprächs geheim zu halten.

Valeria trat unauffällig näher. Womöglich unterhielten sich die beiden über die geschmuggelten französischen Waren wie schon vor ein paar Tagen. Seither hatte sie bei mancher Gelegenheit vor Julios Arbeitszimmer gehorcht, aber nichts weiter darüber herausgefunden. Lautlos lehnte sie sich an die Säule und hörte, wie Julio den fremden Mann als Herrn von Gülich ansprach. Den Namen hatte sie schon einmal gehört, und jetzt fiel ihr auch wieder ein, dass der Mann einmal Gast bei den de la Vegas' gewesen war. Sie hatte sich mit Claire über ihn lustig gemacht, weil er so stolz auf seinen Titel »Königlich Preußischer Geschäftsträger« gewesen war. Wenn sie es recht im Kopf hatte, gehörte Herrn von Gülich auch die Theaterloge, in der sie vorhin Platz genommen hatten.

Jetzt war natürlich weder von Wissenschaft noch von Gesang die Rede.

»Sie haben doch beste Kontakte nach Argentinien«, sagte Julio leise.

»Wenn Sie wollen, kann ich sie gerne nutzen. Soll ich eine bestimmte Botschaft ausrichten?«

Julio zögerte. »Eigentlich das Gegenteil – ich will, dass eine bestimmte Sache geheim gehalten wird.« Er beugte sich vor und flüsterte so leise, dass Valeria nur die Hälfte verstand.

»… Ware erhalten … will nicht, dass die Argentinier … Beschlagnahmung … aufteilen …«
Eine längere Pause entstand.
»Und jetzt soll ich also herausfinden, ob man vielleicht von der Sache Wind bekommen hat?«, fragte Herr von Gülich gedehnt.
»So ist es. Ich würde diese ganz besondere Ware gerne in der Banda Oriental weiterverkaufen.«
»Und woher stammt die Ware?«
»Aus Frankreich.«
Valeria verstand nicht viel von Geschäften, konnte sich aber denken, was Julio bezweckte: Einerseits wollte er offenbar die hohen Einfuhrzölle sparen, indem er den Import der Ware verschleierte, andererseits nicht die Begehrlichkeit argentinischer Kaufleute erwecken. In jedem Fall bestärkte die Tatsache, dass die Ware aus Frankreich kam, sie in der Annahme, dass es sich um Luxusgüter handeln musste.
»Wo wird sie denn jetzt gelagert?«, fragte Herr von Gülich eben.
»Nur eine Straße weiter. Dort gibt es mehrere Lagerhallen. Es ist die vierte Richtung Hafen. Hier in der Nähe des Theaters kommt keiner auf die Idee, dass man …«, er brach ab. »Ach Valeria, hier bist du! Hast du keine Lust auf die Oper?«
Verdammt, er hatte sie gesehen!
Valeria fasste sich rasch und tat so, als hätte sie nichts gehört, sondern wäre ganz zufällig hier vorbeigekommen. Sie setzte eine durch und durch arglose Miene auf und lächelte erst den Onkel, dann Herrn von Gülich strahlend an.
»Also, warum bist du nicht in der Loge?«, fragte Julio dennoch streng.
Sie rang nach einer Ausrede, aber Gott sei Dank kam ihr Herr von Gülich zu Hilfe.

»Nun, für eine Europäerin ist die Oper in der Banda Oriental etwas gewöhnungsbedürftig, nicht wahr? Dieses Gebäude hier ist zwar so prachtvoll wie vergleichbare in Deutschland, aber die Gesangsleistung lässt zu wünschen übrig.«
Valeria nickte, und Herr von Gülich erzählte prompt ausufernd, wie kürzlich die italienische Operngesellschaft Lorini zu Gast war, man deren Gesang jedoch gar nicht zu schätzen wusste, weil man keinen Sinn für nuancierte Stimmen hatte. Stattdessen wurden hierzulande schlechte Sänger gerühmt, die mehr schrien als sangen.
»Hier zählt nicht die Kunstfertigkeit, sondern die Lautstärke – gleich so, als wäre die Oper ein Marktplatz, wo sich der Händler durchsetzt, der am durchdringendsten brüllt«, schloss er.
Valeria lächelte und nickte weiterhin, nutzte jedoch die erste Gelegenheit, dem geschwätzigen Herrn zu entkommen.
»Ich war auf der Suche nach Claire – aber dort hinten ist sie ja!«, rief sie.
Ehe Onkel Julio etwas sagen konnte, ließ sie die beiden stehen. Schließlich hatte sie genug gehört.

»Bist du verrückt geworden?«
Eben noch hatte Claire wie beseelt gewirkt. Nachdem sie sich von ihrem Polizisten verabschiedet hatte, hatte sie sich mehrmals umgedreht, um einen letzten Blick auf Luis zu werfen, und Valeria stolz berichtet, dass sie ihm vorgeschlagen hatte, gemeinsam das hiesige Museum zu besuchen. Luis hatte zwar nicht zugesagt, aber ebenso wenig gleich abgelehnt – was Claire als großen Fortschritt wertete.
Ihr freudiges Lächeln war allerdings rasch verschwunden, als Valeria ihrerseits erklärte, was sie vorhatte.
»Warum willst du denn ausgerechnet jetzt dorthin?«, rief sie verständnislos.

»Weil sich in den nächsten Tagen nicht so schnell eine Gelegenheit bietet! Bedenke, die Lagerhalle ist gleich in der Nähe des Theaters. Und obendrein sind alle in der Loge. Falls doch jemandem auffällt, dass ich fehle, wirst du das Gleiche machen wie ich vorhin für dich – nämlich lügen.«

Claire schüttelte den Kopf. »Warum bist du nur so darauf versessen, Isabella ein hübsches Kleid zu schenken?«

»Weil es schrecklich ungerecht ist, dass sie von ihren Eltern so vernachlässigt wird!«

»Und deswegen willst du einfach den Stoff stehlen – vorausgesetzt, bei besagter Ware handelt es sich überhaupt um feinen Stoff?«

Valeria grinste. »Onkel Julio kann mich später nicht zur Rede stellen, denn dann müsste er offen zugeben, was er der eigenen Tochter vorenthält, und obendrein, dass er schmuggelt. So aber wird er beschämt schweigen, wenn ich sage, dass der Stoff ein Geschenk von mir ist. Keine Angst – bis zum Ende des dritten Akts bin ich zurück.«

»Wenn du tatsächlich den Stoff findest – wie willst du ihn dann überhaupt unauffällig nach Hause bringen?«, fragte Claire skeptisch.

Diesen Einwurf konnte Valeria nicht so schnell entkräften, das war in der Tat ein Problem. Aber darüber konnte sie sich später immer noch den Kopf zerbrechen.

»Mir fällt schon eine Lösung ein«, erklärte sie leichtfertig.

»Du tust das alles nicht nur wegen Isabella, nicht wahr?«, fragte Claire leise. »Gegen Julio kannst du etwas unternehmen – gegen die Missachtung deiner Eltern nicht.«

Valeria verdrehte die Augen. Warum war Claire immer so begierig darauf, sich alles bis ins Letzte erklären zu können? Wichtig war doch nur, dass man erreichte, was man wollte, nicht, was einen dazu antrieb!

Anstatt etwas dazu zu sagen, warf sie ihr nur einen letzten beschwörenden Blick zu, raffte ihr Abendkleid und verließ die Oper.

Es war leichter als erwartet, die Lagerhalle zu finden, jedoch ungleich schwerer, sich dort zurechtzufinden, so stockdunkel, wie es war. Die Straßen und Gassen rund um das Theater Solís waren beleuchtet, hier aber gab es keine andere Lichtquelle als den Mond.
Immerhin war es Vollmond, und wenn er sich nicht gerade hinter Wolken versteckte, konnte Valeria das Notwendigste erkennen, zumal sich ihre Augen bald an die Finsternis gewöhnten.
Die Lagerhalle war nur mit einem Riegel verschlossen, den sie mit einiger Kraftanstrengung zurückschieben konnte. Allerdings blieb ihr Kleid am morschen Holz hängen, als sie eintrat, und riss auf. Sie fluchte, als sie den Schaden betrachtete – und tat das sofort wieder, als sie sich nach wenigen Schritten an einer der Kisten das Schienbein anstieß.
Es waren sehr viele Kisten: In der Nähe des Eingangs standen jeweils nur zwei aufeinander, an der Rückseite der Halle reichten die Stapel jedoch bis zur Decke.
Was für eine Unmenge an Luxusware Julio da importiert hatte!
Valeria blickte sich etwas ratlos um: Vorhin war sie nicht auf Claires Einwand eingegangen, wie sie den Stoff nur unauffällig nach Hause transportieren sollte, jetzt aber überlegte sie fieberhaft, wo sie ihn deponieren könnte, um ihn morgen zu holen. Ihr fiel keine rechte Lösung ein, und sie konnte Fräulein Claasen förmlich hören, wie die ihr in dieser Lage schmallippig vorhalten würde, dass sie besser zuerst nachgedacht und dann gehandelt hätte.

Nun, das Wichtigste war ohnehin, die Kiste zu öffnen – und das war leichter gesagt als getan, denn sie waren allesamt zugenagelt. Vor allem aber waren sie so schwer, dass sie sie kein Jota von der Stelle rücken konnte. Merkwürdig, Stoffe besaßen doch nicht dieses Gewicht!

Unbehagen überkam sie, das sie sich nicht recht erklären konnte. Außerdem begann sie, in ihrem leichten Abendkleid zu frieren, und ihre Entschlossenheit geriet ins Wanken. Alles in ihr drängte, möglichst schnell ins Theater und unter Menschen zurückzukehren, aber dann dachte sie an die unglückliche Isabella und biss die Zähne zusammen. So schnell wollte sie sich nicht in die Flucht schlagen lassen.

Und hier! Lag da nicht ein Messer? Die Kälte fiel von ihr ab, und sie geriet ins Schwitzen, als sie die Klinge in einen Spalt der Kisten zwängte, sämtliches Gewicht auf den Griff legte und solcherart die Kiste aufzubrechen versuchte. Es knirschte, als das Holz brach, dann sprang der Deckel auf, doch ehe sie den Inhalt mustern konnte, schob sich eine Wolke vor den Mond. Eine Weile sah sie nichts als Schwärze, doch ungeduldig, wie sie war, ließ sie sich nicht davon abhalten, in die Kiste zu greifen. Sie fühlte keinen weichen, feinen Stoff – sondern etwas Schweres, Kaltes.

Als das Mondlicht wieder durch die Ritzen fiel und den Inhalt der Kisten offenbarte, zuckte ihre Hand zurück.

»Du lieber Himmel!«

Was Julio da heimlich aufbewahrte, waren keine Luxuswaren, sondern ... Waffen – neben Gewehren auch Handgranaten und Pistolen.

Valeria hatte dergleichen selten gesehen und noch nie berührt.

Waffen ... Waffen für den Krieg ...

Auch wenn sie Alejandros wüsten Schreiorgien kaum Beachtung geschenkt hatte, wusste sie doch, dass nach den ersten Schlachten gegen Paraguay und dem dortigen Diktator Francis-

co Solano Lopez eine Waffenpause eingetreten war. Diese war entweder zu Ende oder würde es demnächst sein – und für diesen Fall hatte Julio vorgesorgt. Wahrscheinlich ließ sich mit Waffen sogar ungleich mehr Geld machen als mit feinen Stoffen.
Eine Weile hockte Valeria wie erstarrt da. Bilder von blutbefleckten Menschen stiegen vor ihr auf, schon reglos mit erstarrtem Blick oder sich im Todeskampf windend, allesamt von Kugeln getroffen, die aus diesen Gewehren stammten. Es war eine Welt, wie sie sie nicht kannte, eine Welt, mit der sie auch nichts zu tun haben wollte.
Erschaudernd schloss sie die Kiste wieder und wollte die Halle verlassen, doch ehe sie aufgestanden war, hörte sie vom Eingang her plötzlich Geräusche – erst nur Schritte, dann Stimmen.
Hatte jemand gesehen, dass sie die Oper verlassen hatte, und war ihr gefolgt?
Sie wähnte schon Onkel Julios strengen Blick auf sich ruhen, doch die Stimmen klangen allesamt fremd. Es waren mehrere Männer, die durcheinanderredeten, und sie sprachen in einem so starken Akzent, dass sie nur wenige Worte verstand.
»… Tor offen …«
»… könnte eine Falle sein.«
»Ach was, niemand weiß, was wir planen.«
»Los, komm!«
Gerade noch im letzten Augenblick duckte sich Valeria, robbte hastig in eine Ecke und versteckte sich dort hinter einer Kiste. Die Schritte kamen näher. Mit klopfendem Herzen spähte sie hervor und zählte sieben Männer, die die Lagerhalle betraten.
»Bist du sicher, dass wir hier richtig sind?«, fragte einer.
»Das werden wir gleich sehen.«
Sie hörte, wie eine der Kisten aufgebrochen wurde – ungleich schneller, als sie das vorhin getan hatte. Irgendjemand entzün-

dete ein Feuer, und bald erhellte der warme Schein einer Öllampe die Halle. Die Männer waren gefährlich nahe. Valeria hielt den Atem an, machte sich noch kleiner und kroch dann auf allen vieren in die nächste Ecke, wo sie sich hinter einer noch größeren Kiste verstecken konnte.
Wer waren diese Fremden? Was hatten sie hier zu suchen?
Sie konnte nicht viel von ihnen erkennen, nur dass sie dunkle, einfache Kleidung trugen und ihre Gesichter vor Dreck starrten. Sie hatten nichts gemein mit den eleganten Herren, die im Frack die Oper besuchten. Und ihr Akzent verriet, dass sie nicht aus Uruguay stammten.
Triumphgeschrei hallte von den Wänden, als sie die erste Kiste öffneten.
»Wusste ich's doch! Der alte Fuchs hat tatsächlich Waffen aus Frankreich herschaffen lassen.«
»Waffen, um Paraguayer abzuschlachten.«
»Wollen wir mal sehen, wer hier wen abschlachtet.«
»Beeilt euch! Wir haben nicht viel Zeit. Wenn man uns hier erwischt, ist es aus mit uns.«
Die Worte gingen in Krachen unter, als noch mehr Kisten gewaltsam aufgebrochen wurden.
Valeria schlug unwillkürlich die Hände vors Gesicht, als könnte sie sich auf diese Weise unsichtbar machen. Auch wenn sie Alejandro nur selten aufmerksam zugehört hatte, hatte sie noch gut in Erinnerung, wie er die Paraguayer als Tiere beschimpft hatte.
Tiere waren diese Männer nicht, aber gefährliche Feinde, die aus dem Nachbarland gekommen waren, um ihren Onkel zu bestehlen. Gnade ihr Gott, wenn sie sie hier entdeckten!
Sie nahm die Hände wieder vom Gesicht und sah sich verzweifelt nach einem besseren Versteck um.

»Großartig, es sind viel mehr Waffen, als ich dachte!«
Weitere Kisten wurden aufgebrochen – und Valeria nutzte den Lärm, um auf allen vieren noch weiter fortzukriechen. Sie hatte bald den hintersten Winkel der Halle erreicht, während die Männer laut ihr Diebesgut benannten: Gewehre samt Bajonett waren darunter, Minié-Gewehre, Zündkapsel-Gewehre, Pistolen und kurze Säbel.
Valeria brach der Schweiß aus. Wenn sie nach und nach alle Kisten aufbrechen würden, würden sie sie irgendwann aufstöbern.
Sie sah sich hilfesuchend um, aber es war zu dunkel, um zu erkennen, ob hier vielleicht ein weiterer Ausgang ins Freie führte. Und selbst wenn, er wäre ja doch verschlossen gewesen, und beim Versuch, ihn zu öffnen, hätte sie die Aufmerksamkeit der Männer auf sich gezogen.
Ob sie es wagen sollte, irgendwie durch den Hauptausgang zu fliehen? Aber nein, dort standen zwei Männer als Wachen positioniert. Sie saß in der Falle.
Weitere Kisten wurden geöffnet und wieder begeistert kommentiert, was sich darin befand – Steinschloss-Pistolen diesmal, Degen, Kentermesser und Äxte.
Der Lichtschein kam immer näher, die Stimmen und die Schritte auch. Valeria wagte kaum zu atmen. Sie zog die Füße an, machte sich so klein wie möglich, aber ahnte insgeheim, dass alle Bemühungen umsonst waren.
Doch als die Männer ihr Versteck schon fast erreicht hatten, erklärte einer: »Wir können nicht alles mitnehmen.«
»Warum nicht?«, hielt ein anderer zornig entgegen. »Glaubst du, ich lasse hier irgendetwas zurück, mit dem man unsere Landsleute abschlachtet?«
»Pablo, begreif doch! Wir können unmöglich alles mit uns schleppen – das ist doch viel zu schwer. Und selbst wenn wir

es transportieren könnten, unsere Soldaten können mit den meisten dieser Waffen doch ohnehin nicht umgehen.«
»Dann müssen sie es lernen.«
»Mit den Zweiunddreißigern werden die meisten niemals schießen können. Am besten, wir lassen sie hier.«
»Lieber werfe ich sie ins Meer«, rief der andere erbost. »Los, kommt! Packt alle mit an! Und hör zu unken auf, Valentín.«
Die übrigen Männer gehorchten jenem Pablo, der offenbar der Anführer der Bande war, aber Valentín hielt weiterhin dagegen: »Mörser, Kugeln und Haubitzen werden auch in der Gießerei von Ybycuí produziert – zumindest das brauchen wir nicht. Und Schießpulver auch nicht. Pyrit gibt es bei uns in Fülle.«
»Ich verzichte auf gar nichts. Alles, was wir haben, haben diese verdammten Hurensöhne nicht. Los!«
Valeria unterdrückte nur mühsam den Drang, erneut die Hände vor die Augen zu schlagen. Wenn sie bis jetzt daran gezweifelt hätte, hatte sie nun endgültig Gewissheit: Diese Männer waren eine Truppe Paraguayer. Sie fühlte den Boden unter ihren Füßen vibrieren, und als sie kurz hinter der Kiste hervorlugte, erkannte sie, dass die Feinde kaum ein halbes Dutzend Schritte von ihr entfernt waren. Sie waren zwar nicht so groß wie die meisten Männer aus Uruguay, hatten aber breite Schultern und rohe Hände. Mühelos wuchteten sie auch noch die schwersten Waffen hoch und banden sie sich teilweise um. Auch ohne all die Gewehre hätten sie furchterregend gewirkt, trugen sie doch alle ein Messer am Gürtel ... ein Messer, mit dem man einer unliebsamen Zeugin die Kehle durchschneiden konnte.
Als sie schon befürchtete, endgültig entdeckt zu werden, fiel das Licht der Lampe auf ein paar graue Stoffballen, die sie bis jetzt noch nicht gesehen hatte. Wahrscheinlich sollten diese

dem Zweck dienen, Uniformen zu schneidern. Ohnehin schon schwer beladen, würden die Männer auf den Stoff gewiss verzichten – und ein Ballen war groß genug, um sich dahinter zu verkriechen, vorausgesetzt, sie schaffte es unauffällig dorthin.
Wie viele Schritte sie zurücklegen müsste? Fünf? Oder gar zehn?
Nun, es blieb keine Zeit, darüber nachzudenken, wie gut ihre Chancen standen. Sie musste es versuchen! Sie schöpfte tief Atem, wartete darauf, dass neue Kisten aufgebrochen wurden und das Geräusch ihre Schritte dämpfte, dann hastete sie los.
Sie war schneller dort als erwartet, streckte ihre Hand aus und konnte den Stoffballen berühren. Jetzt musste sie es nur schaffen, sich irgendwie dahinter zu verstecken. Sie tat es vorsichtig – leider nicht vorsichtig genug.
In ihrer Panik hatte sie nicht gesehen, dass sich neben den Stoffballen Fässer befanden – offenbar allesamt mit Schießpulver gefüllt. Eines fiel um, als sie dagegen stieß, riss andere mit und rollte auf die Männer zu. Pablo, der Anführer, stoppte das rollende Fass mit seinem Fuß – ein dumpfer Klang, der in ihren Ohren dennoch laut wie ein Schuss tönte. Als er verstummt war, traf sie ein Lichtschein – und eine Stimme: »Wen haben wir denn da?«

Ihre Angst war so gewaltig, dass sie vermeinte, ihre Brust würde zerspringen und das Herz augenblicklich zu schlagen aufhören. Ja, sie würde vor Schreck sterben, ohne dass die Männer auch nur eine Hand nach ihr ausstrecken mussten. Aber als sie sie langsam umstellten und von allen Seiten näher kamen, rettete sie keine gnädige Finsternis. Ihre Sinne blieben hellwach, und in ihrem Kopf kreiste immer wieder derselbe

Gedanke: Ich will nicht sterben, ich will nicht sterben, ich will nicht sterben.

Noch machten die Männer keine Anstalten, sie zu töten, sondern musterten sie lediglich.

Pablo war der Erste, der die Sprache wiederfand. »Schaut euch ihr Kleid an!«

Zunächst begriff sie nicht, was diese Worte verhießen, aber als sie den aufdringlichen Blicken folgte, die ihre Gestalt taxierten, erkannte sie, dass ihr elegantes Kleid für die Oper sie als Tochter einer wohlhabenden Familie auswies und die Männer davon abhielt, augenblicklich über sie herzufallen.

Sie rang nach Worten. »Bitte, tut mir nichts!«

Die Gesichter blieben ausdruckslos. Sie suchte den Blick von jenem, der sich zuvor mit seinem Bruder angelegt hatte und auf den Namen Valentín hörte. Seine Augen waren wie Kohle und ließen nicht das geringste Mitleid erkennen.

Sie wiederholte dennoch flehentlich: »Tut mir nichts, lasst mich gehen!« Dann setzte sie hastig hinzu: »Ich bin die Enkeltochter von Alejandro de la Vegas.«

Sie biss sich auf die Lippen, kaum dass sie es gesagt hatte, und ahnte, dass sie den größten Fehler ihres Lebens gemacht hatte.

Jener Pablo trat auf sie zu.

»Hört, hört, Alejandro de la Vegas' Enkeltochter.«

Sie sah das Glitzern in den Augen – ähnliches Glitzern, das wohl eben noch darin gestanden hatte, als er die vielen Waffen entdeckt hatte. Unter Umständen war sie sogar noch kostbarer als jedes Gewehr.

Valeria nutzte ihre letzte Chance und rannte los. Die Männer hatten sie zwar umstellt, aber den Kreis nicht geschlossen, sondern eine winzige Lücke gelassen. Sie wiederum war so dünn, dass sie sich mühelos an zwei Männern vorbeidrängen konnte. Deren Hände griffen ins Leere – schon hatte sie die

Tür erreicht. Doch ehe sie ins Freie stürzen konnte, wurde sie gepackt und zurückgerissen. Noch legte sich keine Hand auf ihren Mund. Noch konnte sie laut schreien: »Helft mir! So helft mir doch!«

Doch ihre Stimme wurde vom lauten Heulen des Windes übertönt. Vorhin hatte es noch keine Anzeichen gegeben, dass einer jener Stürme aufzog, die so häufig über Montevideo hinwegzogen – sogenannte Pamperos, die Unmengen von Sand und Staub durch Fenster- und Türritzen in die Häuser trieben. Nun war das Heulen des Sturms die einzige Antwort auf ihre Hilferufe – dann spürte sie schon schwielige Finger vor ihren Lippen und die Klinge eines Messers an ihrer Kehle. Es war kalt, so schrecklich kalt.

»Noch einen Mucks – und du bist tot.«

Der Drang, nach Hilfe zu rufen, war beinahe übermächtig. Doch wieder ging ihr durch den Kopf: Ich will nicht sterben, und sie biss die Zähne zusammen.

16. Kapitel

Als Claire erwachte, wusste sie kurz nicht, wo sie war. Seit ihrer Ankunft in Montevideo musste sie sich am Morgen stets aufs Neue erinnern, dass sie nicht länger mit ihrem Vater in Hamburg lebte. Heute durchflutete sie ein noch freudigeres Gefühl als sonst, als sie im Hier und Jetzt ankam. Montevideo war nicht länger nur die fremde Stadt, die so viel Neues und Abenteuerliches verhieß – nein, es war Luis' Stadt, und sie würde ihn bald wiedersehen!

Claire lächelte breit, doch ihr Lächeln schwand, als ihr Blick auf Valerias Bett fiel. Es war leer – und unberührt.

Ruckartig fuhr sie hoch.

Gestern Abend war sie gerade noch rechtzeitig während des Schlussapplauses in die Loge gehuscht. Als ihr Vater nach Valeria gefragt hatte, hatte sie auf Kopfschmerzen verwiesen, die diese geplagt und dazu veranlasst hätten, frühzeitig nach Hause zu fahren. Wie so oft hatte Carl-Theodor irritiert die Stirn krausgezogen, doch es war für ihn wenig überraschend, dass sich Valeria in der Oper langweilte, ganz offensichtlich eine Ausrede gesucht und einmal mehr ihre Cousine dafür eingespannt hatte. Claire hatte sich ihrerseits Sorgen gemacht, als während der Heimfahrt der Sturm losbrach, und noch mehr, als sie Valeria nicht in ihrem Zimmer angetroffen hatte. Doch während sie in ihrem Bett auf sie wartete, hatte sie der Schlaf übermannt. Wie es aussah, war sie die ganze Nacht nicht heimgekommen …

Voller Sorge verließ Claire das Zimmer und vergaß, einen Morgenmantel über das Nachthemd anzuziehen. Sie wurde sich dessen erst bewusst, als sie im Salon auf die versammelte Familie traf, doch wie sie hatten sich auch die anderen nicht angekleidet. Julio trug einen Schlafmantel, Leonora eine Schlafhaube, Isabella ein dünnes Nachthemd. Alejandro hatte sich über sein Schlafgewand einen Frack gezogen, was sehr lächerlich aussah. Doch Claire war nicht zum Lachen zumute. Als sie die ernsten, aufgeregten Gesichter sah, erfasste sie eisiger Schrecken: Gewiss war Valeria etwas Schlimmes zugestoßen!

Sie entdeckte ihren Vater, der am Fenster stand, und stürmte auf ihn zu.

»Vater, es tut mir so leid, dass ich dich gestern Abend angelogen habe, aber Valeria ...«

»Nicht jetzt«, unterbrach er sie.

»Diese verfluchten Schweine!«, tobte Alejandro.

Wen, zum Teufel, meinte er?

Carl-Theodor war ihr verwirrter Gesichtsausdruck nicht entgangen.

»Eine Gruppe Paraguayer haben Waffen gestohlen, die Julio von französischen Händlern gekauft hat.«

»Schlangenbrut! Teufelssöhne!«, schrie Alejandro.

»Wie konnten sie sie einfach stehlen?«, fragte Claire geistesabwesend. Sie begriff nur langsam, dass all die Aufregung nichts mit Valeria zu tun hatte.

Anstatt zu antworten, sinnierte Carl-Theodor laut: »Die fehlenden Waffen sind die größte Schwäche der Paraguayer. Eigentlich stellen sie das beste Heer Südamerikas.«

»Diese Diebe, diese gemeinen Hunde!«, brüllte Alejandro.

Julio ging inzwischen unruhig auf und ab: »Die Masse der paraguayischen Infanterie ist mit uralten Steinschlossflinten aus der spanischen Kolonialzeit bewaffnet, sogar alte preußische Kuhfuß-Gewehre und französische Clarinettes sind noch in Gebrauch. Eine Schwadron des Kavallerie-Regiments, so hat man mir berichtet, führte überhaupt nur Lassos und Boleadoras, eine Schleuderwaffe, mit sich. Ihre schlechten Waffen waren immer der größte Vorteil unserer Allianz – aber nun haben sie meine.«

Er ballte seine Hände zu Fäusten.

»Dreckspack!«, schimpfte Alejandro.

»Aber wie konnten die Waffen denn gestohlen werden?«, fragte Claire bestürzt.

Alejandro und Julio beachteten sie nicht, aber Carl-Theodor erklärte leise: »Die Waffenlieferung ist erst kürzlich aus Frankreich eingetroffen und wurde in einer Halle nahe dem Hafen gelagert. Ich wusste nichts davon.«

Claire hatte in diesem Moment keinen Kopf für den missbilligenden Tonfall des Vaters, der mit Waffengeschäften anscheinend nichts zu tun haben wollte. Entsetzt schrie sie auf.

»Claire? Was hast du denn? Du bist ja kalkweiß im Gesicht!«

»Valeria ... im Lagerhaus ...«, stammelte Claire.

»Was redest du denn da?«

Claire atmete tief ein, ehe sie in knappen, wirren Sätzen erklärte, was geschehen war. Diesmal hörten ihr alle zu – doch kaum hatte sie berichtet, dass Valeria gestern Abend in besagte Lagerhalle aufgebrochen war, um Isabella Stoff für ein Kleid zu beschaffen, und nicht nach Hause gekommen war, redeten sie wild durcheinander.

»Die Bastarde werden es nicht wagen, sich an meiner Enkelin zu vergreifen!«, polterte Alejandro und bezeichnete Valeria zum ersten Mal so.

»O mein Gott!«, rief Carl-Theodor. »Ich trage doch Verantwortung für sie.«

»Wir müssen sofort die Polizei informieren«, sagte Julio kopfschüttelnd. »Was für ein dummes Mädchen!«

Aus Leonora platzte es ganz ohne üblichen Respekt heraus: »Lernt man in Europa nicht, wie man sich als junge Frau zu benehmen hat? Einfach aus der Oper verschwinden ...«
»Und das alles nur meinetwegen«, klagte Isabella.
Nur Claire sagte nichts. Die Angst um ihre Cousine war so groß, dass sie sie nicht in Worte fassen konnte.

Valeria wusste nicht, wohin sie ritten. Zunächst war es stockdunkel, so dass sie kaum die Hand vor ihren Augen sehen konnte, und sie wertete das als Zeichen, dass sie die Stadt hinter sich gelassen hatten. Angestrengt lauschte sie auf das Meeresrauschen, das – so überreizt, wie ihre Sinne waren – wie Donnergrollen klang. Doch trotz des Sturms wurde es immer leiser und ebbte zu einem fernen Plätschern ab. Offenbar hielten sie auf das Landesinnere zu.
Staub und Sand prasselten ihr ins Gesicht, und sie schloss hastig die Augen. In den nächsten Stunden versuchte sie, sich einzig darauf zu konzentrieren, ruhig zu atmen. Als der Sturm endlich nachließ, ging die Sonne auf – ein rotglühender Ball, der das karge, flache Land beleuchtete. Sie blickte sich um. Die erste Wegstrecke hatte man sie wie einen Sack Mehl über das Pferd geworfen. Später wurde ihr erlaubt, sich aufzurichten, und sie saß nun wie ein Mann im Sattel – dicht an einen ihrer Entführer gepresst, der nach Schweiß und altem Leder roch. Sie fühlte seinen festen Griff, wagte es jedoch nicht, sich zu ihm umzudrehen, sondern musterte stattdessen die Pferde. Diese hatten nichts mit den edlen Rössern, wie ihr Vater Albert sie ritt, gemein, sondern waren dreckige Gäule. Statt einer Trense hatte man durch ihr Maul lediglich einen Strick gezogen, der mittels eines Knotens festgehalten wurde.
Eben zog der Mann, vor dem sie saß, daran. Bei einer kleinen Gruppe gedrungener Bäume, die von der Sonne verdorrt und

vom Wind gebogen waren, legten sie eine Rast ein. Jetzt erst sah sie, mit wem sie geritten war – es war der Anführer der Truppe, Pablo. Nachdem er selbst abgestiegen war, machte er keine Anstalten, ihr vom Pferd zu helfen, und sie hatte keine Ahnung, ob sie sitzen bleiben oder es riskieren sollte, sich den Hals zu brechen. Schließlich trat der andere, der Valentín hieß, auf sie zu, und reichte ihr seine Hand. Sie nahm sie nur unwillig, schlug aber seine Hilfe nicht aus. Als sie auf festem Boden stand, betrachtete sie ihr Kleid, das zerrissen und staubig war. Die anderen waren ihrem Blick gefolgt, und Pablos breites Grinsen bekundete, dass er sich über ihre entsetzte Miene zu amüsieren schien.

»Mein Großvater und mein Onkel gehören zu den reichsten Männern Montevideos... Sie werden bereit sein, alles Geld der Welt zu zahlen, um mich wiederzubekommen!«, rief Valeria.

Pablo sagte nichts, aber Valentín nickte nachdenklich. »Sie hat recht – wir sollten so bald wie möglich Forderungen an die de la Vegas' stellen.«

Anstatt ihm zu antworten, ließ Pablo seinen Blick gemächlich über ihren Körper wandern.

»Warum diesen Goldvogel gleich wieder fliegen lassen?«, fragte er gedehnt. »Er kann uns viel mehr einbringen als einen einmaligen Betrag.«

»Hast du den Verstand verloren? Es war schon gefährlich genug, nach Montevideo zu reiten – mit ihr an unserer Seite werden wir sicher verfolgt. Alejandro de la Vegas ist ein einflussreicher Mann, der nicht ruhen wird, bis er seine Enkeltochter wiederhat. Wir müssen zusehen, dass wir sie loswerden.«

Obwohl der eine so höhnisch wirkte, der andere besorgt, war die Ähnlichkeit der beiden unverkennbar: Ihre etwas gedrungene, kräftige Statur glich sich ebenso wie die dunklen Augen,

die Adlernase und das stolze Kinn. Sie waren offenbar Brüder – und die Rädelsführer der Bande. Der Rest der Männer beobachtete sie mit ausdruckslosem Gesicht und schien an Meinungsverschiedenheiten gewöhnt.
»Gar nichts müssen wir!«, rief Pablo. »Denkst du, mir geht es um Geld?«
»Worum denn dann?«
Pablo deutete auf die gestohlenen Waffen, die sie teils umgebunden um den Körper trugen oder in den Satteltaschen verstaut hatten.
»Wir brauchen in den nächsten Jahren noch mehr Waffen – und Alejandro oder Julio wird sie uns besorgen.«
Er sprach von Jahren? Sie wollten sie tatsächlich so lange gefangen halten? Valeria kämpfte mühsam um Fassung.
Valentín indes schnaubte. »Wie stellst du dir das denn vor? Wie sollen diese Waffen denn künftig übergeben werden? Julio de la Vegas wird sie kaum nach Paraguay liefern können – und wir tun gut daran, wenn wir die Banda Oriental so schnell wie möglich verlassen.«
»Sei nicht so ein entsetzlicher Hasenfuß!«
»Und sei du ein wenig vernünftig!«
Die Brüder maßen sich mit eisigen Blicken, aber es fiel kein Wort mehr. Nach einer Weile wandte sich Pablo ab, scharrte mit den Füßen in der Erde und befahl, Feuer zu machen – offenbar ein Zeichen, dass der Streit vertagt wurde.
Valeria war erleichtert, dass er sie nicht weiter beachtete. Bald prasselte rauchspuckend das Feuer, und die Männer holten trockenes Fleisch aus ihren Taschen, spießten es auf Stäbe und hielten es darüber, bis es an den Rändern kohl war und das Fett zischend auf die Flammen tropfte.
Valeria verspürte keinerlei Hunger, aber als Valentín ihr ein Stück Fleisch reichte, nahm sie es. Sie ließ es auskühlen, setzte

sich auf den Boden und nahm vorsichtig einen Bissen. Es war zäh wie Leder, und sie kaute gefühlte Ewigkeiten daran, bis sie es schlucken konnte. Währenddessen musterte sie die Männer unauffällig aus den Augenwinkeln. Was immer ihr bevorstand – es war wichtig, so viel wie möglich über diese Bande herauszufinden.

Einer von ihnen war gänzlich dunkler als die anderen, nicht nur weil seine Haut schmutz- und schweißverklebt war, sondern von Geburt an. Valeria konnte ihn kaum verstehen, als er etwas zu den Brüdern sagte, da er mit einem starken Akzent sprach.

Ihr dröhnte der Kopf, dennoch versuchte sie, sich daran zu erinnern, was sie von den vielen Gesprächen über den Krieg mitbekommen hatte: Demnach hasste Francisco Solano Lopez die Brasilianer, wie Alejandro mehrmals schreiend verkündet hatte, weswegen er die dortigen Negersklaven aufgerufen hatte, für ihn in den Krieg zu ziehen. Allerdings ging auch das Gerücht um, dass Lopez nicht nur die Brasilianer, sondern auch die Neger selbst hasste und sie massakrieren ließ, wenn sie keinen Nutzen mehr erfüllten.

Ob dieser Schwarze das wusste? Und ob sie darum vielleicht bei ihm auf Gnade hoffen konnte?

Allerdings, selbst wenn dieser nicht auf Lopez' Seite stand – es hieß, dass die Uruguayer und Brasilianer sich noch mehr hassten und nur der Zufall die alten Feinde zu Verbündeten gemacht hatte.

Nicht weit von dem Schwarzen entfernt hockte eine andere furchterregende Erscheinung. Auch die Haut von diesem Mann war dunkel, wenngleich nicht ins Schwarze gehend, und sein Gesicht mutete fremdländisch an, nicht zuletzt aufgrund des Lippenpflocks, den er trug, und wegen der Vogelflügel, die von seinen Ohrläppchen baumelten. Valeria erschauderte. Wahrscheinlich war er ein Indianer Paraguays, ein Payaguá. Von diesen hatte sie nicht nur aus Alejandros Mund, sondern einst auch von Espe gehört. Obwohl diese selbst von Indianern abstammte, hatte sie schaurige Geschichten von den Payaguás erzählt, so, dass es keinen Menschenschlag auf Erden gab, der so viel Schmerz ertragen konnte wie diese – und dass sie zugleich für ihre Folterungen bekannt waren. Alejandro hatte behauptet, dass sie besonders treu zum Diktator standen, und Julio wiederum hatte während eines Abendessens, da er sich selbst am Rinderbraten labte, angewidert erzählt, dass sie sich vorzugsweise vom Fleisch der Krokodile ernährten.

Pablo nannte ihn Pinon, doch als er mit ihm redete, verstand Valeria kein Wort. Wahrscheinlich sprachen sie nicht Spanisch, sondern Guaraní, die Sprache der Indianer – und die beherrschte sie nicht. Nun, sie wollte ohnehin nicht mit ihm reden, denn von ihm war Mitleid wohl am wenigsten zu erwarten.

Dann waren da noch drei weitere Männer, hellhäutiger diese und Paraguayer vom Schlage Valentíns und Pablos. Sie hießen, wie sie im Laufe ihres kargen Mahls herausfand, Ruben, Pío und Jorge. An ihren Gürteln hingen nicht nur gestohlene Waffen, sondern noch mehr Beute – wahrscheinlich hatten sie diese im Krieg toten Soldaten abgenommen: Messer mit kunstvoll geschnitzten Griffen, Taschenuhren, die in der Sonne glänzten, und klapperndes Kochgeschirr. Sie warfen ihr verstohlene Blicke zu, die man bestenfalls für neugierig halten konnte, schlimmstenfalls für anzüglich, und die ganz sicher nicht freundlich gemeint waren.

Das waren wohl Männer, über die ihr Großvater behauptete, dass sie mit dem Schlachtruf »Quiero morir« in den Krieg zogen: Ich will sterben. Sie kannten keinen Mittelweg zwischen Siegen und Untergehen, und auf die Aufforderung, sich zu unterwerfen, antworteten sie ohne Umschweife: Dazu habe ich keinen Befehl.

Von diesen drei hatte sie gewiss ebenso wenig Hilfe zu erwarten wie von dem Schwarzen oder dem Indianer. Sie blickte wieder auf das Bruderpaar. Beim Essen hatten sie noch einträchtig beisammengesessen, nun stritten sie erneut miteinander, wenngleich nur flüsternd und auf das Feuer starrend.

»Du willst sie doch nicht ernsthaft nach Paraguay mitnehmen«, sagte Valentín eben kopfschüttelnd.

»Verstehst du nicht – wir müssen jede Möglichkeit nutzen, den Krieg zu unseren Gunsten zu wenden!«, hielt Pablo ihm trotzig entgegen. »Wir brauchen Waffen!«

»Sie ist eine Frau – und Krieg ist Männersache.«

»Wie viele Frauen wurden von der Allianz abgeschlachtet? Und wer wüsste das besser als wir?«

Düsternis senkte sich über Valentíns Züge. »Aber denkst du nicht ...«, setzte er dennoch an.

»Kein Wort mehr«, unterbrach Pablo ihn harsch. »Ich bin der Älteste und nach dem Tod unseres Vaters das Oberhaupt der Familie. Ich entscheide, dass wir sie mitnehmen. Wir werden nach Asunción zurückkehren und von dort aus Kontakt zu den de la Vegas' aufnehmen. Es mag schwer werden, aber ich finde einen Weg – in unserem Land gibt es genügend Schmuggler, die wir für diesen Zweck einspannen können. Und keiner unserer Heerführer wird etwas dagegen haben, dass wir ihn regelmäßig mit Waffen beliefern, und auch wenn wir sie billig anbieten, verdienen wir ein nettes Sümmchen. Ja, so wird's gemacht. Wenn du etwas dagegen hast, kannst du gehen.«

Valeria sah, wie es hinter Valentíns Stirn arbeitete, aber schließlich starrte er auf seine Hände und sagte kein Wort mehr. Sie war froh, dass zumindest einer für sie eingetreten war – und verärgert und enttäuscht, dass er so schnell klein beigegeben hatte.

Asunción ... Sie wollten sie in die Hauptstadt Paraguays bringen, bestimmt eine lange Wegstrecke voller Gefahren.

O Gott, wie kam sie je wieder heil aus dieser Sache heraus? Tränen stiegen hoch, doch sie schluckte sie so entschlossen hinunter wie das zähe Fleisch. Wenn sie jetzt der Verzweiflung nachgab, würde sie zusammenbrechen, und das würde nichts an ihrer Lage ändern. Also klammerte sie sich an die Hoffnung, dass die Männer sie am Leben lassen und sie halbwegs gut behandeln würden, solange sie sie brauchten – und dass sich auf dem langen Weg nach Paraguay vielleicht die Möglichkeit zur Flucht bot.

Sie ritten immer weiter vom Meer fort Richtung Nordwesten. Valeria wusste nicht, wie groß das Heimatland ihrer Mutter war, und wie lange es dauern würde, bis sie es durchquert hatten, und irgendwann war sie zu erschöpft, um darüber nachzudenken. Alle Knochen taten ihr weh, weil sie es nicht gewohnt war, so lange zu reiten, und jedes Mal, wenn sie Pausen einlegten und sie vom Pferd stieg, wurde der Schmerz so groß, dass sie hätte schreien können. Sie verbiss es sich, denn sie wollte die Aufmerksamkeit der Männer nicht auf sich ziehen, dennoch stiegen ihr immer wieder Tränen in die Augen. Ihr salziger Geschmack vermengte sich mit dem des zähen Dörrfleisches, das man ihr zu essen gab und das ihren Magen füllte, ohne sie richtig satt zu machen. Am Abend sank sie stets in einen tiefen, traumlosen Schlaf, und wenn sie am nächsten Morgen erwachte, hatte sie für einen kurzen, gnädigen Moment lang vergessen, was ihr zugestoßen war. Sie streckte sich wohlig aus, wähnte sich daheim im Taunus, im Pensionat oder im Haus der de la Vegas'. Doch dann spürte sie den harten, sandigen Boden, verkrampften sich die wehen Muskeln, sie roch den Schweiß der Männer, und ihr Entsetzen wurde übermächtig – bis die körperlichen Strapazen aufs Neue sämtliche Gefühle und Gedanken ausmerzten.

Anfangs hatte sie die Männer genau beobachtet und sich ihre Namen und Gesichter eingeprägt. Später richtete sie ihr Augenmerk auf die Landschaft, um im Fall des Falles, dass ihr die Flucht gelang, den Weg nach Montevideo zurückzufinden – sicher kein leichtes Unterfangen, weil sie selten ein so eintöniges Land gesehen hatte: Zuerst waren sie über endlos weite Wiesen und Steppen geritten, vorbei an mal überschaubaren, mal riesigen Viehherden. Nach den vielen Stunden unter stechender Sonne war sie erleichtert, schließlich einen Wald zu erreichen, wo riesige Rebora-hacho-Bäume und eine Akazienart, die Algarrobos, Schatten spendeten. Die frische Luft, die sie einsog, musste allerdings zu dem Preis erkauft werden, dass Dornenbüsche die Füße zerkratzten, sobald sie vom Pferd stieg. Schwül wurde es in der Sumpflandschaft, die folgte, von riesigen Fächerpalmen durchsetzt und von gewaltigen Bäumen – Cedros und Lapachos – begrenzt, deren Stämme von Kletterpflanzen überwuchert waren. Schweiß tropfte ihr andauernd vom Gesicht, und sie schloss nun meist müde die Augen. Unmöglich wurde es, sich jeden Baum zu merken, und manchmal gestand sie sich verzagt ein, dass sie niemals durch diese Einöde hindurch allein nach Montevideo zurückfinden würde. Sie war dem wilden, unwegsamen Land ebenso rettungslos ausgeliefert wie der Übermacht an Männern.

Keiner von ihnen zeigte je Mitleid, und Valentín, auf den sie anfangs ihre größte Hoffnung gesetzt hatte, verlangte von seinem Bruder nicht noch einmal, sie freizulassen. Nach einigen Tagen wurde sie blind für die eintönige Umgebung, zunehmend schwächer und ergab sich schließlich ihrem Schicksal, anstatt sich dagegen aufzubäumen.

Eines Abends jedoch – sie waren mittlerweile eine Woche unterwegs und machten wieder einmal Rast im Schatten einiger Bäume – entdeckte sie in der Ferne Lichter, die inmitten des bislang menschenleeren Landes die Existenz weiterer Menschen verrieten. Vielleicht stammten sie von Reisenden wie sie, vielleicht von einem Bauernhof oder einer Poststation. Die Männer, die ansonsten jegliche Siedlung mieden, sahen davon offenbar keine große Gefahr ausgehen: Pablo starrte zwar eine Weile in die Richtung, entschied dann aber ungerührt, hier die Nachtruhe einzulegen.

Trotz ihrer Erschöpfung konnte Valeria nicht schlafen. Fiebrige Aufregung packte sie, je länger sie auf die Lichter starrte. Seit der zweiten Nacht hatten ihre Entführer darauf verzichtet, sie abends zu fesseln, da ohnehin einer der Männer immer Wache hielt – heute war es der schwarze Brasilianer, der, wie sie mittlerweile wusste, Tshepo hieß. Valeria tat so, als würde sie zusammengerollt schlafen, hielt aber die Augen einen winzigen Spalt geöffnet, um ihn zu beobachten.

Anfangs wanderte auch sein Blick immer wieder zu ihr, doch schließlich stierte er versunken aufs Feuer und summte etwas vor sich hin – vielleicht ein Lied, das er als Kind gelernt hatte. Es war schwierig, sich vorzustellen, dass diese rohen Männer jemals unschuldige Kinder gewesen waren, die auf dem Schoß der Mutter deren Liedern gelauscht hatten …

Irgendwann verstummte das Summen, und es war nur noch das Surren von Mücken, das Rauschen von Blättern und das Schnarchen der Männer zu hören.

Der Schwarze wippte mit seinem Oberkörper vor und zurück, sein Kopf sank dabei immer tiefer.

Ob er eingeschlafen war?

Valeria wagte es, sich aufzusetzen. Die Männer schnarchten weiterhin, der Schwarze regte sich nicht. Vorsichtig begann sie, vom Feuer fortzurobben. Ihr Atem ging schneller, das scharfe Gras raschelte unter ihrem Gewicht, doch der Schwarze rührte sich nicht. Endlich hatte sie einen Baum erreicht und zog sich an einem der Äste hoch. Das Holz war trocken, und der Ast knackte, aber niemand wurde wach.

Eine Weile blieb sie stehen und konnte sich nicht entscheiden, ob sie einfach losrennen sollte, was deutlich mehr Lärm verursachen würde, oder lieber langsam und möglichst lautlos davonschleichen. Die Brust tat ihr entsetzlich weh, noch ehe sie überhaupt zu laufen begonnen hatte, und ihr Herz dröhnte. Schließlich machte sie, den Blick weiterhin starr auf den Schwarzen gerichtet, die ersten Schritte. Je weiter sie sich von den Männern entfernte, desto größer wurde ihre Erregung – und schließlich gab es kein Halten mehr, und sie stürmte los. Der Boden fühlte sich unter ihren dünnen Schuhen uneben an, und mehrmals stolperte sie fast über eine Wurzel, aber davon ließ sie sich nicht bremsen. Ihr Kleid blieb an einer Ranke hängen und zerriss, doch sie hastete weiter. Und wenn sie am Ende nackt ankäme – Hauptsache, sie war in Sicherheit! Nun erkannte sie, dass es ein einzelnes Haus war, von dem das Licht kam, aber auch, dass es weiter entfernt war als gedacht. Sie verließ den Wald, überquerte eine endlos erscheinende Fläche mit dunklen, gedrungenen Silhouetten, die in der mondklaren Nacht große Schatten warfen – vielleicht Rinder, Steine oder einzelne Bäume. Anstatt es zu ergründen, blickte sie beharrlich auf das Licht und sah endlich den Zaun um jenes einsame Gehöft.

Als sie ihn erreichte, hielt sie zum ersten Mal inne. Seit Beginn ihrer Flucht fühlte sie sich irgendwie verfolgt, doch nun verstärkte sich das Unbehagen. Ihre Nackenhaare sträubten sich, eine Gänsehaut breitete sich über die Unterarme aus. Jemand beobachtete sie …

Sie fuhr herum, glaubte, eine Gestalt dort zu sehen. Aber nein, es war nur ein Baum. Sie atmete tief durch, wandte sich wieder nach vorne. Da! Eine Bewegung!

Dort stand jemand hinter der Fensterluke. Da der Raum beleuchtet war, konnte sie kein Gesicht erkennen, nur Konturen, die einer Frau … oder vielmehr die eines Knaben.

Warum stand er so steif dort? Warum kam er nicht heraus, um ihr zu helfen? Er musste doch aufgrund ihres hellen Kleides erkennen, dass sie eine Frau und daher nicht gefährlich war!

Sei's drum. Sie konnte nicht warten, bis der Knabe sich einen Ruck gab – nur darauf hoffen, dass er ihr die Tür öffnen würde. Doch um zu dieser zu gelangen, musste sie erst einmal den Zaun überwinden.

Wo war bloß das Gatter?

Eine Weile lief sie am Zaun auf und ab, aber sie erspähte keines. Als sie wieder nach der Gestalt am Fenster Ausschau hielt, erkannte sie, dass der Knabe nicht länger stocksteif dastand, sondern heftig winkte. Sie war sich nicht sicher, ob es eine Aufforderung war, sich zu beeilen, oder eine Drohung, fernzubleiben, kletterte aber einfach über das Gatter.

Als sie das Holz bereits umklammert hatte, einen Fuß darauf setzen und den anderen darüber schwingen wollte, hörte sie hinter sich ein Knacken, und ehe sie sich umdrehen konnte, packte sie plötzlich eine Hand und riss sie zurück. Verspätet begriff sie, warum der Knabe nicht ins Freie gekommen war, um ihr zu helfen, und warum er ihr so aufgeregt zugewinkt hatte. Er musste gesehen haben, dass ihr jemand dicht auf den Fersen gewesen war.

Mit ganzer Wucht fiel sie zu Boden, drehte sich einmal um die eigene Achse, und als sie einen Schrei ausstoßen wollte, schluckte sie Sand. Trockenes Gras stach ihr ins Gesicht, die Handinnenfläche wurde von spitzen Steinen aufgescheuert – ein nichtiger Schmerz, gemessen an jenem, als sie an den Haaren hochgerissen und zurück zum Wald gezerrt wurde.

Ihre Kopfhaut schien zu brennen, und jene Qual war so unerträglich, dass sie weder ihr Scheitern beklagte noch sich vor Strafe ängstigte. Als sie schon meinte, dass ihr sämtliche Haare ausgerissen wurden, wurde sie wieder zu Boden geschleudert. Und kurz fühlte sie nur Erleichterung, dass der Schmerz vorüber war. Sie rieb sich den Kopf und kämpfte gegen die Tränen an. Als sie endlich wieder klar sehen konnte, erkannte sie, dass nun alle Männer wach waren und sie anstarrten. Offenbar war es der Schwarze gewesen, der sie zurückgebracht hatte, denn er lächelte als Einziger triumphierend. In Pablos Gesicht dagegen stand Ärger.

»Du Idiot! Wie konntest du sie so weit entkommen lassen? Nur wenige Augenblicke später …«

Nun, da sie den schmerzhaften Griff nicht länger erdulden musste, überkam sie die Verzweiflung. Nur wenige Augenblicke später – dann wäre sie in Sicherheit gewesen … frei …

Pablo begnügte sich nicht, Tshepo zu maßregeln, sondern hob die Faust und schlug ihm ins Gesicht. Das Klatschen war deutlich zu vernehmen, doch aus dem Mund des Schwarzen kam kein Laut.

Valeria hingegen schrie auf, als Pablo sie hochzerrte. Er war noch grober als der Schwarze und riss ihr das Haar büschelweise aus.

»Versuch das nicht noch einmal, Mädchen, sonst bist du tot!«

Trotz aller Angst regte sich Empörung in ihr. »Wenn ich tot bin, nutze ich euch nichts mehr«, presste sie zwischen ihren Lippen hervor.

Wieder ballte Pablo seine Hand zur Faust, schlug zu und traf diesmal mit ganzer Wucht ihr Gesicht. Sie glaubte, ihr Kopf würde zerplatzen, schmeckte Blut, taumelte und ging zu Boden. Aus den Augenwinkeln sah sie, wie er erneut die Faust erhob und ein zweites Mal auf sie eindreschen wollte.
Das überlebe ich nicht, dachte sie, das überlebe ich nicht ...
Doch da ging Valentín dazwischen und riss die Faust seines Bruders zurück.
»Lass sie in Ruhe! Du bringst sie ja um!«
Benommen nahm Valeria wahr, wie die Brüder miteinander rangelten. Das Blut rauschte ihr so laut in den Ohren, dass sie nicht hörte, was sie sich einander im Streit an den Kopf warfen. Als der Schmerz endlich etwas nachließ, hatte Valentín von Pablo abgelassen und saß über sie gebeugt.
»Wie geht es dir?«
Sein Blick schien ehrlich besorgt. In ihrer Lippe pochte es; das Blut war über ihr Kinn gelaufen und verkrustete langsam. Sie fror in ihrem zerrissenen Kleid und fühlte sich elend wie nie, aber als er seine Hand nach ihr ausstrecken wollte, um ihr aufzuhelfen, schlug sie sie fort.
»Lass mich in Ruhe, du elender Bastard!«, rief sie keuchend. Auch wenn sie ihm allein zu verdanken hatte, nicht noch mehr Schläge einstecken zu müssen, konnte sie sich die bösen Worte nicht verkneifen. Doch als er zurückzuckte und plötzlich murmelte, es tue ihm leid, das hätte sie nicht verdient und er sie künftig davor zu bewahren versuchen würde, da glaubte sie ihm.

Claire ging unruhig auf und ab. Sie war froh, endlich von Leonoras schriller Stimme verschont zu werden, die ständig in den grässlichsten Bildern ausmalte, was Valeria wohl gerade durchmachte, sich heute aber wegen all der Aufregung so schwach fühlte, dass sie im Bett geblieben war. Auch wenn sie von ihrer enervierenden Gegenwart erlöst war, kam Claire nicht umhin, sich Valerias Leiden vorzustellen. Dass sie ganz allein mit ihren Gedanken war, machte es sogar noch schlimmer, und kaum erträglicher als die Gedanken an die Cousine waren ihre Schuldgefühle.

Ich hätte es verhindern müssen, ging es ihr wieder und wieder durch den Kopf. Ich hätte sie nicht in die Lagerhalle gehen lassen dürfen. Ich hätte mich von Luis nicht ablenken lassen sollen.

Mittlerweile waren mehrere Tage seit Valerias Verschwinden vergangen – und es fehlte immer noch jede Spur von ihr.

Am Anfang hatte die Familie noch gehofft, die Paraguayer würden bald Geld für ihre Geisel fordern, doch bis jetzt hatten sie nichts von den Entführern gehört.

Julio erklärte ganz nüchtern: »Sie werden wohl zuerst die Grenze nach Argentinien überschreiten und danach in ihr Heimatland zurückkehren. Zuvor werden sie sich hüten, einen Hinweis zu geben, wo Valeria steckt.«

Ihr Vater war verzweifelt und wusste nicht, was er Rosa und Albert berichten sollte. Einerseits hatten sie das Recht, die Wahrheit zu erfahren – andererseits war Uruguay noch nicht ans Telegraphennetz angeschlossen. Es würde Wochen dauern, bis die Nachricht sie erreichte, und in der Zwischenzeit kam Valeria womöglich heil zurück, während die Eltern noch grundlos bangten. Aus diesem Grund entschied Carl-Theodor, vorerst zu warten, doch Claires Hoffnung, dass er damit die richtige Wahl traf und Valeria bald wieder nach Hause kommen würde, schwand von Tag zu Tag – auch wenn sie das gegenüber ihrem Vater nicht zugeben wollte.

Sie zuckte zusammen, als es an der Tür klopfte, aber anstelle eines Familienmitglieds war es nur ein Hausmädchen, das

durch den Türspalt lugte und ihr knapp mitteilte, sie hätte Besuch erhalten.
Claire war überrascht und konnte sich nicht vorstellen, wer sie zu sehen wünschte. Als sie in den Empfangsraum eilte und Luis dort stehen sah, packte sie das schlechte Gewissen.
»Luis! Oh, es tut mir unendlich leid, aber ich habe ganz vergessen, unsere Verabredung abzusagen. In all der Aufregung ...«
Er hob abwehrend die Hände, um sie zum Schweigen zu bringen. »Sie müssen sich nicht rechtfertigen, Niña Claire. Ich bin hier, um Ihnen zu sagen, wie unendlich leid es mir tut. Ich habe gehört, was mit Ihrer Cousine passiert ist, und wollte schon früher nach Ihnen sehen, aber wir waren alle mit der Suche beschäftigt.«
Natürlich, Julio hatte ja die Polizei informiert.
»Haben Sie irgendetwas über ihren Verbleib herausgefunden?«, fragte sie hoffnungsvoll.
Er senkte den Blick. »Eigentlich darf ich Ihnen das nicht sagen.«
So glücklich Claire auch war, ihn zu sehen, wurde sie plötzlich doch wütend. »Zur Hölle mit Ihrem Pflichtbewusstsein!«, brach es aus ihr hervor.
Er senkte den Blick noch tiefer, und sie nagte an ihren Lippen. »Entschuldigen Sie, ich wollte nicht so unbeherrscht sein.«
Unwillkürlich trat er auf sie zu und nahm ihre Hand. Seine war ebenso warm wie groß und schloss sich um ihre. »Ich bin mir sicher, dass Sie schreckliche Ängste ausstehen. Aber glauben Sie mir, es wird alles getan.«
»Das genügt mir nicht! Ich will selbst etwas tun!«
»Aber das ist nicht möglich.«
»Doch!«, bestand sie. »Ich will selbst durchs Land reisen und sie suchen. Wer weiß – vielleicht kann ich mehr in Erfahrung bringen als bewaffnete Männer in Uniform, die den meisten

Menschen doch viel zu sehr Furcht und Respekt einflößen, um sie zum Sprechen zu bringen.«
»Aber ...«
»Nichts aber!« Sie stampfte auf. »Ich bin fest entschlossen! Wenn Sie sich Sorgen um mich machen, kommen Sie eben mit mir.«
Der Entschluss war ganz spontan gereift, doch nun, da sie ihn ausgesprochen hatte, gab es kein Zurück.
»Aber ...«, setzte erneut an.
Ihr war selbst ein wenig mulmig zumute, doch das wollte sie sich nicht anmerken lassen. »Teufel noch einmal, nun hören Sie auf, mir zu widersprechen!«, rief sie.
»Nicht schon wieder fluchen!«, bat er sie bestürzt, um kleinlaut hinzuzufügen: »Ich helfe Ihnen ja!«
Sie musste wider Willen lächeln. Und trotz ihrer Sorge um Valeria empfand sie tiefe Freude, als er dieses Lächeln auf seine ihm eigentümliche, etwas schüchterne Art erwiderte.

Sie brachen am nächsten Tag frühmorgens auf. Claire hatte kurz überlegt, allen zu verschweigen, was sie plante, und nur einen Brief zu hinterlassen, aber dann hatte ihr schlechtes Gewissen sie davon abgehalten. Ihr Vater machte sich schon genug Sorgen, sie wollte ihm keine weiteren bereiten.
Natürlich regte sich sofort sein Protest. Er sah zwar ein, wie wichtig es ihr war, etwas zu tun, anstatt zu warten, bestand jedoch darauf, mitzukommen und sie auf der Suche nach Valeria zu unterstützen.
»Nein, du musst hierbleiben, falls eine Botschaft von den Entführern kommt«, entgegnete Claire. »Und schließlich bin ich nicht allein.«
Als sie ihm Luis vorstellte, erweckte sie zunächst das Misstrauen ihres Vaters, aber Luis überzeugte mit tadellosem Auf-

zug, festem Händedruck und dem mit ernster Miene vorgetragenen Versprechen, gut auf Claire aufzupassen. Auch Carl-Theodor schien auf Anhieb zu erkennen, was Claire schon beim ersten Treffen aufgefallen war – dass Luis Silveira ein überaus korrekter, pflichtbewusster Mann war.
»Der Polizeidirektor selbst hat mich auf Wunsch von Señor de la Vegas vom Dienst freigestellt, damit ich Ihre Tochter begleiten kann«, erklärte Luis.
»Meinetwegen«, gab Carl-Theodor schließlich widerstrebend nach, wandte sich dann aber noch einmal an die Tochter. »Ich verstehe ja, dass du die Ungewissheit nicht länger erträgst«, ermahnte er eindringlich. »Aber was immer du tust, bring dich nicht in Gefahr!«
»Du weißt doch, Vater – von uns beiden war es im Zweifelsfall immer Valeria, die sich in Gefahr brachte, niemals ich.« Claire versuchte zu lächeln, aber stattdessen stiegen ihr Tränen in die Augen.
Sie verließen Montevideo über die Altstadt. Die Straße, auf die man auf Höhe der Markthalle abbog, führte über einen steilen, kahlen Felshang zu einer Sandebene hin. Hier wurden öfter die Pferderennen veranstaltet, die Julio de la Vegas so liebte, doch heute war der Platz verwaist. Auf dem sandigen Küstenrand standen aneinandergereiht einfache, heruntergekommene Häuser, ein Großteil davon Schankstuben. Morgens waren sie zwar allesamt verschlossen, dennoch hing der unangenehme Geruch nach Branntwein in der Luft, den auch die salzige Brise, die vom Meer her wehte, nicht vertreiben konnte.
Claire hatte eine Kutsche bestiegen – eine sogenannte Diligence: Es war ein solide gebauter Wagen mit Cabriolet, Coupé und Rotunde, in dem eigentlich zwölf Personen Platz fanden, der nun aber nur zur Hälfte besetzt war. Luis ritt neben der Kutsche her.

Claire blickte häufig aus dem Fenster und suchte seinen Blick, doch er gab vor, nur auf den Weg zu achten, und sie betrachtete ihrerseits mit gewisser Neugierde die Landschaft. Das Meer spiegelte den Cerro de Montevideo, in der Ferne lag die von Gischt umtoste kleine Isla dos Ratos. Auf das flache Sandufer folgte eine hohe Sandterrasse, und hier nahm eine gerade Straße ihren Anfang, die zur Vorstadt von Montevideo führte. Etwa eine Stunde nach ihrem Aufbruch erreichten sie die Landhäuser mit den üppigen Gärten, Quintas genannt, wo die Reichen ihren Sommersitz hatten. Manche waren halb verfallen, andere neu erbaut; die Wege, die sie verbanden, waren staubig und voller Sand. Claire erinnerte sich, dass sich auch Julio des Besitzes eines solchen Hauses gerühmt und Leonora einen Ausflug dorthin in Aussicht gestellt hatte, doch nun war alles anders gekommen.
Claire seufzte. Wie gerne wäre sie mit Valeria hier! Wie gerne würde sie mit ihr dieses fremde Land erkunden!
Auf das letzte Haus folgte eine öde, mit niedrigem Gras bewachsene, baumlose Ebene, wo nichts als Unkraut wie Fenchel und Kardendistel wuchs. Scharen von rotbrüstigen Staren stoben in die Luft, wenn ihr Gefährt vorbeirollte, große Herden Rindvieh und Pferde glotzten ihnen nach. Der Großteil des Landes lag brach, nur selten stießen sie auf kleine Gehöfte, an denen sich eingezäunte Flächen anschlossen – Gemüsegärten, in denen Erbsen, Schnittbohnen und Kartoffeln, Kohl, Salat und Mohrrüben angebaut wurden.
So farblos, grau und eintönig das Land auch anmutete – Claire war von der Weite und Einsamkeit fasziniert, doch alsbald wurde ihr der Blick aus dem Gefährt verleidet: In der Nähe der Stadt hatten sie noch Straßen befahren, doch hier verkamen sie zu immer schmaleren Wegen, von denen die meisten mit Gras überwuchert waren. Auch wenn sie nur selten auf

Hindernisse stießen, die es mühsam zu überrunden galt – große Äste und Steine –, war der Boden uneben. Es rüttelte entsetzlich, Claire musste sich festhalten, um nicht durch die Kutsche zu fliegen, und ihr Gesäß fühlte sich bald an, als hätte sie eine Tracht Prügel erhalten. Die Diligence war zwar schneller als ein Ochsenkarren oder die Reisechaise – so legte man mit diesem den Weg von Montevideo nach Mercedes, einer größeren Stadt im Westen, in drei Tagen zurück –, aber dafür furchtbar unbequem.

Zunehmend unerträglich wurde überdies das Geschrei, das sie auf der Reise begleitete: Insgesamt sieben Pferde zogen das Gefährt – vier in der ersten Reihe nebeneinander, zwei davor und eins an der Spitze –, und während sie schaumspuckend trabten, wurden sie von einem Knecht, der auf dem vordersten ritt, mit stetem Rufen angetrieben. Er zögerte auch nicht, mit der großen Hetzpeitsche nahezu pausenlos auf die Tiere einzudreschen.

Claire war inzwischen darüber erbost, wie schlecht man mit den Pferden umging, umso mehr, als sie bei ihrer ersten Rast sah, dass die Tiere Schaum vor dem Maul hatten.

»Wie kann man Pferde so behandeln?«, fragte sie empört. »Es sind so schöne, edle Tiere!«

»Die meisten Menschen hier in der Banda Oriental sind gnadenlos«, sagte Luis, »man kennt kein Mitleid mit einem Tier.«

Offenbar war das bei ihm anders. Das Fell des Pferdes, das er ritt, glänzte; er gab ihm zu trinken, redete behutsam auf das Tier ein und streichelte über seine Mähne – ein Anblick, bei dem Claire unwillkürlich lächeln musste.

Trotz aller Empörung war sie froh, dass es bald weiterging. Sie legten pro Stunde zwei Leguas zurück, etwa zwei deutsche Meilen, und kamen so bald zur ersten Poststation: Hier

wurden die Pferde ausgewechselt, und in einem Haus konnte man übernachten und Abendbrot und Frühstück einnehmen.
Claire begann, jeden Fremden, dem sie begegnete – den Wirt ebenso wie die Gäste –, sofort nach Valeria zu befragen. Nicht dass sie damit rechnete, dass die Entführer hier haltgemacht hätten, aber Luis hatte ihr erklärt, dass das Leben auf dem Land so einsam war, ein jeder sich über Abwechslung freute und noch der nebensächlichste Tratsch weitergetragen wurde. Sollte den Bauern auf den Gehöften etwas Ungewöhnliches aufgefallen sein, hatte es sich sicher bis hierher herumgesprochen. Doch auf den ersten beiden Raststationen wurde ihre Hoffnung enttäuscht. Niemand hatte etwas von einer Frau gehört, auf die Valerias Beschreibung passte, niemand auch eine Truppe Männer gesehen, die schweres Geschütz transportierten.
Am Nachmittag kamen sie an einigen Ranchos vorbei – Verkaufsständen, in denen Kleiderstoffe und Pferdegeschirre, Acker- und Landbaugeräte, Teller und Gläser, Schnaps, Wein und trockene Süßwaren angeboten wurden.
Wieder fragte Claire aufgeregt nach ihrer Cousine – wieder konnte ihr niemand etwas sagen.
Obwohl sie darauf gefasst gewesen war, nicht gleich am ersten Tag etwas über den Verbleib ihrer Cousine herauszufinden, war sie bitter enttäuscht.
»Du darfst die Hoffnung nicht verlieren«, murmelte Luis.
Am liebsten wäre sie die ganze Nacht weitergefahren, aber die Kutsche machte bei einer der Poststationen Rast, und Luis überzeugte sie davon, dass sie sich unbedingt ausschlafen musste, um bei Kräften zu bleiben. Er organisierte eine winzige Kammer, wo sie allein die Nacht verbringen konnte.
»Und wo schläfst du?«, fragte sie.
»Draußen bei den Pferden.«

Allein um ihm eine Freude zu machen, langte sie beim Abendbrot kräftig zu. Wie überall auf dem Land gab es jede Menge Rindfleisch, das scharf angebraten wurde und saftiger war und würziger schmeckte als jeder Braten, den Claire je in Deutschland gegessen hatte. Später zog sie sich zurück und versuchte zu schlafen. Es glückte nur für wenige Stunden, schon beim ersten Morgengrauen fuhr sie auf und wurde von Unrast gepackt. Sie kämmte sich, kleidete sich an und lief hinaus zu den Pferden.

Luis schlief auf dem bloßen Boden, nutzte seinen Sattel als Kopfkissen und hatte sich mit einem Poncho zugedeckt. Im Schlaf hatte sich sein strenger Zug um den Mund entspannt; er wirkte sanft und verletzlich. Eine Strähne seines Haars war in die Stirn gefallen und verbarg das übliche Runzeln.

Claire kam nicht umhin, ihn liebevoll zu betrachten. Sie wusste so gut wie nichts über ihn und hatte dennoch das Gefühl, ihn seit Ewigkeiten zu kennen und ihm blind vertrauen zu können. Sein Anblick schenkte ihr mehr Zuversicht als das köstlichste Essen und das weichste Bett.

Allzu bald schlug er seine Augen auf und fuhr hoch. »Du bist schon wach?«, fragte er erschrocken, und prompt wurde seine Miene wieder distanziert.

»Die Diligence ist schrecklich unbequem«, klagte sie, »mir tun sämtliche Glieder weh – und wir kommen auf diese Art auch nicht schnell genug voran. Besser wäre es, ich reite wie du. Du kannst doch sicher ein Pferd für mich beschaffen?«

Er blickte zweifelnd. »Aber das würde bedeuten, dass wir beide ganz allein unterwegs wären. Und das gehört sich eigentlich nicht.«

Sie schnaubte. »Pah! Ich habe andere Sorgen als eine fehlende Anstandsdame. Du musst auch keine Angst haben, ich werde dir schon nicht zu nahe treten.«

»Ich mache mir nicht um mich Sorgen, sondern ...«
Sie hob die Hand, um ihn zum Schweigen zu bringen. »Die Einzige, um die wir uns Sorgen machen sollten, ist Valeria. Sie ist nicht mit einem Mann allein unterwegs, sondern mit einer ganzen Horde.«
Sie erschauderte, als sie sich das vorstellte, und Luis legte ihr flüchtig seine Hand auf die Schulter. Ehe sie die Berührung genießen konnte, zog er sie schon wieder fort.
»Kannst du überhaupt reiten?«, fragte er skeptisch.
»Schwimmen kann ich etwas besser«, erwiderte sie.
Röte stieg in sein Gesicht. Offenbar erinnerte er sich an die erste Begegnung, doch er ging nur ohne ein weiteres Wort davon, um ein Pferd für sie zu organisieren.
Wenig später kehrte er wieder, jedoch nicht mit einem Tier, sondern in Begleitung eines Knaben.
»Soll ich etwa auf ihm reiten?«, fragte Claire spöttisch. Doch dann bemerkte sie Luis' ernsten Gesichtsausdruck und betrachtete den Knaben genauer. Ein Schrei entfuhr ihr.
»Du hast Valeria gesehen!«
Der Knabe blieb stumm, Luis jedoch nickte. »Es scheint so zu sein. Ich habe heute Morgen noch einmal alle Gäste nach Valeria befragt – dieser Junge ist spätabends mit seinem Vater hier angekommen.«
Claire beugte sich zu ihm und packte ihn an den Schultern. »Wer bist du? Wo hast du sie gesehen?«
Der Knabe antwortete sehr zögerlich und einsilbig, und es dauerte Ewigkeiten, bis Claire die wichtigsten Informationen verstand. »Stammen aus dem Landesinneren ... leben von der Schafzucht ... sehr einsam, besonders in der Nacht ... zwei Mal im Jahr geht's nach Montevideo, um Wolle zu verkaufen.«
Das war nun offenbar der Fall.

»Doch vor eurem Aufbruch hast du Valeria gesehen!«, rief Claire aufgeregt.
Wieder dauerte es lange, bis der Knabe stammelnd antwortete: »Mein Vater schlief schon. Ich fand keine Ruhe ... stand am Fenster.« Ein kurzes Zögern folgte, der Knabe sah Luis ratsuchend an, und erst als der aufmunternd nickte, berichtete er der immer ungeduldigeren Claire von der Frau im hellen Kleid, die sich dem Haus genähert hatte, im letzten Moment aber von einem Verfolger eingeholt und wieder verschleppt worden war.
»Gütiger Himmel!« Claire wurde heiß und kalt zugleich.
»Wir können nicht vollends sicher sein, dass es Valeria war«, warf Luis skeptisch ein.
»Wie viele Frauen sind wohl mit Männern im Landesinneren unterwegs?«
»Der Knabe hat nur einen Mann gesehen.«
»Aber er hat von einem hellen Kleid gesprochen! Und genau so eins trug Valeria in der Oper, ehe sie entführt wurde! O mein Gott, wir müssen sofort dorthin.«
»Das Ganze ist vor zwei Tagen passiert. Wenn es tatsächlich Valeria war, die der Knabe gesehen hat, haben sie die Männer längst von dort fortgebracht.«
»Trotzdem ... es ist ein erster Anhaltspunkt.«
Endlich widersprach Luis nicht länger. »Ich werde Verstärkung anfordern und dorthin aufbrechen. Es wäre besser, wenn du einstweilen hierbliebest.«
Er senkte den Kopf, als rechnete er schon mit Widerstand, und tatsächlich begehrte Claire auf: »Ich denke gar nicht daran! Natürlich komme ich mit! Verschaffst du mir nun endlich ein Pferd?«
Luis seufzte, verkniff sich aber die Worte, die ihm offenbar auf den Lippen lagen, und ging schweigend fort.

Während er ein Pferd besorgte, bestürmte Claire den Knaben nach weiteren Details. Er verriet nichts, was sie nicht schon wusste, aber mit jedem seiner gestammelten Worte wuchs ihre Bestürzung.
Valeria schien so kurz davor gewesen zu sein, sich ins Gehöft zu retten – und war im letzten Augenblick gescheitert. Sie konnte nur hoffen, dass jene Ausgeburten der Hölle, mit denen sie unterwegs war, ihren Fluchtversuch nicht allzu streng bestraft hatten.

Valentín Lorente hatte Reisen eigentlich immer geliebt – tagsüber mit dem Pferd zu verschmelzen und den Wind im Gesicht zu spüren und abends am Lagerfeuer zu sitzen und in die knisternden Flammen zu starren. Als Kind war er oft mit seinem Vater und Pablo unterwegs gewesen, und auch wenn es manchmal hart war, dass der Vater von den Kindern gleiche Zähigkeit abverlangte wie von erwachsenen Männern – weder hatte er ihnen häufigere Pausen zugestanden noch ein weicheres Nachtlager –, so hatte er damals viel gelernt: über das Land, die Menschen – und über Pferde. So genügte es, abends die Madrina, die Leitstute, anzubinden, während die übrigen Pferde und Maulesel frei weiden durften, würden sich diese doch nie zu weit von ihr entfernen.
Und wie sehr er sich nach dem langen Ritt, der so hungrig machte, stets auf die erste richtige Mahlzeit des Tages gefreut hatte! Dann wurde ein Stück Braten aus frischem oder getrocknetem Fleisch mit einem Stock durchbohrt und über das Feuer gesteckt. Und während das Fleisch briet und das Fett zischend in die Flammen tropfte, wurde die Caldera, ein kleiner Wasserkessel, auf die Glut gesetzt, um Matetee zuzubereiten, der später herumgereicht wurde. Wenn Valentín dieses Gefäß entgegennahm, hatte er sich immer sehr erwachsen ge-

fühlt. Zum Fleisch hatte es zwar kein Brot gegeben, aber Maiskuchen, den seine Mutter gebacken hatte, und obwohl der ohne Salz gemacht war und darum eigentlich fade schmeckte, konnte er sich kein köstlicheres Mahl vorstellen. Es gab kein besseres Gewürz als den Geschmack des Abenteuers.

Nun lag ihm das Essen stets wie ein Stein im Magen. Vielleicht war es auch gar nicht das Essen, sondern die schweren Gedanken, die ihn umtrieben. Als Kind hatten Pablo und er oft gestritten, und dass sie später gemeinsam in den Krieg gezogen waren, hatte es nicht besser gemacht, doch nie schien die Kluft so tief wie jetzt. Nie hatte Valentín auch gesehen, wie Pablo eine Frau geschlagen hatte.

Valerias Gesicht war am Tag nach ihrem Fluchtversuch geschwollen und blau verfärbt gewesen. Mittlerweile erinnerte zwar nur noch der etwas grünliche Ton der Haut an die Verletzung, und sie schien keine Schmerzen zu leiden, aber ihm entging nicht, wie erschöpft und verzagt sie war. Eben schlug sie wild nach den Moskitos um sich, die um ihrer aller Köpfe surrten. Seine eigene Haut war so gegerbt, dass er die Stiche kaum noch spürte – ihre jedoch so weich und dünn, dass das stete Jucken zur Qual wurde.

Valentín wartete ab, bis sie eine Rast einlegten, hockte sich dann zu ihr und bot ihr eine seiner Zigaretten an.

»Was soll ich damit?« Ihre Augen blickten wie so oft flehentlich auf ihn, doch ihre Stimme war kalt.

»Der Rauch vertreibt die Tiere«, erklärte er knapp.

Sie bedankte sich nicht, aber als er ihr Feuer gab, nahm sie einen Zug. Prompt bebten ihre Nasenflügel, und wenig später musste sie schrecklich husten.

»Ich hätte dich warnen müssen«, entschuldigte er sich, »In Paraguay lässt man die Tabakblätter länger am Stengel reifen, die Zigaretten sind darum viel stärker, als du sie gewohnt bist.«

Valeria kämpfte gegen den Husten an. Obwohl ihr Tränen in die Augen gestiegen waren, zog sie trotzig ein zweites Mal an der Zigarette. Wieder begann sie zu husten, doch sie schluckte beharrlich, und bald rauchte sie mit dem stoischen Gesichtsausdruck eines Mannes.

Die Moskitos quälten fortan die Pferde, nicht mehr sie, doch Valentín war nicht lange froh, dass er sie zumindest von diesem Ungemach befreit hatte.

Wäre ich ein ganzer Mann, dachte er, würde ich sie nicht bloß vor Insekten, sondern vor meinem Bruder schützen ...

Aber wie sollte er sich ausgerechnet gegen den Mann stellen, der die Truppe zusammenhielt, der ihn im Krieg manches Mal vor dem Tod bewahrt hatte und der der Einzige war, mit dem er die Erinnerung an seine Familie teilte – und an das Leben vor dem Krieg?

Nach der kurzen Rast ritten sie weiter, und als sich die Nacht über das Land senkte, suchten sie sich eine kleine Baumgruppe, um ihr Lager aufzuschlagen. Valeria aß fast nichts – wahrscheinlich hatten ihr die Zigaretten den Appetit genommen – und er selbst kaum mehr, weil ihm das schlechte Gewissen ihr gegenüber die Kehle zuschnürte.

Wenigstens musste er nicht mehr lange die grünlichen Flecken in ihrem Gesicht mustern. Wie immer währte die Dämmerung nur kurz, schon verschluckte der schwarze Himmel die letzten mageren Sonnenstrahlen. Der Schein des Feuers reichte nicht weit, und er bereitete sich sein Nachtlager fast im Stockdunkeln. Wie immer legte er zuerst eine Ochsenhaut auf den Boden, die tagsüber den Proviant bedeckte, machte aus dem Sattel ein Kopfkissen und legte seinen Poncho ab, um ihn als Bettdecke zu nutzen. Er wollte sich schon hinlegen

und zudecken, als er stutzte. In den letzten Tagen hatte er nicht darauf geachtet, wie sie schlief, doch nun sah er Valeria zitternd an einem Baum hocken. Tagsüber vermochte ihr zerrissenes Kleid sie kaum vor der Sonne zu schützen – und nachts nicht vor der Kälte. Er erhob sich, kniete sich zu ihr und reichte ihr den Poncho. Obwohl es finster war und er nicht in ihrer Miene lesen konnte, spürte er, dass sie sein Angebot am liebsten zurückgewiesen hätte.
»Nimm ihn!«, befahl er. »Du frierst sonst die ganze Nacht und kannst nicht schlafen, und dann wird morgen der Weiterritt zur Qual.«
Sie knurrte ein unwilliges Danke.
Während sie sich in den Poncho kuschelte und bald eingeschlafen war, starrte er stundenlang auf den Sternenhimmel und konnte kein Auge zutun.
Wohin führt das alles nur?, dachte er.
Es hatte wie ein großes Abenteuer geklungen, als Pablo vor einigen Wochen vorgeschlagen hatte, Waffen aus Uruguay zu stehlen. Gewiss, dieses Unternehmen war lebensgefährlich, aber nach dem Grauen der letzten Jahre war ihm alles lieber, als zu kämpfen und Männer zu ermorden. Wie hätte er auch ahnen können, dass er am Ende dabei mitmachen musste, ein unschuldiges Mädchen zu entführen?
Seine Gedanken wurden immer schwerer, seine Lider gottlob auch. Irgendwann sank er in einen unruhigen Schlaf.
Am nächsten Morgen stand er als Erster auf, um Matetee anzusetzen und die Pferde feucht abzureiben. Wie so oft waren sie in der Früh blutüberströmt, waren sie doch in der Nacht von Fledermäusen angegriffen worden. Die anderen schliefen noch, aber Valeria war von den Geräuschen erwacht, rieb sich erst schlaftrunken die Augen und beobachtete ihn dann. Die blauen Flecken waren noch mehr verblasst. Keine Verachtung

stand mehr in ihrem Blick – nur die flehentliche Bitte: Lass mich frei!

Valentín wandte sich rasch ab und fühlte sich unwohler als je zuvor. Nie hatte er jede Regung ihres Körpers so deutlich gespürt wie in den kommenden Stunden. Seit Pablo sie fast totgeschlagen hatte, ritt sie nicht mehr auf dessen Pferd, sondern auf seinem. Und während er bisher hartnäckig ignoriert hatte, wie zart ihr Leib war, wie weich ihre Haut, setzte ihm heute jede Berührung zu. Obwohl ein scharfer Wind wehte, wurde ihm immer heißer. Wäre er allein unterwegs gewesen, er hätte sich hoffnungslos verirrt, da er keinen Kopf mehr für die Umgebung hatte.

Als Pablo plötzlich verkündete, dass die Grenze nach Argentinien nicht mehr weit war, sie von dort bald wieder heimatlichen Boden betreten würden, und er laut von Paraguay zu schwärmen begann, konnte er sich nicht einmal richtig freuen.

Valeria hingegen verkrampfte sich.

»Verfluchtes Land!«, zischte sie.

Die anderen hatten sie nicht gehört – Valentín aber nur zu deutlich. Erst kniff er die Lippen zusammen, weil es ihm ratsamer schien, sie zu missachten, doch schließlich platzte die Frage aus ihm heraus: »Warum ist das Land verflucht?«

Valeria drehte ihren Kopf etwas zu ihm um. »Nun, es wird von einem Teufel regiert«, erklärte sie trotzig.

»Und das bedeutet, dass das ganze Land verflucht ist?«

»Dann leugnest du es also nicht, dass euer Diktator Francisco Lopez ein Teufel ist?«

Er ahnte, dass es besser wäre, sich nicht auf ein Streitgespräch einzulassen, aber mit ihr zu reden, schien erträglicher, als schweigend zu reiten und bei jedem Schritt des Pferdes nur allzu deutlich ihren Körper zu spüren.

»Selbst wenn er es wäre«, erwiderte er, »ihm allein ist dieser Krieg ganz gewiss nicht anzulasten.«
»Wem dann?«, begehrte sie auf. »Mein Großvater hat gesagt, er sei größenwahnsinnig. Ginge es nach ihm, sollte Paraguay das bedeutendste und mächtigste Land von ganz Südamerika werden, dem sich alle anderen La-Plata-Länder unterwerfen. Er würde dann Präsident werden, nein, mehr noch, ein Herrscher vom Status des französischen Kaisers.«
Wieder konnte er nicht widersprechen – jedoch etwas hinzufügen: »Du darfst nicht vergessen, dass Francisco Lopez auch viel für sein Volk tut. Er will eine Bibliothek bauen, eine Oper und ein Theater, gepflasterte Avenuen, Parks mit hohen Bäumen…«
Sie schien ihm gar nicht recht zuzuhören, ihre Miene wurde immer finsterer. »Mein Großvater sagt, dass sich Lopez und seine Familie wie Monarchen benehmen!«
»Na und?«, gab Valentín zurück. »So schlimm kann es unser Volk mit ihm als Herrscher nicht getroffen haben – wäre Paraguay vor dem Krieg sonst das reichste Land dieses Kontinents gewesen und seine Bevölkerung regelrecht überhäuft von den Gaben des Wohlstands?«
Nun geriet Valeria ins Nachdenken. Verwirrt blickte sie ihn an.
Er konnte ein Grinsen nicht unterdrücken. »Was weißt du eigentlich über Paraguay, außer dass dort der Teufel regiert?«, fragte er spöttisch.
Beschämt senkte sie ihren Blick, offenbar, um nicht zuzugeben, dass sie wohl nichts weiter über das Land wusste als das, was andere ihr gesagt hatten, dass sie sich folglich nie selbst ein Bild gemacht und kritische Fragen gestellt hatte.
Eine Weile wollte es Valentín beim Schweigen belassen, doch ihre Vorwürfe waren ihm Stachel im Fleisch genug, um sich

ausführlich zu rechtfertigen: »Ja, Paraguay war bis vor kurzem ein reiches Land. Mag sein, dass wir uns dem Außenhandel verschlossen haben, aber nicht, weil wir so rückständig sind, sondern weil die Güter der einheimischen Fabriken durch Zölle geschützt werden sollten. Unter Lopez muss keiner Hunger leiden, es gibt ein gut ausgebildetes Heer und ein geordnetes Schulwesen. In ganz Paraguay wirst du kein Kind finden, das nicht lesen und schreiben kann. Wir haben nicht nur ein Telegraphennetz und eine Eisenbahnlinie, sondern eine beträchtliche Anzahl Fabriken, wo Töpferwaren, Schießpulver sowie Ponchos, Papier, Tinte und Baumaterial hergestellt werden. Gewiss, die Nachbarländer haben das auch – aber sie alle stehen in der Schuld der Briten. Wir nicht. Und es ist auch nicht so, dass wir wie Gefangene im eigenen Land gehalten werden, wie oftmals behauptet wurde. Viele junge Universitätsstudenten werden dank Stipendien von Lopez nach Europa geschickt. Wenn der Krieg nicht ausgebrochen wäre, wäre ich wohl selbst darunter.«

Er konnte es nicht verhindern, dass seine Stimme, eben noch hart und stolz, einen sehnsuchtsvollen Klang angenommen hatte. Bis jetzt hatte Valeria so getan, als hätte sie nicht zugehört, doch nun kam sie nicht umhin, sich ihm erneut zuzuwenden und ihn zu mustern. Sie hatte wohl nicht damit gerechnet, dass unter den wilden Männern gebildete waren.

»Du tust ja gerade so, als wäre deine Heimat das Paradies.«

»Verglichen mit Uruguay, ist sie das auf jeden Fall. Euer Land ist geschwächt. Ständig wechseln die Präsidenten, und ein tiefer Riss geht durch die Gesellschaft. Hätten die Briten es nicht verhindert, es wäre schon des Öfteren ein Bürgerkrieg zwischen Colorados und Blancos ausgebrochen. Warum gibt es bei euch viel weniger Schulen als bei uns? Wieso besucht an manchen Orten nur ein Kind von drei Dutzend die Schule?«

Valeria runzelte die Stirn. »Dennoch, Lopez hätte sich nicht in uruguayische Angelegenheiten einmischen sollen. Das war doch der Beginn des Krieges.« Trotz der entschlossenen Worte wirkte sie etwas unsicher.
»Die Einzigen, die sich nicht hätten einmischen sollen, sind die Engländer«, knurrte er.
»Was haben denn die Engländer mit dem Krieg zu tun?«, fragte sie erstaunt.
»Nun, alles. Die britischen Kaufleute befürchteten, dass unser Beispiel – nämlich wirtschaftlich ganz und gar unabhängig zu sein – Schule macht. Nicht nur, dass wir keine Waren exportieren, wir kaufen auch keine vom Ausland, folglich von den Briten. Auf diese Weise sind wichtige Absatzmärkte verlorengegangen – ob für Matetee und Quebracho-Holz, auch Mahagoni und andere seltene Holzarten aus dem Chaco. Kein Wunder, dass die Briten auf militärische Gewalt setzen. Sie machen sich zwar nicht selbst die Hände schmutzig, aber womit, glaubst du, finanziert die Tripelallianz den Krieg? Durch Anleihen bei englischen Banken. Und warum, glaubst du, sind Argentinien und Brasilien in den Krieg eingestiegen? Weil sie bei England stark verschuldet waren. Im Grunde führen wir nicht mit ihnen Krieg, sondern mit den Kaufleuten von Liverpool, Bristol, London und Glasgow. Nur dank der Briten werden der Tripelallianz Waffen und Munition so schnell nicht ausgehen.«
Valeria wirkte nun regelrecht bestürzt. »Das … das kann ich nicht glauben.«
»Es wurde schon ausgehandelt, wie man nach dem Krieg das Land aufteilt. Die Grenzmächte erhoffen sich weite Landstriche im Osten und Süden – und die britischen Handelshäuser gieren nach den Rohstoffen Paraguays.«
Er überlegte, was er ihr noch entgegenhalten konnte, sah dann aber ein, dass es weiterer Argumente nicht bedurfte. Sie

starrte ihn in einer Mischung aus Ratlosigkeit und Betroffenheit an, ehe sie kleinlaut murmelte: »Das wusste ich nicht.«
Fast war er enttäuscht, dass der Widerspruch, gegen den er sich schon gewappnet hatte, ausblieb. Widerwillig musste er sich eingestehen, dass es ihm durchaus imponierte, wie ernst sie ihn nahm, anstatt ihm trotzig Parolen der Propaganda an den Kopf zu schmeißen. Sie hasste ihn bestimmt nach all dem, was sie ihr angetan hatten, doch das hinderte sie nicht daran, ihren Verstand zu benutzen. Er hatte gelehrtere, vernünftigere Männer erlebt, die sich ungleich schwerer taten, Gefühle hintanzustellen.
Sein Bruder Pablo hätte nicht einmal geglaubt, dass der Himmel blau und das Feuer heiß war, wenn es ein Feind behauptet hätte.
Pablo war es auch, der nun zu ihm aufschloss: »Was hast du mit ihr zu schwatzen?«, brummte er ärgerlich.
Für gewöhnlich hätte Valentín klein beigegeben. Doch noch erhitzt vom Eifer des Gesprächs, hielt er ihm trotzig entgegen: »Du gibst hier die Befehle, Bruder – aber mit wem ich worüber rede, ist allein meine Sache.«
»Schön und gut, aber lass dir von ihr kein schlechtes Gewissen machen.«
»Ich lass mir bestimmt nichts einreden«, gab Valentín barsch zurück. »Denn ich kann meinen Kopf zum Denken benutzen. Das solltest du auch und dringend überlegen, wie wir weiter vorgehen.«
»Das habe ich doch schon beschlossen. Wir bringen unser Goldvögelchen nach Asunción, was denkst du denn?«
»Und dort? Wo soll sie leben, während wir die de la Vegas' erpressen? Wer sorgt für sie?«
»Darüber also machst du dir Gedanken? Dass es dem Mädchen an nichts fehlt – und nicht etwa, wie dringend unsere Soldaten die Waffen brauchen?«

Valentín blickte kurz zu Boden, sah dann jedoch entschieden auf. »Ich stelle mich nicht gegen deinen Plan, aber ihr wird kein Haar gekrümmt.«

Pablo schnaubte verächtlich. »Was wir in Asunción mit ihr machen, werden wir später entscheiden. Noch müssen wir überhaupt dort ankommen, die Reise dorthin ist lang und anstrengend. Wollen wir doch mal sehen, ob unser Püppchen das durchsteht und ob du sie heil durch alle Gefahren geleiten kannst.«

Er gab seinem Pferd die Sporen und stob davon, ehe Valentín die Gelegenheit hatte, etwas dazu zu sagen.

Etwas hatte sich nach dem Gespräch mit Valentín verändert, obgleich Valeria nicht sicher war, was genau. Auch wenn sie nicht trotzig auf ihren Argumenten beharren konnte, sondern ihm in manchem recht geben musste, war sie nicht bereit, ihm und den anderen zu verzeihen. Allerdings konnte sie nun nicht mehr verhindern, sich Gedanken über die Männer zu machen: Nicht nur – wie bislang – darüber, wie sie hießen und wie treu sie zu Pablo standen, sondern auch, was genau sie antrieb und wie viel Menschlichkeit hinter der rauhen Schale stecken mochte. Bei Valentín war es wohl mehr, als sie gedacht hatte, und sie musste sich selbst ermahnen, sich davon nicht milde stimmen zu lassen. Was nützte ihr, einen verletzlichen Kern zu ahnen, wenn er sie nicht freiließ!

Gegen Abend verbat sie sich strikt, sich weiterhin den Kopf darüber zu zerbrechen, und als sie das Nachtlager aufschlugen, senkte sie ihren Kopf und stellte sich ihm gegenüber blind. Einmal mehr war auf ihre Erschöpfung Verlass, und sie schlief rasch ein, doch anders als in den vorangegangenen Nächten erwachte sie bald wieder und richtete sich auf.

Sowohl das Knacken des brennenden Holzes hatte sie geweckt als auch ein Blick, der auf ihr ruhte, nicht Valentíns Blick, wie sie zunächst vermutet hatte, sondern der von Jorge, der heute Nachtwache hielt und sie nachdenklich betrachtete. Er wirkte nicht eigentlich drohend ... eher abschätzend, dennoch fühlte sie sich zunehmend unwohl.

Anstatt das Unbehagen einzugestehen, sah sie ihm trotzig in die Augen.

»Ich werde nicht noch einmal zu fliehen versuchen«, erklärte sie.

Jorge blickte sich um, und als er sich sicher war, dass alle anderen schliefen, sagte er zu ihrer Überraschung plötzlich: »Eigentlich schade.«

Valeria glaubte, sie hätte sich verhört. »Aber ...«

Jorge erhob sich langsam und ließ sich knapp neben ihr nieder. Seine Nähe war ihr unangenehm, am liebsten wäre sie zurückgewichen, aber sie beherrschte sich, und tief in ihr erwachte neue Hoffnung.

»Ich bin ungeduldig«, sagte er plötzlich. Valeria konnte mit diesen Worten nichts anfangen und wartete schweigend, dass er fortfuhr. Er tat es sehr bedächtig ... zögerlich. »Ich meine, was Pablos Plan anbelangt, von dem halte ich nicht viel ... Es wird viel Zeit vergehen, bis wir Asunción erreichen, und von dort aus ist es sehr schwierig, Verhandlungen mit deinem Großvater zu führen.«

Valeria ahnte, worauf er hinauswollte, war sich allerdings nicht sicher, ob er sie nur prüfen wollte. Sei's drum – es war ihre einzige Chance.

»Du wärst bereit, mich zu meinem Großvater zurückzubringen, nicht wahr?«, sagte sie eifrig. »Und anstelle von weiteren Waffen würdest du mit Geld vorliebnehmen.«

Jorge schwieg vielsagend.

»Mein Großvater ist reich, sehr reich. Er würde bestimmt ...«
Mit einer hektischen Bewegung schnitt er ihr das Wort ab. Sie hatte zu laut gesprochen, und erst als er wieder die anderen taxiert und festgestellt hatte, dass sie nicht erwacht waren, fügte er hinzu: »Das weiß ich bereits ...«
Was er offenbar nicht wusste, war, wie er diesen Plan umsetzen sollte.
Valeria überlegte fieberhaft ... Jorge schien nicht der Hellste zu sein, und um ihn dazu zu bewegen, ihr zur Flucht zu verhelfen, musste sie ihm einen Vorschlag unterbreiten. »Wenn du wieder einmal Nachtwache hältst so wie heute, dann könnten wir doch heimlich dein Pferd losbinden und fortschleichen. Bis die anderen wach sind, hätten wir längst einen Vorsprung ...«
Jorge blickte zweifelnd. So weit hatte er wohl schon gedacht. Fraglich war, was danach kam.
»Hier gibt es jede Menge einsame Gehöfte ... Du könntest mich an einem absetzen. Ich meine, ohne Pferd und ganz auf mich gestellt, würde ich es nie zurück nach Montevideo schaffen. Du hingegen kehrst dorthin zurück und verrätst meiner Familie meinen Aufenthaltsort nur gegen entsprechende Bezahlung. Bis sie mich dann tatsächlich gefunden haben, bist du längst über alle Berge.«
»Hm«, machte Jorge, ehe er nach längerem Zögern hinzufügte: »Es könnte klappen ...«
Valeria sah in die dunkle Nacht. »Warum wollen wir es nicht gleich jetzt wagen?«
Jorge schüttelte den Kopf. »Besser, wir warten, bis wir kurz vor der argentinischen Grenze sind, wenn Pablo sich sicher fühlt.«
Er stand auf und hockte sich wieder an seinen Platz. Nicht länger starrte er Valeria an, sondern die Flammen. Sie selbst

legte sich hin, konnte aber nicht wieder einschlafen. Was sollte sie nur davon halten?

Unwillkürlich wanderte ihr Blick zum schlafenden Valentín. Anders als Jorge hätte sie diesem sofort vertraut, und kurz überlegte sie, ihm von Jorges geplantem Verrat an der Truppe zu erzählen. Du Närrin!, schalt sie sich allerdings alsbald. Von ihm kannst du ein wenig Fürsorge erhoffen – keine echte Hilfe!

Auch wenn Valentín kein Ungeheuer wie sein Bruder war – wenn sie ihre Freiheit wiedererlangen wollte, tat sie gut daran, auf Jorge zu setzen.

17. Kapitel

In den ersten Tagen fühlte sich Claire noch etwas unsicher auf dem Pferderücken. Luis war es zwar schnell gelungen, ein Tier für sie zu besorgen, doch es war ein sehr großer, wilder, dunkler Hengst, dessen Augen Claire irgendwie spöttisch anzufunkeln schienen.
»Kann ich nicht eine Stute reiten?«, fragte sie.
Luis schüttelte bedauernd den Kopf. »Die Stuten werden hierzulande geschlachtet und gegessen oder als Zuchttiere genutzt. Auf einer reiten will jedoch niemand. Ein jeder Mann würde sich in seiner Ehre verletzt fühlen und ginge lieber zu Fuß.«
Claire verdrehte die Augen. »Als ob euch Männern ein Zacken aus der Krone fiele, wenn ihr einmal auf ein weibliches Wesen angewiesen seid.«
Luis wurde wieder ernst. »Nun, ich denke nicht so. Ich finde, dass sich Frauen des Öfteren als die Stärkeren und Mutigeren erweisen.«
Claire seufzte. »Gott schenke auch Valeria möglichst viel von diesem Mut und dieser Stärke.«
Am liebsten wäre sie Tag und Nacht durchgeritten, bis sie jenes einsame Gehöft erreichten, und hätte sich dort auf die Suche nach Spuren gemacht, aber Luis drängte sie immer wieder dazu, Pausen einzulegen und ihre Kräfte nicht zu verausgaben. Mittlerweile war aus Montevideo Verstärkung gekommen – ein Trupp Soldaten, die zwar die notwendige Entschlossenheit an den Tag legten, aber insgeheim verärgert wa-

ren und sich in ihrer männlichen Ehre gekränkt fühlten, dass eine Frau sie nicht nur begleitete, sondern ihr Tun ständig kritisch hinterfragte. Luis musste sie erst mit viel Mühe überzeugen, dass sie ihnen mit einigem Abstand folgen durften. Claire war der Unfriede, den sie säte, herzlich egal – das Wichtigste war, Valeria zu finden.

Zwei Tage später erreichten sie das Gehöft hinter einem schlecht gepflegten Weizenfeld, wo der Knabe jene Frau im hellen Kleid gesehen hatte. Spuren waren dort kaum welche zu entdecken, und bei den nächsten Häusern und Siedlungen, die sie passierten, hatte niemand die Männer und ihre Geisel gesehen. Doch nach weiteren Tagen stießen sie auf eine Feuerstelle.

»Hier könnten sie gewesen sein!«, rief Claire freudig.

Luis bestätigte das nicht, um ihre Hoffnung nicht zu schüren. Falls sie hier tatsächlich vorbeigekommen waren, räumte er jedoch ein, ließ sich ihre geplante Route gut vorhersehen. Knapp eine Woche währte der Weg von hier zur Grenze nach Argentinien.

»Das ist ein gefährliches Gebiet«, erklärte der Offizier, der die Soldaten befehligte. »Auch wenn es zurzeit keine Kampfhandlungen gibt – wir könnten jederzeit in einen bewaffneten Konflikt geraten. Besser, Sie kehren um.«

Einmal mehr wies Claire dieses Ansinnen zurück, und gottlob hatte der Mann keine Lust, mit ihr zu streiten. Leider stießen sie in den nächsten Tagen auf keine neuen Spuren, und die anfängliche Aufregung wich der Hoffnungslosigkeit.

Luis war ein zu aufrichtiger Mann, um ihre düstere Stimmung mit leeren Versprechen aufzuhellen, aber er setzte alles daran, um sie abzulenken – und das gelang am besten, indem er ihre Neugierde auf dieses fremde, wilde Land anstachelte. Trotz der Umstände freute sie sich darüber, es Tag für Tag aufs Neue zu erforschen und mehr von den Tieren zu erfahren, die es bevölkerten.

Zu ihrer Überraschung schien Luis ihr Interesse für die Naturwissenschaft zu teilen, denn er erkannte die vielen unterschiedlichen Vögel, die am Himmel kreisten, allein schon aufgrund des Klangs ihrer Rufe.

Als sie einmal auf ein verendetes Vizcacha stießen, stieg Claire vom Pferd und warf es in die Wiese. Sie wusste, dass es lächerlich war, aber es wäre ihr als schlechtes Omen erschienen, wenn die Hufe ihres Tieres es zertrampelt hätten. Luis verspottete sie nicht, erklärte nur, dass kaum ein Tier so weiches Fleisch biete wie diese Pampakaninchen.

»Aber es ist so gut wie unmöglich, sie zu jagen«, fuhr er fort, nachdem er Claire wieder aufs Pferd geholfen hatte, »denn sie verlassen nur nachts ihren Bau. Außerdem sind sie blitzschnell.«

»Das klingt so, als hättest du es schon öfter vergeblich versucht«, sagte sie.

»Früher«, antwortete er knapp.

Ihr ging einmal mehr auf, dass sie nicht viel von ihm wusste, weder wie und wo er aufgewachsen war, noch wie oft er schon durch dieses Land geritten war. Ehe sie fragen konnte, ertönte lautes Rascheln und Flügelschlagen, und nicht weit von ihnen stoben mehrere Vögel davon.

»Das waren Caranchos oder Erdeulen«, erklärte Luis. »Auch sie sind schwer zu fangen, denn sie fliegen sofort weg, wenn man ihnen näher kommt. Aber sie haben auch nicht so gutes Fleisch zu bieten, da macht es nicht so viel aus.«

»Ich glaube, ich habe so einen Vogel im naturwissenschaftlichen Museum betrachtet – er sieht aus wie ein Adler, hat einen weißen Schnabel, ein rotes Gesicht und gelbe Beine, nicht wahr?«

»Ja, und er ist ständig auf der Jagd nach Heuschrecken und Feldmäusen. Am liebsten allerdings ist ihm frisches Aas.«
Eine Weile ritten sie schweigend. Mehrmals musterte Claire ihn scheu von der Seite, bevor sie sich ein Herz fasste und fragte: »Woher kennst du all diese Tiere? Es klingt, als wärst du schon oft in der Pampa unterwegs gewesen.«
Er nickte. »Als Kind bin ich mit meinem Vater regelmäßig ins Umland von Montevideo geritten. Die sumpfigen Niederungen um die Bäche sind reich an Schnepfen und locken viele Jäger an. Mein Vater hat mir alles beigebracht – über die Jagd und die vielen Tiere, die hier leben. Schau doch nur dort hinten! Da wird eine tote Kuh gerade von einem Carancho beseitigt – oder von einem Chimango, ich bin mir nicht ganz sicher.«
»Eine Falkenart«, murmelte Claire. Von der Kuh war kaum mehr etwas anderes zu erkennen als das Gerippe, dessen Anblick sie erschaudern ließ.
»Mit meinem Vater bin ich auch oft zu den Lagunen im Landesinneren geritten, die von Flamingos, Enten, Schwänen und Ibissen bevölkert werden.«
Seine Stimme nahm einen sehnsuchtsvollen Klang an – offenbar hatte ihm das Beisammensein mit ihm noch mehr bedeutet als die Jagd selbst.
Claire zögerte wieder eine Weile, ehe sie fragte: »Jagst du noch immer mit deinem Vater?«
Luis wich rasch ihrem Blick aus. »Er ist gestorben, als ich zwölf Jahre alt war.«
Sein Gesicht wurde ausdruckslos wie so oft, aber sie ahnte, wie viel Trauer sich in diesem Satz verbarg. Gerade, weil er sie nicht zeigte, konnte sie seinen Schmerz förmlich spüren.
»Das tut mir leid«, flüsterte sie. Um Antonie hatte sie nicht sonderlich tief getrauert, aber die Vorstellung, ihren Vater zu verlieren, war unerträglich.

»Die Zeit danach war hart«, fuhr er mit gepresster Stimme fort. »Meine Mutter war eine einfache, ehrbare Frau und hat nach Leibeskräften versucht, uns beide durchzubringen. Doch auch sie ist nicht alt geworden, und da ich keine Geschwister hatte ...« Er brach ab.

»... warst du danach ganz allein auf der Welt«, schloss sie an seiner statt.

»Ich bin bei einem entfernten Onkel aufgewachsen.« Seine Stimme klang plötzlich grimmig und verzweifelt zugleich und gab ihr eine Ahnung davon, wie wenig Liebe er von diesem Mann bekommen hatte. Das bestätigten auch seine nächsten Worte: »Ich habe ihn verlassen, sobald es möglich war. Eigentlich wollte er mich nicht gehen lassen, weil ich auf seinem Hof eine nützliche Arbeitskraft war. Darum habe ich mich als Freiwilliger zum Heer gemeldet – es war die einzige Möglichkeit, ihm zu entkommen –, und von dort bin ich in den Polizeidienst gewechselt.«

Claire versuchte, ihn sich als kleinen Jungen vorzustellen, der mit seinem Vater dieses Land erforscht hatte, mit nackten Füßen durch die Lagunen gestapft war und später mit ihm am Lagerfeuer gesessen hatte. Wahrscheinlich hatte er damals noch viel gelacht, seine Gefühle noch offen gezeigt und sich den kindlichen Glauben, dass das Leben herrlich war, bewahrt. In der harten Zeit, die später folgte, hatte er jedoch jedes Zeichen von Schwäche verbergen müssen und war auf diese Weise zu einem Mann gereift, der stoisch seine Pflicht tat und niemandem einen Blick in die verwundete Seele erlaubte. Tief in ihm, das ahnte sie plötzlich, musste noch das ausgelassene, fröhliche Kind stecken, und in ihr erwachte das Verlangen, es hervorzulocken, zum Lachen zu bringen, ja, an seiner Seite selbst wieder zum Kind zu werden – und zwar nicht zu dem vernünftigen, das sie einst gewesen war, das immer ein Auge auf die wilde Valeria hatte werfen müssen und das unter der frostigen Mutter gelitten hatte, nein, vielmehr ein Kind, das tun und lassen konnte, was es wollte, das auf niemanden Rücksicht nehmen musste und die Welt voller Neugierde erkundete.

Während sie diesen Gedanken nachhing, regte sich ihr schlechtes Gewissen, dass ausgerechnet jetzt, da sie Valeria suchte, jener Wunsch nach Freiheit und Selbstbestimmung laut wurde. Aber sie konnte es nicht leugnen: So auf sich allein gestellt, erwachte etwas in ihr, was sie bislang nicht kannte. Trotz aller Sorgen – nie hatte sie geglaubt, so sehr sie selbst zu sein wie in diesen Tagen mit Luis, der keine Erwartungen an sie stellte.

Ehe sie noch etwas sagen konnte, sah sie, dass die Truppe Soldaten stehen geblieben war und einer von den Männern ihnen entgegenritt. Seine Miene war ausdruckslos wie immer, doch seine Haltung wirkte verändert – irgendwie erregter.

»Haben Sie eine Spur?«, rief Claire aufgeregt.

Der Mann nickte. »Wir haben einen Späher ausgeschickt, und der hat eine Gruppe Männer entdeckt ...«

»Das sind gewiss Valerias Entführer!«

Erleichterung machte sich in ihr breit, doch Luis' Miene blieb ernst. »Und jetzt?«, fragte er angespannt.

»Wir werden uns an ihre Fersen heften, sie heimlich beobachten. Falls es tatsächlich diese Banditen sind, werden wir sie in der Nacht angreifen. Dann können wir sie am ehesten überraschen.«

Claires Herz hatte eben noch aufgeregt gepocht, jetzt überwältigten sie wieder Angst und Sorge, die sich auch auf Luis' Miene widerspiegelte. Wenn sie die Männer nicht überraschen würden und jene die Bedrohung witterten, war Valeria womöglich in höchster Gefahr.

Nachdem sie mehrere Wochen unterwegs waren, war das Reiten für Valeria nicht länger eine Qual. Ihre Glieder hatten sich an die Strapazen gewöhnt, der Rücken tat nicht mehr weh, ihre Beine und Arme waren sehniger geworden. Der Wind, der stetig Staub und Sand ins Gesicht wehte, setzte ihr zwar zu, aber zumindest musste sie nicht mehr in ihrem zerrissenen Kleid frieren: Nahe der Grenze kaufte Pablo in einem kleinen Geschäft frischen Proviant für die Truppe und Valentín ein Hemd, Hosen und Stiefel für sie – allesamt Kleidungsstücke, die für einen kleinen Mann gemacht waren. »Frauenkleider sind hier nicht zu haben«, erklärte er fast entschuldigend.
Sie nahm die Kleidung mit stoischer Miene entgegen. »Frauenkleider sind auch denkbar unpraktisch zum Reiten.«
Sie ging hinter einen Busch, um sich die Kleider anzuziehen – und wurde von neugierigen Blicken verfolgt; insbesondere der Schwarze und Pablo glotzten sie aufdringlich an. »Lasst sie in Ruhe!«, fauchte Valentín, und tatsächlich senkten die Männer ihre Blicke.
In den neuen Kleidern fühlte sich Valeria etwas unwohl, aber das wollte sie ebenso wenig zeigen wie ihre Angst und Verzweiflung – und ihre Ungeduld: Sie wartete nun täglich darauf, dass Jorge seinen Plan umsetzen würde, doch obwohl sie nun in der Nähe der argentinischen Grenze waren, sprach er sie nie wieder darauf an. Manchmal glaubte sie schon, sie hätte ihn damals in der Nacht falsch verstanden, manchmal hielt sie es für wahrscheinlicher, dass ihn der Mut verlassen hatte. So oder so, sie konnte nicht auf ihn zählen.
Eines Tages kamen sie zu frischen Gräbern – Hügeln aus roter Erde mit windschiefen Kreuzen. Pablo war bei ihrem Anblick sehr aufgebracht und schloss mit hörbarer Kampfeslust, dass neue Gefechte stattgefunden haben mussten – Valentín dage-

gen schüttelte traurig den Kopf und sagte so leise, dass nur Valeria es hören konnte: »Was für eine unnütze Verschwendung von Leben. Wie viele Soldaten müssen noch sterben?«
Sein sichtlicher Kummer rührte sie, doch das wollte sie ihm nicht zeigen. »Ich habe gehört, dass euresgleichen Männer aus Uruguay zwangsrekrutieren – und die werden in den Schlachten rücksichtslos verheizt.«
Er wirkte entsetzt. »Das ist doch nur ein übles Gerücht!«, rief er.
»Nun, dass ihr gewaltsam Menschen entführt, kann ich selbst bezeugen.«
»Selbst wenn es so wäre, ist es kein Verbrechen, das nicht auch die Gegenseite begeht. Auch paraguayische Kriegsgefangene wurden zwangsrekrutiert, und wenn sie desertierten, grausam hingerichtet. Euer General Flores selbst hat das angeordnet.«
Valeria wollte schon einwenden, dass Flores ganz sicher nicht »ihr« General war, doch sie besann sich einer anderen Sache, mit der sie ihn mehr treffen konnte: »Wenn sie nach Paraguay zurückkehrten, wurden sie erst recht hingerichtet, weil sie in einem feindlichen Heer gedient haben.«
Zu ihrem Erstaunen widersprach Valentín nicht, sondern nickte düster. »Das stimmt. Der Krieg ist eine grausame Sache.«
»Warum machst du dann mit?«
»Weil ich keine Wahl habe. Durch den Krieg habe ich alles verloren.«
Valeria fühlte sich beschämt, weil er nicht streitlüstern wirkte wie sie, sondern tief verletzt, aber das konnte sie ihm erst recht nicht zeigen. »Natürlich hast du die Wahl«, erwiderte sie schnippisch. »Du könntest mich freilassen.«
Er schüttelte den Kopf. »So gerne ich es täte – ich kann es

nicht. Es war nicht meine Idee, und ich heiße sie nicht gut. Aber ich werde meinem Bruder nicht in den Rücken fallen – er ist der Einzige, der mir geblieben ist.«
»Geblieben von was?«
Ehe er etwas sagen konnte, ertönte ein spöttisches Lachen. Sie hob den Blick und sah, dass Pablo sie fixierte. Vorhin bei den Gräbern hatte er zornig gewirkt, jetzt traf Valentín und sie sein kalter Hohn.
»Lass dir von ihr bloß nichts einreden. Vor allem kein Mitleid. Raffgierige Sippen wie die de la Vegas' tragen doch die Schuld am Krieg.«
Der Hass traf Valeria wie giftige Pfeile, aber sie ahnte plötzlich, dass sich dahinter mehr verbarg als nur Kälte, Roheit und Gewissenlosigkeit – eine Seele, die ähnlich verwundet war wie die vom Krieg betroffenen Länder. Allerdings verdiente er ihr Mitgefühl so wenig wie Valentín. Sie senkte den Blick, presste die Lippen zusammen und schwieg den Rest des Tages.
An jenem Abend rasteten sie in einem der immer dichteren Wälder. Die Bäume hier waren nicht trocken und kahl, sondern dunkelgrün und wuchsen auf feuchtem Boden, in dem die Hufe der Pferde versanken. Mückenschwärme verdunkelten die Luft, und obwohl sie wieder eine Zigarette rauchte, war Valeria in kurzer Zeit von Stichen übersät.
Trotz des Surrens war sie zu müde, um lange davon wach gehalten zu werden. In den letzten Nächten hatte sie zu tief geschlafen, um zu träumen, heute jedoch tauchten in der abgrundtiefen Schwärze plötzlich Gräber auf. Es wurden immer mehr und mehr, die Erde öffnete sich, Tote stiegen blut- und dreckverkrustet aus der Tiefe. Vergebens versuchte sie, vor ihnen zu fliehen, sie lief einfach nicht schnell genug ... wurde gepackt ... gerüttelt.

Entsetzt schrie sie auf, da legte sich eine Hand um ihren Mund.
»Pst, kein Laut!«
Sie riss die Augen auf. Jorge beugte sich über sie. Sie hatte vorhin nicht bemerkt, dass er zur Nachtwache eingeteilt worden war.
»Was ...«, setzte sie an, als er seine Hand wieder zurückzog.
»Heute ist die letzte Gelegenheit. Ich habe das Pferd schon losgebunden, jetzt müssen wir uns leise davonschleichen.«
Valeria stockte der Atem – also hatte er an dem Plan, mit ihr zu fliehen, festgehalten. Sie blickte sich um, aber die anderen schliefen.
Ihr Kopf schmerzte, als sie sich erhob, doch sie achtete nicht darauf. Der schlammige Boden dämpfte ihre Schritte, nur dann und wann knackte ein Ast unter ihrem Gewicht. Jedes Geräusch, und war es noch so leise, klang in ihren Ohren wie ein Donnerknall. Das Pochen ihres Herzens, der eigene Atem ... es war so laut ... würde sie gewiss verraten ...
Nach einigen Schritten drehte sie sich um – nach wie vor schliefen alle. Sie ging wieder ein Stückchen, keiner erwachte.
Langsam entspannte sie sich ein wenig, zumal in der Ferne das Pferd zu sehen war. Doch als sich die Bäume lichteten, wuchs eine andere Furcht. Sie würde bald mit Jorge ganz allein sein, wäre ihm hilflos ausgeliefert ...
Den anderen Männern musste sie zugutehalten, dass keiner je versucht hatte, sich an ihr zu vergreifen. Vielleicht hatte Pablo ein entsprechendes Verbot ausgesprochen, ohne dass sie es mitbekommen hatte – in jedem Fall hatte sie sich von Valentín trotz allem sicher und beschützt gefühlt.
Jorge dagegen durchschaute sie ganz und gar nicht ...

Erneut riskierte sie einen Blick zurück, sah aber nichts als Bäume. Selten hatte sie sich so von aller Welt verlassen gefühlt.
»Beeil dich!«
Schweren Herzens folgte sie ihm. Kleine Äste verfingen sich in ihrem Haar, Blätter schlugen ihr ins Gesicht, dann hatten sie den Wald verlassen. Nur noch wenige Schritte bis zum Pferd ... Wenn sie erst einmal eine Weile geritten waren, würde das Gefühl, dass sie geradewegs ins Verderben lief, schwinden, dann würde sie Hoffnung fassen, sich auf die Rückkehr in ihr altes Leben freuen.
Jorge stieß einen leisen Pfiff aus, woraufhin das Pferd auf sie zutrabte. Ehe es sie erreichte, er nach dem Zügel greifen und ihr hinaufhelfen konnte, zerrissen Schüsse die Stille.

Im ersten Augenblick war Valeria überzeugt, dass die anderen erwacht waren und auf sie schossen. Sie duckte sich, als eine Kugel haarscharf an ihrem Kopf vorbeipfiff. Doch als weitere Schüsse ertönten, erkannte sie, dass sie nicht vom Wald kamen, sondern von der freien Steppenlandschaft vor ihnen. Sie blinzelte, um im fahlen Mondlicht etwas zu erkennen.
»Verflucht!«, brüllte Jorge neben ihr, riss sie zu Boden und drückte ihr Gesicht so fest auf den Boden, dass sie Erde schluckte.
Doch sie hatte genug gesehen. Dort vorne waren Pferde ... berittene Pferde ... Männer saßen darauf ... in Uniform ... uruguayische Soldaten. Und sie waren nicht allein unterwegs, eine Frau war bei ihnen ... Claire.
Grundgütiger! Ihre Cousine war gekommen, sie zu retten!
Heiße Tränen strömten aus ihren Augen. Wie schon so oft würde Claire sie aus dem Schlamassel befreien, auf sie konnte sie sich immer verlassen.

Sie riss sich von Jorge los, sprang auf und rannte auf die Soldaten zu. Nach wenigen Schritten hatte er sie eingeholt und stieß sie abermals zu Boden.
»Willst du sterben, Mädchen?«, brüllte er.
Da erst erkannte sie, dass die Soldaten weiterhin auf Jorge und sie zielten. Wie auch nicht – trug sie doch mittlerweile Hosen. Die Soldaten glaubten wohl, zwei Männer vor sich zu haben, die es auszuschalten galt, ehe sie den Rest von Pablos Gruppe überwältigten.
Valeria versuchte, ihnen etwas zuzurufen, doch ihre Stimme ging im Kugelhagel unter, und bevor sie die Hände heben konnte, um zu zeigen, dass sie keine Waffe besaß, zerrte Jorge sie zurück in den Schatten eines Baumes.
»Verflucht!«, knurrte er. Hinter seiner Stirn arbeitete es – offenbar überlegte er, wie er aus der Sache heil herauskommen konnte.
Valeria dachte ebenso fieberhaft wie er nach, wie sie den Soldaten beweisen konnte, dass sie ungefährlich war, doch ihr Verstand arbeitete nur zögerlich, und ehe sie entschied, was zu tun war, ertönten neue Schüsse – diesmal hinter ihnen.
Pablo und die anderen waren offenbar erwacht und zur Gegenwehr übergegangen, und in die Kampfgeräusche mischte sich Claires Stimme. Sie wollte die Männer vom Schießen abhalten – wohl, um Valerias Leben nicht zu gefährden, wenngleich auch sie sie nicht erkannt hatte. Doch der Hass der Soldaten auf die Paraguayer war größer als jede Vernunft, zumal einige von ihnen getroffen worden waren und vom Pferd fielen.
Claire hörte zu schreien auf – hoffentlich war ihr nichts passiert.
Valeria lugte vorsichtig hinter dem Baum hervor. Sie erkannte nicht viel, wusste nur, dass sie unmöglich länger untätig blei-

ben konnte. Am Morgen hatte sie sich die Haare zu einem Zopf geflochten, nun nestelte sie an dem Band, das ihn zusammenhielt, bis ihr die Locken offen über den Rücken fielen. Hoffentlich schien der Mond hell genug auf ihre Mähne, um sie eindeutig als Frau auszuweisen. Jetzt galt es nur noch, sich aus Jorges Griff zu befreien. Er stand direkt hinter ihr und hielt sie um die Taille fest.

Valeria wartete, bis der Schusswechsel etwas abflaute; dann hob sie abrupt den Kopf und traf mit ganzer Wucht sein Kinn. Er heulte auf, als er sich schmerzhaft auf die Zunge biss, und prompt lockerte sich sein Griff.

Hastig löste sich Valeria von ihm und rannte los.

»Claire! Claire! Ich bin es doch, bitte nicht schießen! Claire!«

Sie kam ganze zehn Schritte weit.

Mochte auch noch so ein heftiger Schmerz in seinem Mund toben – Jorge wusste, dass sie die Einzige war, die ihn retten konnte, und hatte sie rasch eingeholt. Für seine bisherigen Gefährten war er ein Verräter, für die Soldaten ein Feind. Nur mit ihr als Geisel hatte er eine Chance, den Kopf aus der Schlinge zu ziehen.

Valeria wehrte sich verbittert, ging aus dem Gerangel jedoch als Verliererin hervor. Jorge hielt sie an den Handgelenken gepackt, so dass sie ihn nicht schlagen konnte, und wollte sie zurück in den Schatten der Bäume zerren. Plötzlich erstarrte er.

Valeria war nicht sicher, ob die Kugel, die ihn getroffen hatte, von seinen Leuten oder den Soldaten abgefeuert worden war. Sie sah nur, wie er ächzend Luft holte, Blut aus dem Mund sprudelte, als er ausatmete, und er im nächsten Augenblick auf sie fiel und sie unter sich begrub.

Vergebens kämpfte sie darum, den schweren Körper von sich zu wälzen, und währenddessen bemerkte sie mit wachsendem

Entsetzen, dass wohl auch Claires Pferd von einer Kugel getroffen worden war. Zumindest bäumte es sich auf und warf wiehernd den Kopf zurück. Sie war sich nicht sicher, ob Claire sich auf dem Sattel halten konnte, denn unter Jorges Leib wurde ihr das Atmen immer schwerer. Die Furcht, zu ersticken, nahm sie ganz und gar gefangen.

Claire konnte sich nicht daran erinnern, ab welchem Zeitpunkt alles schiefgelaufen war.
Zunächst war sie noch guten Mutes, dass Valerias Entführer überwältigt und ihre Cousine befreit werden konnte. Sie hatte zwar keine Ahnung, wie genau die Soldaten das anstellen würden, aber sie vertraute ihnen und war bereit, mit Luis im Hintergrund zu warten.
Was genau sie auch immer alarmiert hatte – plötzlich erwachte Unrast in ihr … und ein tiefes Unbehagen. Sie konnte es weder sich selbst noch Luis erklären, schlug jedoch dessen Warnungen aus und ritt den Soldaten nach.
Luis folgte ihr fluchend und kam – genauso wie sie selbst – gerade noch rechtzeitig, um zu beobachten, wie das Unglück seinen Lauf nahm.
Der Plan der Soldaten sah vor, das Waldstück zu umrunden, alle Fluchtwege abzuschneiden und Valerias Entführer im Schlaf zu überwältigen, doch ehe sie zur Tat schritten, waren zwei der Paraguayer – ob nun aus Zufall oder weil sie gewarnt worden waren – aus dem Wald gekommen.
Noch war nichts verloren. Doch einer der jungen Soldaten behielt seine Nerven nicht, wertete die abrupte Bewegung von einem der Männer als Angriff und eröffnete das Feuer.
»Sind Sie wahnsinnig geworden!«, schrie Luis.
Es war zu spät. Die zwei Männer aus dem Wald leisteten keine Gegenwehr, aber die Truppe, zu der sie gehörten, fing an,

auf die Soldaten zu schießen, und da sie sich hinter den Bäumen verstecken konnte, waren sie klar im Vorteil.
Gleich zwei Soldaten wurden dicht neben Claire getroffen, und als sie verzweifelt schrie, man möge doch ihre Cousine nicht in Gefahr bringen, hörte niemand auf sie.
»Du musst fort von hier!«, brüllte Luis. »Die Lage ist außer Kontrolle!«
Er hatte die Zügel ihres Pferds ergriffen, um sie wegzulotsen, und kurz war sie bereit, ihn gewähren zu lassen, aber als sie einen letzten Blick auf den Wald warf, tauchte plötzlich Valeria auf – oder nein: nicht plötzlich. Sie war die ganze Zeit da gewesen. Viel zu spät begriff Claire, dass sie einer der beiden vermeintlichen Männer gewesen war.
Nichts konnte sie nun mehr halten. Sie riss Luis die Zügel aus der Hand, gab dem Pferd die Sporen und wollte auf Valeria zureiten. Ehe sie ihr auch nur annähernd nahe kam, sah sie, wie der Mann neben ihr getroffen wurde – womöglich auch ihre Cousine selbst – und die beiden, leblos wie zwei Säcke Mehl, zu Boden gingen.
Sie schrie, hörte ihre Stimme jedoch nicht. Eine Kugel sauste an ihrem Kopf vorbei, sie achtete nicht darauf.
Valeria … Sie wollte zu Valeria … Valeria, die unter dem Mann begraben lag.
Doch das Pferd machte nicht länger, was es sollte. Ob es die lauten Schüsse waren, der Geruch nach Blut, Gefahr und Tod, der in der Luft lag, oder ob es gar selbst getroffen war – plötzlich stieg es und trat mit den Vorderbeinen in die Luft. Noch konnte sich Claire festhalten, noch fiel sie nicht, aber kaum gruben sich die Hufe wieder in die Erde, raste das Pferd los.
Claire konnte die Richtung nicht ausmachen, hörte nur, wie die Schüsse immer leiser wurden.

Staub und Sand trafen ihr Gesicht, so dass sie die Augen schließen musste.

Warum war sie bloß mitgekommen? Warum hatte der junge Soldat das Feuer eröffnet? Warum nur hatte sie Valeria nicht retten können, obwohl diese doch so nahe war.

Mit aller Macht klammerte sie sich an der Mähne des Tiers fest, ahnte aber, dass ihre Kräfte bald schwinden würden. Das Pferd wurde einfach nicht langsamer. Sie hörte die Schüsse nun gar nicht mehr, doch das war nicht unbedingt ein Zeichen, dass der Kampf ein Ende gefunden hatte – nur dass sie vollkommen allein in dieser Einöde war.

Trotz des atemberaubenden Tempos wagte sie es, mit der einen Hand die Mähne loszulassen und nach dem Zügel zu greifen. Tatsächlich, das Pferd wurde langsamer, doch seine Panik hatte sich nicht gelegt.

Erneut bäumte es sich auf, und diesmal war Claire zu geschwächt, um sich festzuklammern. Die Zügel entglitten ihr, sie rutschte vom Sattel, fiel zu Boden und rollte wegen der Wucht des Aufpralls mehrmals um die eigene Achse. Irgendetwas Hartes traf ihren Kopf – ein Stein unter ihr oder der Huf des Pferdes über ihr.

Es tat weh … scheußlich weh, doch der Schmerz war nichtig, gemessen an dem, der durch ihr Bein fuhr. Es musste gebrochen sein.

Aus unendlich weiter Ferne hörte sie das Pferd wiehern, dann nur noch ihren keuchenden Atem. Wo war das verfluchte Tier?

Sie wollte sich aufrichten, aber der Schmerz bezwang sie sofort. Wimmernd lag sie im Finstern, sah nichts mehr, hörte nichts mehr, hatte keine Ahnung, wie viel Zeit verging.

Irgendwann ragte eine Hand in jenes Meer aus Schmerzen und streichelte ihr Gesicht.

Der Hand folgte eine Stimme.
»Gott, Claire!«
»Valeria ...«, stöhnte sie. »Habt ihr Valeria?«
Sie öffnete die Augen und sah, dass er sie entsetzt ansah. Wahrscheinlich war sie blutüberströmt.
»Sag doch was!«, schrie sie.
Erst schüttelte er nur den Kopf, dann stammelte er unzusammenhängende Worte. »So viele Soldaten tot ... Wald bot ihnen Schutz ... Was für eine Riesendummheit ...« Er brach ab und ließ offen, ob nun einer der Soldaten oder sie es war, die diese Riesendummheit begangen hatten.
»Claire, mein Gott, Claire, kannst du aufstehen?«
»Ich versuche es.«
Ihre Zähne klapperten. Sie wusste insgeheim, dass es ihr unmöglich gelingen würde, sich zu erheben, aber sie wollte ihm nicht noch mehr Sorgen bereiten und ließ sich von ihm hochziehen. Kaum verlagerte sie das Gewicht auf das gebrochene Bein, sackte sie wieder in sich zusammen. Die Schmerzen wurden unerträglich, die Schwärze so verlockend. Das namenlose Nichts, das sie einhüllte, erstickte sowohl ihre Sorge um Valeria als auch das schlechte Gewissen, weil sie Luis so große Angst bereitete.

Valerias Furcht, unter Jorges wuchtigem Körper zu ersticken, wuchs. Anfangs hatte er noch als eine Art Schutzschild gedient, der sie vor möglichen Kugeln bewahrte, doch mittlerweile ertönten keine Schüsse mehr, und der Druck auf ihrer Brust wurde immer schmerzhafter. Mit aller Macht versuchte sie, ihn von sich zu stoßen, doch es gelang ihr nicht. Ihr Ächzen klang inmitten der Stille laut und ... beängstigend. Es erinnerte daran, dass der, der auf ihr lag, nie wieder einen Ton ausstoßen würde, und zu ihrer Panik gesellte sich Ekel. Sie lag unter einem Toten ...

Sie begann, noch heftiger auf den leblosen Leib einzuschlagen, und endlich bewegte er sich ... rollte von ihr ... nein, wurde zur Seite gezerrt.
Das Licht einer Fackel schnitt sich in ihre Augen.
»Was ... was ...?«
Es dauerte eine Weile, bis sie erkannte, wer sie von Jorges Leib befreit hatte. Die Erleichterung, dass sie wieder frei atmen konnte, war größer als die Enttäuschung, dass es keiner der uruguayischen Soldaten war, sondern Valentín, aber sie währte nicht lange.
Claire, schoss es ihr mit wachsendem Entsetzen durch den Kopf. Wo war Claire? Was war ihr zugestoßen?
Sie wehrte sich nicht, als Valentín sie hochzog. Obwohl sie sich wie paralysiert fühlte, entging ihr nicht, dass auch seine Augen weit aufgerissen waren und sein Gesicht leichenblass war.
»Valeria, geht es dir gut? Bist du getroffen worden?«
Er tastete ihren Körper ab, und sie war zu aufgewühlt, es ihm zu verbieten.
»Blut ...«, stammelte er heiser, »da ist so viel Blut ...«
»Es ist nicht von mir, sondern von Jorge.«
Er seufzte laut. Warum schockierte es ihn derart, dass sie womöglich getroffen worden war? Und wo waren die Soldaten? Endlich wehrte sie sich gegen seinen Griff, doch während Valentín zurücktrat, war da plötzlich Pablo, packte sie und zerrte sie mit sich.
»Was steht ihr da herum? Schnell! Wir haben keine Zeit zu verlieren! Wegen diesem Hurensohn hätten sie uns fast erwischt! Wenn wir nicht die vielen Waffen gehabt hätten – wir wären verloren gewesen! Was für eine sinnlose Verschwendung von Munition.«
Eben noch hatte das Grauen sie überwältigt, doch als Pablo sie unsanft in den Schatten der Bäume zog, fühlte Valeria

nichts mehr – keine Schmerzen, keine Angst, keine Enttäuschung, weil ihre letzte Chance, zu fliehen, ungenützt geblieben war. Wie aus weiter Ferne vernahm sie die Stimmen der Männer, die aufgeregt besprachen, wie Jorge es wagen konnte, ihnen in den Rücken zu fallen, wie viele Soldaten sie erschossen hatten, wie knapp sie davongekommen waren.
Valeria verstand alle Worte, aber keines schien mit ihr zu tun zu haben. In ihr wurde es immer kälter, und sie fühlte nicht einmal Erleichterung, weil Pablo sie losließ und in seiner Furcht nicht daran dachte, sie für den Fluchtversuch zu bestrafen. Kaum merkte sie, wie Valentín sie vor sich aufs Pferd hob und ihm die Sporen gab.
Stundenlang ritten sie durch die Nacht, doch als der Morgen graute, vermeinte sie, dass nur die Dauer eines Wimpernschlags vergangen war. Kurz war sie sich nicht einmal mehr sicher, ob die Ereignisse der letzten Nacht real oder ein schrecklicher Alptraum gewesen waren. Doch dann sah sie, dass ihre Kleidung mit Blut befleckt war. Sie schrie auf und fing zu zittern an.
»Schscht«, machte Valentín, »ruhig, ganz ruhig, es ist doch vorbei ...«
Am liebsten hätte sie sich die Kleidung vom Körper gerissen, aber das konnte sie nicht, konnte nur immer weiterzittern. Als die Sonne sie wärmte und das Zittern endlich nachließ, prasselten sämtliche Gefühle, die in der Nacht wie abgestorben gewesen waren, auf sie ein. Wie sollte sie es ertragen – den Gedanken, dass ihr Schicksal besiegelt war, dass sie unter einem Toten gelegen hatte, dass Claire womöglich verletzt war, vielleicht sogar tot!
Aber sie ertrug es ja, sie atmete weiter, sie hatte ihre Sprache nicht verloren, sondern drehte sich zu Valentín um und fragte: »Du warst so entsetzt, als du Jorge von mir gewälzt hast,

warum nur? Ich bin eine Fremde für dich, was ficht es dich an, ob ich lebe oder tot bin?«

Im Sonnenlicht sah sie, dass seine Haut noch immer fahl war und in seinem Blick Grauen stand ... nacktes, tiefes, größeres Grauen, als es die Ereignisse der letzten Nacht geboten.

»Dein Anblick erinnerte mich ... erinnerte mich ...« Er brach ab.

»An andere tote Frauen, die du in deinem Leben gesehen hast«, schloss sie.

Er nickte.

»Wer waren sie?«

Er rieb seine Lippen aufeinander, rang um Worte, brachte aber keines hervor, und ihr fiel wieder ein, dass er einmal gesagt hatte, nur noch Pablo zu haben.

Sie öffnete den Mund, wollte ihn weiter bedrängen. Auch wenn es sie nichts anging, was er durchlitten hatte – es war leichter, sich seinem Grauen zu stellen als dem eigenen. Doch bevor sie etwas sagen konnte, schrie Pablo den Männern einen Befehl zu. Offenbar wollte er noch eine letzte Rast einlegen, ehe sie die Grenze überschritten – erst die nach Argentinien, wenig später die nach Paraguay – und sie endgültig im Feindesland gefangen war.

18. Kapitel

Am nächsten Tag betraten sie erstmals argentinischen Boden, und nach einer knappen Woche überquerten sie den Río Paraná, um nach Paraguay zu gelangen. Auf den ersten Blick war das Land, in das sie verschleppt wurde, flach und karg wie Uruguay, doch die Wälder schienen nicht nur großflächiger, sondern auch feuchter. Wenn sie am Abend um das Lagerfeuer saßen, drangen durch die Stille Geräusche von Tieren, die Valeria noch nie gehört hatte. Neben dem Glöcklein der Madrina hörte man den klagenden Ruf des Rebhuhns, das Gurren der Nachteule, das Gebell eines Fuchses, schließlich ein eigentümliches Pfeifen, das, wie Valentín ihr erklärte, von einem Tapir stammte. Einmal ertönte beängstigendes Gebrüll.
»Womöglich ist das ein Jaguar«, murmelte Valentín.
Die vielen fremden Laute setzten ihr zu, doch das stete Schweigen, in das die Männer versunken waren, war fast noch schwerer zu ertragen.
Pablos Erschütterung über Jorges Verrat schien tief zu sitzen, auch wenn er sie zu verbergen versuchte und das strikte Verbot aufstellte, seinen Namen jemals wieder auszusprechen. Er wirkte nervöser als sonst, angespannt und gefährlich wie ein hungriges Raubtier, ließ sie aber immerhin in Ruhe. Tshepo und Ruben schienen ehrlich um Jorge zu trauern, denn ihre Augen glänzten oft feucht. Valentín wirkte blasser und nachdenklicher als sonst, und obwohl er es nicht offen aussprach – Valeria war sicher, dass sein Entsetzen nicht allein von Jorges

Tod rührte als vielmehr von dem Anblick, den sie geboten hatte, als sie blutüberströmt unter ihm lag. Dieser hatte Erinnerungen geweckt, die ihn nun nicht mehr losließen, und wenn er abends nachdenklich in die Flammen starrte, schien er mit seinen Gedanken unendlich weit weg zu sein.
Wie traurig er aussieht, dachte Valeria manchmal – um sich gleich darauf zu ermahnen, dass sie sein Gemütszustand nichts anging, Mitleid mit einem wie ihm fehl am Platz war und sich ihre Sorge auf die eigene aussichtslose Lage beschränken sollte.
Eines Abends stierte er nicht in die Flammen, sondern zog einen hölzernen Gegenstand aus seinem Lederbeutel. Valeria erkannte erst nicht, was es war, aber dann vermischten sich mit den unheimlichen Rufen der Tiere plötzlich wunderschöne Laute. Sie klangen so weich, so zart, so sehnsuchtsvoll, und Valeria hatte das Gefühl, als würden geschmeidige Hände über ihre Seele streicheln.
Sie betrachtete das Instrument in seinen Händen. Es glich einer Gitarre, doch als Valentín ihren Blick bemerkte, ließ er es sinken und erklärte: »Das ist eine hölzerne Harfe, wie es sie nur in Paraguay gibt. Sie ist aus Zedernholz gemacht und zählt ganze sechsunddreißig Saiten.«
Mühelos fuhr er fort, diese zu zupfen, und nach einer Weile begann er, zu den Klängen zu singen. Manche Lieder trug er mit einer sehr stolzen, tiefen Stimme vor – es waren, soweit Valeria sie verstand, Hymnen aufs Vaterland –, andere, vor allem Liebeslieder, sang er flüsternd und voller Melancholie.
Valeria lauschte gebannt. Sie hatte sich nie für die Oper begeistern können, und die Klavierstunden im Pensionat waren ihr eine stete Qual gewesen, weil sie es hasste, still zu sitzen, aber diese Töne trafen sie im Innersten. Musik war eine Sprache, die jeder verstand – und kurz fühlte sie sich nicht schutz-

los inmitten von Feinden, sondern mit Menschen vereint, die insgeheim die Hoffnung hegten, dass die Welt mehr zu bieten hatte als Kämpfe, Verrat und Tod und dass es sich noch lohnte, zu lieben und zu träumen. Sie bemerkte, dass alle zuhorchten: Die Augen des Schwarzen glänzten feucht, der grausame Zug um Pablos Mund glättete sich, der Indianer klatschte dann und wann mit seinen Händen im Rhythmus der Lieder. Ruben und Pío blickten so versunken aufs Feuer, wie es bisher nur Valentín getan hatte.

Auch wenn Valentín ihr seine Vergangenheit nur bruchstückhaft anvertraut hatte, war sie sich plötzlich sicher: Die toten Frauen, an die ihr Anblick ihn erinnert hatte, waren seine Mutter und seine Schwestern.

Der Kummer um sie durchdrang jeden Ton. Wenn er im Streit seinem Bruder nachgab, erschien er ihr schwach und rückgratlos. Doch nun, da in seinen dunklen Augen so viel Sehnsucht stand, so viel Schmerz und so viel Einsamkeit, dachte sie, dass ein schwacher Mensch sich niemals so schonungslos seiner Trauer stellen würde. Ein solcher würde vor ihr davonlaufen – sie nicht besingen.

Seine Stimme war wandelbar, die Hände, die über die Saiten strichen, sanft und zart. Sie sahen nicht wie Hände aus, die Waffen gehalten und damit getötet hatten – eher wie Hände, die Frauen liebkost und Buchseiten umgeblättert hatten. Hatte er nicht erzählt, dass er hatte studieren wollen? Was war wohl sein liebstes Fach gewesen?

Als er den Kopf hob und ihren faszinierten, hingerissenen Blick bemerkte, brach er sein Spiel abrupt ab.

»Sing doch weiter!«, forderte sie ihn auf.

Er sah sie verwirrt an und zögerte eine Weile. Schließlich berührte er das Instrument, als wäre es ein lebendiges Wesen, das man durch Zärtlichkeiten gnädig stimmen müsse, ehe sei-

ne Hände wieder über die Saiten strichen und seine melodische, rauchige Stimme erklang. Diesmal sang er in einer fremden Sprache – in Guaraní, der Sprache der Indianer Paraguays. Es war ein langes Lied mit unzähligen Strophen.
»Wovon singst du?«, fragte Valeria, als es zu Ende war.
»Vom Leben in Paraguay, wie es vor dem Krieg war«, antwortete er sehnsuchtsvoll. »Ich singe von Asunción mit seinen roten Ziegeldächern, den mit Pilastern und Kolonnaden verzierten Häusern, den von Orangenbäumen gesäumten Straßen. Die Männer schaukeln in ihrer Hängematte, trinken Tee und gaffen den Frauen nach. Jung sind die Frauen und schön. Sie tragen ihre Haare so kurz, dass man den Nacken sehen kann, und unter ihren weißen Baumwollkleidern und den gebauschten Spitzenunterröcken ahnt man ihre Knöchel. Ihre Augen funkeln; während sie Zigarre rauchen wie die Männer, lächeln sie diesen kokett zu, und um die schmale Taille glänzt eine rote Schärpe. Sie sind anmutig, diese Frauen, lebenslustig und fröhlich …«
Er brach ab. Erst jetzt bemerkte Valeria, dass nicht nur sie gebannt seinen Worten gefolgt war, sondern auch die Männer. Nur Pablo hatte sich abgewandt, vielleicht, damit man nicht in sein Gesicht sehen und in seiner Rührung eine Schwäche vermuten könnte.
Valentín selbst fixierte weiterhin die Saiten und gab sich nun ganz und gar den Erinnerungen hin. »Im Sommer tragen die Frauen manchmal Spitzenblusen. Unsere Mutter … Sie konnte so wunderbar klöppeln, und sie war so stolz darauf. Vor einigen Jahrhunderten hatte es eine unserer Vorfahren von den Jesuiten gelernt, die diese Fertigkeit nach Südamerika gebracht hatten. Als Kind habe ich ihr oft stundenlang zugesehen, wie ihre Hände flink um die Nägel huschten. Es waren schmale, feine Hände.«

Er musterte seine eigenen, als gehörten sie nicht ihm, und Valeria ahnte, dass er ein Tor zu Erinnerungen aufgestoßen hatte, das er sonst wohlweislich geschlossen hielt. Und als er wieder zu spielen fortfuhr, stiegen auch bei ihr Erinnerungen hoch. Das Heimweh trieb ihr Tränen in die Augen, als sie an Deutschland dachte und das Leben im Haus der Gothmanns.

Gewiss, sie war oft unglücklich gewesen, hatte unter der Kälte der Eltern gelitten oder sich gelangweilt, aber nun dachte sie nur an das Gute, das ihr widerfahren war, an die leuchtenden, saftigen Wälder des Taunus, den würzigen Geruch nach feuchter Erde, an Frau Lore, die in der Küche stand und Pflaumenmus kochte, an Claire, mit der sie heimlich in der Speisekammer genascht hatte. Eigentlich hatte nur sie genascht, und Claire hatte Wache gestanden und sie ermahnt, sich zu beeilen. Sie dachte an Spaziergänge an lauen Sommerabenden, wenn das sattgrüne Gras unter ihren Füßen raschelte, und an Schlittenfahrten an eisigen Wintertagen, wenn der Schnee unter den Hufen der Pferde knirschte. Dick verschneit waren die spitzen Dächer der Dörfer, die sie passierten und deren Bewohner nach draußen stürzten, um die Herrschaften anzustarren. Manchmal hatten Claire und sie ihnen Süßigkeiten zugeworfen. Ob sie ihre Heimat jemals wiedersehen würde? Ob Claire überhaupt noch lebte?

In den letzten Tagen hatte sie den Gedanken an sie verdrängt, doch nun konnte sie das nicht länger. Ihre Kehle wurde immer enger, und sie schloss die Augen, damit die vielen Tränen nicht über ihre Wangen perlten. So schluchzte sie lautlos, während Valentín weitersang.

Irgendwann hörte er mitten in einer Strophe zu spielen auf, und als sie die Augen aufschlug, sah sie seinen Blick auf sich ruhen. Er räusperte sich, schien wie aus einem Traum, einem schönen Traum, zu erwachen und wieder in die Wirklichkeit zurückzukehren.

»Vielleicht ist es besser, die Vergangenheit ruhenzulassen. Die Heimat, wie sie war, gibt es nicht mehr. Das Leben, wie ich es liebte, hat der Krieg zunichtegemacht.«

Seine harten, kalten Worte brachen den Bann. Valerias Tränen versiegten, die Männer wurden wieder zu Feinden, und als Pablo sich ihnen zuwandte, war seine Miene finster und bedrohlich wie eh und je.

»Ab morgen sind wir nicht länger per Pferd unterwegs, sondern auf dem Fluss«, verkündete er in die Stille.

Valeria verkniff es sich zu fragen, warum das so war, doch er verzichtete nicht darauf, ihr zuzusetzen.

»Ja, Püppchen, dazu bist du nicht erzogen worden – auf dem Río Paraguay zu reisen.«

Er war auf sie zugetreten, und Valeria duckte sich unwillkürlich. Aber ob es nun die Erinnerungen an ihr Zuhause waren oder ihr Stolz – sie wollte ihm ihre Furcht nicht zeigen.

»Woher weißt du, wozu ich erzogen wurde?«, fragte sie stolz.

»Es geht durch den Gran Chaco, das ist ein gefährlicher Dschungel, ein undurchdringliches Schilfdickicht, in dem Kannibalenstämme hausen und jede Menge Tiere: Pumas und Tapire, Krokodile und Heuschreckenschwärme, Tiger und Giftschlangen.«

Valentín hatte sein Instrument wieder eingepackt. »Halt den Mund!«, fuhr er seinen Bruder an.

Pablo runzelte irritiert die Stirn, schwieg jedoch.

Valentín wandte sich zu Valeria: »Hab keine Angst, dir wird nichts passieren. Wenn man sich im Dschungel nicht auskennt, ist es lebensgefährlich – aber wir ... ich war oft dort.«

Sie erwiderte seinen Blick. »Ich habe keine Angst«, erklärte sie mit Bestimmtheit.

Das war nicht gelogen – nach all den Torturen und Ängsten, die sie durchzustehen hatte, nach dem schrecklichen Schusswechsel und den Tränen, die sie eben vergossen hatte, fühlte sie, dass etwas in ihr erwachte, das stärker, zäher und erwachsener als die Valeria von einst war – und trotz allem auch neugierig auf das bevorstehende Abenteuer.

Die Hitze wurde immer drückender, weil feuchter, und setzte Valeria von Tag zu Tag mehr zu, aber die Reise auf dem Río Paraguay war weniger anstrengend als zu Pferde: Wie Pablo verkündet hatte, bestiegen sie mitsamt den Tieren eine Chalana, ein kleines Boot mit zwei Masten und Segeln aus Häuten. Lautlos glitt es über das grünliche Wasser und geriet jedes Mal heftig ins Schaukeln, wenn sie an größeren Schiffen vorbeikamen. Sehnsuchtsvoll blickte Valeria diesen nach, denn der Mittelteil der meisten war bedacht, und die Passagiere waren – anders als sie – vor Wind, Sonne und manchmal Regen geschützt. Obwohl sie wusste, dass hier nur Paraguayer unterwegs waren und es wenig Sinn ergab, um Hilfe zu rufen, wurde der Drang, verzweifelt zu schreien, manchmal übermächtig. Doch sie sagte sich, dass diese Reisenden wohl kaum Mitleid mit einem entführten Mädchen hätten und ein jeder zu sehr bedacht darauf war, die vielen Gefahren der Flussfahrt zu bezwingen, als auf dieses zu achten. Der Wasserstand war niedrig; immer wieder galt es, seichte Stellen und Sandbänke zu umschiffen. Noch größere Gefahr drohte von den Bäumen, die einst am Ufer gestanden hatten, dann aber vom Hochwasser untergraben wurden und auf Grund gesunken waren. Im schlickigen Wasser konnte man sie nicht erkennen, doch rammte man gegen ihren Stamm, konnte das Schiff schwer beschädigt oder gar zur Seite geworfen werden.

Valentín sorgte weiterhin dafür, dass niemand ihr zu nahe kam und sie genug zu essen hatte, und er hielt den Bruder offenbar davon ab, sie wegen des Fluchtversuchs mit Jorge zu bestrafen. Nachdem sich die erste Erschütterung gelegt hatte, musterte der sie zwar oft grimmig, ließ sie ansonsten jedoch in Ruhe. Nur einmal, als sie zum Ufer blickte, drohte er: »Wenn du uns Schwierigkeiten machst, werfe ich dich ins Wasser – dort wimmelt es von Krokodilen.«

Valeria erschrak. Insgeheim war sie sich zwar sicher, dass das nur eine leere Drohung war – als Geisel war sie schließlich viel zu kostbar, um leichtfertig ihr Leben aufs Spiel zu setzen –, aber ihr Schiff war sehr schmal. Was, wenn es kenterte? Valentín erriet ihre Sorgen: »Du musst keine Angst haben – Krokodile gehen den Schiffen meist aus dem Weg.«

Statt der Krokodile sah sie viele andere fremde Tiere – so Papageien, die in großen Schwärmen bis zu hundert Tieren das Boot umkreisten und den Himmel so bunt wie eine Blumenwiese färbten. Ihr Gekreisch war ohrenbetäubend – gänzlich still dagegen waren die Hundertschaften von Wasserschlangen und Kaimanen, die auf den Sandbänken lagen und die hastig flohen, wenn man ihnen zu nahe kam.

Valeria ekelte sich vor den Schlangen, doch Valentín meinte, dass sie nicht giftig und darum ungefährlich wären. »Viel bedrohlicher sind die Rayas: Das sind Fische, die man an seichten Stellen vorfindet. Mit den sägeförmigen Stacheln ihres Schwanzes können sie einem empfindliche Wunden zufügen. Nicht sonderlich angenehmer ist eine Begegnung mit Palometas – das ist eine kleine, gefräßige Fischart, die Menschen in Finger und Zehen beißt.«

Bei der Erwähnung der vielen Tiere musste Valeria an Claire denken, die sich so für die Flora und Fauna des Landes interessiert und das naturwissenschaftliche Museum in Montevideo besucht hatte. In diesem Augenblick hätte sie ihr Leben gegeben, nur um zu wissen, wie es ihr ging. Tränen traten in die Augen, die sie verstohlen fortwischte, Valentín jedoch nicht entgangen waren. Er musterte sie sichtlich bestürzt, doch anstatt sie zu trösten, versuchte er, sie abzulenken, indem er von weiteren Fischen erzählte – den Piranhas, die einen Dominikanermönch, der hier im Fluss badete, einst so schwer verletzt hatten, dass er das Gelübde der Keuschheit – selbst wenn er es gewollt hätte – fortan nicht mehr hätte brechen können.

Sie wusste nicht, ob er nur einen Scherz mit ihr trieb – seine Miene war auf jeden Fall todernst, und wie so oft wurde sie nicht schlau aus ihm. Sie beobachtete ihn häufig, und meist war sein Gesicht verschlossen – nur wenn er sang, standen Schmerz und Sehnsucht in seinen Zügen.

Fast jeden Abend griff er nun zu seiner hölzernen Harfe, sobald sie angelegt und am Ufer Feuer gemacht hatten. Und fast jedes Mal setzte sich Valeria in seine Nähe, lauschte gebannt und fragte hinterher, wovon seine Lieder handelten, trug er die meisten doch im unverständlichen Guaraní vor. Manchmal antwortete er nichts – manchmal erzählte er ausufernd von seiner Heimat, die er besang.

»Paraguay ...«, sagte er, »allein der Name klingt wie Musik. Er bedeutet so viel wie ›Federfluss‹ oder ›Farbenpracht‹ und kündet davon, wie reich das Land an bunten Vögeln und Blumen ist.«

»Du klingst, als würdest du vom Paradies sprechen.«

»Es ist das Paradies ... war es zumindest vor dem Krieg. Als meine Eltern und meine Schwestern noch lebten ...«

Er schien gar nicht bemerkt zu haben, dass er die Worte laut aussprach – aber sie konnte nicht umhin, die Möglichkeit zu nutzen, mehr über ihn zu erfahren.

»Sie sind tot, nicht wahr? Deine Eltern ... deine Schwestern ... an sie habe ich dich erinnert, als ich blutüberströmt unter Jorge lag. Wie ... wie sind sie gestorben?«
Er sah auf. Kurz schien er es zu bereuen, dass er seine Familie erwähnt hatte, aber ihm entgingen wohl nicht das ehrliche Mitgefühl in ihrem Blick und das aufrichtige Interesse an seinem Schicksal.
»Meine Familie besaß eine große Plantage nicht weit von der brasilianischen Grenze entfernt«, begann er. »Getreide wurde angebaut, auch Maniok. Viele Schwarze arbeiteten bei uns – nicht als Sklaven, sondern gegen einen gerechten Lohn. Als das brasilianische Heer im ersten Kriegsjahr die Grenze überschritt, haben sie die Schwarzen gegen uns aufgehetzt. Tshepo stand treu zu uns, aber alle anderen ...« Er machte eine Pause und schluckte. »Eines Nachts sind sie ins Haus eingedrungen und haben die ganze Familie massakriert. Nur Pablo und ich konnten fliehen.«
Seine Worte klangen nüchtern, doch in seinem Blick standen all die durchlittenen Ängste, die Ohnmacht und die Trauer. Valeria glaubte, es mit eigenen Ohren zu hören: die Schreie der Frauen, die verzweifelten Versuche der Männer, sich zu wehren, Schüsse, Kampfgeschrei, brechendes Holz, das Knistern von Flammen.
Valerias Blick wanderte unmerklich zu Tshepo.
»Er hat versucht, unsere Schwestern zu schützen, denn er wusste, dass die Brasilianer nicht im Geringsten am Wohl von seinesgleichen interessiert waren – im Gegenteil. Als das Massaker vorbei war, haben die brasilianischen Soldaten jeden einzelnen Schwarzen erschossen. Nur er konnte mit uns flüchten. Später kämpften wir im Krieg Seite an Seite, lernten dort Pinon kennen und auch die anderen.«
Abermals ließ er vieles unausgesprochen, was Valeria nur aus seiner Miene lesen konnte – so auch, dass er diese Gemein-

schaft nun als neue Familie ansah, aber dass ihm diese dennoch nicht wiederbringen konnte, was er verloren hatte: das gemächliche Leben auf der Plantage, die Zuversicht, dass das Leben es gut mit einem meinte, wenn man fleißig arbeitete, die Liebe seiner Mutter.
Das nächste Lied, das er sang – diesmal auf Spanisch –, handelte von ihr. Es hatte mehrere Strophen, war offenbar von ihm selbst gedichtet worden und eine Hymne auf jene freundliche Frau. Ihr Gesicht war kaum faltig, ihre Haare waren trotz ihres Alters schwarz und glänzend, die Hände kräftig. Sie konnten zupacken, aber auch liebevoll streicheln und vor allem die leckersten Speisen zaubern. Clarabella war eine großartige Köchin, ihre Chipas waren heißbegehrt: Für dieses Gebäck wurde Maniok mit geschmolzenem Käse, Fett, Salz und Anis verknetet, und daraus wurden liebevoll Laibe geflochten. Sie bereitete aber auch Sopa Paraguaya, eine Art Maisbrot, zu, Manioksuppe, dick wie Pudding, oder Dulce, in Zuckersirup getränkte Guaven.
Selbst lange nachdem Valentín sein Lied beendet hatte, blieb er in Erinnerungen versunken. »Manchmal hat sie mir einen Granatapfel zugesteckt«, flüsterte er. »Wie saftig seine Kerne waren und wie süß. Wir hatten nicht viele davon, es war ein großer Luxus und Pablo immer neidisch, wenn ich einen zugesteckt bekam und er nicht.«
»Wieso hat sie ihn dir gegeben und nicht ihm?«
»Nun, weil ich für sie gesungen habe ...«
Valeria sah kurz zwei Knaben vor sich, streitlüsterner und stärker der eine, sanfter und gemütvoller der andere. Sie konnte sich auch ihre Mutter vorstellen, besorgt, liebevoll und warmherzig – alles, was Rosa nie gewesen war. So heftig ihre Sehnsucht nach der Heimat aufgeflammt war, nach Claire, nach Onkel Carl-Theodor oder Frau Lore – ihren

Eltern hatte sie nicht gegolten, und kurz neidete sie es Valentín, dass er, auch wenn er sie auf grausame Weise verloren hatte, zumindest die Geborgenheit einer Familie erlebt hatte. Voller Sehnsucht lächelte er. So weich war sein Gesicht noch nie gewesen, und zum ersten Mal fiel ihr auf, wie ebenmäßig seine Züge waren. »Wenn ich an sie denke«, sagte er leise, »versuche ich, das Bild zu verdrängen, wie sie tot vor mir lag. Stattdessen male ich sie mir aus, wie sie Zitronen pflückt, Limonade macht und mir zur Hängematte bringt.«
»Was ist denn eine Hängematte?«
»Oh, man sagt uns nach, ein faules Volk zu sein. Wir bauen Maniok, Zitronen, Korn und Yerba an, aber all das braucht nicht viel Arbeit, sondern wächst von selbst. Darum verbringen wir viel Zeit in einem Tuch, das zwischen zwei Bäumen aufgehängt wird. Als Kind habe ich dort Limonade getrunken, später Zigaretten geraucht, gerade an heißen Tagen, auch wenn Hitze hierzulande nie wirklich unerträglich wird.«
»Du hast in der Hängematte vor allem viel gelesen«, schaltete sich Pablo plötzlich ein.
Valeria zuckte zusammen; so auf Valentín konzentriert, hatte sie gar nicht bemerkt, dass sein Bruder sie seit geraumer Zeit beobachtete. Auch in seinem Gesicht stand ein Lächeln, aber es war nicht warm, sondern verächtlich.
Valeria fühlte sich ertappt, Valentín machte wieder ein finsteres Gesicht. Kurz schien er Pablo heftig widersprechen zu wollen, doch dann verkniff er sich jedes Wort, rückte lediglich von Valeria ab. An diesem Abend sang er nicht mehr.
Er mag seinen Bruder ja gar nicht, dachte Valeria. Nicht so wie seine Mutter, nicht so wie die Schwestern, aber nach dem Verlust der übrigen Familie war niemand anderer da, um ihn zu lieben. Und in diesen gefühlvollen Augen stand jede Men-

ge Liebe, die verzweifelt ein Ziel suchte, Sehnsucht auch nach einem besseren, friedlichen Leben, nach einer Welt ohne Blutvergießen und Gewalt.

In dieser Nacht lag Valeria lange wach und fragte sich, was schlimmer war: erlebt zu haben, wie sich Glück anfühlte, und es zu verlieren – oder durch die Welt zu wandeln, ohne genau zu wissen, wohin der Weg führen sollte, was einem fehlte, und Entscheidungen oft nur aus Trotz und Rebellion zu treffen. War sie wirklich nach Montevideo gereist, weil sie das fremde Land kennenlernen wollte oder vielmehr, um eine möglichst große Distanz zwischen sich und ihre Eltern zu bringen?

Unweigerlich musste sie wieder an Claire denken, die geliebte Cousine, auf die sie sich ungleich mehr hatte verlassen können als auf Albert und Rosa, doch sie schluckte die Erinnerungen hinunter, denn sie wusste: Wenn sie sich ihren Sorgen hingab und der Vergangenheit nachhing, würde sie das, was auch immer bevorstand, nicht ertragen können.

Die ersten Tage nach dem Sturz vom Pferd versank Claire immer wieder in Ohnmacht. Jedes Mal war sie erleichtert, sich in die gnädige Schwärze flüchten zu können, denn kaum erwachte sie daraus, litt sie an den schlimmsten Schmerzen ihres Lebens. Sie war überzeugt, dass sie sterben würde, vor allem, wenn sich Luis' Gesicht über sie beugte – nicht ausdruckslos und beherrscht wie meist, sondern voller Sorgen und Pein. Auch andere Menschen traten dann und wann zu ihrem Krankenbett, doch für diese hatte sie keinen Kopf.

Erst nach einigen Tagen blickte sie sich um und stellte fest, dass sie in einem einfachen, aber sauberen Zimmer lag. Sie tastete unter sich, fühlte eine Matratze und ein Betttuch aus Leinen. Vorsichtig hob sie den Kopf an – und wurde sofort

wieder mit scheußlichen Schmerzen bestraft. Immerhin reichte ein kurzer Blick, um zu erkennen, dass ihr rechter Fuß auf einem Kissen ruhte und rechts und links zwei Stücke Holz festgebunden waren. Es sah so merkwürdig aus, dass sie unwillkürlich lachen musste – und gleich noch heftigere Schmerzen fühlte, die nicht nur im Bein, sondern auch im Kopf tobten. Sie griff sich an die Schläfen, und Luis kam an ihr Bett geeilt. Sie hatte gar nicht bemerkt, dass er in der Ecke des Raums gesessen hatte.
»Wo ... wo bin ich?«
»Geht es dir besser?«, fragte er zurück.
Claire leckte sich über die Lippen; sie waren rauh, vielleicht sogar wund gebissen. Sie nickte vorsichtig. »Valeria ...«
Er senkte den Blick. »Leider gibt es keine Spur von ihr ... Die Paraguayer haben die Grenze mittlerweile wohl überschritten, vielleicht sogar schon Argentinien verlassen, indem sie den Río Paraná überquerten ... Und die Soldaten sind wieder nach Montevideo zurückgekehrt, sie konnten nichts für sie tun ...«
Claire schloss die Augen. »O mein Gott ...«
»Immerhin – ich glaube nicht, dass sie während des Schusswechsels getroffen wurde ... Und dass die Männer sie am Leben gelassen haben, zeigt doch, dass sie gewiss Verhandlungen mit den de la Vegas' aufnehmen wollen, wahrscheinlich von Asunción aus. Wie auch immer – du musst dich auf dich konzentrieren und gesund werden!«
Sie hob erneut kurz ihren Kopf und sah skeptisch auf das verbundene Bein. Ob sie jemals wieder laufen konnte? Immerhin, der Schmerz war ein Beweis, dass es nicht gefühllos war, tatsächlich konnte sie sogar ihre Zehen bewegen.
»Du hast dir einen üblen Beinbruch zugezogen und außerdem eine Gehirnerschütterung. Aber der Knochen ist nicht

durch die Haut gedrungen, und es genügte, das Bein zu schienen. In zwei, drei Wochen kannst du vielleicht wieder aufstehen.«

»Zwei, drei Wochen?«, rief Claire entsetzt. »So lange muss ich im Bett liegen? Mein Vater wird vor Sorge vergehen …«

»Mach dir keine Gedanken, die Soldaten werden ihm die Nachricht überbringen und ihm auch versichern, dass ich mich um dich kümmern werde.«

Claire blickte sich wieder um. »Du hast mir immer noch nicht gesagt, wo wir sind.«

»Zuerst habe ich dich zum nächsten Gehöft gebracht und von dort aus weiter hierher. Es ist eine der Poststationen. Weit und breit gibt es hier keinen Arzt, aber die Wirtin ist eine tüchtige Frau. Hier in der Einöde hat sie schon manchen Verwundeten zusammengeflickt … während des Krieges oder nach Unfällen. Sie meint, du wärst jung und kräftig und würdest alles gut überstehen.«

Luis deutete auf den Trinknapf, der neben dem Bett stand. »Sie hat irgendein Mittel in den Matetee gemischt, das dich schlafen und die Schmerzen erträglicher sein lässt.«

Claire konnte sich nicht vorstellen, wie schlimm die Schmerzen ohne dieses Getränk gewesen wären. Als Luis den Napf an ihre Lippen setzte, nahm sie dankbar ein paar heiße, bittere Schlucke und schlief bald darauf wieder ein.

Von nun an war sie öfter und länger wach. Die Schmerzen – vor allem die im Bein – waren ein steter Begleiter, aber irgendwann hatte sie sich daran gewöhnt, abrupte Bewegungen zu vermeiden. Sie zwang sich, zu essen und nicht zu viel an Valeria zu denken. Luis verbrachte viel Zeit bei ihr, las ihr jeden Wunsch von den Augen ab und lenkte sie so gut wie möglich ab, vor allem, als Claire eines Tages verlangte, aufzustehen.

»Das ist viel zu früh!«

»Ich werde verrückt, wenn ich hier noch länger ruhig liegen muss!«

»Dennoch – der Bruch ist nicht geheilt. Du könntest ein krummes Bein bekommen, wenn du zu früh aufstehst.«

Sie sah ein, dass er recht hatte, fügte sich jedoch nur widerwillig.

»Wenn du auch nicht aufstehen kannst, gibt es doch ein anderes Mittel zur Zerstreuung«, meinte Luis vielsagend.

Wenig später kehrte er mit Würfeln aus Kuhknochen wieder, und von nun an spielten sie stundenlang damit.

Meistens schwiegen sie dabei, nur einmal erwähnte Luis gedankenverloren: »Früher habe ich mit meinem Vater gewürfelt.«

Claire musste daran denken, was er ihr erzählt hatte: dass er als Kind mit ihm oft durch die Pampa geritten war, ein glückliches Leben gehabt hatte, aber viel zu früh Waise geworden war.

»Du musst nach dem Tod deiner Eltern oft einsam gewesen sein«, murmelte sie.

Er schluckte, rang sich aber dann ein Lächeln ab. »Nun, irgendwann werde ich eine eigene Familie haben. Eine Frau und hoffentlich viele Töchter.«

»Keinen Sohn?«, fragte sie verdutzt. »Männer wollen doch alle Söhne!«

»Ach was«, wiegelte er ab. »Männer sind so grob, Frauen hingegen viel gefühlvoller. Ja, ich will nur Töchter, und ich werde sie nach meiner Mutter nennen.«

»Wenn du mehrere Töchter hast, wird ihr Name nicht reichen.«

»O doch, meine Mutter trug nämlich gleich mehrere: Maria Immaculata Monica Catalina ... Meine Großmutter war sehr fromm, musst du wissen. Sie wollte, dass möglichst viele Heilige sie beschützen.«

Claire musste das erste Mal seit Wochen lachen. »Ich weiß gar nicht, ob meine Mutter auch mehrere Namen hatte. In jedem Fall hieß sie Antonie.« Kurz sah sie das klare, etwas strenge Gesicht ganz deutlich vor sich. Es war ihr gegenüber nicht immer nur abwesend gewesen. Gewiss, als Kind hatte Antonie nichts mit ihr anfangen können, aber als Claire älter geworden war, hatte sie viele vernünftige Gespräche mit ihr geführt. Ihrer Mutter gefiel es, dass sie so gerne Bücher las und klug und wissenshungrig war. Liebkost hatte sie sie allerdings nicht, und obwohl Claire nie gedacht hatte, dass ihr etwas gefehlt hätte, stellte sie sich jetzt plötzlich vor, selbst ein Kind zu haben, es in die Luft zu werfen, es jauchzend aufzufangen, es zu streicheln ... Wie gerne wäre sie auch Luis durchs Haar gefahren, bis es wirr nach allen Seiten abstand und er von Herzen lachte!

»Ich glaube, ich wünsche mir lieber einen Sohn«, sagte sie leise und dachte insgeheim: einen Sohn wie dich – nur dass er länger Kind bleiben und mit seinem Vater durchs Land reiten darf.

»Den kleinen Antonio ...«

Sie wollte schon widersprechen, dass sie ihr Kind nicht nach ihrer Mutter benennen würde, es vielmehr nur ihr gehören sollte – und Luis –, doch dieser Gedanke erschien ihr so anmaßend, dass sie vor Schreck gar nichts sagte und errötete.

Sei vernünftig!, ermahnte sie sich. Er ist ein Fremder, du kennst ihn erst seit wenigen Wochen.

Aber was immer sie sich einzureden versuchte – sie konnte sich des Gefühls nicht erwehren, schon ihr halbes Leben an seiner Seite verbracht zu haben und nie wieder darauf verzichten zu wollen. Und als Luis laut darüber nachdachte, wie

der kleine Antonio wohl aussehen würde, lagen ihr die Worte auf der Zunge: Ich hoffe, so wie du!
Im letzten Augenblick presste sie die Lippen zusammen, nahm die Würfel und eröffnete die nächste Spielrunde.

Je mehr Tage ins Land zogen, desto größer wurde Claires Unrast. Mehrmals untersuchte die Wirtin ihr Bein, stellte fest, dass es noch bläulich verfärbt, aber nicht geschwollen war, dass der Knochen gut zusammenwuchs, aber noch nicht die Zeit gekommen war, aufzustehen. Anfangs ertrug Claire dieses Urteil stoisch, doch eines Tages rief sie ungeduldig: »Ich brauche frische Luft, sonst sterbe ich!«
Die Wirtin ließ sich nicht erweichen, Luis dagegen war immerhin bereit, sie nach draußen zu tragen.
Gierig sog Claire die Luft ein und sah sich um. Die Landschaft wirkte fremd. Waren sie vor dem Schusswechsel und ihrem Sturz vom Pferd durch dichtes, baumloses Grasland geritten, sah sie nun, dass die Poststation unmittelbar an einem Fluss lag, an dessen Ufer mächtige Bäume wuchsen: Urundays, Lapachos, Weiden und Akazien. Die Äste neigten sich so tief, dass sie das Wasser berührten und kleine Strudel um sie entstanden.
Am ersten Tag war Claire damit zufrieden, auf einer Bank vor dem Haus zu sitzen. Doch schon am nächsten bestand sie darauf, dass Luis sie in den Schatten der Bäume trug. Dort studierte sie die mächtigen Gewächse, die wenig mit den Buchen, Eichen und Ahornbäumen von den saftigen Taunuswäldern gemein hatten. Besonders fasziniert war sie von den großen, roten Blüten, die an einem Baum wuchsen.
»Das ist der Ceibo«, erklärte Luis. »Dieser Baum wächst nur an den Ufern des Río de la Plata oder in sumpfigen Gebieten.«

»Wie wunderschön seine Blüten sind!«
»Nun, aber noch schöner sind die Passionsblumen. Sie sind nach einem Märchen benannt.«
»Was für ein Märchen?«
»Das Märchen von einem Mädchen, das sich nach der Ermordung ihres Indio-Geliebten selbst tötet und aus dessen Wunde diese Blume wuchs.«
»Was für eine traurige Geschichte!«, rief Claire.
»Ja, aber sie sagt auch, dass aus etwas Traurigem etwas Schönes hervorgehen kann.«
Das galt auch in ihrem Fall. Es war unendlich traurig, dass Valeria verschleppt worden war, aber schön, dass sie mit Luis zusammen war – Luis, mit dem sie gut schweigen konnte, aber auch gut reden. Was sie in diesen Wochen durchmachte, hätte sie ihrem ärgsten Feind nicht gewünscht, aber bei allem Üblen konnte sie sich keinen besseren Gefährten vorstellen.
»Ich bin dir so dankbar«, murmelte sie und legte zaghaft ihre Hand auf seine.
Sanfte Röte stieg ihm ins Gesicht. »Das ist doch selbstverständlich. Es ist meine Pflicht, dir zu helfen.«
Sie studierte seine Miene genauer und hoffte so sehr, darin nicht nur Pflichtgefühl zu lesen, sondern tiefe Zuneigung zu ihr. Doch viel zu schnell wurde sein Blick ausdruckslos, und er zog seine Hand zurück.

19. Kapitel

Valentín war verwirrt.
Früher hatte er oft gegrübelt, doch nachdem er mit ansehen musste, wie seine Familie starb, und nur Pablo und er das Massaker überlebt hatten, fühlte er nur noch eine große Leere in sich. Er scheute Erinnerungen, verbat sich Sehnsüchte und sah in der Welt keinen Ort, über den man sich viele Gedanken machen musste, sondern wo es einzig bis zum nächsten Tag zu überleben galt. Besser, man setzte dabei auf Instinkte, nicht auf den Verstand, und falls dieser sich doch einschaltete, war die körperliche Erschöpfung ein gutes Mittel, geheime Zweifel und Wünsche zum Schweigen zu bringen. In den folgenden Monaten, da er an der Seite seines Bruders im Krieg gekämpft, Entbehrungen ertragen und seinen Körper immer mehr gestählt hatte, schien der sanfte, nachdenkliche Valentín, der gerne sang und las und seine Mutter zum Lächeln brachte, endgültig gestorben zu sein.
Jetzt hatte er allerdings wieder viel zu grübeln. Nachdem er Valeria von seiner und Pablos Familie erzählt hatte, waren die Erinnerungen lebendig wie nie, und obwohl es ihm tagsüber gelang, sie abzuschütteln, kamen sie in den Träumen wieder. Er träumte auch von Valeria – Valeria, wie sie lachte, wie sie weinte, wie sie ritt, wie sie sich im Fluss wusch, wie sie ihm wutentbrannt Worte entgegenschleuderte, wie Verzweiflung und Stolz in ihrer Miene rangen –, und auch wenn er diese Träume verdrängte, sobald er morgens erwachte, ging sein erster Blick zu ihr.

Vor dem Krieg hatte Pablo häufig mit Frauen geschäkert, während sie ihm – von Mutter und Schwestern abgesehen – fremd geblieben waren. Er hatte keine Ahnung, wie man sich ihnen näherte und sie zum Lachen brachte. Nun hatte Pablo jeglichen Charme verloren, und Valeria erwartete keine Koketterien – nur dass er sie schützte ... und freiließ.
Am Anfang war es noch leicht gewesen, es ihr auszuschlagen, aber jetzt bekam er immer öfter Zweifel. Er betrachtete sie heimlich, während sie zusammengerollt wie ein Kätzchen neben ihm schlief, und dachte immer wieder: Wir haben kein Recht, ihr das anzutun.
Wenn sie sich als hysterisches Frauenzimmer erwiesen hätte, das ihn verfluchte und beschimpfte, wäre es vielleicht leichter gewesen, seine Gefühle zu unterdrücken. Aber sie war mutig, zäh und klug ... klüger als Pablo, der die Welt in Schwarz und Weiß einteilte, obwohl es die Grautöne waren, die sie bestimmten. Anfangs hatte sie ihn wohl gefürchtet und gehasst wie die anderen, aber mittlerweile sah sie in ihm nicht mehr nur den Feind, sah in ihm vielmehr den Jungen, der seiner Mutter vorsang, und in ihrer Gegenwart konnte er sich eingestehen, wie sehr er seine Mutter vermisste – nicht minder wie den kleinen Jungen. Er genoss die Augenblicke, da jener in ihm erwachte und bewies, dass die Welt mehr zu bieten hatte als Blut und Krieg und grausame Männer und Waffen – unschuldige Kinder nämlich, Lebensfreude, Musik und auch Frauen wie ... sie, Frauen, die in vermeintlich hoffnungsloser Situation nicht ablegten, was das Leben lebenswert machte: Neugierde, Offenheit, Abenteuerlust.
Valentín seufzte, kämpfte jedoch um eine ausdruckslose Miene, als Pablo plötzlich zu ihm trat. Es war Abend, Dunst hing über dem Fluss. Obwohl der Bruder noch müder schien und

er selbst sich gleichgültig gab, schien Pablo seine Gedanken lesen zu können.

»Du kannst dich ja gar nicht mehr von ihrer Seite lösen.«

Seine erste Regung war, es einfach abzustreiten. Seit er denken konnte, war er vor Pablo, dem Älteren, auf der Hut gewesen. Schon als Kind hätte er oft lieber gelesen, als mit ihm auf Bäume hochzuklettern, doch er wollte sich nicht seinem Hohn ausliefern, hatte seine wahren Bedürfnisse darum oft geleugnet und sich bemüht, jene Stärke an den Tag zu legen, die sein Bruder selbst bewies. Was er wirklich fühlte und wie verletzbar er sich insgeheim wähnte, hatte er immer zu vertuschen versucht – erst recht nach dem Mord an ihrer Familie.

Heute aber war er des steten Zwangs zur Täuschung und Selbstverleugnung überdrüssig.

»Was hat dich so hart gemacht?«, fragte er unwillkürlich.

»Rührt sie dich denn so gar nicht?«

Er sah kurz Sehnsucht in Pablos Gesicht aufblitzen – Sehnsucht nach jenen Zeiten, da er um Frauen noch gebuhlt und sie nicht entführt hatte, da er noch von einer eigenen Familie geträumt hatte, nicht vom Krieg, und da er seine körperlichen Kräfte noch genutzt hatte, um Getreide anzubauen, nicht um Frauen zu schlagen. Valentín ahnte, dass auch in ihm Überdruss hochstieg, doch anders als er konnte der Bruder leichter alle verräterischen Zweifel unterdrücken.

»Womit genau hat sie dir eigentlich so den Kopf verdreht? Die Weiber der Banda Oriental sind doch nicht annähernd so schön wie die von Paraguay. Wer, der nicht sein Hirn in der Hose trüge, könnte von ihnen verführt werden?«

Valentín ahnte, dass es besser wäre, zu schweigen, aber er konnte es nicht. Etwas brodelte in ihm, was endlich hinausmusste. Er ballte seine Hände zur Faust. »Sie hat mich zu

nichts verführt!«, begehrte er auf. »Du magst vielleicht verlernt haben, Mitleid zu haben, ich nicht.«
»Tu doch nicht so, als wolltest du sie aus Mitleid freilassen. Gib zu – sie gefällt dir, sie rührt dein Herz.«
Pablo stampfte auf dem Boden auf, als könnte er dieses Herz zertreten. Sein eigenes war wohl längst zu Stein geworden.
»Was ist so schlimm daran, etwas zu fühlen?«, fragte Valentín leise.
»Du streitest es also nicht ab?« Pablo spuckte verächtlich aus. »Ich habe es immer geahnt, dass du ein Feigling bist – und ein Wendehals. Reichen ein paar schmachtende Blicke tatsächlich, um dir den Kopf zu verdrehen?«
»Sie musste mir nicht den Kopf verdrehen, um einzusehen, dass es sinnlos ist.«
»Was ist sinnlos?«
»Nun, alles«, erklärte Valentín schlicht.
Pablo mochte verroht sein, trotzdem witterte er seine Zweifel wie ein Hund die Fährte. Schon als Kind musste er gespürt haben, dass er sich oft verstellte, wenngleich er ihn nie zur Rede gestellt hatte. Jetzt aber brach es aus ihm heraus: »Du glaubst nicht mehr an den Krieg, nicht wahr? Letztlich hast du nie daran geglaubt, sondern lieber deine verdammten Bücher gelesen.«
Valentín versuchte nicht einmal, es zu leugnen. »Ich habe immerhin an deiner Seite gekämpft«, erwiderte er lediglich.
»Warum willst du dann nicht einsehen, dass wir weiterkämpfen müssen? Wir waren doch so erfolgreich – denk an die ersten Jahre. Unser Heer war so viel größer; schnell hat es Provinzen in Brasilien und Argentinien besetzt.«
Valentín schüttelte den Kopf. Alle Zweifel, die er so lange unterdrückt hatte, brachen aus ihm hervor. »Du willst es nicht begreifen. Der entscheidende Faktor für das künftige Kriegs-

glück ist nicht, wie viele Soldaten zur Verfügung stehen, sondern auf welche Reserven die Kriegsparteien zurückgreifen können. Gewiss, die Heere unserer Feinde sind kleiner – doch nur fürs Erste. Im Notfall können sie viel mehr Männer mobilisieren als wir. Wie viele Männer zählt unser Land, einhunderttausend, hundertfünfzigtausend? In jedem Fall sind das zu wenige. Und ließe man alle Alten und Kinder, ja selbst unsere Hunde kämpfen – wir stehen einer Übermacht gegenüber, die wir nie bezwingen können.«
Pablo funkelte ihn wütend an. »Hör auf mit diesem Schwachsinn!«
»Warum?«, schrie Valentín. »Du wirfst mir vor, sie hätte mir den Kopf verdreht, aber in Wahrheit bist du es, der seinen Verstand nicht benutzen will. Wenn du es tätest, würdest du längst einsehen, dass ein Land nicht an drei Fronten Krieg führen kann. Wir haben die schlechteren Waffen, wir haben keine Unterstützung aus Europa, wir können kaum für Nachschub sorgen!«
»Aber wir haben einen festen Willen. Die anderen Länder sind müde, warum sonst würden im Moment die Waffen ruhen?«
»Sie brauchten eine Atempause, um neue Kräfte zu sammeln. Schon in wenigen Wochen, spätestens in einigen Monaten wird die Allianz erneut angreifen. Und dann? Wir können noch so viele Waffen stehlen und meinetwegen die de la Vegas' erpressen, noch mehr herauszurücken. Es werden doch immer zu wenige Waffen sein – und hätten wir Hunderte Töchter Uruguays in unserer Gewalt.«
Pablos Gesicht war rot angelaufen. »Was willst du eigentlich damit sagen? Dass der Krieg verloren ist? Dass unsere Eltern, unsere Schwestern umsonst gestorben sind?« Seine Stimme wurde heiser, so laut, wie er brüllte.

Zu Valentíns Überdruss gesellte sich Trauer. Sein letzter Rest an Vorsicht schwand; schonungslos offen bekannte er seine Gedanken: »Begreifst du denn nicht – ihr Tod wird immer grausam und sinnlos bleiben, auch wenn wir den Krieg gewinnen würden. Du kannst noch so viele Feinde töten und Mädchen entführen – sie bleiben tot, sie bleiben Ermordete!«
»Und wir müssen sie rächen!«, gellte Pablo.
»Indem wir Valeria gefangen halten? Sie ist für ihren Tod nicht verantwortlich. Ich glaube vielmehr, unsere Schwestern und unsere Mutter würden sich schämen, wenn sie sehen könnten, wie wir mit ihr umgehen.«
»Du bist ein Feigling, ein Verräter, ein Schwächling! Du bist ein ...«
»Ach ja?«, fiel Valentín ihm hart ins Wort. »Würde ein Schwächling wirklich ... das tun?«
Valentín wusste nicht, welch lang unterdrückte Macht seine Hand führte. Ehe er begriff, was er da überhaupt tat, ballte er sie zur Faust und schlug Pablo ins Gesicht. Als Kind hatte er manchmal versucht, den Bruder zu schlagen, doch lange bevor er Pablos Gesicht traf, war der ihm schon in den Arm gefallen, und hinterher hatte er sich immer ohnmächtiger gefühlt als zuvor. Nun aber machte er sich zunutze, dass Pablo trotz des Streits nicht mit einem Angriff gerechnet hatte. Valentín fühlte die warme Haut des Bruders, den harten Kiefer, die weichen Lippen, er hörte Knochen knacken und sah Blut fließen. Für einen Augenblick spürte er keine Zweifel und Zerrissenheit, nur heißen Triumph.
Doch Pablo hatte seine Fassung rasch wiedergewonnen und ging seinerseits auf ihn los. Valentín konnte sich nicht rechtzeitig ducken und bekam seinerseits einen heftigen Schlag ab. Doch die Tatsache, dass Pablo der wendigere und stärkere der beiden Brüder war, war früher Grund genug gewesen, vorzei-

tig aufzugeben. Nun jedoch heizte sie Valentíns Kampfbereitschaft an. Sollte er ihm eben Blessuren zufügen, bis er sich nicht mehr rühren konnte. Sollte der Bruder ihn eben totschlagen. Zumindest würde er nicht als Bücherwurm und Feigling sterben, den man verspotten konnte.
Unter Pablos zweitem Schlag ging er zu Boden. Anstatt sich windend liegen zu bleiben, umfasste er Pablos Beine und zerrte daran, bis auch der wankte und fiel. Sie verkrallten sich ineinander und rollten mehrmals um die eigene Achse. Wild schlug Valentín um sich und zögerte auch nicht, den Bruder zu kratzen und zu beißen. Pablo wehrte sich nicht minder grimmig, und irgendwann lag Valentín wehrlos auf dem Rücken und spürte, wie Pablos Hände sich immer fester um seine Kehle legten.
»Tu es doch!«, schrie Valentín mit letzter Kraft. »Bring mich um! Dann stehst du ganz alleine da, dann gibt es niemanden mehr außer dir, der sich an unsere Familie erinnert. Ist es das, was du willst?«
Es waren nicht diese Worte, die ihn zum Innehalten bewogen, sondern die anderen Männer. Bislang hatten sie mit ausdruckslosen Gesichtern erst dem Streit gelauscht, dann der Rauferei zugesehen. Nun zog der Schwarze Pablo zurück, während Pío verhinderte, dass Valentín mit den Beinen nach ihm trat. Valentín gab es bald auf, sich zu wehren, Pablo hingegen schlug wild um sich.
»Ohne mich wärst du verloren«, brüllte er. »Ohne mich wüsstest du nichts mit deinem erbärmlichen Leben anzufangen. Ohne mich würdest du in deinem Elend versinken. Ich habe dir wieder ein Ziel gegeben, eine Aufgabe, eine Bestimmung ...«
Valentín klopfte sich gelassen den Staub von seiner Kleidung.
»Manchmal muss man sich seinem Elend stellen und die Trau-

er zulassen«, sagte er leise. »Das bedarf mehr Mutes, als davor davonzulaufen und zuzudreschen.«
Er selbst konnte nicht fassen, warum er sich hatte dazu hinreißen lassen, Pablo zu schlagen, doch während der eigene Zorn verraucht war, tobte Pablos Hass hemmungslos. Erneut erhob er die Faust. Diesmal griffen die anderen nicht ein, riefen nur erschrocken: »Seht doch nur!«
Pablo fuhr herum, und als er begriff, worauf die anderen deuteten, ließ er die Faust sinken.
»Verfluchtes Miststück!«, knurrte er.
Valerias Schlafplatz war leer. Sie hatte ihre Auseinandersetzung zur Flucht genutzt.

Valeria wusste sofort, dass es eine Riesendummheit war, ihr Versprechen gegenüber Valentín zu brechen und einfach davonzulaufen. Unmöglich würde sie allein den Weg aus dem Dschungel finden, wo überdies hinter jedem Baum gefährliche Tiere lauerten. Unmöglich konnte sie hier ohne Wasser und Nahrung allein auf sich gestellt überleben. Und dennoch – als niemand auf sie geachtet hatte, war sie unwillkürlich aufgesprungen, und als immer noch niemand eingriff, war sie losgerannt. Pablo würde sie doch nur wieder schlagen, ihr vielleicht sogar noch Schlimmeres antun.
Also lief sie weiter, bis ihr Fuß an einer Wurzel oder Liane hängenblieb. Sie stolperte, fiel hin, schrammte sich das Knie blutig. Kurz blieb sie erschöpft auf dem Boden kauern, ehe sie den Blick hob. Dunkelheit hatte sich über das Land gesenkt, nur die schmale Mondsichel spendete ein wenig Licht. In ihrem silbernen Schein glich der Dschungel einer Geisterwelt, in der alles zu Eis erstarrt war. Doch auch wenn man es nicht sah – das Rascheln, Knacken, Heulen, Zirpen und Gluckern verrieten nur allzu deutlich, wie gefährlich lebendig diese

finstere Welt war. Die Furcht vor den Tieren wurde auf einmal größer als die Furcht vor Pablo, doch als sie, sich das schmerzende Knie reibend, aufstand, hatte sie keine Ahnung mehr, aus welcher Richtung sie gekommen war. Ein Baum glich dem anderen, und es war zu dunkel, um einen Weg auszumachen. Wahllos hinkte sie dort entlang, wo sie am meisten erkennen konnte – und landete prompt in einer Pfütze. Als sie das Wasser spürte, schrie sie entsetzt auf und sprang rasch auf einen umgestürzten Baumstamm. Der Wasserstand war zu niedrig, um ein Krokodil oder Piranhas zu beherbergen, aber sie befürchtete, dass sie beim nächsten Tümpel weniger Glück haben könnte. Besser, sie blieb hier hocken und wartete den Morgen ab.

Für eine Weile wähnte sie sich in Sicherheit. Doch als plötzlich etwas Dunkles aus dem Gebüsch hochstob und dicht an ihrem Ohr vorbeiflatterte, schrie sie erschrocken auf. Sie umkrallte das Holz, auf dem sie saß. Den Drang, loszurennen, konnte sie unterdrücken, den zu schreien nicht. Erst waren es nur panische, spitze Schreie, dann begann sie, um Hilfe zu rufen.

»Valentín!«, schrie sie. »Valentín!«

Nur die Vögel des Urwalds antworteten ihr – und die schienen sie zu verspotten. Ihr Gekreische, das von allen Seiten kam, klang wie Gekicher. Nichts Menschliches verhieß der Chor des Dschungels – und nicht menschlich waren auch die Augen, die da auf sie gerichtet waren, ja, da durchbohrte sie ein Blick, sie fühlte es ganz deutlich.

Sie hielt den Atem an, versteifte sich – doch jene Augen fixierten sie weiterhin. Eben noch hatte die drückende Schwüle Schweiß aus allen Poren getrieben, nun wurde ihr vor Schrecken eiskalt. Wer beobachtete sie? Wer wartete nur darauf, über sie herzufallen?

Eine Wolke schob sich über die Mondsichel, und kurz war der silbrig anmutende Dschungel in Schwärze getaucht. In der Dunkelheit klang das Rascheln noch bedrohlicher. Es kam aus dem Gebüsch, kündete weniger von aufgeregtem Flügelschlag, sondern von Schritten, geschmeidig und kraftvoll zugleich. Valeria schloss die Augen und öffnete sie genau in dem Augenblick wieder, als der Mond hinter der Wolke hervorkam und sein kaltes, weißes Licht das Antlitz ihres bislang unsichtbaren Feindes enthüllte. Valeria starrte direkt in gelbe Augen.
»Großer Gott!«
Sie wusste nicht so viel von Tieren wie Claire, aber von diesem hier hatte sie die Männer häufig reden gehört, und jedes Mal war Angst in ihren Stimmen erklungen. So hatte sie gehört, man sei häufig den Angriffen dieser Tiere ausgesetzt – den größten und wildesten von Südamerika. Insbesondere wenn man ein Feuer entfachte, müsse man ganz besondere Vorsicht walten lassen, denn die Flammen würden dieses Raubtier nicht wie viele seinesgleichen vertreiben, sondern anlocken. Nun, sie hatte kein Feuer gemacht, und dennoch kauerte er nur wenige Schritte vor ihr – ein Jaguar mit seinem kräftigen, massigen Leib, den vielen schwarzen Ringflecken, dem kurzen Schwanz.
Erneut schrie sie auf, woraufhin das Tier sich duckte. Keinen Moment lang hoffte sie, es vertreiben zu können. Wahrscheinlich setzte es vielmehr zum Sprung an. Schon glaubte sie zu fühlen, wie der Jaguar auf sie losging, wie Krallen in ihre Haut drangen, wie Zähne ihr Gesicht zerfetzten, wie er sie am Genick packte und schüttelte, und immer wieder hämmerte ein Gedanke durch ihren Kopf: Ich will nicht sterben, ich will nicht sterben, ich will nicht sterben.
Nur daran, dass sie diese Worte innerlich so oft wiederholte, erkannte sie, dass Augenblick um Augenblick verging, ohne

dass das Tier angriff. Die Augen blieben feindselig auf sie gerichtet, der Körper angespannt. Bei der ersten schnellen Regung, dessen war sie sich sicher, würde er sich auf sie stürzen. Was sollte sie tun? Ewig steif sitzen bleiben und hoffen, ihn zu beschwichtigen? Vor dem Tier auf einen der Bäume klettern? Sie verwarf die Idee sofort. Es war unmöglich, dass sie so schnell klettern konnte – außerdem war eine Raubkatze wie diese wendig genug, ihr zu folgen.

Trotzdem hielt sie verzweifelt nach einem Versteck Ausschau. Zuerst bewegte sie nur die Augen, dann ihren Hals – und das war genau eine Regung zu viel.

Äste knackten, als das Tier auf sie zusprang, und wieder glaubte sie, schon seine Klauen zu spüren. Doch ihr Kopf blieb merkwürdig leer. Sie fühlte keine Todesangst mehr – und auch keine Erleichterung, als der Angriff ausblieb, vielmehr etwas aus dem Gebüsch schoss, ehe der Jaguar sie erreichte. Sie konnte es nicht erkennen und hielt es im ersten Schock für einen weiteren Vogel. Doch dann sah sie, dass jenes Wesen viel größer war. Es stürmte auf das Tier los, und die Erde schien zu erzittern, als beide zu Boden gingen und ein wildes Gerangel begann. Das Fauchen und Keuchen klang erst so, als hätte ein zweiter Jaguar den anderen angegriffen, doch dann vernahm sie ein sehr menschlich anmutendes Schreien und Stöhnen.

Sie konnte keinen klaren Gedanken fassen. Ein Jaguar schreit doch nicht, schoss es ihr dennoch durch den Kopf.

Bevor sie ihren Retter erkennen konnte, schob sich eine neuerliche Wolke vor das Mondlicht. Die Schwärze verschluckte nicht nur jeden Schemen, sondern auch jedes Geräusch. Ihr Blut rauschte so laut in ihren Adern, dass sie weder die Laute des tödlichen Kampfes vernahm noch ihr eigenes Schreien. Nur die Schmerzen in der Kehle kündeten davon, dass sie panisch um Hilfe rief.

Als das Mondlicht den Dschungel wieder erhellte, verstummte sie. Zwei Körper lagen vermeintlich reglos vor ihr.
»Valentín!«
Sie hatte sein Gesicht nicht gesehen – und wusste dennoch: Nur er würde sich zwischen sie und einen Jaguar stellen. Er war vielleicht nicht so kräftig wie sein Bruder, aber nicht minder todesmutig. Er war ein Held. Ihr Held. Sie lief auf die beiden Körper zu. Die gelben Augen des Jaguars standen immer noch weit offen, aber sie durchbohrten sie nicht mehr, sondern waren erstarrt und blicklos. Valentín lag auf dem Bauch, und als sie ihn ächzend auf den Rücken wälzte, fühlte sie Blut, warmes Blut.
»O Valentín!«
Das Rauschen in ihren Ohren ließ nach, und sie vernahm sein Stöhnen. Er musste wohl schwer verletzt sein. Hektisch tastete sie seinen Körper ab, um die Quelle des Blutverlusts zu finden und sie zu stillen, indem sie die Hände darauf presste. Doch anstatt eine Wunde zu fühlen, floss ihr nur noch mehr Blut entgegen.
»Mein Gott ...«
Erstaunlich nur, dass seine Haut unter dem Blut so warm war. Sie fühlte ein Pulsieren und dann plötzlich seine Hände, die ihre ergriffen.
»Ich bin nicht verletzt«, sagte er heiser.
»Aber das viele Blut ...«
»Es stammt vom Tier. Ich habe ihm die Kehle aufgeschlitzt ... mit einem Messer.«
Er hob kurz seine Waffe, die im Mondschein aufblitzte, ehe er sie einsteckte, aufstand und sie hochzog. Heftiges Zittern lief über ihren Körper.
»Bist du verrückt, mit so einem winzigen Messer einen Jaguar anzufallen?«

»Und bist du verrückt, einfach fortzulaufen – ausgerechnet hier im Dschungel?«

Das Zittern wurde so stark, dass sie sich kaum aufrecht halten konnte. Doch ehe sie auf ihre Knie sank, hielt er sie fest und drückte sie an sich.

»Es ... es tut mir leid, ich ... ich ... ich konnte nicht anders«, stammelte sie.

»Und siehst du ... ich eben auch nicht. Als ich den Jaguar sah, der auf dich lossprang, musste ich dazwischengehen.«

Sie wusste, sie sollte sich von ihm lösen, aber sie brachte es nicht über sich und klammerte sich nur noch fester an ihn. Immer wieder wollte sie sich neu beweisen, dass sie noch etwas fühlte und folglich lebte – wollte seinen Körper spüren, der so sehnig war, seine Haut, so rauh und warm, seine kräftigen Hände. Bald genügte es nicht mehr, sich einfach nur an ihn zu pressen, stattdessen hob sie ihre Hand und strich ihm übers Gesicht. Sie fühlte seine Bartstoppeln, sein spitzes Kinn, seine Wangenknochen, sie fühlte vor allem seine Lippen, die weicher waren als vermutet.

So wie vorhin, als sie nichts anderes denken konnte, als dass sie nicht sterben wollte, ging es ihr nun immer wieder aufs Neue durch den Kopf: Ich lebe noch, ich lebe noch, ich lebe noch ...

Sie konnte sich gar nicht genug an dieser Gewissheit laben, und plötzlich umfasste sie seinen Nacken, zog ihn zu sich und küsste ihn. Nie zuvor hatte sie einen Mann geküsst, es sich in geheimen Träumen nur manchmal vorgestellt. Lächerlich erschien ihr diese Vorstellung, gemessen an der Hitze, die sie durchströmte, dem Kitzel, der in ihr hochstieg, dem Schaudern, das ihren Körper erfasste. Wie hätte sie auch damit rechnen können, dass ein grober Mann so zärtlich war und sein Mund so süß?

Sie fühlte, dass sie lebte, fühlte jedoch auch seine Sehnsucht und Trauer und sog beides auf, um sie zu ihrer zu machen und zu entscheiden: Nie wieder würde sie kopflos fliehen, sich nie wieder wie ein kleines Mädchen benehmen, nie wieder nackte Panik die Oberhand gewinnen lassen. Fortan würde sie Stärke beweisen, die sie sich selbst verdankte – und ihm. Sie würde all das durchstehen, sie würde jede Entbehrung ertragen, und wer immer sie danach war – es war jemand, der sein Leben anpackte. Der vergeben konnte. Und von Herzen lieben.

Valentín erwiderte ihren Kuss und wollte sie noch fester an sich ziehen, doch plötzlich versteifte er sich.

Sie hörte Schritte, spürte Licht auf sie fallen – greller als das silbrige des Mondes. Pablo kam mit einer Fackel in der Hand und grimmiger Miene auf sie zugestapft. Valeria spürte kaum, wie Valentín sie von sich stieß und rasch von ihr forttrat. Ganz allein stand sie nun vor dem toten Jaguar.

»Sie ist nicht geflohen«, sagte Valentín schnell, »sondern vor dem Raubtier davongelaufen.«

Pablos Blick ging von ihr zu Valentín und schließlich zum toten Jaguar.

»Ist das so?«, fragte er gedehnt.

»Wenn sie nicht fortgelaufen wäre, hätte das Tier uns angefallen. Keiner hat darauf geachtet, weil wir so versessen darauf waren, uns zu verprügeln.«

Pablos Blick blieb abschätzend. Valeria konnte seine Zweifel sehen, aber die anderen Männer, die ihm gefolgt waren, deuteten tuschelnd auf den Jaguar, wirkten erst ängstlich, dann voller Respekt. Offenbar hatte keiner von ihnen Valentín zugetraut, ein Raubtier wie dieses zu töten.

»Es hätte uns allen die Kehle zerfetzen können«, murmelte Tshepo und schlug Valentín anerkennend auf die Schultern.

Valeria sah, wie Pablo seine Augen zusammenkniff, aber auf seinem Mund erschien ein schmales Lächeln. »Dann sollten wir künftig zusehen, uns nicht mehr zu prügeln ... und unsere Geisel nicht mehr aus den Augen zu lassen.«
Er umrundete erst sie, dann das tote Tier. Sie konnte seinen Blick mit jeder Faser ihres Leibes spüren, und die Hitze, die der Kuss durch ihre Glieder gejagt hatte, wich eisiger Kälte. Doch schließlich deutete Pablo mit dem Kinn Richtung Lager, und sie kehrten schweigend dorthin zurück.
Valentín hielt den Blick beharrlich auf den Boden gerichtet und schien sorgsam darauf zu achten, mehrere Schritte Abstand zu ihr zu halten.
Sie selbst hingegen hob die Hand, berührte ihre Lippen und konnte nur staunen, dass sie sich ausgerechnet in einer Nacht wie dieser, da sie fast einen schrecklichen Tod gestorben war, ja, ausgerechnet in der Wildnis, die so viele Gefahren beherbergte, und in der Nähe von Männern, die sie gewaltsam entführt hatten, so lebendig fühlte wie nie zuvor.

20. Kapitel

Albert Gothmann fuhr mit der Hand über die Schreibtischplatte. Er kannte jede Holzader und jede Rille, die der Druck seines Griffels in den letzten Jahren hinterlassen hatte, dennoch tat er es immer wieder, als wäre der Tisch ein lebendiges Wesen, das es zu liebkosen galt. Er seufzte. Wen hätte er auch sonst streicheln können?
Er hob die zweite Hand und strich auch mit ihr über die Platte – eine sinnlose Geste zwar, aber doch eine Art Vergewisserung, wer er war und dass es einen Platz auf der Welt gab, wo er sich wohl fühlte. Außerhalb seines Arbeitszimmers war das anders. Sobald er es verließ, hatte er das Gefühl, Feindesland zu betreten und stets für den Krieg gegen Rosa gewappnet sein zu müssen.
Gewiss, jener Krieg wurde nicht mit offenen Schlachten ausgefochten und mündete nie in Blutvergießen. Es war eher ein angespanntes Warten auf ihren Angriff und darauf, dass ihre Masken fielen. Sie trug die der vornehmen Dame, er die des ehrenwerten Herrn, doch darunter war sie eine verhärtete Frau und er ein Mörder. Dank ihrer beider Selbstbeherrschung kam die Wahrheit zwar nicht ans Licht, doch dass sie immer höflich zueinander waren und nie ein lautes Wort fiel, war schwer zu ertragen. So kontrolliert er sich gab und sosehr er auch von anderen Besonnenheit erwartete – insgeheim hatte er sich manchmal gewünscht, sie möge auf ihn losgehen, ihn schlagen oder ihm zumindest neue Vorwürfe machen. Doch durch ihr beharrliches Schweigen bekamen jene, die sie

ihm einst nach Fabiens Tod an den Kopf geworfen hatte, erst recht Gewicht.

Albert zog seine Hände von der Tischplatte, versuchte, den Gedanken an Rosa zu verdrängen, und konzentrierte sich wieder auf Ferdinand Mühlemann, seinen Associé, mit dem er eben den Geschäftsbericht des letzten halben Jahres durchging.

Ferdinand war ein sehr dienstbeflissener Mitarbeiter, von Albert für seinen vorauseilenden Gehorsam geschätzt, aber leider etwas geschwätzig. Nachdem er die wichtigsten Zahlen genannt hatte, hörte er gar nicht wieder auf zu reden und bekräftigte immer wieder, wie erfolgreich das Bankhaus Gothmann war.

»Sie haben damals die richtige Entscheidung getroffen, als Sie sich an diversen Aktienbanken beteiligt haben, Herr Gothmann. Manche Privatbankiers sind zu stolz dazu, aber Stolz hat noch niemanden satt und reich gemacht.«

Albert nickte. Wenn er sich mit seinen Kollegen austauschte, stieß er oft auf die Meinung, Aktienbanken seien etwas Schmutziges, und wer sich mit ihnen einließe, rutsche zwangsläufig in die Gosse. Aber er hatte schon immer geahnt, dass die Privatbanken nicht mehr lange ihre führende Rolle in der Kreditwirtschaft behaupten konnten. Bald würden andere Zeiten anbrechen, und dann war diese Vormachtstellung – wenn überhaupt – nur durch entsprechende Beteiligung an den großen Aktienbanken zu halten.

Ferdinand Mühlemann fuhr eifrig fort: »Und es war ebenfalls die richtige Entscheidung, sich verstärkt an der Industrie zu beteiligen. Ich meine, so viele Ihresgleichen investieren weiterhin nur in den Kauf von Staatspapieren anstatt in aufstrebende Unternehmen, doch irgendwann wird ihnen das zum Verhängnis werden.«

Albert hörte nachdenklich zu und wiegelte ab: »Man darf aber nicht vergessen, dass die Zukunft woanders hinführt – auch unsere. Gewiss, die Industrialisierung und der Ausbau der Infrastruktur bedürfen zunehmend an Kapital, doch bald wird mehr Geld gefordert werden, als wir zu leihen imstande sind.«
Herr Mühlemann wirkte nahezu enttäuscht, dass sein Enthusiasmus gebremst wurde. »Was soll das heißen?«
»Das heißt, dass ein Kredit bald weitaus mehr ist als ein Privatgeschäft unter Geschäftsfreunden. Irgendwann wird man Geld an Personen verleihen, die man weder kennt, noch denen man vertraut, und die als Sicherheit ihr Vermögen bieten, nicht den Handschlag. Ich frage mich allerdings, ob wir dabei mitmachen sollen. Ist es wirklich ratsam, mit immer größeren Unternehmen zusammenzuarbeiten, oder ist es nicht langsam Zeit, sich auf die kleinen, feinen zu besinnen? Vielleicht sollten wir bedenken, dass unser größtes Kapital nicht unser Geld ist und unsere wichtigste Eigenschaft nicht unsere Liquidität.«
Der andere schien ihn nicht zu begreifen. »Was kann denn wichtiger sein als das?«, fragte er verständnislos.
Albert beugte sich vor und senkte seine Stimme. »Vertrauen zum Beispiel, langjährige Freundschaft, Diskretion und …«
Er brach ab, als die Tür aufgestoßen wurde und Thomas aufgeregt hereinstürzte. Thomas Dressler war der Sohn eines Geschäftspartners und machte eine Art Lehre in der Bank. Leider hatte er nicht viel im Kopf, konnte nicht rechnen und besaß keinerlei Gespür für Geld, aber Albert duldete ihn und übertrug ihm, da sonst nichts mit ihm anzufangen war, diverse Botengänge. Sein Vater wäre sicher unzufrieden über diese minderwertigen Aufgaben gewesen, aber Thomas beschwerte sich nicht, sondern zeigte trotz seiner Beschränktheit den Ei-

fer, immer alle Aufträge sofort zu erledigen. Dass Albert ihm nun schon mehrmals erklärt hatte, wie wichtig es war, Prioritäten zu setzen und zwischen mehr und weniger dringenden Aufgaben zu unterscheiden, hatte leider keine Früchte getragen.

Wahrscheinlich störte er ihn auch jetzt grundlos, wobei die Möglichkeit, dass er eine neue Hiobsbotschaft überbrachte, nicht ganz von der Hand zu weisen war.

Albert hatte in den letzten Jahren das Bankhaus Gothmann bedächtig durch alle Krisen gelenkt und konnte nun Erfolge feiern, doch Frankfurt machte unruhige Zeiten durch. Im letzten Sommer war es während des österreichisch-preußischen Krieges von den Preußen besetzt worden, nachdem sich die Stadt zu spät für die Wahrung der Neutralität entschieden hatte. Seitdem wetteiferten die Frankfurter Demokraten darum, wer die Preußen am meisten hasste – ein Gefühl, das Albert zwar verstand und insgeheim teilte, aber nicht offen zeigte.

Er wusste: Fortan ging nichts mehr ohne die Preußen, und es wäre ein Fehler, sie sich zum Feind zu machen. Zwar ahnte er, dass mancher Freund ihn hinter vorgehaltener Hand gesinnungslos nannte, aber damit konnte er leben. Er wollte nur endlich wieder, dass alles seinen gewohnten Gang nahm und nicht jeden Tag mit neuem Aufruhr zu rechnen war. Er wollte seine Ruhe haben, hier an seinem Schreibtisch sitzen und dann und wann über die Platte streichen, am besten niemanden sehen, Geschäftsbücher lesen, Zahlenreihen addieren, manch taktische Überlegung anstellen, doch sämtlichen Gefühlen entgehen.

»Was ist passiert? Gibt es neue Unruhen in der Stadt?«
Thomas schüttelte den Kopf. »Davon habe ich nichts gehört. Aber soeben ist ein Brief aus Südamerika eingetroffen.«

Albert wurde hellhörig – seit einigen Monaten weilte Valeria nun schon dort. Ohne sein Wissen und Einverständnis hatte sie Carl-Theodor begleitet, was ihn zuerst etwas erzürnt, später jedoch eher amüsiert hatte. Sollte sein menschenfreundlicher Bruder eben mit ihrem Dickkopf zurechtkommen. Ihm war es letztlich egal, ob sie sich nun im Pensionat aufhielt oder in Montevideo.
»Meine Tochter ...«, setzte er an.
Als er den Brief entgegennahm, erwachte Unbehagen – und zugleich ein schlechtes Gewissen, denn die Sorgen, die ihn überkamen, galten weniger seiner Tochter, diesem lebendigen Mädchen, das ihm immer fremd geblieben war, sondern vielmehr sich selbst. Hoffentlich war nichts passiert, was ihn dazu zwang, den Schreibtisch zu verlassen.

Rosa war in ihrer täglichen Lektüre der Frankfurter Zeitung vertieft. Ein neues Theaterstück wurde verrissen, eine Ausstellung angekündigt, und natürlich war die preußische Besatzung das allumfassende Thema, gleichwohl niemand wagte, diese so zu bezeichnen.
Es ließ sie wie immer kalt. Hier im Taunus spürte man wenig von der Politik – und selbst wenn sie Nachteile durch die veränderten Machtverhältnisse erlitten hätte: Deutschland war niemals ihre Heimat gewesen.
Obwohl sie die aktuelle Lage darum ohne jedwedes Gefühl betrachtete, wollte sie dennoch darüber informiert sein, um sich nie wieder dem Spott auszusetzen, sie wäre eine Frau ohne Bildung und Verstand. Einst hatte sie aus Trotz gegen Antonie und Albert beweisen wollen, dass sie nicht dumm war; mittlerweile war Antonie zwar tot, und mit Albert wechselte sie kaum je ein Wort, aber sie hatte sich den Ehrgeiz behalten, mehr zu sein als ein oberflächliches, naives Mädchen

aus einem fernen Land. In den letzten Jahren hatte sie sich gründlich gebildet, engagierte sich in der Wohlfahrt – so unterstützte sie eine Schule für Halbwaisen –, und bei den wenigen Empfängen erwies sie sich als aufmerksame Gastgeberin, über die niemand zu lästern wagte – im Gegenteil: Die Gäste lobten ihre stilvolle Kleidung, die edlen Speisen und die dezente Beleuchtung. Geschickt verbergen, dass sie dennoch jedes Mal froh waren, wieder zu gehen, konnten jedoch nur die wenigsten. Vielleicht fühlten sie, dass alle Eleganz und der zur Schau gestellte Reichtum die Kälte nicht vertreiben konnten, die ihren Haushalt beherrschte – und die Valeria in die Flucht geschlagen hatte.

Wenn Rosa an ihre einzige Tochter dachte, fühlte sie immer leises Bedauern, ein nagendes Schuldgefühl – und Erleichterung. Ob sie im Pensionat war oder nun mit Carl-Theodor in Montevideo – Hauptsache, sie war fort, und sie musste sich nicht ihrem ebenso verstörten wie trotzigen Blick stellen und sich fragen, warum sie eine so schlechte Mutter war. Diese Erleichterung vergrößerte ihre Schuldgefühle zwar, aber sie zu leugnen, wäre ihr als Heuchelei erschienen. Seit Fabiens Tod – dies war nun mal die traurige Wahrheit – klaffte ein dunkler Graben zwischen ihr und der Welt, in dessen Schlamm alles versickerte: ihre Lebendigkeit, ihre Sehnsüchte, ihre Fröhlichkeit und auch ihre Liebe zu Valeria. Nur ein winziges Fleckchen blieb ihr, wo sie frei atmen konnte, wo sie sich mittlerweile gut eingerichtet hatte und wo sich aus zwei Regeln Kraft ziehen ließ: Zum einen, sich nichts vorzumachen und Illusionen zu verfallen. Zum anderen, am festen Rhythmus der Tage festzuhalten. Ja, früher hätte sie sich zu Tode gelangweilt, aber heute schätzte sie die Routine, zu der nicht zuletzt die tägliche Lektüre der Zeitung gehörte.

Für gewöhnlich wagte es niemand, sie dabei zu stören, wusste man doch, wie ungehalten sie auf jede unangekündigte Veränderung reagierte, doch heute wurden plötzlich die Flügeltüren zur Bibliothek aufgestoßen.
Rosa zuckte zusammen und ließ die Zeitung sinken. Befremdlich war nicht nur, dass überhaupt jemand den Raum betrat, sondern dass es ausgerechnet Albert war. Vor anderen spielten sie formvollendet das langjährige, einander zugeneigte Ehepaar, doch wenn sie unbeobachtet waren, gingen sie sich so gut wie möglich aus dem Weg.
Sie wollte ihn mit der üblichen kalten Stimme zur Rede stellen, aber er ergriff vor ihr das Wort, berichtete sehr aufgeregt und wirr von Valeria, vom Krieg in Uruguay und von einem geheimen Waffendepot. Sie musterte ihn genauer, und erst jetzt sah sie, dass sein Gesicht von roten Flecken übersät war.
Entsetzen überkam sie, aber noch schüttelte sie es ab. »Ich verstehe kein Wort!«, erklärte sie abweisend.
»Ich doch auch nicht!«, erwiderte er. »Aber hier, lies selbst! Ein Brief von Carl-Theodor. Valeria ist offenbar in Gefahr ... in großer Gefahr.«
Rosa stand auf. Seit Jahren hatte sie sich nicht mehr schnell bewegt, war nur steif und hoheitsvoll geschritten. Jetzt stürzte sie auf ihn zu und riss ihm das Blatt Papier aus der Hand.
Carl-Theodor hatte sich tatsächlich nur sehr vage ausgedrückt. Demnach war Valeria verschwunden, was möglicherweise mit paraguayischen Soldaten zu tun hatte, die ein Waffenarsenal ausgeraubt hatten. Die Polizei suche mit allen zur Verfügung stehenden Mitteln nach ihr, und gewiss, so ihrer aller Hoffnung, würde sich bald alles in Wohlgefallen auflösen. Er würde sich hier in der Banda Oriental darum kümmern, dass alles Notwendige getan wurde.

Wieder stieg Entsetzen in ihr hoch, die Ahnung überdies, dass alles schlimmer war, als Carl-Theodor zugab, doch abermals wagte sie es nicht, ihrem Gefühl nachzugeben – viel zu laut erschien es ihr, viel zu heftig. Wenn sie sich ihm stellte, würden sich womöglich auch all die anderen ihre Bahn brechen, die sie in den Tiefen ihrer Seele eingekerkert hatte.
Albert schien nicht minder überfordert, und eine Weile starrten sie sich an wie Raubtiere auf dem Sprung: Jeder schien zu warten, dass der andere zuerst die Fassung verlor, doch Augenblick um Augenblick verging in Schweigen. Und nicht nur Alberts Zurückhaltung hielt Rosa davon ab, sofort zu verkünden, nach Montevideo zu reisen, sondern auch die beängstigende Vorstellung, den behaglichen Alltag aufzugeben. Hatte Carl-Theodor nicht geschrieben, er würde sich um alles kümmern? Und Claire war doch auch dort – Claire, die Valeria so nahestand wie niemand sonst in der Familie!
Eisern verkniff sie sich jedes Wort, bis schließlich aus Albert hervorbrach: »Wir sollten das nächste Schiff nach Montevideo nehmen.«
Dass er es als Erster vorschlug, beschämte sie und machte sie wütend. Sie hatte sich immer ehrlich eingestanden, dass sie keine sonderlich gute Mutter gewesen war, und gerade darum wollte sie ihm nicht durchgehen lassen, dass er sich plötzlich als guter Vater gebärdete. »Nun tu nicht so, als wärst du bereit, die Geschäfte über Wochen ruhenzulassen! Wann war dir deine Familie jemals wichtiger als die Bank?«
Ihre Stimme zischte, als eine uralte Kränkung hervorbrach – die Enttäuschung, weil er sie so oft vernachlässigt hatte, die Einsamkeit, die sie an seiner Seite hatte durchleben müssen, die Bitterkeit, weil sie sich nicht mehr liebten, sondern einander schleichend vergifteten.
Ihre Heftigkeit erschreckte sie – und ihn auch.

»Unterstell mir nicht, dass ich unsere Tochter nicht liebe!« Sein Gesicht rötete sich.
»Wenn du es tust, hast du es bislang gut verborgen«, gab sie eisig zurück. »Warum wohl ist sie lieber mit Carl-Theodor verreist, als nach Hause zu kommen?«
»Nun, auch auf deine Gesellschaft hatte sie keine große Lust. Auch dich hat sie nicht in ihre Pläne eingeweiht, nach Uruguay zu reisen, das doch deine Heimat ist, nicht meine. Und ausgerechnet du wirfst mir Kälte vor? Obwohl dein Herz selbst unter Eis erstarrt ist?«
Von besagter Kälte fühlte sie nichts. Heiß stieg ihr das Blut ins Gesicht. All die Jahre hatte sie den Drang unterdrückt, nun hätte sie am liebsten um sich geschlagen, sein Gesicht zerkratzt und etwas kaputt gemacht, vielleicht eine Porzellanfigur – oder einen jener kostbar umrahmten Spiegel, die so deutlich verrieten, wie alt sie geworden war … und wie bitter verhärmt.
Sie verkrampfte ihre Hände ineinander. »Du hast mich zerstört!«, stieß sie schließlich hervor.
Er senkte seinen Blick, wirkte schuldbewusst, aber auch überdrüssig.
»Gewiss bin ich an vielem schuld«, erwiderte er trotzig, »aber den Tripelallianz-Krieg, der in Südamerika tobt, kannst du mir nicht anlasten. Wenn ich mir vorstelle …«
Sie löste ihre Hände wieder voneinander und hob sie abwehrend. Schlimm genug, kurz in den Abgrund ihrer beider Seele geblickt zu haben – unmöglich konnte sie der Sorge um die Tochter nachgeben, ohne zu verzweifeln oder den Verstand zu verlieren. »Was immer dort geschehen ist«, sagte sie schnell, »sieh auf das Datum des Briefs. Er ist einige Wochen alt, du weißt doch, dass es kein brauchbares Telegraphennetz gibt. Wenn wir tatsächlich aufbrechen würden, würden wei-

tere Wochen bis zu unserer Ankunft vergehen, und bis dahin ist Valeria gewiss schon wieder wohlbehalten zurückgekehrt. Carl-Theodor hat doch selbst geschrieben, wir sollen uns keine Sorgen machen.«

Mit jedem Wort wuchs das schlechte Gewissen, ihre Tochter zu verraten. Aber die Vorstellung, mit Albert zu reisen, in ihre Heimat zurückzukehren, sich an das junge Mädchen zu erinnern, das sich damals in den etwas steifen, aber freundlichen Deutschen verliebt hatte, gar ihrer Familie zu begegnen und ihr vormachen zu müssen, wie gut sie es getroffen hatte – nein, nichts von alldem brachte sie über sich. Und in Alberts Miene las sie denselben Widerstreit zwischen der Sorge um die Tochter und der eigenen Bequemlichkeit.

»Also schlägst du vor, dass wir besser abwarten?«, fragte er gedehnt.

»Tu nicht so, als wäre das nur meine Entscheidung. Die gleiche hattest du doch auch eben im Sinn.«

Sie sah an der gerunzelten Stirn, wie sehr er mit sich kämpfte. Sie selbst tat es auch. Aber je länger sie sich anstarrten, desto unbedeutender wurde die Sorge um Valeria, und es schien einzig darum zu gehen, wer von ihnen zuerst eine Schwäche zeigte. Sich sämtlichen Gefühlen zu verweigern, wäre ihm früher leichter gefallen als ihr – aber mittlerweile hatte sie es längst selbst zur Meisterschaft gebracht, und am Ende siegte nicht nur die Bequemlichkeit, sondern auch der unbedingte Wille, vor dem anderen keine Schwäche einzugestehen. Als er schließlich nickte, sich abwandte und wortlos ging, blieb sie stocksteif stehen. Erst nachdem hinter ihm die Tür zugefallen war, sank sie kraftlos nieder.

Valeria ... Was war ihrem Mädchen zugestoßen? ... Dem starken, fordernden, fröhlichen Mädchen, das sie immer gescheut hatte, weil es sie an sie selbst erinnerte?

Sie zuckte zusammen, als sich die Tür abermals öffnete. Sie rechnete schon damit, dass Albert zurückgekommen war, und kurz entglitten ihr die Züge, war die Versuchung so groß zu rufen: Was zählt die Vergangenheit, wenn unser Mädchen in Gefahr ist? Was immer uns trennen mag – vor allem eint es uns, dass wir ihre Eltern sind!
Doch es war nicht Albert, der vor ihr stand, sondern Espe – grauer, faltiger und beleibter als früher, aber immer noch in sich ruhend und mit wachem Blick.
»Ach Espe ...«, seufzte Rosa.
»Ich habe alles gehört. Ist Valeria tatsächlich in Gefahr?«
Rosa lief zu ihr und ergriff ihre Hände. »Ich kann hier nicht weg – aber du musst an meiner statt nach Uruguay fahren. Finde heraus, was geschehen ist, und sorge dafür, dass alles gut wird!«
Sie klang wie das kleine Mädchen von einst, das seiner Beschützerin grenzenlos vertraut hatte. Mittlerweile wusste sie – es stand nicht in Espes Macht, den Lauf der Welt zu ändern. Aber als jene bekräftigend ihre Hände drückte und nickte, fühlte sie sich getröstet. Sie ließ ihren Kopf auf Espes Brust sinken, und zum ersten Mal seit vielen Jahren weinte sie hemmungslos.

21. Kapitel

Als sie nach mehreren Wochen wieder auf dem gebrochenen Bein auftrat, hätte Claire vor Schmerzen schreien können. Die Wirtin fand das nicht weiter schlimm, schien mit dem Erfolg ihrer Behandlung vielmehr zufrieden und meinte stoisch: »Es braucht eben eine Weile, irgendwann wird's besser.«
Wieder hätte Claire schreien können – diesmal vor Wut über so viel Härte. Am liebsten hätte sie sich sofort ins Bett geflüchtet, um sich den Rest den Tages kein Jota zu rühren, doch dann ging ihr auf, dass sie sich selbst damit am meisten bestraft hätte. Die Sehnsucht, sich endlich wieder frei bewegen zu können, war größer als der Schmerz – die Sehnsucht auch, Hand in Hand mit Luis spazieren zu gehen. Also biss sie die Zähne zusammen, machte einen weiteren Schritt – und schrie diesmal nicht mehr ganz so laut auf. Und als Luis ängstlich fragte: »Geht es?«, nickte sie entschlossen.
Am ersten Tag schaffte sie an seiner Seite gerade mal ein Dutzend Schritte, am zweiten umrundete sie einmal die Poststation, am dritten waren die Schmerzen erträglich genug, um so weit zu gehen, bis sie weder die Poststation noch den Fluss sahen. Sie erfreute sich an den vielen Farbtupfern inmitten von hohem Gras, wildwachsenden Blumen und Sträuchern, die Blüten trieben. Mancherorts schlossen mächtige Agaven- und Kaktushecken die Felder und Wege ein, und Claire musterte interessiert den Blütenstand der Agave mit ihrer armleuchterartigen Verzweigung an der Spitze. Die Kakteen wie-

derum glichen mächtigen Säulen und trieben große Blüten hervor: außen weiß und innen fleischrot. Zum ersten Mal fühlte sich Claire stark genug, Luis' stützende Hand loszulassen, auf einen zuzulaufen und mehrere Blüten zu pflücken. Leider verwelkten sie rasch wieder.
»Wie schade!«, bedauerte sie. »Ich hätte sie mir gerne ins Haar gesteckt.«
»Du brauchst doch keine Blume im Haar«, sagte Luis schnell. »Du bist auch so wunderschön.«
Noch nie hatte er ihr ein derart offenes Kompliment gemacht, und prompt errötete sie. Doch leider wurde sein Gesicht schon im nächsten Augenblick wieder ernst. Ach, es war so schwer, ihn zum Lächeln zu bringen oder ihn dazu zu bewegen, länger ihre Hand zu halten, als es unbedingt nötig war! Er stützte sie während der Spaziergänge, aber wenn sie zurückkamen und sie sich wieder setzte, wahrte er strikt Distanz.
Nach einigen Tagen, als sie beim Gehen kaum mehr Schmerzen fühlte, stand die nächste Herausforderung an: Um nach Montevideo zurückzukehren, würde sie demnächst entweder eine schrecklich rumpelnde Kutsche oder ein Pferd besteigen müssen. Letzteres schien ihr das geringere Übel, wenngleich sie nach ihrem Sturz schreckliche Angst davor hatte. Luis hatte das Pferd, das sie abgeworfen hatte, wieder eingefangen und behauptete, es wäre ein gutmütiges Tier, das nur wegen des Schusswechsels so panisch reagiert hätte. Claire blieb zunächst misstrauisch, doch als er sie an der Taille umfasste, war diese Berührung zu köstlich, um sich zu widersetzen. Und als sie erst einmal ritt und ihr der Wind ins Gesicht blies, genoss sie die Freiheit. Wie die Spaziergänge wurden auch die Ausritte mit jedem Mal länger.
»Wohin reiten wir?«, fragte sie eines Tages, als Luis so gar nicht ans Umkehren dachte.

»Lass dich überraschen.«
Sie kamen durch dichte Wälder, überwanden einen Höhenzug und ritten schließlich an den sumpfigen Ufern des Río Negro entlang, dessen klares Wasser, wie Luis erklärte, dafür bekannt war, hilfreich gegen syphilitische Leiden und Rheumatismus zu sein. Offenbar kam die heilende Wirkung von der Wurzel der Sarsaparille, die überreich am Ufer wuchs.
Fast überall trafen sie Trinkende und Badende an, die sich Linderung ihrer Krankheiten oder zumindest an heißen Tagen eine Erfrischung erhofften.
»Willst du auch im Fluss schwimmen?«, fragte Luis. »Das würde deinem Bein vielleicht guttun.«
Die Vorstellung, sich in die glitzernden Fluten zu stürzen, war verheißungsvoll, und überdies musste sie an den Tag denken, als sie sich kennengelernt hatten, aber plötzlich packte Claire ein schlechtes Gewissen.
»Ich weiß nicht«, murmelte sie, »in den letzten Tagen war ich so mit meiner Genesung beschäftigt, dass ich kaum mehr an Valeria dachte. Aber nun ... Es ziemt sich doch nicht, dass ich mich vergnüge, während sie ... während sie ...«
Sie brach ab.
»Valeria ist nicht geholfen, wenn du an Schmerzen im Bein leidest oder auf eine Abkühlung verzichtest.«
»Gewiss, aber ...«
Still fügte sie hinzu: Solange ich noch an Schmerzen leide – sind sie auch längst erträglich –, kann ich in dieser Art Niemandsland verharren, muss nicht nach Montevideo zurückkehren, meinem Vater alles erzählen ... Ich kann die Zukunft warten lassen, düstere Gedanken verdrängen, die schönen Seiten des Lebens genießen.
Luis betrachtete sie nachdenklich und schien zu erraten, was in ihrem Kopf vorging. »Ich verstehe dich durchaus. Ich muss

auch oft an meine vielen Landsmänner in Kriegsgefangenschaft denken. Nur wegen des Polizeidiensts war ich bislang vom Heeresdienst befreit.«
Claire erschrak. Was, wenn sich daran etwas änderte? Nicht auszudenken, dass sie nicht nur um Valerias Leben bangen müsste, sondern auch um das von Luis!
Plötzlich kam es ihr widersinnig vor, auf das Vergnügen eines Bades zu verzichten. In einer Welt, in der nichts sicher und nichts von Dauer schien, galt es, alle Augenblicke des Glücks auszukosten – waren sie noch so kurz und flüchtig.
»Nun gut«, stimmte sie zu, »aber ich werde nicht schwimmen, nur ein wenig im Fluss waten.«
Er lächelte, und sie erwiderte es, doch ihr entging der schmerzliche Ausdruck seiner Augen nicht und war gewiss, dass er den ihren spiegelte.

Noch öfter ritten sie zum Fluss. Claire fühlte sich auf dem Pferderücken langsam wieder sicher, und zu Fuß war sie so schnell unterwegs wie früher. Das bedeutete allerdings, dass Luis sie kaum mehr an der Hand hielt, und sie vermisste diese körperliche Nähe schmerzlich und überlegte sich oft, wie sie ihn veranlassen könnte, sie zu berühren. Leider fiel ihr kein probates Mittel ein – bis es an einem Tag ganz leicht, ja selbstverständlich wurde, die Distanz zu überwinden.
Das Wetter war bis jetzt immer schön gewesen – nicht zu warm, nicht zu kalt –, doch während eines weiteren Ausritts zog ein Sturm auf, trieb erst Sand in ihr Gesicht und dann fast waagerecht Regentropfen. Innerhalb kürzester Zeit standen tiefe Pfützen auf dem Weg, und sie waren bis auf die Knochen durchnässt. Weit und breit war keine Gastwirtschaft zu sehen – nur eine winzige Scheune, in der sie hastig Zuflucht suchten.

Unter deren Dach waren sie vorm Regen geschützt, doch durch die Ritzen wehte weiterhin kalter Wind. Claire hatte noch gelacht, als das Unwetter aufgezogen war, und war von den dunklen Wolkentürmen, die sich am Himmel zusammenbrauten, fasziniert gewesen, nun jedoch zitterte sie am ganzen Leib.
Kurzentschlossen zog Luis sie an sich, um sie zu wärmen. Auch dicht an ihn gepresst, konnte sie nicht aufhören zu zittern – wenn auch nicht länger vor Kälte, sondern vor unterdrückter Erregung, ihm so nahe zu kommen. Eine Weile verharrte sie in seiner Umarmung und genoss sie einfach nur. Dann gestand sie unwillkürlich: »Ich bin so froh, dass du bei mir bist.«
Sie bemerkte, dass auch er erbebte. Er rang nach Worten, doch ehe er welche fand, hatte sie sich auf die Zehenspitzen gestellt und ihn auf die Wange geküsst, und als er nicht von ihr abrückte, sie lediglich verblüfft anstarrte, wurde sie noch mutiger und gab ihm einen zweiten Kuss – direkt auf den Mund.
Das Glück, das sie in diesem Augenblick empfand, fühlte sich ein wenig verboten an, gleich so, als würde sie auf einem Friedhof tanzen, aber sie konnte nicht anders, als den Kuss auszukosten.
Wie wunderbar es war, seine Lippen zu schmecken, die gar nicht so hart waren, wie sie oft anmuteten! Wie aufregend, seinen warmen Atem auf ihrem Gesicht zu fühlen! Welch ein Nervenkitzel, so lange ihre Lippen auf seine zu pressen, bis sie sich öffneten und ihre Münder verschmolzen!
Als sie sich voneinander lösten, war er hochrot im Gesicht – und seine Züge so weich und entspannt wie an jenem Morgen, als sie ihn im Schlaf betrachtet hatte. Und wenn sie es bisher noch geleugnet hatte, so schrie nun jede Faser ihres Körpers die Wahrheit: Ich liebe ihn. Ich liebe ihn so sehr. Ich will den Rest meines Lebens mit ihm zusammen sein.

Immer tiefer drang Pablos Truppe nach Paraguay vor. Nach der Reise auf dem Fluss ging es wieder mit den Pferden durch den Dschungel weiter. Allerdings mussten sie oft absteigen, weil der dichte Pflanzenwuchs ihnen den Weg versperrte und mit Macheten gefällt werden musste, bevor ein Durchkommen möglich war.

Wenn es von den Bäumen in ihren Nacken tropfte, Blätter an ihr kleben blieben und ihre Füße sich in Schlingpflanzen verhedderten, wähnte sich Valeria, in ein verwunschenes Land geraten zu sein, das an wirre Träume und dunkle Märchen denken ließ – ein Land, das nicht für Menschen, sondern für Fabelwesen gemacht worden war. Feindselig wurden sie hier als Eindringlinge gemustert – von tausend unsichtbaren Augen, die sich im Dickicht versteckten. Selbst die farbenprächtigen Blumen schienen lebendige Wesen zu sein: Dornige Akazien wucherten neben blühenden Jacarandabäumen, auf toten Baumstämmen, die von Stürmen gefällt worden waren und in Sümpfen verrotteten, sprossen rosafarbene Trompetenblumen und bunte, aber übelriechende Orchideen mit tellergroßen Blütenblättern.

Fremd wie der Anblick der Pflanzen waren die Geräusche – ob das Gequake von Baumfröschen oder der ferne Ruf von Kiebitzen und Truthahngeiern.

Der Dschungel faszinierte Valeria und jagte ihr zugleich Ängste ein, wie sie sie bisher nicht gekannt hatte. Immer wieder passierten sie kleine Seen und Lagunen voller Krokodile, Zitteraale und Piranhas. Nicht immer führte der Weg daran vorbei. Mehrmals mussten sie das Wasser überqueren, indem sie Brücken aus Buschwerk herstellten. Diese waren schmal und selten stabil, und bei jedem Schritt zitterte sie vor Furcht, das Gleichgewicht zu verlieren, ins Wasser zu fallen und einen grässlichen Tod zu sterben.

Valentín war immer zur Stelle, wenn sie ihn brauchte, reichte ihr die Hand oder hob sie über Hindernisse, verhielt sich ansonsten aber distanziert und wortkarg. Manchmal dachte sie, dass sie ihn nur im Traum geküsst hatte – warum sonst tat er so, als wären sie sich nie auch nur annähernd so nahegekommen? Manchmal vermeinte sie, noch die Berührung seiner Lippen zu spüren, und labte sich daran. Und manchmal wiederum war ihr, als läge der Kuss Jahre zurück – desgleichen ihr Leben in Montevideo. Ja, in jenem verwunschenen Reich schienen die Gesetze der Zeit nicht zu gelten. Wenn sie es je wieder lebend verlassen würde, war sie womöglich zur Greisin gealtert, voller Runzeln, den Rücken zum Buckel geneigt und mit schlohweißem Haar. Allerdings fühlte sie sich zugleich stark wie nie, ausdauernd und widerstandsfähig, wie es nur jungen Menschen zu eigen ist. Abends war sie zwar immer erschöpft und schlief tief wie nie, doch am nächsten Morgen harrte sie ungeduldig, dass ihr Abenteuer seinen Fortgang nahm.

Zwei Seelen wohnten in ihrer Brust. Sie hasste den Dschungel – und fand den Marsch durchs Dickicht dennoch spannend und erregend. Sie verging vor Heimweh – und war dennoch froh, der Langeweile und Eintönigkeit, die ihr Leben bislang geprägt hatten, zu entkommen. Sie fühlte sich einsam wie nie – und dachte zugleich, dass sie keinem Menschen je so nahegekommen war wie Valentín. Stundenlang grübelte sie, ob er es auch so empfand und ob er sich nur so abweisend gab, weil er den anderen Männern etwas beweisen wollte, oder ob er tatsächlich so gleichgültig war.

Sie schämte sich der vielen Gedanken, die sie an ihn verschwendete, und sagte sich immer wieder, dass er ihr Feind war, ihr Entführer, den ihre Familie zu Recht am liebsten tot oder streng bestraft gesehen hätte. Doch zugleich sah sie in ihm den

Mann mit den traurigen Augen und der melodischen Stimme, den Mann, dessen Ernsthaftigkeit mit einer tief sitzenden Sehnsucht gepaart war, der zupackte, gar roh wirken konnte, und der doch die Gewalt scheute und sich insgeheim nichts mehr wünschte, als in der Hängematte zu liegen und Harfe zu spielen. Was immer er durchgemacht hatte – die Gewalt, der er ausgesetzt war, hatte seine Seele nicht zerstört wie die seines Bruders, und an seiner Seite entdeckte sie auch in sich etwas, was sich als widerstandsfähig, zäh und stolz erwies. Das Mädchen, das sie vor der Entführung gewesen war, war ihr plötzlich fremd – sein Blick auf die Welt so oberflächlich, sein Trachten, seinen Platz im Leben zu finden, so ziellos. Gefunden hatte sie diesen Platz zwar auch jetzt nicht – im Gegenteil: Sie schien weiter entfernt davon als zuvor, wusste sie doch nicht, wer sie war, und noch weniger, wer sie sein wollte. Aber an Valentíns Seite war sie sich plötzlich sicher, dass sie es herausfinden und zu einer starken Frau reifen könnte.

Sie war enttäuscht, wenn er sie ignorierte – und umso glücklicher, wenn er sich um sie kümmerte, sie mit seinem Poncho zudeckte, ihr Matetee reichte oder etwas zu essen gab: Nicht länger mussten sie sich mit getrocknetem Fleisch begnügen, sondern sie genossen Gebratenes von den Schnepfen, Wildenten und Rebhühnern, die die Männer in den Sümpfen erjagten und deren Fleisch unerwartet saftig und wohlschmeckend war.

Im Gegensatz zu den ersten Tagen aß Valeria inzwischen mit gutem Appetit, doch etwas anderes wurde zur steten Qual – die vielen Mücken, Moskitos und Vinchucas nämlich, beißende und stechende Ungeziefer, die sich auch vom Zigarettenrauch nicht vertreiben ließen. Bald war sie am ganzen Körper von roten Quaddeln übersät. Sandflöhe gruben sich in die Augen der Pferde und mussten herausgeschnitten werden,

und einer der Männer drohte, das Gleiche könnte auch ihr passieren, wenn sie nicht achtgab.
Valeria verging vor Angst, fuchtelte stets mit den Armen herum und konnte nachts nicht mehr schlafen. Doch als sie sich wieder einmal unruhig auf dem Lager wälzte, hockte sich plötzlich Valentín zu ihr und reichte ihr ein Fläschchen: »Reib dich damit ein, das hält das Ungeziefer fern.«
»Was ist das?«
»Eau de Cologne. Es hilft auch gegen die Rote Milbe, die in den Wiesen hinter dem Dschungel herumkriechen.«
»Eau de Cologne?«, rief Valeria verblüfft. »Und so etwas schleppst du durch den Dschungel?«
»Es hat meiner Mutter gehört. Mein Vater hat es ihr zu einem Hochzeitstag geschenkt. Es war sehr teuer, und man bekommt es nur in Asunción. Es heißt, dass es die Geliebte des Diktators auch verwendet …«
Ihm musste etwas an ihr liegen, wenn er es ihr gab und zuließ, dass ihr Duft ihn an seine Mutter erinnerte. Heißes Glücksgefühl durchströmte sie, doch ehe sie ihm danken konnte, hatte er sich schon wieder abgewandt und war zu seiner eigenen Schlafstatt zurückgekehrt.
Nach einigen Tagen war das Dickicht nicht mehr ganz so undurchdringlich, und wenig später endete der Dschungel. Valeria fühlte sich vom blauen Himmel und dem weiten Horizont fast erschlagen. Immer noch war es schwül, aber ihre Kleidung trocknete zum ersten Mal seit langem wieder.
Von nun an ritten sie über Wiesen, kamen an Feldern mit grünen, rosageäderten Maniokblättern vorbei und an hübschen, strohgedeckten Häuschen, die oft am Ufer eines Flusses errichtet worden waren. Neben Maniok wurden auch Mais und Zuckerrohr angebaut, und an den Rändern der Äcker wuchsen Zitronenbäume.

Es wirkte so friedlich, als hätte der Krieg hier nie gewütet, wie auch Valentín eines Tages feststellte. »Man könnte meinen, die Welt wäre noch in Ordnung«, murmelte er.

»Das ist ein Zeichen, dass es weiterhin keine neuen Kampfhandlungen gibt«, sagte Valeria, »wer weiß – vielleicht haben die verfeindeten Länder schon endgültig Frieden geschlossen. Vielleicht könnt ihr auf die Plantage eurer Eltern zurückkehren und sie wieder aufbauen.«

Valentín schwieg nachdenklich. »Ich fürchte, ich habe nie wirklich zum Bauern getaugt«, wiegelte er schließlich ab.

»Nun, aber du könntest deinen Traum verwirklichen – nach Europa gehen und dort studieren!«, rief sie eifrig.

»Dafür fehlt mir wiederum das Geld.«

»Aber Pablo will mich doch freipressen. Die de la Vegas' werden gewiss teuer für mich bezahlen – und falls keine Waffen mehr notwendig sind, habt ihr genug Geld, um euch eine neue Existenz aufzubauen.«

Valentín musterte sie verblüfft: »Du klingst so begeistert, als würdest du es gutheißen, wenn wir deinem Großvater so viel Geld wie nur möglich aus der Tasche ziehen.«

»Mein Großvater wird nicht so schnell bankrottgehen«, sagte sie leichtfertig. »Aber du hast so viel verloren, und wenn du nur ein wenig davon zurückbekommst, hast du es reichlich verdient.«

Wieder schwieg er lange. »Die Vergangenheit ist unwiderruflich vorbei«, meinte er dann, »und wenn jemand etwas verdient, so du, dass du wieder heimkehren und dein behütetes Leben weiterführen kannst.«

Sie wusste nicht recht, was in sie fuhr, aber plötzlich nahm sie seine Hand und drückte sie. »Ich weiß gar nicht mehr, ob ich das überhaupt noch will.«

Rasch entzog er ihr seine Hand. »An unserer Seite musst du schreckliche Torturen und Ängste durchleiden!«

»Das auch, aber ...«

Aber zugleich habe ich mich noch nie so lebendig gefühlt, dachte sie.

Sie sagte es nicht laut, nicht nur weil seine Miene so nachdenklich wurde, sondern weil Pablo zu ihnen aufschloss und plötzlich spottete: »Ist das traute Paar am Schäkern?«

Seine Stimme klang noch giftiger als sonst. Valentín erwiderte finster seinen Blick, sagte jedoch nichts, und auch die weitere Wegstrecke legten sie schweigend zurück.

Das Land, durch das sie während der nächsten Tage kamen, war sumpfig, flach und vom kräftigen Fuchsschwanzgras übersät, das zurzeit blühte. Die Straßen wurden breiter, standen aber unter Wasser.

Valentín schwieg weiterhin, und Valeria entging es nicht, dass nicht nur sie ihn stets beobachtete und sich fragte, was wohl hinter der gerunzelten Stirn vorging, sondern auch sein Bruder. Offenbar witterte er dessen wachsenden Widerstand. Gegen Abend hin wurde er immer gereizter, die Befehle an die Männer immer schroffer, aber noch eskalierte die angespannte Stimmung nicht.

Zum ersten Mal seit Wochen machten sie an diesem Abend nicht im Freien Rast, sondern in einer Herberge. Sie war heruntergekommen und wurde von einer ängstlichen Frau bewirtschaftet, die den Männern wohl am liebsten die Tür vor der Nase zugeworfen hätte, dies aber nicht wagte und stattdessen rasch einen Eintopf aufsetzte. Der schmeckte fade, das Fleisch darin war zäh und das Gemüse wässrig, doch nach all dem gebratenen Fleisch war es eine willkommene Abwechslung.

Auch wenn die Gaststube völlig verdreckt war – Valeria genoss es, endlich wieder einmal ein Dach über ihrem Kopf zu

haben, wo sie von Ungeziefer und wilden Tieren geschützt war.
Als sie überdies nicht auf dem harten Boden liegen musste, sondern auf einer Pritsche, fühlte sie sich wie im Paradies.
Die Wirtin hatte keine Fragen gestellt, wer sie waren und woher sie kamen, aber sie schien zu ahnen, dass Valeria mit keinem der finster wirkenden Männer verheiratet war, und hatte ihr angeboten, bei ihr unter dem Dach zu schlafen.
Sosehr Valeria Valentíns Gesellschaft mittlerweile genoss – so lieb war es ihr, nicht länger Pablos Blicken ausgeliefert zu sein. Anstatt weiter über die Brüder zu grübeln, legte sie sich hin, zog die Decke hoch und labte sich an der Stille und der Wärme. Kurz überlegte sie, ob sie der Wirtin anvertrauen sollte, dass sie gewaltsam verschleppt worden war, verwarf den Gedanken jedoch: Sie war hier im Feindesland, und die Frau stand gewiss auf der Seite ihrer Landsmänner – überdies konnte sie, selbst wenn sie bereit gewesen wäre, Valeria zu helfen, nichts gegen ein Rudel Männer ausrichten. Es war großzügig genug, dass sie mit ihr die Dachkammer teilte.
Wenig später war sie tief und fest eingeschlafen.
Als sie erwachte, war es stockdunkel. Unwillkürlich spannte sie sich an, glaubte sie sich doch zurück in den Dschungel versetzt und verstand kurz nicht, warum keine Moskitos surrten und kein Feuer knisterte. Dann vernahm sie das Schnarchen der Wirtin, und ihr fiel wieder ein, wo sie war. Sie wollte die Augen schließen, als sie plötzlich – von den Holzwänden gedämpft – Stimmen hörte. Diese waren es wohl auch gewesen, die sie geweckt hatten.
Sie spitzte die Ohren, verstand aber zu wenig, so dass sie schließlich zum Fenster schlich, die kleine Luke öffnete und nach draußen spähte. Die Stimmen gehörten Pablo und Valentín, die nicht weit vom Haus miteinander stritten.

Valentín hatte auf der Pritsche einmal mehr nicht schlafen können. Lange Zeit hatte er sich so sehr nach einem Dach über dem Kopf gesehnt, doch nun fühlte er sich im geschlossenen Raum nicht geborgen, sondern gefangen. Nachdem er nach draußen getreten war, stellte er fest, dass es nicht nur ihm so ging.

Pablo stapfte auf und ab und erstarrte, als er Valentín kommen hörte. Eine Weile standen sie sich stumm gegenüber und belauerten einander. Das Gefühl der Entfremdung hatte Valentín in den letzten Wochen nur schleichend überkommen, doch nun tönte in seinem Kopf laut wie nie der Gedanke: Was mache ich nur an seiner Seite? Warum habe ich mich ihm mit Haut und Haar unterworfen? Vor dem Krieg, vor dem Massaker an unserer Familie hatten wir uns doch nie nahegestanden. Kann Nähe, aus Blut geboren, denn eine echte, tiefe sein?

Pablo schien zu fühlen, was in ihm vorging. Während seine Feindseligkeit meist hinter Hohn verborgen war, offenbarte seine angespannte Miene sie nun unverhohlen.

»Vater wusste immer, dass du verweichlicht bist«, brachte er gepresst hervor.

Valentíns Kiefer mahlten. Er wusste nicht, woher der plötzliche Mut kam, seinem Bruder zu trotzen, sich gar mit ihm anzulegen – vielleicht von Valeria, die so tapfer war, vielleicht, weil er endlich entschieden hatte, sein Leben nicht nur der Trauer über Verlorenes zu opfern. In jedem Fall schluckte er den Tadel seines Bruders nicht, wie er es so oft getan hatte. Eisig erklärte er: »Mag sein. Aber Vater hat mich immer gewähren lassen. Er wusste die Menschen so zu nehmen, wie sie sind. Er zwang ihnen nicht seinen Willen auf wie du.«

Pablo reckte herausfordernd sein Kinn, als er auf ihn zutrat. »Er hätte es getan, wenn er den Krieg erlebt hätte!«, schrie er. »Im Krieg zählen keine Launen mehr, im Krieg zählt nur un-

ser Land, und dem haben wir zu dienen mit allem, was wir auf die Waagschale werfen können. Doch du bist ein denkbar schlechter Soldat. Ich ahne es schon seit geraumer Zeit: Für dieses Mädchen bist du bereit, alles zu verraten.«
Sie maßen sich angespannt. Noch hielten sie den letzten Abstand von einigen Schritten aufrecht, aber unmerklich hatten sie beide begonnen, sich zu umkreisen.
»Pah!«, machte Valentín. »Wenn wir sie freilassen und darauf verzichten, neue Waffen einzufordern – was wäre dann schon verloren? Es würde den Verlauf des Krieges nicht ändern. Dazu ist sie zu unbedeutend. Und du, Pablo, du bist es auch.«
Pablo wurde weiß vor Wut. »Francisco Lopez würde das anders sehen. Er hat Menschen wegen weit geringerer Vergehen hinrichten lassen!«
»Weil er ein Diktator ist, wahnsinnig und grausam! Und das weißt du auch. Nur sprichst du es nicht aus, traust dich nicht, es auszusprechen. Wer von uns ist also der größere Feigling?«
»Du wagst es ...«
Valentín sah, wie Pablo die Faust ballte und sich sein Körper anspannte. Ein Wort noch, und er würde auf ihn losstürzen wie ein Tier, und diesmal war keiner der anderen Männer zugegen, um sie zu trennen. Diesmal würde Pablo ihn grün und blau schlagen, ihn würgen, ihn vielleicht sogar töten. Valentín wusste: Auch wenn er ihm ein paar schmerzhafte Schläge zufügen konnte – Pablo war stärker als er. Und grausamer. Ja, er traute ihm zu, dass er den eigenen Bruder mit bloßen Händen ermordete – und es machte ihm keine Angst. Kurz frohlockte er beinahe über die Aussicht, in dieser Nacht zu sterben. So oft hatte er sich gewünscht, dass ihn in jener Nacht das gleiche Schicksal wie seine Eltern und Schwestern ereilt hätte, dass er nicht mit dem entsetzlichen Wissen weiterleben hätte müssen, sie nicht gerettet zu haben.

Aber als er den Mund aufmachte, um Pablo zu provozieren, ging ihm plötzlich auf: Wenn er sie schon nicht hatte retten können, wenn Mercedes, Margarita und Micaela nur in seinen Erinnerungen fortleben durften – Valeria konnte er helfen. Und deswegen durfte er nicht sterben. Deswegen durfte er nicht einmal zulassen, zusammengeschlagen zu werden.
Er duckte seinen Kopf und hob abwehrend die Hände. Die Entscheidung, was zu tun war, fiel in Sekundenschnelle.
»Es tut mir leid, Bruder«, sagte er kleinlaut. »Lassen wir es gut sein. Die Wahrheit ist: Wir beide haben uns nicht sonderlich gemocht, und es ist sinnlos, etwas anderes zu heucheln. Aber ebenso sinnlos ist es, unsere Kräfte zu vergeuden, indem wir streiten und uns aneinander aufreiben.«
Pablo, der wohl auf eine neue Beleidigung gefasst gewesen war, ließ verwirrt seine Fäuste sinken. Seine Muskeln, eben noch so straff und zum Losschlagen bereit, erschlafften. »Und wie willst du sie dann nutzen – deine Kräfte?«, fragte er halb ungläubig, halb ärgerlich. »Etwa beim Singen und Bezirzen von Mädchen?«
Valentín schüttelte den Kopf. Er blickte auf seine Hände, saubere Hände – vorhin hatte er sie zum ersten Mal seit Wochen gründlich gewaschen –, und doch rauhe, schwielige Hände. Die eines Mannes. Auch die eines Soldaten?
»Ich weiß es nicht«, brach es aus ihm heraus. »Ich weiß es wirklich nicht, aber ... aber ich werde es herausfinden.« Er machte eine kurze Pause, ehe er den Blick hob und entschlossen hinzufügte: »Allein.«
Er sah gleichermaßen Verwirrung und Enttäuschung in Pablos Zügen aufblitzen. Vielleicht, weil er sich insgeheim auf die Prügelei gefreut hatte, um die Anspannung der letzten Tage abzureagieren. Vielleicht, weil er trotz allem den Bruder an seiner Seite wissen wollte.

»Du sagst dich von mir los?«, fragte er entsetzt.
Valentín rang sich ein Lächeln ab. »Warum so dramatisch, Bruder? Ich gehe meinen Weg, und du gehst deinen. In den letzten Monaten haben sich diese Wege gekreuzt – und jetzt führen sie eben wieder in verschiedene Richtungen. Wir müssen uns nicht bekriegen, nur weil wir nicht einer Meinung sind. Es gibt ohnehin zu viel Hass auf dieser Welt.«
Pablo schluckte schwer. »Du bist ein Träumer und wirst es immer sein.« Er klang verächtlich und ein klein wenig neidisch. »Aber wenn du gehst«, fuhr er hitzig fort, »bleibt das Mädchen hier. Du magst denken, dass es ein Leichtes ist, auf das zu verzichten, was sie uns einbringen kann. Aber ich werde das nicht tun.«
Valentín fiel es schwer, eine gleichmütige Miene zu wahren. Wieder mahlten seine Kiefer, dennoch rang er sich ein leichtfertiges Lächeln ab. »Nur weil es der Anstand gebot, mich um sie zu kümmern, werde ich nicht mit dir um sie kämpfen.«
Pablo wirkte ehrlich verblüfft, wollte es jedoch ganz offensichtlich nicht eingestehen. »Dann ist es ja gut«, knurrte er knapp. Er wandte sich ab, und erst als er fast die Herberge erreicht hatte, ließ er kaum merklich seine Schultern hängen.
»Willst du dich nicht von mir verabschieden?«, rief Valentín ihm nach und fühlte trotz aller Entschlossenheit den Schmerz darüber, auch noch den letzten Verwandten zu verlieren. Er ahnte: Wenn sie jetzt voneinander schieden, würden sie sich vielleicht niemals wiedersehen.
»Nein«, sagte Pablo unerwartet hart. Er betrat das Haus, verharrte zwar kurz auf der Schwelle, drehte sich aber nicht mehr nach Valentín um.
Der dachte schon, dass er sich nun endgültig Pablos Hass und Verachtung zugezogen hätte, doch was sein Bruder dann sagte, war ihm ein Zeichen, dass nicht alles in Pablo verroht und

erkaltet war. »Wenn du dich wirklich nach einem besseren Leben sehnst«, sagte er heiser, »wenn du Frieden suchst und Schönheit, Zärtlichkeit und Liebe – dann dreh dich besser nicht nach mir um, wenn du gehst.«

Nach dem Streit der Brüder schlich Valeria zurück zu ihrer Pritsche und lag dort bis zum Morgengrauen wach. Sie hatte fast jedes Wort gehört, konnte jedoch nicht glauben, dass Valentín tatsächlich einfach fortgegangen war und sie im Stich gelassen hatte. Sie musste etwas falsch verstanden haben, gewiss würde sie morgen früh als Erstes in sein Gesicht sehen. Trotz ihrer Beschwörungsversuche, dass alles gut werden würde, wuchs das Unbehagen. Es raubte ihr den Schlaf, und als sie schließlich doch noch einnickte, wurde sie von einem dunklen Traum gepeinigt. Mit einem Schrei auf den Lippen fuhr sie hoch, um festzustellen, dass die Wirklichkeit noch bedrohlicher als der Traum war. Sie rieb sich eben schlaftrunken und mit vagen Kopfschmerzen die Augen, als sich die Tür öffnete und Pablo im Rahmen erschien. Sonst sah er sie immer höhnisch und herausfordernd an, diesmal konnte sie seinen Gesichtsausdruck nicht deuten. In jedem Fall wirkte er müde, mitgenommen und gerade deswegen so … gefährlich. Quälte es ihn, dass sein Bruder sich von ihm losgesagt hatte? Valeria wollte es immer noch nicht glauben. Sie erhob sich hastig, ging wortlos an Pablo vorbei und blickte sich suchend nach Valentín um. Doch er saß nicht am Tisch, wo eben etwas Maisbrei als Frühstück aufgetischt wurde. Vielleicht war er draußen bei den Pferden, vielleicht war er nur …
»Er ist fort«, erklärte Pablo plötzlich scharf.
Valeria unterdrückte die Panik, senkte den Kopf, um zu verbergen, wie sehr ihr seine Worte zusetzten, und nahm schnell am Tisch Platz. Sie versuchte, etwas zu essen, denn sie musste

bei Kräften bleiben, und sie gab auch weiterhin vor, dass ihr Valentíns Verschwinden nichts ausmachte, aber während der ganzen Entführung hatte sie sich nie so elend gefühlt wie in diesen Augenblicken. Es war nicht einfach nur die Furcht vor Pablo, die ihr zu schaffen machte, oder das Gefühl, von Gott und der Welt verlassen worden zu sein, sondern die Kränkung über einen Verrat, den sie nicht hatte kommen sehen, und die Enttäuschung, auf den Falschen gesetzt zu haben.

Sie war sich sicher gewesen, irgendetwas in Valentín tief zu berühren, so wie die Begegnung mit ihm sie unweigerlich verändert hatte, doch in Wahrheit konnte sie ihm nicht viel wert gewesen sein, sonst hätte er sie niemals seinem Bruder und dessen Männern ausgeliefert. Am liebsten hätte sie geweint, stundenlang, tagelang, bis sie keine Kraft und Tränen mehr hatte – aber sie wusste: Sie durfte sich keine Blöße geben und Pablo gar nicht erst auf den Gedanken bringen, sie zu verhöhnen und seine schlechte Laune an ihr auszulassen. Also verhielt sie sich so unauffällig wie möglich und hob ihren Blick erst, als sie fortritten.

Bis jetzt hatte sie vor Valentín im Sattel gesessen, doch der hatte schließlich sein Pferd mitgenommen, und sie hoffte darum, dass sie fortan mit Tshepo oder Pinon reiten würde. Nicht dass sie ihnen vertraute. Aber von allen Blicken waren ihre die dumpfsten, folglich am wenigsten anzüglich. Doch zu ihrem Schrecken nahm ausgerechnet Pablo sie vor sich aufs Pferd.

Sie machte sich so steif wie möglich, konnte aber dennoch die Berührung seines Körpers nicht vermeiden. Seinerseits schien ihm diese gar nicht so unangenehm zu sein. Anfangs geschah es eher zufällig, dann wurde es immer augenscheinlicher, dass er mit voller Absicht über ihren Körper strich und durch ihr Haar fuhr. Anders als sonst hatte sie keinen Sinn für die Landschaft. Selbst wenn sie an blühenden Wiesen vorbeigeritten wären, hätten diese doch wie ein finsteres Tal angemutet. Je länger sie vor Pablo saß, desto unbedeutender wurde ihre Enttäuschung über Valentíns Verrat, und zurück blieb nackte Angst. Selten hatte Pablo seine Züge so unter Kontrolle gehalten wie an diesem Tag, aber genau das war ein alarmierendes Zeichen, weil es umso heftiger in ihm brodelte.

Als sie zu Mittag rasteten, rückte sie so weit wie möglich von ihm ab. Zunächst schien er sie nicht länger zu beachten, aber dann stellte er sich plötzlich vor sie und brüllte: »Mitkommen!«

Sie erstarrte, und da sie nicht gleich reagierte, packte er sie brutal am Arm. Sie schrie auf – doch keiner der Männer regte sich, um einzuschreiten. Sie starrten stumpfsinnig ins Feuer oder machten sich über ihr Mittagsmahl her, während Pablo sie fortzerrte.

Valeria blickte sich hektisch nach Hilfe um, doch weit und breit war kein Haus zu sehen, nur Felder, ein Tümpel und ein Wäldchen. Als sie den Schatten der Bäume erreichten, ließ er sie los, und kurz war es eine Wohltat, nicht länger seinen schmerzhaften Griff zu fühlen. Doch im nächsten Augenblick wuchs ihre Angst und schnürte ihr die Kehle zu.

Breitbeinig stand Pablo vor ihr – und seine Miene war nicht mehr kalt, sondern voller Wut und ... Schmerz.

»Erklär es mir!«, schrie er. »Erklär mir, was in meinem Bruder vorgeht!«

Hilflos blickte sie zu ihm hoch.

»Ich habe ihn nie verstanden, und jetzt noch weniger als zuvor!«

Pablo hieb heftig die Füße in den Boden. Erdkrümel regneten auf ihr Gesicht. Sie duckte sich, doch plötzlich fasste er sie erneut am Arm. Seine Bewegung war so ungestüm, dass sie

glaubte, er würde ihr die Schulter ausrenken. Er presste sie gegen den Baumstamm, und die rauhe Rinde zerkratzte ihr die Kopfhaut. Noch unerträglicher war, seinen Körper zu fühlen, wie er sich an sie drückte.
»Ich dachte immer, er wäre viel zu weich, zu schwach, zu feige. Aber warum hat ihn dann unsere Mutter so sehr geliebt? Sie war keine Frau, die Schwächlinge mochte, sonst hätte sie nie und nimmer meinen Vater genommen. Und wie beglückt sie Valentín immer angesehen hat, wenn er seine Lieder sang und ihr Geschichten erzählte! Ich habe auf der Plantage gearbeitet, bis meine Hände voller Blasen waren, mein Rücken krumm und meine Füße blutig, aber mich hat sie nie so angesehen, kein einziges Mal!«
Seine Speicheltröpfchen benetzten Valerias Gesicht. Kurz wurde sein Griff locker, aber als sie sich losmachen und an ihm vorbeihuschen wollte, packte er sie wieder, diesmal an der Kehle.
»Als unsere Mutter und Schwestern starben, hatte er keine Zeit mehr, Lieder zu singen«, fuhr Pablo knurrend fort. »Wir kämpften Seite an Seite im Krieg, wir töteten Feinde, wir wollten sie beide rächen, obwohl sie ihn mehr geliebt hat als mich. Doch nun ... nun hat er alles verraten. Nicht nur mich, sondern auch sie. Er begreift nicht, dass er ihr letztlich so viel mehr schuldig war als ich.«
»Vielleicht ...«, setzte Valeria mit heiserer Stimme an, »vielleicht wünscht sich eure Mutter nicht Rache, sondern dass ihr glücklich werdet. Und vielleicht hat Valentín das erkannt und ist deswegen gegangen.«
Einen Augenblick blickte Pablo sie verwirrt an, fast so, als wüsste er nicht, was Glück bedeute. Dann hob er seine Hand und schlug ihr ins Gesicht. Sie duckte sich, so dass er nur die Schläfe traf, nicht ihre Lippen, aber dennoch war die Wucht

des Schlages so heftig, dass sie erst gegen den Baum prallte, dann auf den Waldboden fiel und dort einmal um die eigene Achse rollte. Als sie sich aufrappeln wollte, stand er über und drückte sie nieder.

»Du warst es!«, brüllte er. »Du hast seine Erinnerungen an unsere Mutter geweckt. An deiner Seite wurde er wieder jener weiche Mann von einst. Ich frage mich: Kannst du das aus mir auch machen? Einen Mann, der noch fühlen kann?«

Er schüttelte sie, bis ihr Haar ins Gesicht fiel und sie nichts mehr sah. Ihr Kopf dröhnte, und sie schmeckte Blut – sie hatte sich wohl auf die Lippen gebissen. Völlig wehrlos lag sie unter ihm, als er unvermittelt begann, an ihrer Kleidung zu zerren.

»Nicht ... bitte nicht.«

Er hörte nicht auf, sondern öffnete nun auch seine Hosen. Dass er nichts mehr sagte, war kein Trost – im Gegenteil. Sie schüttelte sich die Haare aus dem Gesicht und sah in seinem Gesicht nicht einmal Lust oder Gier, nur Verbissenheit.

Grimmig knetete er ihre nackte Haut und hinterließ rote Flecken. Sie wehrte sich hartnäckig, als er ihre Beine auseinanderdrückte, und als er sich auf sie legte, zerkratzte sie sein Gesicht. Er zuckte nicht einmal zurück, presste sie nur noch brutaler zu Boden und hob abermals die Hand, um auf sie einzuschlagen.

Sie schloss die Augen, wappnete sich gegen den Schmerz, glaubte, das Klatschen schon zu hören, noch mehr Blut zu schmecken.

Doch der Schlag blieb aus. Statt des Klatschens erklang ein dumpfes Poltern.

Als Pablos schwerer Leib reglos auf ihren sank, wuchs ihre Panik. Sie dachte schon, unter ihm zu ersticken wie damals unter Jorge, strampelte mit den Beinen, konnte sich aber nicht

von der Last befreien. Doch dann wurde der Körper zur Seite gerollt, und Valentíns Gesicht beugte sich über ihres. Er hielt ein Messer in der Hand, mit dessen Knauf er auf den Bruder eingeschlagen hatte. Er schien ihn an der Schläfe getroffen zu haben, wo der Schlag einen roten Fleck hinterlassen hatte.
»Mein Gott, ist er etwa …?«
»Nein, er atmet noch und kommt sicher bald zu sich. Wir müssen schleunigst weg von hier.«
Er zog sie an den Armen hoch und riss sie mit sich. Verspätet durchflutete sie die Erleichterung, dass sie gerettet war, vor allem aber, dass er sie nicht im Stich gelassen hatte.
»Ich dachte, du hättest mich einfach …«
Wieder fiel er ihr ins Wort, ehe sie den Satz zu Ende bringen konnte: »Ich musste Pablo vorspielen, dass ich ohne dich ginge. Nur auf diese Weise konnte ich euch unauffällig folgen und nun die Gelegenheit nutzen. Los, beeilen wir uns, selbst wenn Pablo nicht so bald erwacht, könnten die anderen auf uns aufmerksam werden.«
Nicht weit von der Stelle, wo Pablo über sie hergefallen war, hatte Valentín sein Pferd angebunden. Er half ihr beim Aufsteigen, setzte sich hinter sie und gab dem Tier die Sporen. Valeria fühlte sich noch ganz benommen nach den Schlägen, dem Gerangel und dem ausgestandenen Schrecken, doch der Wind, der ihr ins Gesicht blies, vertrieb die schlimmen Erinnerungen. Wie sie da vor Valentín im Sattel saß, fühlte sich ihr Körper, dessen Glieder eben noch geschmerzt hatten, mit einem Mal ganz leicht an, ganz so, als würde sie fliegen. Pablos grobe Berührungen waren ihr unerträglich gewesen, aber an Valentín klammerte sie sich ohne Scheu. Nichts Fremdes, Beängstigendes verhieß er, nur die tröstliche Gewissheit, dass er ihr Beschützer war, dass er sich gegen seinen Bruder entschie-

den hatte und dass er ihretwegen seinem Lebensweg eine neue Richtung gegeben hatte – genauso wie sie dem ihren. Sie wusste nicht, wohin er führen würde, wusste nur, dass sie nichts in ihrem Leben je so genossen hatte wie diesen Ritt, die Freiheit, die er versprach, die Ungebundenheit, das Abenteuer. Nie wieder wollte sie darauf verzichten.

Nach einer Stunde hielten sie an einem Bach, auf dessen glitzernde Oberfläche hohe Bäume ihre Schatten warfen, und tranken, bis ihr Durst gestillt war. Nach all der Aufregung und Anstrengung hatte Valeria das Gefühl, nie etwas so Köstliches geschmeckt zu haben wie dieses klare, kalte Wasser.

Als sie sich erhob und den Mund abwischte, merkte sie, dass Valentín sie anstarrte. Seine Wangen waren gerötet, seine Miene war ernst – und ernst klangen auch die Worte, die er so unbeirrbar vortrug, als spräche er einen Schwur. »Es war ein Fehler, es nicht schon früher getan zu haben, aber nun werde ich nicht länger zögern, dich in deine Heimat und zu deiner Familie zurückzubringen.«

Wochenlang hatte sie genau darauf gehofft, aber nun fühlte sie keine Freude – nur Sorge. »Aber wenn du uruguayischen Boden betrittst, bringst du dich in Gefahr!«

»Sei's drum – dieses Wagnis will und muss ich eingehen. Ich fürchte nur, dass du weitere Strapazen auf dich nehmen musst, bis wir es geschafft haben.«

Sie trat zu ihm. »Das macht mir nichts aus, solange wir nur zusammen sind.«

Eine Weile blieb er steif stehen, schien ihre Nähe, die Wärme ihres Körpers zu genießen, doch dann trat er kopfschüttelnd zurück. »Du wirst besser dran sein, wenn du mich endlich los bist«, murmelte er.

»Aber das will ich doch gar nicht!«, begehrte sie auf. »Ich war früher nicht glücklich, zumindest nicht so wie jetzt … Ich will nicht, dass wir eines Tages voneinander scheiden. Ich will an deiner Seite leben, und …«

Ein Ausdruck von Rührung huschte über sein Gesicht, aber auch von Zweifel und Schmerz. »Für jemanden wie dich und mich gibt es unmöglich eine gemeinsame Zukunft!«, rief er gequält. »Zu viel steht zwischen uns. Zu viel trennt uns.«

Sie rang nach Worten, um ihm zu widersprechen, doch ihr fielen keine ein. Sie musste ihn anders überzeugen. Wieder trat sie auf ihn zu, und ehe er erneut zurückweichen konnte, umarmte sie ihn. Zärtlich strich sie über seine muskulösen Arme, seine von der Sonne gegerbte Haut, seine rauhen, gleichwohl weichen Lippen. Sie hörte, wie sein Atem immer schwerer ging.

»Valeria …«

Sie umklammerte ihn noch fester. »Jetzt in diesem Augenblick steht nichts zwischen uns«, flüsterte sie, und bevor er noch etwas sagen konnte, presste sie ihre Lippen auf seine. Kurz verharrten sie so, ehe er seinen Mund öffnete, ihre Zungen miteinander verschmolzen und ihre Zähne wegen der Hast und Gier aneinanderschlugen.

Als sie wenig später auf die feuchte Erde sanken, sie ungeduldig an seinem Gewand zu zerren begann, er nicht minder ungestüm ihre Hosen öffnete und seine schwieligen Hände über ihre Oberschenkel wanderten, dachte sie, sie müsse wahnsinnig sein, dies nicht nur zuzulassen, sondern selbst zu fordern. Aber die Heftigkeit ihrer Gefühle und ihres Verlangens vertrieb jedes Zögern. Sie wollte ja wahnsinnig sein, sie wollte alle Vernunft ablegen wie ihre Kleidung, sie wollte sich diesem blinden Rausch ganz und gar überlassen. Sie wollte nichts denken – weder an die Bedrohungen, die hinter ihr lagen, noch an die, die noch kommen würden, weder an den Krieg, der die Länder ihrer Vorfahren entzweite, noch den Hass, den nicht nur Pablo, sondern alle Welt ihnen entgegenbrachte – sie wollte nur fühlen: die würzige Erde unter ihrem Rücken, die rauhe Rinde des Baums, die gegen ihren Kopf scheuerte, das kalte Wasser des Bachs, das ihre Füße umspülte. Vor allem wollte sie seinen Körper spüren, so schwer und doch so weich, so wild und doch so zärtlich. Als er über die Spitzen ihrer Brüste streichelte, wähnte sie Feuerzungen auf der Haut tanzen, die erst ihren Bauch entflammten, dann das verborgene Dreieck zwischen ihren Schenkeln. Als seine Hände jenem Kribbeln folgten, stockte ihr der Atem. Jetzt fühlte sie weder Erde noch Rinde noch Wasser, nur seine Haut auf ihrer, als würden sie zu einem Leib verschmelzen. Während seine Hand immer tiefer wanderte, die intimste Stelle ihres Körpers berührte und in ihrer Feuchtigkeit badete, erforschte sie auch seinen Körper, fühlte das gekräuselte Haar auf der rissigen Haut, fühlte die Muskeln seines Bauches, fühlte schließlich, nach kurzem Zögern, sein heißes, hartes Geschlecht, dessen Spitze warm und feucht war. Sie lächelte, als er stöhnte, und befürchtete nicht länger, er könnte im letzten Augenblick zurückweichen. Nein, sein Wille war von der Lust gebrochen, die er suchte – und fand. Als er sich auf sie legte und sich in sie grub, fühlte sie einen spitzen Schmerz, der sich in kleinen Wellen über den ganzen Körper ausbreitete, doch als sie verebbt waren, kehrten jenes Kribbeln und jene Hitze zurück, die sie die Welt vergessen ließ. Wieder vernahm sie ein Stöhnen, diesmal kam es aus dem eigenen Mund. Es klang fremd wie der keuchende Atem, die spitzen Schreie, das leise Klatschen, als sich ihre Körper im Gleichtakt voneinander lösten und wieder zusammenfanden. Nur als sie den Gipfel der Lust erklommen, wurde es plötzlich ganz still. Sie riss die Augen auf, starrte ihn an und versank in das dunkle, warme Braun seiner Iris.

Als sie später nebeneinanderlagen und er über ihre Schultern streichelte – bedächtiger nun und zärtlich –, hielt jene Stille an. Erst als er sich von ihr löste und sich aufrichtete, wagte er es, sie zu brechen. »Ich habe von der Wirtin in der Herberge erfahren, dass es neue Kampfhandlungen gibt«, sagte er heiser. »Nach der kurzen Waffenpause scheint der Krieg wieder neu auszubrechen.«
Ihr Körper, eben noch so warm, fühlte sich plötzlich klamm an. »Willst du für dein Land kämpfen?«, fragte sie leise.
»Ich will, dass du in Sicherheit bist.« Er trat in den Bach, um sich zu waschen, ehe er sich ankleidete, und sie tat es ihm gleich. Sie bedauerte, seinen Geruch abzuwaschen, doch das kalte Wasser belebte sie.
Später nahm er ihre Hand, um ihr ans Ufer zu helfen, und sie genoss diese Berührung. Doch ihrem Blick wich er aus.
»Wir dürfen keine so langen Pausen mehr einlegen – womöglich verfolgt uns Pablo. Je eher wir erst Argentinien, dann Uruguay erreichen, desto besser.«
Nichts lag in seiner Stimme, das von dem Schmerz kündete, seinen Bruder zu verlassen und seine Heimat zu verraten. Doch Valeria wusste, wie groß das Opfer war, das er für sie brachte, das ihn zu ihrem Helden werden ließ, in seinem Land aber zum feigen Deserteur. Kein Fleckchen auf dieser Welt gab es nun, auf dem er willkommen und sicher war – nur in ihren Armen.
Dieses Opfer muss sich lohnen, dachte sie, ich verspreche dir – es muss sich für dich … für uns beide lohnen.

22. Kapitel

Auf dem Rückweg nach Montevideo durchkreuzten Claire und Luis das fruchtbarste Gebiet Uruguays, den Rincón de las Gallinas, wo ständig wilde Rebhühner hochflatterten. Die Landschaft wurde wieder etwas eintönig, aber nie so karg wie in den Steppengebieten: Feines, etwa ein Fuß hohes Campos-Gras bewuchs die sanften Hügel und raschelte unter den Hufen ihrer Pferde. In der Nähe der Stadt Mercedes reihte sich Hacienda an Hacienda, wo einträglicher als anderswo Pferde und Rinder gezüchtet wurden. Nie war Claire so großen Herden wie hier begegnet: Schon die kleineren zählten fünfhundert Tiere, andere bis zu zweitausend. Und gemeinsam mit den Rindern grasten Schafe und Pferde.
»Das meiste Fleisch des Landes stammt von hier«, erklärte Luis. »Aber auch wenn sich hier viele Viehzüchter eine Existenz aufbauen konnten – es ist ein hartes Geschäft, nicht zuletzt, weil es zu wenig Knechte gibt und diese noch dazu oft faul sind und davonlaufen, wenn Stürme oder Ungewitter aufziehen. Die Tiere sollten eigentlich in der Nacht in ein Gehege getrieben werden, aber die Hirten vergessen es häufig oder haben keine Lust dazu.«
»Das würde dir nie passieren, würdest du hier auf dem Land arbeiten«, sagte Claire und musste lachen, weil seine Stimme empört und ungläubig geklungen hatte, als er von den faulen Knechten sprach.
»Dir doch auch nicht«, erwiderte er ernsthaft.

Das konnte sie nicht leugnen. Verglichen mit Luis, kam sie sich oft verwegen vor, aber insgeheim schätzte sie am meisten an ihm, dass er ihr so ähnlich war – vernünftig, besonnen und verlässlich.

Leider neigte sich ihre gemeinsame Zeit dem Ende zu, und schon jetzt hatte sie große Angst vor dem Augenblick, da sie sich von ihm verabschieden würde. Was würde aus ihnen werden, wenn sie nach Montevideo zurückgekehrt waren? Würde er sich einfach zurückziehen und wieder zur Tagesordnung übergehen?

Sie hatte geglaubt, der Kuss würde neue Nähe schaffen, doch bedauerlicherweise hatte er eher das Gegenteil bewirkt: Anstatt ihr seine Liebe zu gestehen, wie sie es insgeheim erhofft hatte, hatte er sich dafür entschuldigt, dass er ihr zu nahe getreten wäre und ihre Notlage ausgenützt hätte. Es nützte nichts, darauf zu pochen, dass er sie nicht überrumpelt hatte – dass sie ihn vielmehr zuerst geküsst hatte. Fortan redeten sie über die Landwirtschaft, die Flora und Fauna und die Reiseroute – aber nicht über sie beide und nicht, wie es weitergehen sollte. Mehr als einmal stand Claire knapp davor, ihn noch einmal zu küssen und ihre Gefühle für ihn zu bekennen, aber am Ende hielt sie jedes Mal die Angst davon ab, dass er noch distanzierter reagieren würde.

Die Hügel wurden immer höher, der Boden wurde grauer, und die Wege waren von Felsen übersät, als sie die Sierra de las Ánimas erreichten, Uruguays höchstes Gebirge.

Das Reiten wurde zunehmend mühselig, und Luis erklärte eines Tages, sie müssten der Pferde wegen eine längere Pause einlegen. Claire war sich nicht sicher, ob er wirklich die Tiere schonen wollte und nicht vielmehr sie, aber die Lüge kam ihr recht. Auch wenn er ihre Gefühle nicht erwiderte, war sie dennoch froh über jeden Augenblick, den sie an seiner Seite verbrachte.

Sie kehrten in San José ein – einem kleinen Ort mit einer turmlosen Kirche, ein paar erstaunlich schönen Häusern und einer kreisrunden Plaza, an der diverse Läden grenzten. Sie standen an allen vier Seiten offen, und hier konnte man nicht nur Seife, Glas, Metall oder Nahrungsmittel und Getränke kaufen, sondern auch Billard spielen.

Eines der Gebäude war ein Wirtshaus, wo sie sich stärkten. Claire hatte nie sonderlich viel Appetit gehabt, doch seit dem Aufbruch kam ihr jeder Bissen wie ein Verrat an Valeria vor. Sie aß stets nur so viel, wie es nötig war, um nicht mit hungrigem Magen schlafen zu gehen, und ließ auch heute den Großteil des gebratenen Huhns und den Fladen für Luis übrig. Ehe der sich an den Tisch setzte, sprach er mit dem Wirt, um Erkundigungen einzuziehen, und als er wiederkehrte, war er blass im Gesicht und rührte das Essen nicht an.

»Ich fürchte, ich habe schlechte Nachrichten ...«

Claire stockte der Atem. »Hast du irgendetwas von Valeria gehört?«

»Nein, wie sollte ausgerechnet hier jemand von ihr wissen?«

»Was ist es dann?«

Luis seufzte. »Allen Beteiligten war stets klar, dass der Krieg gegen Paraguay nur vorübergehend zum Erliegen gekommen ist. Anscheinend sind die Kampfhandlungen neu ausgebrochen. Die Allianz hat ihre Wunden ausreichend geleckt und nun neue Vorstöße unternommen. Offenbar ist das erklärte Ziel, Humaitá einzunehmen.«

»Humaitá?«, fragte Claire verständnislos.

»Das ist eine Festung nördlich jenes Punktes, wo der Río Paraná und der Río Paraguay zusammenfließen. Sie liegt inmitten malariaverseuchter Sümpfe und ist strategisch von höchster Bedeutung, denn hier werden durch schwere, über den Fluss gespannte Eisenketten sämtliche Schiffe an der Weiter-

fahrt gehindert. Um das Hinterland zu besetzen, muss die Allianz Humaitá kontrollieren.«
Claire sah ihn betroffen an. »Womöglich ist Valeria längst in unmittelbarer Nähe der Kämpfe.«
»Keiner weiß im Augenblick, wo sie stattfinden und wie erbittert der Widerstand der Paraguayer ausfällt.«
»So oder so – ihre Entführer werden in dieser Lage nicht so schnell Verhandlungen mit den de la Vegas' aufnehmen. In Friedenszeiten wäre das denkbar gewesen, nicht im Krieg.«
Luis schien nach Worten zu ringen, die ihr Mut machen sollten, aber es fielen ihm keine ein. »Es ... es tut mir leid«, murmelte er lediglich.
»Wir müssen so schnell wie möglich nach Montevideo zurück.«
Er nickte. »Morgen früh brechen wir zeitig auf, aber für heute ist es zu spät. Es wird bald dunkel.«
Claire war sich immer darüber im Klaren gewesen, dass der Waffenstillstand nur eine vorübergehende Atempause war – warum sonst hätte Julio Waffen importiert und die Paraguayer sie gestohlen? Aber insgeheim hatte sie an der Hoffnung festgehalten, dass Valeria zurückkommen würde, ehe die Kämpfe neu begannen. Doch nun ...
Ich kann mir nicht einmal sicher sein, dass sie noch lebt, dachte sie. Wie unwahrscheinlich ist es, dass sie wohlbehalten nach Hause zurückkehrt!
Während der letzten Wochen hatte sie stets die Fassung wahren können, doch nun liefen ihr plötzlich Tränen aus den Augen. Mit gesenktem Kopf verließ sie die Gaststube und stieg hoch in das kleine Zimmer, das sie gemietet hatten. Bis jetzt hatte es Luis, der wie so häufig im Stall schlafen würde, nicht betreten, aber heute folgte er ihr, wenngleich er unschlüssig auf der Schwelle verharrte.

»Es tut mir so leid«, wiederholte er.

Claire kämpfte um ein Lächeln und wollte ihm beteuern, dass er sich keine Sorgen um sie machen müsste, sie würde damit schon fertig werden, es treffe sie nicht unvorbereitet, sie wäre stark genug, es zu ertragen, doch als sie den Mund aufmachte, brachte sie nur ein Schluchzen hervor.

Da gab es kein Halten mehr für ihn. Er eilte auf sie zu, nahm sie in die Arme und zog sie an sich. Sie weinte nun hemmungslos, weil sie so verzweifelt war – und fühlte sich zugleich unendlich beschützt und getragen. Es war ein fremdes Gefühl. Ihr Leben lang hatte meist sie für andere die Verantwortung übernommen – nicht nur für Valeria, auch für ihren Vater. Carl-Theodor war eigentlich kein schwacher Mensch, aber immer so melancholisch, und in seiner Nähe hatte sie sich stets verpflichtet gefühlt, die Unnahbarkeit der Mutter wettzumachen, indem sie sich als fröhliche, liebevolle Tochter gab. Alle düsteren Gedanken, alle Sorgen und Nöte musste sie von ihm fernhalten. Luis jedoch verlangte keine Schonung von ihr – Luis war ein Mann, der jede Prüfung stoisch trug und vor einer weinenden Frau nicht zurückwich.

Er strich ihr über die Haare, etwas ungelenkig und verlegen, aber er hörte nicht auf damit. »Süße, tapfere Claire ...«, flüsterte er.

»Ich bin nicht tapfer, im Gegenteil«, rief Claire unter Tränen. »Valeria nannte mich immer Hasenfuß.«

»Hättest du sie so verzweifelt gesucht, wenn es so wäre?«

»Trotzdem ... Wenn mir das Gleiche widerfahren wäre wie ihr, ich wäre schon vor Angst gestorben.«

»Nun, du wärst nicht so dumm gewesen, nächtens eine Lagerhalle voller Waffen zu betreten.«

»Sie hat gar nicht gewusst, dass es Waffen waren und ...«

Sie hielt inne, denn es war müßig, weiterzusprechen. Sie wollte nicht mit ihm reden, sie wollte ihn umarmen, sie wollte ihn … küssen.

Sie zögerte nicht länger, sondern tat es einfach. Und er wich nicht zurück, brachte nicht die übliche Distanz zwischen sie, sondern erwiderte den Kuss ganz selbstverständlich. Noch schöner war es als beim ersten Mal, seine Lippen zu fühlen und seine Zunge zu schmecken, noch inniglicher – und noch verzweifelter, weil sie beide den Gedanken an den Krieg nicht abschütteln konnten.

Bald genügte es ihr nicht mehr, ihn zu küssen. Sie nahm seine Hand, seine rauhe, aber wohlgeformte Hand, küsste auch sie, zog sie dann zu ihrem Gesicht, zu ihrer Brust. Die Kleidung wurde ihr lästig – die eigene ebenso wie seine Uniform. Sie wollte ihn so gerne ohne diesen Schutzmantel sehen, wollte erleben, was zutage trat, wenn sein Pflichtgefühl von ihm abfiel. Sie ahnte, dass die gleiche Leidenschaft in ihm steckte wie in ihr – eine viel heftigere, als man an Menschen wie ihnen beiden vermuten konnte. Sie wollte sich so gerne den Flammen dieser Leidenschaft überlassen, ganz und gar, so dass nichts von der nachdenklichen, ängstlichen, vernünftigen, sorgenvollen Claire übrig blieb – nur von der Claire, die ihn liebte und begehrte.

Doch plötzlich zuckte Luis zurück.

»Nicht, das … das geht zu weit«, stammelte er mit belegter Stimme.

Kurz war sie zutiefst beschämt, dass er sie für ein leichtfertiges, ehrloses Frauenzimmer halten könnte. Sie atmete schwer. Doch ehe sie sich rechtfertigen konnte, erkannte sie, dass er nur sich selbst Vorwürfe machte – nicht ihr.

»Ich wollte deine Trauer nicht ausnutzen«, erklärte er hastig. »Es käme mir nie in den Sinn, deine Ehre zu beflecken.«

»Das tust du nicht – ich ... ich liebe dich doch.« Sie wusste es seit Tagen – es in seiner Gegenwart auszusprechen, war jedoch etwas anderes, als es bloß zu denken.
Ihre Kehle zog sich zusammen. Dies ist der wichtigste Augenblick in meinem Leben, dachte sie plötzlich.
Sein Schweigen währte lange, doch endlich bekannte er mit einer Ernsthaftigkeit, als würde er auf die Bibel schwören: »Ich liebe dich auch.«
Er hatte sich von ihr gelöst, rückte nun noch weiter ab und sah sie durchdringend an. »Willst du mich heiraten?«, fragte er.
»Aber natürlich!«, stieß sie hervor. Sie überbrückte die Distanz, küsste ihn abermals, viel vorsichtiger nun und zärtlicher. Er erwiderte den Kuss, zog dabei jedoch ihre Bluse wieder zurecht, die sie zuvor beiseitegeschoben hatte.
»Ich werde selbstverständlich bei deinem Vater vorsprechen«, erklärte er, als sie wieder zu Atem kamen.
»Er wird keinen besseren Schwiegersohn als dich finden.«
»Trotzdem. Ich will alles richtig machen.«
Claire lächelte, bevor die Sorgen wieder übermächtig wurden.
»Aber ich kann dich natürlich nicht heiraten, ehe ich weiß, was aus Valeria geworden ist.«
Er nickte düster. »Und ich kann dich nicht heiraten, ehe dieser Krieg vorüber ist. Dieser verfluchte Krieg.«

Ein neues Jahr war angebrochen, und seine ersten Tage waren unerträglich heiß. Gnadenlos brannte die Sonne auf Valentín und Valeria herab, als diese sich durch das Land schlugen – und auf die vielen Toten.
Nach der kurzen Atempause zeigte sich das Ungeheuer Krieg so gierig wie nie zuvor, hatte seinen Rachen weit geöffnet und verschlang, wer immer ihm zu nahe kam. Valeria und

Valentín gelang es zwar, den großen Schlachten auszuweichen, dennoch wurden sie Zeugen von kleineren Scharmützeln. Nicht immer standen sich dabei die Feinde von Angesicht zu Angesicht gegenüber. Die Mangrullos – so hießen die Beobachtungsposten – hockten verborgen im Gebüsch und auf Bäumen und schossen auf alles, was sich bewegte. Einmal wären sie selbst um ein Haar getroffen worden und konnten gerade noch rechtzeitig in ein Feld fliehen und sich dort zu Boden werfen. Stundenlang warteten sie, atmeten flach und wagten es erst weiterzugehen, als sich die Nacht über das Land senkte.
Andere hatten weniger Glück, wie die vielen Leichen oder frischen Gräber bezeugten. Die meisten Toten trugen Uniform, aber sie stießen auch auf zahlreiche Zivilisten. Und die Aasgeier kreisten nicht nur um Gefallene, sondern auch über den Kadavern von Tieren, die achtlos auf den Straßen lagen. Viele Pferde starben nicht nur in den Schlachten, sondern verhungerten oder wurden gnadenhalber von ihren Besitzern getötet, um einem langsamen, quälenden Sterben zuvorzukommen.
»Schon in den ersten Kriegsjahren waren Mais und Heu oft knapp«, erklärte Valentín, »und wurden nur an die Pferde der Offiziere verteilt.«
Valeria wunderte sich nicht, dass der Nachschub oft ausblieb: So viele Felder lagen brach, und selbst dort, wo man im Frühling die Saat ausgebracht hatte, wurde das überreife Getreide nicht geerntet, weil Arbeitskräfte fehlten. Und manchmal kamen sie zu Siedlungen und Gehöften, wo die Menschen weinten, weil ihre Vorratskammern in Feuer aufgegangen waren.
»Die Ernte von einem ganzen Jahr – einfach dahin!«, riefen sie verzweifelt.

Erst dachte Valeria, dass die Heere der Allianz schon so tief ins Land vorgedrungen waren und diesen Schaden angerichtet hatten, doch die Bauern berichteten, dass es paraguayische Soldaten gewesen wären, die alles vernichtet hätten.
»Warum machen sie denn das?«, fragte sie ungläubig.
»Es ist die Taktik der verbrannten Erde, die Francisco Solano Lopez anwendet«, antwortete Valentín düster. »Auf diese Weise verhungert sein eigenes Volk – aber das fremde Heer eben auch.«
Valeria war entsetzt über die Grausamkeit des Diktators, musste aber noch öfter erleben, dass es in diesem Krieg keine Gnade zu geben schien.
Einmal begegneten sie einer Gruppe Frauen und Kinder, die ihre Wagen selbst zogen, da sie keine Maultiere und Ochsen mehr besaßen.
Für gewöhnlich versteckten sie sich vor allen Menschen aus Furcht, dass man Valentín für einen Deserteur halten oder sofort einziehen könnte, aber weil weit und breit kein Soldat zu sehen war, traten sie auf die Frauen zu und fragten sie nach Neuigkeiten.
Die Gesichter kündeten von großem Schrecken. Eine Weile starrten sie Valeria und Valentín nur mit offenen Mündern an, brachten jedoch kein Wort hervor. Selbst die Kinder quengelten oder stritten nicht, sondern waren verstummt.
Immer wieder mussten sie behutsam fragen, was ihnen nur zugestoßen war, ehe eine Frau zu weinen begann, eine andere ins Schluchzen einstimmte und eine dritte mit brüchiger Stimme von dem zurückliegenden Grauen berichtete.
Eine Truppe Kavalleristen aus Argentinien war in ihr Dorf eingefallen. Obwohl sie auf keine Gegenwehr stießen, hatten sie sich einen Spaß daraus gemacht, Frauen und Kinder mit Lanzen aufzuspießen oder mit Säbeln zu zerstückeln. Das La-

zarett mit den Verwundeten kreisten sie erst ein, dann brannten sie es mitsamt den Patienten darin nieder.
»Sie wollten Munition sparen«, schloss die Frau. »Deswegen haben sie die meisten von uns wie Tiere abgeschlachtet.«
»Und du ... wie bist du ihnen entkommen?«
»Ein Soldat hatte Mitleid. Er hat mich nur vergewaltigt, aber hinterher keine Lust, mir auch den Säbel in den Leib zu stoßen. Er hat gelacht – so laut und so lange gelacht, bis ihm Tränen in die Augen kamen.«
Valeria erschauderte. Auch andere Frauen erzählten nun ihre Geschichte. Die meisten Worte klangen wirr, und Valeria hoffte bei vielen Schilderungen, sie würde insgeheim etwas falsch verstehen. Aber selbst wenn es so gewesen wäre – ihre starren Blicke erzählten von sinnlosem Blutvergießen, verrohten Menschen und unbeschreiblichem Leid, von Gewalt, Folter und Tod. Nachdem sie die Frauen eine Wegstrecke begleitet hatten, verabschiedeten sie sich wieder. Keiner erklärte, wohin er unterwegs war – wohl um nicht daran zu rühren, dass es in diesem geschundenen Land keinen sicheren Ort mehr gab, wohin man flüchten konnte.
Einige Tage später begegneten sie einer Lazaretttruppe. Mehrere Ärzte und Krankenschwestern brachten ihre Patienten offenbar vor nahen Kampfhandlungen in Sicherheit. Zunächst hielten sich Valentín und Valeria wohlweislich versteckt, aber dann erkannten sie, dass ein Rad von einem der Wagen gebrochen war, und Valentín wollte seine Hilfe nicht verweigern. Niemand fragte, warum er sich mit einer Frau durchs Land schlug – vielmehr wurde von neuen Schrecknissen berichtet.
»Wir haben nicht nur gegen Kriegsverletzungen zu kämpfen«, sagte einer der Ärzte, »sondern gegen Masern, Ruhr und Pocken. Die Krankheiten sind unter den Paraguayern so plötzlich aufgetreten, dass der Verdacht naheliegt, sie sind ab-

sichtlich von den Argentiniern eingeschleppt worden. Und die Männer, die nicht daran erkranken, leiden an schrecklichem Hunger.«

Als sie später dem Zug nachblickten, senkte sich angespanntes Schweigen über sie. Valeria fühlte sich erschöpft wie nie. Selbst in Pablos Gegenwart hatte sie sich nie so bedroht und zugleich ausgelaugt gefühlt wie auf dieser Reise durch die Hölle. Am liebsten hätte sie sich irgendwo im Wald verkrochen, um nichts mehr zu sehen und zu hören, vor allem, um Valentín an sich zu ziehen, zu umarmen und ihm all die düsteren Gedanken auszutreiben. Aber sie wusste, dass es unmöglich war und dass er entsetzlich litt, auch wenn er nicht laut klagte, nur schließlich leise feststellte: »Das Land geht langsam, aber sicher zugrunde.«

»Bereust du es?«, fragte sie bang. »Ich meine, dass du mit mir gekommen bist. Fühlst du dich schuldig, dass du deinen Bruder im Stich gelassen hast?«

»Mein Bruder würde mich töten, wenn ich jetzt vor ihn träte. Für ihn bin ich ein Verräter, und es war richtig, mich von ihm loszusagen. Aber meine vielen Landsleute ... Ich sollte mit ihnen leiden ... und kämpfen.«

»Dann tu es!«, rief sie eindringlich. »Du musst dich mir nicht verpflichtet fühlen. Folge deinem Herzen!«

Er schüttelte den Kopf. »Ich kann dich nicht alleinlassen. Nicht zu wissen, dass du gut nach Hause kommst, würde ich nicht ertragen. Nein, es gibt keinen Weg zurück. Ich habe mich entschieden – und muss damit leben. Ich bin nicht länger Pablos Bruder oder Paraguays Sohn.«

Aber was bist du dann?, fragte sich Valeria, sprach es jedoch nicht laut aus. Sie gingen weiter, und sie fühlte, dass es ihm jeden Tag, da sie auf neue Tote und Zerstörung trafen, mehr das Herz zerfraß. Würde etwas übrig bleiben, um sie zu lieben? Um irgendwann ein neues, glückliches Leben zu beginnen?

So schuldig, wie er sich an seinen Landsleuten fühlte, fühlte sie sich an ihm.

»Du hast doch immer davon geträumt, in Europa zu studieren«, sagte sie, um ihn auf andere Gedanken zu bringen. »Vielleicht gibt es jetzt eine Möglichkeit. Mein Onkel Carl-Theodor ... er wird uns sicher helfen. Wir können nach Frankfurt reisen und dort ...«

Sie brach ab. In Frankfurt warteten ihre Eltern, die ihre eigene Tochter nie verstanden hatten und gewiss nicht gutheißen würden, dass sie einen Paraguayer, obendrein ihren Entführer, liebte.

»Ehe wir überlegen können, wie es weitergeht, müssen wir erst einmal heil nach Montevideo kommen«, sagte Valentín.

Die erste Wegstrecke brachten sie noch schnell hinter sich – eine ungleich größere Herausforderung war es, allein auf dem Río Paraguay zu reisen. Da Valentín es als zu gefährlich befand, zu zweit den Dschungel zu durchqueren, galt es, eine viel längere Strecke als beim ersten Mal auf dem Wasser zurückzulegen. Zwei Hindernisse konnten sie zwar aus dem Weg räumen: So fanden sie ein leckes Floß als Fortbewegungsmittel, dessen Lücke Valentín schloss; überdies baute er aus Ästen Ruder, mit denen sie nur langsam, aber stetig vorankamen. Und dass ihr Proviant längst zur Neige gegangen war, ließ sich wettmachen, indem er jede Menge Kleintiere und Fische fing.

Doch auf eine andere Bedrohung waren sie nicht vorbereitet gewesen. Das letzte Mal waren sie auf dem Fluss nur wenigen anderen Booten begegnet – nun kamen ihnen immer wieder Kriegsschiffe entgegen: kleine Kanonenboote ebenso wie bewaffnete Dampfer. Jedes Mal legten sie rasch am Ufer an und zogen ihr Boot an Land, versteckten sich im Gebüsch und beteten, nicht entdeckt, von keiner giftigen Schlange gebissen oder von Jaguaren angefallen zu werden.

Die Tiere blieben fern, als würden sie den Krieg riechen, doch als einmal zwei feindliche Schiffe zusammenstießen, wurden sie nicht nur Zeugen einer grausamen Schlacht, sondern fielen ihr beinahe selbst zum Opfer.

Die paraguayische Marine, die ansonsten in der Minderheit war, griff ausnahmsweise mit einer Flotte aus mehreren Schiffen ein brasilianisches Dampfschiff an. Schüsse fielen, Geschrei brach los, das Wasser schlug wilde Wellen. Immer wieder kam es zu Explosionen, und sie mussten sich tief ducken, um nicht von Splittern getroffen zu werden.

Nachdem sie sich eine Weile im Dickicht verkrochen hatten, wagte sich Valentín kurz hervor, um die Lage auszukundschaften.

Kopfschüttelnd kehrte er zu ihr zurück. »Die Torpedos der paraguayischen Flotten sind selbstgebastelte Dinger. Man nimmt Glaskapseln, füllt sie mit Schwefelsäure und Chlorat aus Pottasche und Zucker und umwickelt das Ganze mit Baumwolle. Das Problem ist, dass die meisten von ihnen schon vorher zur Explosion kommen und die eigenen Leute verletzen. Nur die wenigsten durchschlagen den Panzer der brasilianischen Dampfer.« Er wollte fortfahren, aber der Rest der Worte ging in neuerlichem Krachen unter. Rasch warf er sich in den Schatten eines Baumes, dessen Äste fast bis zum Boden hingen, und zusammengekauert warteten sie in schwüler Luft und von Insekten umsurrt, dass die Kampfgeräusche leiser wurden.

Unheimliches Schweigen folgte auf die letzten Schreie und Schüsse. Als sie sich aus dem Dschungel hervorwagten und ihr Boot, das gottlob heil geblieben war, wieder ins Wasser stießen, sahen sie Leichen im Wasser treiben.

»Schau nicht hin!«, befahl Valentín knapp.
Valeria wollte das eigentlich nur zu gerne beherzigen, doch sie riskierte trotzdem einen kurzen Blick – und sah Unfassbares. »Gütiger Himmel!« Sie deutete auf einen Leichnam in Uniform. »Das ist ja eine Frau!«
Valentín nickte düster. »Lopez zieht alle ein, die eine Waffe halten können. Kinder, Greise – und eben Frauen.«
»Wahrscheinlich hofft er, auf diese Weise zu siegen.«
»Nein, ich glaube nicht, dass er noch Hoffnung hat. Doch wenn er schon zugrunde geht, will er sein ganzes Volk mit ins Verderben reißen.«
Abermals schwiegen sie eine Weile. Sie ruderten an diesem Tag nicht lange, legten bald wieder an und schliefen aneinandergekuschelt ein. Für gewöhnlich wagte Valeria es nicht, ihm tröstend über den Kopf zu streichen, denn sie wusste: Den Kummer, der ihn trieb, konnte und wollte er nicht mit ihr teilen. Aber an diesem Tag wollte sie nicht auf ein Zeichen verzichten, das ihre Liebe und ihr Mitleid bekräftigte, und er ließ es zu und seufzte ebenso wohlig wie verzweifelt.
Jene Nacht war die letzte heiße. Es folgten Regentage, die die Welt grau und den Fluss zu einem reißenden Gewässer machten. Während des ganzen Tages prasselten dicke Tropfen auf sie ein, und sie konnten sich durch nichts schützen. Abends versuchte Valentín, ein notdürftiges Dach aus Ästen zu binden und mit Rindshäuten abzudecken, und tatsächlich konnten sie darunter manchmal für einige Stunden im Trockenen sitzen, obwohl die Luft so schwül war, dass die Kleidung weiterhin durchnässt an ihrem Körper klebte. Doch manchmal kamen Stürme auf, ebenso heftig wie plötzlich, die die notdürftige Unterkunft zerstörten und sie erneut der Nässe preisgaben. Anstatt zu schlafen, saßen sie zitternd aneinandergepresst. Trotz aller Qualen, die sie in jenen Stunden durchlitt – Valeria

ahnte, dass sie sich Valentín nie wieder so nahe fühlen würde wie in diesem Augenblick. Sie küssten und liebten sich, um sich zu wärmen, um nicht zu verzweifeln und um dem Gefühl zu entgehen, in dieser Hölle allein zu sein.
Meistens bewachte er ihren Schlaf – nur einmal nickte er völlig erschöpft vor ihr ein.
Sie betrachtete lange sein schlafendes Gesicht, fühlte Zärtlichkeit, Liebe – und nach wie vor Schuld.
Sie summte eines der Lieder, das sie von ihm gelernt hatte, lauschte seinem Atem, der so gleichmäßig tönte wie das Rauschen des Regens, und tat einen stillen Schwur: Ich werde dich nie im Stich lassen. Vielleicht wird es mir eines Tages gelingen, die Traurigkeit in deinen Augen zu besiegen und dir eine neue Heimat zu schenken.

Mit Pablo und seiner Truppe war Valeria mehr als zwei Monate unterwegs gewesen – der Weg zurück dauerte fast doppelt so lange. Nach einigen Wochen überquerten sie mit einem kleinen Boot den Río Paraná und erreichten Argentinien, nach weiteren Tagen überschritten sie in einer dichtbewaldeten Gegend die Grenze nach Uruguay – oder glaubten das zumindest. Ganz sicher konnten sie sich nicht sein. Erst nachdem sie tagelang weder Gefallenen noch Flüchtenden begegneten, wuchs die Überzeugung, dass sie Valentíns Heimat endgültig verlassen hatten.
Auf die Wälder folgte die Pampa, und das schmale Bächlein, an dem sie entlanggingen, mündete irgendwann in einem Fluss. Valentín behauptete, dass es der Río de la Plata sei, der sie zum Meer lotsen würde – und nach Montevideo.
Auch jetzt mussten sie sich noch oft verstecken – nicht vor Kampfhandlungen, aber vor den vielen Truppen, die Richtung Nordwesten unterwegs waren. Valeria lernte, sich auf

alle erdenklichen Arten unsichtbar zu machen, beim kleinsten Geräusch zu erwachen und so schnell zu laufen wie die vielen Tiere der Steppe. Vor allem lernte sie, den Gedanken daran zu verdrängen, was ihnen zustoßen würde, fielen sie in die Hände des Militärs.

Einmal wurden sie trotz aller Vorsicht von einem Soldaten gesehen, doch der marschierte nicht mit einer Truppe, sondern krümmte sich mit angstvollem Gesicht hinter einem Gebüsch. Als er sie erblickte, erschrak er nicht minder wie sie selbst.

Valentín deutete auf seine Uniform. »Du bist Paraguayer wie ich ... und desertiert, nicht wahr?«

Der Mann nickte, sagte jedoch kein Wort – das Grauen schien ihm die Sprache geraubt zu haben. Valeria hatte Mitleid mit ihm und hätte ihm gerne angeboten, sie zu begleiten, aber Valentín lehnte es rundweg ab.

»Sieh doch, der Mann ist völlig zerstört. Er ist nicht stark genug, sich im Feindesland unauffällig durchzubringen. Gehen wir mit ihm, reißt er uns mit ins Verderben.«

So selbstsüchtig und grausam seine Worte auch klingen mochten – Valeria wusste, dass er recht hatte, und gab nach.

Immer noch ernährten sie sich von erlegten Tieren oder Fischen, doch ihre Kleider wurden immer dreckiger und zerrissener. Hätte jemand behauptet, sie wären nicht seit Monaten, sondern vielmehr seit Jahren unterwegs gewesen – sie hätte es geglaubt. In den kalten Nächten wärmten sie sich immer noch, aber sie liebten sich kaum mehr, weil Erschöpfung und Ekel vor dem eigenen stinkenden Körper jede Lust erstickten.

Irgendwann wurden die Häuser, die den Fluss säumten, zahlreicher, das Rauschen in der Ferne wurde lauter. Nicht mehr lange, dann würden sie das Meer erreichen – und mit ihm die

Hauptstadt. Obwohl Valeria nicht in Montevideo aufgewachsen war, trieb ihr der Anblick der schaumgekrönten blauen Fluten, die eines Tages sichtbar wurden, Tränen in die Augen. Unwillkürlich erinnerte sie sich an den Tag ihrer Ankunft, wie leicht das Leben damals noch gewesen war und wie verheißungsvoll die Zukunft.

Valentín musterte sie bestürzt, und ihr gelang es nicht, den Aufruhr der Gefühle vor ihm zu verbergen. »Vielleicht wäre es besser, wenn sich unsere Wege hier trennen!«, rief er entschlossen. »Ohne mich bist du besser dran.«

Valeria schluckte die Tränen hinunter und schüttelte energisch den Kopf. »Ich liebe dich! Ich will mit dir zusammen sein.«

»Wenn man merkt, wer ich bin, dann wirst du ...«

»Für meinen Onkel zählt es gewiss nicht«, unterbrach sie ihn scharf. »Er wird uns helfen.«

Sie nahm Valentíns Hand und zog ihn weiter. Seine Miene wirkte skeptisch, doch er sprach seine Zweifel nicht aus, und ihre Zuversicht wuchs mit jedem Schritt.

Ja, auf Onkel Carl-Theodor war immer Verlass gewesen. Bestimmt würde er sie nicht im Stich lassen. Nur noch ein, zwei Tage, und sie würden Montevideo erreichen. Und dann würde alles gut werden.

23. Kapitel

Carl-Theodor hatte nie zu den Männern gehört, die mit Alkohol das aufgewühlte Gemüt beschwichtigten und beim geselligen Zusammensein mit anderen Trinkfreudigen Entspannung fanden, doch seit Wochen verbrachte er die Abende in einem Wirtshaus. Es wurde von einer deutschen Einwanderin geführt, was bedeutete, dass die Tische sauberer waren als die der anderen Gaststätten und das Bier wie in der Heimat schmeckte. Er trank gerade so viel, dass er noch Herr seiner Sinne blieb, hinterher jedoch so müde war, dass er schnell und traumlos einschlief.
Heute blieb er ausnahmsweise weit über Mitternacht hinaus in der Gaststube hocken, denn größer noch als die Erschöpfung war der Widerwille, ins Haus der de la Vegas' heimzukehren. Insgeheim schämte er sich dessen. Schließlich mied er nicht nur Julio und Leonora, sondern auch Claire, die eigene Tochter. Vor einigen Wochen war sie von der vergeblichen Suche nach Valeria heimgekehrt – zutiefst traurig, in Sorge und verstört. Doch so erleichtert er auch gewesen war, sie wieder sicher an seiner Seite zu wissen, fühlte er sich in ihrer Gegenwart unendlich hilflos: Unmöglich konnte er ihr Hoffnung geben, zumal Claire ein vernünftiges Mädchen war, in dem längst selbst die Einsicht gereift sein musste, dass es Valeria womöglich niemals wiedersehen würde, vor allem nicht jetzt, da der Krieg mit ganzer Härte neu ausgebrochen war. Anstatt aber mit ihm zu trauern, zog sich Claire von aller Welt zurück, und Carl-Theodor gelang es nicht, die Kluft zu

überbrücken, sondern wurde von einer eigentümlichen Lähmung ergriffen. Er wusste, am besten wäre er sofort mit Claire abgereist, doch nicht nur sie weigerte sich beharrlich, Montevideo zu verlassen – auch ihm fiel es schwer, Entschlüsse zu treffen und umzusetzen.
Diese Lethargie war ihm nicht fremd. Früher hatte sie ihn meist an Antonies Seite befallen, deren Gesellschaft er am besten ertrug, wenn er sich weitgehend tot stellte. Wie aus weiter Ferne schien er dann sich selbst zuzusehen, in einem Leben gefangen, das er nur ertrug, nicht genoss, und das sich anfühlte, wie in der Kleidung eines Fremden eingezwängt zu sein.
Ein wenig hatte ihn noch Espes Gegenwart aus der Melancholie gerissen, die vor einigen Wochen angereist war. Sie war die Erste, vor der er die Wahrheit schonungslos bekennen konnte, dass Valeria nämlich so gut wie tot war – und nicht länger Hoffnung heucheln zu müssen, hatte ihm unerwartet Trost gespendet. Doch Espe war nicht lange genug geblieben, um ihm mit ihrer ruhigen, besonnenen, weisen Art zu helfen, die Lethargie abzuschütteln. »Meine Schwester lebt im Landesinneren«, hatte sie verkündet. »Sie hat das zweite Gesicht, vielleicht kann sie mir sagen, wo Valeria ist.«
Carl-Theodor war erstaunt gewesen, denn er hatte nicht gewusst, dass Espe noch Verwandtschaft in Uruguay hatte. Er musste sich eingestehen, dass er sich nie sonderlich für sie interessiert hatte, nie nachgefragt, woher sie kam und warum sie treu an Rosas Seite stand. Die ganze Familie, dachte er bekümmert, sie lebt nebeneinanderher, anstatt miteinander …
Nur Claire und Valeria standen sich nahe, und ausgerechnet die beiden waren nun womöglich für immer getrennt …
Seit Espes Aufbruch war er noch häufiger aus dem Haus der de la Vegas' geflohen – und hatte noch mehr getrunken.

Schritte näherten sich, er blickte hoch und sah die Wirtin auf sich zukommen.

Er wusste, dass sie Susanna Weber hieß und aus Lüneburg stammte, kaum mehr. Sie hatten zwar schon des Öfteren miteinander geplaudert, aber ihre Gespräche begrenzten sich auf das Wetter oder den unseligen Krieg. Einmal hatte sie erwähnt, dass sie nach dem Tod ihres Mannes das Wirtshaus allein führte – ein hartes, anstrengendes Geschäft, aber nichts, dem sie nicht gewachsen war. Mit ihrer dunklen Stimme konnte sie mühelos den Angestellten Befehle erteilen, die Betrunkenen nach Hause schicken und den Zechprellern einheizen. Natürlich kostete es Kraft, sich diesen Respekt zu verschaffen. Ihr einstmals wohl blondes Haar war verblichen und stand immer etwas wirr vom Kopf ab, ihr Gesicht war voller Kerben, der Gang schwer. Trotzdem fand Carl-Theodor sie schön – gerade weil sie von den vielen Anstrengungen gezeichnet war. Ihre Augen blickten wach, ihr breiter, rundlicher Körper wirkte warm. Sie glich einem jener knorrigen Bäume hierzulande, die sich mit kargem Boden begnügten, dem Wind trotzten und dennoch dann und wann Blüten trieben, und schien ihm alles in allem ehrlicher als kühle Schönheiten wie Antonie.

Susanna blickte auf seinen Bierhumpen: »Das ist aber der letzte«, erklärte sie.

Bestürzt erhob er sich. »Ist etwa schon Sperrstunde? Das tut mir leid! Ich habe die Zeit übersehen.«

Sie legte ihre Hand auf seine Schultern und drückte ihn energisch zurück auf die Bank. »Keine Sorge, hier gelten spanische Gesetze. Es wird später gegessen und länger getrunken, und so etwas wie Sperrstunden kennt man nicht. Natürlich bleiben Sie noch, aber Sie trinken nicht mehr so viel.«

Ihre Stimme klang streng, und er fügte sich gerne und nahm nur zögerlich einen weiteren Schluck.

Anstatt in die Küche zurückzukehren, setzte sie sich zu ihm auf die Bank.
»Das heißt, Sie bleiben nur, wenn Sie mir erzählen, was Sie so traurig macht«, fügte sie hinzu.
Er blickte sie verwundert an. »Was meinen Sie?«
»Wir kennen uns schon eine Weile, und darum ist mir nicht entgangen, wie kummervoll jüngstens Ihre Miene ist, Señor Gothmann. Wirklich glücklich wirkten Sie nie, aber jetzt ...«
»Nun ja ...«, begann er zögernd. Wie verführerisch es war, den Mund aufzumachen und zu reden, bis er alles losgeworden war – die vielen Sorgen um Valeria, die bittere Einsicht, dass sie wohl nicht mehr lebte, das schlechte Gewissen, weil er doch die Verantwortung für sie trug. Schließlich auch den Kummer angesichts der wachsenden Entfremdung von ihm und seiner Tochter, und sein Zaudern, nach Deutschland zurückzukehren und Rosa und Albert die Wahrheit zu berichten.
Kurz zögerte er, aber als Susanna ihm aufmunternd zunickte, sprudelte es förmlich aus ihm heraus. Er sprach mindestens eine Viertelstunde, anfangs wirr und schnell, später mit langen Pausen und brüchiger Stimme.
Susanna lauschte aufmerksam und voller Mitleid.
»Dieser verdammte Krieg«, sagte sie schlicht, nachdem er geendet hatte.
Erst jetzt merkte er, dass sie immer näher an ihn herangerutscht war, und auch, dass die Gaststube längst leer und er mit ihr allein war.
»Ich sollte nun wirklich gehen.«
»Nein, Sie bleiben«, widersprach sie resolut. »Ich glaube nämlich nicht, dass Ihr Kummer nur von Valeria rührt.«
»Aber ...«
»Sicher waren Sie schon vor dem Verschwinden Ihrer Nichte kein glücklicher Mann.«

Er fühlte sich ertappt und rang nach Worten, es abzustreiten, doch er fand keine. »Ich müsste glücklich sein!«, rief er und war bestürzt, weil er so verzweifelt klang. »Ich meine, ich habe eine wunderbare Tochter, ich durfte viele Reisen machen, was ich immer liebte, ich besitze genügend Geld … Na ja, ich bin Witwer, doch der Tod meiner Frau war kein unerträglicher Schicksalsschlag. Wir standen uns nie sonderlich nahe, vor allem nicht in den letzten Jahren ihres Lebens. Als sie starb, habe ich um sie getrauert – doch ich habe es verwunden.«

»Aber etwas anderes anscheinend nicht.«

Sie betrachtete ihn lange, und ihn überkam tiefes Erstaunen, dass ausgerechnet diese Frau auf den Grund seiner Seele sah – und dass es ihm so leichtfiel, ihr diesen Blick zu gewähren.

»Ich werde das Gefühl nicht los, dass mein Leben einer Tasse aus Porzellan gleicht«, bekannte er heiser. »Schön anzusehen, mit rosa Blümchen bemalt, aber voller Risse. Stets befürchte ich, sie könnte zerbrechen und danach niemals wieder gekittet werden. Und dass sie zu kostbar ist, um sie ordentlich zu füllen. Man nippt nur daraus, man trinkt nicht gierig. Und deswegen wird mein Durst nie gelöscht und bekomme ich nie genug … nie genug Wärme … nie genug Liebe. Ich gebe ja gar nicht den anderen die Schuld – vielleicht liegt es auch an mir. Ich bin doch selbst so unbeholfen, gerade jetzt. Niemand steht mir nahe wie meine Tochter, aber trösten kann ich sie dennoch nicht! Und es geht ja nicht nur um Trost … Wissen Sie, sie vergeht in schrecklichen Sorgen, aber sie vertraut sich mir nicht an. Valeria würde sie alles sagen, das war immer schon so, doch mich meint sie ständig schonen zu müssen. Solange Antonie lebte, konnte ich ihr die Schuld für die kühle Atmosphäre in unserem Haus geben. Aber manchmal denke ich mir, ich bin womöglich so kalt und hart wie sie …«

Wieder hatte Susanna aufmerksam gelauscht und ihn kein einziges Mal unterbrochen.

»Wenn Sie kalt und hart wären, würden Sie nicht so offen mit mir reden«, sagte sie ruhig. Sie strich über seine Hand, nahm sie dann und drückte sie. Es erschreckte ihn, und kurz wollte er sie ihr entziehen, aber dann unterließ er es. Es war gar zu tröstlich, hier mit ihr zu sitzen.

»Ich verstehe nicht, warum Albert und Rosa – Valerias Eltern – nicht längst angereist sind«, klagte er. »Ich selbst habe die Lage zwar beschönigt, aber dennoch: Sie ist doch ihr einziges Kind! Warum treibt sie die Sorge nicht hierher! Ich bin so wütend auf die beiden, obwohl ich mich selbst nicht aufraffen kann, das Nötige zu tun.«

»Das da wäre?«

»Nun, heimzureisen und ihnen die ganze Wahrheit zu sagen. Dass es seit Monaten kein Lebenszeichen von Valeria gibt – und darum kaum Hoffnung, dass sie jemals wieder heil nach Hause zurückkehrt.«

Er seufzte. Nachdem nun alles gesagt war, saßen sie eine Weile schweigend beisammen. Sie hielt seine Hand, er trank sein Bier. Dieser Geschmack, herb, bitter, aber zugleich stärkend, würde ihn künftig wohl immer an Susanna denken lassen. Sie hatte nichts Süßliches an sich wie der Wein und auch nicht dessen benebelnde Wirkung. Selten hatte er so klar auf sein Leben geblickt, selten war er so bei sich gewesen, anstatt sich aus weiter Ferne zu beobachten wie einen Fremden.

»Es tut mir leid«, murmelte er nach einer Weile. »Ich rede die ganze Zeit nur von mir und frage nie nach Ihnen.«

Sie zuckte die Schultern. »So viel gibt es über mich nicht zu sagen.«

»Nun, Sie führen erfolgreich dieses Wirtshaus; Sie haben sich im Ausland eine Existenz aufgebaut. Das ist eine ganze Menge.«

Sie nickte nachdenklich. »Das stimmt. Und das macht mich stolz, wenn auch nicht glücklich.«
Er studierte ihr Gesicht und fühlte kurz die eigenen Gedanken gespiegelt. »Und was hält Sie davon ab, glücklich zu sein?«
Zum ersten Mal senkte sie ihren Blick, während sie leise ihre Lebensgeschichte erzählte. Als sie mit ihrem Mann hierhergekommen war, war sie noch voller Hoffnung, Lebenshunger und Neugierde gewesen, überzeugt, alle Ziele zu erreichen, und so naiv zu glauben, das Leben fügte sich schon den eigenen Wünschen, packte man es nur bei den Hörnern wie einen wilden Stier. Aber dann war ihr Mann früh gestorben, das einzige Kind, das sie geboren hatte, auch, und alle Kräfte, die in ihr wuchsen, waren darin aufgegangen, das Geschäft zu halten. Anfangs wollte sie Geld verdienen, um wieder in die Heimat zurückzukehren, aber je mehr Zeit verging, desto unschlüssiger wurde sie, was eine mögliche Heimkehr anbelangte. »Erst wollte ich meiner Familie nicht unter die Augen treten, weil ich das Gefühl hatte, gescheitert zu sein. Und mittlerweile ist meine Familie tot.«
»Aber Sie sehnen sich immer noch nach Deutschland.«
»Es geht mir ein wenig wie Ihnen«, bekannte sie, »ich wüsste, was zu tun wäre, kann mich aber nicht aufraffen und sehe mir selbst aus der Ferne zu, wie ich Tag für Tag verstreichen lasse.«
Er drückte seinerseits ihre Hand, doch nun war sie es, die sie ihm entzog und sich rasch erhob.
»Es hat mir gutgetan, mit Ihnen zu reden«, sagte er laut. Still dachte er: Selten habe ich mich jemandem so nahe gefühlt.
Falls sie ahnte, was ihm durch den Kopf ging, so sprach sie es nicht an. »Was werden Sie jetzt tun?«, fragte sie schlicht.
Energisch stellte Carl-Theodor den Bierhumpen auf die Tischplatte. Das dumpfe Geräusch fuhr ihm durch Mark und

Bein. »Eine Nacht drüber schlafen«, sagte er hastig, »und spätestens morgen eine Entscheidung treffen.«
Sie nickte lächelnd, doch ihr Blick blieb traurig. Er war sich nicht sicher, woher dieser Schmerz rührte: Weil sie selbst keine Kraft fand, eine Entscheidung herbeizuführen – oder weil jener Moment der Nähe zwischen ihnen vorüber war.
Je länger sie schweigend voreinanderstanden, desto schwerer wurde es, in die Stille hinein etwas zu sagen. Am Ende beugte er sich vor und umarmte sie flüchtig. Sie roch nach Bier, nach gebratenem Fleisch und nach ... Feuerholz. Sie roch sehr gut.

Totenstille erwartete ihn im Haus, als er heimkehrte – sämtliche Dienstboten waren mittlerweile schlafen gegangen. Es machte ihm nichts aus, da er sich hier mittlerweile auch im Finstern zurechtfand, doch als er den ersten Stock betrat, bemerkte er, dass es nicht im ganzen Haus stockdunkel war. In seinem Zimmer brannte eine Öllampe, und direkt dahinter saß Claire.
Wie schmal sie aussah, wie blass!
»Klärchen, um Himmels willen!«, entfuhr es ihm. »Warum schläfst du denn nicht?«
Sie blickte hoch. »Ich finde einfach keine Ruhe«, murmelte sie, »ich habe dich gesucht, aber du warst nicht da ...«
»Hast du noch Schmerzen im Bein?«
Als er von ihrem Sturz vom Pferd gehört hatte, hatte ihn sein schlechtes Gewissen fast verrückt gemacht. Kaum auszudenken, was alles hätte passieren können. Sie hätte sich eine schlimmere Verletzung als einen Beinbruch zuziehen oder gar von einer Kugel getroffen werden können. Niemals hätte er sie allein nach Valeria suchen lassen sollen ... und jetzt wäre es wohl am besten, sie so schnell wie möglich nach Hause zu bringen.

Sie schien zu ahnen, was hinter seiner Stirn vorging. »Ach Papa«, sagte sie schnell, »du musst dir keine Sorgen machen. Mein Bein ist gut verheilt.«
»Aber du bist unglücklich«, stellte er fest. »Schließlich hast du sehen müssen, wie Valeria ...«
Sie brachte ihn mit einer abrupten Handbewegung zum Schweigen. Der Gedanke an ihre Cousine schien zu schmerzlich. »Es ist noch etwas anderes, es ist ...«
Sie brach ab.
Carl-Theodor lächelte traurig. Wieder überkam ihn ein schlechtes Gewissen. In der Lethargie der letzten Wochen hatte er geflissentlich ignoriert, dass seine Tochter ihr Herz offensichtlich an diesen Luis Silveira verloren hatte. Er hatte es zwar deutlich gespürt, aber nicht nachgefragt.
»Es hat mit diesem Mann zu tun, nicht wahr?«, fragte er.
Röte überzog ihr Gesicht. »O Papa!«, platzte es aus ihr heraus. »Als wir gemeinsam unterwegs waren ... Ich konnte es manchmal nicht fassen, dass man gleichzeitig so voller Sorge sein kann ... und so glücklich.«
»Und jetzt fühlst du dich immer noch zerrissen.«
»Das allein ist es nicht. Seit unserer Rückkehr nach Montevideo hat sich etwas zwischen uns verändert ...«
»Du meinst, Luis Silveira hegt doch keine ernsten Absichten?«
»Doch, doch. Er ... er hat gefragt, ob ich ihn heiraten will.«
»Oh«, entfuhr es ihm überrascht.
»Papa, ich weiß, du hast dir vielleicht einen anderen Bräutigam vorgestellt, einen reichen Kaufmann, aber ...«
»Darüber mache ich mir keine Gedanken«, unterbrach er sie rasch. »Luis Silveira übt einen ehrenwerten Beruf aus, scheint pflichtbewusst und voller Anstand. Ich bin ihm dankbar, dass er dir in all den Wochen deiner Genesung zur Seite stand, und

hätte ich keinen guten Eindruck von ihm gehabt, hätte ich dich ihm niemals anvertraut, als du dich auf die Suche nach Valeria gemacht hast. Aber wenn er dich heiraten will und du ihn – warum hat er nicht längst bei mir um deine Hand angehalten? Warum seid ihr dann noch nicht verlobt?«

Sie atmete tief durch. »Es ist wegen Valeria ... und dem Krieg. Er will unbedingt warten. Und ich weiß selbst, es ist in dieser Lage eigennützig, nur an mich zu denken und an mein Glück, aber manchmal habe ich Angst ... Angst, dass irgendetwas passiert ... was unsere Heirat verhindert. Luis ist oft so distanziert ... Es ist so schwer, ihm nahe zu sein, und das Glück mit ihm erscheint mir als so zerbrechlich.«

»Ach Claire ...«

Ihm fiel nichts anderes ein, als sie in den Arm zu nehmen.

»Ich gehe davon aus, dass du mich nicht nach Deutschland begleiten willst«, sagte er nach einer Weile.

»Du hast vor, abzureisen?«

»Es ist längst fällig ... Ich will ... Ich muss Tante Rosa und Onkel Albert selbst die schreckliche Nachricht überbringen.«

»Wann hast du diese Entscheidung getroffen?«

»Wenn ich ehrlich bin – gerade eben. Ach, weißt du, Klärchen, mir ist gerade aufgegangen, dass es manchmal gilt, Geduld zu haben – aber manchmal das Leben entschlossen anzupacken. Wenn du das Gefühl hast, mit diesem Luis glücklich zu werden, dann sag ihm das – sag ihm das jeden Tag! An Valerias Geschick und dem Krieg kannst du nichts ändern – schon gar nicht, wenn du auf dein Glück verzichtest.«

Sie löste sich von ihm. »Ich werde dich sehr vermissen.«

Sie wünschte ihm eine gute Nacht und verließ den Raum.

Nachdenklich blickte er ihr nach.

Sie ist ja erwachsen geworden, ging ihm auf. So schrecklich erwachsen ...

Er wusste nicht, ob er darüber froh sein sollte oder tief bekümmert. Claire hatte nie besonders kindlich gewirkt, immer vernünftig vielmehr und so reif, aber jetzt lag etwas in ihrem Blick, das ihm fremd war. Es mochte von der Liebe rühren, die sie für Luis Silveira empfand, aber vielleicht auch von der Begegnung mit der rauhen Wirklichkeit.
Letzteres hätte er ihr gerne erspart, doch er wusste, dass das nicht möglich war. Sie war kein kleines Mädchen mehr, sondern eine erwachsene Frau, die ihre eigenen Entscheidungen traf, und das Einzige, was er tun konnte, war, ihr zu vertrauen.
Seufzend legte er sich aufs Bett und hoffte, ein paar Stunden Schlaf zu finden. Wenn er Glück hatte, legte schon morgen das nächste Schiff nach Hamburg ab.

Leonora wusste nicht genau, wann ihre Verbitterung begonnen hatte, wann sie aufgehört hatte, laut und schallend zu lachen, und seit wann es ihr schwerfiel, sich über die kleinen Dinge zu freuen. Es war ein schleichendes Gift, das ihr Stunde um Stunde das Leben mehr vergällte. So langsam hatte es seine lähmende Wirkung entfaltet, dass sie es erst gar nicht bemerkt hatte. Doch irgendwann hing sie im Netz fest, wie die Fliege bei der Spinne, und ihr blieb einzig die Entscheidung, auf schnelle Bewegungen zu verzichten, die die Qual nur vergrößern würden. Durchs Stillhalten war zwar auch kaum etwas gewonnen, jedoch ein wenig Zeit, bis die Spinne aufmerksam wurde.
Niemand sah ihr an, dass sie zutiefst unzufrieden war, und sie selbst hätte diesen Umstand aufs heftigste geleugnet. Schließlich hätte sie es viel schlechter treffen können: Als Tochter eines Kaufmanns hatte sie als Kind ein angenehmes Leben geführt. Sie war früh mit einem Mann verheiratet worden, den

ihr Vater ausgesucht hatte, ehe sie ihr Herz anderweitig brechen ließ, und Julio war einer, den man aushalten konnte: Er schlug sie nicht, trank zwar gerne, aber nie bis zur Besinnungslosigkeit, und fluchte nicht auf Gott – zumindest nicht in ihrer Gegenwart. Dass sie nur ein Kind und obendrein eine Tochter geboren hatte, war eine schlimme Schmach für ihn, doch offen vorgeworfen hatte er es ihr nie. Sie selbst hatte nie einen Sohn vermisst, und die Geburt eines Kindes einmal im Leben zu durchleiden, genügte in ihren Augen vollends. Sie verstand nicht, dass sie ihre Schwestern ausgerechnet deswegen bemitleideten, anstatt zu erkennen, dass ein anderes Leid sie ungleich mehr quälte – die größte Sehnsucht in ihrem Leben nämlich unerfüllt geblieben war.

Leonora träumte davon, dass Menschen sich nach ihr umdrehten und hinter ihrem Rücken bewundernd über sie tuschelten.

»Wie vornehm sie auftritt! Was für eine vollendete Haltung sie an den Tag legt! Wie prächtig ihre Kleidung anzusehen ist!«

Ja, all das sollte man über sie sagen.

Doch trotz des schönen Hauses, in dem sie lebte, trotz der edlen Einrichtung, die sie hingebungsvoll ausgesucht hatte, trotz feiner Speisen, die sie auftischen konnte – sie fühlte sich wie ein Bauerntrampel und wusste, dass man nicht voller Bewunderung über sie klatschte, sondern voller Spott, und dass sie nicht voller Anerkennung gemustert wurde, sondern voller Hohn.

Leonora machte sich keine Illusionen: Sie war zu fett und ihre Tochter Isabella zu mausgrau. Mit letzterem Umstand konnte sie leben – eigentlich kam es ihr ganz zupass, dass Isabella einen so nichtssagenden Anblick bot, denn gegen eine schönere Tochter wäre sie noch mehr abgefallen –, aber nur die Zweit-

hässlichste, Zweitunscheinbarste in der Familie zu sein, war nichts, worauf sie stolz sein konnte.
Valeria war ohne Zweifel schön – und wenn sie sie früher betrachtet hatte, hatte sie sich insgeheim gedacht, dass die Nichte ihres Mannes genau das junge Mädchen war, das sie selbst immer gerne hätte sein wollen, frisch und lebendig, gut erzogen, aber nicht steif, eine Europäerin, der Schick und Eleganz in die Wiege gelegt worden waren.
Als sie sie allerdings heute erblickte, empfand sie weder Bewunderung noch Neid – nur blankes Entsetzen und ein klein wenig Empörung, von der sie nicht recht sagen konnte, welchem Umstand sie galt: dass Valeria so grässlich anzusehen war – oder dass sie sich keine Mühe gab, sich in diesem Zustand vor ihr zu verstecken.
Leonora war eben die Marktstände entlangflaniert, hatte sich erst mit dem Fischer angelegt, dessen Ware in ihren Augen zu viele Gräten aufwies, dann mit dem Obsthändler, weil dessen Orangen gewiss nicht süß waren, zuletzt mit dem Tuchhändler, weil dessen Stoffe Flecken hatten, als ihr Valeria förmlich vor die Füße gefallen war.
»Tante Leonora! Du musst uns helfen!«
Hätte sie ihren Namen nicht gerufen, sie hätte sie nicht erkannt.
Ihre erste Regung war es, vor ihr zu fliehen und lieber grätigen Fisch, saure Orangen und fleckigen Stoff zu kaufen, anstatt mit ihr gesehen zu werden. Doch sie war zu dick und schwerfällig, um davonzulaufen.
»Valeria …«, stammelte sie.
Leonora hätte sich zu Tode geschämt, so vor jemanden zu treten, den sie kannte: Die Haare waren verfilzt und strähnig, die Füße nackt und verhornt, die Hände rauh und schwielig mit dunklen Halbmonden unter den Nägeln, die Haut war

dreckig und braun wie die von Bauersleuten. Der einst geschmeidige Körper war ausgezehrt wie ein räudiger Straßenköter, der Zug um den Mund streng, die rosigen Apfelbacken waren eingefallen. Nur in den Augen lag ein eigentümliches Leuchten, das Leonora irritierte. Sie war sich nicht sicher, ob es von Fröhlichkeit und Herzenswärme zeugte oder von Irrsinn.

»Valeria ...«, stammelte sie erneut.

Nach dem Markt hatte sie eigentlich in die Apotheke gehen wollen, um eine Creme zur Straffung des Halses zu kaufen – alles war in ihrem Gesicht rundlich, nur der Hals war schlaff –, doch ehe sie auch nur einen Schritt machen konnte, hatte Valeria sie gepackt und in eine Gasse gezogen.

Eine wirre Rede folgte, die Leonora kaum verstand. »Heute zurück nach Montevideo gekommen ... langer Marsch ... durchs halbe Land ... immer wieder verstecken ... Kämpfe ... Schüsse ...«

Das Mädchen musste den Verstand verloren haben!

Mehrmals versuchte Leonora, sie zu unterbrechen, doch ehe sie ein Wort hervorbrachte, erkannte sie, dass Valeria nicht allein unterwegs war, sondern ein Mann an ihrer Seite verweilte, heruntergekommen wie sie, mit finsterer Miene und etwas angstvollem, gleichwohl stolzem Blick. Sein Körper wirkte gedrungen, kräftig und ... gefährlich.

»Bitte, Tante Leonora«, schloss Valeria. »Du hilfst uns doch, oder? Ich wusste nicht, wohin ich mich wenden sollte. Wenn Valentín Großpapa begegnen würde ... oder Onkel Julio ... nicht auszudenken! Ich wollte eigentlich mit Onkel Carl-Theodor reden, aber ich habe gehört, dass er vor einigen Tagen abgereist ist. Und ehe sich eine Gelegenheit bot, Claire abzufangen, habe ich dich gesehen und mir gedacht ... Ach, Tante Leonora, du warst immer so freundlich zu mir!«

Leonora bereute das zutiefst.
»Gütiger Himmel, Valeria!«, stieß sie aus. Zu ihrem Entsetzen ergriff Valeria mit ihrer dreckigen Klaue ihre Hand.
»Tante Leonora, bitte! Es geht nicht nur um mich – sondern vor allem um Valentín! Er darf eigentlich nicht hier sein, er stammt doch aus Paraguay.«
Leonora fielen fast die Augen aus dem Kopf. Darum sah dieser heruntergekommene Fremde ständig über seine Schultern. Er war ein Feind. Mitten auf Montevideos belebten Straßen.
»Zählt er etwa zu den Männern, die dich entführt haben!«, rief Leonora entsetzt.
»Ohne Valentín wäre ich ihnen immer noch schutzlos ausgeliefert. Bitte, Tante Leonora, du musst mir versprechen … Onkel Julio darf nichts von meiner Rückkehr erfahren, noch nicht … Du musst mir helfen, mit Claire zu reden. Sie hat bestimmt eine Idee, was wir nun tun sollen.«
»Wir haben uns solche Sorgen um dich gemacht. Du … du bist doch verschleppt worden und …«
»Ja, von Valentíns Bruder, aber Valentín hat mich befreit. Eine lange Reise liegt hinter uns. Wir sind am Ende unserer Kräfte.«
Leonora musterte sie. Nur langsam reifte ihr Verständnis – umso schneller kam Wut. Sie selbst hatte kein Leben gehabt, das sich verschwenden ließ – aber Valeria, mit ungleich mehr Vorzügen geboren, warf ihres einfach fort. Sie war schön, noch jung, Europäerin, reich – und flehte nun um das Leben eines Paraguayers. Sie war eine Frau, der man wohlwollende Blicke nachwarf, die mit Komplimenten überhäuft wurde und über die niemand spottete – aber anstatt zuzusehen, dass sie sich schleunigst wusch und kämmte und wieder liebreizend kleidete, setzte sie all ihr Trachten darauf, einem Feind zu helfen.

»Tante Leonora, Valentín Lorente ist ein ehrenwerter Mann. Du musst ihm, du musst ... uns helfen.«
Es gab ein *Uns*?
Leonora betrachtete den Fremden erneut. Kurz sah sie ihm sogar in die Augen – und dann gleich wieder erschaudernd weg. Nicht dass er Anstalten machte, sie anzugreifen oder Ähnliches. Doch die Männer aus Paraguay waren schlimmer als Raubtiere, das wusste hier jeder, sittenlos, verroht und grausam. Das Mädchen musste seinen Verstand verloren haben, für solchen Abschaum Hilfe zu erbetteln. Und ausgerechnet Valeria hatte sie beneidet! Ausgerechnet Valeria hatte sie ihrer Tochter als Vorbild hochgehalten! Ausgerechnet Valeria hatte vor ihrer Entführung so viel Bitterkeit in ihr geweckt, weil sie ihr so deutlich vor Augen hielt, was ihr alles fehlte!
Sie überlegte fieberhaft, was sie nun tun sollte.
»Tante Leonora ...«
Leonora hatte große Mühe, ihre Verachtung zu unterdrücken, aber am Ende gelang ihr ein freundliches Lächeln. Es war ihr ja auch immer gelungen, ihre Bitterkeit zu verbergen.
»Ihr kommt am besten mit nach Hause. Keine Angst, dein Großvater ist nicht da ... und Julio auch nicht. Aber Claire freut sich bestimmt, dich zu sehen.«
Warum hatte sie sich jemals geschämt, keine Europäerin zu sein? Warum hatte sie sich in Valerias Gegenwart je unnütz, alt und hässlich gefühlt?
Dass Valeria scheinbar keinen Stolz besaß, war schlimm genug, aber dass es auch an eigenem gefehlt hatte, nahezu unerträglich.
»Denkst du wirklich ...«, setzte Valeria an.
»Jetzt sorge ich erst einmal dafür, dass ihr etwas zu essen bekommt – und frische Kleidung«, unterbrach Leonora sie.

Obwohl es sie zutiefst anwiderte, umarmte sie das Mädchen. »Es wird alles gut werden. Für dich und diesen ... diesen ...«
»Valentín Lorente!«, rief Valeria. Ihr Blick war bang und der des Fremden misstrauisch, aber als Leonora sie mit sich zog, wehrte sich Valeria nicht, und der Paraguayer trottete ihnen nach wie ein treues Hündchen.
Gut so. Um sie in Sicherheit zu wiegen, würde sie ihnen tatsächlich jede Wohltat angedeihen lassen. Doch sobald sie hinter ihrem Rücken Julio informiert hatte und jener die Obrigkeit, würde dieser Schuft nie wieder eine nahrhafte Mahlzeit erhalten. Und Valeria würde bis ans Ende ihrer Tage bereuen, nicht sorgsamer mit den Gaben umgegangen zu sein, die ihr das Leben überreich in den Schoß geworfen hatte.

24. Kapitel

Als Valentín nach langer Ohnmacht erwachte, erwarteten ihn schreckliche Schmerzen. Er wusste nicht genau, was am meisten weh tat – ob das geschwollene Auge, die blutigen Lippen oder der wunde Kiefer, ob der Bauch, der so viele Schläge abbekommen hatte, oder der Arm, den man ihm verdreht hatte. Er wusste auch nicht, wie viel Zeit vergangen und wo er nun gelandet war. Kurz wurde der Schmerz so übermächtig, dass er nicht einmal mehr seinen eigenen Namen wusste – inmitten dieser Schmerzenshölle ein regelrechtes Labsal, war er doch wenigstens von schrecklichen Erinnerungen verschont. Doch die kamen allzu bald wieder – vor allem die, wie ihn die Männer von Valeria fortzerrten, auf ihn einprügelten, ihn in dieses Loch warfen.
Er stöhnte. »Valeria …«
Ob wenigstens sie in Sicherheit war?
Es gelang ihm nicht, ihr Gesicht heraufzubeschwören und sich von diesem Anblick trösten zu lassen. So deutlich ihm vergangenes Leid vor Augen stand – über die glücklichen Stunden schien sich ein Tuch gelegt zu haben. Nur in Gedanken an seine Kindheit konnte er sich flüchten – an jene Stunden, da er sich auf den Schoß der Mutter geflüchtet hatte, wenn Pablo ihn wieder einmal piesackte. Dort war er in Sicherheit – dort fühlte er sich wohl …
Er stöhnte erneut auf. Was nützte es, sich jene angenehmen Stunden zu vergegenwärtigen? Seine Mutter war tot, und die

Feinde, mit denen er jetzt zu tun hatte, waren weitaus hasserfüllter als sein eifersüchtiger Bruder.

Er schluckte, schmeckte sein eigenes Blut und hustete. Der Schmerz zerriss ihn, und ehe er sein Gefängnis betrachten konnte, sank er wieder in Ohnmacht.

Als er zum zweiten Mal erwachte, war der Schmerz nicht mehr ganz so übermächtig, die Erinnerungen an die Ereignisse klarer. Valerias Tante war zunächst freundlich gewesen und hatte sie ins Haus der de la Vegas' gebracht, wo sie sich hatten ausruhen und stärken können. Doch wenig später waren dort Soldaten aufgetaucht, um ihn festzunehmen.

Er hatte gleich eingesehen, dass es sinnlos war, sich gegen sie zu wehren – Valeria nicht. Schützend hatte sie sich vor ihn gestellt, erst ihre Tante beschimpft, dann auch den Onkel, der mit den Soldaten erschienen war. Valentín hatte versucht, sie zu beschwichtigen, doch die Soldaten hatten ihn einfach fortgezerrt.

»Ich werde nicht zulassen, dass dir Übles passiert!«, hatte sie ihm nachgerufen. »Vertrau mir, ich tue alles für dich!«

Aber natürlich konnte sie all das Schreckliche nicht verhindern, das gefolgt war.

Er verdrängte die Gedanken daran und nutzte alle verbliebene Kraft, um sich aufzusetzen. Es schien Ewigkeiten zu dauern, bis er endlich an der Mauer lehnte und sich umblicken konnte. Es war ein winziger Raum, in dem er hockte, der Fußboden klebrig und uneben, die Wände waren grau und kalt. Wahrscheinlich hatte man ihn in Montevideos Gefängnis gesperrt – in eines der alten Forts, wo einst die Soldaten untergebracht waren, die die Stadt vor den Portugiesen schützten. Er wusste nicht genau, wo sich dieses befand, denn er kannte die Stadt nicht halb so gut wie Pablo. Der war vor dem Krieg mit seinem Vater oft hier gewesen, um heimlich und gegen den Willen des Diktators Handel zu treiben. Wären sie aufgeflogen, hätten sie sterben können.

Jetzt würde er selbst sterben – dessen war er sich sicher. Denn egal, wo genau er gelandet war – das Einzige, was zählte, war, dass er von Feinden umgeben war.

Als er hörte, wie ein Schlüssel umgedreht wurde, zuckte er zusammen. Er wollte kein Feigling sein, sondern sich einen letzten Rest Stolz bewahren, aber er konnte nicht umhin, sich unwillkürlich zu ducken und in die nächste Ecke zu robben. Es nutzte ihm nicht. Drei Männer betraten die Zelle und stellten sich alsbald breitbeinig vor ihn. Zwei starrten gleichgültig auf ihn herab, der dritte grinste schief.

»Du bist also ein Gefolgsmann des verrückten Negers?«, fragte er.

Valentín hatte keine Ahnung, was oder wen er meinte. Erst nach einer Weile fiel ihm ein, dass von den Feinden oft behauptet wurde, Francisco Lopez sei das Enkelkind einer Negerin – warum sonst hätte er so wulstige Lippen und eine so breite Nase. Ebenso ging das Gerücht, dass er gar nicht aus Paraguay stammte, sondern aus Santiago del Estero in Argentinien.

Der grinsende Mann packte ihn an der Schulter und riss ihn hoch. Valentín biss sich auf die ohnehin schon geschundenen Lippen, konnte jedoch nicht verhindern, vor Schmerz aufzuheulen. Er wünschte sich, er wäre in diesem Augenblick ein wenig mehr wie sein Bruder. Für Pablo war die Ehre stets das Wichtigste gewesen. Er selbst hingegen trat lieber diese Ehre, als selbst getreten zu werden. »Ich bin ein Deserteur!«, rief er verzweifelt. »Ich will nicht länger auf der Seite Paraguays kämpfen.«

»Soso«, meinte der Mann, »das würde dem Neger aber gar nicht gefallen. Er hat Tausende deiner Landsmänner aus Rache an vermeintlichem Verrat töten lassen.«

»Hier kann er mir nichts tun.«
Der Mann schien zu zögern, sein Grinsen wurde breiter. Säuerlicher Atem traf Valentín. »Das Schlimme ist nur, ich mag auch keine Verräter. Auch wenn sie ganz nützlich sein können.«
Er ergriff Valentíns Kinn, hob seinen Kopf und zwang ihn, ihn anzusehen. Valentíns Kiefer schmerzte so sehr, als würden sämtliche Knochen zermalmt werden.
»Also, was hast du mir zu erzählen?«
Selbst wenn er es gewollt hätte – er hätte nichts sagen können. Der Schmerz höhlte seinen Kopf aus, als er immer weiter hochgezerrt wurde, ein weiterer Mann ihn mit dem Knie in den Bauch stieß, der dritte schließlich seine Kehle umfasste.
»Nun spuck es aus!«
Verspätet begriff er, dass sie Informationen über das paraguayische Heer aus ihm herausprügeln wollten, über geheime Schachzüge, Waffenarsenale, den Aufenthaltsort des Diktators.
Aber er wusste doch nichts davon! Er war ein einfacher Soldat gewesen, der das tat, was sein Bruder anordnete, und Pablo selbst hatte vor dem Krieg nicht zum Heer gehört.
»Mein Vater war ein Plantagenbesitzer …«, stieß er hervor, obwohl er ahnte, dass es ihn nicht retten würde.
»Ihr habt also eigenes Land gehabt? Es heißt doch, Francisco Lopez besitzt fast alles. Es heißt auch, Solano ist geisteskrank und voller wahnwitziger Ideen.« Schrilles Lachen folgte. »Denkt euch, er hat sich in Paris eine eigene Krone anfertigen lassen. Doch die Juweliere in Paris haben ihn betrogen. Anstatt ihm eine Krone zu machen, die der des französischen Kaisers gleicht, haben sie ihm eine geschickt, die wie der Kopfschmuck der äthiopischen Majestät Faustin I. aussieht.«
Der Mann lachte sich nahezu kaputt – ein Laut, der Valentíns

Ohren zu zerreißen schien. »Hast du ihn je mit Krone gesehen?«
»Ich habe ihn überhaupt nie gesehen.«
Es setzte weitere Prügel. »Lüg nicht!«
»Ich bin nur ein einfacher Soldat, ich weiß nicht, was der Diktator plant. Ich habe das Land verlassen, um dem grausamen Krieg zu entkommen.«
Das Lächeln schwand von dem Gesicht des anderen. »Weißt du, ich glaube dir sogar«, meinte er gedehnt. »Ich fürchte nur, dass es wenig Unterschied macht. Hier im Gefängnis gibt es zu viele Wärter, die ihre Brüder in Paraguay verloren haben und gerne ihr Mütchen kühlen würden.«
Sprach's, zuckte die Schultern und wandte sich zum Gehen, ohne erneut zuzuschlagen. Valentín glaubte keinen Augenblick lang, dass das etwas Gutes zu bedeuten hatte.
»Falls du doch etwas Interessantes zu erzählen hast, tu es bald – dann kann ich dich vielleicht schützen. Wenn nicht ...«
Wieder zuckte er mit den Schultern. Als er die Tür erreichte, nickte er zwei weiteren Männern zu, die dort Wache gestanden hatten und nun den niedrigen Raum betraten.
Der Griff um Valentíns Arme wurde fester, und als ihn nun vier Männer umstellten, fühlte er sich wie ein Kaninchen, umzingelt von einer Meute blutdürstiger Hunde.
Er wappnete sich gegen den Schmerz, aber als die Männer auf ihn einzuprügeln begannen, konnte er nicht verhindern, unter jener großen, dunklen Welle unterzugehen. Im Takt ihrer Schläge lachten sie und fluchten auf den Diktator Lopez. Dass er selbst unter diesem zu leiden hatte, hielt sie nicht davon ab, ihn zu quälen, als wäre er der Teufel selbst.
Als er im Meer der Schmerzen endgültig zu ertrinken glaubte, ertönte plötzlich eine Stimme. »Hört auf! Hört sofort auf!«

Er traute seinen Sinnen längst nicht mehr und glaubte, sie gaukelten ihm die Rettung nur vor. Unmöglich, hier im Gefängnis auf einen zu zählen, der Gnade und Erbarmen kannte! Unmöglich, dass die Welt aus anderem bestand als aus Schmerzen! Doch die Schläge hörten tatsächlich auf, die festen Griffe um seine Arme lockerten sich. Als er abrupt losgelassen wurde, taumelte er gegen die Wand und sank zu Boden. Die rettende Stimme fuhr fort, Befehle zu erteilen, doch er verstand nicht, was sie sagte. Er tastete mit seinen Händen nach seinem Gesicht und fühlte kein Fleckchen, das nicht wund, geschwollen oder blutig war. Gewiss würde es nie wieder heil werden.
Schritte näherten sich ihm, jemand beugte sich über ihn. Er duckte sich tief, schlug seine Hände über den Kopf.
»Bitte ...«, stammelte er, »bitte ... Ich ertrage es nicht, ich will endlich sterben.«
Doch er starb nicht – und musste auch keine neuen Schmerzen ertragen. Die Stimme richtete sich an ihn. »Mein Name ist Luis Silveira.«
Er wusste nicht, was er damit anfangen sollte. Eben hatte er noch seinen eigenen Namen vergessen. Und auch dass er ihn wieder wusste, machte keinen Unterschied. Er konnte ihn ja doch nicht aussprechen. Als er den Mund öffnete, kam erst nur ein gequältes Stöhnen hervor, dann spuckte er einen Zahn aus. Er war sich nicht sicher, wo dieser nun fehlte, denn als er mit der Zunge nach dem Loch tasten wollte, war diese gänzlich taub. Er musste sie blutig gebissen haben.
»Claire hat mich gebeten, mich für Sie einzusetzen«, fuhr der Fremde fort. »Claire ist Valerias Cousine ...«
Valeria ...
Kurz vermeinte er, dass ihre Hände in jene Hölle drangen, ihn liebkosten, trösteten und die Hoffnung schenkten, dass alles

gut werden könnte. Doch dann bemerkte er, dass es nicht ihre Hände, sondern die von diesem Luis Silveira waren, die seinen Körper abtasteten.

»Ich würde gerne einen Arzt schicken lassen, aber so weit reichen meine Befugnisse nicht. Das Einzige, was ich erreichen konnte, war, dass Sie nicht länger in den Zuständigkeitsbereich des Heeres, sondern der Polizei fallen …« Die Hände tasteten seinen Bauch ab. »Zumindest scheint nichts gebrochen zu sein.«

»Valeria … Was ist mit Valeria?« Valentín keuchte.

Die Stimme klang mit einem Mal kalt. »Sie sollten sich vor allem um sich selbst sorgen – nicht um sie. Sie ist bei ihrer Familie. Sie hingegen sind nichts weiter als ein Entführer und Dieb. Unter normalen Umständen würde man Ihnen sofort den Prozess machen und Sie aufhängen. Aber jetzt im Krieg kann ich dafür sorgen, dass man Sie vergisst und im Gefängnis verrotten lässt.«

Valentín erschien das mehr Strafe als Gnade zu sein. Er wollte lieber schnell sterben als quälend langsam.

Doch Luis Silveira fuhr fort: »Ich werde Sie ins staatliche Gefängnis verlegen lassen und versuchen, Sie dort vor neuer Gewalt zu bewahren. Ich fürchte nur, dass auch dort genug Männer sind, die nur darauf warten, einen Feind in die Hände zu kriegen.«

»Valeria …«, stammelte er wieder.

»Vergessen Sie sie. Sie kann Ihnen nicht helfen.«

Luis erhob sich.

»Richten Sie ihr aus …«

»Nein!«, zischte der andere unerwartet streng. »Ich helfe Ihnen um Claires willen und weil mir Gewalt gegen einen wehrlosen Mann zuwider ist. Aber ich stehe nicht auf Ihrer Seite, bin schon gar nicht Ihr Freund.«

Valentín sah nicht, wie er ging, sondern hörte nur die Schritte, die sich entfernten. Ehe die Tür wieder ins Schloss fiel, übermannte ihn die Ohnmacht erneut.

Valeria ging unruhig auf und ab. Manchmal wurde die Hoffnungslosigkeit so groß, dass sie sich aufs Bett warf, ihre Augen schloss in der Hoffnung, der Schlaf würde sie von sämtlichen Gedanken erlösen. Doch während ihr ausgezehrter Körper nach der Rückkehr tatsächlich ihr meist den Gefallen getan hatte, den wachen Geist zu besiegen, lag sie nun, da sie wieder zu Kräften gekommen war, immer öfter wach. Selbst wenn sie die Augen geschlossen hielt und sich dem Trug hingab, dass – solange sie nichts von der Welt sah – diese nicht ganz so grausam sei, konnte sie doch nicht leugnen, dass es zumindest Tante Leonora und Onkel Julio waren – nicht nur grausam nämlich, sondern regelrecht gnadenlos.
Sie hatten sich nicht damit begnügt, Valentín verhaften zu lassen – obendrein hatten sie sie auch in ihrem Zimmer eingesperrt, bis sie wieder Vernunft annähme. Je länger sie allerdings dort auf die Wände starrte, desto unwiderruflicher schien jeder Funken Verstand zu schwinden.
Möglichst reglos im Bett zu liegen, half da wenig; wie ein gefangenes Tier den Käfig abzuschreiten, leider auch nicht.
Sobald sich die Tür öffnete, stürzte sie hin, doch meistens war es nur Claire, die ihr Gesellschaft leistete und ihr etwas zu essen brachte. Heute war es frischer Maiskuchen.
»Hier, du musst dich ein wenig stärken …«
Valeria schlug ihr das Tablett aus der Hand. Der Teller zerbrach, der Zucker, der den Maiskuchen bedeckte, füllte die Ritzen des Holzbodens.
»Ich will keinen Maiskuchen!«, schrie sie. »Ich will hier raus!«

Claire ließ bedauernd ihre Schultern hängen. »Du weißt, dass ich nichts tun kann, so gern ich es auch möchte. Ich bin doch selbst nur ein Gast von den de la Vegas'. Das Einzige, was in meiner Macht lag, war, mich an Luis zu wenden. Und immerhin hat er Valentín vor dem Schlimmsten bewahrt.«

»Aber seine Freilassung konnte er nicht erreichen«, sagte Valeria düster.

Sie wusste, sie sollte dankbar sein – dafür, dass Claire den Sturz vom Pferd heil überstanden hatte, dass sie wieder vereint waren und dass sie ihr Möglichstes tat, Valentíns und ihre Lage zu bessern –, aber die Ohnmacht angesichts ihrer Ausweglosigkeit und die Sorge um Valentín schluckten alle anderen Gefühle.

Valeria wandte sich ab und trat zum Fenster. »Onkel Carl-Theodor hätte uns womöglich helfen können …«

Claire nickte. »Aber er ist nicht hier.« Sie bückte sich und hob den zerbrochenen Teller auf.

»Hast du irgendetwas Neues von Valentín gehört?«, fragte Valeria. »Sind seine Verletzungen geheilt? Geht es ihm besser?«

Claire seufzte. »Du weißt doch, Luis darf mir nichts erzählen. Es war gefährlich genug für ihn, Valentín vor den anderen zu beschützen, er kann nicht auch noch …«

»Ist er zu irgendetwas nütze, dein Liebster?«, fiel Valeria ihr wütend ins Wort.

»Ohne ihn wäre Valentín vielleicht schon tot.«

Valeria rang ihre Hände und verknotete sie ineinander. »Ich weiß, ich bin ungerecht«, bekannte sie kleinlaut. »Es tut mir leid. Aber ich habe einfach keine Ahnung, wie es weitergehen soll.« Sie begann, wieder auf und ab zu gehen. »Diese verfluchte Leonora, dieser gemeine Julio!«

Claire schwieg betreten, wusste sie doch genauso wie Valeria, dass Julios Wort so viel Gewicht wie nie zuvor hatte. Kurz vor

ihrer Rückkehr hatte Alejandro de la Vegas einen Schlaganfall erlitten. Seitdem war er halbseitig gelähmt und unfähig, etwas zu sagen. Valeria konnte sich ihren sonst ständig tobenden Großvater schwer stumm vorstellen, hatte aber keine Gelegenheit bekommen, sich selbst ein Bild von seinem Zustand zu machen. Man hatte ihr schlichtweg verboten, ihn zu besuchen. Obwohl sie gut darauf verzichten konnte, erboste es sie dennoch, dass Tante Leonora ihr das Gefühl gab, sie sei schuld an seinem Schlaganfall und jener Folge der Aufregung, nachdem die Paraguayer sie entführt hatten. Wie ungerecht das war! Weder hatte sie sich freiwillig entführen lassen, noch hatte dieser Umstand Alejandros Hass auf das Nachbarland erst gezeugt: Er hatte doch schon vorher ständig getobt, wann immer die Rede auf den Krieg kam! Kein Wunder, dass ihm irgendwann einmal der Kopf dabei platzte! Und Leonora, die Besorgnis heuchelte, war wahrscheinlich ganz froh, dass ihr Mann nun als Patrón galt und ihr allein die Verwaltung des Haushalts oblag. Insgeheim konnte sie Alejandros letzten Atemzug wohl kaum abwarten, obwohl sie mit düsterer Miene zu Valeria gesagt hatte: »Wenn er wüsste, dass du dich mit einem dieser Teufel eingelassen hast, würde ihn das endgültig das Leben kosten.«
Ganz unrecht hatte sie damit wohl nicht. Aber Valerias Furcht um den Großvater hielt sich in Grenzen – zu bedrohlich war die eigene Zukunft.
Claire trat zu ihr, hob die Hand, zog sie jedoch im letzten Augenblick zurück, ehe sie Valerias Schultern berührte. In den letzten Wochen hatte Valeria zu oft ihre Umarmung ausgeschlagen.
»Du darfst nicht vergessen: Dieses Land ist im Krieg mit Paraguay, und Valentín ist ein Feind.«
Valeria öffnete den Mund, um etwas entgegenzuhalten, doch Claire fuhr hastig fort: »Und auch wenn ich auf deiner Seite

stehe. Es fällt mir schwer, zu begreifen, wie du ihn nur lieben kannst, nach allem, was dir angetan wurde … Ich meine, er gehörte doch auch zu deinen Entführern. Und ich habe mit eigenen Augen gesehen, wie diese rohen Männer das Feuer auf unsere Soldaten eröffnet haben, als sie dich befreien wollten.«
»Aber sie haben doch zuerst geschossen. Das alles passierte auch nur, weil ich mit Jorge zu fliehen versuchte. Und Valentín wiederum war von Anfang an um mein Wohlergehen besorgt. Gewiss, er hat zu lange gezögert, sich gegen seinen Bruder zu stellen, aber später …«
Valeria brach ab. Sie war es leid, immer wieder aufs Neue ihre Gefühle erklären zu müssen. Claire hatte zwar noch das größte Verständnis gezeigt, war aber, wie sie nun einmal mehr bewies, dennoch tief befremdet.
»Was gibt es denn für Neuigkeiten vom Krieg?«, fragte sie schnell, um abzulenken.
Claire seufzte erneut, dann berichtete sie, dass sämtliche diplomatischen Bemühungen, den Krieg endlich zu beenden, an López Solanos Sturheit scheiterten. Er war einfach nicht zum Rücktritt bereit. Als selbst Mitglieder seiner Familie – darunter seine Brüder und sein Schwager – den Präsidenten überzeugen wollten, dass die Lage aussichtslos geworden sei, ließ er sie – so das Gerücht – hinrichten.
»Denk dir, es heißt, dass er selbst seine siebzigjährige Mutter und seine beiden Schwestern auspeitschen ließ, als sie ihn zum Aufgeben bewegen wollten.« Claire schüttelte den Kopf. »Ach Valeria, warum musstest du dein Herz ausgerechnet an einen Mann aus Paraguay verlieren …«
Erneut hob sie die Hand und berührte Valeria diesmal vorsichtig, doch die entzog sich ihr rüde.
»Was heißt hier ›ach Valeria‹! Valentín weiß selbst am besten, dass Francisco Solano Lopez ein Diktator ist. Aber was in

diesem Land passiert, ist so schrecklich. Wusstest du, dass Uruguay den Krieg nicht führen könnte, wenn es nicht von den Engländern unterstützt würde? Und die Engländer wiederum ...«

»Du musst jetzt an dich denken! Komm, iss etwas, ich kann dir ein frisches Stück Maiskuchen bringen.«

Valerias Blick fiel auf die Scherben des Tellers. Anstelle von Zorn überkam sie Mutlosigkeit.

»Ich kann nicht mehr nur an mich denken«, sagte sie leise. »Und ich will nichts essen, mir ist entsetzlich übel.«

Claire musterte sie besorgt. »Bist du krank?«

»Nein ... nein, aber ...« Sie wandte sich ab. Sie konnte ihrer Cousine nicht ins Gesicht sehen, als sie den Verdacht aussprach.

»Ich glaube, ich bekomme ein Kind«, flüsterte sie.

»Valeria!« Claire ließ die beiden Scherben des Tellers entsetzt fallen. Diesmal zerbrachen sie in viele kleine Splitter.

»Du darfst es niemandem sagen, versprich es mir!«, rief Valeria verzweifelt. »Vor allem Leonora und Julio nicht.«

Claire stand der Mund offen, aber nach einer Weile fand sie ihre Fassung wieder. »Wenn es wirklich wahr ist, wirst du es nicht lange verheimlichen können.«

Valeria wandte sich ab, damit ihre Cousine nicht ihre hoffnungslose Miene studieren konnte. »Gewiss, doch ich werde mir etwas einfallen lassen, um irgendwie aus dem Haus zu fliehen – und bis dahin darfst du mit niemandem darüber reden.«

Natürlich fiel ihr nichts ein, wie sie sich befreien konnte. Und entgegen allem Trachten erfuhren Julio und Leonora von der Schwangerschaft. Claire schwieg wie ein Grab, aber das Dienstmädchen, das ihr das Essen brachte, schöpfte Verdacht, als Valeria ständig den Fisch stehenließ und ihre Brüste immer üppiger wurden, obwohl sie so wenig aß. Eines Tages erschien Leonora mit einer anderen Frau bei ihr, die sich als Hebamme entpuppte.

Valeria erkannte sofort, was diese beabsichtigte, und verschränkte unwillkürlich beide Hände vor dem Bauch. »Rühr mich bloß nicht an!«, rief sie.

»Denk gar nicht daran, dich zu wehren!«, schimpfte Leonora. »Notfalls wirst du eben festgehalten.«

Das war nun doch eine zu beschämende Vorstellung. Widerwillig ließ Valeria die entwürdigende Prozedur über sich ergehen, in deren Verlauf Leonora nicht den Anstand hatte, sich schamvoll abzuwenden, sondern Valeria vielmehr durchdringend anstarrte.

Am Anfang wich Valeria diesem Blick noch aus, dann trotzte sie ihm wütend. »Du bist eine Heuchlerin!«, rief sie anklagend. »Du hast mich immer mit Lob überhäuft und erklärt, dass du die Europäerinnen bewunderst, und nun behandelst du mich derart schäbig.«

»Nun, scheinbar wissen Europäerinnen wie du nicht, wie man sich benimmt. Du hast dir womöglich einen Bastard von einem Feind machen lassen wie eine billige Hure.«

»Nun, immerhin wollte mir jemand ein Kind machen«, zischte Valeria, »während deine Tochter so hässlich ist, dass kein Mann sie je ansieht.« Sie bereute ihre Worte sofort, denn Isabella war stets freundlich zu ihr gewesen, und sie wollte sie keinesfalls beleidigen. Doch bevor sie das Gesagte zurücknehmen konnte, verkündete die Hebamme: »Ende dritter Monat, Anfang vierter. Zu spät, um etwas dagegen zu machen. Das wäre zu gefährlich.«

Leonora wirkte enttäuscht, Valeria empört: »Du denkst doch nicht ernsthaft, ich würde mein Kind töten lassen!«

»Und du denkst doch nicht ernsthaft, dass ich zulasse, den Ruf der Familie zu ruinieren!«, hielt Leonora schnippisch dagegen.
»Ich werde das Kind bekommen.«
»Ja, aber du wirst keinen Schritt vor die Tür gehen, und wenn es da ist, kommt es sofort ins Waisenhaus.«
»Niemals!«, erwiderte Valeria. »Es ist mein Kind, ich werde nicht zulassen, dass ...«
»Es liegt nicht an dir, irgendetwas zu entscheiden«, fuhr ihr Leonora barsch über den Mund.
Triumph leuchtete in ihren Augen auf, und da erst merkte Valeria, wie verbittert diese Frau sein musste, wenn es ihr solche Befriedigung bereitete, ihr zuzusetzen.
Wut packte sie, und sie ging mit beiden Händen auf sie los. Wie gerne hätte sie sie geschlagen oder ihr das aufgedunsene Gesicht zerkratzt, doch ehe sie sie erreichte, hielt die Hebamme sie von hinten fest. Sie strampelte mit den Füßen, aber die trafen nur Luft, während Leonora ganz gemächlich den Raum verließ. Valeria schrie ihr Beschimpfungen nach, bis sie heiser war, aber Leonora kehrte nicht zurück, und die Hebamme ließ sie schließlich wieder los.
»Wenn du dich zu viel aufregst, erledigt sich das Problem ganz von selbst«, erklärte sie kalt.
Als Valeria allein war, weinte sie stundenlang, bis sie zu erschöpft war, um noch Tränen zu haben. Am liebsten hätte sie geschlafen und wäre nie wieder aufgewacht, aber sie zwang sich, seit langem wieder eine ordentliche Portion zu essen. Ganz gleich, was Leonora sagte, sie wollte das Kind, und sie würde darum kämpfen, wenn sie auch noch nicht wusste, wie.
Am Abend kam Isabella zu ihr ins Zimmer geschlichen. Offenbar hatte Leonora ihr nichts von Valerias bösen Worten

berichtet, denn Isabella wirkte sichtlich zerknirscht. »Es tut mir alles so leid.«

»Es ist doch nicht deine Schuld«, murmelte Valeria.

»Aber du bist damals nur meinetwegen ins Lagerhaus gegangen ...«

»Ja, und auf diese Weise habe ich Valentín kennengelernt. Und das bereue ich nicht, darüber bin ich vielmehr sehr glücklich.«

Isabella starrte sie etwas ungläubig an, fügte dann aber zaghaft hinzu: »Ich würde dir so gerne helfen, doch ich kann nicht.«

»Wo ist Claire?«

Isabella senkte ihren Blick. »Mama hat ihr verboten, dich zu sehen.«

Valeria sank das Herz. Wie sollte sie die Tage in ihrem Gefängnis nur ohne Claire ertragen? Und wie ohne ihre Hilfe aus dem Haus fliehen? Doch das musste sie unbedingt! Je eher, desto besser!

»Ich werde dir Gesellschaft leisten, wenn es dir recht ist.«

Eigentlich wollte Valeria lieber allein sein, aber sie wusste, die Tage würden ihr noch lang werden, und Isabella war eine gute Seele.

»Gerne«, erwiderte sie.

»Wir könnten handarbeiten«, schlug Isabella schüchtern vor.

Im Pensionat hatte Valeria das Nähen immer gehasst. Doch das sagte sie nicht laut. »Meinetwegen ...«

»Dann hole ich den Stickrahmen!«, rief Isabella eifrig und eilte schon hinaus.

Als sich wenig später die Tür erneut öffnete, erwartete Valeria ihre Cousine und drehte sich daher nicht zu ihr herum. Erst als eine tiefe Stimme ertönte, die »mein Mädchen« sagte, zuckte sie zusammen.

»Espe!«
Sie stürzte auf sie zu, sank an den runden Leib und ließ sich von den rauhen, warmen Händen übers Haar streichen.
»Espe«, wiederholte sie.
»Schscht, ich bin ja da …«
»Wann bist du nach Montevideo gekommen?«
»Schon vor Monaten. Als ich dich hier im Hause der de la Vegas' nicht angetroffen habe, bin ich zu meiner Schwester gereist.«
»Ich wusste gar nicht, dass du eine Schwester hast.«
»Sie lebt bei ihrem Stamm im Landesinneren.«
Nie hatte Espe über ihre Vergangenheit gesprochen, doch ehe Valeria etwas dazu fragen konnte, fuhr sie fort: »Sie hat das zweite Gesicht. Und ich dachte, sie könnte mir helfen, etwas über deinen Verbleib herauszufinden.«
»Und? Was hat sie gesagt?«
Espe schwieg lange, ihre Miene war unergründlich. »Sie sagte mir, dass du noch lebst. Aber auch, dass du um eines Mannes willen großes Leid wirst ertragen müssen. Und noch größeres Leid um ein Kind.«
Jede andere hätte Valerias Lage behutsamer umschrieben, doch diese war froh, Espe nicht lange und breit erklären zu müssen, was geschehen war.
»Es ist alles so furchtbar!«
Espe umarmte sie so fest, wie sie es noch nie getan hatte. Zum zweiten Mal an diesem Tag weinte Valeria hemmungslos.

25. Kapitel

Carl-Theodor war schon unzählige Male von Montevideo nach Hamburg gereist, doch nie hatte die Fahrt unter einem solch schlechten Stern gestanden wie dieses Mal. Auf der Höhe des Äquators war das Dampfschiff in einen derart schlimmen Sturm geraten, dass er schon fürchtete, sie würden kentern. Zwar entgingen die Passagiere dieser Katastrophe, aber das Schiff war danach so sehr beschädigt, dass sie erst einen Zwischenstopp auf den Azoren einlegten, wo eine notdürftige Reparatur ausgeführt wurde, und einen weiteren auf den Kanaren.
Jene Inseln hatte er eigentlich als sonnigen Ort mit vielen Blumen kennengelernt. Nun erwarteten ihn weitere Stürme, die den Himmel verdunkelten, das Meer aufpeitschten und die Weiterfahrt noch länger verzögerten. Zunächst vergrößerten die vielen Pausen seine Unrast – doch pragmatisch, wie er in solchen Sachen war, ergab er sich schließlich seinem Schicksal, begann, der Situation etwas Gutes abzugewinnen und den Aufenthalt in einer Art Niemandsland zu genießen, wo ihn keiner kannte, ihn die Sorgen nicht erreichten und die Verheißung in der Luft lag, ganz neu beginnen zu können.
So unempfänglich er hier aber für jedwede Erinnerung auch war – der Abend mit Susanna Weber stand ihm ganz deutlich vor Augen. Immer wieder rief er sich ihre Worte ins Gedächtnis, wonach sie zwar stolz, aber nicht glücklich sei.
Das Gleiche galt für ihn, wurde ihm nun immer deutlicher. Er hatte viel erreicht, worauf er stolz sein konnte, aber zu wenig,

um echte Erfüllung zu finden. Und er hatte diese auch kaum gesucht, sondern viel zu lange selbstverständlich hingenommen, dass die Melancholie ihn wie ein steter Schatten begleitete. Ausgerechnet hier, gefangen auf einer bewölkten Insel, wo er keinerlei Wurzeln hatte, verblasste dieser Schatten. Während der langen Spaziergänge am Meer erwachte ein neuer Carl-Theodor, dessen Haltung – nicht stoisch, sondern fordernd – er sich bis zu dem Tag bewahren konnte, da sie in Hamburg einliefen.

Für gewöhnlich erwartete diese Stadt ihn im grauen Gewand, doch ausgerechnet dieses Mal, da er aus Regen und Nebel kam, strahlte trotz klirrender Kälte die Sonne und brachte den seltenen Schnee zum Glitzern. So hell und sauber hatte er Hamburg noch nie gesehen, und als er die Stadt wie ein Fremder musterte, der sie zum ersten Mal sah, reifte ein Entschluss.

Er würde künftig länger hier verweilen, er war zu alt, um ständig zu reisen, und der Kolonialhandel hatte ihm genug eingebracht, um den Rest seines Lebens in Wohlstand zu verbringen. Allerdings würde er ein neues Haus beziehen, keines, das von Antonie ausgewählt und eingerichtet worden war, sondern ein viel helleres mit großen Fenstern und Blick auf die Alster, der ihn an das Meer vor Montevideo erinnern würde.

Er lächelte bei dem Gedanken an die vielen behaglichen Stunden, die er in diesem Haus verbringen würde, wurde jedoch rasch wieder ernst. Ehe er sich der Planung seiner Zukunft widmen konnte, galt es, eine traurige Pflicht zu erledigen, und prompt fühlte er sich schuldig, weil er in den letzten Tagen kaum an Rosa und Albert gedacht hatte. Noch größer war sein schlechtes Gewissen, wenn er sich Claires Verzweiflung ins Gedächtnis rief. Nun, für seine Tochter konnte er hier nichts tun, aber jener Aufschub – einem Urlaub von sich selbst gleichend – war endgültig vorüber.

Während er auf die Auslieferung des Gepäcks wartete, überlegte er fieberhaft, mit welchen Worten er dem Bruder und der Schwägerin die schreckliche Nachricht überbringen sollte, und derart in Gedanken versunken, hörte er erst gar nicht, wie sein Name gerufen wurde. Erst als er wieder und wieder ertönte, blickte er verwundert hoch. Er hatte viele Kontakte in Hamburg, aber kaum je weibliche Gesellschaft genossen, doch wer da forsch auf ihn zuschritt, war tatsächlich eine Frau.

Er brauchte eine Weile, um sie zu erkennen.

Sie trug ein schlichtes Kleid, und die struppigen Haare waren unter einem Hut verborgen, der ein wenig zu klein für ihr breites Gesicht war. Die Kälte machte ihr sichtlich zu schaffen, so wie sie die Schultern einzog und so rot ihre Nase glänzte, doch das glückliche Lächeln, das ihr seine Ankunft ins Gesicht zauberte, kam von Herzen.

»Endlich! Ich bin jedes Mal zum Hafen gekommen, wenn ein Schiff aus Südamerika eingetroffen ist. Doch keines hatte eine so lange Irrfahrt hinter sich wie dieses.«

»Susanna! Was machst du denn hier?« Er war so fassungslos, sie hier zu sehen, dass er ganz selbstverständlich zum Du überging.

Sie schien sich nicht daran zu stören, sondern erklärte: »Ich bin einige Wochen nach dir abgereist und dennoch viel früher angekommen …«

»Wir sind in Stürme geraten, waren lange auf Teneriffa, und dann …« Er brach ab, als er sah, wie ihr Lächeln schwand.

»Ich muss dir eine Nachricht überbringen.«

Eisiger Schrecken erfasste ihn. »Eine schlechte?«

»Auch. Wobei zunächst vor allem die gute zählt: Deine Nichte lebt.«

Ein erleichterter Aufschrei entfuhr seiner Kehle. Er war so glücklich, dass er sie am liebsten gepackt und im Kreis gedreht hätte, doch an der ernsten Miene erkannte er, dass sie fürs Erste nur mit der halben Wahrheit herausgerückt war.
»Sag mir alles!«, forderte er heiser.
Sie erzählte ihm, was sie über Valerias Heimkehr wusste: dass sie nicht allein nach Montevideo zurückgekehrt war, sondern mit einem Paraguayer. Und dass sie sich in diesen verliebt hatte, obwohl er einer der Entführer und obendrein ein Erzfeind des Landes war. Die ganze Stadt zerriss sich das Maul über diese Liaison. Zwar war der Paraguayer im Gefängnis gelandet, und die de la Vegas' verboten Valeria, das Haus zu verlassen, doch das Gerücht ging, dass sie schwanger war.
»Mein Gott ...«
Carl-Theodor musste sich auf eine Bank setzen. Er achtete nicht auf die dünne Schneeschicht, die diese bedeckte und die Hosen durchnässte, sondern war nur dankbar, dass Susanna ihm die Zeit gab, die Nachricht zu verdauen. Als er sich endlich wieder gefangen hatte, musterte er sie genauer. Er wusste, seine Gedanken sollten Valeria gelten, doch er konnte nicht anders, als sie anzusehen. Trotz der einfachen Kleidung, trotz des zu kleinen Huts und der Tatsache, dass sie erbärmlich fror, strahlte sie eine Würde aus, wie er sie nur an wenigen Menschen je wahrgenommen hatte, so auch Selbstsicherheit und Entschlossenheit.
»Und um mir die Nachricht von Valerias Geschick zu überbringen, bist du eigens hierher nach Hamburg gereist?«, fragte er fassungslos.
Sie schüttelte den Kopf und lächelte wieder, verstohlener diesmal und zugleich etwas spitzbübisch. »Nein, ich bin gekommen, weil ich mir nach unserem Gespräch so manchen

Gedanken gemacht habe«, bekannte sie. »Wenn das Leben tatsächlich einem wilden Fluss gleicht, wie manche sagen, so habe ich das Boot, in dem ich sitze, viel zu lange treiben lassen – obwohl doch ein Ruder bereitliegt, das ich ergreifen und mit dem ich die Richtung steuern könnte.«

Carl-Theodor erhob sich und strich sich geistesabwesend über die nasse Hose.

»Ich habe beschlossen, in ein lichteres Haus zu ziehen«, brach es aus ihm hervor. »Mit hohen Fenstern und Blick auf die Alster.«

Er wusste nicht, warum er es ausgerechnet ihr und noch dazu in diesem Augenblick anvertraute, aber es fühlte sich richtig an, und es schien keine besseren Worte zu geben, um auszudrücken, wie gut er sie verstand und dass auch er die Hoffnung hegte, seinem Leben eine neue Richtung zu geben. Ehe sie etwas dazu sagen konnte, fragte er schnell: »Wo bist du untergebracht?«

»Noch in einem Hotel, aber meine Ersparnisse reichen nicht ewig. Ich werde mir etwas anderes suchen müssen – vor allem aber Arbeit. Ich überlege, eine Gastwirtschaft in Sankt Pauli zu eröffnen. Gewiss, das ist ein verruchtes Viertel, aber auf Moral habe ich nicht viel gegeben, und mit Lumpen aller Art kann ich umgehen.«

Sie lachte auf, und er stimmte ein. Er war sich nicht sicher, worüber sie lachten, nur dass es beschwingt und herzlich klang – trotz allem.

Nach einer Weile wurde er wieder ernst. Er wollte so viel sagen: dass sie sein Gast sein sollte, dass er sich wünschte, sie würde ihre Pläne fürs Erste aufschieben und ihn stattdessen in den Taunus begleiten, dass er in den letzten Wochen so oft an sie gedacht hatte. Auch, dass er ihre Gesellschaft genoss und nicht darauf verzichten wollte.

Er brachte kein Wort über die mit einem Mal trockenen Lippen. Er war nie gut darin gewesen, Frauen zu umschwärmen, und an Antonies Seite hatte er es endgültig verlernt.
Doch dann ging ihm auf, dass Worte gar nicht notwendig waren, um ihre Verbundenheit zu beteuern. Sie nahm seine Hand wie damals, als sie in der Gaststube saßen, und er erwiderte ihren festen Druck und ließ sie nicht mehr los.

Rosa war immer schwermütig geworden, wenn der Herbst sich neigte und der erste Schnee fiel. Jene weiße Decke war ihr nie als Zeichen von Reinheit und Unschuld erschienen, sondern hatte ihr das Gefühl gegeben, darunter zu ersticken. Doch in diesem Winter blieb die übliche Starre aus, stattdessen wuchs die Unruhe in ihrem Herzen. Sie konnte kaum still sitzen, fühlte sich lebendig und tatendurstig wie einst als temperamentvolles junges Mädchen, nur dass sie kein Ziel hatte, auf das sie ihre Energie richten konnte. Stundenlang ging sie sinnlos im Haus auf und ab und verkrampfte die Hände ineinander, um still zu beten. Das Vertrauen in Gott hatte sie zwar längst verloren, aber sie hoffte inständig, bald erlöst zu werden und zu erfahren, dass es Valeria gutging. In Gedanken war sie so oft bei ihr und Espe, und längst bedauerte sie es bitter, dass sie nicht mit ihrer langjährigen Dienerin nach Montevideo gereist war, sondern der Bequemlichkeit nachgegeben hatte und nun den Preis dafür zu zahlen hatte – den üblichen Frieden nämlich, den sie mit Nichtstun und dem Gleichmaß der Tage erkaufte, missen zu müssen.
Als Albert eines Tages nach ihr rief und aufgeregt verkündete, dass Carl-Theodors Kutsche eben die Auffahrt entlangkam, konnte sie die übliche Distanz nicht wahren. Sie stürzte die Treppe hinunter und umkrampfte seine Hände wie bisher nur ihre eigenen, und anstatt vor dieser ersten Berührung seit Jah-

ren gleich wieder zurückzuzucken, wurde ihr Händedruck immer fester, als wollte sie ihn gar nicht mehr loslassen.
»Er bringt doch gute Nachricht!«, rief sie verzweifelt.
Als Albert nur die Schultern zuckte und sie in seinem Gesicht die gleiche Angst zu lesen glaubte, die sie selbst zerrüttete, konnte sie sich nicht länger vormachen, recht entschieden zu haben: »Wir hätten nicht hierbleiben dürfen!«, platzte es aus ihr heraus. »Wir hätten sofort nach Montevideo fahren müssen!«
»Du wolltest doch selbst ... Ich habe doch nur ... Warum hast du nicht ...«, setzte er mehrmals an, um dann aber abzubrechen und stattdessen zuzugeben: »Du hast ja recht.«
Sie rechnete es ihm hoch an, dass er ihr die Verantwortung für die Fehlentscheidung nicht allein zuschob, sondern tief zerknirscht wirkte. Gemeinsam traten sie nach draußen, um Carl-Theodor zu begrüßen, und erst als die kalte Luft sie traf, bemerkte sie, dass sie immer noch seine Hand hielt. Sie ließ ihn los, war aber dennoch froh, ihn an ihrer Seite zu wissen, als Carl-Theodor ihnen – noch ehe er das Haus betrat – berichtete, was er in Erfahrung gebracht hatte: dass nämlich Valeria nach vielen Monaten nach Montevideo zurückgekehrt sei.
»Das heißt, sie lebt! Gott sei Dank!«
Als Carl-Theodor mit gesenktem Gesicht noch mehr zu berichten hatte, erst ein wenig herumdruckste, schließlich mit der ganzen Wahrheit herausrückte, erbleichte Rosa jedoch.
Valeria hatte sich mit einem Paraguayer eingelassen ... besitzlos, ein Feind und nun im Gefängnis ... Julio und Leonora hatten sie eingesperrt, womöglich war sie schwanger.
»Ich fühle mich außerstande, eine Entscheidung über ihre Zukunft zu treffen«, sagte er leise. »Das ist eure Sache. Ihr seid ihre Eltern.«

Sie glaubte, in seiner Stimme leisen Tadel zu hören, aber der setzte ihr kaum zu. Viel zu laut echoten seine Worte in ihren Ohren.
Valeria ... ein Paraguayer ... Gefängnis ... eingesperrt ...
»Albert ...«, stammelte sie hilflos.
Wenn nur der geringste Vorwurf in seinem Gesicht gestanden hätte, dass ihre Tochter Sitte und Anstand vergaß – nicht zuletzt, weil sie sich zu wenig um sie gekümmert hätte, man nun ja sehe, was aus ihr geworden wäre, und sie Valeria gewiss nur vernachlässigt hätte, um ihn zu bestrafen – nun, dann hätte sie ihn angeschrien. Hätte jeder einzelnen Anklage wütend einen Vorwurf entgegengeschleudert und ihn gefragt, wie sie denn einem Kind hätte Liebe geben sollen, wenn sie von ihm nur Vernachlässigung und Missachtung erfuhr.
Doch von Albert kamen keine Vorhaltungen, nur ein Seufzen. Schweigend und tief betroffen standen sie vor Carl-Theodor, und plötzlich fühlte sie, wie Albert Halt suchte und sich auf sie stützte.
Sie wich nicht zurück, war nur unsäglich dankbar, dass ihm das Gleiche aufging wie ihr: Es war sinnlos, sich in gegenseitigen Anschuldigungen zu verlieren, und es war keine Zeit, zu zögern und sich von Bequemlichkeit leiten zu lassen. Stattdessen mussten sie gemeinsam überlegen, wie sie die verlorene Tochter zurückgewinnen konnten.
»Wir brechen sofort nach Montevideo auf«, erklärten sie wie aus einem Mund.

Alberts Hände zitterten, als er Ferdinand und Thomas seine wichtigsten Unterlagen übergab, Anweisungen erteilte, was in der Zeit seiner Abwesenheit zu erledigen war, und sich in Ermahnungen erging, worauf besonders zu achten war.

Um seine Konzentration war es bald geschehen. Nicht nur die Sorge um Valeria machte ihn kopflos, sondern auch die ungewohnte Hektik. Ihm ging auf, dass er seit Jahren nichts mehr spontan entschieden hatte und jede noch so kurze Reise wochen-, wenn nicht sogar monatelang vorbereitet worden war. Nun bekam er Angst vor der eigenen Courage – und konnte zugleich seine Unrast nicht bezähmen. Ein Teil von ihm hätte sich am liebsten auf ewig hinter dem Schreibtisch verkrochen, ein anderer konnte die Abreise am nächsten Morgen nicht erwarten.

In all der Aufregung achtete er kaum auf Carl-Theodor, und erst gegen Abend fiel ihm auf, dass dieser nicht allein in den Taunus gekommen war, sondern von einer Frau begleitet wurde. Erstmals musterte er sie flüchtig.

Nicht nur dass Carl-Theodor sie ihnen nicht offiziell vorgestellt hatte – überdies wirkte sie nicht wie eine feine Dame, sondern glich, robust, praktisch und verlässlich, wie sie erschien, ihrer Haushälterin Frau Lore. Nachdem er Ferdinand und Thomas entlassen und seinem Leibdiener genaue Anweisungen gegeben hatte, was es einzupacken galt, konnte er seine Neugierde nicht länger zügeln und lud Carl-Theodor ein, doch vor dem Kamin ein Glas Sherry mit ihm zu trinken.

Zwar hatte er ein schlechtes Gewissen, hier ruhig zu sitzen, doch für heute hatte er alles getan, was nötig war, und für die nächsten Wochen musste er Kraft sammeln.

Seufzend sank er auf das Sofa. Der Sherry wärmte und beruhigte ihn ein wenig. Erst zögerte er noch, dann überwand er sich und fragte rundheraus: »Wer ist ... sie?«

Carl-Theodor nahm seinerseits einen Schluck Sherry. »Meine künftige Frau«, entgegnete er knapp.

»Du wirst wieder heiraten?« Albert riss fassungslos die Augen auf. Nicht dass er sich je sonderlich für das Gefühlsleben seines Bruders interessiert hatte, aber er hätte schwören können, dass er nach Antonies Tod den Ehestand meiden würde – zumal die künftige Braut nicht von hohem Stand zu sein schien.

»Ich weiß, es ist überstürzt«, räumte sein Bruder ein, »und nach den Erfahrungen mit Antonie sollte ich vielleicht etwas mehr Besonnenheit an den Tag legen. Aber ... aber ich kann nicht anders.« Er machte eine kurze Pause. »Susanna ist eine deutsche Wirtin aus Montevideo, ich kenne sie schon seit längerem, wenngleich unsere Bekanntschaft zunächst nur flüchtig war. Vor einiger Zeit führten wir jedoch ein vertrauliches Gespräch. Und seitdem habe ich das Gefühl, sie wäre seit Ewigkeiten meine beste Freundin. Sie ... sie versteht mich.«

Albert schloss seinen Mund. Eben noch hatte er seine Skepsis bekunden wollen und jener Fremden unterstellen, womöglich nur hinter Carl-Theodors Geld her zu sein, aber der letzte Satz entwaffnete ihn. Er musste an all die letzten Jahre denken, da Rosa und er einander wie Fremde begegnet waren.

Sie versteht mich.

Nun, heute Nachmittag hatte er zum ersten Mal seit Ewigkeiten das Gefühl gehabt, auch Rosa verstünde ihn, teilte seine Sorgen, stünde an seiner Seite. In der Hektik des Aufbruchs hatte er nicht länger darüber nachgedacht, doch nun überlief ihn eine Gänsehaut.

»Es lag zum ersten Mal seit Jahren kein Hass in ihrer Miene«, stieß er mit brüchiger Stimme aus.

Erst an Carl-Theodors verblüfftem Blick angesichts des abrupten Themenwechsels merkte er, dass er den Satz nicht nur gedacht, sondern laut ausgesprochen hatte.

Sein Bruder neigte sich vor und sah ihn voller Mitgefühl an.

»Die Sorge um Valeria wird euch zusammenschweißen.«

Albert zuckte die Schultern. »Ich weiß nicht, wie ich mich ihr gegenüber verhalten soll.«
»Gegenüber Rosa oder Valeria?«
»Nun, gegenüber beiden. Ich war weder ein guter Ehemann noch ein guter Vater.«
»Vielleicht kannst du es noch werden – vorausgesetzt, du nutzt die Gelegenheit.«
Albert starrte lange auf die Flammen im Kamin. »Du denkst, dass man im Leben immer eine zweite Chance bekommt?«, fragte er nach längerem Schweigen. »Dass man sich ändern kann, auch wenn man ein gewisses Alter erreicht hat?«
»Ja«, sagte Carl-Theodor ebenso knapp wie bestimmt.
»Und deswegen heiratest du? Weil du wirklich daran glaubst?«
»Ja«, wiederholte Carl-Theodor.
Albert nahm einen Schluck Sherry, ehe er den Bruder eingehend betrachtete. Ohne Zweifel – er wirkte entspannter, jünger und auch zufriedener. Er schien die ihm eigene Melancholie ebenso abgeschüttelt zu haben wie sämtliches Zaudern. In ihm selbst wucherte hingegen Misstrauen. Er fühlte sich zwar dazu verpflichtet, war sich aber nicht sicher, dass es sich tatsächlich lohnen könnte, den behaglichen Platz hinter dem Schreibtisch zu verlassen. »Hm«, machte er nach einer Weile, »ich weiß nicht, ob mir ein Neuanfang gegönnt ist – aber für deinen wünsche ich dir alles Gute. Wer immer diese Susanna ist, ich freue mich, dass du nicht länger allein bist.«
Die beiden sagten nichts mehr an diesem Abend. Aber als sie dasaßen und Sherry tranken, fühlte Albert kurz dieselbe Verbundenheit mit seinem Bruder wie einst, als sie noch Kinder gewesen waren und gemeinsam im Kontor des strengen Vaters gespielt hatten.

26. Kapitel

Der Sommer war unerträglich heiß, ihr Zimmer machte sie mit der Zeit verrückt, und mit fortschreitender Schwangerschaft litt Valeria immer mehr unter Rückenschmerzen – und der Ungewissheit. Die einzige Erleichterung verschafften ihr Espes regelmäßige Besuche. Wie Claire hatten Julio und Leonora auch ihr verbieten wollen, ihr Zimmer zu betreten, aber der wohlerzogenen Claire war ungleich leichter beizukommen. Espe dagegen hatte sich vom Verbot nicht beeindrucken lassen, und als Leonora ihr wutentbrannt zu Valeria gefolgt war und sie des Zimmers verweisen wollte, hatte sie sie starr gemustert und erklärt: »Ich bin der Abkömmling eines alten Stammes, der Uruguay lange vor den Spaniern besiedelt hat. Von diesem kenne ich einen Schadenszauber. Wenn ich dich damit belege, werden weder du noch die Deinen künftig auch nur einen Tag froh sein.«
Leonora war zusammengezuckt, aber noch nicht gewichen.
»Rosa war immer mein kleines Mädchen«, fuhr Espe düster fort. »Und Valeria das kleine Mädchen meiner Rosa. Wenn du dich zwischen sie und mich stellst, werde ich dich mit meinem Hass verfolgen, und mein Hass ist schärfer als jedes Schwert, tödlicher als jedes Gift, verzehrender als jedes Feuer.«
Leonora erbleichte. »Du wagst es, so mit mir zu reden?«
»Ja, ich wage es«, gab Espe ungerührt zurück. »Ich lebe länger in diesem Haus als du.«

»Du bist nur eine Dienstbotin!«, geiferte Leonora.

»Und du nur die unglückliche Gattin eines habgierigen Mannes, die sich ständig elend fühlt und vom Leben enttäuscht ist.«

Von der Androhung des Fluchs hatte sie sich nicht vertreiben lassen, von der schlichten Wahrheit, dass sie unglücklich war, schon. Überstürzt war Leonora geflohen, und Valeria hatte zum ersten Mal seit langem gelächelt.

Doch die Schadenfreude hielt nicht lange an.

»Ich kann hier nicht bleiben, Espe«, klagte sie, »das verstehst du doch. Sie werden mir mein Kind nehmen.«

»Deine Eltern werden sicher bald kommen, wenn sie von deinem Onkel erfahren, was passiert ist.«

In Valerias Augen funkelte es. »Meine Eltern werden dasselbe denken wie Leonora und Julio – dass das Kind der Bastard eines Feindes ist und ich ohne das Kleine viel besser dran bin. Und Valentín – wer sonst kann Valentín aus dem Gefängnis befreien, wenn nicht ich?«

Espe musterte sie abschätzend. »Das schaffst du in deinem Zustand nie und nimmer!«

»Du könntest mir dabei helfen!«

»Die Mauern des Gefängnisses sind hoch und gut bewacht. Aber ich könnte versuchen, dich hier rauszubringen.«

Valeria stürzte auf sie zu und ergriff die rauhen, warmen Hände. »Das würdest du tun, Espe?«

Obwohl ansonsten verhalten, was körperliche Berührungen anbelangte, zog Espe sie an sich und strich ihr über den gerundeten Leib. »Eine Mutter gehört zu ihrem Kind, und ein Kind ist niemals eine Sünde.«

»Dann ... dann lass es uns tun.«

Espe zog ihre Hände zurück. »Gemach, gemach, ich muss erst einen Ort finden, wohin ich dich bringen kann.«

Valeria schluchzte auf, doch zum ersten Mal war es nicht Verzweiflung, die ihr Tränen in die Augen trieb, sondern Hoffnung.
Irgendwie würde alles gut werden, irgendwie …

Während in Valeria Ungeduld erwachte und sie jeden Tag darauf drängte, endlich die Flucht zu wagen, verlegte sich Espe aufs Abwarten. Sie gab zu bedenken, dass seit ihrer Ankunft Leonoras Misstrauen noch gewachsen war, sie alle Dienstboten instruiert hatte, Valeria streng zu überwachen, und – auch wenn sie es nicht wagte, sich noch einmal mit ihr anzulegen – Espe stets mit wachsamen Augen verfolgte.
»Es wird schwierig werden«, meinte Espe nachdenklich. »Damals, als deine Mutter davongelaufen ist, war es einfacher.«
»Mutter ist davongelaufen?«
Valeria hatte Mühe, sich die steife Rosa bei einem solchen Abenteuer vorzustellen.
»Aber ja doch! Sie sollte verheiratet werden, ist deswegen geflohen und hat auf diese Weise deinen Vater kennengelernt. Wenig später haben sie sich Hals über Kopf verlobt.«
Valeria wurde noch skeptischer. Es klang ganz nach einer Liebesgeschichte, aber sie hatte nie auch nur das geringste Anzeichen dafür bemerkt, dass ihre Eltern sich von Herzen mochten. In jedem Fall wäre Valeria gerne Rosas Beispiel gefolgt, aber Espe gab zu bedenken, dass die Familie seitdem umgezogen war und es hier keinen Hinterausgang gab, aus dem sie unbemerkt fliehen könnte.
»Ich könnte aus dem Fenster klettern«, schlug Valeria vor.
»In deinem Zustand ist das viel zu gefährlich«, entgegnete Espe.
»Aber gerade weil ich schwanger bin, sollten wir nicht länger warten. Noch bin ich halbwegs beweglich.«

»Trotzdem – dabei helfe ich dir nicht. Ich lasse mir etwas anderes einfallen.«

Das war leichter gesagt als getan, und in den nächsten Tagen blieb Espe meist in Schweigen versunken, anstatt einen konkreten Vorschlag zu unterbreiten. Eines Tages kam jedoch Isabella zu ihr ins Zimmer. Zunächst dachte Valeria, dass sie ihr nur ein wenig Gesellschaft leisten wollte, und freute sich über die Zerstreuung, doch dann fragte Isabella vermeintlich nebenbei: »Hast du damals in der Oper auch die Tapadas gesehen?«

»Die Tapadas?«

»Claire hat mich später darüber befragt. Sie war ganz fasziniert davon. Die Tapadas sind unverheiratete Frauen, die ohne männliche Begleitung ausgehen. Sie sitzen in den oberen Logen, und ihre Gesichter sind mit dunklen Schleiern verhüllt.«

Valeria runzelte die Stirn. Warum erzählte sie ihr das nur?

»Nun, Tante Leonora lässt mich ganz sicher nicht in die Oper gehen. Ob mit oder ohne Schleier«, sagte sie.

Isabella lächelte. »Aber mich schon.«

Valeria begriff immer noch nicht. »Schön für dich«, murmelte sie.

»Es ist nämlich so«, fuhr Isabella eifrig fort. »Normalerweise besuche ich mit meinem Vater die Oper, aber nächste Woche ist er auf Geschäftsreise. Ich werde also ohne männliches Geleit am Mittwochabend das Haus verlassen und darum verschleiert sein. Draußen steht dann schon die Kutsche bereit.«

Valeria blickte sie fragend an.

»Das Kleid, das ich tragen werde, ist schrecklich unförmig«, erklärte Isabella mit dem Anflug eines Lächelns. »Nicht so elegant wie das der anderen Frauen. Damals konntest du mir ja nicht zu besserer Kleidung verhelfen.«

Endlich begriff Valeria. »Du meinst, ich könnte an deiner Stelle …«
Sie kam nicht weiter, denn plötzlich ertönte Leonoras schrille Stimme: »Isabella! Was hast du hier verloren?« Laut atmend erschien sie an der Tür, von wo aus sie erst Isabella anfunkelte und sich dann zischend an Valeria wandte: »Ich erlaube es dir nicht, dass du meine Tochter verdirbst.«
Valeria konnte sich eine schroffe Entgegnung nicht verkneifen. »Vor wenigen Monaten war ich noch ein Vorbild für sie.«
»Jetzt gewiss nicht mehr. Wenn dein Kind … dein Bastard erst einmal geboren ist, wirst du sofort zu deinen Eltern zurückkehren. Oder noch besser: Du gehst ins Kloster. Ja, wenn ich mir das recht überlege, ist das eine vorzügliche Idee. Bei den Schwestern der Unbefleckten Empfängnis kannst du deine Sünden abbüßen.«
Valeria hatte noch nie ein Kloster von innen gesehen. In Frankfurt hatte sie gemeinsam mit ihren Eltern manchmal die Messe besucht, ansonsten hatte Religion in ihrem Leben keine große Rolle gespielt. Allerdings konnte sie sich ein solches Leben nur allzu gut vorstellen: in winzigen Zellen eingesperrt, auf kaltem Boden kniend, ständig schweigend. Es musste todlangweilig sein, schlimmer noch als der Unterricht bei Fräulein Claasen.
Kurz packte sie Angst, aber dann sah sie, wie Isabella ihr aufmunternd zunickte, und sie zwinkerte zurück zum Zeichen, dass sie verstanden hatte.
Nein, sie würde nicht in einem Kloster landen, und nein, sie würde nicht bis zur Ankunft ihrer Eltern warten. Am nächsten Mittwoch würde sie sich dunkel kleiden und an Isabellas statt das Haus verlassen – und dann, dann musste sie überlegen, wie sie auch Valentín befreien konnte.

Claire litt unter der Hitze genauso wie Valeria, und obwohl sie sich insgeheim danach sehnte, im Meer zu schwimmen, verbat sie es sich. Sie hätte sich schäbig gefühlt, in Tagen wie diesen einem so oberflächlichen Vergnügen nachzugehen, auch wenn niemand sie dafür zur Rede gestellt hätte. Niemand im Haus sprach noch mit ihr.

Nachdem Valeria verschwunden war, hatte Leonora ihr zwar wütend vorgeworfen, dass sie Valeria zur Flucht verholfen hatte, doch ehe Claire dies leugnen konnte, hatte sich Julio schützend vor sie gestellt: »Lass das Mädchen in Ruhe.«

Claire wusste, dass seine Sorge nicht ihr galt, er es sich vielmehr nicht mit Carl-Theodor verscherzen wollte und es ihm außerdem wohl gar nicht ungelegen kam, dass Valeria fort war. So hatte sich das Problem von selbst erledigt, seinetwegen könnte sie gerne auf ewig verschollen bleiben, Hauptsache, die Geburt ihres Bastards ließ sich vor der besseren Gesellschaft Montevideos verschleiern.

Isabella nahm Claire später zur Seite und erklärte, dass sie von Valerias Flucht gewusst, ja sie dabei sogar unterstützt hatte. Das schlechte Gewissen schien sie zu plagen, denn schon am Morgen danach teilte sie mit, an Fieber zu leiden, und zog sich zurück.

Claire fühlte sich einsam und isoliert wie nie. Auf die de la Vegas' konnte sie gut verzichten, aber es schmerzte sie, dass sie mit Luis nicht offen über ihre Sorgen reden konnte. Der schützte Valentín im Gefängnis zwar weiterhin so gut wie möglich, wollte ihr aber nicht sagen, wie es ihm genau ging, und schon gar nicht seine Freilassung erwirken. Dass Valeria ein Kind bekam, befremdete ihn sichtlich. Er äußerte seine Kritik nicht laut, doch Claire konnte seine Gedanken förmlich hören: dass er selbst nie eine Frau geschwängert hätte, mit der er nicht vor Gott und der Welt verheiratet war und der er nichts bieten konnte.

Eigentlich dachte Claire ähnlich und wünschte insgeheim, Valeria hätte mehr Besonnenheit und Vernunft bewiesen, anstatt sich in diese Lage zu bringen, aber Luis gegenüber fühlte sie sich verpflichtet, für ihre Cousine Partei zu ergreifen, was meist in hilflosem Gestammel endete, das er mit Schweigen beantwortete. Vorbei war die Zeit, da sie sich in seiner Gegenwart gelöst und unbeschwert wie nie fühlte. Schon nach ihrer Rückkehr nach Montevideo war es schwer gewesen, zu ihm durchzudringen, doch jetzt entfremdeten sie sich immer mehr. Er behandelte sie zwar mit vollendeter Höflichkeit, küsste sie aber nicht mehr, und wann immer sie von ihrer Zukunft sprach, vertröstete er sie auf später.
Nur, wann sollte dieses Später sein? Valeria war doch nach Hause gekommen, und der Krieg konnte noch ewig andauern! Worauf wartete er? Darauf, dass nichts zwischen ihnen stand? Darauf, dass das Leben wieder leicht und schön war? Nun, vielleicht wurde es das nie wieder – und dennoch wollte sie dieses Leben mit ihm teilen. Die rechten Worte, ihm das zu beteuern, fand sie jedoch nicht.
Dass schließlich Rosa und Albert in Montevideo eintrafen, machte das Leben nicht leichter – im Gegenteil. Sie waren verzweifelt, ihre Tochter nicht anzutreffen, und fragten Claire ständig nach ihr aus. Die konnte ihnen nichts sagen, was sie nicht schon wussten, und es tat ihr weh, zu erleben, dass die einstmals so beherrschten, fast kalten Eltern schreckliche Sorgen und Ängste um die Tochter ausstanden und dass sie nicht nur bewiesen, wie sehr sie sie trotz allem liebten, sondern auch miteinander viel herzlicher und offener redeten als je. Sie hätte sich so sehr gewünscht, dass Valeria davon wusste – so aber schienen ihr all die warmherzigen Gefühle vergeudet, und sie empfand Hilflosigkeit, weil sie ihnen keinen Trost spenden konnte.

Das Wetter wurde kühler, Stürme vertrieben die Hitze, und je grauer der Himmel sich zeigte, desto öfter wurde Claire von Traurigkeit gepackt, die sie nicht recht zu deuten wusste. Als der Winter kam, hielt sie die Einsamkeit und Untätigkeit nicht länger aus.

Sie ging zu Espe, die selbst im Regen im kleinen Gärtchen arbeitete, und erklärte: »Wir müssen reden.«

Sie war sich sicher, dass Espe Valeria nicht nur zur Flucht geraten hatte, sondern auch wusste, wo genau sie steckte. Bis jetzt hatte sie die Entscheidung der Cousine, sie selbst nichts davon wissen zu lassen, respektiert, aber nun wollte sie darauf keine Rücksicht mehr nehmen: »Wie geht es ihr?«, fragte sie knapp.

Espe musterte sie eine Weile ruhig, dann sagte sie unumwunden: »Schlecht. Sehr schlecht. Manchen Frauen macht eine Schwangerschaft kaum zu schaffen, doch Valeria zählt nicht zu ihnen. Wahrscheinlich macht sie sich zu viele Sorgen.«

Claire seufzte. »Warum hast du Tante Rosa nicht erzählt, wo sie ist? Du bist ihr doch immer treu ergeben gewesen!«

Espe nickte. »Gewiss. Aber ich habe Valeria ein Versprechen gegeben. Und daran halte ich mich. Sie weiß, dass ihre Mutter in Montevideo ist, aber ...«

Espe schwieg vielsagend, und Claire ahnte, wie der Satz endete. Valeria hatte kein Vertrauen zu Rosa.

»Und mich ... will sie mich auch nicht sehen?«

»Ich kann sie fragen.«

»Tu das bitte.«

Espe sagte nichts dazu, sondern wandte sich ab, und Claire flüchtete vor dem Regen ins Haus. Sie hätte Espe heimlich folgen können, um auf diese Weise mehr über den Verbleib der Cousine herauszufinden, aber sie wollte Espe nicht hintergehen, und schon zwei Tage später zeigte sich, dass sie gut daran getan hatte.

»Du kannst sie besuchen«, erklärte Espe. »Erst wollte sie nichts davon wissen, dich zu sehen, aber ich habe sie davon überzeugt, dass sie deine Hilfe gut brauchen kann.«

Valeria hatte gar nicht weit vom Haus der de la Vegas' entfernt Unterschlupf gefunden, wenngleich sie hier – in Hafennähe – unter viel ärmlicheren Bedingungen lebte: Espe hatte offenbar Kontakt zu anderen Dienstboten gewahrt, die einst im Haus der de la Vegas' gearbeitet hatten. Eine von ihnen war Pilar Ortiz – eine Mulattin aus Brasilien mit kaltem Blick und losem Mundwerk. Sie war als Sklavin geboren worden, aber später von der Kaffeeplantage, wo sie schuften musste, geflohen und hatte sich über die Grenze retten können, indem sie stundenlang die Küste entlanggeschwommen war. In der Banda Oriental gab es genügend Menschen, die die Brasilianer hassten und die Negersklaven, die von dort flohen, nicht gefangen nahmen und zurückschickten, doch die Bereitschaft, ihnen beim Aufbau einer neuen Existenz zu helfen, hielt sich in Grenzen. Espe hatte damals zu den wenigen gehört, die sich ihrer annahmen, und hatte ihr Arbeit im Garten der de la Vegas' vermittelt. Einige Jahre später hatte Pilar genug davon gehabt, geknechtet zu werden, und wollte ihre eigene Herrin sein. Sie hatte ein einfaches Haus gemietet und ein Wirtshaus eröffnet, verdiente mehr schlecht als recht und lebte immer noch arm und dreckig, aber immerhin frei.

Wegen Espes einstiger Gefälligkeit war sie bereit gewesen, Valeria aufzunehmen, doch auch wenn ihre Loyalität sie dazu verpflichtete, sonderlich glücklich schien sie darüber nicht. Mit bösartigem Zischen sagte sie irgendetwas zu Claire, was nach einer Beleidigung klang, aber ihr Akzent war zu stark, um sie zu verstehen. Claire achtete nicht weiter auf sie, denn sie hatte alle Mühe, ihr Würgen zu unterdrücken. Ein schrecklicher Gestank hing in der Hafenkneipe. Noch war die Gaststube leer, doch abends und nachts füllte sie sich wahrscheinlich mit schrecklichem Gesindel. So froh sie auch war, die Stube zu verlassen – im ersten Stock war der Geruch nach fauligem Fisch, Alkohol und altem Bratöl noch durchdringender. Seit Ewigkeiten war nicht gelüftet worden, denn es gab kein Fenster, nur eine winzige Luke, und vor die war ein Holzbalken genagelt, um Sonne und Wind fernzuhalten.

Der Raum war nicht nur dunkel, sondern so niedrig, dass ein großer Mann nicht aufrecht darin stehen konnte, so klein, dass man schon nach vier Schritten an die nächste Wand stieß, und mit simpelstem Mobiliar vollgestellt. Fliegen schwirrten in der Luft, Kakerlaken krabbelten über den Boden.

Claire wäre am liebsten sofort wieder geflohen, aber dann erblickte sie Valeria, die auf einer Pritsche lag und sich schwerfällig erhob.

»Claire!«

Nie hatte sie sie in einem solch elenden Zustand gesehen. Ihre Arme waren so dünn, dass die Schulterknochen spitz hervorstachen, der Bauch hingegen war nahezu riesig.

»Gott, Valeria, du siehst entsetzlich aus!«, brach es aus Claire hervor. »Du kannst hier nicht bleiben, du musst nach Hause kommen. Vor allem jetzt, da deine Eltern da sind!«

Valeria war auf sie zugekommen, um sie zu begrüßen, aber wich nun mit versteinerter Miene zurück. »Meine Eltern haben sich nie um mich gekümmert, was haben sie ausgerechnet jetzt in Montevideo verloren.«

»Aber vielleicht ...«

»Auch sie werden mir das Kind wegnehmen wollen«, erklärte sie hart. »Und sie werden sich nicht für Valentín einsetzen.«

Claire senkte den Blick. »Das kann niemand, versteh das doch! Es ist Krieg, und er zählt zu den Feinden. Du solltest dankbar sein, dass Luis ihn wenigstens vor Folterungen bewahrt.«

Erstmals wurden Valerias Züge etwas weicher, als sie zutiefst besorgt fragte: »Das tut er doch noch, oder?«

»Er hat sich einteilen lassen, regelmäßig Wache zu stehen, und kann ihm auf diese Weise mehr Essen zukommen lassen.«

Valerias Mund verzog sich zu einer Andeutung eines Lächelns. »Siehst du, darauf habe ich gehofft. Er hat Mitleid mit ihm, er wird …«

Claire schüttelte den Kopf. »Luis wird ihn nie freilassen, schlag dir das gleich aus dem Kopf.«

»Das weiß ich. Aber es gibt noch eine andere Möglichkeit.«

Langsam begann Claire zu ahnen, warum Valeria Espe gestattet hatte, sie hierherzubringen, und unwillkürlich schüttelte sie den Kopf immer heftiger. »Ich kann dir nicht helfen, versteh doch. Bitte komm nach Hause!«

»Nie und immer!«, zischte Valeria und ballte ihre Hände zu Fäusten. »Ach Claire, ich liebe ihn, er ist der Mann meines Lebens, ich will mit ihm zusammen sein, und ich will mein Kind behalten!«

Claire biss sich auf die Lippen. Am liebsten hätte sie gesagt, ich liebe Luis doch auch, ich könnte mich nie gegen ihn stellen. Aber die eigenen Gefühle hatten in diesem dreckigen, stickigen Loch keinen Platz. Valerias Elend war deutlich größer.

»Bitte, du musst mir helfen«, flehte Valeria. »Ich habe mir überlegt …«

Schwerfällig ließ sie sich wieder auf die Pritsche sinken. Als Claire sich zu ihr hockte und ihre Hände ergriff, erklärte sie ihr ihren Plan.

Claire brachte es nicht übers Herz, sie zu unterbrechen, und nachdem Valeria geendet hatte und sie erwartungsvoll anstarrte, konnte sie ihre Bitte nicht einfach ablehnen.

»Ich denke darüber nach«, sagte sie seufzend, »aber fürs Erste musst du dich damit zufriedengeben, dass ich dir etwas zu essen und frische Kleidung bringe.«

An dem Tag, als Claire sich zum Gefängnis durchkämpfte, waren die Straßen voller Menschen, und für den eigentlich kurzen Weg benötigte sie fast eine Stunde. Hinterher war sie voller Staub und verschwitzt.

Kürzlich hatte die Kirche in Rom ein neues Dogma verkündet, die unbefleckte Empfängnis Mariens, und am heutigen Tage wurde diese mit einem großen Kirchenfest samt Prozession gefeiert, an deren Spitze man eine mit Blumen geschmückte Marienstatue trug. Die Kirche war auch außen prächtig dekoriert – mit Goldbrokat, Scharlachbehängen und zahlreichen Draperien in Uruguays Nationalfarben Blau und Weiß.

Die Gesichter der Menschen waren anfangs ernst, wie es der feierliche Anlass gebot, doch im Laufe des Tages wurde die Stimmung ausgelassen. Man vergaß, warum man feierte, und freute sich über den arbeitsfreien Tag, an dem man lachen, trinken, essen und tanzen konnte.

Claire wurde das Herz schwer, als sie in die vielen fröhlichen Gesichter blickte. Sie kündeten davon, dass für andere das Leben leicht war, während sie eine so schwere Entscheidung hatte treffen müssen.

Immer noch zweifelte sie daran, ob sie den Plan durchführen konnte. Als Valeria vorhin noch flehentlich ihre Hand gedrückt hatte, war sie sich zwar sicher gewesen, dass sie es tun musste, doch nun, da sie auf sich allein gestellt war, sank ihr

Mut. Nur zu deutlich fühlte sie das Fläschchen in ihrer Tasche, das Espe ihr mitgegeben hatte, und obwohl es winzig war, schien es schwer wie Blei zu wiegen.
Reiß dich zusammen!, ermahnte sie sich. Mach es ganz oder gar nicht!
Um ihr Vorhaben umzusetzen, durfte sie nicht zeigen, wie sehr sie mit sich und der Welt haderte, sondern musste frohgemut wirken. Mit aller Willenskraft schluckte sie ihr Unbehagen hinunter und setzte ihr freundlichstes Lächeln auf, als sie das Gefängnis erreichte.
Obwohl das graue Gebäude einschüchternd wirkte, ging es auch im Innenhof lustig zu. Darauf, den Gottesdienst zu feiern und zu beten, verzichtete man gerne, nicht aber darauf, wie alle anderen Bewohner Montevideos zu feiern. Standen die Soldaten ansonsten streng auf ihren Posten, saßen die meisten nun um ein Holzfeuer, um Asado zuzubereiten, gegrilltes Rind, oder Carne con cuero – Fleisch, das in der eigenen Haut zubereitet wurde. Nicht weit davon wurde über einem kleineren Feuer überdies ein Ziegenböckchen gebraten. Einige der Männer hatten die Jacke ihrer Uniform abgelegt, die hohen Stiefel ausgezogen und die Beine hochgelegt.
Claires Blick ging unwillkürlich zu den vergitterten Fenstern. Gewiss strömte der Geruch nach frisch gebratenem Fleisch in die Zellen, doch die Gefangenen würden nichts davon abbekommen, sondern mussten hungern.
Sie mied die anzüglichen Blicke, straffte den Rücken und ging unbeirrt auf den Eingang zu. Noch ehe sie ihn erreichte, traf sie eine Stimme.
»Claire!«
Sie fuhr herum. Natürlich hatte Luis seine Uniform nicht abgelegt, und ihr wurde noch schwerer ums Herz angesichts seiner stattlichen Erscheinung. Der übliche strenge Zug um

den Mund entspannte sich kurz, und sein Gesichtsausdruck wurde sanft und liebevoll, als er näher kam und sie betrachtete. Viel zu früh riss er sich wieder zusammen und gab sich unbewegt, wollte er vor den anderen doch seine Gefühle nicht zeigen.

Die letzten Wochen kamen Claire in den Sinn, da sie so häufig wegen Valentín gestritten hatten. Was für eine verschwendete Zeit!, dachte sie. Warum haben wir unsere Gesellschaft nicht einfach nur genossen?

»Was machst du hier?«, fragte er verwundert.

Nachdem er sie ein Stückchen zur Seite geführt hatte, entschuldigte sie sich für ihr unangekündigtes Kommen. »Es tut mir leid, ich kann mir vorstellen, dass du mich nicht hier haben willst, aber ich konnte nicht anders. Ich musste Valeria versprechen, dass ich …«

»Was versprechen?«, fiel er ihr hart ins Wort.

»Luis, ich bitte dich, sag nicht gleich nein! Sie will, dass ich Valentín eine Botschaft überbringe. Du … du musst mich zu ihm führen.«

Sein Ausdruck wurde immer strenger. »Warum kommt sie nicht selbst, sondern schickt dich?«

Claire zögerte, dann brachte sie mit gesenktem Blick die Lüge hervor, die sie sich ausgedacht hatte. »Du weißt doch, dass sie guter Hoffnung ist. Es gab Komplikationen, seit gestern liegt sie mit Blutungen im Bett …«

Gott sei Dank war Luis verlegen, dass sie so offen über weibliche Angelegenheiten sprach, und sah ihr das schlechte Gewissen angesichts der Lüge nicht an.

»Bitte, Luis!«, flehte sie. »Lass mich zu Valentín! Sonst regt sich Valeria noch mehr auf, und das könnte dem Kind schaden. Vielleicht verliert sie es sogar, und das würde ihr endgültig das Herz brechen. Ach Luis …«

Tränen traten ihr in die Augen, weil sie ihn so dreist belog – und es machte die Sache nicht besser, dass er ihren Kummer als Sorge um ihre Cousine deutete.

»Du hast ja recht«, gab er schneller nach, als sie erwartet hatte, »vielleicht habe ich in den letzten Wochen zu hart geurteilt. Selbstverständlich bist du Valeria verpflichtet – und sie diesem Mann.«

Jedes seiner Worte gab ihr einen Stich. Nicht nur dass er andeutete, wie sehr auch ihm die Entfremdung der letzten Wochen zugesetzt hatte – überdies brachte er ihr eines der größten Opfer, zu denen er fähig war: Er stellte sie vor seine Pflicht.

Er blickte sich um, doch die anderen Männer aßen, prosteten sich zu und achteten nicht länger auf sie.

»Also gut, ich bringe dich zu ihm.«

Dass alles so leicht gelang, schürte Claires Skrupel. Sie wusste, sie konnte nun nicht mehr zurück, aber am liebsten hätte sie ihn einfach stehengelassen, wäre hinaus auf die Straße gelaufen und hätte sich unter die Prozession gemischt.

»Könntest du mir etwas zu trinken geben, bevor du mich zu ihm bringst?«, bat sie stattdessen. »Es war so anstrengend, hierherzukommen, du weißt, die vielen Menschen auf der Straße ... Ach, ich sterbe vor Durst.«

Falls ihn ihre Bitte verwunderte, so zeigte er es nicht. Er ließ sie im Hof zurück und kam wenig später mit einem Krug verdünnten Weins und einem Becher wieder. Wie sie erwartet hatte, machte er keine Anstalten, selbst etwas davon zu trinken.

»Nicht im Dienst«, erklärte er, als sie ihn dazu aufforderte.

»Ach, komm schon, Luis, an einem Tag wie heute ...«

»Gerade heute muss zumindest einer nüchtern bleiben. Schau dich doch um! Keiner von ihnen nimmt es mit der Pflicht allzu genau.«

Sie seufzte. »Warum fühlst dann ausgerechnet du dich dazu bemüßigt?«

Die übliche Falte erschien auf seiner Stirn. »Weil ich nun mal so bin. Und weil ich mir denke, dass es im Leben besser ist, eine Sache ganz als zwei nur halb zu machen.«

Sie verstand ihn, verstand ihn so gut – dennoch neigte sie sich vertraulich vor und lächelte ihn halb kokett, halb flehentlich an. »Ich weiß, dass bei dir die Pflicht über allem anderen steht. Und sosehr ich dich dafür bewundere: Manchmal hatte ich in den letzten Wochen Angst, dass du sie selbst vor mich stellst. Ich fragte mich, was ich dir wert bin, wenn du eher mich deinen Prinzipien opferst als umgekehrt!«

Seine Strenge wich Bestürzung. »Sag doch so etwas nicht, Claire!«

»Aber es ist doch wahr! Wir haben uns so oft wegen Valentín gestritten, und ...«

»Ich habe doch eben zugestimmt, dass ich dich zu ihm bringe!«

»Ja, gewiss. Du wirst mich in einen finsteren Kerker führen, wo ein Mann nach schlimmsten Folterungen schon seit Monaten vor sich hinvegetiert. Kannst du mir nicht nachsehen, dass ich vor diesem schweren Gang gerne bei meinem Liebsten sitzen würde, das Gesicht in die Sonne halten und mich an ein paar Schlucken süßen Weins erfreuen?«

Sie schloss die Augen und tat, als würde sie das warme Licht genießen. Durch einen schmalen Spalt beobachtete sie, dass er es ihr gleichtat, und jenen Augenblick nutzte sie, den Inhalt von Espes kleinem Fläschchen in den Krug Wein zu schütten. Es war eine Mischung aus Mohn und Bilsenkraut.

Als er die Augen wieder öffnete, hob sie prostend das Glas, und wie erhofft, führte er selbst endlich den Krug an die Lippen und nahm einen tiefen Zug.

Die Zelle, in der Valentín gefangen war, befand sich im Keller des Gebäudes. Claire hatte ein dreckiges Loch erwartet, dessen Boden mit fauligem Stroh bedeckt war und das vor Ratten wimmelte, stattdessen lag Valentín auf einer dünnen Matratze auf nacktem Stein. Auch wenn der befürchtete Gestank ausblieb – vor Kälte war Valentín hier nicht gefeit. Die Wände waren feucht, die Luft roch irgendwie modrig.
Nachdem Luis aufgesperrt hatte, zog er sich zurück. »Ich warte draußen«, erklärte er, »lass dir nicht zu viel Zeit. Ein paar Minuten reichen doch, ja?«
Claire nickte rasch und musterte ihn aus den Augenwinkeln. Falls das Schlafmittel wirkte, gelang es ihm noch, jedes Anzeichen von Müdigkeit zu verbergen, und als sie die Zelle betrat, erwachte kurz die Hoffnung, ihr Plan würde daran scheitern, dass sie das Schlafmittel falsch dosiert hatte. Luis würde ihren Verrat nie bemerken – und vor Valeria konnte sie Espe die Schuld zuschieben. Als sie aber Valentín musterte und erkannte, dass er hier nicht mehr lange überleben würde, verwarf sie alle eigennützigen Gedanken und wünschte sich zum ersten Mal nicht nur um Valerias, sondern auch um ihrer selbst willen, dass sie ihn befreien konnte.
Reglos lag er auf der Matratze. Er blickte nicht hoch, als sie auf ihn zutrat und seinen Namen murmelte. Die Kleidung hing ihm in Fetzen vom Leib, und darunter wurden kaum verheilte, großteils nässende Wunden und blaue Flecken sichtbar. Die vielen Verletzungen waren wohl auch der Grund für das Fieber. Sie fühlte es sogleich, als sie ihn vorsichtig berührte, und sah sich bestätigt, als er sie aus glasigen Augen blicklos anglotzte.
»Valentín Lorente? Ich bin Claire Gothmann, Valerias Cousine.«
Er sah sie weiterhin so stumpf an, dass sie befürchtete, er hätte sie nicht verstanden.

»Bitte! Nehmen Sie all Ihre Kraft zusammen!«
»Valeria ...«, stieß er mühsam hervor.
»Ja, sie schickt mich. Sie konnte selbst nicht kommen, weil sie ...« Sie brach ab. Die Nachricht, dass sie ein Kind erwartete, sollte sie ihm besser selbst überbringen.
»Wie auch immer ... Ich werde versuchen, Sie hier rauszuholen. Aber es geht nicht ohne Ihre Hilfe. Sind Sie stark genug dazu?«
Seine Augen schienen weiterhin so leer wie die eines Toten, aber schließlich nickte er und bemühte sich, sich zu erheben. Ein Stöhnen kam über seine Lippen. Er kämpfte sichtlich gegen Schmerzen und Schwindel, und als er endlich hockte, anstatt zu sitzen, war sein Kopf dunkelrot. Immerhin sackte er nicht gleich wieder zusammen.
»Wie?«, fragte er heiser. »Wie wollen Sie mich hier rausbringen?«
»Kommen Sie mit.«
Als sie die Tür aufstieß, wappnete sie sich dagegen, Luis wach anzutreffen, und sie überlegte schon, was sie in diesem Fall tun sollte – am besten wäre es wohl, Valentín zurückzustoßen und ein dankbares Lächeln aufzusetzen. Doch Luis war vor der Zelle auf einen Stuhl gesunken. Seine Augen waren geschlossen, er atmete tief und gleichmäßig. Sein Anblick traf Claire mitten ins Herz. Obwohl selbst weder krank noch schwindlig, wankte sie und musste sich an den Türstock stützen.
»Und jetzt?«, fragte Valentín, der sich seinerseits gegen die Wand lehnte.
Claire deutete erschaudernd auf Luis. »Jetzt müssen Sie ihm die Kleidung ausziehen und sie anlegen.«
Valentín schien trotz des Fiebers zu begreifen, was sie vorhatte – allerdings war er nicht eine so große Hilfe wie erhofft. Sie

hatte gedacht, sie müsste Luis nicht anrühren, sondern könnte es ihm überlassen, ihm seine Kleidung zu stehlen, doch schon als Valentín nur einen einzigen wackeligen Schritt auf ihn zumachte, erkannte sie, dass das in seinem Zustand unmöglich war. Ihr blieb nichts anderes übrig, als Luis selbst auf den Boden zu zerren, ihm erst die Stiefel auszuziehen und ihn dann aus der Jacke zu schälen. Sein Atem ging schneller, und einmal stöhnte er, aber er erwachte nicht. Bei seinem Anblick musste sie daran denken, wie sie ihn einst im Schlaf beobachtet hatte. So unschuldig war er ihr damals erschienen, frei von der Strenge und dem Pflichtbewusstsein, die seinen Charakter ausmachten. Damals hatte sie zum ersten Mal geahnt, dass sie ihn liebte – und heute? Heute liebte sie ihn mehr als zuvor – und hinterging ihn dennoch.
Warum tust du mir das an, Valeria?, klagte sie im Stillen. Warum zerstörst du mein Glück?
Als sie allerdings Valentín betrachtete, wie er gegen die Ohnmacht kämpfte, konnte sie in ihm nicht den Feind sehen – nur den Mann, den Valeria liebte, dem sie allein zur Freiheit verhelfen konnte und den sie unbedingt zu ihr bringen musste. Es fühlte sich so richtig an, was sie tat, und so entsetzlich falsch. Etwas in ihr zerriss in jenen Augenblicken und würde niemals wieder heil werden, und zugleich legte sie eine Entschlossenheit an den Tag, die sie endgültig erwachsen werden ließ.
Valentín war etwas kleiner als Luis. Die Hosen schliffen über den Boden, die Jacke schlackerte am ausgehungerten Leib, aber die Stiefel saßen wie angegossen. Claire half ihm, die Haare im Nacken zusammenzubinden, zog die Kappe, die sie Luis abgenommen hatte, tief in sein Gesicht und stellte den Kragen auf, damit man seinen langen, ungepflegten Bart nicht sehen konnte.

Als er einige Schritte machte, wankte er wieder.
»Wird es gehen?«, fragte sie bang.
»Es muss ...«, erwiderte er heiser.
Sie stützte ihn und musste sich derart anstrengen, dass sie sich kein einziges Mal nach Luis umdrehen konnte, der schlafend auf dem Boden lag.
Das Schwerste stand noch bevor – Valentín an den anderen vorbei durch den Hof zu lotsen. Unwillkürlich verkrampfte sie sich, als das Sonnenlicht sie traf, aber zu ihrem Erstaunen hatte sie keine Angst vor dem Kommenden, sondern spürte nur noch mehr Entschlossenheit. Nichts konnte schlimmer sein, als Luis zu verraten.
Gleich, dachte sie, gleich gehe ich zu ihm zurück. Wenn Valentín erst einmal in Sicherheit ist, werde ich ihm seine Uniform zurückbringen und ihm alles erklären ...
Diese Gedanken begleiteten sie, als sie den Hof überquerte. Sie brauchte weiterhin alle Kraft, um Valentín zu stützen, so dass sie kaum bemerkte, die Hälfte schon geschafft zu haben. Dort traf sie jedoch plötzlich eine Stimme. »He, Luis! Was ist denn mit dir los!«
Claire zuckte zusammen, fing sich aber rasch wieder. Ohne Valentín loszulassen, drehte sie sich um und grinste kokett in Richtung der Männer. »Er hat zu viel getrunken. Und ihr kennt ihn doch. Einer wie er verträgt nicht so viel wie ihr.«
Die Männer blieben träge beim Feuer lungern und lachten spöttisch. »Das tut unserem Luis ganz gut, endlich in die Freuden des Lebens eingeführt zu werden.« Eine obszöne Geste folgte – ganz offensichtlich meinten sie nicht nur die Freuden des Trinkens.
Claire war zu angespannt, um verlegen zu sein. Wie von fremder Macht gesteuert, brachte sie die nächsten Schritte hinter sich und erreichte mit Valentín den Ausgang. Auch dort

hockten uniformierte Männer, doch die waren gerade beschäftigt, das gebratene Fleisch aufzuteilen, und achteten nicht darauf, dass einer der ihren das Gefängnis verließ. Und dann standen sie zu Claires Erleichterung schon auf der Straße und wurden vom allgemeinen Gedränge mitgerissen.

Hastig leitete sie Valentín in eine Seitengasse. Es wurde zunehmend schwerer, ihn zu stützen, da er nur schlurfend vorankam.

»Bitte, Valentín! Sie müssen all Ihre Kräfte zusammennehmen. Es ist nicht so weit. Und sobald wir bei Valeria sind, müssen Sie sofort die Uniform ablegen, damit ich sie Luis zurückbringen kann. Kommen Sie, es geht in diese Richtung und …«

Während sie sprach, hatte sie sich von ihm losgemacht, weil sie sein Gewicht nicht länger halten konnte. Sie deutete gen Norden, als sie ein Rumpeln vernahm. Entsetzt fuhr sie herum. Valentín hatte alle seine Kräfte verbraucht und war neben ihr auf den Boden gefallen.

»Valentín!«

Claire hoffte, dass er sich aus eigener Kraft wieder aufrichten konnte, und blieb mit einigem Abstand von ihm entfernt stehen, doch als er sich nicht rührte, konnte sie gar nicht anders, als sich zu ihm zu beugen und ihn leicht zu schütteln. Immer noch keine Reaktion. Er atmete, aber nur flach. Claire scheute sich, ihn anzufassen. Bei Luis war es ganz selbstverständlich, ihn zu berühren, ihn zu küssen, aber Luis hatte auch nicht so roh gewirkt, so verwahrlost, so dreckig. Nun, für Letzteres konnte Valentín nichts, mahnte sie sich zur Vernunft. Vorsichtig tastete sie über sein Gesicht. Nicht nur dass es schmutzig und voller Schrammen war – es glühte noch heißer als zuvor.

»Valentín ...«
Claire rang mit sich. Luis würde gleich erwachen, und sie wollte doch bei ihm sein, um sich ihm zu erklären! Und vor allem wollte sie ihm die Uniform zurückbringen! Doch sie konnte Valentín nicht einfach liegen und ihn sterben lassen – und ihn schon gar nicht der Uniform berauben. Hilfesuchend blickte sie sich um, aber weit und breit war nichts von Espe zu sehen, die ihr Hilfe zugesichert hatte. Stattdessen kehrte die Prozession zurück – von Priestern in Purpurroben angeführt, gefolgt von Herren im Ballstaat mit hellen Glacéhandschuhen und Frauen, die in neuester Mode gekleidet waren: Sie trugen Kleider aus Samt und Damast, Geschmeide und Kopfputz mit Hüten mit Schleier. Nach ihrem Aufenthalt im Gefängnis schienen sie Claire wie aus einer anderen Welt zu kommen. Die Menschenmassen strömten an ihr vorbei, ohne zu helfen – entweder blind für ihre Not oder mit verächtlichem Gesichtsausdruck. Sie hielten Valentín wohl für einen betrunkenen Polizisten.
»Valentín ...«, flüsterte sie zum wiederholten Male.
Seine Augenlider zuckten, aber als sie sich kurz öffneten, war nur Weißes zu sehen.
Nachdem die Prozession schon vorüber war, folgten zwei Männer mit Zylinder und unterhielten sich lautstark über die Predigt, die einmal mehr nicht den großen Mysterien, sondern der Tagespolitik gegolten hatte. Die Priester Montevideos redeten lieber über die Vorzüge des eigenen Landes gegenüber Europa als über die Jungfrau Maria.
»Bitte ... bitte, ich brauche Hilfe.«
Diesmal fielen die Blicke, die sie trafen, spöttisch aus. »Lass diesen Säufer lieber liegen, Mädchen.«
Lachend gingen die Männer einfach weiter, und Claire packte die Wut. Am liebsten wäre sie ihnen nachgerannt, hätte sie für ihre Mitleidlosigkeit zur Rede gestellt und erklärt, dass der

Mann schwer krank war. Aber dann hätte sie wohl oder übel zugeben müssen, dass die lange Gefängnishaft der Grund dafür war. Und hätten die Männer erst einmal geahnt, dass der vermeintliche Polizist ein Paraguayer war, hätten sie ihn wohl nicht nur einfach sterben lassen, sondern sogar noch liebend gerne nachgeholfen.
Die Wut erstarb, stattdessen war sie den Tränen nahe. Ehe tatsächlich Tränen über die Lider quollen, erblickte sie in der Ferne Espe. Sie kam nicht allein, sondern wurde von Valeria begleitet. In den letzten Tagen hatte Claire sie stets nur flüchtig gemustert, doch nun bot ihr geschwollener Leib einen nahezu monströsen Anblick. Das Kind, das sie unter ihrem Herzen trug, musste riesig sein.
»Valeria!«, rief Claire entsetzt. »Du solltest doch nicht hierherkommen!«
Die Cousine achtete gar nicht auf sie, sondern stürzte zu Valentín und kniete sich neben ihn. Auch als sie ihn sachte schüttelte und auf ihn einredete, blieb er reglos liegen.
»Ich muss zurück zu Luis …«, stammelte Claire. »Und ich brauche doch die Uniform …«
Valeria achtete weiterhin nicht auf sie, aber Espe meinte zweifelnd: »Wir müssen ihn von hier fortschaffen, und das geht nicht ohne dich.«
»Aber wohin sollen wir ihn bringen?«
»Wenn er den morgigen Tag erleben will, muss er am besten ins Krankenhaus.«
Jenes lag im Südwesten der Stadt, wie Claire wusste. Ihr Vater und Julio de la Vegas bedachten es regelmäßig mit Spenden.
»Das ist unmöglich!«, rief Valeria. »Dort könnte man herausfinden, wer er ist.«
»Und wenn wir behaupten, dass er in eine Prügelei geraten ist?«, schlug Claire vor.

Valeria schüttelte den Kopf. »Der Weg ist ohnehin zu weit – am besten, wir bringen ihn wie geplant ins Wirtshaus.«
Sie machte Anstalten, ihn an den Schultern hochzuziehen.
»Nicht!«, rief Claire entsetzt. »Du musst dich doch schonen. Du kannst ihn unmöglich tragen.«
»Aber für euch beide ist er viel zu schwer …«
Trotz ihrer Widerrede – Valerias vermeintliche Entschlossenheit zeigte Sprünge.
»Dann müssen wir eben zusehen, dass er wieder aus der Ohnmacht erwacht«, schaltete sich Espe ein.
Sprach's und ging davon, ohne Valerias Zustimmung abzuwarten. Als sie wiederkam, brachte sie einen Krug Wasser mit. Claire war sich nicht sicher, wo sie diesen so rasch aufgetrieben hatte, vermutete aber, dass er aus einer Kirche stammte und mit Weihwasser gefüllt war. Ohne Zweifel war es ein Sakrileg, aber was konnte eine schlimmere Sünde sein, als Luis verraten zu haben, Luis, der mittlerweile wohl erwachte, Luis, der …
Espe schüttete das Wasser auf Valentíns Gesicht. Prompt stöhnte er.
»Nicht einschlafen! Du musst mithelfen«, rief Espe so streng, als wäre er ein störrischer Junge, der sich absichtlich ihren Befehlen verweigerte.
Sie zerrte ihn hoch, und Claire nahm widerwillig den anderen Arm. Auch Valeria half mit – natürlich mit der Folge, dass sie bald ächzend nach ihrem Leib griff.
»Du bist uns keine Hilfe, wenn du hier in der Gosse dein Kind gebärst«, erklärte Espe streng. »Wir schaffen es auch ohne dich.«
Daran hatte Claire ihre Zweifel, doch zu ihrer Überraschung war Valentín tatsächlich zu Bewusstsein gekommen und setzte mit ihrer Hilfe Schritt vor Schritt. Sie kamen nur mühsam,

aber stetig voran – und irgendwann hatten sie Pilars Wirtshaus erreicht.
Als Valentín dort erschöpft niedersank, hätte es Claire ihm am liebsten gleichgetan. Sie war von Schweiß überströmt, und ihre Brust schmerzte, weil sie so gepresst geatmet hatte, aber sie konnte nicht bleiben – sie musste zurück zu Luis!
»Helft mir! Wir müssen Valentín entkleiden!«
»Bist du wahnsinnig?«, protestierte Valeria. »Es war schwer genug, ihn hierherzuschaffen …«
»Dann wenigstens die Stiefel und die Hose!«
Schlimm genug, dass sie Luis hintergangen hatte – sie konnte ihn unmöglich der Schmach aussetzen, nur in Unterhosen vor seinen Kollegen zu stehen.
Während Valeria keine Anstalten machte, ihr zu helfen, schien Espe zu begreifen, warum es ihr so wichtig war. Mit vereinten Kräften zerrten sie erst an den Stiefeln, dann an der Hose, und alsbald hatten sie sie ihm ausgezogen.
Wortlos wandte sich Claire ab. Espe nickte ihr aufmunternd zu, Valeria dagegen war nur mit Valentín beschäftigt. Claire lief die Straße zurück, auf der sie gekommen waren, und obwohl von der Last seines Körpers befreit, fühlte sie sich trotzdem wie gelähmt.
Sie wusste plötzlich, sie würde nicht rechtzeitig kommen, und sie wusste – auch wenn sie dabei gewesen wäre, als Luis erwacht war, sie ihm seine Uniform zurückgeben und sie ihm alles hätte erklären können, würde er ihr nicht verzeihen.

27. Kapitel

Drei Tage lang kämpfte Valentín mit dem Tod. Mehrmals stieg sein Fieber so hoch, dass Valeria das Gefühl hatte, sich ihre Hand an seinem glühenden Gesicht zu verbrennen. Er wälzte sich unruhig hin und her und schien von Alpträumen gepeinigt, wie die wirren Worte und die spitzen Schreie bekundeten. Gegen diese konnte sie nichts tun und gegen das Fieber auch nicht mehr, als ihm kühlende, in Essigwasser getränkte Tücher aufzulegen. Espe bereitete einen übelriechenden Sud aus irgendeinem Kraut zu, den sie ihm mühsam Tropfen für Tropfen einflößte. Er spie fast alles davon wieder aus, und das wenige, das er behielt, führte zu keiner Besserung.
»Was soll ich nur tun, Espe?«, klagte Valeria verzweifelt.
Espe blickte sie ruhig an. »Manchmal kann man nichts anderes tun als warten.«
Am vierten Tag sank Valentín in einen totenähnlichen Schlaf. Valeria saß bei ihm, ergriff seine Hand, nickte ein und erwachte wieder. Jedes Mal hatte sie Angst, dass er gestorben wäre, ohne dass sie es gemerkt hatte, doch seine Brust hob und senkte sich. Von der Gaststube vernahm sie Gemurmel, manchmal sogar Geschrei. Einmal kam es zwischen einem Ziegelbrenner und einem Wagenbauer zu einer Meinungsverschiedenheit, wer das beste Bier in Montevideo braute. Der eine – ein deutscher Auswanderer – meinte, nur in der Cervecería Alemana wäre eins zu kriegen, das man trinken könnte. Der andere, der gleiche Wurzeln hatte, aber durch und durch Spanier gewor-

den war, hielt dagegen, dass man hierzulande nicht noch mehr Deutsche brauche und schon gar nicht, um etwas Anständiges zu saufen. Am Ende schleuderten sie sich ihre Krüge an den Kopf und prügelten sich auf dem schmutzigen Lehmboden.
Valeria hatte das Gefühl, die Welt sei verrückt geworden. Valentín kämpfte um sein Leben, andernorts sein Volk gegen eine Übermacht aus Feinden – und hier stritt man sich ums Bier. Nach der Prügelei wurde selbiges eifrig getrunken, und auf das Geschrei folgte Schnarchen.
Wurde es in der Gaststube endlich leise, konnte man die Händler vom nahe liegenden Markt rufen hören, die schon frühmorgens ihre Ware anpriesen. Keiner von ihnen begnügte sich damit, irgendetwas nur als gut zu benennen. Alles musste das Beste sein. Die besten Tomaten aus Baradero, die besten Pfirsiche aus Santiago del Estero, die beste Butter von englischen Kühen und aus den Schweizer Kolonien in Entre Ríos, die beste Milch aus Quilmes.
Valeria lauschte ihnen und war sich sicher, nie wieder etwas mit gutem Appetit essen zu können. Sie zwang sich manchmal nur des Kindes wegen, das in ihr wuchs und strampelte, ein Stück Brot hinunterzuwürgen und einen Krug Milch zu trinken.
Es war Espe, die sie damit versorgte, und auch Claire besuchte sie oft. Sie fragte zwar stets nach Valentíns Wohlbefinden, wirkte aber ansonsten sehr abwesend und zutiefst traurig. Valeria ahnte, dass es mit Luis zu tun hatte, aber sie war so von ihren eigenen Sorgen gefangen, dass sie nicht nachfragte – und Claire erzählte nichts von sich aus.
Nach zwei weiteren Tagen sank das Fieber, und Valentín erwachte. Seine Augen wirkten nicht mehr so leer und glasig wie in den Augenblicken, da er schreiend und schwitzend von Träumen hochgeschreckt war.

»Wo bin ich?«, stammelte er.
Valeria stürzte an sein Bett und umfasste sein Gesicht mit ihren Händen. »Du bist in Sicherheit, wir haben dich aus dem Gefängnis befreit!«
Sein Blick glitt über sie und blieb bei ihrem runden Bauch hängen. Ungläubig weiteten sich seine Augen.
»Ja«, sagte sie stolz, »ich ... wir bekommen ein Kind!«
Doch es war nicht dieser Umstand allein, der ihn am meisten verwunderte. »So viel Zeit ist also vergangen«, murmelte er. »Im Gefängnis dachte ich, es wären nur Wochen gewesen, stattdessen sind es Monate. Was ... was ist in Paraguay passiert? Wie steht es im Krieg?«
Valeria hatte keine Ahnung. In den letzten Monaten hatte sie keinen Sinn dafür gehabt und nie nach Neuigkeiten gefragt. »Ich werde Claire bitten, dir ein paar Zeitungen zu bringen.«
Valentín löste seinen Blick von ihr und betrachtete den armseligen Raum. »Deine Familie ...«
»Ich habe mit ihr gebrochen und das Haus der de la Vegas' verlassen. Ich lebe jetzt hier.«
»Aber das geht doch nicht! Es ist so dreckig hier, so schwül und eng. Du hast etwas Besseres verdient, gerade jetzt, da du ein Kind bekommst.«
»Sag das nicht! Das Wichtigste ist, dass ich mit dir zusammen bin und dass es dir wieder bessergeht.«
Sein Gesichtsausdruck verdüsterte sich, und sie sah ihm an, dass er widersprechen wollte. Doch schon die wenigen Worte hatten ihn erschöpft. Sein Kopf sank auf das Kissen, und wenig später war er erneut eingeschlafen.
Das Fieber kehrte nicht zurück, das ausgezehrte Gesicht wurde etwas runder, die dunklen Ringe unter den Augen verblassten. Seine Schwermut aber blieb. Immer wieder beteuerte er, wie unerträglich es ihm war, dass sie hier zu hausen hatte. Wenn

sie heftig widersprach und ihre Liebe beschwor, rang er sich zwar ein Lächeln ab, doch sobald er die Neuigkeiten aus seiner Heimat erfuhr, senkte sich wieder Trauer über ihn.
Wie versprochen hatte Valeria ihm einige Zeitungen besorgt und las ihm selbst daraus vor. Am liebsten hätte sie ihm die neuesten Nachrichten verschwiegen, aber sie ahnte, dass er eine Lüge durchschauen würde. Wie es schien, wurde der Krieg immer vernichtender geführt, und mit jeder weiteren Schlacht und vor allem mit dem Endkampf um Humaitá wurde der Untergang Paraguays besiegelt. Nachdem es brasilianischen Dampfschiffen gelungen war, die letzten paraguayischen Flusssperren bei Humaitá zu überwinden und die noch verbliebenen Streitkräfte auszuschalten, stand den Alliierten der Weg nach Asunción offen. Sie wussten beide, dass das der Anfang vom Ende war. Nur Paraguays Diktator wusste es offenbar nicht oder wollte es nicht wissen. Anstatt endlich aufzugeben, rief er Kinder, Greise und noch mehr Frauen zu den Waffen und ahndete grausam jeden Widerstand im eigenen Land.
»Ich sollte dort sein und an der Seite meines Bruders kämpfen«, sagte Valentín.
»Dafür bist du viel zu schwach.«
»Ja«, er nickte düster. »Ich tauge zu nichts. Wie soll ich dich fortan ernähren, wie unser Kind?«
»Du warst so lange im Kerker und hast dort Schreckliches erlebt. Wenn du dich erst einmal davon erholt hast, können wir Pläne machen.«
Er schüttelte nachdenklich den Kopf. »Du solltest lieber zu deiner Familie zurückkehren und dich mit ihr aussöhnen.«
»Das kann ich nicht!«, rief sie energisch. »Du hast dich meinetwegen mit Pablo entzweit, ich deinetwegen mit den de la Vegas'. Für dich führt doch auch kein Weg zurück.«

»Das stimmt. Hier bin ich ein Feind – und in Paraguay ein Verräter.«
Sie nahm seine Hände und drückte sie. »Aber für mich bist du mein Mann und für unser Kind der Vater.«
Der Gedanke schien kurz sein Gemüt zu erhellen. Erst betrachtete er nur ehrfürchtig ihren Körper, dann strich er zärtlich darüber. »Wann ist es so weit?«, fragte er.
»Ich bin mir nicht sicher, in zwei Monaten, vielleicht schon in einem. Und bis dahin sollten wir die Entscheidung darüber aufschieben, wie unsere Zukunft auszusehen hat.«
Er schien ihr widersprechen zu wollen, doch beherzt nahm sie auch seine zweite Hand, um sie zu ihrem Leib zu ziehen, und als er das Strampeln des Kindes fühlte, sah er weniger elend aus und verkniff sich jedes weitere Wort.

Bis jetzt hatte sich Valeria nur wenig Gedanken um die bevorstehende Geburt gemacht, aber Claire drängte sie eines Tages, mitzukommen, damit eine Hebamme sie untersuchen könnte. Valeria zögerte, denn obwohl seine Genesung nun täglich Fortschritte machte, wollte sie Valentín nicht allein lassen. Doch der erklärte bestimmt: »Du hast nun lange genug an meinem Bett gehockt, um mich zu pflegen. Denk endlich mal an dich und unser Kind, alles andere ist nicht wichtig.«
Sie küsste ihn flüchtig auf den Mund, ehe sie Claire folgte.
Obwohl ihr Zimmer bei Pilar ein finsteres, stinkendes Loch war, sehnte sie sich dorthin zurück, kaum dass sie die Straße betrat. Die Enge und der Lärm setzten ihr zu. Sie fühlte sich schwer und behäbig, ihr Rücken schmerzte, die Beine waren geschwollen. Selten hatte sie sich in ihrem eigenen Körper so unwohl gefühlt. Vor Claire zuzugeben, wie erbärmlich ihr zumute war und wie sehr sie sich nach den Tagen sehnte, da sie die Stadt leichtfüßig und neugierig erforscht hatte, anstatt bei jeder Ecke

schwitzend und keuchend stehen zu bleiben, wollte sie dennoch nicht, zumal diese wie so oft in den letzten Wochen in Gedanken versunken war.

»Hast du ... hast du mit Luis reden können?«, fragte Valeria und schalt sich selbst, sich den Nöten der Cousine gegenüber bislang so blind erwiesen zu haben.

Claire starrte stur aufs Straßenpflaster. »Das ist nicht möglich. Er will mich nicht sehen.«

»Aber ...«

»Nichts aber«, fiel Claire ihr hart ins Wort. »Ich habe mich entschieden, dir zu helfen, und jetzt muss ich mit den Folgen leben. Denk daran, was auch Valentín dir sagte – das Wichtigste ist jetzt dein Wohl und das deines Kindes.«

Valeria überlegte, was sie Tröstliches erwidern konnte, aber ehe ihr etwas einfiel, erreichten sie bereits das Haus, in dem die Hebamme lebte.

Sie war eine große Frau, breitschultrig wie ein Mann und mit den Händen eines Fleischers, aber sie verströmte das Selbstbewusstsein von einer, die ihren Beruf lange Jahre ausgeübt hatte und die nichts mehr überraschen konnte.

»Ich habe schon Hunderten Kindern auf die Welt geholfen, und ich kenne alle Arten von Weibern. Du scheinst mir eine zu sein, die einen starken Willen hat, wenig schamhaft ist, dafür sehr stur – und das sind alles Eigenschaften, die bei einer Geburt nützlich sind. Wahrscheinlich wirst du dein Kind recht leicht auf die Welt bringen.«

Valeria war erleichtert, doch als die Hebamme ihr über den Leib tastete, runzelte sie plötzlich die Stirn.

Auch Claire war das nicht entgangen. »Ist mit dem Kind etwas nicht in Ordnung?«, fragte sie besorgt.

»Doch, doch«, meinte die Hebamme, »aber so, wie es aussieht, ist es nicht nur ein Kind, sondern derer zwei.«

Valeria erbleichte. »Zwillinge?«
»Großer Gott!«, stieß Claire aus.
Sie dachte wohl das Gleiche, was auch Valeria durch den Kopf ging: Ihre Lage war schon schwer genug mit einem Kind – wie sollten Valentín und sie sich mit zwei durchschlagen?
Die Hebamme jedoch dachte, ihre Sorgen würden der nahen Geburt gelten.
»Keine Angst«, murmelte sie, »wo eins durchgeht, schafft es auch ein zweites. Trotzdem musst du dich schonen. Bestenfalls bleibt dir noch ein Monat bis zur Geburt, aber wenn du dich aufregst, kommen die Kinder schon früher – und noch sind sie sehr klein.«
Auf dem Heimweg hatte Valeria keinen Kopf mehr für Claires geheime Nöte. Sie war nun in Gedanken versunken, und mit jedem Schritt schien die Last, die sie mit sich trug, schwerer zu wiegen.
Claire bedrängte sie nicht, ihre Sorgen auszusprechen. Erst als sie Pilars Herberge erreicht hatten, ergriff sie das Wort.
»Überleg es dir doch noch einmal, ich meine, deine Eltern um Hilfe zu bitten. Glaub mir, sie sind so voller Sorge, und es fällt mir schwer, ihnen zu verschweigen, wo du bist.«
Valeria schüttelte den Kopf. »Du darfst auch weiterhin kein Wort zu ihnen sagen, versprich mir das!«
»Aber ...«
»Nein, versprechen ist zu wenig – schwör es mir! Valentín hat für mich seine Familie und seine Heimat verlassen!«
»Und nun denkst du, du bist es ihm schuldig, das Gleiche zu tun?«, fragte Claire ungläubig.
»Er würde es nie von mir verlangen, aber ich will es so.« Sie blickte Claire streng an. »Es ist meine Entscheidung – und du musst sie akzeptieren.«
Claire seufzte, sagte jedoch nichts mehr.

Nachdem sie sich verabschiedet hatten, stieg Valeria nach oben. Trotz aller vermeintlichen Entschlossenheit fühlte sie sich entsetzlich mutlos, als sie über ihren Leib strich. Zwei Kinder ... zarte, kleine Kinder. Wie sollte sie sie nur groß bringen? Und vor allem, wo? Unmöglich konnten sie alle zusammen in diesem Dreckloch leben und auf Claires Mildtätigkeit und Espes Hilfe zählen!
Sie zögerte, die Stube zu betreten und Valentín davon zu berichten, dass sich zwei neue Erdenbürger ankündigten. Als sie schließlich dennoch seufzend die Tür öffnete, fand sie nur das leere Zimmer vor. Nichts deutete darauf hin, dass er hier einige Wochen zugebracht hatte. Auf dem Bett, dessen Laken er sorgfältig zusammengefaltet hatte, lag lediglich ein Brief. Valeria stürzte hin und überflog das Schreiben.

Liebe Valeria,
ich weiß, Du fühlst Dich mir verpflichtet, aber ohne mich werden das Kind und Du ein besseres Leben haben. Deswegen werde ich Montevideo verlassen – such nicht nach mir! In einer anderen Welt wäre es uns vielleicht möglich gewesen, unsere Liebe zu leben. Doch in dieser kann ich Dir nichts anderes bieten als Leid, Einsamkeit und Armut. Das will ich nicht, das hast Du nicht verdient. Verzeih mir. Ich tue es aus Liebe.
Valentín

Valeria hatte den Brief kaum sinken lassen, als sie sich schon umgedreht hatte und zur Tür geeilt war. Sie folgte dem ersten Gefühl, das sie packte – und das war kein Entsetzen oder Traurigkeit, sondern blanke Wut. Sie lief so schnell die schiefe Treppe herunter, dass sie über eine der Stufen stolperte. Zwar konnte sie sich im letzten Augenblick ans Geländer festklammern und fiel nicht, aber sie spürte trotzdem ein Stechen im Leib.

Egal, sie konnte jetzt nicht darauf achten. Valentín war sicher noch nicht lange fort, sie musste ihn einholen.

»Wo ist er hin?«, fuhr sie Pilar an, die von ihren lauten Schritten aus der Gaststube gelockt worden war.

»Habe ich etwa Zeit, am Fenster zu hocken, hinauszusehen und alles zu beobachten?«, gab diese giftig zurück. Sie musterte Valeria eine Weile abschätzend, um dann etwas freundlicher hinzuzufügen: »Nun, einer, der kein Geld hat, verlässt Montevideo nicht über den Hafen, sondern über die Straße, die an der Markthalle vorbei zu den Stränden führt.«

Valeria ließ sie wortlos stehen und stürmte aus dem Wirtshaus. Bald würde der Winter anbrechen, doch noch war die Sonne stark genug, sie zu blenden. Das Gedränge auf den Straßen war dichter als zuvor, und als sie sich durch die Menge boxte, wurde sie misstrauisch beäugt. Frauen in ihrem Zustand sollten sich nicht in der Öffentlichkeit zeigen. Doch sie schämte sich nicht für ihren Leibesumfang, dachte auch nicht daran, dass sie zwei Kinder erwartete und sich darum umso mehr schonen musste, sondern hielt verzweifelt nach Valentín Ausschau. Ihn erblickte sie nirgendwo, an seiner statt jedoch Claire, von der sie sich vorhin verabschiedet hatte.

»Valeria, was hast du hier verloren?«, rief diese entsetzt. »Die Hebamme hat doch gesagt, du sollst dich ausruhen.«

Aus dem spitzen Stechen in ihrem Leib wurde ein krampfartiger Schmerz, aber immer noch zollte sie ihm keine Beachtung. »Valentín!«, keuchte sie. »Valentín ist fort! Dieser Narr denkt tatsächlich, er kann mir das Leben an seiner Seite nicht zumuten.«

Sie eilte weiter, obwohl ihr jeder Schritt schwerer fiel. Es war, als trüge sie nicht nur die ungeborenen Kinder, sondern als lastete

obendrein Blei auf den Schultern. Claire folgte ihr und stützte sie rechtzeitig, als ihre Knie nachgaben und sie niedersank.
»Damit hat er vielleicht sogar recht«, murmelte sie.
»Das hat er nicht!«, rief Valeria und rappelte sich auf. »Beide haben wir unserer Liebe so viel geopfert! Das darf nicht umsonst gewesen sein!«
Der Weg führte über unebene Pflastersteine bergauf. Sie spürte Schweiß aus allen Poren brechen, und zur Wut gesellte sich nun auch noch Verzweiflung. So zielstrebig sie weiterhin Schritt vor Schritt setzte – sie fühlte, wie ihre Kräfte schwanden und die Schmerzen immer stärker wurden.
»Valeria, ich bitte dich …«
»Sag nichts, sag einfach nichts!«
»Aber …«
Wieder wollte sie ihr über den Mund fahren, doch plötzlich überwältigte sie der Schmerz. Es schien, als würde sich ein Messer in ihrem Leib umdrehen. Sie hielt keuchend inne und konnte sich nur noch dank Claire aufrecht halten, die entsetzt aufschrie: »Valeria, bleib endlich stehen! Ruh dich aus! Denk an die Kinder!«
Valeria schüttelte den Kopf, krümmte sich zwar, tat aber einen weiteren Schritt. In dem Augenblick floss etwas Nasses über die Füße. Sie blickte an sich herab und fürchtete schon, es wäre Blut, aber jene Flüssigkeit war glasig. Ehe sie sich weiterkämpfen konnte, packte Claire sie energisch am Arm und hielt sie zurück.
»Das ist Fruchtwasser!«, rief sie. »Und das bedeutet, dass deine Kinder auf die Welt kommen.«
Der Schmerz kehrte wieder, zog vom Rücken bis zu den Zehenspitzen.
Als er vorbei war, hatte sie sich die Lippen wund gebissen.
»Zu früh … es ist doch viel zu früh«, jammerte sie.

»Ich fürchte, es wird sich nicht aufhalten lassen.«
»Aber Valentín ...«
»Valentín kann dir jetzt auch nicht helfen«, sagte Claire ungewohnt streng. »Wir müssen zurück zu Pilar. Und dann hole ich die Hebamme ... und Espe.«

Mit Mühe und Not schafften sie es zu Pilar zurück, doch dort angekommen, war Valeria so erschöpft, dass sie nicht die Treppe hochsteigen konnte. Claire brachte sie in die Gaststube und schob schnell einige Tische beiseite, damit sie sich auf den Boden legen konnte. Er war nur aus gestampftem Lehm, beschmutzt von Essensresten, ausgespucktem Tabak und dem Kot von Mäusen und Ratten, die jederzeit aus ihren Löchern huschen konnten. Doch Valeria war es gleich. Die Pausen zwischen den Wehen wurden immer kürzer, sie kämpfte darum, gleichmäßig zu atmen, und achtete nicht auf Pilars Genörgel. »Ich hoffe, du wirfst deine Kinder schnell«, sagte diese schrill. »Ich will mir deinetwegen doch nicht das Abendgeschäft entgehen lassen.«
Ob die Geburt nun schnell oder langsam vonstattenging – fest stand, dass sie nie solche Schmerzen gehabt hatte, nie das Gefühl, ihr Leib würde zerreißen. Als Claire kurz fort war, um Hilfe zu holen, fühlte sie sich noch hilfloser, doch als die endlich mit der Hebamme und Espe wiederkehrte, war sie zu schwach, um ihr zu danken.
Espes Händedruck tröstete sie ein wenig – die Hebamme blickte dagegen mürrisch auf sie herab. »Ich habe doch gesagt, dass du dich schonen sollst.«
»Sie haben auch behauptet, dass meine Cousine leicht gebären würde«, sagte Claire und blickte entsetzt auf die gekrümmte Valeria, die sich ihre spitzen Schreie nicht verkneifen konnte.

»Auch eine leichte Geburt verläuft nicht ohne Schmerzen«, gab die Hebamme streng zurück. »Und um die Mutter mache ich mir auch keine Sorgen. Vielmehr um die Kinder. Zwillinge sind immer kleiner und schwächer, und diese kommen zu früh.«

Die Reue, die Valeria überkam, war nicht minder schmerzhaft als die Wehen. Warum war sie Valentín nur hinterhergelaufen – warum war er überhaupt gegangen? Oh, dieser Dummkopf! Sobald die Kinder da waren, musste sie ihm folgen. Aus Liebe. Aber auch aus Trotz.

Während der nächsten Wehe rief sie gellend seinen Namen, als sie verebbt war, keuchte sie ihn nur. Claire beugte sich über sie. »Vergiss ihn endlich!«, rief sie ungewohnt streng. »Er ist nicht hier, um dir zu helfen, ja, könnte es nicht einmal, selbst wenn er's wäre.«

»Aber …«

»Kein Aber! Deinetwegen habe ich Luis vielleicht für immer verloren. Tu mir den Gefallen, streng dich an und sieh zu, dass du überlebst und die Kinder auch. Dann hat es sich wenigstens gelohnt.«

So barsch hatte sie sie nie reden gehört, und ob es nun ihre strengen Worte waren oder die immer heftigeren Wehen – Valeria dachte nicht mehr an Valentín und konzentrierte sich ganz auf den eigenen Körper und die Befehle der Hebamme, die ihr den Takt für die richtige Atmung vorgab, mal von ihr wollte, dass sie presste, mal, dass sie damit aufhörte.

Längst hielt Valeria ihre Augen geschlossen. Sie fühlte die Hände der Hebamme zwischen ihren Beinen, Espes warmen Körper, in deren Schoß ihr Kopf ruhte, und dann und wann kühle Essigtücher, mit denen Claire über ihr Gesicht wischte. Hinterher behauptete die Hebamme stolz, sie habe recht gehabt und selten eine so unkomplizierte, rasche Geburt erlebt.

Valeria selbst hatte jedes Zeitgefühl verloren, so dass sie nicht sagen konnte, ob sie mehrere Stunden oder nur einen Bruchteil davon in den Wehen gelegen war. In jedem Fall fragte sie sich, was eine Frau zu durchleben hatte, die in den Augen der Hebamme schwer gebar. Als es vorbei war, erinnerte sie sich vage daran, wie sie alle Welt verflucht hatte, ihre Eltern, Valentín, Espe, selbst Claire, doch dass sie verstummt war, als diese plötzlich schrie: »Das Köpfchen! Ich sehe das Köpfchen!«

Wenig später flutschte das erste Kind heraus. Valeria hatte erwartet, nun endgültig zu zerreißen, aber es war weniger schmerzvoll als befürchtet.

Sie hatte wieder die Kraft, sich etwas aufzurichten, und sah etwas Rotverschmiertes zwischen ihren Beinen liegen. Die Hebamme zog es an den Beinen hoch und beutelte es.

»Lebt es? So lebt es denn?«

Sie konnte ihren Kopf nicht lange aufrecht halten, sank zurück in Espes Schoß und hörte dort zu ihrer großen Erleichterung endlich ein quäkendes Geräusch.

»Kräftiger, als ich dachte«, erklärte die Hebamme. »Es ist ein Mädchen. Und Mädchen sind immer zäher.«

Sie wickelte die Kleine in Tücher, klemmte die Nabelschnur zwei Mal ab, ehe sie sie durchschnitt, und reichte Valeria das Kind. Ein winziges, zerknautschtes Gesicht starrte sie an. Zuerst quäkte das Kind empört, dann verstummte es und musterte sie misstrauisch. Die großen Augen wirkten wach, der kleine Körper war warm. Valeria streichelte über die Händchen. »Es ist gut«, murmelte sie, »es ist doch alles gut.«

Sie beschwichtigte nicht nur das Kind, sondern vor allem sich selbst. Nachdem sie sich eben noch so verzweifelt und kraftlos gefühlt hatte, wähnte sie neue Stärke erwachen. Nun, da sie dieses Kind geboren hatte, würde sie alles schaffen. Sie

würde Valentín folgen, würde ihn einholen, würde mit ihm glücklich werden.
Ehe sie sich ganz diesem Hochgefühl hingeben konnte, wurde ihr Körper von einer neuerlichen Wehe erfasst. Rasch gab sie ihr Kind Espe, doch sie hielt weiterhin das Händchen der Tochter umklammert, während sie die zweite gebar.
Diesmal war es Claire, die aufgeregt rief: »Ein Mädchen, es ist noch ein Mädchen!«
Anders als beim ersten war kein Quäken zu hören. Das Kind war nicht rotgesichtig, sondern gelblich wie Wachs und viel kleiner.
»Es geht ihm doch gut?«, fragte Valeria bange.
Die Hebamme schüttelte zweifelnd den Kopf. »Es atmet«, verkündete sie, »aber ich weiß nicht, wie lange noch.«
Sie schüttelte es leicht, hielt es ebenfalls mit dem Kopf nach unten, und nach quälend langen Minuten ertönte endlich ein Laut – doch der klang kaum menschlich und war verlöschend leise. Kurz wünschte sich Valeria, auch dieses Kind zu halten, aber mittlerweile hatte ihr Espe die andere Tochter wieder gereicht – die kräftige, die, die es ihr erlauben würde, Valentín zu folgen, die, die stark genug war für ein unstetes Leben an seiner Seite –, und sie konzentrierte sich ganz auf sie und achtete nicht länger auf die Zweitgeborene.
Tränen traten ihr in die Augen: vor Freude, weil sie eine Tochter bekommen hatte – und vor Trauer, weil sie eine andere verloren hatte. Oder vielmehr verloren gab.
Claire schien ihr Zögern nicht entgangen zu sein. »Sieh es dir doch wenigstens an«, forderte sie sie auf.
Valeria versank in den blauen Augen ihrer Erstgeborenen. »Nein«, murmelte sie, »nein ... besser nicht.«
Eine Stunde später krähte das kräftige Mädchen fröhlich, das andere wirkte, als Valeria dann doch einen vorsichtigen Blick

riskierte, noch gelblicher. Nach weiteren Wehen kam die Nachgeburt, und die Hebamme hatte sie befriedigt betrachtet, festgestellt, dass sie ganz war, und in ein Tuch gehüllt. Claire hatte erst die Kinder, dann sie gereinigt. Und mittlerweile fühlte sich Valeria kräftig genug, um aufzustehen. Sie wollte keinen Augenblick länger als unbedingt nötig auf dem dreckigen Boden liegen, zumal Pilar den Kopf durch die Tür steckte, abermals schrill verlangte, sie mögen doch endlich die Gaststube räumen, bald wäre mit den ersten Gästen zu rechnen, da der Abend nahte.

»Komm«, sagte Espe, »ich bringe dich in dein Zimmer.«

Valeria schüttelte den Kopf. Sie hatte das kräftige Kind angelegt, und aus ihren Brüsten kam zwar noch keine Milch, aber eine sämige, gelbe Flüssigkeit, die, wie die Hebamme behauptete, das Kleine in den ersten Tagen nähren würde.

»Ich muss Valentín folgen«, verkündete sie.

Claire starrte sie fassungslos an. »Hast du den Verstand verloren? Du hast gerade zwei Kinder geboren ...«

»Eben, durch die Geburt habe ich viel Zeit verloren.«

Sie ging ein paar wackelige Schritte, und insbesondere zwischen den Beinen fühlte sie prompt einen ziehenden Schmerz, aber es war nicht unmöglich, sich aufrecht zu halten. Mit viel Willenskraft würde sie es schaffen.

Claire hielt das schwächliche Mädchen. »Willst du sie nicht endlich auch in den Arm nehmen?«

Der Schmerz zwischen den Beinen wurde bedeutungslos, gemessen an dem, der in ihre Seele schnitt. Valeria versuchte, gleichgültig zu wirken, aber auch wenn sie sie vor den anderen verbergen konnte, war sie doch da – die Sehnsucht, das Kind zu nehmen, an sich zu pressen, an ihren Brüsten saugen zu lassen, bis seine Haut gesund und rot und seine Stimme kräftig war wie die vom ersten. Aber sie wusste – es würde

viel zu lange dauern, und die Hoffnung, dass das überhaupt geschehen würde, war denkbar gering. Wenn sie jetzt nachgab, hierbleiben und warten würde, bis das Kind starb, würde sie Valentín niemals einholen.
»Ich kann nicht bleiben«, sagte sie und hatte weiterhin nur Augen für ihre Erstgeborene. »Ich kann einfach nicht. Ich muss ... ich muss doch zu ihm.«
In Claire regte sich Widerspruch, aber Espe gab ihr ein Zeichen, zu schweigen. »Wenn du willst, bringe ich mit Claire das Kind zu deinen Eltern«, verkündete sie.
Valeria nickte. Sie selbst sträubte sich zwar weiterhin, Zuflucht bei Rosa und Albert zu suchen, aber wenn das Kind überhaupt eine Überlebenschance hatte, dann dort und nicht bei ihr und Valentín.
»Du kannst doch nicht allein durch die Straßen gehen«, schimpfte Claire. »Was, wenn du ohnmächtig wirst?«
Die Hebamme schaltete sich ein: »Wenn man mich ausreichend dafür bezahlt, bin ich gerne bereit, ein Stück des Weges mitzugehen. Ich habe schon manche Frau gleich nach der Geburt aufstehen und wieder arbeiten sehen. Solange du nicht stark blutest, kannst du es schaffen.«
Claire schüttelte missbilligend den Kopf, war aber nach dem langen Tag wohl zu erschöpft, um weitere Einwände hervorzubringen. Sie fragte nur: »Was soll ich deinen Eltern sagen?«
Valeria überlegte kurz. »Wenn sie nach mir suchen lassen, werden sie womöglich auch Valentín finden, und das würde bedeuten, dass man ihn zurück ins Gefängnis bringt. Sag ihnen, dass ich bei der Geburt gestorben bin.«
»Es wird ihnen das Herz brechen ...«
»Mir auch«, fiel Valeria ihr hart ins Wort.
Es war allen klar, dass sie nicht den endgültigen Abschied von der Familie und vom Leben, wie sie es kannte, meinte, son-

dern den Abschied von ihrer zweiten Tochter, die sie immer noch kaum angesehen, geschweige denn in den Arm genommen hatte.

Sie wickelte die Erstgeborene in warme Tücher.

»Bist du sicher, er ist es wert?«, fragte Claire leise.

Mit einem letzten Glucksen schlief das Kind an ihrer Brust ein. Es war so warm, so weich ... so tröstlich. Sie musste dankbar sein für das, was sie hatte – und nicht mit dem hadern, was sie aufgab.

»Er allein vielleicht nicht«, murmelte sie, »aber an seiner Seite winkt die Freiheit.«

Sie verabschiedete sich nicht von Claire, denn sie zu umarmen hätte bedeutet, auch ihre zweite Tochter zu berühren. Sie drehte sich nicht einmal nach ihr um, doch als Espe ihr folgte und ihr das letzte Mal übers Gesicht strich, zuckte sie nicht zurück. Sie schloss kurz die Augen, labte sich an jenem sanften Streicheln und schluckte ihre Tränen hinunter.

28. Kapitel

Claire hatte keine Ahnung von Neugeborenen, aber sie rechnete jeden Augenblick damit, dass dieses gleich sterben würde. Die Lippen waren leicht bläulich, und bei jedem Atemzug, der stets etwas röchelnd klang, erschienen kleine Speichelbläschen in den Mundwinkeln. Sie hielt es fest in einer Decke eingewickelt, denn Wärme war das Einzige, was sie ihm geben konnte – ansonsten wagte sie sich kaum zu rühren, aus Angst, etwas falsch zu machen. Die Vorstellung, dass das Kleine in ihren Händen starb, war unerträglich, aber zugleich hoffte sie von Herzen, der Todeskampf wäre rasch vorbei.

Wie gerne hätte sie die Verantwortung für das Kind abgegeben, anstatt zuzusehen, wie es immer schwächer und schwächer wurde! Doch es wie seine Mutter aufzugeben, wäre ihr wie ein Verrat vorgekommen.

Nun, zumindest musste sie ihre Last nicht allein tragen. Espe war ja da, und was immer diese von Valerias Entscheidung hielt, sie ließ es sich wie gewohnt nicht anmerken. Anstatt sich um das Kleine zu kümmern, hatte sie zunächst erst einmal die Nachgeburt verscharrt – es brächte Unglück, sie liegen zu lassen, erklärte sie, und zwar für beide Kinder –, doch danach nahm sie Claire das Würmchen ab.

Sie wickelte es in ein weiteres Tuch, presste es an ihren Leib und begann, es zu wiegen, während sie ein Lied in fremder Sprache sang.

»Sollten wir ihm etwas zu essen geben?«, fragte Claire.

»So kleine Kinder müssen noch nichts essen, sie können ein paar Tage ohne Nahrung durchhalten. Vielen Müttern schießt die Milch erst später ein. Der Magen ist noch klein und noch voll von der Zeit im Mutterleib. Nein, das Kind muss vor allem lernen, zu atmen.«

Claire hatte keine Ahnung, wie das anzustellen war, aber Espe presste immer wieder ihre Lippen auf die des Kindes, hauchte ihm ihren Atem ein und sang weitere Lieder. Mittlerweile klangen sie eher wie ein beschwörender Zauberspruch.

Claire war zu vernünftig, um an Zauberei zu glauben, aber Espes Worte hatten etwas Beruhigendes. Ihre Panik schwand, die Erregung ließ nach. Sie saß nach all den Ereignissen des Tages ganz ruhig in Pilars Gaststube, sah Espe mit dem Kind zu und fühlte kurz weder den Schmerz, weil sie Valeria verloren hatte, noch das schlechte Gewissen gegenüber Luis, das sie nun schon seit Wochen verfolgte. Das Zimmer war stickig und dreckig, die Fliegen umsurrten ihren Kopf, trotzdem hatte sie das Gefühl, in einer Blase zu sitzen, die sie vor der bösen Welt schützte, wo Mütter Kinder verließen und Kinder starben.

Nun, dieses starb selbst dann nicht, als Pilars schrille Stimme den Frieden störte und sie sie hoch in Valerias einstige Unterkunft jagte.

Noch blieben sie dort, denn sie wollten das Kleine nicht der kalten Nachtluft aussetzen, und als einige Stunden später der Morgen dämmerte, klang das Quäken aus dem Mund des Kindes zwar immer noch hoch und schwach, aber seine Haut war etwas rosiger, die Lippen schimmerten nicht mehr bläulich, und es standen auch keine Bläschen mehr in den Mundwinkeln. Es schlief ruhig und atmete tief.

»Wir müssen es nach Hause bringen«, entschied Claire.

Espe nickte. Kurz rührten sie sich beide nicht aus Angst, den Zauber dieser Stunde zu brechen und jenen Ort zu verlassen, wo sie in Sicherheit waren, aber dann gab sich Claire einen Ruck und stieg, von Espe gefolgt, die Treppe nach unten. Espe hatte das Kind weiterhin besitzergreifend an sich gepresst, so dass Claire es nicht wagte, es einzufordern. Insgeheim war ihr das ganz recht. Schließlich hatte sie mehr als genug für Valeria getan.

Als sie wenig später in die Straße einbogen, wo die de la Vegas' lebten, sah Claire Luis schon von weitem. Wie so oft hatte er eine starre Haltung eingenommen und ein ausdrucksloses Gesicht aufgesetzt. Auch er musste sie gleich erkannt haben, aber er reagierte auf ihr Erscheinen völlig ungerührt. Gewiss war er zum Haus der de la Vegas' gekommen, um sie hier abzupassen, doch selbst als sie unmittelbar vor ihm stand, verhielt er sich, als wäre sie eine Fremde, deren Weg sich nur zufällig mit seinem kreuzte.
»Luis, endlich!«, rief sie. »Ich versuche schon seit Wochen, mit dir zu reden und …«
Sie brach ab, die Kehle war ihr trocken geworden. Wenn er sie mit Vorwürfen überhäuft oder tiefste Verachtung gezeigt hätte, hätte sie damit leben können. Diese Gleichgültigkeit jedoch war unerträglich. Vielleicht brodelte es darunter, vielleicht schützte er sich damit nur vor bitterstem Schmerz, aber sie wusste plötzlich, dass er ihr seine wahren Gefühle nicht zeigen würde. Und auch, dass er nie mehr zu ihr sagen würde: »Ich liebe dich.«
Ihre Verzweiflung wuchs. Sie nickte Espe zu, und die verstand ihre Aufforderung und ging wortlos mit dem Kind ins Haus.
»Das war Valerias Tochter«, murmelte Claire. »Sie hat Zwillinge geboren. Wir dachten, das schwächere der beiden stirbt, aber noch lebt es … noch lebt es.«

Luis verzog nach wie vor keine Miene.

»Sie ist mit dem anderen Kind Valentín gefolgt«, fuhr Claire hilflos fort, »sie hat alle Brücken hinter sich abgerissen, vielleicht sehe ich sie nie wieder.« Sie biss sich auf die Lippen, während sie nach Worten rang. »Ich musste ihr helfen! Ich konnte sie doch nicht im Stich lassen, sie hatte doch niemanden außer mir und Espe! Es war immer schon so ... seit unserer Kindheit ... Ich war für sie da, sie konnte sich auf mich verlassen. Das verstehst du doch, oder? Du musst es verstehen! Bitte, Luis!«

Endlich wich er ihrem Blick nicht länger aus. »Ja, ich verstehe«, sagte er knapp.

Ganz kurz glomm Hoffnung in ihr auf, doch schon seine nächsten Worte machten sie zunichte. Er mochte sie verstehen, aber das bedeutete nicht, dass er ihr auch verzieh. »Ich bin gekommen, um mich von dir zu verabschieden.«

»Verabschieden? Aber ...«

Er wandte sich ab, als er erklärte: »Ich bin unehrenhaft aus dem Polizeidienst entlassen und stattdessen als Soldat in den Krieg eingezogen worden.«

Er nickte noch einmal kurz, bevor er sich umdrehte und davonging. Claire stand eine Weile wie erstarrt da ... unehrenhaft entlassen ... in den Krieg eingezogen ...

Das war zu viel zu ertragen, viel zu viel. Ihre Knie wurden weich, fast brach sie zusammen, doch dann biss sie sich erneut auf die Lippen, sammelte alle Kräfte und hastete ihm nach.

»Luis! Luis, ich bitte dich!«, rief sie mit brüchiger Stimme. »Ich weiß, was ich getan habe, war unverzeihlich. Es war ...«

Er blieb stehen. »Es war ein Verrat!«, fiel er ihr ins Wort.

Jetzt endlich gab er seine gnadenlose Selbstbeherrschung auf. Sie sah tiefe Verletztheit, auch Verstörtheit, sah einen Mann, der früh seine Familie verloren hatte, dem seine Pflicht seitdem über alles ging, weil er sich daran hatte halten können – und der ausgerechnet ihretwegen daran gescheitert war, sie zu erfüllen. Obwohl sie ihn doch liebte ... mehr als alles andere auf der Welt ... oder nein, nicht mehr ... Valeria liebte sie auch. Aber Valeria war fort, und Luis würde sie nun auch verlieren.

»Ich ertrage es nicht«, flüsterte sie tonlos. »Zu wissen, dass du in den Krieg ziehst, dabei sterben könntest – und dass du mich hasst.«

Flehentlich blickte sie ihn an. Auch wenn sie ihn verloren hatte und einsah, dass er nie ihr Ehemann sein, ihr nie wieder vertrauen würde – so hoffte sie doch auf ein Wort, an das sie sich für den Rest ihres Lebens klammern konnte, ein Wort, das bewies, dass seine Gefühle für sie nicht völlig erkaltet waren.

Doch seine Stimme klang eisig, als er erwiderte: »Ich muss damit leben, dass du mich verraten hast. Und du musst damit leben, dass ich dir das nicht verzeihen kann.«

Sprach's, wandte sich ab und ging fort. Diesmal lief sie ihm nicht nach. Blitzartig stiegen Bilder in ihr hoch, Erinnerungen an jene Wochen, da sie gemeinsam durch die Steppe geritten waren, Tiere und Pflanzen beobachtet hatten, vor dem Regen geflüchtet waren, sich geküsst hatten.

Und plötzlich wusste sie: Nie wieder würde sie so glücklich sein wie in diesen Augenblicken. Nie wieder das Leben so aufregend und die Zukunft so verheißungsvoll erscheinen.

Als sie sich umdrehte und Espe ins Haus der de la Vegas' folgte, waren ihre Schritte schwer und ihr Rücken gebeugt, als wäre sie eine uralte Frau, deren Leben vorbei war.

Espe hatte das Kind zu Albert und Rosa gebracht, aber als Claire eintraf, hatten die beiden nicht länger Augen für das Kleine, sondern stürzten auf sie zu: »Wo ist Valeria? Geht es ihr gut? Warum hast du uns bloß nicht gesagt, wo sie sich all die Wochen versteckte?«

Claire warf einen hilfesuchenden Blick zu Espe, aber deren Lippen blieben versiegelt. Die Verantwortung für das Kleine hatte sie ihr gerne abgenommen – nicht aber die Entscheidung, was genau Claire ihnen von Valerias Verbleib berichten würde und ob sie sich deren Bitte fügte, ihren Tod zu verkünden.

Claire fühlte plötzlich unendlichen Überdruss. Die Blicke von Rosa und Albert waren schrecklich besorgt, und in jeder anderen Situation hätte ihr das fast das Herz gebrochen, doch in diesem Augenblick war sie einfach nur wütend: Warum gebärdeten sie sich erst jetzt als gute Eltern, nachdem sie Valeria ihr Leben lang vernachlässigt hatten? Wären sie früher nach Montevideo gekommen, dann wäre der Tochter vielleicht erspart geblieben, die Zwillinge in einem Dreckloch zu gebären und eines zurückzulassen.

Und vor allem wäre es ihr selbst erspart geblieben, Luis zu verraten. Sie hätte ihn nicht für immer verloren, sondern würde ihn bald heiraten, glücklich mit ihm werden und Kinder mit ihm bekommen.

Ihre Wut wuchs und erstreckte sich nicht länger nur auf Albert und Rosa, sondern ebenso auf Valeria. Gewiss, auch diese war in diesem Augenblick wohl entsetzlich unglücklich, hatte sie doch eines ihrer Kinder aufgeben müssen, aber zumindest bestand die Hoffnung, dass sie bald mit Valentín vereint sein würde. Ob sie überhaupt noch daran dachte, welches Opfer sie ihrer Cousine abverlangt hatte?

Mit kalter Stimme erklärte sie: »Valeria ist tot. Sie hat die Geburt nicht überlebt.«

Sie wusste zwar, dass diese Botschaft ganz in Valerias Sinne war, aber ihre Worte fühlten sich doch wie Rache an – eine kleine, schäbige Rache, die sie nicht trösten und das Verlorene nicht wiederbringen würde, der sie aber bedurfte, um dem Gefühl von Ohnmacht und Trostlosigkeit einen Funken Trotz entgegenzusetzen.

Ehe Rosa und Albert etwas sagen konnten, floh sie und lief in ihr Zimmer.

Dort warf sie sich aufs Bett und weinte, bis sie keine Träne mehr hatte.

»Ach Luis«, seufzte sie erschöpft, »Luis …«

Als es an der Tür klopfte, erwartete sie, dass Rosa und Albert ihr nachgekommen wären und sie mit vielen Fragen überhäufen würden, doch stattdessen betrat Espe den Raum.

»Die beiden sind völlig zerstört«, sagte sie.

Claire kniff die Lippen aufeinander: »Valeria wollte es doch so.«

»Ich weiß.«

Espe schien auch zu wissen, welcher Schmerz in ihr wütete, sagte jedoch nichts dazu.

»Ich werde Rosa beistehen, so gut ich kann«, verkündete sie lediglich. »Und ich werde helfen, das Kind aufzuziehen. Es lebt noch. In ihm steckt mehr Kraft, als sich vermuten ließ.«

Claire nickte erleichtert. Sie fühlte sich nicht in der Lage, sich selbst Valerias Tochter anzunehmen. Der Anblick des Kindes, so rührend er war, würde sie immer an die verlorene Liebe und an die verlorene Cousine erinnern. Vielleicht konnte sie ihm irgendwann einmal eine gute Tante sein – jedoch keine Mutter.

Espe legte ihre Hand auf Claires Unterarm, und kurz stiegen neue Tränen hoch, aber dann unterdrückte sie das Schluchzen.

»Was wirst du nun tun?«, fragte Espe. »Folgst du deinem Vater nach Hamburg zurück?«

Eine Weile senkte sich Schweigen über sie.

»Nein, ich werde hierbleiben«, erwiderte Claire unwillkürlich. Obwohl sie kaum darüber nachgedacht hatte, fühlte sich der Entschluss richtig an.

Sie wusste, sie würde Luis nicht zurückgewinnen können, aber sie wusste auch, dass sie an keinem anderen Ort der Welt sein wollte als dort, wo sie zumindest die Erinnerung an ihn lebendig halten konnte. Wie genau sie leben würde, wo und wovon, würde sich zeigen müssen. Sicher war nur, dass es ein einsames Leben war, das sie vor sich hatte.

»Du bist schuld! Du bist schuld an ihrem Tod!«

Seit Jahren hatte sie nicht mehr so laut geschrien, doch jetzt genügte ihr Schreien nicht, um ihrer Verzweiflung Herr zu werden. Am liebsten hätte Rosa auch auf Julio eingeschlagen oder so fest auf den Boden aufgetreten, bis sie ein Loch hineingestampft hätte. Lange Jahre hatte sie ihr Temperament gezügelt und die perfekte Bankiersfrau abgegeben, aber die Nachricht von Valerias Tod hatte das Mädchen von einst zum Leben erweckt, das seine Gefühle nicht bezähmen konnte.

Julio hatte kurz verlegen, gar schuldbewusst gewirkt, doch je länger sie wütete, desto abfälliger wurde seine Miene. »Warum soll ausgerechnet ich an ihrem Tod schuld sein? Sie hat sich doch von diesem Tier schwängern lassen! Ein wohlerzogenes Mädchen hätte sich nie so weit herabgelassen. Meine Tochter weiß im Gegensatz zu deiner, was sich gehört, nicht wahr, Isabella?«

Isabella, die wie alle anderen Familienmitglieder Zeugin der Auseinandersetzung geworden war, duckte sich, als wollte sie sich so klein wie möglich machen. Bei der Nachricht von Valerias Tod war sie in Tränen ausgebrochen. Leonora dagegen

blickte triumphierend, während sie bei Rosas Ankunft die Schwägerin noch voller Neid angestarrt hatte.
»Du und dein Weib, ihr habt ihr keine andere Wahl gelassen, als zu fliehen!«, ereiferte sich Rosa.
»Wie sonst hätten wir mit dem aufmüpfigen Mädchen verfahren sollen?«, wehrte sich Julio.
Alejandro hatte bis jetzt leise auf dem Stuhl gesessen. Zum ersten Mal seit Wochen hatte er sein Zimmer verlassen, und Rosa war eigentlich froh gewesen, dass er sich ein wenig von seinem Schlaganfall erholt hatte. Doch als sie ihn da hocken sah, mit schiefem Mundwinkel und kaltem Blick, hätte sie ihn gerne beschimpft wie Julio.
»Ihren Widersinn hatte sie von dir«, schaltete er sich ein, »früher wussten wohlerzogene Töchter noch, wie man sich benimmt.« Er sprach nuschelnd, aber verständlich.
So krank kann er gar nicht sein, dass er nicht störrisch an seinen Prinzipien festhält, dachte Rosa.
Tränen traten ihr in die Augen, weil sie nun auch noch den Tadel ihres Vaters zu verkraften hatte, anstatt Mitleid zu erfahren.
Ihr habt mich nie verstanden, ging es ihr durch den Kopf. Nur Albert ist damals für mich da gewesen. Albert …
Das erste Mal seit vielen Jahren war sie voller Dankbarkeit, dass er sie damals von ihrer Familie befreit hatte und dass er jetzt an ihrer Seite stand, wenn auch zutiefst zerstört und fassungslos wie sie.
»Wir müssen überlegen, was wir den Menschen sagen«, dachte Julio indessen laut nach. »Es wäre doch allzu peinlich, wenn die Wahrheit ans Licht gerät.«
»Ist das das Einzige, was dich interessiert?«, fuhr Rosa auf. »Der Ruf der Familie?«
Sie konnte sich nicht länger beherrschen, sondern ging mit erhobenen Händen auf ihn los.

Ehe sie auf ihn einschlagen konnte, riss Albert sie zurück.
»Ich bitte dich, Rosa, das hat doch keinen Sinn!«
Das wusste sie selbst, aber es von ihm zu hören, war unerträglich. Das Gefühl von Dankbarkeit erlosch.
»Warum sagst du nichts?«, schrie sie verbittert. »Ist dir denn alles egal?«
»Gewiss nicht. Aber es ist zu spät. Komm ... komm bitte mit.«
Er zog sie sanft mit sich. Erst wollte sie sich wehren, aber dann sah sie, wie grau der Kummer sein Gesicht wirken ließ. Wo war der Mann geblieben, der einst hier in Montevideo um sie geworben hatte, etwas steif und ungelenk zwar, aber noch jung, wissbegierig und voller Tatendrang?
Albert schien binnen weniger Stunden um Jahre gealtert zu sein, und sie fragte sich unwillkürlich, ob sie auch so aussah, so verhärmt und trostlos, als hätte sie ihr Leben bereits hinter sich. Und noch etwas anderes las sie in seinem Gesicht, das ihre eigenen Gefühle spiegelte: Schuld.
»Julio hat recht«, bekannte sie tonlos, sobald sie den Raum verlassen hatten und unter sich waren. »Valeria hätte sich nie mit diesem Mann eingelassen, wenn wir sie ordentlich erzogen hätten. Aber das haben wir nicht getan. Wir haben sie nicht ausreichend geliebt, uns nicht ausreichend um sie gekümmert. Wir haben nur an uns selbst gedacht, die eigene Kränkung, den eigenen Schmerz.«
Dem konnte er nichts entgegensetzen. Hilflos zuckte er die Schultern. »Gewiss. Aber wir dürfen uns jetzt nicht selbst zerfleischen. Denk an das Kind ... das kleine Mädchen, das Valeria geboren hat. Espe meinte, dass es überleben wird, obwohl es noch so schwach ist.«
Bis jetzt hatte sie es kaum beachtet, sondern war lediglich erleichtert gewesen, dass Espe es versorgt hatte und gerade nach

einer Amme suchte. Jetzt schnürte es Rosa die Kehle zu, als sie daran dachte, dass Valeria es nicht groß werden sehen würde.
Sämtlicher Zorn schwand, Tränen stiegen ihr in die Augen.
Hilflos zog Albert sie an sich, und sie wehrte sich nicht gegen seine Berührung, sondern weinte an seiner Brust.

Später saßen sie zusammen an der Wiege der Kleinen. Sie war friedlich eingeschlafen, atmete regelmäßig, und ihr Gesicht war nicht mehr so gelblich. Doch noch immer machte sie, so winzig, wie sie war, einen schrecklich zerbrechlichen Eindruck. Rosa konnte sich nicht erinnern, dass Valeria je so klein und zart gewesen war. Unwillkürlich musste sie an ihre Geburt im Pavillon denken, die sie allein mit Fabiens und Espes Hilfe durchgestanden hatte, aber sie verkniff es sich, diesen Erinnerungen nachzuhängen. Jeder Gedanke an Valeria tat zu weh. Um nach dem Tod ihrer einzigen Tochter weiterzuleben, musste sie nach vorne schauen – musste und wollte sie es auch um ihrer Enkeltochter willen.
Erstmals seit Ewigkeiten konnte sie Albert anblicken, ohne dass der Hass ihre Seele zerfraß. Sie sah nicht nur den steifen Bankier, der sich hinter Zahlen versteckte, sie vernachlässigte und ihr so fremd geworden war, sondern den Vater, der eine Tochter verloren hatte, sich nun bitterste Vorwürfe machte und sich wie sie am Anblick seiner Enkeltochter festhielt. Ehrfurcht stand in seiner Miene.
»Wie sollen wir sie nennen?«, fragte er. »Valeria hat ihr keinen Namen mehr gegeben, ehe sie ... ehe sie ...«
Seine Stimme brach.
»Ich habe eine Idee«, murmelte Rosa. Sie hatte zunächst an die Namen ihrer beiden Tanten gedacht, aber dann entschieden, dass ihre Enkeltochter so wenig wie möglich mit ihrer

Familie und Vergangenheit zu tun haben sollte. »Sie wäre fast gestorben, ja, sie war so gut wie tot, aber dann ist sie doch wieder zurück ins Leben gekehrt. Tabitha hieß jene Frau in der Bibel, die vom Apostel Petrus vom Tode erweckt wurde. Es ist ein guter Name, nicht wahr?«
»Tabitha«, wiederholte Albert.
Rosa streichelte sanft über das Köpfchen. »Ich möchte nicht hierbleiben.«
»Wir können ein Hotelzimmer beziehen.«
»Nein, ich meine, ich möchte nicht in Montevideo bleiben. Ich ertrage es nicht, meine Familie in der Nähe zu wissen. Julio … meinen Vater, diese schreckliche Leonora. Und dann ist da außerdem dieser grausame Krieg. Tabitha soll in Frieden aufwachsen. In unserem Landhaus im Taunus. Sie soll ein glückliches Kind werden.«
Ihre Hand wanderte tiefer, streichelte nun über die Händchen, die sich im Schlaf zu Fäusten geballt hatten, und Albert tat es ihr gleich, so dass sich ihre Finger berührten. Sie unterdrückte die erste Regung, ihre Hand zurückzuziehen, sondern erlaubte es Albert, sie zu nehmen.
»Werden wir es diesmal besser machen?«, fragte er leise.
Sie erwiderte seinen Blick. Jener Groll wider ihn hatte so lange in ihrem Herzen gewuchert, dass sie ihn nicht einfach ablegen konnte, aber von nun an würde sie ihn mit aller Macht unterdrücken.
»Wir müssen es«, sagte sie entschlossen, »wir müssen es diesmal besser machen. Das sind wir Valeria schuldig.«
Das Kind gluckste im Schlaf, als ahnte es, dass es nicht nur Unschuld und Zartheit verhieß, sondern einen Neuanfang. Rosa wusste: Sie konnte Albert nicht lieben, wie sie ihn einst geliebt hatte, als er sie in dieser Stadt vor den Argentinern gerettet hatte. Sie konnte nicht vergessen, dass er sich in den

ersten Jahren in Frankfurt immer mehr von ihr distanziert und Fabien getötet hatte. Aber sie konnte versuchen, ihm zu verzeihen. Und sie würde in ihm nicht länger den Mörder sehen, sondern den Großvater.
»Ich habe dich immer geliebt, Rosa ...«, stammelte er.
Sie brachte es nicht über sich, das Bekenntnis zu erwidern, entzog ihm aber ihre Hand auch weiterhin nicht und sagte: »Jetzt werden wir Tabitha all unsere Liebe geben.«

29. Kapitel

Valeria ließ den Blick über die Viehherde und die Landschaft schweifen. Die Gegend um San José war karg und kahl: Der Boden war mit jenem rötlich braunen Gestein bedeckt, das hier überall langsam verwitterte. Über weite Strecken klaffte die nackte Erde, nur in der Ferne, wo eine dunstige Linie den Übergang vom Grüngelb der Steppe zum blassen Blau des Himmels markierte, wuchs kniehohes Gras. Im Winter stand es gelb und vertrocknet, im Sommer saftig und grün, doch selbst dann schlugen unfruchtbare Sandstrecken breite Schneisen. Etwas farbenprächtiger war das Land nur rund um die wenigen kleinen Seen und schilfbewachsenen Senken.
Trotz der Eintönigkeit und Schlichtheit – Valeria hatte das Land lieben gelernt, und für gewöhnlich verhieß es Freiheit und Frieden, in jene karge Weite zu blicken. Nur heute konnten der Geruch nach trockener Erde und der stete Wind nicht die Unrast in ihrem Herzen besänftigen, und anstatt wie so oft ruhig dazustehen, schritt sie besorgt auf und ab.
Drei Jahre waren seit der Geburt der Zwillinge vergangen. Wenig später hatte sie Valentín kaum einen Tagesmarsch von Montevideo entfernt gefunden. Ob es ihr Anblick war oder der des Kindes, das sie um den Leib gebunden trug – es bedurfte nicht vieler Worte, um ihn davon abzuhalten, in seine Heimat zurückzukehren. Sie verzichtete auf Vorwürfe, dass er sie einfach zurückgelassen hatte, sondern erklärte schlicht: »Wir bleiben zusammen.« Und er widersprach

nicht, umarmte sie und das Kind und brach weinend auf die Knie.

Nach einigen Nächten im Freien fanden sie Zuflucht und Arbeit auf einer einsam gelegenen Hacienda. Es war ein hartes Leben, das sie seitdem hier führten, aber es hatte ihnen ihr tägliches Brot und ein Dach über dem Kopf gesichert. Sie halfen sowohl beim Ackerbau als auch bei der Viehzucht, und dass Valeria aus Deutschland stammte, hatte sich als unverzichtbarer Trumpf erwiesen.

Der Patron hatte sie zunächst skeptisch gemustert, doch seine Miene hatte sich aufgehellt, als sie ihre Herkunft ins Spiel brachte. »Die einheimischen Peones sind nur zum Dienst zu Pferde zu gebrauchen«, hatte er nachdenklich gemurmelt, »sie verachten anstrengende Feldarbeit. Doch die Deutschen stehen im Ruf, gute Bauern zu sein. Die Italiener auch – aber die sind nicht so zuverlässig und treu.«

Valeria hatte eifrig genickt, erzählt, dass sie selbst von einem Landgut stammte, und verschwiegen, dass sie noch nie mit ihren eigenen Händen gearbeitet hatte. Valentín dagegen hatte nichts gesagt, als der Blick des Patrons auf ihm ruhte. Augenscheinlich war, dass er kein Deutscher war, aber um in den Zeiten eines Krieges und kurz vor Beginn der Erntezeit keine willigen Arbeitskräfte zu verlieren, hatte der Patron nicht nachgefragt, woher er stammte.

Eine Nacht lang hatte Valeria wach gelegen und Angst gehabt, sein Akzent würde ihn als Paraguayer verraten. Am nächsten Abend war sie jedoch nach einem arbeitsreichen Tag viel zu erschöpft, um sich noch Sorgen zu machen, und war sofort eingeschlafen.

Bald waren ihre Hände von Blasen übersät, weil sie die Sichel, mit der man das Korn schnitt, so fest umklammerte. Bald schmerzte der Rücken, weil sie stundenlang verlorene Ähren einsammeln musste. Bald hatte sie einen unangenehmen Biss eines jener Pferde abbekommen, die man in ein Rundteil trieb, auf dass sie dort das Korn austraten. Doch die Schmerzen vergingen – das Vertrauen in die eigene Stärke wuchs. Während der Schufterei trug sie ihr Kind auf dem Rücken, und seine sanften Tritte und fröhlichen Schreie nährten die Hoffnung, dass ein fester Wille reichte, um sich ein neues Leben aufzubauen.

Auch als die Tochter zu groß und schwer war, um sie herumzuschleppen, und am Feldrand oder im Stall spielte, reichte oft ein kurzer Blick auf sie, um Valeria zum Lächeln zu bringen. Nur heute hätte selbst das hellste Jauchzen des Kindes keinen neuen Mut in ihr zu wecken vermocht, sondern das Herz noch schwerer werden lassen. Heute war der Haciendero zu ihnen getreten, hatte mit gesenktem Blick und verlegener Stimme erklärt, dass die Geschäfte schlecht liefen und er ihnen zukünftig keinen Lohn mehr bezahlen konnte. Sie müssten sich nach einer anderen Arbeit umschauen.

»Das verstehe ich nicht!«, hatte Valeria protestiert.

»Ihr habt es doch selbst oft genug erlebt, dass die Landwirtschaft kaum einträglich ist. Die vorhandenen Ackerflächen sind klein, weil sie hoch und sicher eingezäunt werden müssen. Und die Halme reifen ungleichmäßig und werden ständig durch wildes Geflügel wie Papageien bedroht.«

»Aber dann müssen wir eben stärker auf Viehwirtschaft setzen!«, hatte Valeria energisch entgegengehalten. »Für Butter wird hier ein Vermögen gezahlt. Und frische Milch und Sahne erzielen ebenfalls einen hohen Preis.«

»Die Kühe geben nur wenig Milch und das bloß so lange, wie sie das Kalb bei sich haben …«

Valeria unterdrückte ein Seufzen. Oft genug hatte sie zu erklären versucht, dass eine Kuh auch ohne Kalb Milch geben

konnte – vorausgesetzt, man kannte die Methoden, den Milchfluss aufrechtzuerhalten. Aber von einer Frau nahm hier keiner gern einen Ratschlag an.
»Damit es sich lohnt, muss man sehr viele Kühe haben. Und ich habe kein Geld, welche zu kaufen. Sieh es doch ein, ich kann euch nicht länger gebrauchen!«
Aber Valeria wollte es nicht einsehen. »Wenn du auch keine Rinder züchten willst, dann wenigstens Pferde. Du hast doch schon genug, und ...«
»Die Pferdezucht ist noch weniger ergiebig als die der Rinder. Du hast lange genug hier gelebt. Hier auf dem Land gibt es kaum Fuhrwerke, die von Pferden gezogen werden – die großen Lasten werden vielmehr auf Ochsenkarren transportiert. Und die Briten kaufen sich die edlen Rösser, auf die sie wetten, bei ihresgleichen.«
Valeria hätte gerne noch etwas gesagt, aber Valentín hatte sie zur Seite gezogen: »Du weißt so gut wie ich, dass er uns auch dann nicht in seinem Dienst behalten würde, wenn er beste Erträge erzielte. Wahrscheinlich hat sich herumgesprochen, dass ich Paraguayer bin. Ich fürchte, ich habe jüngstens einmal in der Sprache der Guaraní geflucht ...«
Valerias erste Regung war es gewesen, ihn für diesen Leichtsinn zu beschimpfen, aber dann beherrschte sie sich. Es war nicht seine Schuld, dass seinesgleichen nach dem Krieg verhasst waren. Es war ihm schwer genug gefallen, all die Jahre sein Geheimnis zu hüten und sich für seine Herkunft zu schämen, anstatt darauf stolz zu sein.
»Wir müssen uns eben etwas anderes suchen«, hatte sie sich dem Schicksal ergeben.
Die rötliche Sonne sank, und der Wind wurde kühler, als Valentín zu ihr trat. Ihre Tochter saß auf seinen Schultern und sang aus Leibeskräften ein Lied. Valeria streichelte die kleinen

Hände und rang sich ein Lächeln ab. Die Freude an der Musik hatte die Kleine von ihrem Vater, auch wenn sie äußerlich nach ihr kam. Sie hatten das Mädchen Carlota genannt, weil ihr Carl-Theodor immer nähergestanden hatte als die eigenen Eltern und weil Valentín es ablehnte, ihr den Namen seiner Mutter oder einer seiner Schwestern zu geben. Er hatte befürchtet, dass deren trauriges Geschick wie ein Fluch auf ihr liegen könnte.

»Denk nicht daran, was wir verlieren«, murmelte Valentín. »Sei dankbar, dass wir so lange friedlich hier leben konnten.«

Das fiel Valeria schwer. Fast beneidete sie ihre Tochter für ihr sonniges Gemüt, dass sie so unbeschwert lachen konnte und noch nicht wusste, was Sorgen waren.

»Es war nicht nur friedlich«, sagte sie leise, »es waren harte Jahre.«

»Weil du so viel arbeiten musstest ...«, gab er schuldbewusst zu.

Nein, dachte sie, weil ich um Carlotas Schwesterchen getrauert habe.

Doch das sagte sie nicht laut. Sie hatte Valentín bis zum heutigen Tag verschwiegen, dass sie zwei Kinder geboren und eines zurückgelassen hatte.

»Um mich musst du dir keine Sorgen machen«, erklärte sie energisch. »Du hattest es immer schwerer. Schließlich haben dich stets neue Hiobsbotschaften aus deiner Heimat erreicht.«

Wie so oft tat er ihre Worte schulterzuckend ab. So wie sie ihm den Kummer um ihr verlorenes Kind verschwieg, wollte er sich nicht anmerken lassen, wie sehr ihm der Niedergang seines Landes zusetzte, aber ihr war nicht entgangen, dass er sich nachts oft stundenlang hin und her wälzte oder stöhnend aus dunklen Träumen hochschreckte.

Carlota war noch ein Säugling gewesen, als es im Dezember 1868 zur entscheidenden Schlacht kam. Beide Seiten hatten große Verluste zu erleiden, doch anders als die der Allianz erholte sich Paraguays Streitmacht nicht mehr davon. Der Krieg war verloren, aber Lopez wollte nicht kapitulieren.
Als Carlota Gehen lernte, erfuhren sie, dass Asunción endgültig erobert worden war. Lopez gab immer noch nicht auf, was nichts am Ausgang des Krieges änderte, ihn jedoch unnötig verlängerte.
Carlota lernte, außer Mama und Papa neue Worte zu sagen, während die alliierten Truppen die Reste von Lopez' Armee durch Paraguay hetzten und sich längst nicht damit begnügten, feindliche Soldaten zu töten, sondern einen schonungslosen Krieg gegen die Zivilbevölkerung führten.
Als Carlota zwei Jahre alt war, war der Krieg endlich zu Ende. Am 1. März 1870 wurden die Reste des »letzten Aufgebots« des Diktators – mittlerweile nicht mehr als einige hundert Mann – vernichtend geschlagen. Lopez wollte sich nicht gefangen nehmen lassen und wurde ermordet. Seine Getreuen berichteten, dass seine letzten Worte lauteten: »Ich sterbe mit meinem Land.«
Das war gewiss keine Übertreibung. Sosehr Valentín und Valeria nach dem Ende des Krieges hofften, dass damit die schlechten Nachrichten ein Ende fanden, wurde jetzt erst das ganze Ausmaß der Zerstörung deutlich. Auf der Hacienda sprach man triumphierend und voller Schadenfreude darüber, und Valentín war gezwungen, ausdruckslos zu lauschen, doch in den Nächten mehrten sich seine Alpträume.
Mehr als ein Drittel der Bevölkerung Paraguays war tot. Von den Männern hatte überhaupt nur jeder Fünfte überlebt. Paraguay musste die Hälfte seines Gebiets an Argentinien oder Brasilien abtreten, und im verbleibenden Land herrschte bit-

tere Armut. Das Papiergeld war wertlos, der Staatsschatz unauffindbar. Von den zwei Millionen Schlachtvieh waren nur noch fünfzehntausend am Leben – Gleiches galt für die Pferde. Hätte England dem Land kein Darlehen gewährt, es hätten nicht einmal Ochsen gekauft werden können, um die Felder zu pflügen.

Carlota jauchzte erneut, und auch wenn jener liebliche Klang in Valerias Ohren schmerzte, erinnerte er sie doch daran, dass sie die eigene Unbekümmertheit längst verloren hatte, und sie war dankbar, dass dem Kind seine Fröhlichkeit nicht abhandengekommen war und es von all den schrecklichen Nachrichten ebenso wenig mitbekommen hatte wie von den jetzigen Sorgen.

Valentín stellte die Kleine auf den Boden, und prompt rannte sie einem Pampakaninchen hinterher. Wie immer fing sie es nicht, aber als sie außer Hörweite war, konnte Valeria endlich ihren Zukunftsängsten Ausdruck verleihen.

»Was sollen wir jetzt nur tun?«, fragte sie seufzend.

Valentín wirkte müde und ratlos. »Ich weiß es nicht.«

»Vielleicht ... vielleicht sollten wir nach Paraguay gehen«, schlug Valeria vor.

»Das ist unmöglich!«, widersprach er hastig. »Die Menschen sind dort nicht nur ärmer als hier, sondern das Land ist fast völlig zerstört. Es gibt keine Schiffe mehr, kein Telegraphennetz, die Hauptstadt ...«

»Die Hauptstadt ist relativ intakt«, wandte Valeria ein, »das habe ich von vielen Seiten gehört. Und es gibt noch die Eisenbahn, die den Krieg gut überstanden hat und in die die Briten nun investieren. Vielleicht kannst du dort Arbeit finden.«

Er schüttelte den Kopf. »Nein ... nein, ich will nie wieder nach Paraguay zurückkehren, ich will das Land so in Erinne-

rung behalten, wie es einmal war. Außerdem kenne ich dort keine Seele mehr und wäre ein Heimatloser wie hier.«
Er hatte nie wieder von Pablo und dessen Truppe gehört, und sie gingen davon aus, dass sie alle wie die meisten Männer seines Alters gefallen waren.
»Wir könnten nach Argentinien oder Brasilien auswandern«, schlug Valeria leise vor.
Sie hatten gehört, dass das viele Paraguayer taten, wenn auch nicht alle freiwillig: Den paraguayischen Kriegsgefangenen wurde mit Glüheisen das Sklavenmal eingeprägt, und sie wurden zur Arbeit in die Kaffeeplantagen von São Paulo verschleppt.
»Warum in ein fremdes Land gehen?«, fragte Valentín. »Warum lassen wir uns nicht in Montevideo nieder? Dann bleibst wenigstens du in deiner Heimat.«
Eigentlich war es ihr nie eine Heimat gewesen, das war Deutschland, aber daran verbat sie sich jeden Gedanken. Sie wollte Valentín nicht noch mehr zusetzen, indem sie ihm erklärte, wie sehr sie sich nach den grünen Wäldern und sanften Hügeln des Taunus sehnte. Er hatte ohnehin ein schlechtes Gewissen, weil sie an seiner Seite ein so elendes Leben führte, und immer wieder musste sie ihm beteuern, dass es ihre Wahl gewesen war, sie diese aus Liebe getroffen hatte und nicht bereute.
»Wie sollen wir dort überleben?«, fragte sie zweifelnd.
»Viele zieht es vom Land dorthin«, erwiderte er. »Nun, da der Krieg zu Ende ist, werden die Briten wieder investieren, vor allem in den Export von Rindfleisch. Ich bin mir sicher, ich werde Arbeit finden. Und wenn ich es hier so lange verheimlichen konnte, dass ich Paraguayer bin, werde ich es in Montevideo auch schaffen. Und vielleicht könntest du …«

»Nein«, fiel sie ihm ins Wort, »ich werde meine Familie nicht besuchen und um Hilfe bitten. Nach allem, was sie mir angetan haben, will ich nie wieder etwas mit den de la Vegas' zu tun haben. Es ist gut, dass sie mich für tot halten.«
»Aber du bist einverstanden, nach Montevideo zurückzukehren? Die Stadt ist groß genug, um den de la Vegas' aus dem Weg zu gehen.«
Valeria starrte wieder auf den Horizont. Der Wind hatte Staub hochgewirbelt, dahinter erschien die untergehende Sonne noch größer. Carlota hatte es aufgegeben, ein Kaninchen zu jagen, und stattdessen Disteln gepflückt. Stolz kam sie auf Valeria zugelaufen und überreichte ihr den Strauß, als wären es die schönsten aller Blumen.
Valeria blickte sie an und rang sich ein Lächeln ab. »So muss man es mit dem Leben halten«, sagte sie leise. »Man muss sich am Unkraut erfreuen, als wären es Rosen.«
Sie schloss ihre Tochter in die Arme und ließ nicht zu, dass die Angst vor der Zukunft sie ganz und gar überwältigte.
Sie hatte ihre Tochter, sie hatte Valentín, sie war gesund – und sie war frei. Nein, sie würde nicht darüber nachdenken, welchen Preis sie dafür bezahlen musste.
»Gut«, willigte sie ein, »lass uns zurück nach Montevideo gehen.«

Drittes Buch

*Carlota und Tabitha ~
die ungleichen Schwestern*

1888~1889

30. Kapitel

Tabitha schlich in den Stall. Stroh raschelte unter ihren Füßen, in der Luft hing der durchdringende Geruch nach Pferdeäpfeln – viel würziger, als sie gedacht hatte. Eigentlich hatte sie mit Gestank gerechnet, doch nun wurde sie an die satten Wälder des Taunus erinnert, und der bislang strikt gemiedene Stall wurde zu einem Stück vertraute Heimat in Montevideo. Wobei – das Heimweh hatte sich bis jetzt in Grenzen gehalten. Überhaupt bliebe sie viel lieber für immer hier, wo die Menschen lauter waren, das Licht heller und das Leben abwechslungsreicher – und vor allem: abenteuerlicher.
Sie beschleunigte ihren Schritt, obwohl sie bis vor kurzem niemand hätte dazu bringen können, in den Stall zu gehen. Seit sie als junges Mädchen bei einer ihrer ersten Reitstunden abgeworfen worden war, hatte sie schreckliche Angst vor Pferden. Keine Macht der Welt hatte sie danach zurück in den Sattel gebracht, und ihre Großeltern hatten sie auch nicht weiter bedrängt: Ein Mädchen aus gutem Hause musste schließlich andere Dinge beherrschen – Tanzschritte, Gesang, Französisch und ein formvollendetes Benehmen, und was das anbelangte, hatte Tabitha sie nie enttäuscht.
Hier in Montevideo sah man das etwas anders. Zwar musste sich ein Mädchen ebenso gut zu benehmen wissen, und das Reiten war meist Männersache, aber am Wochenende trafen sich die namhaften Familien auf der Rennbahn in der Nähe der Stadt, um dort mit ihrem Reichtum zu protzen, Kontakte

zu knüpfen und über kaum etwas anderes als über Pferde zu sprechen. Bisher hatte Tabitha das schrecklich langweilig gefunden – was natürlich nicht nur an den Tieren lag, sondern vor allem an Tante Leonora, von deren Seite sie so gut wie nie weichen durfte. Sie gab vor, auf ihren Ruf zu achten, während sie in Wahrheit einfach nur bösartig war und ständig auf der Lauer lag, ihr ein Fehlverhalten nachzuweisen. Sobald sich Tabitha dazu hinreißen ließ, auch nur laut zu lachen, rümpfte sie bereits die Nase und verkündete mit kaum verhohlenem Triumph: »Du kommst ganz nach deiner Mutter!«

Tabitha hatte keine Ahnung, was ihre Mutter Schreckliches angestellt hatte. Von ihren Großeltern hatte sie nur erfahren, dass diese bei ihrer Geburt gestorben war, und auch Leonora hatte bis auf wenige Andeutungen nicht mehr von ihr erzählt. Die Großeltern klangen stets so traurig, und Leonora war stets so geifernd, dass Tabitha lieber nicht weiter nachbohrte. Manchmal packte sie durchaus die Neugierde, wer diese Valeria Gothmann de la Vegas nun genau gewesen war, aber im Moment war die Vergangenheit bedeutungslos. Sie schritt – durchaus freiwillig und mit pochendem Herzen – durch den Stall, und selbst der Anblick der schnaubenden Pferde schreckte sie nicht ab.

Im Stall arbeitete José Amendola, und seit sie ihn kannte, fand sie Pferderennen nicht mehr langweilig und die Tiere nicht mehr furchterregend.

José war ganz anders als die Männer, die sie hier in Montevideo kennengelernt hatte und die stets elend lang von ihren Geschäften sprachen, Whiskey tranken und Zigarren rauchten. José machte nicht viel unnütze Worte, trank nur Wasser und roch nach Erde, Sonne und Wind. Ein Sombrero beschattete sein gebräuntes Gesicht, und den Hals schützte ein dreieckig zusammengelegtes, seidenes Tuch, dessen Enden im

Wind flatterten, während sein Zipfel zum Schutz des Nackens gegen Sonnenstrahlen und Moskitostiche unter den Hut gesteckt wurde. Seine ledernen Stiefel reichten bis über die Knie. Tante Isabella hatte einmal behauptet, er sei ein Gaucho, und hatte dieses Wort mit einer Mischung aus Faszination und Abscheu ausgesprochen.

»Was sind Gauchos?«, hatte Tabitha gefragt, woraufhin Isabella – wieder zerrissen zwischen aufgesetzter Verachtung und heimlicher Schwärmerei – erzählt hatte, dass sie Abkömmlinge jener Spanier seien, die einst mit den Indianerinnen der La-Plata-Länder Kinder gezeugt hatten. Isabella war leicht errötet, denn für gewöhnlich sprach sie nicht über solch peinliche Themen wie das Kinderkriegen. Rasch war sie fortgefahren: »Sie sind bekannt für ihre soldatische Haltung, die Liebe zu den Pferden und die Abscheu vor den Arbeiten auf dem Acker.«

Tabitha hatte sich trotz dieser Worte immer noch nicht so recht vorstellen können, was nun Gauchos genau waren und was sie trieben, doch seitdem hatte sie José ebenso neugierig wie fasziniert beobachtet und sich irgendwann dazu durchgerungen, ihn anzusprechen. Obwohl er wortkarg war, hatte er ihr beschrieben, wie schön es war, durch die Pampa zu reiten, zu fühlen, wie der Körper eins mit dem Pferd zu werden schien, mit dem Lasso Kühe einzufangen und den Steppenwind auf nackter Haut zu spüren.

Tabitha hatte eifrig genickt und ein rotes Gesicht bekommen. Sie selbst war schließlich noch nie in der Pampa gewesen, bestenfalls am Strand von Carrasco. Ihre Schulfreundinnen beneideten sie, dass sie ihre Ferien jedes Jahr in diesem wilden Uruguay verbringen durfte, doch Tabitha war kaum je aus Montevideo herausgekommen, und das erschien ihr, wenn es auch nicht ganz so zivilisiert wie Frankfurt war, gar nicht so exotisch. Vor allem verhieß es keines der Abenteuer, nach denen sie und ihre Schulfreundinnen sich insgeheim sehnten – zumindest bis jetzt nicht.

Jetzt beobachtete sie mit klopfendem Herzen José, wie er das Fell des schwarzen Hengstes striegelte, bis es glänzte. Beruhigend sprach er auf das Tier ein, dessen Schnauben gleich nicht mehr so bedrohlich wirkte. Obwohl sie nichts sagte und auch sonst kein Geräusch von sich gab, drehte er sich um. »Guten Tag, Niña Tabitha.«

Keiner sprach den Namen aus wie er – so rauh und so tief. Und keiner behandelte sie so wie er wie eine Erwachsene. Für alle war sie ein Kind, obwohl sie schon fast zwanzig war. Es lag wohl daran, dass ihre Großeltern sie nicht hergeben wollten, wie die alte Espe zu ihren Lebzeiten behauptet hatte, und dass sie selbst diese Fürsorge durchaus genossen hatte. Seit sie José kannte, erschien ihr das wohlbehütete Leben jedoch plötzlich langweilig.

»Willst du Diablo füttern?«

Tabitha zögerte, dem Pferd zu nahe zu kommen, aber als José ihr eine Karotte entgegenhielt, griff sie zu, gab sie dem Hengst und spürte kurz die rauhe Zunge auf ihrer Hand. Die Berührung ging ihr durch und durch – oder vielleicht auch nur die Nähe zu José.

In den letzten Tagen hatte sie viel über ihn herausgefunden, so auch, warum er nicht mehr durch die Pampa ritt, sondern im Haus der de la Vegas' die Pferde versorgte. Seit dem Jahr 1870 waren auf dem Land die Alambrados, die Stacheldrahtzäune, in Gebrauch, womit die Möglichkeit geschaffen war, Weidetiere einzusperren, die Arbeit der Gauchos jedoch nicht länger benötigt wurde. Die meisten von ihnen weigerten sich, Feldarbeiter zu werden, wie die vielen Einwanderer aus Italien und Spanien, und auch José hatte sich entschieden, ander-

weitig sein Brot zu verdienen. Eine Weile hatte er bei der Eisenbahn gearbeitet, aber dort die geliebten Pferde vermisst und darum als Pferdeknecht im Hause der de la Vegas' angefangen.
»Wollen Sie es versuchen?«, fragte er, nachdem sie die Karotte verfüttert hatte.
»Was?«
»Nun – zu reiten.«
Tabitha betrachtete angstvoll das Riesentier. Es war nicht einmal gesattelt. Aber sie wollte sich ihre Furcht nicht anmerken lassen und ihm schon gar nicht von ihrem einstigen missglückten Reitversuch berichten. Womöglich würde er sie dann nicht mehr wie eine Erwachsene behandeln, sondern sich wie alle anderen in Ängsten um ihre Gesundheit ergehen, weil sie doch ein so zartes Kind gewesen war. Obwohl sie zwar immer noch schlank, aber längst nicht mehr zerbrechlich war, traute man ihr bis heute keinerlei Anstrengung zu – abgesehen von José.
Sie senkte den Blick und nickte rasch, und ehe sie es bereuen konnte, hatte José das Pferd gesattelt, sie hochgehoben und draufgesetzt. Sie befürchtete, gleich wieder herunterzufallen, doch er hielt ihre Hand fest – eine große, warme Hand, rauh wie seine Stimme. Er war nicht unbedingt schön mit seiner gegerbten Haut, den tiefliegenden, schwarzen Augen, dem strohigen, dunklen Haar, das weder so sorgfältig gekämmt noch geschnitten war wie das graue ihres Onkels Julio, aber ungemein männlich. Tabitha durchliefen ähnliche Empfindungen wie vorhin, als die Zunge des Pferds ihre Hand berührt hatte.
»Wenn Sie sich erst einmal an die Höhe gewöhnt haben, Niña Tabitha, dann können Sie auch ausreiten. Sie werden sehen, das ist wunderschön.«

Offenbar erahnte er ihre Furcht vor den Tieren und wollte sie ihr behutsam nehmen.
Sie lächelte ihn an. Solange er ihre Hand hielt, war sie bereit, jedes noch so wilde Pferd zu besteigen.
»Tabitha, Tabitha – wo bleibst du denn?«
Sie verdrehte die Augen. Isabella ...
Eigentlich mochte sie sie ganz gern, denn sie war nicht bösartig wie Tante Leonora, sondern warmherzig und freundlich, aber sie stand völlig unter der Fuchtel ihrer Mutter, wagte es nie, ihr zu widersprechen, und würde sie womöglich verpetzen, wenn sie sie im vertraulichen Gespräch mit José ertappte.
Schnell hob José sie wieder vom Pferd, und als er sie auf den Boden aufsetzte, wankte er kurz. Unfreiwillig fiel sie gegen ihn, doch sie zuckte nicht vor ihm zurück, sondern schmiegte sich an seinen gestählten Körper – und auch seine kräftigen Hände verharrten länger um ihre Taille als notwendig. Er roch so gut wie die Pferde ... roch nach Wildheit und Sonne und Abenteuer.
Als Isabella den Stall erreichte, war José zwar längst zurückgewichen, aber Tabitha immer noch hochrot im Gesicht.
»Was machst du denn im Stall?«
»Natürlich die Pferde betrachten. Ist Diablo nicht ein stattliches Tier?«
Isabella mochte Pferde ebenso wenig wie sie und blickte misstrauisch von ihr zu José und wieder zurück. Doch José tat so, als wäre er mit dem Sattelgurt beschäftigt, und Tabitha trat rasch an ihm vorbei zu Isabella.
Deren Blick blieb zwar misstrauisch, aber laut sagte sie nur: »Komm wieder ins Haus! Das Essen wird gleich serviert.«

Wie so oft waren die Damen des Hauses beim Mittagessen unter sich: Alejandro de la Vegas, der nach seinem Schlaganfall die letzten Jahre seines Lebens ans Bett gefesselt gewesen war, war gestorben, als Tabitha noch ein kleines Mädchen war, und Julio war meist unterwegs. Offiziell hieß es immer, er hätte geschäftlich zu tun, aber Tabitha hatte schon manches Mal gehört, wie Leonora ihn wütend zur Rede stellte und ihm vorwarf, dass kein Geschäft der Welt so viel Zeit beanspruchte. Manchmal stellte sich Tabitha vor, dass er irgendwo eine zweite Familie hatte, mit der er glücklicher war und die ein helleres, luftigeres Haus bewohnte, von dessen Wänden nicht das ständige Gekeife hallte, sondern Kinderlachen. Allerdings: Hätte er dann jenen zynischen Zug um den Mund, wenn es so wäre?

Ihre Großmutter Rosa hasste ihren Bruder – Tabitha hingegen sah ihn zu selten, um Gefühle gleich welcher Art für ihn zu entwickeln. Bei den wenigen Gelegenheiten, bei denen sie zusammentrafen, redete er meist über schrecklich langweilige Dinge – etwas, das er mit ihrem ebenso vielbeschäftigten Großvater gemein hatte, obwohl sich dieser, anders als Julio, ungleich mehr Zeit für sie nahm. Früher war sie immer an seiner Seite nach Montevideo gereist, und ein oder zwei Mal war auch ihre Großmutter dabei gewesen, doch jene war im Haus der de la Vegas' jedes Mal traurig geworden und ihr Großvater mittlerweile so alt, dass ihn die langen Schifffahrten zu sehr anstrengten. Seitdem kam sie jeden Sommer allein für zwei oder drei Monate hierher – etwas, worauf ausgerechnet ihre Großmutter bestand, obwohl sie selbst die einstige Heimat nicht zu vermissen schien und sich hier nie wohl gefühlt hatte.

Während sie aßen, erzählte Isabella allen möglichen Klatsch, der ihr zu Ohren gekommen war. Tabitha hörte nicht richtig zu, war aber erleichtert, dass Leonora mit ihrer schrillen Stimme ausnahmsweise schwieg. Um wie viel wohltuender war es, Isabella reden zu hören – eine unauffällige Frau, die in Gesellschaft von Männern den Mund kaum aufbekam. Sie machte den Eindruck einer alten Jungfrau, obwohl sie im letzten Jahr des schrecklichen Dreibund-Krieges geheiratet hatte. Ihr Mann war nur wenige Wochen später gefallen, und Isabella trug seitdem Schwarz und ging jedes Jahr an seinem Todestag in die Messe. Sonderlich viel erzählte sie von ihm aber nicht und wirkte auch nicht kummervoll, wann immer sein Name genannt wurde, so dass Tabitha zweifelte, ob sie jenen Mann von Herzen geliebt hatte. Wahrscheinlich hatte ihr Vater die Heirat arrangiert.

Auch jetzt beim Mittagessen dachte sie darüber nach. Unmöglich, dass Isabella je gefühlt hatte, was sie fühlte, wenn sie an José dachte, an seine kräftigen Hände, die sie an der Taille umfasst hatten, seine rauchige Stimme, seinen Geruch! Isabellas Haut wäre nicht so fahl, ihr Kopf nicht so geduckt, ihre Blicke wären nicht so verstohlen, wenn sie jemals von der Liebe mitgerissen worden wäre wie von einer der hohen Wellen, die bei stürmischem Wetter die Schiffe im Hafen bedrohlich schaukeln ließen.

Sie aber war sich nun sicher, was Liebe war. Auf dem Weg hierher schien sie den Boden kaum zu berühren, sondern darüber geschwebt zu sein. Jede Berührung schien sich in ihrem Körper eingebrannt zu haben, ähnlich wie Wunden, nur dass sie nicht schmerzten, eher diesen Kitzel hervorriefen, der sich anfühlte, als krabbelten in ihrem Bauch viele kleine Käfer. Ihre Kehle war so eng, dass sie nichts herunterbrachte, obwohl die Speisen, die aufgetischt wurden, wie immer erlesen waren. Nach einer kräftigen Suppe gab es würziges Lammfleisch mit frischem Gemüse, zum Dessert süßen Kuchen und frisches Obst. Am wenigsten wurde bei dem weichen, weißen Brot gespart, das sich nur die reichen Leute leisten konnten.

»Du hast ja gar keinen Appetit«, stellte Leonora verständnislos fest. Wie gewöhnlich aß sie in rauhen Mengen und war mittlerweile eine unförmige Matrone, die den aufgedunsenen Körper kaum pflegte. Anstatt sich zu frisieren, trug sie einfach eine Haube über dem strähnigen, verfilzten Haar, und wenn sie sich im Spiegel musterte, stand kein Ausdruck von Wehmut mehr darin, wie Tabitha ihn als kleines Kind oft noch wahrzunehmen glaubte, sondern Trotz und so etwas wie Schadenfreude.

Tabitha tat so, als würde sie an einem Glas Wein nippen. »Was bekommt denn eigentlich die Dienerschaft zu essen?«, fragte sie unwillkürlich.

Leonora hob missbilligend die Augenbraue – Isabella jedoch antwortete bereitwillig: »Die Mädchen meist die Reste aus der Küche – und die Männer, die im Garten und Stall arbeiten, grillen sich ihr Fleisch selbst.«

»Sie essen Fleisch und sonst gar nichts?«

»Das wird ja wohl genügen«, schaltete sich Leonora mit schriller Stimme ein. »Brot und Gemüse sind etwas für die feinen Leute.«

»Und immerhin bekommen sie noch Rum – Caña«, sagte Isabella.

»Gott gebe, es wäre etwas weniger!«, stöhnte Leonora. »Aber Julio ist zu großzügig; er hat ja selbst auch nie beim Whiskey gespart.«

»Sie sind doch alle tüchtig und leisten gute Arbeit«, sagte Tabitha. »Also können sie keine Trunkenbolde sein.«

Leonora starrte sie finster an: »Was verstehst du denn davon? Deine Großeltern lassen dir schließlich alle Freiheiten, anstatt

dich zu lehren, wie man einen Haushalt führt.« Soweit Tabitha das mitbekam, war auch Leonora diesbezüglich sehr träge und überließ es Isabella, den Menüplan zu bestimmen und die Dienstboten anzuleiten. Aber sie wollte sich auf keinen Streit einlassen. »Ich habe wirklich keinen Appetit«, erklärte sie leise, »vielleicht habe ich mir den Magen verdorben. Darf ich mich nach oben zurückziehen?«
Leonora betrachtete sie kopfschüttelnd, doch Isabella lächelte mitleidig. »Natürlich darfst du.«
Tabitha tat so, als würde sie nach oben gehen, bog aber vor der Treppe ab, durchquerte den Patio und gelangte zu den Stallungen.
José hockte vor dem Tor und hielt sein Gesicht in die Sonne. Nicht weit davon brutzelte auf dem Grill tatsächlich Rindfleisch – sonst nichts. Offenbar war es noch nicht fertig, denn seine Augen waren geschlossen. Tabitha näherte sich ihm lautlos und blickte ihn eine Weile hingerissen an. Selbst dösend verströmte er so etwas ... Wildes. Er erinnerte sie an einen der Löwen, die sie einmal im Frankfurter Zoo gesehen hatte. Auch diese hatten nur träge in der Mittagssonne gelungert und dennoch die Erhabenheit eines Raubtiers ausgestrahlt, das für sein eigenes Überleben töten musste.
José blickte hoch. »Niña Tabitha? Ich dachte, Sie wären beim Essen. Oder wollen Sie doch noch einmal reiten?«
Sie schüttelte den Kopf. »Ich habe Ihnen etwas mitgebracht.« Hastig holte sie aus der Tasche ihres Kleides ein Stück Brot, das sie vorhin unauffällig von der Tafel hatte mitgehen lassen.
José grinste breit. »Denken Sie, Ihr Onkel lässt uns verhungern?«
»Nein, aber Sie bekommen doch immer nur Fleisch.«
Blitzschnell erhob er sich und sah von oben auf sie herab. »Nun, echte Männer brauchen kein Brot.«

Seine Worte machten sie verlegen. Eigentlich hätte sie sich das denken können, und sein Schmunzeln verriet wohl nur zu deutlich, wofür er sie in Wahrheit hielt: für ein unwissendes, naives Mädchen. Blut schoss ihr heiß ins Gesicht, und sie drehte sich eilig um. Doch kaum war sie ein paar Schritte gegangen, versperrte José ihr den Weg.
Sie erschauderte.
»Auch wenn ich wenig Brot esse, freut es mich trotzdem, dass Sie an mich gedacht haben«, sagte er leise mit dieser rauchigen Stimme.
Er nahm ihr das Brot ab und hielt ihre Hand dabei etwas länger als notwendig. Schließlich trat er in den Schatten hinter dem Brunnen und verspeiste dort das Brot. Sie wusste nicht, was sie tun sollte, und blieb abwartend stehen.
Nachdem er das Brot aufgegessen hatte, musterte er sie forsch von oben bis unten. So eindringlich hatte sie noch kein Mann angeschaut, weder hier, wo ihr manchmal Geschäftspartner von Julio vorgestellt wurden, noch im Taunus, wo ihre Großeltern oft Gäste hatten. Diese Männer waren immer steif, höflich und zurückhaltend gewesen.
Er lächelte breit. »Wollen Sie nun noch einmal auf dem Pferd sitzen?«, fragte er.
Darauf hätte Tabitha eigentlich gern verzichtet, allerdings wollte sie wieder seine kräftigen Hände um ihre Taille spüren, und deswegen nickte sie eifrig.
Wenig später saß sie auf dem schnaubenden Ungetüm und kämpfte darum, eine möglichst gleichmütige Miene aufzusetzen. In Wahrheit ängstigte sie sich zu Tode.
»Sie sind sehr mutig, Niña«, bemerkte José mit leisem Spott.
»Nennen Sie mich doch Tabitha.«
Er lächelte abermals unergründlich, zog sie vom Pferd und hielt sie erneut länger fest, als es notwendig gewesen wäre.

Eben noch hatte sie sich alles andere als mutig gefühlt, doch nun wollte sie ihm beweisen, dass sie sein Lob verdiente. Sie überlegte gar nicht erst, was sie da tat, sondern stellte sich auf die Zehenspitzen, hob ihren Kopf und hauchte einen Kuss auf seine Lippen.
Sie fühlte, wie er kurz erstarrte, doch dann erwiderte er den Kuss. Hatte sie nur vorsichtig ihre Lippen auf seine gepresst, drängte sich seine Zunge nun in ihren Mund, fordernd und so ungestüm, dass ihre Zähne aufeinanderschlugen. Es war eher schmerz- als lustvoll, und Tabitha zuckte beinahe zurück, aber dann bezwang sie ihre Scheu, genoss die Hitze, die er in ihr entfachte, und sog seinen Geruch ein, nach Tabak und geräuchertem Fleisch. Sie dachte, ihre Lippen würden gleich platzen. Sie dachte auch: Wie ich ihn liebe!

In den nächsten Tagen aß und schlief Tabitha kaum. Erstaunlich war, dass sie sich dennoch nicht entkräftet fühlte, sondern alles intensiver und wacher erlebte als je zuvor. Ihre Kleider fingen am ohnehin schon schlanken Leib zu schlottern an, und sogar die sonst so gleichgültige Leonora machte sich Sorgen. Sie konnte nicht verstehen, dass man freiwillig auf Essen verzichtete, und wollte schon den Arzt holen, aber Tabitha erklärte, dass sie sich gut fühlte.
»Deine Augen glänzen, als hättest du Fieber«, sagte Leonora misstrauisch.
»Aber ihre Wangen sind von einem gesunden Rosa«, hielt Isabella entgegen.
Tabitha war dankbar, dass sie von ihr Hilfe bekam – aber auch misstrauisch. Ob sie womöglich gar von ihrem Geheimnis wusste? Selbst eine gutmütige Frau wie Isabella würde wohl nicht dulden, dass sie regelmäßig einen Stallknecht küsste,

doch ihr vertrauliches Zwinkern war ein Beweis, dass sie zumindest um ihre Verliebtheit wusste – und diese zu unterstützen gedachte.

Zunächst traf Tabitha José regelmäßig im Stall bei Diablo, aber irgendwann wurde ihr der Bretterverschlag zu eng. Sie erklärte, dass sie reiten lernen wollte, und niemand widersprach dem Ansinnen. Zunächst drehte sie – angeleitet von José – im Hof die Runden, später, als sie die Furcht vor den Tieren besser zu unterdrücken lernte, etwas außerhalb der Stadt in der Nähe der Rennbahn. Jeden Tag lernte sie etwas besser reiten – und etwas besser küssen.

Josés Geruch wurde ihr vertraut, doch wenn er mit seinen starken Händen ihren Leib umfasste, fühlte sie stets aufs Neue ein Kribbeln im Bauch. Sie sprachen nicht viel, denn es gab wenig, was sie sich zu erzählen hatten: Sie wusste von ihm, dass er Pferde liebte, und er von ihr, dass sie ein Töchterchen aus gutem Haus war, das musste genügen. Besser war, all das Trennende gar nicht erst auszusprechen. Besser war auch, sich keine Gedanken über die Zukunft zu machen. Sie genoss jeden einzelnen Augenblick und hätte ihn am liebsten für immer festgehalten – zugleich verging die Zeit wie im Rausch, so dass sie nicht sicher war, ob nach dem Kuss erst eine Woche oder schon ein ganzer Monat vergangen war, als eines Tages Leonora nach der Rückkehr vom Reitunterricht auf sie wartete. »Dein Onkel will mit dir sprechen«, erklärte sie mit dem Anflug eines Grinsens, das Tabitha nicht recht deuten konnte. War es freundlich oder höhnisch?

Sie hatte gar nicht bemerkt, dass Julio wieder von seiner Geschäftsreise zurückgekehrt war, und bis jetzt hatte sie nur selten sein Arbeitszimmer betreten. Es erinnerte an das ihres Großvaters, nur dass die Möbel noch dunkler und die Wände nicht rot tapeziert, sondern weiß gekalkt waren. Zu ihrer

Überraschung traf sie Julio nicht allein dort an, sondern in Gesellschaft eines jungen Mannes.
»Wie gut, dass du hier bist!«, rief Julio. Nie hatte sie ihn so überschwenglich reden hören. »Darf ich dir Alonso Martínez vorstellen?«
Tabitha ließ sich die Hand küssen und musterte den jungen Mann flüchtig. Ein kurzer Blick genügte, um zu erkennen, dass er einer jener langweiligen, steifen Männer mit Gehrock und Spazierstock war, die mit blasiertem Gesicht die Europäer zu imitieren versuchten und dabei oft unfreiwillig lächerlich wirkten.
Sie wollte sich schon wieder zum Gehen wenden, als Julio sie darum bat, Platz zu nehmen. Ihre Verwirrung wuchs, als er überdies erklärte, welche Art von Geschäften er mit Alonso betrieb.
»Alonso ist Teilhaber der Liebig Extrakt and Meat Company Limited«, begann er.
Tabitha sah ihn fragend an.
»1864 wurde die Company zur Herstellung von Fleischextrakt gegründet. Sie geht auf die Initiative eines deutschen Kaufmanns zurück. Mittlerweile hat sie sich zum Großunternehmen entwickelt, und zu den Aktionären zählen neben den Deutschen auch Franzosen und Belgier.«
Die ersten Worte hatte sie noch interessiert aufgenommen, doch je länger Julio sprach, desto gelangweilter lauschte sie. Noch mehr als seine Erklärungen erstaunte sie, dass Leonora, die sie in sein Arbeitszimmer geführt hatte, im Türrahmen stehen geblieben war und weiterhin satt und breit lächelte. Nun, vielleicht wurde ihr übergroßer Appetit durch die Erwähnung eines Fleischextrakts noch mehr geweckt.
»Alonso Martínez will künftig die Geschäfte mit Deutschland intensivieren«, fuhr Julio fort. »Bislang gibt es dort noch

keine eigene Filiale der Liebig-Company. Das soll sich ändern.«

Tabitha musste sich beherrschen, um nicht entnervt die Augen zu verdrehen. Was sie schrecklich langweilig fand, schien den jungen, steifen Mann zu begeistern, denn erstmals meldete er sich selbst zu Wort: »Es war eine Revolution, als vor zehn Jahren das erste Kühlschiff in Buenos Aires eintraf. Diese Erfindung gewährleistet ganz neue Exportmöglichkeiten für Fleisch, ganz zu schweigen von der Herstellung von Corned Beef. Dass die Viehhändler in den letzten Jahrzehnten die Qualität der Herden gesteigert haben, indem sie besseres Zuchttier kauften, lässt darauf hoffen, dass wir gemeinsam mit Argentinien über Jahre eine Monopolstellung innehaben werden.«

Er redete immer eifriger und gestikulierte wild mit den Händen, was in Tabithas Augen sehr weibisch anmutete. Überdies war er so blutleer, dass sie sich kaum vorstellen konnte, er hätte jemals mit gutem Appetit das Fleisch gegessen, von dem er sprach.

Unwillkürlich verglich sie ihn mit José. Anstelle von dessen kräftigem, würzigem Geruch verströmte Alonso nur den süßlichen eines Duftwassers, der Tabitha unangenehm in der Nase kitzelte.

»Da nun also Alonso mit deutschen Kaufleuten in Verhandlungen treten will, dachte ich mir, du könntest ihm ein bisschen von den Sitten und Bräuchen deiner Heimat erzählen«, schaltete sich Julio wieder ein. »Ich habe ihn morgen zum Mittagessen eingeladen. Und vielleicht könntet ihr gemeinsam die Oper besuchen.«

Das also war des Rätsels Lösung! Warum hatte er das nicht gleich gesagt, anstatt enervierend lange auf dem Export von Fleisch herumzureiten? Wenn es weiter nichts war …

»Aber natürlich!«, rief Tabitha – weniger über die Aussicht begeistert, mit Alonso Zeit zu verbringen, als davon, sich nun endlich zurückziehen zu können.

In der Tat verabschiedete sich Alonso bald mit einem zweiten Handkuss, doch als Tabitha ihm hastig folgen wollte, stellte sich ihr Leonora in den Weg.

»Bleib noch ein wenig hier«, forderte Julio sie auf.

Tabitha fuhr herum. Das Schweigen, das folgte, wirkte ebenso angespannt wie Leonoras Lächeln und Julios Blick.

»Ein netter junger Mann, dieser Alonso, nicht wahr?«, fragte er gedehnt.

Tabitha verkniff es sich, zu widersprechen, und zuckte stattdessen nur die Schultern. Julio gedachte sie offenbar zu verkuppeln, um daraus irgendwelche Vorteile für seine Geschäfte herauszuschlagen. Was wiederum lästig war, aber keine ernsthafte Bedrohung. Er würde es niemals wagen, sie gegen den Willen ihrer Großeltern mit einem Mann zu vermählen. Und diese wiederum würden sie niemals zu einer Ehe zwingen, wie sie ihr oft genug beteuert hatten.

»Und er ist sehr ehrgeizig«, fügte Julio hinzu.

»Ja«, murmelte sie leise.

»Dass ich ein so erfolgreicher Kaufmann wurde, habe ich deinem Großvater zu verdanken, genauer gesagt deinem Großonkel Carl-Theodor«, fuhr Julio fort. »Nach dem Tod deines Großonkels sind zwar unsere geschäftlichen Beziehungen fast vollkommen zum Erliegen gekommen, zumal dein Großvater dem Handel mit Übersee kaum Bedeutung zumisst, aber die Exportgeschäfte mit den Hamburger und Bremer Kaufleuten, die ich bis heute pflege, wären ohne die jahrzehntelange Verbindung mit dem Haus Gothmann nicht denkbar. Und das werde ich mein Lebtag lang nicht vergessen.«

»Gewiss«, sagte sie. Worauf wollte er nur hinaus?

»Nicht dass ich ihnen nicht selbst häufig meinen Dank bekundet habe. Aber ich sage es dir noch einmal, damit du verstehst, dass mir dein Wohlbefinden ein besonders großes Anliegen ist.«
Tabitha rang sich ein Lächeln ab: »Mir geht es gut hier!«
»Wirklich?«, fragte Julio gedehnt. »Alonso wäre eine gute Partie für dich. Er stammt aus einer alteingesessenen Familie Montevideos.«
Tabitha konnte ihr Unbehagen nicht länger unterdrücken. Instinktiv wappnete sie sich dagegen, dass die Maske der Höflichkeit bald fallen würde, auch wenn sie sich noch nicht sicher war, was sich darunter verbarg. »Ich will noch nicht heiraten!«, erklärte sie entschlossen.
Julio lachte auf. »Du erinnerst mich an deine Großmutter. Sie hat sich einst auch gegen die Ehe gewehrt, die dein Urgroßvater für sie vorsah. Nun, dein Großvater hat sie damals davor bewahrt, und man muss sagen: Sie hat trotz allem eine gute Wahl getroffen.«
Tabitha reckte stolz ihr Kinn. »Ebendarum würde mich Großmutter nie zwingen, jemanden zu heiraten, den ich nicht will, mag er auch eine noch so gute Partie sein. Und dieser Alonso ist kein Mann für mich.«
Julio runzelte die Stirn. »Du hast doch eben noch eingewilligt, Zeit mit ihm zu verbringen.«
»Weil ich nicht unhöflich sein wollte!«, rief Tabitha heiser. »Aber ich lasse mich zu nichts zwingen – das würden meine Großeltern auch nicht zulassen.«
Julios Stirn glättete sich wieder, und er lächelte plötzlich so breit wie Leonora. »Das stimmt, sie würden dir nie vorschreiben, wen du zu heiraten hast. Aber deine Großeltern würden genauso wenig wie ich gestatten, dass du Zeit mit diesem … diesem …«

Er brach ab. Tabitha fühlte, wie ihr heiß das Blut ins Gesicht stieg. Sie hörte Leonora spöttisch auflachen.
»... dass du Zeit mit diesem Stallknecht verbringst«, brachte Julio endlich den Satz zu Ende. »Das muss aufhören.«
Sein Lächeln schwand.
Tabitha fuhr herum. Auf der Türschwelle stand nicht länger nur die grinsende Leonora, sondern – von einem Diener hierhergebracht, mit mahlendem Kiefer und gesenktem Kopf – José.

»José ...«
Er sah sie nicht an, und von allem war das am schwersten zu ertragen. Dass sein Stolz so sichtlich gekränkt war, erweckte Schuldgefühle in Tabitha – und glühenden Zorn. Julio und Leonora betrachteten ihn wie ein Insekt, das man am besten zertrat. Wie konnten sie nur!
»Reinkommen!«, bellte Julio.
»Du hast kein Recht ...«, setzte Tabitha an.
Er beachtete sie gar nicht. Sie hatte erwartet, dass er sie maßregeln würde, ihr den Kontakt mit José strengstens verbieten, die Küsse erwähnen, die sie ausgetauscht hatten. Doch er wollte die Tatsache, dass seine Großnichte offenbar einen Stallburschen liebte, gar nicht erst zur Sprache bringen, sondern das leidige Thema anders aus der Welt schaffen.
Er zog ein Bündel Banknoten hervor, legte sie auf den Schreibtisch und blickte José streng an.
»Das ist Ihr restlicher Lohn. Sehen Sie es als Akt der Barmherzigkeit, dass ich ihn überhaupt ausbezahle. Sie sind entlassen, und Sie werden in ganz Montevideo keine Stelle mehr bekommen, dafür werde ich sorgen. Wenn Sie sich noch einmal in die Nähe der Pferde oder des Hauses wagen, lasse ich Sie hinauswerfen. Und bei einem zweiten Versuch zuvor auspeitschen.«

Er meinte wohl auch: in die Nähe von Tabitha, aber das ließ er unausgesprochen.

Tabitha empfand es als Gipfel der Demütigung, dass er den wahren Grund für die Kündigung unerwähnt ließ und sich weiterhin so verhielt, als wäre sie gar nicht im Raum.

Auch José wich ihrem Blick aus, obwohl sie ihn verzweifelt suchte.

Am liebsten hätte sie ihn beschworen, das Geld nicht zu nehmen und seinen Stolz nicht noch weiter verletzen zu lassen. Doch sie wusste, dass ihre Worte alles nur noch schlimmer gemacht hätten. So musste sie hilflos zusehen, wie er nach einer Weile wortlos nach den Banknoten griff und sie in seiner Hosentasche verstaute. Als er schweigend den Raum verließ, wich Leonora mit einem angeekelten Gesichtsausdruck zurück, als wäre die Luft rund um ihn verpestet.

Bösartige, alte Vettel!, ging es Tabitha durch den Kopf.

Nachdem Josés Schritte verklungen waren, wandte sie sich an Julio. »Wie konntest du nur?«

Er lehnte sich zurück. »Du kannst jetzt gehen«, verkündete er knapp.

»Ich lasse mir von dir nicht verbieten …«

»Ich verbiete dir gar nichts. Aber ich entscheide, wen ich in meinem Haus einstelle und wen ich entlasse.«

Tabitha sah ein, dass sie völlig machtlos war. Wenn er sie schlecht behandelt oder gar eingesperrt hätte, hätten ihre Großeltern aufs schärfste protestiert. Aber Rosa und Albert Gothmann würden sich wohl kaum für einen Stallknecht starkmachen, schon gar nicht, wenn sie um die Verliebtheit ihrer Enkeltochter wüssten.

Tränen stiegen ihr in die Augen, aber sie wollte nicht, dass Leonora und Julio sie weinen sahen, und sie stürmte hastig hinaus.

Sie hoffte, José einzuholen, fand ihn jedoch nicht mehr im Haus und lief verzweifelt zum Stall. Gott sei Dank traf sie ihn dort, wo sie ihn vermutet hatte – bei Diablo. Er strich dem Tier ein letztes Mal über den Kopf, dabei war sein Blick unendlich wehmütig. Kurz befremdete es sie, dass er offensichtlicheren Schmerz zeigte als vorhin, da er damit hatte rechnen müssen, sie zum letzten Mal zu sehen, aber dann sagte sie sich, dass er sich in Julios und Leonoras Gegenwart schließlich hatte beherrschen müssen – genauso wie sie.
Jetzt zitterte ihre Stimme, als sie seinen Namen rief.
Er fuhr herum, und sein Gesicht wurde wieder ausdruckslos.
»Du solltest nicht hier sein.«
»Es tut mir leid, es tut mir alles so leid!«, stammelte sie.
Er senkte seinen Blick. »Ich hätte es besser wissen müssen.«
Er bückte sich, ergriff das Bündel mit seinen Habseligkeiten und ging an ihr vorbei.
»José!« Sie lief ihm nach. »Du … du kannst doch nicht einfach gehen. Du …«
»Du hast deinen Onkel doch gehört.« Immerhin blieb er stehen.
Sie packte seine Hände. »Ich werde mir etwas einfallen lassen. Ich werde dafür sorgen, dass du wieder eine Stelle bekommst. Ich … ich liebe dich doch.«
Sie hoffte, dass er ihr leidenschaftliches Bekenntnis erwiderte, dass er sie küsste. Beides blieb aus. Zumindest nahm er ihre Hände und drückte sie kurz.
»Du bist ein liebes Mädchen, aber vor allem bist du eine de la Vegas.«
»Nein!«, protestierte sie. »Ich bin eine Gothmann. Ich werde mir unser Glück nicht ruinieren lassen.«
Er starrte sie nachdenklich an. »Vielleicht bleibe ich noch eine Weile in Montevideo.«

Er sagte nicht ausdrücklich, dass sie sich bald wiedersehen würden, aber sie hoffte, dass er es so meinte.
»Es wird alles gut, ich verspreche es dir«, rief sie.
Wortlos nickte er, ließ ihre Hände los und ging.
Sie stellte sich ihm kein zweites Mal in den Weg, sondern verbarg ihr Gesicht in den Händen. Wieder war ihr zum Weinen zumute, aber erneut schluckte sie trotzig ihre Tränen hinunter.

31. Kapitel

»Aua!«, entfuhr es Carlota zum wiederholten Mal. Sie hasste die Näharbeit. Ständig stach sie sich in den Finger, die Nähte gerieten ungerade, was zur Folge hatte, dass es ihr trotz aller Mühen doch nur Tadel einbrachte, und am schlimmsten war, dass sie nebenan meist ihre Eltern streiten hörte.
Was heute der genaue Anlass für ihre Auseinandersetzung war, wusste sie nicht, aber im Grunde ging es immer um dasselbe. Der Vater kam von der Arbeit heim und beklagte sich darüber. Die Mutter hörte eine Weile zu, wurde dann aber seiner Klagen überdrüssig und hielt ihm entgegen: »Ich und Carlota haben ebenfalls schwer zu schuften.«
»Ihr näht – ich hingegen schlachte Tiere. Das ist ein Unterschied!«
»Wärst du glücklich, wenn wir auch Tiere schlachten und den ganzen Tag in ihrem Blut waten müssten?«, fragte die Mutter dann bissig.
Ihr Vater arbeitete in einem der Saladeros, und Carlota, die ihn von dort schon häufig abgeholt hatte, wusste, was ihm so sehr zu schaffen machte, auch wenn er stets beteuerte, dankbar für die Arbeit dort zu sein. Schließlich war er über lange Jahre arbeitslos gewesen, ehe jene Betriebe wie Pilze aus dem Boden schossen und die Geschäftsführer händeringend nach kräftigen Männern suchten, ohne zu fragen, woher sie kamen und womit sie bisher ihr Brot verdient hatten. Es zählte nur, dass sie zupacken konnten und sich von den schrecklichen Bedingun-

gen nicht abhalten ließen. Zu Beginn des Jahrhunderts war in jenen Saladeros nur in kleinen Mengen Trockenfleisch erzeugt worden: Man hatte ein paar Rinder geschlachtet, das Fleisch leicht gesalzen und an der Luft trocknen lassen und es nach Brasilien verkauft, wo die Sklaven davon lebten. Doch dann waren die Engländer in das Geschäft eingestiegen und hatten in Montevideo und Buenos Aires aus den bisherigen Familienbetrieben riesige Schlachthöfe gemacht, in denen täglich Dutzende von Tieren getötet, ausgeweidet und enthäutet wurden. Bis jetzt hatte der Vater jede Stelle nach wenigen Monaten wieder verloren, weil er – wie ihre Mutter sagte – den Mund nicht halten konnte oder weil er – wie er selbst behauptete – Ungerechtigkeit nicht ertrug und nicht zusehen konnte, wie man einfache Leute ausbeutete, doch in den Saladeros sah man darüber hinweg, wenn er nur seine Arbeit machte, denn das war eine, um die sich wahrlich niemand riss. In der Luft hing der abscheuliche Geruch faulender Eingeweide, der Aasgeier und andere Vögel anlockte, und die Tiere, die geschlachtet wurden, brüllten entsetzlich, wenn sie den Gestank wahrnahmen. Bis ins Letzte wurde alles, was sie herzugeben hatten, in etwas Nützliches umgewandelt: Aus der Haut wurde Leder gemacht, aus dem Fett Seife, aus den Knochen Dünger. Das Fleisch wurde nicht nur getrocknet, sondern noch frisch auf große Kühlschiffe oder in Fabriken gebracht, die Corned Beef herstellten. Hauptsächlich wurden Rinder verarbeitet, aber manchmal waren auch Pferde darunter, und ihrem Vater, der diese Tiere so sehr liebte, brach es das Herz, sie töten zu müssen. Carlota liebte wiederum ihren Vater und empfand tiefes Mitleid mit ihm, aber insgeheim verstand sie auch, warum ihre Mutter oft so ungehalten reagierte. Schließlich war ihr Leben mühsam genug, auch ohne sich abends seine endlosen Klagen anzuhören, die wie eben im Streit mündeten.

»Du klingst so vorwurfsvoll, als wäre ich an allem schuld«, keifte die Mutter.
»Das habe ich nicht gesagt.«
»Aber du denkst es, nicht wahr? Du denkst, alles wäre leichter, wenn du nicht Frau und Kind ernähren und obendrein in der Fremde leben müsstest. Du denkst, du hättest bei deinem verfluchten Bruder Pablo bleiben sollen.«
»Hör endlich auf, mir etwas in den Mund zu legen, was ich so nie sagen würde!«
»Du bist doch derjenige, der ständig darauf pocht, dass man die Mühsale des Lebens leichter erträgt, wenn man offen darüber redet. Warum sonst führst du ständig Klagen? Früher hast du wenigstens noch gesungen, wenn etwas auf deiner Seele lastete.«
»Es tut mir leid, dass mich die Jahre verändert haben.«
»Kleinlicher Trotz ist aber ein ausnehmend schlechter Tausch gegen Stolz.«
Carlota hätte sich am liebsten die Ohren zugehalten, doch das konnte sie nicht. Sie musste sich ja den Näharbeiten widmen, und weil sie unaufmerksam gewesen war, stach sie sich zum wiederholten Male in den Finger. Blut tropfte auf den Stoff.
»Verflucht!«, schrie sie.
Sie rieb verzweifelt den Stoff, aber der Fleck wurde dadurch nur noch größer.
Wann genau hatte das Elend angefangen?, fragte sie sich. Seit wann lagen die Eltern ständig im Streit miteinander?
Vage erinnerte sie sich daran, dass es auch glücklichere Zeiten gegeben hatte. Die ersten Jahre nach ihrer Geburt hatten sie auf dem Land verbracht, und wenn vieles davon auch im Dunkeln lag – Carlota wusste noch ganz genau, dass der Vater sie damals oft auf den Schultern hatte sitzen lassen, dass sie selbst laut gejauchzt und die Mutter gelacht hatte. Sie hatte

sich geborgen gefühlt, und das Leben war als so leicht erschienen. Doch dann waren sie in die Stadt gezogen. Ihr Vater hatte nur selten Arbeit gefunden, und wenn, dann immer nur für eine kurze Zeit, und Carlota hatte die Weite des flachen Landes vermisst. Immerhin war ihre Mutter noch zufrieden gewesen: Sie hatte an der deutschen Schule in der Nähe der Calle Sarandí eine Anstellung gefunden – was dem Umstand zu verdanken war, dass sie fließend Deutsch und ein wenig Französisch sprach, Klavier spielen, singen und sticken konnte. Sie hatten nicht weit von der Schule gelebt, und auch wenn das Haus einfach gewesen war, lag es doch in einer angesehenen Wohngegend.

Vor zehn Jahren hatte langsam, aber sicher ihr Abstieg begonnen: Viele staatliche Schulen waren neu gegründet worden, und die wenigen deutschen Auswanderer hielten nicht länger an Sitten und an der Sprache ihres Herkunftslandes fest, sondern schickten ihre Kinder lieber dorthin. Die Schülerzahlen an der Deutschen Schule waren daraufhin rapide gesunken – und für Valeria war bald nichts mehr zu tun gewesen. Eine Zeitlang hatte sie noch am Deutschen Gymnasium in der Calle del Cerron gearbeitet, doch schließlich hatte man dort nur noch männliche Lehrer eingestellt.

Carlota rieb nach wie vor an dem Fleck, der sich mittlerweile bräunlich verfärbt hatte. Im Moment stritten die Eltern nicht, sondern schwiegen sich nur eisig an. Das war noch schwerer zu ertragen – für Carlota, aber auch für die Streithähne selbst. Valeria war die Erste, die die Stille nicht mehr ertrug und erklärte: »Wenn es für dich tatsächlich so unerträglich ist, im Saladero zu arbeiten, müssen wir eben eine Weile von den Näharbeiten leben und uns einschränken.«

»Über kurz oder lang würdest du mir ja doch nur Vorwürfe machen.«

»Das stimmt doch gar nicht«, widersprach sie. »Wann habe ich es denn je getan?«
»Nicht mit Worten, aber mit Blicken oft genug.«
»Was soll ich denn sonst tun? Darf ich nicht manchmal zeigen, dass ich müde bin und Rückenschmerzen habe? Willst du, dass ich dir ein Theater vorspiele?«
»Nein, aber erklär mir nicht, du würdest damit leben können, wenn ich kein Geld verdiene.«
Das Gespräch drehte sich im Kreis und rührte wie so oft an etwas, das Carlota nicht recht begriff. Es hatte offenbar mit der Vergangenheit zu tun, in der ihre Mutter ein besseres Leben geführt hatte. Sie hatte darauf verzichtet, als sie sich aus Liebe für Valentín entschieden hatte, doch mit den Jahren war die Liebe geschwunden und die Verbitterung gewachsen.
Carlota befeuchtete den Fleck mit Speichel, doch auch wenn er etwas blasser wurde – er verschwand nicht. Was sollte sie nur tun? Sie arbeiteten für ein Geschäft, das Unterwäsche, Mieder und Unterkleider herstellte, und hatten den Vorteil, dass sie ihre Tätigkeit zu Hause verrichten konnten. Doch sie wurden stückweise bezahlt – und mit diesem Fleck würde das Unterhemd nie und nimmer akzeptiert werden. Sie musste ihn auswaschen!
Carlota blickte sich um – hatten sie hier oben irgendwo Kernseife? Unten in der Küche auf jeden Fall, aber sie wollte ihren Eltern aus dem Weg gehen. Also begann sie, die Schubladen zu durchstöbern, und wurde dabei immer mutloser ... und missmutiger. Sie selbst besaß so gut wie gar keine Kleider, kein einziges Mieder, nur einen Haarkamm, dessen Zinken fast alle abgebrochen waren, und keinerlei Schmuck.
Wie schön das Leben sein könnte, wenn sie ein wenig mehr Geld hätten! Wie schön, die Eltern dann nicht mehr streiten zu hören! Sie müsste nie wieder nähen, sich nicht mehr den

Finger blutig stechen, nie mehr vergebens nach Kernseife suchen!

Carlota trat zu einer Kommode im Schlafzimmer der Eltern gleich neben ihrer Kammer. Der Vater hatte sie gezimmert, weswegen sie entsetzlich schief war. Überdies klemmte die unterste Schublade und quietschte beim Öffnen. Carlota glaubte nicht recht daran, ausgerechnet dort Kernseife zu finden, aber als sie die Schublade nur zur Hälfte öffnen konnte und danach auf Widerstand stieß, packte sie Wut. Kurz vermeinte sie, dass sie ihr Leben nur in den Griff kriegen könnte, wenn es ihr gelänge, diese Schublade aufzuziehen und solcherart zu beweisen, dass die Arbeit ihres Vaters doch zu etwas taugte, ganz gleich, was ihre Mutter sagte. Sie umklammerte den Griff und zog ihn mit ganzer Kraft zurück. Wieder ein Quietschen, dann gab der Widerstand nach, so plötzlich, dass Carlota zurückfiel. Hastig rappelte sie sich wieder auf. Wie vermutet: In der Schublade befand sich keine Kernseife, sondern nur eine fleckige Schürze – und darunter ein Bündel Briefe.

Carlota betrachtete die Briefe und stellte erstaunt fest, dass sie allesamt geöffnet, danach aber wieder zusammengefaltet und in den Umschlag gesteckt worden waren. Noch zögerte sie, doch schließlich besiegte die Neugierde ihre Skrupel. Sie zog einen hervor und las zunächst die erste und letzte Zeile: *Liebe Valeria!*, stand da geschrieben … und darunter: *Deine Claire*. Der Name kam Carlota vage bekannt vor. Irgendwann einmal war er während eines Streits ihrer Eltern gefallen. Offenbar war sie eine Freundin oder Verwandte ihrer Mutter.

Carlota ließ den Brief kurz sinken, um ihn dann ins Licht zu halten und zu entziffern. Das Papier war ziemlich gelblich und von Flecken übersät, einzelne Worte waren verblasst.

Diese Briefe mussten viele Jahre alt sein – und waren darum nur bruchstückhaft zu lesen.

… von Maria, der Köchin, erfahren, dass Du wieder in Montevideo lebst … kann mir nicht vorstellen, dass Du ein gutes Leben führst … Deine Eltern sind nach Deutschland zurückgekehrt …

Carlota runzelte die Stirn. Sie hatte oft vermutet, dass Valeria aus Deutschland stammte, sonst würde sie diese Sprache nicht perfekt beherrschen und hätte sie unterrichten können. Aber wenn sie sie danach fragte, verdüsterte sich stets ihr Gesicht, und sie verweigerte jede Auskunft.
Carlota nahm den nächsten Brief, der etwas besser zu lesen war:

Warum antwortest Du nicht auf meine Briefe? Geht Dein Trotz so weit, dass Du nicht nur mit Deinen Eltern, mit Julio und Leonora gebrochen hast, sondern auch mit mir nichts mehr zu tun haben willst? Denkst Du, Du kannst gutmachen, was geschehen ist, wenn Du mich vergisst? Ich habe Deinetwegen viel geopfert, und Dein Schweigen macht alles noch schlimmer.

Julio und Leonora.
Carlota kannte auch diese Namen – nicht von einem Streit, sondern aus der Zeitung. Dort waren regelmäßig Artikel über die de la Vegas' zu lesen – eine der einflussreichsten und wohlhabendsten Familien der Stadt. Hatte ihre Mutter irgendetwas mit ihnen zu tun?
Sie nahm den nächsten Brief.

Ich schreibe Dir zum letzten Mal. Wenn Du Hilfe brauchst, wende Dich an mich – auch mein Vater würde Dir sicher gern helfen. Aber ich bin es leid, darum zu kämpfen, dass Du Deine Sturheit endlich überwindest. Du strafst mit dem Schweigen nicht Leonora und Julio, sondern am meisten Dich selbst. Ich kann mir überdies nicht vorstellen, dass Du Deiner kleinen Tochter das Leben bietest, das sie verdient.

Carlotas Herz pochte schneller. Vieles verstand sie nicht – jedoch, dass es offenbar in all den Jahren einen Ausweg aus dem Elend gegeben hätte. Und dass Valeria diesen offensichtlich nicht genutzt hatte – dieser Brief war nämlich der letzte.
Sie erhob sich und stürmte nach unten. Ihre Mutter saß am Küchentisch und rieb sich die Schläfen. Von ihrem Vater war nichts zu sehen. Wahrscheinlich war er aus dem Haus geflohen und wie so oft am Abend zum Meer gegangen, dessen Anblick ihn beruhigte. Manchmal begleitete Carlota ihn, und auch für sie verhießen die schaumgekrönten Fluten ein Gefühl von Freiheit und Gelassenheit. Doch heute suchte sie keinen Seelenfrieden.
Sie hielt der Mutter anklagend die Briefe vors Gesicht. »Wie konntest du nur, Mutter, wie konntest du!«

Eine Weile starrte Valeria sie nur wortlos an, dann wanderte ihr Blick zu den Briefen, und sie wurde merklich blass. »Woher hast du das?«
»Das tut nichts zur Sache!«, rief Carlota erbost. »Wer ist diese Claire? Warum hast du ihr nie geantwortet? Sie hat dir doch offenbar Geld angeboten!«
Valeria sprang auf und wollte ihr die Briefe wegnehmen, doch Carlota trat rechtzeitig zurück.

»Weiß Vater davon?«

Valeria ließ ihre Hand sinken, aber um ihren Mund erschien ein trotziger Zug. »Auch dein Vater wäre zu stolz gewesen, vor den de la Vegas' auf dem Boden zu kriechen.«

Es stimmte also: Irgendwie war sie mit den de la Vegas' verwandt. »Vorhin hast du Vater noch vorgeworfen, er hätte seinen Stolz durch Trotz ersetzt.«

»Du solltest nicht lauschen.«

»Liebend gerne würde ich euch nicht beim Streiten zuhören. Aber ihr seid nun mal so laut, und das Haus so klein ...« Carlotas Stimme kippte. Sie konnte wortkarg sein wie ihre Mutter, aber wenn der Zorn sie erst einmal übermannte, war ein Ausbruch wie dieser unvermeidlich. »Ja, wir leben in einem schrecklich kleinen, schrecklich armen Haus, was offenbar nicht notwendig ist. Wer bist du, Mutter? Warum verzichtest du auf den Reichtum, der dir offenbar zusteht?«

Wieder versuchte Valeria, ihr die Briefe abzunehmen – und diesmal gelang es ihr. Doch dass Carlota nun ihren Inhalt kannte, ließ sich nicht mehr rückgängig machen.

»Claire Gothmann ist meine Cousine«, gestand Valeria widerwillig. »Und mit den de la Vegas' bin ich mütterlicherseits verwandt. Doch sie haben fast deinen Vater auf dem Gewissen. Sie hätten mir nie gestattet, dass ich ihn heirate, da er Paraguayer und folglich ein Feind war. Als ich schwanger wurde, wollten sie dich mir gleich nach der Geburt wegnehmen. Mir blieb gar nichts anderes übrig, als zu fliehen. Seitdem halten sie mich für tot, und das ist gut so.«

Carlotas Zorn schwand, denn mit dieser Geschichte hatte sie nicht gerechnet.

»Aber diese Claire weiß, dass du lebst, und sie klingt doch freundlich ...«, hielt sie etwas kleinlauter entgegen.

»Claire hat mir sehr geholfen, dabei jedoch ihre große Liebe verloren. Damals habe ich nicht darüber nachgedacht, aber später ist mir aufgegangen, wie groß ihr Opfer war. Ich dachte, es wäre leichter für sie, wenn alle Brücken abgerissen blieben, sie mich nicht wiedersehen und somit nicht an ihren Verlust erinnert werden würde. Ich dachte auch, das wäre leichter für mich ...«
Offenbar war das ein Irrtum gewesen, denn Carlota sah Tränen in Valerias Augen schimmern.
Doch auch wenn sie nun die Beweggründe verstand, warum sie diese Briefe unbeantwortet gelassen hatte – die Folgen dieser Entscheidung konnte sie nicht einfach hinnehmen.
»Wir könnten ein besseres Leben führen!«, klagte sie.
»Wir haben ein Dach über dem Kopf, genug zu essen und alle Arbeit«, sagte Valeria streng. »Es gab Zeiten, da hatten wir nicht einmal das.«
»Und dennoch ...«
»Nichts dennoch – ich will kein Wort mehr davon hören.«
Der Ausdruck ihres Gesichts wurde eisig, und Carlota hatte dem nichts entgegenzusetzen. Valeria war zwar nie eine strenge Mutter gewesen, doch manchmal legte sie etwas so Hartes, Kaltes an den Tag, das Carlota tief verstörte. Rührte es vom Verzicht auf ein Leben in Wohlstand? Oder von einem noch größeren Opfer?
Plötzlich stand da nicht nur Härte in ihrer Miene, sondern auch Trauer, namenlos und tief. Carlota scheute sich, im Bodensatz von diesem Gefühl zu wühlen, und erhob darum keinen Einwand, als Valeria die Briefe in den Herd warf.
Wortlos starrten die beiden auf die Flammen, die das Papier rasch vertilgten. Valeria war offenbar in Erinnerungen versunken – während Carlota nur die Zukunft im Sinn hatte.
Warum wartete sie eigentlich darauf, dass sich endlich etwas ändern würde, anstatt ihr Schicksal selbst in die Hand zu nehmen?

Warum ließ sie – die sie mit zwanzig Jahren längst erwachsen war – immer noch ihre Eltern über Wohl und Wehe entscheiden? Wenn sie hier nicht versauern wollte, musste sie etwas tun – und während sie auf die Flammen blickte, kam ihr eine Idee.
Sie brauchte die Briefe eigentlich nicht mehr, schoss es ihr durch den Kopf. Sie kannte ja jetzt Claires Nachnamen – Gothmann. Das sollte genügen, um ihr Vorhaben umzusetzen.

In der Zeit mit José hatte Tabitha vor Glück nichts essen können, jetzt war es der Kummer, der ihre Kehle eng und das Herz schwer machte. Leonora verzichtete zwar darauf, sie einzusperren – dennoch verließ Tabitha ihr Zimmer kaum, vergrub sich im Bett und fluchte auf Gott und die Welt.
Von ihrem Versprechen, José eine neue Anstellung zu verschaffen, war nichts übrig geblieben als die Einsicht, dass sie hier trotz ihrer Herkunft und ihres feinen Namens ein Niemand war: Die wenigen Bekanntschaften mit Montevideos reichen Familien konnte sie nicht nutzen, galt deren Loyalität im Zweifel doch ihrem Onkel Julio statt ihr.
José schien ohnehin keine großen Erwartungen zu hegen. Zu ihrem einzigen Treffen in der Nähe der Rennbahn, wo sie vor kurzem noch unter seiner Anleitung geritten war, kam er mit düsterem Gesicht und erklärte, ohne ihr in die Augen zu sehen, dass seine Ersparnisse nicht lange reichen würden, um über die Runden zu kommen, und dass er demnächst Montevideo verlassen müsste, um wieder Arbeit zu finden.
Anstatt sie zu küssen, ging er einfach davon. Tabitha lief ihm hinterher und nestelte am Verschluss der Kette, die sie trug. Es war ein Geschenk ihrer Großmutter und gewiss von hohem Wert.
»Hier!«, sagte sie und hielt das Schmuckstück hoch. »Wenn du sie verkaufst, dann kannst du etwas länger in Montevideo bleiben.«

Er musterte erst die Kette, dann sie. »Ich bin kein Bettler, der auf Almosen angewiesen ist«, erwiderte er und ließ sie erneut stehen.

Sein Stolz, seine Wildheit und seine Ungezügeltheit waren das, was sie stets am anziehendsten gefunden hatte, doch als sie ihm nachblickte, hatte sie das Gefühl, geschlagen worden zu sein.

Isabella, die sie zur Rennbahn begleitet hatte, fand auf dem Heimweg viele tröstende Worte – doch vergebens. Nach Josés Rausschmiss hatte Tabitha sie noch verdächtigt, sie bei Julio verpetzt zu haben, war sie doch vermeintlich die Einzige, die von ihrer Liaison ahnte. Aber Isabella hatte ihr berichtet, dass die Köchin sie mit José gesehen hatte und sofort zu Tante Leonora gelaufen war.

»Es ist so ungerecht!«, rief Tabitha. »José ist ein Mann mit aufrichtigem Herzen. Er liebt die Pferde mehr als jede Münze. Warum blickt Onkel Julio verächtlich auf ihn herab, während er Mimosen wie Alonso preist?«

Der war mittlerweile mehrmals zum Abendessen zu Gast gewesen, und nicht jedes Mal hatte Tabitha eine gute Ausrede gefunden, sich den Treffen zu entziehen.

»Es betrübt mich, dass du so leidest«, erwiderte Isabella, »aber zugleich denke ich mir, dass das Leid nun mal die Kehrseite des Glücks ist – und dass man beides nur erlebt, wenn man liebt. Und es ist immer noch besser zu lieben, als vor Langeweile zu vergehen.«

Bis jetzt war Tabitha so mit ihrem eigenen Schmerz beschäftigt gewesen, dass sie keinen Gedanken daran verschwendet hatte, wie Isabella über ihre Liebe dachte. Nun studierte sie aufmerksam ihr Gesicht, das wehmütig und verklärt zugleich wirkte.

»Hast du denn deinen Mann geliebt?«, fragte sie.

»Ach wo!«, meinte Isabella mit wegwerfender Geste. »Vater war verzweifelt auf der Suche nach einem geeigneten Mann, der mich von der Schande befreite, altjüngferlich zu sterben. Sebastian hat mich nur geheiratet, weil er in den Krieg ziehen würde und dort Erinnerungen brauchte, um sich daran zu laben. Und gemessen an Blut und Tod, war wohl jede Erinnerung schön – auch die an mich.«
»Sag so etwas nicht! Bestimmt hatte er dich gern.«
Sie war sich nicht sicher, ob das der Wahrheit entsprach. Isabella war mit ihrer fahlen Haut, dem mittlerweile grauen Haar und dem schmalen Gesicht keine Frau, deren Anblick die Herzen der Männer höherschlagen ließ. Allerdings war sie so freundlich, geduldig, hilfsbereit …
Nun schwieg sie in Gedanken versunken.
»Vermisst du ihn?«, fragte Tabitha.
Isabella zuckte die Schultern. »Ich vermisse die Liebe. Und manchmal stelle ich mir vor, wie mein Leben an seiner Seite verlaufen wäre. Vielleicht wäre ich einmal nach Europa gereist: Die Menschen sind dort eleganter gekleidet, mit Seide statt Wolle, die Straßenbahnen fahren schneller, die Parks sind größer. Zumindest habe ich mir das sagen lassen. Montevideo mag noch so sehr Städten wie Paris nacheifern – es wird doch nie an dortigen Prunk heranreichen.«
Ihre Stimme nahm einen schwärmerischen Tonfall an, und aus jedem Wort sprach die Sehnsucht, aus Montevideo fortzukommen.
»Besuch uns doch einmal im Taunus – Großpapa hat bestimmt nichts dagegen.«
»Ach was, die Reise dauert viel zu lange. Und ich bin viel zu alt.«
Sie sah nicht alt aus – vielmehr hatte Tabitha den Eindruck, sie hätte sich seit ihrer Kindheit kaum verändert.

»Aber wenn du doch so über Langeweile klagst, musst du etwas dagegen tun!«, rief Tabitha und konnte nicht verstehen, warum die andere nicht für ihre Träume kämpfte. Vielleicht, weil sie dann herausfinden würde, dass Städte wie Paris kein Schlaraffenland waren, sondern es auch dort Dreck und Armut gab?
»Du kommst doch so gut wie nie aus dem Haus!«, fügte sie hinzu.
»Das ist nicht wahr«, sagte Isabella schnell. »Ich besuche des Öfteren deine Tante Claire. Auch sie lebt zurückgezogen, fühlt sich oft einsam und freut sich über jede Abwechslung. Sie erzählt mir viel über Europa, und obwohl sie seit langem hier lebt, ist sie sehr belesen.«
Isabellas Augen glänzten ehrfürchtig.
Tabitha lehnte sich zurück.
Isabella war herzensgut, aber sie konnte ihr letztlich nicht helfen. Trotz allem stand sie treu zu ihrer Familie und hätte nie gewagt, sich Leonoras Einflussbereich zu entziehen. Wer sie bedingungslos unterstützt hätte, wäre Espe – der gute Geist ihrer Kindheit, der erst Rosa, später Valeria, schließlich sie selbst aufgezogen hatte. Espe war immer zur Stelle gewesen, wenn man sie brauchte, hatte sich jedoch nie von sich aus eingemischt oder ihre Meinung ungefragt geäußert. Tabitha war sich sicher: Sie würde auch jetzt nichts Abfälliges über José sagen, sondern ihre Liebe vorbehaltlos unterstützen. Doch Espe war vor zwei Jahren gestorben. Nie hatte sie ihre Großmutter so herzzerreißend weinen gesehen wie damals – und ihr selbst wurde die Kehle eng, wenn sie daran dachte. Sie schüttelte den Kopf. Noch bedrückender als die Erinnerung an Espe war der Gedanke an die Zukunft. Wer konnte ihr helfen?
Isabella hatte Tante Claire erwähnt …

In diesem Jahr hatte sie sie erst ein Mal besucht, aber als Kind war sie häufiger in ihrer Quinta zu Gast gewesen. Sie hatte sie immer gemocht, denn Claire wusste spannende Geschichten zu erzählen und war herrlich unkonventionell: Sie ging halbnackt baden, behandelte das Personal wie ihre Familie und besuchte ohne männliche Begleitung die Oper.
Tabitha lächelte plötzlich. Ja, Tante Claire war ihre Rettung! Sie würde José gewiss nicht verachten.

32. Kapitel

Carlota wollte es sich zwar nicht eingestehen, aber sie hatte schreckliche Angst. Selten hatte sie abends das Haus verlassen und schon gar nicht mitten in der Nacht. Allerdings war ihr nichts anderes übriggeblieben, als bis zur Dunkelheit zu warten: Die letzten Tage hatte sie Unmengen von Näharbeiten erledigen müssen, und sie hätte sich unmöglich fortstehlen können, ohne dass es der Mutter aufgefallen wäre. Also hatte sie heute gewartet, bis Valentín und Valeria eingeschlafen waren, und danach auf Zehenspitzen das Haus verlassen.

Mitternacht war längst überschritten – und die Zeit gekommen, in der sich nur noch Gesindel herumtrieb. Sie hatte zwar ein Tuch über ihre langen Haare gebunden, so dass man sie nicht sofort als Frau erkennen konnte, aber sie wusste: Sogar stattliche Männer waren nicht vor Dieben geschützt.

Immerhin – sobald sie das Stadtzentrum hinter sich ließ und Claire Gothmanns Haus immer näher kam, wurden die Straßen menschenleerer und stiller. Hier und da kläffte ein Hund, kreischte ein Vogel und rauschte das Meer – sonst war kaum etwas zu hören. Es hatte länger als vermutet gedauert, Claires Wohnort ausfindig zu machen, und auch die Strecke dorthin hatte sie unterschätzt. Selbst auf direktem Weg wäre es wohl ein gut einstündiger Fußmarsch gewesen, aber da sie sich mehrmals verlief, war sie am Ende über zwei Stunden unterwegs.

Montevideo war in den letzten Jahren gewachsen, und immer mehr Vororte waren mit dem Stadtkern verschmolzen, doch wenn man lange genug die Küste entlangging, landete man irgendwann in jener Gegend, wo es keine Baracken und dreckigen Gässchen mehr gab, sondern nur alte Quintas und Gärten.

Tagsüber war es wahrscheinlich ein schöner Ort – doch jetzt wirkte er unheimlich: Das Meeresrauschen klang wie ein Grollen, und während es bei Sonnenschein verheißungsvoll war, auf die blauen, schaumgekrönten Fluten zu blicken, glich der Ozean nun einem schwarzen Sumpf, der jeden verschluckte, der hineingeriet.

Vage erinnerte sie sich daran, dass sie einmal mit Valentín hier gewesen war. Er hielt sich gern am Strand auf und war hier geschwommen, während sie sich mehr für die Anwesen interessiert hatte. Nicht alle kündeten von Reichtum, aber selbst die heruntergekommenen verhießen größeren Wohlstand, als sie selbst je erlebt hatte, und sie hatte sich ausgemalt, wie es wäre, in einem dieser Häuser zu leben. In dieser Nacht sehnte sie sich weniger nach einem solchen als nach ihrem vertrauten Bett und einem sicheren Dach über dem Kopf, ganz gleich, wie lose seine Schindeln und wie morsch seine Balken waren. Doch es war zu spät, um umzudrehen, und wenigstens schien der Mond so hell, dass sie alles gut erkennen konnte.

In den älteren, verwitterten Quintas, die von Ombú-Bäumen begrenzt waren, waren die Gärten meist verwildert: Birnen-, Äpfel- und Pflaumenbäume standen so dicht beisammen, dass man die von Unkraut überwucherten Wege kaum passieren konnte, ohne an einem der vielen Zweige hängenzubleiben. Dort, wo der Boden nicht mit Fallobst bedeckt war, hatte man Gemüse angebaut – Kohl und Kartoffeln, Erbsen und gelbe Wurzeln. Dergleichen suchte man bei neueren Quintas vergeblich: Die Blumenbeete waren quadratisch, die Hauswände frisch verputzt und die Bäume sorgsam beschnitten.

Carlota hatte ihre Eltern einmal darüber reden gehört, ob Valentín in einer solchen Quinta wohl Arbeit als Gärtner finden könnte, doch ihr Vater hatte gemeint, dass hier nur Europäer eingestellt würden. Einheimische Tagelöhner stünden im Ruf, viel zu faul und nachlässig zu sein, um auf die Reinlichkeit der Gartenanlagen zu achten. »Und schon gar nicht will man einen Paraguayer in seinem Garten haben«, hatte er bitter geschlossen.

Immer wieder war von seiner Nationalität die Rede, und immer wieder gab er dieser die Schuld, warum sie so arm waren. Als kleines Mädchen hatte Carlota begierig den Geschichten aus seiner Heimat gelauscht und Paraguay für ein Märchenland gehalten, wegen all der farbenprächtigen Blumen, die dort wuchsen, der vielen Papageien, die von den Bäumen schrien, und dem verwunschenen Dschungel mit riesigen Farnen und Blättern – aber mittlerweile sehnte sie sich danach, ganz und gar Deutsche zu sein wie ihre Mutter. Kein Land, hieß es, war so arm wie Paraguay nach dem Krieg – kaum so viel Reichtum hingegen zu finden wie in einer Stadt wie Frankfurt.

Ob auch Tante Claire wohlhabend war, wusste sie natürlich nicht, aber eben hatte Carlota die gesuchte Adresse erreicht und stellte fest, dass auch sie großen Wert auf einen gepflegten Garten legen musste. Die Wege und Blumenbeete waren frei von Unkraut, die Hecken beschnitten, der Zaun war frisch gestrichen. Dennoch wirkte das Haus, dessen Wände fast gänzlich von Efeu überwuchert wurden, so verwunschen, als wäre ein unsichtbarer Schleier darüber gefallen, der die Zeit anhielt.

Carlota musterte das Anwesen, und trotz der Erleichterung, endlich am Ziel zu sein, wuchs ihr Unbehagen. Bei Nacht wirkte der farbenfrohe Garten wie von einer Schicht Asche bedeckt, die Kaktushecke warf lange Schatten, die Bäume – Claire kultivierte offenbar Feigen, Pfirsiche, Äpfel, Birnen und Weinreben – glichen gedrungenen Gestalten, die nach ihr griffen. Sie war überrascht, auch einen Orangenbaum zu entdecken: Vater behauptete doch stets, sie gediehen hier nicht gut, und ihre Früchte wären nicht besonders wohlschmeckend – ganz anders als in Paraguay. Stets hatte Sehnsucht in seiner Stimme mitgeschwungen, und dass ihm hierzulande die Orangen nicht schmeckten, war ihr immer wie ein Zeichen erschienen, dass er hier nicht heimisch werden konnte.

Nun, auf gute Orangen wollte Carlota gern verzichten, wenn sie nur schöne Kleider, elegante Hüte, spitz zulaufende Schuhe mit kleinen Absätzen tragen durfte wie die feinen Damen! Ob man sich hier aber so kleidete?

Claire Gothmann trug, wenn sie hier im Garten saß, wohl eher einen praktischen Sombrero als einen Hut mit Spitze und Seide. Und wie sollte sie sich dieser Claire überhaupt vorstellen? Vor allem, wann?

Wenn sie nicht auf eine unausgeschlafene, schlechtgelaunte Frau treffen wollte, war es ratsam, sie nicht mitten in der Nacht aus dem Bett zu reißen, sondern lieber bis zum nächsten Morgen zu warten, auch wenn die Aussicht, hier im Finstern zu warten, wenig verheißungsvoll war. Zögerlich öffnete Carlota das Tor zum Garten, das Gott sei Dank offen stand, und ging auf das Haus zu, in dessen Nähe sie sich ein wenig sicherer fühlte.

Auch wenn in der Nacht ihre Farbenpracht nicht sichtbar war, verbreiteten die Blumen einen durchdringenden Duft. Neben dem Haus standen einige Töpfe mit Nelken, nicht weit vom Efeu gab es ein paar Rosenstöcke, und überdies lag ein exotischer Geruch in der Luft, den Carlota nicht deuten konnte – vielleicht war es eine der seltenen Jasmin-Arten, die,

wie sie einmal in einer Zeitung gelesen hatte, bei den Reichen so beliebt waren. Und selbst wenn es ein einfacheres Gewächs wäre – allein, dass so üppige Blumen hier wuchsen, war ein Beweis für Claires Wohlstand, denn arme Leute bauten ausschließlich Gemüse an.
Sie entdeckte neben dem Haus eine Bank und setzte sich darauf. Erst jetzt merkte sie, dass sie am ganzen Leib zitterte. Obwohl es hier milder war als in Europa, wie ihre Mutter so oft beteuerte, war es schließlich mitten im Winter.
Carlota rieb ihre Hände aneinander, bis sie glühten, legte den Kopf in den Nacken und starrte in den Himmel. Noch ließ sich keinerlei Anzeichen von Morgengrauen ausmachen, gewiss musste sie noch viele Stunden warten. Einerseits machte sie das ungeduldig, andererseits konnte sie sich so in aller Ruhe überlegen, wie sie bei Claire vorstellig werden und erreichen sollte, dass sie sie bei sich aufnahm.
Eine Weile legte sie sich ein paar passende Sätze zurecht, doch alsbald ermüdeten ihre Gedanken. Sie schloss die Augen und war nach dem langen Fußmarsch so erschöpft, dass sie trotz der Kälte einnickte.
Wenig später wurde sie von Hundegebell geweckt. Sie zuckte zusammen und befürchtete, dass die Köter schon auf sie losstürmten und gleich über sie herfallen würden. Doch als sie sich panisch umsah, erkannte sie, dass das Gekläff vom Nachbarhaus kam, wo die Hunde offenbar in einem Zwinger eingesperrt waren. Doch warum bellten sie so laut? War es ihr Geruch, den sie verspätet wahrgenommen hatten und der sie in diesen Aufruhr versetzte?
Sie sprang von der Bank – und da spürte sie, was die Hunde in Unruhe versetzte. Die Erde schien … zu ruckeln. Ja, sie konnte es nicht anders beschreiben. Es fühlte sich an, als wäre sie aus dem Takt geraten. Und es blieb nicht dabei. Aus dem Ru-

ckeln wurde ein immer stärkeres Vibrieren, schließlich ein Beben, das ihr durch Mark und Bein ging. Sie hörte ein Klirren und Poltern, das Knacken von Holz und das Splittern von Glas. Geschrei tönte aus den umliegenden Häusern, lauter noch als das Gebell.

Kurz stand sie wie erstarrt da, dann rannte sie vom Haus fort. Sie lief direkt ins Blumenbeet und zertrampelte die sorgsam angelegten Pflanzen, aber das war ihr in diesem Augenblick egal. Instinktiv wusste sie: Sie musste sich vor den Hauswänden in Sicherheit bringen. Zwar hatte sie noch nie ein Erdbeben erlebt, aber ihre Mutter hatte ihr einmal erzählt, dass sie auf dem südamerikanischen Kontinent keine Seltenheit waren, wenngleich Montevideo davon verschont geblieben war – zumindest bis jetzt.

Sie duckte sich, fühlte das Rumoren der Erde mit jeder Faser ihres Körpers, roch Staub und hörte dicht neben ihrem Ohr ein Poltern. Noch lauter als dieses waren die Schreie – die Schreie einer Frau, hoch und schrill. Die Haustür wurde aufgestoßen, und jemand kam hinausgelaufen, um sich vor dem womöglich einstürzenden Dach in Sicherheit zu bringen.

Carlota sank auf die Knie, legte sich dann sogar mit dem ganzen Körper auf den Boden. Obwohl sie weit genug vom Haus entfernt war und von keinem der herabfallenden Trümmer getroffen werden konnte, hatte sie Todesangst. Was, wenn die Erde aufging und sie darin versank?

Ich will nicht sterben, ich will nicht ...

Ihre Gedanken gerieten ins Stocken. Sie hatte den Kopf wieder gehoben und sah, dass sich jene schreiende Frau nicht weit von ihr entfernt duckte. Zunächst hatte sie gedacht, es müsste diese Claire sein, doch nun erkannte sie, dass sie noch nicht sehr alt war, bestenfalls zwanzig Jahre wie sie. Und noch etwas anderes erkannte sie – etwas, was ihre Todesangst ver-

trieb und sie viel mehr entsetzte als das Erdbeben: Die fremde Frau glich ihr bis aufs Haar. Es war, als würde sie in ihr Spiegelbild sehen. Sie hatte die gleichen dunklen Locken, die etwas schrägen Augen mit den langen Wimpern, das spitze Kinn, die hohe Stirn.
Sie starrte sie mit weit aufgerissenen Augen an – und als die Fremde ihren Blick erwiderte, hörte sie auf zu schreien. Carlota schloss die Augen, öffnete sie wieder.
Es kann doch nicht sein …
Kurz dachte sie, sie wäre gestorben. Ja, irgendwas hatte sie erschlagen, ehe sie sich in Sicherheit bringen konnte, und ihre Seele blickte ein letztes Mal auf ihren Körper. Aber wenn sie tot wäre, dann würde sie nicht aufrecht stehen, langsam zurückweichen, wieder bedrohlich nahe an das Haus herantreten, wie es diese fremde Frau nun tat. Und wenn sie keinen eigenen Körper mehr hatte, würde sie ihr trotz der Gefahr nicht folgen, als wäre sie durch unsichtbare Fäden mit ihr verbunden.
Die Frau war nicht minder überrascht. »Wer … wer bist du?«, stammelte sie. Ihr Antlitz. Ihre Stimme. Sie sprach deutsch – eine Sprache, die Carlota dank ihrer Mutter so fließend beherrschte wie das Spanische.
Carlota wollte ihren Mund öffnen und ihren Namen nennen, doch in diesem Augenblick bebte die Erde, die sich eben noch ein wenig besänftigt hatte, erneut. Sie sah aus den Augenwinkeln etwas Dunkles auf sich herabschießen, und bevor sie sich danach umdrehen konnte, gar ducken, krachte es gegen ihren Kopf.
Schwärze verschluckte ihr Ebenbild.

Valeria träumte vom Taunus. Sie war noch ein junges Mädchen und ritt durch die Landschaft – die Wälder waren in herbstliches Rot getaucht, die Wiesen wogten im frischen

Wind, die Erde roch würzig, und sie fühlte sich frei. Frei und glücklich. Doch plötzlich veränderte sich die Landschaft: Die Grashalme brachen, ihr sattes Grün verfärbte sich zu einem gelblichen Braun, die Bäume verloren ihre Blätter, und die dürren Äste wurden schwarz, als wären sie verbrannt. Der Wind trug Sand und Staub mit sich und ließ ihn auf ihr Gesicht herabregnen. Valeria begriff – sie war nicht länger im Taunus, sondern in Uruguay. Noch konnte sie die Enttäuschung darüber im Zaum halten. Noch konnte sie sich einreden, dass sie sich nach wie vor frei und glücklich fühlte, zumal sie nicht allein war, sondern Valentín an ihrer Seite ritt – Valentín, der noch jung war, nicht gezeichnet vom Krieg, dem Verlust der Heimat, den mühseligen Jahren ihres steten Überlebenskampfes, Valentín, der aus voller Kehle sang. Doch als sie in sein Lied einstimmen wollte, blieben ihr die Töne im Hals stecken. Sie musste husten, rang vergebens nach Luft, glaubte schon zu ersticken. Als sie endlich wieder Atem schöpfen konnte, stellte sie fest, dass nicht länger Valentín neben ihr auf dem Pferd ritt, sondern Pablo. »Denkst du wirklich, du hast gewonnen?«, höhnte der. »Am Ende hast du alles verloren – deine Tochter, Valentíns Liebe, nun auch die zweite Tochter. Du kannst ihr nichts bieten.«

Valeria fuhr auf. Sie war schweißnass, als wäre sie tatsächlich stundenlang geritten, das Herz pochte ihr bis zum Hals, und die Kehle war staubtrocken. Sie schloss die Augen wieder, wälzte sich hin und her, aber anders als Valentín, der neben ihr schnarchte, fand sie keinen Schlaf.

Leise stand sie auf und ging ins winzige Zimmer nebenan, wo man nicht aufrecht stehen konnte. Es befand sich nichts weiter darin als eine Kommode und eine Matratze, auf der Carlota schlief. Beim Anblick der schlafenden Tochter wollte sie Ruhe finden, doch als sich ihre Augen ans matte

Licht gewöhnt hatten, erkannte sie, dass die Matratze leer war.
»Carlota?«
Keine Antwort.
Mit wachsender Sorge ging Valeria nach unten, doch auch die Küche war verwaist. Der Schweiß auf ihrer Stirn war erkaltet, aber ihr Herz pochte noch schneller. Panik stieg in ihr hoch, und sie wollte den Namen ihrer Tochter ein zweites Mal rufen, als es begann: Die Erde bebte unter ihren Füßen, Geschirr schepperte, ein Blechnapf kullerte zu Boden, die Türen knirschten ebenso wie das Gebälk. Es fühlte sich so unwirklich an, dass sie kurz dachte, sie würde immer noch träumen, doch das Beben ließ nicht nach, sondern wurde stärker. Sie wankte, suchte etwas, woran sie sich festhalten konnte, griff jedoch ins Leere. Instinktiv ging sie auf die Knie und barg den Kopf in ihren Armen. Sie hörte Schritte neben sich, Valentín kam offenbar nach unten getaumelt, aber sie wagte es nicht, den Kopf zu heben und ihn anzusehen.
»Was ist das?«, rief sie gegen das Knirschen und Rumoren an.
»Ein Erdbeben! Wir müssen sofort raus hier ...«
»Aber Carlota ... Carlota ist fort ...«
»Vielleicht ist sie ins Freie geflohen!«
»Nein, sie ist schon vorher ...«
Ehe sie ihren Satz zu Ende bringen konnte, hatte Valentín sie gepackt und hochgerissen. Sie wehrte sich, doch er war stärker und zerrte sie ins Freie. Hühner gackerten, Hunde kläfften, die Nachbarn, die ebenfalls nach draußen flohen, schrien durcheinander.
»Habt ihr Carlota gesehen?«
Das Beben schien kurz nachzulassen, setzte dann aber mit ganzer Wucht wieder ein. Valeria sah eines der Nachbarhäuser einstürzen, als wäre es aus Papier gebaut, und in dem Ge-

töse ging sämtliches Geschrei unter, auch ihr verzweifelter Ruf: »Wir müssen Carlota suchen!«
Valentín zog sie von den herunterfallenden Trümmern weg. »Das ist jetzt unmöglich!«, schrie er.
Abermals wehrte sie sich gegen seinen Griff. »Ich kann doch nicht ...«
Dicht neben ihr fiel etwas Schweres, Dunkles zu Boden und zersprang in tausend Scherben.
Ich kann doch nicht zulassen, auch noch meine zweite Tochter zu verlieren, hätte sie beinahe gesagt und das Geheimnis, dass Carlota noch eine Zwillingsschwester hatte, leichtfertig offenbart.
Aber im Lärm ging weiterhin jedes Wort unter. Sie versuchte nicht länger, sich verständlich zu machen, sondern trat so lange nach Valentín, bis er sie endlich freigab.
»Valeria!«
Sie kam nicht weit. Sie stolperte über irgendetwas, das auf dem Boden lag, und prallte mit dem Gesicht voran auf die Erde. Sie dachte, der Schmerz könnte nicht schlimmer werden, als plötzlich etwas auf sie fiel und ihren Kopf zu zertrümmern schien. Schützend hob sie ihre Hände. Doch ehe sie die Wunde ertastet hatte, ließ der Schmerz nach, und sie fühlte gar nichts mehr.

Tabitha zögerte, die Hand der Frau zu nehmen, die ihr so erschreckend ähnlich sah. Der Verband um ihren Kopf verbarg ihre dunklen Haare – dennoch war es unübersehbar, wie sehr sie sich glichen. Wie Schwestern, nein, wie Zwillingsschwestern! Es konnte gar nicht anders sein: Gewiss war sie mit dieser Frau eng verwandt! Warum aber wusste sie nichts von ihr? Derart in ihren Anblick versunken, war sie taub für das Stöhnen und die Schmerzensrufe ringsum. Das Krankenhaus war nach dem Erdbeben völlig überfüllt. Überall waren Ärzte und Schwestern im Einsatz und hetzten von Pritsche zu Pritsche. Die meisten Verletzten, so auch ihr fremdes Ebenbild, wurden nur notdürftig behandelt.

»Im besten Fall hat sie eine leichte Gehirnerschütterung und kommt von selbst zu sich«, hatte vorhin einer der Ärzte knapp erklärt. »Im schlimmsten Fall ist der Schädel gebrochen, und sie stirbt daran. Dagegen können wir ohnehin nichts tun.«

Tabitha war betroffen über so viel Kälte, aber viel zu verwirrt, um sich zu beschweren.

Die letzten Stunden erschienen ihr wie ein einziger Alptraum. Ewigkeiten schien es her zu sein, seit sie gestern Abend das Haus der de la Vegas' verlassen hatte, um zu Claire zu fahren. Leider hatte nur die Haushälterin geöffnet und ihr mitgeteilt, dass Claire auswärts nächtigte, hatte sie danach jedoch zumindest hineingebeten, da sie sie kannte, und ein Zimmer für sie bereitgemacht.

Mitten in der Nacht war sie von dem Beben geweckt worden und voller Panik aus dem Haus gerannt. Rückblickend schalt sie sich dafür, dass sie sich kein einziges Mal umgedreht hatte, um zu sehen, ob auch den anderen Hausbewohnern die Flucht geglückt war. Als sie im Garten plötzlich vor ihrem Ebenbild stand, vergaß sie auf einen Schlag all ihre Sorgen.

Sie sieht ja aus wie ich, dachte sie ein ums andere Mal, sie gleicht meinem Spiegelbild!

Doch ehe sie sie nach ihrem Namen fragen konnte und was sie hier machte, wurde die fremde Frau von einem herunterfallenden Dachbalken getroffen und sackte zu Boden.

Im ersten Schreck glaubte Tabitha, sie wäre tot, aber dann sah sie, dass sich ihre Brust noch hob und senkte. Zitternd kniete sie neben ihr nieder und wagte es nicht, sich zu rühren, obwohl das Beben längst vorbei war. Wahrscheinlich würde sie jetzt immer noch dort kauern, wenn nicht einer von Claires Nachbarn auf sie aufmerksam geworden wäre und seine Hilfe angeboten hätte.

In der Umgebung waren mehrere Menschen verletzt worden, und der hilfsbereite Mann entschied, sie alle mit seiner Kutsche ins Krankenhaus zu fahren.

Tabitha war seitdem nicht von der Seite ihres verletzten Ebenbilds gewichen. Unmöglich konnte sie sie verlassen, ehe sie die Wahrheit herausgefunden hatte. Doch obwohl es mittlerweile bereits Mittag war, regte sie sich immer noch nicht. Das hieß – ganz so reglos war sie nicht mehr, ihre Lider zitterten leicht.

Bis jetzt hatte Tabitha gezögert, aber nun nahm sie vorsichtig die Hand und drückte sie. Gottlob, sie war warm. Gedankenverloren musterte sie die Hand. Abgesehen davon, dass die Haut gegerbt, die Finger von Nadeln zerstochen und die Nägel rissig waren, glich diese Hand ihrer aufs Haar. Fieberhaft überlegte sie, was ihr die Großeltern über ihre Herkunft erzählt hatten. Ihre Mutter Valeria war demnach bei ihrer Geburt gestorben – von einer Zwillingsschwester war jedoch nie die Rede gewesen. Wer ihr Vater war, war stets ein großes Geheimnis geblieben, das Tabitha nicht hinterfragte, nicht zuletzt, weil ihre Großmutter immer so unglücklich wirkte, sobald die Rede auf ihre tote Mutter kam.

Das Flackern der Lider verstärkte sich, und sie öffneten sich. Kurz war nur Weißes zu sehen, dann blickte Tabitha in strahlend blaue Augen. Sie selbst hatte oft ein Kompliment für ihre Augen bekommen – und den interessanten Kontrast, den sie zum schwarzen Haar darstellten.

Die Fremde starrte sie eine Weile an, räusperte und leckte sich über die trockenen Lippen. Sie wollte sich aufrichten, wurde

aber scheinbar von Schmerzen übermannt und fiel zurück auf die Pritsche.
»Wer ... wer bist du?«, fragte Tabitha.
Eine Weile schwieg die andere, keuchte dann und presste schließlich heiser einen Namen hervor: »Carlota.«
Tabitha konnte nichts damit anfangen.
»Wasser ... so durstig ...«, bat die andere.
Tabitha ließ ihre Hand los und erhob sich schnell. Noch mehr Verletzte waren zwischenzeitlich eingeliefert worden. Sie lagen und hockten nicht nur in den Krankensälen dicht beisammen, sondern auch in den Fluren. Es roch nach Schweiß und Blut, Exkrementen und Staub.
Tabitha fand nirgendwo Wasser, doch als sie zurückkehrte, sah Carlota sie mit großen Augen an und schien ihren Durst vergessen zu haben.
»Du siehst ja aus wie ich.«
»Ja.« Wieder senkte sich Schweigen über sie, doch dann fasste sich Tabitha ein Herz und fragte: »Deine Eltern – wie heißen denn deine Eltern?«
»Valeria Gothmann und Valentín Lorente.«
Beim Klang des Namens versetzte es Tabitha einen schmerzhaften Stich. Sie hatte nie um die Mutter getrauert, die sie nicht kannte, und es hatte sie auch nie sonderlich belastet, dass um ihren Vater ein Geheimnis gemacht wurde, aber nun seinen Namen zu hören, gab ihr das Gefühl, etwas Unwiederbringliches versäumt zu haben.
»Ich muss ihnen sagen, was passiert ist«, meinte Carlota, »gewiss machen sie sich schreckliche Sorgen.«
»Sie leben noch?«
Tabitha blickte sie fassungslos an. Konnte es möglich sein, dass sie ganz plötzlich nicht nur eine Schwester, sondern auch Eltern hatte?

»Aber ja doch«, antwortete Carlota schnell. »Ich verstehe nicht ... Warum lebst du nicht bei uns? Wer bist du überhaupt?«

»Ich bin Tabitha – und bei Rosa und Albert Gothmann in der Nähe von Frankfurt aufgewachsen. Das sind meine ... unsere Großeltern. Hier in Montevideo verbringe ich jeden Sommer – das heißt, hier ist ja Winter – bei den de la Vegas'. Ich bin über Großmutter mit ihnen verwandt.«

Der Name schien Carlota nicht fremd zu sein, denn ihr Blick wurde plötzlich sehnsüchtig. Sie musterte Tabitha erneut und hob schließlich ihre Hand, um über deren Nachthemd zu streichen. Dieses war zwar dreckig und zerrissen, aber aus Seide.

»Sie sind sehr reich, nicht wahr?«, fragte sie ehrfürchtig.

Tabitha hatte keine Ahnung, warum das so wichtig war. Stattdessen fragte sie sich bang, ob auch das Haus der de la Vegas' vom Erdbeben betroffen worden war und wie es Isabella ging. Und José – mein Gott, José! In der Aufregung hatte sie gar nicht an ihn gedacht. Ob er wohl das Beben heil überstanden hatte? Und wo sollte sie überhaupt nach ihm suchen?

Sie könnte Tante Claire um Hilfe bitten, wusste jedoch nicht, ob diese überhaupt schon wieder nach Hause gekommen war. Tabitha war ratlos, was sie tun sollte. Am liebsten hätte sie das Krankenhaus sofort verlassen, aber sie konnte sich nicht dazu überwinden, zumal Carlota sich wieder aufzusetzen versuchte und diesmal den Schmerzen trotzte.

»Bleib noch!«, rief sie.

Die Stimme klang sehr befehlend, und trotz der Sorge um ihre Familie und José war Tabitha erleichtert, dass es jemanden gab, der einfach über sie bestimmte und ihr die Entscheidung, was zu tun war, abnahm.

»Ich glaube, wir haben uns viel zu erzählen«, sagte Carlota. »Wer fängt an?«

Kaum eine halbe Stunde später hatten sie sich das Wichtigste über ihr Leben berichtet.
Carlota rauschte der Kopf, aber die Schmerzen hatten nachgelassen. Sie schwitzte unter dem Verband und nestelte daran.
»Du darfst ihn doch nicht einfach abmachen!«, rief Tabitha entsetzt.
»Wer will's mir denn verbieten? Und es kommt doch kaum frisches Blut mehr. Siehst du?«
Tabitha starrte sie halb zweifelnd, halb bewundernd an.
»Nun sei doch nicht so ein Hasenfuß. Du hast mir doch eben erzählt, dass du einen Stallburschen geküsst hast – würde das ein durch und durch braves Mädchen tun?«
Tabitha kniff gekränkt die Lippen zusammen. »Er ist kein Stallbursche, sondern ein Gaucho.«
»So oder so ist er ganz sicher nicht die richtige Partie für dich.«
Tabitha nickte gequält. »Es ist alles so furchtbar, ich weiß gar nicht ...«
Carlota hob abwehrend die Hände. Am Anfang hatte die Neugierde überwogen, und sie hatte – zutiefst fasziniert – so viel wie möglich über ihr Ebenbild erfahren wollen. Doch mit der Zeit stimmten sie Tabithas viele Klagen immer gereizter. Sie tat gar so, als wäre das Leben bei den de la Vegas' eine Last. Dabei lebte sie in einem schönen Haus und trug edle Kleidung – ganz zu schweigen von dem Luxus, der ihr bei den Gothmanns zuteilwurde. Warum durfte sie ein solches Leben führen, während sie im winzigen Mietshaus der Eltern versauerte?
»Du hast es besser getroffen als ich, glaub mir«, sagte sie hart.
»Aber deine ... unsere Eltern haben dich behalten«, murmelte Tabitha.
»Und was nutzt mir das?«, rief Carlota. »Ständig streiten sie sich. Und sie denken nur an sich. Was ich will, interessiert sie überhaupt nicht.«

»Aber das bedeutet doch auch, dass sie dir sämtliche Freiheiten lassen, nicht wahr?«

Carlota dachte kurz nach. Tabitha hatte ohne Zweifel recht – wenn sie sich in einen Gaucho verlieben würde, würde niemand gegen diese Beziehung Einspruch erheben. Sie musste nähen und Geld verdienen, aber ansonsten konnte sie frei über ihr Leben bestimmen. Bis jetzt war ihr diese Freiheit nicht als besonders kostbares Gut erschienen, doch plötzlich wurde sie zum wichtigsten Besitz, den sie in die Waagschale werfen konnte.

»Was sollen wir denn jetzt tun?«, fragte Tabitha. »Sagen wir deinen ... unseren Eltern und Großeltern, dass wir uns begegnet sind?«

Carlota schüttelte den Kopf. »Was soll das bringen? Sie werden alle einen Grund gehabt haben, uns die Wahrheit zu verschweigen. Nein, nein.« Sie beugte sich vertraulich vor. »Ich habe eine viel bessere Idee, wie wir aus unserer Begegnung einen Nutzen ziehen können.«

Als Tabitha sie fragend ansah, zögerte Carlota kurz. Ihre Zwillingsschwester war offenbar ein ziemlich verwöhntes, leichtgläubiges Mädchen, und sie hatte keine Ahnung, ob sie überhaupt auf den Vorschlag eingehen würde oder die Skrupellosigkeit besaß, den Plan durchzuziehen. Aber dann dachte sie an das mühselige Leben mit den Eltern und an die lästigen Näharbeiten. Wie überdrüssig sie all dessen war!

»Sieh doch«, raunte sie, »du willst deinen José – und ich will ein schöneres Leben. Und ich weiß, wie wir beide das bekommen, was wir uns wünschen.«

33. Kapitel

Claire war seit langem nicht mehr in Montevideos Zentrum gewesen. In den ersten Jahren hatte sie sich regelmäßig ins Treiben gemischt, doch je älter sie wurde, desto länger währten die Phasen vollständigen Rückzugs, und jedes Mal, wenn sie nach Wochen oder gar Monaten ihre Quinta dennoch verließ, erschien ihr die Stadt lauter und staubiger und die Erinnerungen an einst noch quälender. Wenn ihr Vater in der Stadt geweilt hatte und im Haus der de la Vegas' untergekommen war, hatte sie ihn natürlich gerne besucht, aber Carl-Theodor hatte Hamburg immer seltener verlassen, dort das Eheleben mit Susanna und das helle, geräumige Haus genossen, in das er mit ihr gezogen war, und war vor fünf Jahren gestorben. Der Tod war unerwartet gekommen und hatte ihn im Schlaf ereilt, und obwohl Claire ihn betrauerte, war sie zugleich dankbar für dieses leise, gnädige Hinscheiden und dass er in den Jahren davor sein Glück gefunden hatte. Letztlich war sein Tod kein sonderlich großer Einschnitt für sie – dazu hatte sie ihn, vor allem nach seiner Eheschließung mit Susanna, die sie kaum kannte, viel zu selten gesehen. Ihr war zwar etwas mulmig zumute, als ihr bewusst wurde, dass damit ihre letzte Verbindung zu Europa gekappt schien, hatte sie doch ihrem Onkel Albert und dessen Frau Rosa nie sonderlich nahegestanden, aber nicht einmal ein Besuch an seinem Grab war ihr Anlass genug, die weite Reise auf sich zu nehmen. Vielleicht war es Bequemlichkeit, vielleicht Furcht vor zu starken Gefühlen, vielleicht die Einsicht des Alters, dass einfache Dinge mehr Zufriedenheit schenken können als jedes noch so aufregende Abenteuer – in jedem Fall brachte ihr das einfache und gleichförmige Leben auf dem Land einen gewissen Seelenfrieden.

Ausgerechnet in der Nacht des Erdbebens war sie allerdings nicht zu Hause, sondern hatte die Oper besucht und in einem Hotel genächtigt. Dieses war gottlob unversehrt geblieben, und als sie am Morgen besorgt nach Hause zurückkehrte, stellte sie erleichtert fest, dass auch die Quinta bis auf kleine Schäden intakt geblieben war. Am liebsten hätte sie sich sofort zurückgezogen, doch dann sah sie sich unverhofft einer aufgeregten Isabella de la Vegas gegenüber, die erklärte, Tabitha sei gestern zu ihr aufgebrochen. Die Haushälterin bestätigte, dass sie sie eingelassen, ihr eine Mahlzeit gekocht und ein Zimmer zugewiesen hatte, doch dieses war nun leer. Auch nach längerer Suche fehlte von Tabitha jede Spur.

»Mehrere Nachbarn wurden verletzt und ins Krankenhaus gebracht!«, rief Isabella voller Sorge. »Vielleicht war Tabitha darunter!«

Claire unterdrückte ein Seufzen und schämte sich, dass die Sorge um die Nichte kaum das Unbehagen besiegen konnte, erneut in die Stadt zu fahren. Doch dann schüttelte sie ihre Trägheit ab.

»Ich werde ins Krankenhaus fahren – und du wartest bei euch, ob sie dort auftaucht«, befahl sie Isabella.

»Und was soll ich meinen Eltern sagen?«

»Am besten noch nichts«, entschied Claire nach kurzem Nachdenken. »Sie werden sich noch früh genug darüber ärgern, dass Tabitha einfach das Haus verlassen und zu mir gekommen ist.«

Als sie am Morgen hinaus aufs Land gefahren war, hatte Claire den Blick aus dem Kutschenfenster gemieden. Nun hielt sie Ausschau nach vertrauten Gesichtern und war bestürzt über das Ausmaß der Zerstörung. Die Stadt war ihr in den letzten Jahren schon fremd geworden, nun hatte sie mit all den verwüsteten Häusern nichts mehr mit jenem Ort gemein, an dem sie einst so glücklich, später so schrecklich verzweifelt gewesen war.

Die Kutsche musste wie am Morgen immer wieder anhalten, weil Trümmer den Weg versperrten und erst unter Mühen fortgeschafft werden mussten, und jedes Mal, wenn die Fahrt stockte, ließ Claire sich zurücksinken und schickte ein Stoßgebet zum Himmel: O bitte, lass Tabitha nichts passiert sein! Sie stand dem Mädchen nicht besonders nahe, dazu sah sie es zu selten und verhielt sich – bei den wenigen Anlässen – so distanziert wie zu allen Menschen. Doch anders als beim Rest der Welt war es nicht Gleichgültigkeit, die sie zu viel Nähe scheuen ließ, sondern das schlechte Gewissen. Nicht nur dass sie alle Welt hatte glauben machen, Valeria wäre tot – außerdem hatte diese ihr einst ihre Tochter anvertraut, doch anstatt die Verantwortung für die Kleine zu übernehmen, war sie froh gewesen, sie an Rosa und Albert abgeben zu können. Dass sie nun – aus welchen Gründen auch immer – bei ihr Unterschlupf gesucht, aber sie ihr nicht genügend Schutz hatte gewähren können, machte ihr umso mehr zu schaffen.

Wo steckte sie nur?

Die Kutsche fuhr weiter, kam an den Wohnsiedlungen der Mittelklasse vorbei, wo ein Haus dem anderen glich: Sie alle wurden von Maklern teuer vermietet, nachdem sie die Baugrundstücke gekauft, sie in Parzellen unterteilt und sämtliche Gebäude im einheitlichen Stil errichtet hatten. Viel bunter und lebhafter als dieses war das nächste Viertel, wo sich vor allem Einwanderer aus Spanien und Italien niedergelassen hatten. Die Menschen dort klagten lautstark und händerin-

gend über die verheerenden Folgen des Bebens, und anstatt systematisch anzupacken, vergrößerten sie das Chaos.
Schließlich passierte sie die Ciudad Nueva, die Claire kaum wiedererkannte. In den letzten Jahren war dort unglaublich viel gebaut worden, meist große Gebäude nach europäischem Vorbild. Als Kind war Claire einmal mit ihrer Mutter in Paris gewesen, und auch wenn Montevideo unmöglich mit dieser Stadt mithalten konnte, ließ sich erkennen, dass die ansehnlichen Regierungs- und Verwaltungsgebäude, die breiten Straßen, Museen, Parks und Theater denen der französischen Hauptstadt gleichen sollten. Aufgrund der stabilen Bauweise hatte hier das Erdbeben kaum Schaden angerichtet.
Wie ungerecht die Welt ist, dachte Claire. Arme trifft ein Unglück wie dieses noch mehr als Reiche.
Auch wenn sie sich von der Stadt meist fernhielt – für Politik interessierte sie sich immer noch ebenso brennend wie für Naturwissenschaften. Regelmäßig las sie Zeitungen und hatte verfolgt, dass die soziale Kluft zwar etwas geringer geworden war und die politische Macht nicht mehr nur in den Händen regionaler Gruppen lag, aber dass es dennoch große Unterschiede zwischen dem wohlhabenden Großgrundbesitzer und dem einfachen Einwanderer, der von diesem regelrecht ausgebeutet wurde, gab. Nun gut, sie war die Letzte, die darüber Beschwerde führen konnte, lebte sie doch selbst recht gut vom Vermögen des Vaters, das dieser angehäuft hatte. So dankbar sie für die Annehmlichkeiten war, die sie sich deshalb leisten konnte – manchmal schämte sie sich, dass ausgerechnet ihr so viel Reichtum zuteilwurde, obwohl es nicht einmal jemanden gab, dem sie ihn vererben konnte.
Sie schüttelte den aufkommenden Trübsinn energisch ab. Tabitha, wo war nur Tabitha?

Wieder blieb die Kutsche ruckartig stehen, und Claudio riss die Tür auf. Er war ein Einwanderer aus Italien, hatte zunächst als Gärtner bei ihr gearbeitet, versorgte schließlich aber – da ihm Tiere mehr lagen als Pflanzen – ihre Pferde.
»Ich fürchte, es ist kein Durchkommen mehr. Sie werden zu Fuß gehen müssen, Signorina …«
Er nannte sie immer so, obwohl sie diesen Herbst vierzig Jahre alt werden würde.
Als Claire ausstieg, rümpfte sie die Nase. »Was stinkt hier so entsetzlich?«
»Scheinbar ist die Kanalisation der Altstadt zerstört worden. Und der Strom ist auch ausgefallen.«
Sie blickte sich um, konnte sich jedoch nicht recht orientieren. Die meisten Häuser waren unbeschadet geblieben, bei anderen war das Dach eingestürzt, bei einigen wenigen auch die Wände. Die Bewohner versuchten eben, ihren Hausrat zu retten. Vieles davon war zu Bruch gegangen, wie die Scherben vor ihren Füßen zeugten.
»Passen Sie auf, Signorina!«, rief Claudio besorgt.
Claire stieg über das kaputte Geschirr hinweg. Der Gestank verstärkte sich – ohne fließendes Wasser würde es Ewigkeiten dauern, all den Schmutz zu beseitigen. In den armen Siedlungen musste man allerdings ohnehin auf diese Errungenschaft verzichten.
Unwillkürlich musste Claire an Valeria denken. Seit Jahren hatte sie sämtliche Erinnerungen unterdrückt – denn sie waren fast so schmerzhaft wie die an Luis –, aber nun fragte sie sich, wie sie das Erdbeben überstanden hatte und ob sie so armselig lebte wie so viele hier.
»Dort hinten ist das Krankenhaus«, sagte Claudio. »Am besten, Sie gehen allein weiter, und ich bleibe bei der Kutsche, damit das Pferd nicht gestohlen wird.«

Claire lächelte flüchtig. Claudios Sorge galt natürlich den Tieren ungleich mehr als den Menschen.
Als sie beim Krankenhaus ankam, erwarteten sie Säle und Gänge voller Menschen. Das Gebäude war zwar intakt geblieben, aber man hatte viele Schwer- oder Leichtverletzte hierhergeschafft. Viele Schwestern und Ärzte liefen hektisch auf und ab. Claire scheute sich, sie zu stören und nach einer jungen Frau zu fragen, und ging stattdessen von Saal zu Saal, um selbst nach Tabitha Ausschau zu halten. Aus mancher tiefen Schürfwunde perlte Blut, anderen stachen die weißen Knochen spitz aus dem Fleisch. Wieder andere lagen, von Staub bedeckt, ohnmächtig auf einer Liege. Die Schmerzenslaute, die von den Wänden hallten, waren schwer zu ertragen, aber Claire war dankbar, noch keine Toten mit leeren Blicken und verrenkten Gliedern gesehen zu haben. Je länger sie sich an den vielen Menschen vorbeidrängte, die hier wie sie nach Angehörigen suchten, desto größer wurde ihre Sehnsucht nach der beschaulichen Quinta.
Sie unterdrückte sie jedoch und ging beharrlich weiter. Ob hier irgendwer Tabitha gesehen hatte?
Sie sah sich nach jemandem um, den sie fragen könnte, doch ein jeder war auf sein eigenes Leid konzentriert und blind für die Nöte anderer. Nun, vielleicht konnte ihr der Polizist dort hinten weiterhelfen.
Sie kämpfte sich an einem Dutzend Pritschen vorbei.
»Entschuldigen Sie, ich suche meine Nichte, und ...«
Sie brach ab. Ein fassungsloser Schrei entfuhr ihr.
Jahrelang hatte ihr der Anblick eines Mannes in Uniform einen Stich versetzt, und insgeheim hatte sie immer erwartet, Luis zu begegnen. Ausgerechnet heute hatte sie nicht mit einem vertrauten Gesicht gerechnet – doch es war tatsächlich er, der ihr da leibhaftig gegenüberstand und sie so entgeistert anblickte wie sie ihn.

Claires Hand fuhr zum Mund, und ihre Knie wurden so weich, dass sie sich kaum auf ihren Beinen halten konnte. Alles, was ringsherum geschah, wurde bedeutungslos. Sie hörte die Verwundeten nicht länger stöhnen, wurde taub für die hektischen Schritte der Ärzte. Irgendjemand rammte ihr seinen Ellbogen in die Seite, doch sie spürte es gar nicht.
Auch Luis schien deutlich erschüttert. Wie bei ihr hatte das Alter Spuren hinterlassen: Sein Haar war nicht mehr glänzend, sondern aschblond und weiß durchsetzt, der Bart war lichter geworden und die Haut ledrig. Doch er hielt seinen Rücken immer noch so stolz aufrecht wie einst, und nachdem seine Lippen kurz gebebt hatten, als er sie erkannte, kniff er sie nun zusammen, und der Zug um den Mund wurde streng.
»Du lebst …«, stammelte sie.
Heißes Glücksgefühl durchströmte sie. Jahrelang hatte sie befürchtet, er wäre gefallen. Nach dem Krieg waren so viele Verlustlisten in Umlauf gewesen, denn auch wenn Uruguay zu den siegreichen Staaten gehörte, hatte es einen hohen Preis zahlen müssen. Sie hatte seinen Namen zwar nie auf diesen Listen gefunden, aber doch erschüttert festgestellt, dass von vielen Einheiten kaum Überlebende zurückkehrten. Manchmal träumte sie von ihm, wie er schwer verletzt auf dem Schlachtfeld lag und niemand ihm half. Wenn sie dann erwachte, war sie sich sicher, dass er tot war – und sie daran die Schuld trug.
Sie hatte nicht gewagt, offiziell zu trauern und Schwarz zu tragen – schließlich war sie keine Witwe wie so viele andere, die im Übrigen über Jahrzehnte vergebens darauf warteten, Renten zu bekommen und für den Verlust entschädigt zu werden. Die Regierung hatte schlichtweg kein Geld dafür, denn sie musste ausländische Kredite zurückzahlen, mit denen die Waffen finanziert worden waren, und anders als Ar-

gentinien, das sich die Regionen Chaco und Misiones sicherte, und Brasilien, das ein riesiges Gebiet im Westen Paraguays besetzte, hatte Uruguay kein Stückchen vom eroberten Land abbekommen. Die zu erwartenden Reparationszahlungen aus Paraguay wiederum waren ausgeblieben, weil die Wirtschaft des Landes am Boden lag.

Wann immer darüber gesprochen wurde, stöhnte man klagend: »Dieser verfluchte Krieg!« Und Claire, die durch diesen Krieg ihre beste Freundin und den Geliebten verloren hatte, maßte sich zwar nicht an, den Verlust laut zu benennen, nickte aber stets düster.

Auch jetzt war ihr Glücksgefühl nicht von Dauer. Je länger sie Luis betrachtete, desto schmerzhafter wurde sie an all die Versäumnisse in ihrem Leben gemahnt – daran, dass sie nicht an der Seite ihres Liebsten lebte, sondern in Einsamkeit, und dass sie keine Kinder geboren hatte, sondern ihr Schoß vertrocknet war.

»Claire …« Seine Stimme klang belegt, rasch räusperte er sich. »Was machst du hier? Ich hatte erwartet, du wärst damals nach Deutschland zurückgekehrt.«

Sie leckte sich über die trockenen Lippen. »Nein«, murmelte sie, »nein, ich wollte das Land nicht verlassen …« Sie sagte nicht laut, was sie eigentlich dachte: Ich wollte an dem Ort bleiben, wo ich kurz die glücklichste Zeit meines Lebens verbracht habe. Wo ich mich in dich verliebt habe. Ehe er nachbohren konnte, fragte sie schnell: »Und du …«, sie deutete auf seine Uniform, »du bist immer noch Polizist?«

Er blickte so verwundert auf sich hinab, als sähe er heute zum ersten Mal, was er trug. »Eigentlich nicht. Nachdem ich aus Paraguay heimgekehrt bin, bin ich aus dem Polizeidienst ausgeschieden. Ich gehöre lediglich zu einer Art Reserve – in Situationen wie diesen greift man auf meine Hilfe zurück. Ansonsten verdiene ich mein Geld bei der Eisenbahn.«

Sie nickte. Viele Männer seines Alters hatten bei einer der zehn Eisenbahngesellschaften des Landes Arbeit gefunden, wie sie wusste.
»Bei der Eisenbahn«, echote sie. »Wahrscheinlich bist du viel unterwegs …«
Jene Erinnerungen, die sie ansonsten ihres Seelenfriedens willen unterdrückte, stiegen hoch. Sie sah sich an seiner Seite durch das wilde, einsame Uruguay reiten, an knorrigen Bäumen vorbei, unter kreischenden Vögeln, entlang von Flüssen und Bächen …
»Nur in den ersten Jahren, jetzt bin ich vor allem am Hafen tätig«, sagte er hastig. »Einerseits werden mit der Eisenbahn Mais und Weizen direkt dorthin geliefert, um zu Mehl verarbeitet und verschifft zu werden. Andererseits werden die Lokomotiven und Waggons in den hiesigen Ausbesserungswerkstätten gewartet.«
Er redete viel und schnell, aber nichts war von Bedeutung … nichts betraf ihre Vergangenheit. Und nichts wappnete Claire gegen den Schmerz, der der Einsicht folgte, dass der Zufall sie zwar endlich zusammengeführt hatte, er jedoch mit einer so gleichgültigen Stimme sprach, als wäre sie eine Fremde. Das war noch unerträglicher als offene Feindseligkeit.
»O Luis«, brach es aus ihr heraus, »ich bin so unendlich froh, dass du lebst. All die Jahre fürchtete ich, du wärst gefallen. Ich habe mich schuldig gefühlt und …«
»Ich war verpflichtet, für mein Land zu kämpfen«, unterbrach er sie harsch.
»Aber du bist doch nur eingezogen worden, weil …«
Er hob abwehrend die Hand. »Das spielt keine Rolle mehr. Ich muss jetzt auch weiter.«
Prompt drehte er sich um und ging seines Weges. Sie sah, wie seine Schultern kaum merklich bebten – ein Zeichen, dass sei-

ne Erschütterung wohl tiefer ging, als sein gleichmütiger Tonfall glauben machte. Eine Weile starrte sie ihm hilflos nach – dann wusste sie: Sie konnte ihn nicht gehen lassen.
»Luis, warte!«
Er blieb stehen, doch als sie ihn erreichte, wusste sie nicht, was sie sagen sollte.
»Ich bin auf der Suche nach meiner Nichte«, erklärte sie schließlich, »hast du sie vielleicht gesehen? Sie ist ein hübsches Mädchen, knapp zwanzig Jahre alt. Sie hat schwarze Haare, hellblaue Augen, und ihre Züge kommen ganz nach Valeria. Du weißt doch noch, wie Valeria aussah.«
Sie biss sich auf die Lippen, als sie bemerkte, wie Luis die Stirn runzelte. Doch offenbar war es nicht Zeichen von Entrüstung, weil sie an der Vergangenheit rührte, sondern Nachdenklichkeit.
»Ich habe tatsächlich eine junge Frau, wie du sie beschreibst, gesehen. Aber sie war nicht allein – ihre Schwester war bei ihr.«
»Dann ist sie es nicht.«
»Vielleicht habe ich mich auch geirrt, und die andere Frau war gar keine Verwandte. Du solltest dir das Mädchen auf jeden Fall ansehen!«
Wieder wandte er sich zum Gehen, und sie überlegte verzweifelt, wie sie ihn aufhalten könnte.
»Bringst du mich zu ihr?«, fragte sie schließlich. »Ich weiß nicht, welchen Krankensaal du meinst.«
Sie fühlte, dass er mit sich rang – aber wenn auf etwas Verlass war, dann auf sein Pflichtgefühl und seine Hilfsbereitschaft.
»Also gut, komm mit.«

Claire war so verwirrt, Luis getroffen zu haben, dass sie wenig später Tabitha nur sprachlos mustern konnte. Anstatt erleichtert auf sie loszustürzen, verharrte sie an der Tür. Jeder Schritt, der sie Tabitha näher brachte, würde sie weiter von Luis fortführen, der sie zwar wie versprochen begleitet hatte, nun aber, nachdem sie den Namen ihrer Nichte gerufen hatte, keine Anstalten machte, den Krankensaal zu betreten.
Tabitha selbst zögerte ebenfalls. Anstatt auf die Tante zuzulaufen, sah sie sie wie eine Fremde an. Überdies hatte sie sich seit ihrem letzten Treffen verändert. Die Augen wirkten in dem deutlich hageren Gesicht größer, die Grübchen auf den Wangen fehlten, und der Zug um den Mund war etwas verkniffen. Allerdings war es schon Wochen her, dass Claire sie zuletzt gesehen hatte, und nicht nur die zerrissene und schmutzige Kleidung kündete vom Erdbeben, sondern auch eine Kopfverletzung.
Jetzt endlich konnte sich Claire aus ihrer Starre lösen, auf sie zueilen und sie umarmen. »Mein Gott, Tabitha, ich habe mir solche Sorgen gemacht! Wenn ich nur gewusst hätte, dass du zu mir wolltest, dann wäre ich nie und nimmer in die Oper gegangen.«
Tabitha starrte sie fragend an, so verwirrt auch, als würde sie aus einem dunklen Traum erwachen. »Tante Claire?« Es klang eher nach einer Frage statt nach einer Feststellung, so, als wäre sie sich nicht sicher, wen sie da vor sich hatte.
Claires Besorgnis wuchs wieder. War die Kopfverletzung schlimmer, als sie auf den ersten Blick vermutet hatte? Und hatte sie nicht schon einmal gelesen, dass man nach einem Schock sein Gedächtnis verlieren konnte?
»Tabitha, was ist mit dir?«, fragte sie. »Du siehst so ... anders aus. Und du wirkst so ...«

Sie fand kein passendes Wort, um ihrem Unbehagen Ausdruck zu verleihen, doch da lächelte Tabitha schon. »Keine Angst, es ist nicht weiter schlimm. Es geschah nur alles so schnell ... Es war so beängstigend, und ich glaube, ich bin immer noch nicht ganz bei mir.«
Claire nickte verständnisvoll. »Isabella meint, du hättest dich mit Tante Leonora gestritten und darum Unterschlupf bei mir gesucht. Was ist denn passiert?«
Tabitha senkte den Blick. »Nach dem schrecklichen Erdbeben ist das nicht mehr so wichtig. Ich will einfach nur nach Hause.«
»Natürlich«, murmelte Claire geistesabwesend. »Man sagte mir übrigens, dass noch ein zweites Mädchen hier wäre.«
»Das muss ein Missverständnis sein.«
Tabitha erhob sich, und trotz ihrer Kopfverletzung zeigte sie kein Anzeichen von Schwindel, nur Müdigkeit.
»Ich bitte dich, du kannst doch nicht einfach aufstehen, ehe ein Arzt ...«
»O doch, ich kann!«, erklärte sie ungewöhnlich heftig. »Es ist auch nur ein Kratzer, den ich abbekommen habe, wirklich!«
Claire streckte die Hand aus, um sie zu stützen, und dabei fiel ihr einmal mehr auf, dass Tabitha deutlich abgemagert war. Vielleicht hatte das mit dem Streit mit Leonora zu tun.
»Ich werde Claudio Bescheid sagen, dann bringen wir dich nach Hause.«
»Das ist gut ...«
Tabitha befreite sich aus ihrem Griff und ging mit gesenktem Kopf zur Tür. Claire folgte ihr etwas befremdet, wurde dann aber blind für das Mädchen und hielt stattdessen nach Luis Ausschau. Weit und breit war nichts von ihm zu sehen. Claire schluckte, die Kehle wurde ihr eng. Luis war verschwunden, ohne sich auch nur zu verabschieden.

Carlota konnte es nicht fassen, dass ihr Plan tatsächlich aufging! Jene Claire wirkte zwar ziemlich verwirrt, aber das schien eine andere Ursache zu haben, so geistesabwesend, wie sie sich verhielt, als sie das Krankenhaus verließen. Offenbar hatte das Erdbeben sie so sehr aufgewühlt, dass sie keinen Augenblick daran gezweifelt hatte, sie wäre Tabitha. Auch während der Kutschfahrt zum Haus der de la Vegas' blieb sie in Gedanken versunken und stellte keine Fragen. Carlotas Anspannung ließ nach. Sie hoffte inständig, dass es Tabitha genauso leichtfallen würde, den Eltern etwas vorzuspielen. Als sie an den vielen zerstörten Häusern vorbeikamen, musste sie unweigerlich an Valeria und Valentín denken, und sie schickte ein Stoßgebet zum Himmel, dass es ihnen gutging, aber dann verdrängte sie sämtliche Gedanken an ihre Familie. Das Leben hatte ihr eine einmalige Chance geboten, eine ganz andere zu sein – eine schönere, reichere, elegantere –, und die würde sie nutzen und sich nicht von Sentimentalitäten ruinieren lassen.

»Und du fühlst dich wirklich wohl?«, wandte sich Claire nun doch an sie.

»Ich habe nur leichte Kopfschmerzen. Am besten, ich nehme ein Bad, sobald wir da sind, und ruhe mich aus.«

»Selbstverständlich! Sobald wir da sind, wird man dir eine Badewanne einlassen – vorausgesetzt, die Wasserleitungen sind nicht zerstört worden.«

Sie fuhr fort, alle möglichen Zerstörungen in der Stadt zu beklagen, aber Carlota hörte nicht länger zu. Ein Bad in der Wanne, wie herrlich! Wenn sie sich zu Hause gewaschen hatten, dann nur in einem Eimer. Es hätte viel zu viel Mühe gekostet, eine ganze Wanne einzulassen und das Wasser zu erwärmen. Doch für reiche Leute war das eine Selbstverständlichkeit – und hinterher würde sie wohl feinste Kleidung bekommen.

»Nun, was denkst du?«, schloss Claire eben.
Carlota zuckte zusammen und hatte keine Ahnung, was die andere meinte. Sie rang nach einer Ausrede. »Entschuldige, Tante Claire, aber ich habe gerade überlegt, ob das Haus der de la Vegas' wohl auch vom Erdbeben betroffen wurde.«
»Isabella erwähnte nichts davon. Aber sie macht sich schreckliche Sorgen um dich. Leonora und Julio gewiss auch.«
Nach allem, was ihr Tabitha über den Onkel und die Tante erzählt hatte, war sich Carlota dessen nicht so sicher, aber sie nickte überzeugt.
»Bald sind wir ja da, dann kann ich sie beruhigen.«
Carlota fiel es schwer, sich ein Lächeln zu verkneifen. Ja, bald würde sie das prächtige Stadthaus betreten, ein Bad nehmen, feine Kleidung anziehen, etwas Köstliches zu essen bekommen – und wenn alles nach Plan verlief – heute Abend als Tabitha Gothmann de la Vegas einschlafen.

Die Umsetzung ihres Plans glückte weiterhin, die Anspannung blieb. Carlota konnte ihre Nervosität kaum unterdrücken, als sie das erste Mal Isabella gegenübertrat. Immerhin erkannte sie sie nach Tabithas Erzählungen sofort und schaffte es, ihr freundlich zuzulächeln. Isabella dagegen betrachtete sie kurz prüfend.
»Tabitha?«
Carlota packte die Angst. Offenbar hatte Tabitha in den letzten Wochen viel Zeit mit Isabella verbracht, und anders als Claire fiel ihr womöglich viel deutlicher auf, dass ihre Züge härter, ihre Gestalt dürrer und ihr Haar strähniger als das von Tabitha war.
Doch dann sah sie, dass Isabellas Blick an ihrer Kopfverletzung hängengeblieben war. »Tut es noch sehr weh?«

Kurz lag es Carlota auf der Zunge, zu widersprechen, damit sich die andere keine Sorgen machte, aber dann sagte sie schnell: »Ja, ich habe schreckliche Kopfschmerzen. Ich ziehe mich besser zurück und ruhe mich aus.«
Isabella nickte verständnisvoll, und auf diese Weise entging sie auch einer Begegnung mit Julio und Leonora.
Die nächsten Tage verbrachte sie in Tabithas schönem Zimmer, genoss das weiche Bett, probierte sämtliche ihrer Kleider an und nähte das eine oder andere etwas enger.
Alsbald aber wurde ihr langweilig – und obendrein saß ihr die Angst im Nacken, hier in Montevideo bald aufzufliegen.
Beim ersten gemeinsamen Abendessen mit Leonora und Julio, die sich nicht sonderlich für sie zu interessieren schienen, erklärte sie darum, sie wolle gerne so bald wie möglich nach Deutschland zurückkehren. Nach dem Erdbeben erscheine ihr die Stadt als so trist, überdies fühle sie sich nach ihrer Kopfverletzung auch nicht gut.
Leonora war so ins Essen vertieft, dass sie die Nichte bislang kaum gemustert hatte, und tat es auch jetzt nicht. »Eine hervorragende Idee!«, verkündete sie knapp zwischen zwei Bissen.
Julio sagte gar nichts – offenbar war er bei den Familienmahlzeiten stets sehr wortkarg.
Nur Isabella war sichtlich besorgt. »Ist die weite Reise nicht zu anstrengend? Gerade, wenn du noch Schmerzen hast, solltest du besser warten, bis du vollkommen genesen bist.«
»Ach was«, warf Leonora ein. »Das wird sie wohl selbst am besten wissen.«
Carlota senkte ihren Blick. »Hier erinnert mich alles an José«, sagte sie leise.
Leonoras Blick wurde abfällig, weil sie es wagte, den Stallburschen zu erwähnen, der von Isabella jedoch mitleidig. »Viel-

leicht hast du recht, und du bist fern von hier besser aufgehoben ...« Ihre Stimme bekam einen sehnsüchtigen Klang. Wahrscheinlich hätte sie selbst gerne öfter das Haus, ja, die Stadt verlassen, hatte aber keine Möglichkeit dazu.
Carlota fühlte sich schäbig, weil Isabella so gar keinen Neid zeigte – nur dieses von Herzen kommende Mitgefühl, das sie, im Grunde nichts weiter als eine Betrügerin, nicht verdiente. Aber sie wusste: Wenn sie weiterhin alle Annehmlichkeiten des Lebens in Wohlstand genießen wollte, durfte sie ihren Skrupeln nicht nachgeben und musste sich ganz und gar auf sich selbst konzentrieren, nicht zuletzt, weil auch in Frankfurt viele Gefahren drohten. Immerhin: Albert und Rosa würden sich nicht wundern, dass sie sich stark verändert hatte, war sie doch wochenlang von ihrem Zuhause fort gewesen und obendrein Opfer des Erdbebens geworden. Und falls Tabitha ein Fehler unterlief und ihre wahre Identität offenbarte, würde es dort viel länger dauern als hier, bis sich die Nachricht verbreitet hatte.

34. Kapitel

Tabitha wäre am liebsten so lange wie möglich im Krankenhaus geblieben. Als sie noch mit Carlota beisammen war, erschien ihr der Rollentausch als hervorragender Plan, der alles zum Guten wenden würde. Sobald diese aber mit Tante Claire fortgegangen war, fühlte sie sich verlassen wie nie.

Sie versuchte, sich Josés Gesicht auszumalen, wenn sie ihm die Neuigkeiten überbrachte, und das hellte ihre Laune ein wenig auf, doch zugleich machte sie sich neue Sorgen um ihn: Wie hatte er wohl das Erdbeben überstanden?

Leider musste sie die Suche nach ihm aufschieben. Das Wichtigste war vorerst, zu ihrem neuen Zuhause aufzubrechen.

Carlota hatte ihr den Weg dorthin ganz genau beschrieben, aber es war etwas anderes, ihn nur in Gedanken zu beschreiten als in Wirklichkeit. Das Haus von Valeria und Valentín lag in der Ciudad Novissima, einem Viertel zwischen der Ciudad Nueva und dem Boulevard General Artigas. Es war relativ neu, erst vor etwa einem Jahrzehnt entstanden, als der Kernbereich aus Alt- und Neustadt nicht mehr ausreichend Platz für die vielen Bewohner Montevideos bieten konnte, Vororte eingemeindet und mit neuen Namen versehen wurden.

Tabitha hatte Leonora von jenem Stadtteil einmal reichlich verächtlich sprechen hören. Nur Pack und übles Gesinde würde dort leben. Anders als die Tante hatte Tabitha bis heute immer Mitleid mit armen Leuten gehabt, doch erst jetzt begriff sie, was Armut wirklich bedeutete. Sie ging zwar zu-

nächst den Boulevard General Artigas entlang, der breit, halbwegs sauber und von ansehnlichen Häusern und Geschäften gesäumt war, aber als sie ihn verließ, wuchs ihr Entsetzen.
Carlota hatte sie gewarnt, doch sie war nicht ausreichend auf das Elend vorbereitet, das sie erwartete und das nach dem Erdbeben noch viel augenscheinlicher wurde.
Wie armselig die Lehmhütten waren, in denen vor allem Indios und Arbeiter wohnten! Viele waren vom Erdbeben zerstört worden, doch auch die, die unversehrt geblieben waren, waren in einem schrecklichen Zustand: niedrig, unverputzt, mit winzigen Fensterluken, die weder ausreichend Licht noch frische Luft spendeten. Das Schlimmste war die Lethargie, die sich über dieses Viertel gesenkt hatte. Anderswo hatte sie Menschen laut über die Zerstörung klagen hören – hier lungerten Männer, Frauen und Kinder inmitten von Schutt und Dreck und glotzten sie aus ausdruckslosen Gesichtern einfach nur an.
Nie hatte sich Tabitha so unwohl in ihrer Haut gefühlt – und das lag nicht nur an Carlotas Kleidung aus kratzendem Stoff, die sie angezogen hatte, oder weil ihr trotz kühlem Wind der Schweiß ausbrach, sondern an der unausgesprochenen Feindseligkeit, die in der Luft lag und jedem galt, der jung, gesund und gar hübsch war und damit bewies, dass das Leben mehr zu bieten hatte als Krankheit, Hunger und Not.
Mehrmals musste sie nach der Adresse ihrer Eltern fragen. Als sie der Straße immer näher kam, wurden die Häuser zwar etwas größer und stabiler, aber Tabitha war dennoch entsetzt. Die Straßen hatten kein Pflaster, sondern waren unebene, schmale Wege aus Lehm und Sand, auf denen Unrat verrottete, Hühner staksten und Hunde dösten. Kinder hockten in einem Kreis und schienen mit etwas zu spielen, doch als Tabi-

tha sie erreichte, erkannte sie, dass sie in den eigenen Kot griffen.
Sie unterdrückte ein Würgen und hätte sich am liebsten an den Straßenrand gesetzt und ihre Augen vor dem Elend verschlossen, doch als sie beim Haus ihrer Eltern ankam, galt es, sofort eine erste Herausforderung zu meistern: Ein Grüppchen Menschen stand hier beisammen und blickte ihr entgegen. Offenbar kannten diese Leute Carlota, was bedeutete, dass sie sich selbst so verhalten musste, als wäre es das Selbstverständlichste der Welt, ihnen zu begegnen.
Gottlob blieben die Blicke nicht lange auf sie gerichtet, denn eben war eine heftige Diskussion entbrannt. Als sie zu ihnen trat, erkannte sie, dass die Menschen eine Wasserleitung umringten, die offenbar durchs Erdbeben zerstört worden war. Anscheinend teilten sich mehrere Häuser eine einzige Leitung.
Eine der Frauen fauchte sie an: »Wo kommst du denn jetzt erst her?«
Während Tabitha noch um eine Antwort rang, meldete sich eine andere zu Wort. »He Carlota! Es wird einiges auf dich zukommen mit deiner blinden Mutter! Nun musst du ganz allein nähen.«
Sie klang eher schadenfroh als mitleidig.
Valeria war blind? Das hatte Carlota ihr nicht erzählt. Sie hatte sie nur darauf vorbereitet, dass sie viel nähen müsste, und auch darauf, dass Valeria sehr darüber erbost sein würde, dass sie mitten in der Nacht weggelaufen war. »Du musst dir eben irgendeine Ausrede einfallen lassen«, hatte Carlota gesagt.
Tabitha hatte es auf die leichte Schulter genommen, fühlte sich nun aber immer unbehaglicher. Dennoch reckte sie das Kinn, ignorierte die fremde Frau und blickte sich verstohlen um. Welches der Häuser war denn nun ihr Elternhaus?

Carlota hatte sie nicht darauf vorbereitet, dass sie alle gleich aussahen: Zur Straße hin gab es nur eine winzige Tür und kein Fenster. Nirgendwo konnte sie eine Hausnummer erkennen. Sie wollte sich nicht anmerken lassen, wie verunsichert sie war, und ging entschlossen auf eine der Türen zu. Es war die falsche, denn prompt brüllte ihr eine andere Frau nach: »Wir teilen mit euch ganz gewiss nicht unser Essen. Du kannst dir das Anklopfen sparen.«
Das musste jene Nachbarin sein, vor der Carlota sie gewarnt hatte – sie hieß Mercedes, hatte eine unangenehme, schrille Stimme und war eine herzlose Frau, die ungern teilte, wenn sie selbst etwas besaß, aber ständig andere um Hilfe anflehte, wenn ihr Mann wieder einmal seinen Lohn versoffen hatte.
Tabitha drehte sich um. »Ein wenig Mitleid mit meiner blinden Mutter könntest du schon haben.«
Mercedes zeigte immerhin so etwas wie ein schlechtes Gewissen, denn sie zog den Schädel ein, sagte jedoch trotzig: »Bei uns ist nichts zu holen. Wir müssen selbst zusehen, wie wir über die Runden kommen.«
Tabitha nickte und ging schweigend aufs nächste Haus zu – diesmal offenbar das richtige, denn niemand schrie ihr etwas nach. Die erste Prüfung war geschafft, doch ihr Hochgefühl hielt nicht lange an, so trist, wie ihr neues Zuhause war.
Irgendwann einmal war die Tür grün angestrichen worden, aber mittlerweile war ein Großteil der Farbe vom morschen Holz abgeblättert. Als sie sie öffnete, landete sie in einem winzigen Zimmer, das sie erst nur für einen Vorraum hielt, das sie dann aber, als sich ihre Augen ans trübe Licht gewöhnten, als Küche ausmachte. Von hier ging eine zweite Tür in den Innenhof ab, wo sich ein Stall für Federvieh, Kaninchen und Schweine befand und eine windschiefe Treppe nach oben führte. Unter dem Dach, hatte Carlota erklärt, lag ihr Schlaf-

zimmer und das ihrer Eltern. Nach dem Innenhof folgte noch ein weiterer Raum, der ihnen gehörte und als Vorratskammer diente. Wenn es regnete, konnte man nichts von dort holen, ohne nass zu werden.

Einstmals war das Haus eine Gastschenke gewesen. Tabitha konnte sich zwar nicht vorstellen, dass viele Gäste hier Platz gefunden hatten, doch in jedem Fall stank es immer noch nach abgestandenem Bratenfett – kein Wunder, da man den Raum nur durch die beiden Türen lüften konnte, aber jene, die zur Straße wies, wohl meistens geschlossen blieb.

Tabitha blickte sich in der Küche um. Das Mobiliar war schäbig und passte nicht zusammen. Großteils war es wohl selbst gezimmert worden – von jemandem, der kein sonderlich großes Talent für Tischlerarbeiten hatte. Die Stühle sahen aus, als würden sie gleich zusammenbrechen, die Tischplatte war völlig schief, die Decke schwarz vor Ruß. Ganz zu schweigen von der Treppe, die sie unmöglich besteigen konnte! Schon vor dem Erdbeben war sie wohl nicht sonderlich stabil gewesen, aber nun war obendrein ein Teil des Geländers weggebrochen.

Am liebsten hätte sie sofort wieder kehrtgemacht, aber dann hörte sie eine Stimme von oben. »Carlota? Bist du das?«

Sie atmete tief durch. Das musste ihr Vater sein. Bis jetzt hatte sie all ihr Trachten auf die Herausforderung ausgerichtet, ihre wahre Identität zu verschleiern. Jetzt ging ihr auf, dass sie zum ersten Mal ihren Eltern begegnen würde, die sie einst – aus welchem Grund auch immer – im Stich gelassen hatten. Das Herz pochte ihr bis zum Hals, ihre Hände wurden schweißnass, als sie nach oben stieg. Zu der Aufregung gesellte sich eine verräterische Erkenntnis: dass sie dankbar war, ohne Eltern, aber mit größerem Reichtum aufgewachsen zu sein.

Sie schämte sich dafür, verdrängte die Gedanken und kämpfte darum, ein möglichst ausdrucksloses Gesicht aufzusetzen. Auf diesen Augenblick kam es an. Von allen Menschen würden am ehesten ihre Eltern durchschauen, dass sie nicht Carlota war.
Als sie deren Schlafzimmer betrat, achteten beide gottlob nicht auf sie. Ihr Vater drehte sich nicht einmal um. »Funktioniert die Wasserleitung wieder? Wir brauchen dringend frisches Wasser!«
Tabitha zwang sich, ihn nicht neugierig anzustarren. »Nein, sie ist immer noch zerstört«, sagte sie leise. Ihre Stimme zitterte, aber er bemerkte es nicht.
Sein Blick war besorgt auf die Frau gerichtet, die im Bett lag – ihre Mutter. Tabitha trat näher. Auf dem Weg hierher war sie vielen armseligen Menschen begegnet, doch keiner bot einen so erbärmlichen Anblick wie Valeria Gothmann de la Vegas. Sie war zwar groß für eine Frau, aber schmal und ausgezehrt. Ihr Haar, irgendwann einmal eine volle, glänzende Mähne, hing strähnig über das Gesicht. Blut war aus einer Kopfwunde getropft und auf Stirn und Schläfe verkrustet. Die Augen lagen in tiefen Höhlen.
»Carlota? Carlota, bist du da?« Die Stimme klang verlöschend leise. Tabitha suchte nach Ähnlichkeiten, nach irgendetwas, was vertraut war und ihre Blutsverwandtschaft bewies. Doch diese Frau war für sie eine Fremde.
»Du musst von irgendwoher Wasser holen!«, befahl der Vater und sah sie immer noch nicht an.
»Ach Valentín, wir brauchen kein Wasser, das hilft mir nun auch nicht. Ich bin so froh, dass du wieder hier bist, Carlota. Wo warst du?«
Tabitha wusste nichts zu sagen, sondern setzte sich ans Bett und ergriff die Hand der Frau. Sie war kalt, aber der Druck fest. Valeria schien sich damit zu begnügen, denn sie bohrte

nicht weiter nach. Ihre Augen waren weiterhin geschlossen – war sie wirklich blind?

»Was ist geschehen?«, fragte sie leise. Ihre Stimme zitterte immer noch.

»Sie hat einen Schlag auf den Kopf abbekommen«, erklärte Valentín. »Seitdem kann sie nicht mehr sehen.«

»Wart ihr schon im Krankenhaus?«

»Wo denkst du hin? Das ist doch viel zu weit!«

»Aber wenigstens sollte ein Arzt ...«

»Du weißt doch, dass wir kein Geld haben, um uns einen Arzt zu leisten.« Er klang sehr wütend, und Tabitha zuckte zusammen.

»Nun lass sie doch in Ruhe«, schaltete sich Valeria wieder ein. »Ich bin sicher, es wird alles in Ordnung kommen, wenn ich nur ein wenig geschlafen habe.«

Tabitha war skeptisch – zugleich wuchs ihr Mitleid mit dieser Frau, die sich so tapfer gab, obwohl sie sich bestimmt elend fühlte.

Valentín ging nach unten. »Ich werde selbst Wasser holen«, rief er noch, »und etwas zu essen.«

Er verließ das Haus, ohne sie auch nur einmal gemustert zu haben, und Valeria fragte zwar wieder, wo sie gewesen war, zeigte aber keinerlei Misstrauen.

»Ich wollte zu Claire«, sagte Tabitha kleinlaut, »aber dann bebte plötzlich die Erde, die Menschen sind in Panik geraten ... Da waren so viele Verletzte ... und Tote. Ich habe in einer Kirche Unterschlupf gefunden. Ach Mutter, es tut mir so leid, was dir zugestoßen ist ...«

Das tat es tatsächlich, aber als Valeria ihr über die Wangen streichelte, musste sie sich eingestehen, dass ihr die Blindheit der Mutter ganz zupasskam. Ihre Täuschung war tatsächlich geglückt.

In den ersten Tagen rechnete Tabitha ständig damit, aufzufliegen, doch wider Erwarten konnte sie ihr Geheimnis wahren. Ihr kam zugute, dass Valentín voller Sorge um die Mutter war und sie kaum beachtete, und diese wiederum wollte sich nicht anmerken lassen, wie sehr sie mit ihrer Blindheit haderte und unter Kopfschmerzen litt.
Tabitha konnte es nicht fassen, dass kein Geld für einen Arztbesuch da war. Mehrmals stand sie kurz davor, zu den de la Vegas' zu gehen, den Betrug aufzuklären und dafür zu sorgen, dass ihre Mutter eine ordentliche medizinische Behandlung erhielt. Doch das hätte bedeutet, dass sie auf eine Zukunft mit José hätte verzichten müssen. Also schluckte sie ihr Entsetzen über das Ausmaß von Valentíns und Valerias Armut hinunter und richtete ihre Aufmerksamkeit darauf, ihn zu finden.
Vor dem Erdbeben hatte sie ihn mit Isabellas Hilfe getroffen – doch damals hatte er nicht gesagt, wo er lebte, und jetzt fiel ihr niemand ein, den sie fragen konnte.
Der Zufall kam ihr zu Hilfe, denn eines Tages begegnete sie auf dem Weg zum Schneidersalon, für den sie die Näharbeiten verrichteten, einem Dienstmädchen der de la Vegas'. Es erledigte einfache Arbeiten im Garten und kannte José bestimmt. Zwar war es ein großes Risiko, es anzusprechen, aber Tabitha setzte darauf, dass man diesem Mädchen ohnehin nicht glauben würde, wenn es behauptete es, sie gesehen zu haben.
Sie lief auf die junge Frau zu und fragte unvermittelt, wo José Amendola lebte.
Das Mädchen musterte sie wie einen Geist. »Ich dachte, Sie wären in Deutschland, Niña Tabitha …«, stammelte sie verwirrt.
»Das tut nichts zur Sache. Weißt du, wo er lebt?«
»Nun, in der Ciudad Nueva.«
Das hieß, gleich in der Nähe von ihrem Viertel.

»Und wo genau?«
Das Mädchen zuckte die Schultern, sagte aber schließlich doch: »Ich denke, im südlichen Teil. Dort, wo sich die Massenquartiere für die Armen befinden und wo man die billigsten Unterkünfte findet.«
Tabitha war so erleichtert, einen Hinweis bekommen zu haben, dass sie gar nicht überlegte, was es wohl für José bedeutete, so tief gesunken zu sein. Hauptsache, sie konnte ihn finden!
Sie lief nach Hause, legte das Bündel Unterwäsche ab, das sie aus dem Schneidersalon abgeholt hatte, und überhörte geflissentlich Valerias Stimme, die von oben rief: »Carlota, bist du wieder da?«
Schon stürmte sie nach draußen und kam im Hof an Mercedes vorbei, die sie misstrauisch betrachtete. »Wohin so eilig, Mädchen?«
Tabitha ließ sie einfach stehen, besann sich dann aber anders, kehrte zurück und fragte nach dem Weg.
Mercedes musterte sie von oben bis unten. »Was immer du dort verloren hast – es ist selbst für ein einfaches Mädchen wie dich nicht der rechte Ort.«
Immerhin war sie bereit, ihr den Weg zu beschreiben, und sie stellte auch keine Frage, was sie dort wollte.
Tabitha lief mit schnellen Schritten zu der Siedlung, und erst als sie sie erreichte, überwog das Entsetzen über die Armut die Begeisterung, Josés Aufenthaltsort zu kennen. Sie stand vor einem trostlosen Häuserblock mit Einzimmerunterkünften, an den sich diverse zweigeschossige Bauten anschlossen, die über einen vom Obergeschoss wegführenden Rundgang zu erreichen waren. Es stank entsetzlich nach Unrat und Urin; die Wände waren nicht verkalkt, sondern von gelblichen Flecken übersät, und in den Ecken hockten Schimmel

und Spinnweben. Vor manchen der Zimmer war Wäsche aufgehängt worden – zerrissen oder nur notdürftig geflickt.

Zu ihrem Entsetzen gesellte sich das schlechte Gewissen: Ihretwegen hatte José seine Anstellung verloren, keine andere gefunden und musste an einem so grässlichen Ort leben. Und sie würde mit leeren Händen vor ihm stehen und hatte nichts anderes zu bieten als ihre Liebe zu ihm und die Hoffnung auf eine gemeinsame Zukunft.

Sie schüttelte den Gedanken ab. Das Wichtigste war, dass sie ihn fand – und das war schwer genug: Schließlich hatte sie keine Ahnung, wo sie ihre Suche beginnen sollte. Nach einigem Zögern entschied sie, an einer der Türen zu klopfen, und als niemand antwortete, öffnete sie sie und geriet in einen winzigen Raum, in dem man kaum aufrecht stehen konnte. Dennoch lungerten gleich mehrere Männer auf den Pritschen herum, doch anstatt das Mädchen, das da plötzlich auftauchte, überrascht und neugierig zu mustern, starrten die, die gerade nicht schnarchend schliefen, blicklos durch sie hindurch. Der Gestank war hier noch durchdringender als im Gang. Tabitha wich zurück und schloss die Tür schnell wieder. Kurz lehnte sie sich an die Wand, um dem Schwindel Herr zu werden, der in ihr aufstieg. Am liebsten wäre sie geflohen, aber sie ging tapfer weiter – an den Gemeinschaftstoiletten, den Wasserzapf- und Kochstellen, den vielen weiteren winzigen Zimmern vorbei. Alles war zu klein, zu schäbig, zu eng. Die Farbe bröckelte ab, gelüftet war seit Ewigkeiten nicht mehr worden, und wenn hier einer krank wurde, hustete gewiss das ganze Stockwerk. Wenigstens hatte das Erdbeben kaum Spuren hinterlassen.

Sie hatte schon fast die letzte Tür im Gang erreicht und niemanden getroffen, den sie nach José fragen konnte, als plötzlich laute Stimmen erklangen. Sie stammten von einer Familie aus der letzten Wohnung, die gerade dabei war, ihre Habseligkeiten einzupacken und aus dem Haus zu tragen. Der Sprache nach zu schließen, waren es Italiener – ein Ehepaar mit einem halbwüchsigen Sohn und ein paar kleineren Kindern, die so dürre Beine hatten, dass Tabitha sich fragte, wie sie überhaupt laufen konnten.

Sie wirkten ungezügelt, aber freundlich, und als sie zögernd näher trat, sprach der Mann sie an.

»Was machst du hier, Mädchen? Das hier ist kein guter Ort für eine wie dich. Es gibt zu viele unverheiratete Männer, die dir lästig werden könnten.«

Tabitha zuckte nur müde mit den Schultern – all das Elend hatte sie nach der kurzen Zeit bereits so sehr abgestumpft, dass sie den Gedanken nicht mehr beängstigend fand wie noch vor wenigen Tagen.

»Wir selbst ziehen endlich fort, haben nun ein kleines Häuschen außerhalb der Stadt. Wird zwar nun länger dauern, um zur Arbeit zu kommen, aber draußen gibt's noch billige Grundstücke.«

Er wirkte sichtlich stolz, weswegen er es wohl auch so freimütig erzählte, und sie fasste den Mut, nach José zu fragen.

»Amendola, sagst du, heißt er? Nun, dann suchst du wohl unseren Nachbar – er wohnt gleich im Zimmer neben uns.«

Tabitha war fassungslos, dass ein Ehepaar mit so vielen Kindern in einem der winzigen Zimmer lebte, aber dann sagte sie sich, dass das nicht ihre Sorge sein sollte.

Sie hastete auf die Tür zu, in deren Richtung der Italiener gewiesen hatte. Auch deren Holz war morsch, und als sie daran klopfte, bekam sie keine Antwort. Sie rief mehrmals Josés Namen – immer noch nichts. Schließlich atmete sie tief durch, öffnete die Tür und trat ein.

Zunächst war es so dunkel, dass sie kaum etwas erkennen konnte. Die einzige Luke, die das Zimmer hatte, war mit einem Balken zugenagelt worden, wohl um Hitze und Gestank von der Straße fernzuhalten. Die Wände waren voller Schimmel, der Boden war aus gestampftem Lehm, in dem Pfützen standen – wohl Regenwasser, das durch die Holzritzen getropft war. Immerhin gab es hier nur eine Pritsche und eine leere Transportkiste für alle Habseligkeiten.
Auf der Pritsche rührte sich plötzlich etwas. Schlaftrunken fuhr José hoch, rieb sich die Augen, erkannte sie aber nicht.
»Wer da?«, knurrte er.
»José, ich bin es ... Tabitha.«
Schlagartig wurde er wach und sprang auf. »Was, zum Teufel, machst du hier?«, rief er entgeistert.
Im fahlen Licht wirkte er blass und dünner, als sie ihn in Erinnerung hatte. Sie musste ebenfalls einen verlotterten Anblick bieten, denn er musterte sie mit wachsendem Entsetzen.
»Wie kommst du hierher? Wie siehst du überhaupt aus? Und was ...«
Er brach ab.
»Ich ...«, setzte sie hilflos an.
Erst wusste sie nicht, was sie sagen sollte, dann brach alles zusammenhangslos aus ihr heraus: wie sie das Erdbeben erlebt hatte und der bislang fremden Schwester begegnet war, wie sie von den totgeglaubten Eltern erfahren und mit Carlota die Rollen getauscht hatte, wie sie das Krankenhaus verlassen und das Haus von Valentín und Valeria gesucht hatte – und das alles nur, um eine Zukunft mit ihm zu haben.
»Und nun ... nun bin ich eben hier.«
Ihre Stimme war immer leiser, immer verzagter geworden, zumal er nichts sagte, sondern sie nur fassungslos ansah.

»Du hast mit den de la Vegas' gebrochen?«
»Nun ja, nicht wirklich – schließlich lebt Carlota jetzt an meiner statt bei ihnen. Vielleicht ist sie schon nach Deutschland aufgebrochen.«
»Aber wie konntest du nur auf all diesen Reichtum verzichten?«, rief er bestürzt.
»Reich zu sein ist doch nicht so wichtig. Hauptsache, ich bin mit dir zusammen. José, ich … ich liebe dich doch …«
Ihre Stimme brach.
Er erwiderte nichts, sondern schüttelte nur den Kopf.
Die Enttäuschung überwältigte sie. Sie ertrug den Anblick nicht länger, ertrug auch dieses erbärmliche Loch nicht. Sie eilte hinaus und stolperte tränenblind den Gang entlang. Von der italienischen Familie war nichts mehr zu sehen – nur aus weiter Ferne ertönte noch das Geschrei der Kinder.
Der Weg bis zum Haupteingang kam ihr endlos vor. Als sie ihn endlich erreicht hatte, hörte sie Schritte hinter sich.
»Tabitha, so warte doch!«
Immer noch verschleierten Tränen ihren Blick. Sie sah José nicht, fühlte nur, wie er sie zurückriss.
»Ich habe doch alles nur für dich getan«, schluchzte sie.
Kurz blieb er unschlüssig vor ihr stehen, dann zog er sie an sich. »Das weiß ich doch …«
Dass er es auch guthieß, sie dafür bewunderte, ihr dankbar war, sagte er nicht, aber das war nicht mehr so wichtig. Wichtig war nur, dass er sie nun küsste, sie seine harten Lippen spürte, seinen betörenden Geruch einsog. Dass sie nicht länger den schrecklichen Gestank roch, nur ihn, der nach Weite und Wind und Sonne duftete.
»Meine kleine Tabitha. Meine dumme, kleine Tabitha.«
Er hielt sie für dumm? Nun, immerhin zog er sie mit sich zurück in das Zimmer.

»Was … was wird denn nun?«, fragte sie. Erst jetzt konnte sie sich eingestehen, dass sie sich nicht nur erhofft hatte, bei ihm Liebe zu finden, sondern eine Lösung, wie sie das Elend bei Valentín und Valeria hinter sich lassen konnte. Sie hatte nicht ausreichend bedacht, dass er in noch größerem Elend lebte.

Er zuckte die Schulter und blieb die Antwort schuldig, aber er küsste sie wieder. Etwas anderes hatte er nicht zu bieten, also musste sie sich damit begnügen, das zu nehmen – das und noch mehr.

Sie wehrte sich nicht, als er sie zur Pritsche zog, seine Lippen immer tiefer wanderten, erst über ihren Hals, dann übers Dekolleté.

Sie wusste, was er tat, würde keine anständige Dame mit sich machen lassen, doch das war sie ohnehin nicht mehr. Sie hatte alles über Bord geworfen, warum jetzt nicht auch noch ihre Erziehung und ihr Schamgefühl?

Außerdem tat es gut, sich ganz seinen Händen zu überlassen – kundigen Händen, die ihren Körper streichelten, sich bis in verborgenste Stellen vorwagten, Verlangen entfachten, das ihr fremd war und vor dem sie sich fast ein wenig fürchtete.

Sie wehrte sich dennoch nicht, als er erst sie, dann sich selbst entkleidete, ihre Beine spreizte, sich auf sie legte. Heiß rann das Blut durch ihre Adern, doch zugleich fühlte sie sich seltsam unbeteiligt, so, als sähe sie aus weiter Ferne zu, wie er sich in ihren Körper schraubte, etwas in ihr zu zerplatzen schien, ein stechender, brennender Schmerz sie zerriss. Sie hörte ihn stöhnen, als er immer schneller in sie zu stoßen begann. Der Schmerz verging, doch jener Anflug von Lust, den sie zuvor empfunden hatte, kam nicht wieder. Hoffentlich gefällt es ihm, dachte sie.

Hinterher fühlte sie sich verklebt und schmutzig. Das Blut raste nicht länger durch ihre Glieder. Stattdessen fror sie unter seinem und ihrem Schweiß. Es war so dunkel, dass sie nicht in seinen Zügen lesen konnte. Er sagte auch nichts – nicht, dass er sie liebte, nicht, wie es weitergehen sollte. Immerhin streichelte er zärtlich über ihren Arm, und fürs Erste wollte sie sich damit begnügen.

Claire ging lange vor dem Haus auf und ab. Dass sie überhaupt hier war, erschien ihr wie ein kleines Wunder, denn jeder einzelne Schritt hatte sie unendlich viel Überwindung gekostet: Luis' Adresse herauszufinden, die Quinta zu verlassen, sich von Claudio zu ihm kutschieren zu lassen. Mehrmals hätte sie ihr Vorhaben am liebsten abgebrochen, und jetzt am Ziel drohte sie der Mut endgültig zu verlassen.
Ich kann es einfach nicht, dachte sie.
Sie wusste nicht, was ihr schwerer fiel: sich den eigenen Erinnerungen auszusetzen oder seinem womöglich verächtlichen Blick. Allerdings – die Erinnerungen waren ohnehin allgegenwärtig, und sein Blick war, als er auf ihr geruht hatte, zwar ein bisschen ausdruckslos, aber ganz sicher nicht verächtlich gewesen. Und es war ja auch nicht so, dass sie auf seine Vergebung hoffte – nur auf ein paar kurze Worte.
Anstatt endlich anzuklopfen, ging sie jedoch weiterhin vor dem Haus auf und ab, bis plötzlich ein junger Mann den Kopf aus dem Fenster steckte: »Kann ich Ihnen helfen, Doña?«
Sie fuhr herum, musterte den Mann – und zuckte zusammen. Er sah aus wie Luis, nur jünger, nicht so streng, und sein Lächeln war breiter und offener.
»Sie müssen sein Sohn sein!«, brach es aus ihr hervor.
Luis hatte eine Familie ...

Sie wusste nicht, ob sie bestürzt sein sollte oder erleichtert – bestürzt, weil es sie daran erinnerte, auf was sie selbst verzichten musste, erleichtert, weil er trotz allem glücklich geworden war.
Der Kopf des Mannes verschwand, und kurze Zeit später trat er auf die Straße. »Ja«, sagte er, »wenn Sie Luis Silveira meinen – ich bin sein Sohn. Antonio ...«
Claire stockte das Herz. Ihr einstiges Gespräch kam ihr in den Sinn, als Luis ihr anvertraut hatte, dass er sich nur Töchter wünschte und sie nach seiner Mutter nennen würde. Sie wiederum hatte von Antonie erzählt und Hoffnungen auf einen Sohn geäußert.
»Ein kleiner Antonio ...«, hatte er damals gesagt.
War es Zufall, dass er seinen Sohn so genannt hatte?
»Wollen Sie zu meinem Vater?«, fragte er nach langem Schweigen. »Oder vielleicht zu meinen Schwestern?«
»Sie haben Schwestern?«
»Zwei. Monica und Dolores.«
Drei Kinder.
Sie schloss die Augen. Gewiss, sie freute sich ehrlich für ihn, aber zugleich wurde dieser Druck auf ihrer Brust immer schmerzhafter ... Ach, sie hätte nicht herkommen sollen! Luis hatte wahrscheinlich schon seit Jahren keinen Gedanken mehr an sie verschwendet und lebte zufrieden mit seiner Familie, während sie ...
Sie war eine Träumerin, obwohl sie wissen sollte, dass auf dieser Welt Träume keinen Bestand hatten! Besser, sie ersparte Luis ihren Anblick!
Wortlos wandte sie sich ab und eilte die Straße entlang, an deren Ende Claudio mit der Kutsche wartete.
»Doña?«, rief Antonio ihr hinterher. »Soll ich etwas ausrichten?«

Claire antwortete nicht, sondern hastete weiter, den Kopf auf den Boden gerichtet, so dass sie gar nicht sah, wohin sie lief. Sie blieb erst stehen, als plötzlich eine Stimme ertönte. »Claire, was machst du denn hier?«
Sie blickte hoch – und direkt in Luis' Gesicht. Er kehrte gerade von seinem Dienst heim, denn er trug eine Uniform, die nach einem langen Tag völlig verstaubt war – offenbar war er immer noch damit beschäftigt, das Chaos nach dem Erdbeben zu beseitigen.
Sein Blick wanderte über sie, während Antonios nach wie vor fragend auf sie gerichtet war.
»Du hast Antonio kennengelernt?«, erkundigte er sich schließlich gedehnt.
Sie fühlte sich, als hätte sie etwas Verbotenes getan. Rasch versuchte sie, den Verdacht auszuräumen, sie hätte ihm nachspioniert. »Ich wollte mich bedanken«, sagte sie, »für deine Hilfe im Krankenhaus. Und ich habe dir etwas mitgebracht … ein Glas selbstgemachtes Pfirsichkompott … Ich baue in meinem Garten viel Obst und Gemüse an. Ich habe einen großen Garten, musst du wissen, etwas außerhalb von Montevideo, und …«
Sie brach ab. Mit jedem Wort wuchs ihre Verlegenheit. »Ich wollte dich ganz sicher nicht belästigen«, fuhr sie hastig fort. »Und noch weniger deine Familie. Sag das auch deiner Frau, die gewiss …«
»Mein Frau ist seit Jahren tot«, fiel er ihr ins Wort.
»Oh!«
»Sie ist bei Dolores' Geburt gestorben.«
Sie wusste nichts zu sagen und blickte betreten auf das Glas Kompott, das sie aus der Tasche gezogen hatte. Sie war sich nicht sicher, ob sie es ihm reichen sollte, und er machte keine Anstalten, es zu nehmen. Vor Verlegenheit wäre sie am liebs-

ten im Boden versunken, doch plötzlich trat Antonio näher und streckte die Hand nach dem Glas aus.

»Die beiden Mädchen werden sich sicher darüber freuen«, erklärte er begeistert. »Meistens koche ich, und das mehr schlecht als recht. Da ist es gut, wenn wir einmal einen leckeren Nachtisch bekommen.«

Claire lächelte, aber es geriet etwas gequält, und Luis blieb weiterhin stumm.

»Sind Sie eine Freundin meines Vaters?«, fragte Antonio, nachdem er ihr das Glas abgenommen hatte.

»Sei nicht so neugierig, Antonio!«, rügte Luis ihn. Seine Stimme klang belegt – als ob er den gleichen Druck wie sie auf seiner Brust fühlte.

»Ja, das bin ich«, murmelte Claire, »ich sollte nun wieder gehen.«

»Wollen Sie nicht zum Abendessen bleiben?«

»Antonio!«, mahnte Luis.

Sie schüttelte den Kopf. »Nein, wirklich nicht, ich störe sicher nur, ich muss auch wieder nach Hause …«

Sie eilte davon, doch zu ihrer großen Beschämung stolperte sie schon nach wenigen Schritten über die eigenen Füße und fiel auf die Knie.

Luis war sofort an ihrer Seite und streckte seine Hände nach ihr aus. Kurz berührten sie sich, doch sie zuckte zurück und erhob sich ohne seine Hilfe.

»Ich … ich wollte dich wirklich nicht belästigen«, wiederholte sie heiser. »Ich hätte nicht herkommen sollen.«

Kurz wurde Luis' Miene abweisend, und sie wollte schon weitereilen, aber dann verzogen sich seine Lippen zum Anflug eines Lächelns.

»Danke für dein Geschenk. Antonio hat recht – die Mädchen werden sich sehr darüber freuen. Und vielleicht kannst du

wirklich einmal zum Abendessen kommen, nicht heute, aber in den nächsten Tagen.«
Er wirkte etwas unschlüssig, und sie war es auch. »Ich denke darüber nach«, erwiderte sie, ehe sie mit hochrotem Gesicht davonlief. Als sie die Kutsche erreichte, konnte sie kaum noch atmen. Sie zitterte am ganzen Leib, und als Claudio losfuhr und sie einen letzten Blick auf Antonio und Luis warf, die vor dem Haus standen und ihr nachblickten, musste sie vor Aufregung lachen und weinen zugleich.

35. Kapitel

Carlota schritt ehrfürchtig durch das Haus der Gothmanns. In den ersten Wochen wäre sie am liebsten nur staunend von Zimmer zu Zimmer gegangen, aber hier war sie Tabitha, und die war an allen erdenklichen Luxus von klein auf gewöhnt. Also hatte sie meist ihr Verlangen unterdrückt, den Blick gesenkt und so getan, als wäre alles selbstverständlich. Nur wenn ihre Großeltern – so wie jetzt – beschäftigt waren, konnte sie alles hingebungsvoll bewundern.
Wie die de la Vegas' hatten auch Albert und Rosa die Täuschung nicht durchschaut. Voller Sorgen hatten sie sie in die Arme geschlossen, beklagt, dass sie krank und verändert aussehe, aber sich nicht weiter darüber gewundert: Nach dem Erdbeben und der langen Schifffahrt war dies schließlich zu erwarten.
Seitdem war Carlota immer wieder in Situationen geraten, die ihrem Geheimnis gefährlich werden konnten: Sie musste sich an Orten zurechtfinden, wo sie noch nie gewesen war, und wurde nach Dingen befragt, von denen sie keine Ahnung hatte – ob es nun um Bekannte aus Frankfurt ging, treue Dienstboten oder die neuesten Skandale. Doch während der wochenlangen Schifffahrt hatte sie jede einzelne Stunde genutzt, um das Verhalten von der vornehmen Herrschaft erst zu beobachten und später meisterhaft zu kopieren, so dass man ihr die ärmliche Herkunft nicht ansah. Falls es doch einmal kritisch wurde, hatte sie sich darauf verlegt, ihr Gesicht zu verziehen, über Kopfschmerzen zu klagen und sich zurückzuziehen.

Heute Abend natürlich wollte sie sich nicht in ihrem Zimmer verstecken. Ein großer Empfang samt Ball war anlässlich eines Jubiläums von Alberts Bank geplant, auf den sich Carlota schon seit Tagen freute. Und dass nun alle mit den Vorbereitungen zu tun hatten, erlaubte ihr überdies, die Einrichtung zu bewundern. Sie strich über die Möbel aus Ebenholz mit Intarsien aus Elfenbein, lauschte ihren Schritten auf dem Marmorfußboden, drehte sich vor dem Spiegel mit dem vergoldeten Rahmen.

Im Salon stand ein Klavier, und Carlota, die immer gerne gesungen hatte, war versucht, darauf zu spielen. Sie hielt sich jedoch zurück, denn es wäre augenscheinlich geworden, dass sie es nicht konnte – ganz anders als Tabitha, die offenbar Unterricht genommen hatte, was die Notenbücher neben dem Instrument bewiesen. Also begnügte sie sich damit, die Samtdraperien, Kristalllüster und Lilienbouquets zu betrachten, die Schnupftabakdosen, vergoldeten Uhren und silbernen Kandelaber.

Als sie das erste Mal das Haus betreten hatte, hatte sie kaum zu atmen gewagt vor lauter Angst, versehentlich etwas umzustoßen, und selbst jetzt, da sie seit Wochen hier lebte, kamen ihr die Räume überladen vor. Nicht dass sie sich nach ihrem schäbigen Haus sehnte. Das war ihr, aus anderen Gründen, auch oft zu eng geworden. Aber wenn sie durch das Gothmannsche Anwesen ging, kam ihr jede abrupte Bewegung unangemessen vor, und beim kleinsten Wimpernzucken fühlte sie sich ertappt. Kein Wunder – schienen sie doch die vielen Porträts, die die Wände schmückten, Werke von Murillo und van Dijck, Frans Hals oder den Brüdern van Eyck, sie ebenso zu beobachten wie die gerade sehr beliebten Büsten römischer Kaiser neben dem Kamin. Hoffentlich fragte nie jemand, wer welcher Kaiser wäre – auch davon hatte sie nicht die geringste Ahnung.

Sie ging weiter, legte den Kopf zurück, um das Deckengemälde zu mustern, strich über die Ledertapeten, kostbares Porzellan, einen Billardtisch, schließlich über die italienischen Renaissanceschränke aus Ebenholz mit Intarsien aus Onyx und Halbedelsteinen. Als sie das Holz unter ihren Fingern spürte, überkam sie so große Ehrfurcht, als wäre das Mobiliar ein lebendiges Wesen, das man zu huldigen hatte.
»Wie schön!«, flüsterte sie.
Plötzlich fühlte sie Augen auf sich ruhen, und als sie herumfuhr, erkannte sie, dass nicht länger nur Steinstatuen oder Gesichter von Gemälden auf sie starrten, sondern Else, das Hausmädchen. Carlota hatte herausgefunden, dass sie schon seit Ewigkeiten im Haus der Gothmanns arbeitete und als Kind oft mit Tabitha gespielt hatte. Wie vertraulich das Verhältnis mittlerweile war, konnte sie nicht einschätzen – schließlich zählte Else trotz allem zu den Dienstboten. In jedem Fall war ihr Blick oft sehr nachdenklich auf sie gerichtet.
»Ja?«, fragte Carlota mit gepresster Stimme.
Else schien kurz zu zögern, ehe sie erklärte: »Ich soll Ihnen ausrichten, dass die Schneiderin da ist und Sie zur Anprobe kommen können.«
Carlota liebte schöne Kleidung, obwohl sie eingestehen musste, dass die meisten Kleider sehr unbequem waren und sie sich besonders dann, wenn das Mieder zu eng saß, nach einem der weiten Kittel sehnte, die sie in Montevideo getragen hatte. Heute Abend jedoch wollte sie alles in Kauf nehmen, um das schönste Kleid zu tragen, das sie je besessen hatte. Seit Wochen wurde daran genäht.
»Ich komme schon.«
Else ließ es sich nicht nehmen, sie nach oben zu bringen. Die Schneiderin, die bereits in ihrem Boudoir wartete, kleidete auch Rosa ein. Es war ein besonderer Luxus der wohlhaben-

den Leute, trotz Erfindung der Nähmaschine von Hand nähen zu lassen. Und die Gebote der Sparsamkeit wurden ebenso übergangen, wenn es galt, bei jedem Anlass eine neue Garderobe zu tragen, obwohl die Schränke ohnehin überquollen. Tabitha besaß eine Unmenge an Kleidern – für alle Tageszeiten und Anlässe, zum Ausreiten, selbst für Krocket und Tennis. Bei Letzterem wurde das quälende Mieder ausnahmsweise abgelegt und robuste Materialien wie Baumwolle oder Tweed gewählt. Am heutigen Abend war daran natürlich nicht zu denken: Sie würde ein prächtiges Ballkleid tragen, das, sobald Carlota es anlegte, fast das gesamte Boudoir ausfüllte. Vor einigen Jahren war die Krinoline neu in Mode gekommen, wenngleich die Weite nach hinten verlagert und alles Augenmerk auf das gebauschte Hinterteil, den »Cul de Paris«, verlagert worden war. Durch die Erfindung der Anilinfarben hatte sich die Palette an möglichen Farbtönen erweitert: Dieses hier war in einem hellen Roséton gehalten mit einem Überrock in blassem Grün, der hervorragend mit ihren hellen Augen harmonierte, und einem mit weißer Spitze verbrämten Dekolleté.

Carlota starrte hingerissen in den Spiegel. Sie sah so jung in diesem Kleid aus! Nichts ließ die mühevolle, armselige Jugend, die hinter ihr lag, erahnen! Sie war eine vom Leben ebenso wie von ihren Großeltern verwöhnte junge Frau in ihren besten Jahren.

»Du musst schrecklich aufgeregt sein«, sagte die Schneiderin – eine Französin, die seit Ewigkeiten in Frankfurt lebte, ihre Stilsicherheit hier aber nicht verloren hatte und Véronique hieß. Sie sprach immer etwas nuschelnd, weil sie ständig Stecknadeln im Mund hatte. An ihrer Seite waren zwei Assistentinnen, die Carlota geholfen hatten, das Tageskleid auszuziehen und ins Ballkleid zu schlüpfen. Sie hatte etwas zugenommen, weil sie den vielen köstlichen Speisen nicht widerstehen konnte, aber weil sich die Schneiderin an Tabithas Maßen orientiert hatte und diese etwas üppigere Formen hatte, saß das Kleid perfekt.

»Es werden viele junge Männer da sein«, sagte Véronique. »Hast du schon auf jemand Bestimmten ein Auge geworfen?« Carlota verkniff sich eine ungehaltene Antwort. Sie verstand nicht, warum sich hier im Leben junger Frauen alles nur um den künftigen Bräutigam drehte. Es herrschte ein regelrechter Wettkampf, wer die beste Partie zum Altar führte, und deswegen mussten ständig Gelegenheiten gefunden werden, um die jungen Leute zusammenzubringen. Obwohl Carlota aufgrund der Kopfverletzung während des Erdbebens als zu schwach galt, vollständig am gesellschaftlichen Leben teilzunehmen, hatte sie gemeinsam mit Rosa schon mehrmals den Palmengarten oder die Niederräder Galopprennbahn besucht. Nicht dass sie das nicht auch genoss. Aber die taxierenden Blicke der jungen Männer und das Kichern der anderen Mädchen waren ihr unangenehm. Selbst beim sonntäglichen Kirchgang in den Dom war es nicht anders. Die Männer starrten sie begierig an, die Frauen tuschelten, und obwohl Carlota gewiss keinen großen Wert auf eine innige Andacht legte, verstand sie nicht, wie man sich während der Messe stundenlang über Adelstitel, die Höhe der Mitgift oder die neuesten Skandale unterhalten konnte. Dass die anderen Mädchen so aufs Heiraten versessen waren, hatte natürlich auch einen Vorteil: Die Freundschaften, die Tabitha früher gepflegt hatte, waren aus diesem Grund eher oberflächliche Zweckgemeinschaften als tiefe, vertrauliche Bindungen, und keinem dieser Mädchen war ihre Veränderung aufgefallen. Sie hatten neugierig gefragt, ob sie in Montevideo junge Männer kennengelernt hatte, doch als sie verneinte, war das Interesse an ihren Beiträgen zur Konversation deutlich erloschen.

»Also«, drängte Véronique. »Wer ist dein Auserwählter?«

»Ich brauche nicht unbedingt einen Mann, um glücklich zu sein«, entfuhr es Carlota trotzig.

Sie biss sich auf die Lippen – ihre Unverblümtheit war ihr schon oft fast zum Verhängnis geworden.

Doch die Schneiderin lachte bloß. »Das lässt du die Herren der Schöpfung aber besser nicht wissen. Die meisten Männer erwarten eine gefügige Frau.«

Carlota runzelte die Stirn. Es befremdete sie bereits, dass alle Frauen darauf aus waren, einen geeigneten Ehemann zu finden, doch noch schlimmer war, dass sie ihre Chancen ernsthaft zu erhöhen glaubten, indem sie sich möglichst dumm und schwach gaben und selbst noch den hässlichsten, einfältigsten Tölpel anschmachteten. So etwas kannte Carlota nicht: Ihre Mutter Valeria hatte sich immer als starke, selbstbewusste Frau erwiesen, die sich ihrem Mann ebenbürtig gefühlt und das mit jeder Geste, jedem Wort unterstrichen hatte. Doch hier galt es als Laster, nicht als Tugend, wenn eine Frau einen eigenen Willen hatte.

Auch Frau Strauss – die ehemalige Gouvernante von Tabitha – lag ihr damit ständig in den Ohren. In ihrem Alter brauchte sie zwar keine Erzieherin mehr, aber da es Gouvernanten schwer hatten, eine gute Anstellung zu finden, lebte sie gnadenhalber weiterhin im Haus der Gothmanns. Meist zog sie sich zwar in ihr Zimmer zurück und war damit beschäftigt, Sinnsprüche zu sticken, aber wann immer sie mit Carlota zusammentraf, begann sie, einen Katalog an Regeln herunterzubeten, den sie offenbar über Jahre auch Tabitha eingebläut hatte:

»Ein wohlerzogenes Mädchen zeigt seine Gefühle nicht. Eine Dame verlässt nie ohne Hut, Handschuhe und weibliche Begleitung das Haus. Präzision ist eine Eigenschaft, der Männer sich rühmen dürften, die das schwache Geschlecht aber so gar nicht kleidet.«

All das trug sie in einem hohen Singsang hervor, der Carlota an das Fiepen einer Maus erinnerte.

Am schlimmsten war es gewesen, als Frau Strauss sie eines Tages dabei erwischt hatte, wie sie die Frankfurter Zeitung las. Sie hatte sie ihr sofort weggenommen und erklärt: »Nur Männer lesen Zeitungen – und teilen der Frau später das Nötigste mit. Sie muss nicht wissen, was auf der Welt passiert. Sollte sie doch Zerstreuung suchen, gibt es schließlich Romane.«

Carlota hatte sich schwer beherrschen müssen, um keine unflätige Bemerkung zu machen. Dass sie sich ganz selbstverständlich in diese oft bizarre Welt einfügen musste und stets gutes Benehmen von ihr gefordert war, zählte ohne Zweifel zu den Schattenseiten ihres neuen Lebens. Allerdings wurde sie von ihrem Spiegelbild entlohnt. Sie musterte nicht nur begeistert das Kleid, sondern auch ihr Gesicht, dessen Haut mittlerweile fast so blass war wie die von Tabitha.

»Eines Tages wirst du sicher eine hübsche Braut abgeben«, meinte Véronique.

Carlota konnte nicht umhin, erneut zu widersprechen: »Ich bin doch noch etwas zu jung.«

»Ach was, du bist im besten Alter, Ehefrau und Mutter zu werden.«

»Aber ich will noch keine Kinder!«, platzte es aus Carlota heraus.

Die Schneiderin hob nur skeptisch ihre Braue, eine der beiden Assistentinnen blickte sie verwirrt an und errötete. »Das kann man sich doch nicht selbst aussuchen. Die Babys werden schließlich vom Klapperstorch gebracht, der die Mutter ins Bein beißt.«

Carlota unterdrückte ein Prusten. Konnte es wirklich sein, dass dieses Mädchen so dumm war?
Noch vor kurzem hätte sie das für unmöglich gehalten, aber mittlerweile hatte sie die Konversation zweier junger Damen belauscht, in der es allen Ernstes um die Frage ging, ob man schwanger werden konnte, wenn man auf demselben Stuhl Platz nahm, auf dem eben noch ein Mann gesessen hatte. Ein anderes Mal hatte sie erlebt, dass ein Kind seine Puppe entkleidet hatte, woraufhin man ihm diese mit lautem Geschimpfe sofort wegnahm und ein Tuch darüber warf.
»Nun, in jedem Fall werden nur verheiratete Frauen vom Storch gebissen«, meinte Véronique spöttisch.
»Als der Storch meiner Mutter meinen kleinen Bruder brachte, habe ich eine Tüte mit Süßigkeiten bekommen!«, rief die Assistentin schwärmerisch.
Carlota verdrehte die Augen. »Wenn man wirklich nur als Ehefrau vom Storch gebissen wird – warum bekommen dann auch so viele unverheiratete Frauen Kinder?«
Véronique sah sie etwas betreten an, die beiden Assistentinnen liefen rot an, schwiegen jedoch. Wie vorhin fühlte sie einen Blick auf sich ruhen, und als sie sich umdrehte, stand da wieder Else und beobachtete sie auf diese nachdenkliche Weise.
Carlota fühlte sich abermals ertappt und lenkte rasch ab. »Im Haar werde ich Orangenblüten tragen, nicht wahr?«
»Gewiss, und außerdem weiße Seidenstrümpfe und Satinschuhe.«
»Ich habe eine kleine Erfrischung gebracht«, sagte Else.
Carlota entschied, nicht zu überlegen, was deren nachdenklicher Blick zu bedeuten hatte. »Du kannst das Tablett dort abstellen«, sagte sie schnell und widmete sich wieder dem eigenen Spiegelbild.

Carlota hatte sich sehr auf den Abend gefreut und war ungemein stolz, mit dem neuen, überaus eleganten Kleid die breite Treppe herunterzuschreiten. Viele fremde Menschen zu begrüßen, flößte ihr zwar Respekt ein, aber sie hatte alsbald herausgefunden, dass es genügte, neben ihren Großeltern zu stehen, liebreizend zu lächeln, ja und nein zu sagen. Oder: »Wie schön, dass Sie hier sind«, und: »Ich wünsche Ihnen einen schönen Abend.« Doch als sie den Ballsaal betrat – die Flügeltüren waren zu diesem Zweck weit geöffnet worden und die beiden Salons dadurch verbunden –, erkannte sie, dass sie sich gegen eine Gefahr nicht gewappnet hatte. Es wurde getanzt – der Walzer ebenso wie die Quadrille und eine Polonaise –, und sie hatte von keinem dieser Tänze eine Ahnung. Tabitha konnte wahrscheinlich voller Anmut tanzen, sie hingegen würde nur über die eigenen Füße stolpern, falls sie es versuchte.

Panik befiel sie, und am liebsten hätte sie einmal mehr Kopfschmerzen vorgetäuscht, um sich zurückzuziehen. Allerdings hätte sie sich dann um ein lang ersehntes Vergnügen gebracht, und so redete sie sich zwar trotzdem auf ihre Kopfschmerzen heraus, die es ihr nicht erlaubten, sich schwungvoll im Kreis zu drehen, erklärte ihren Großeltern aber, dass sie sich gut genug fühlte, dennoch mitzufeiern.

Albert und Rosa musterten sie besorgt, schickten sie jedoch nicht aufs Zimmer. Sie wandten sich wieder ihren Gästen zu, während Carlota nicht recht wusste, wie genau sie den Abend verbringen sollte. Die anderen Mädchen ihres Alters – Kitty, Helene und Auguste, die Töchter von befreundeten Bankiers- und Kaufmannsfamilien – waren damit beschäftigt, mögliche Tanzpartner zu beobachten und kichernd darüber zu spekulieren, wer von ihnen die beste Partie sei. Carlota fühlte sich ausgeschlossen und befürchtete zugleich, dass ihr sichtliches Desinteresse auffiel. So schlenderte sie die Tanzfläche auf und ab und gab vor, den anderen Paaren neugierig zuzusehen. Gesprächsfetzen drangen an ihr Ohr, doch nichts war interessant genug, um ihre Aufmerksamkeit auf sich zu ziehen: Von Kaiser Wilhelm I., Gott hab ihn selig, war die Rede, der im März dieses Jahres hochbetagt gestorben war, von Kaiser Friedrich III., seinem Sohn, der ihm gefolgt, aber mittlerweile ebenso das Zeitliche gesegnet hatte, und schließlich vom neuen Kaiser Wilhelm II., der hoffentlich etwas länger sein Amt versehen würde. Die Gesichter waren etwas betreten, aber nicht traurig. Am langweiligsten war es, wenn von Geschäften gesprochen wurde oder vom Krieg: Vor allem die Herrschaften in schmucken Uniformen erzählten ausufernd und rotwangig vom Triumph anno 1871, obwohl die meisten von ihnen damals noch Windeln getragen und bestenfalls die Väter am siegreichen Krieg gegen Frankreich beteiligt gewesen waren.

Manchmal war davon auch während der Teestunden die Rede gewesen, und Carlota hatte anfangs gefürchtet, dass ihr mangelndes Wissen auffallen würde. Doch bald hatte sie herausgefunden, dass bei politischen Debatten von Frauen nur dann und wann ein Nicken und ein ehrfurchtsvolles »Oh!« erwartet wurde.

Sie entspannte sich zunehmend, aber zugleich wuchs die Langeweile. Bis jetzt hatte sie jede Stunde in edler Kleidung und diesem schönen Haus genossen – doch heute wurde sie dem allen wider Erwarten ein wenig überdrüssig, und weder das Meer an Kerzen, das von den Spiegeln reflektiert wurde und den Raum in ein warmes Licht tauchte, noch das Büfett mit den erlesensten Speisen und edelsten Weinen hoben ihre Laune. Hatte sie sich so schnell an den Reichtum gewöhnt, dass er ihr nicht länger als Gnade erschien, der sie sich unbedingt als würdig erweisen wollte?

Sie knabberte an Canapés, die gereicht wurden, aber ihr Mieder war so eng geschnürt, dass es ihr den Appetit raubte, und so ging sie bald wieder auf und ab.

Nicht weit von ihr entdeckte sie die Musiker – insgesamt fünf an der Zahl –, die schwungvoll zum Tanz aufspielten. Sie wusste nicht, wie die Stücke hießen und wer sie komponiert hatte, aber sie mochte die Musik. Unwillkürlich erinnerte sie sich an ihren Vater, der, als sie noch ein Kind gewesen war, manchmal die Harfe gespielt und dazu gesungen hatte. Sie hatte seine Lieder, ebenso leidenschaftlich wie melancholisch vorgetragen, geliebt, aber leider waren die Anlässe, da er zu seinem Instrument griff, immer seltener geworden. Je länger sie den Klängen lauschte, desto größer wurde die Sehnsucht nach ihm und auch ihrer Mutter. Bis jetzt hatte sie alle Anflüge von Heimweh erfolgreich bekämpft, doch jetzt trieb es ihr plötzlich Tränen in die Augen. Zum ersten Mal ging es ihr durch den Kopf, dass Valeria hier ihre Kindheit verbracht hatte, dass sie in diesen Räumen einst selbst getanzt, gelacht, gegessen, sich amüsiert hatte. Für sie musste es ein vertrauter Ort gewesen sein, während sie sich inmitten all der fremden Menschen verloren fühlte.

»Warum so traurig?«

Die Stimme klang ungemein samtig. Sie zuckte zusammen und blickte hoch. Eben hatten die Musiker ein Stück beendet, und während die anderen in ihren Noten blätterten, hatte einer der fünf sie angesprochen. Er spielte die Violine, war ein unglaublich schöner Mann mit dunklem, geschwungenem Haar, grünlich schimmernden Augen, aristokratischen Zügen und feingliedrigen Händen.

»Ich habe mich nur in Erinnerungen verloren«, sagte Carlota leise.

»Hoffentlich keine allzu wehmütigen.«

Er sprach mit leichtem Akzent, dessen Herkunft sie nicht zu deuten wusste.

»Ach was.« Sie rang sich ein Lächeln ab.

»Vielleicht hebt es Ihre Laune ein wenig, wenn wir Ihr Lieblingsstück spielen. Was wünschen Sie sich denn?«
Carlota zuckte hilflos die Schultern. Ihr fiel kein einziger Komponist ein.
»Suchen Sie eins für mich aus«, erklärte sie schnell.
»Nun, wenn ich ehrlich bin, ist die Auswahl hier sehr konservativ, und über Mozart kommen wir nicht hinaus. Wenn ich mit Ihnen allein wäre, würde ich Saint-Saëns spielen.«
Er zwinkerte ihr vertraulich zu, und die Vorstellung, mit ihm allein zu sein, ließ Carlota plötzlich Röte ins Gesicht steigen.
»Nun, egal, was Sie spielen – ich werde hier stehen bleiben und lauschen«, sagte sie hastig.
Der Musiker legte seinen Kopf etwas schief. »Ein junges, schönes Mädchen sollte besser tanzen. Bestimmt haben Sie viele Verehrer, die sich darum prügeln.«
Sie musste lachen. »Mir ist aber nicht nach Tanzen zumute. Ich höre Ihnen viel lieber zu. Ich … liebe Musik.«
Sie sah beglückt, dass auch er errötete.
»Nicolas, worauf wartest du?«
Die anderen Musiker wurden allmählich ungeduldig. Der junge Mann nickte ihr bedauernd zu, wandte sich ab und konzentrierte sich wieder aufs Spiel. Seine Hände huschten so geschmeidig über sein Instrument, dass sie unmöglich ihren Blick von ihm lassen konnte.
»Nicolas …«, murmelte sie.
Es klang nach einem französischen Namen, und jetzt ließ sich auch sein Akzent erklären. Bis jetzt hatte sie nicht viel von Frankreich gewusst – nun dachte sie sich, dass es, wenn es so musikalische, feine und elegante Menschen hervorbrachte, ein wunderschönes Land sein musste.

Am liebsten wäre Carlota noch länger in der Nähe der Musiker stehen geblieben, aber in diesem Augenblick kam Albert auf sie zu: »Tabitha, wo steckst du denn? Ich suche dich schon seit geraumer Zeit. Ich will dir das Ehepaar von Wacker vorstellen.«
Nur ungern löste sie ihren Blick von Nicolas, ließ sich von ihrem Großvater wegführen und hielt den Blick gesenkt, damit er die roten Wangen nicht sehen konnte. Als sie ihn wieder hob, unterdrückte sie ein Gähnen. Heinrich von Wacker war ein Mann mit Glupschaugen, Glatzkopf und riesigem Bauch. Seine Frau Gudrun war ein ganzes Stück größer als er, jedoch nur halb so breit, so dass das Paar einen nahezu grotesken Anblick bot. Carlota verging das Lachen, als sie dem Sohn der beiden vorgestellt wurde, der von beiden Eltern das Unvorteilhafteste geerbt hatte. Als sie ihm die Hand reichte – so stilvoll, wie sie es von anderen Damen abgeschaut hatte –, hauchte er keinen Kuss darauf, sondern einen dicken Schmatzer. Wie widerwärtig!
Selbst Albert schien befremdet, sagte jedoch nichts – offenbar war der andere ein Geschäftspartner, auf dessen Wohlwollen er angewiesen war.
»Wenn Sie mir den Tanz gestatten«, bat der junge Mann.
Lieber Himmel!, dachte Carlota. Nicht auszudenken, wenn er so tanzt, wie er küsst – wahrscheinlich hätte ich bald platte Füße.
»Leider ist es mir nicht möglich, zu tanzen«, erwiderte sie schnell. »Ich habe vor kurzem eine böse Kopfverletzung erlitten.«
Albert schien Verständnis für ihren Widerwillen zu haben. »Sie musste das schreckliche Erdbeben in Montevideo miterleben, woher bekanntlich meine Frau stammt«, erklärte er.

Die von Wackers schienen keine Ahnung zu haben, wo Montevideo lag, und Carlota nutzte ihr verlegenes Schweigen, um rasch zu sagen: »Überhaupt … ich merke gerade, dass meine Kopfschmerzen leider wieder schlimmer werden. Es ist besser, wenn ich mich zurückziehe.«
»Aber …«
»Wirklich, Großpapa, ich fühle mich nicht wohl.«
Ehe sichs Albert versah, hatte sie ihm einen Kuss auf die Wange gehaucht und war geflohen. Offenbar hätte sich Tabitha niemals so kurz angebunden verhalten, selbst wenn sie tatsächlich unter schlimmen Schmerzen gelitten hätte, doch Albert blickte ihr nur verwirrt nach, wollte sie in Gegenwart der Familie von Wacker aber nicht zur Rede stellen.
Carlota lächelte vor sich hin. Nicht nur dass sie in Wahrheit gar keine Kopfschmerzen hatte – sie fühlte sich wohl wie selten und ging so leichtfüßig, als schwebte sie über den marmornen Boden.
Zunächst schlug sie zwar die Richtung zur Treppe ein, aber als sie aus dem Blickfeld ihres Großvaters verschwunden war, huschte sie hinaus in den Garten. In der Dunkelheit konnte man die sorgsam zurechtgestutzten Hecken und die vielen Blumenbeete nicht sehen, doch sie labte sich an ihrem süßlichen Geruch – und dem herbstlichen nach nasser Erde. In den ersten Wochen war er ihr so fremd gewesen, doch in der Euphorie, die sie befallen hatte, fühlte sie sich hier erstmals zu Hause.
»So ganz allein hier draußen?«
Carlota fuhr herum. Sie hätte es nie zu hoffen gewagt, aber tatsächlich war es niemand anderer als Nicolas, der auf sie zutrat.
»Bedarf man Ihrer Künste denn nicht länger?«, fragte sie freudig überrascht.

»Doch schon, aber man hat uns allen eine kurze Pause gestattet – eine Pause für ... das hier ...«
Er zündete mit einem Streichholz eine Zigarette an und sog daran. Als er ausatmete, achtete er darauf, dass Carlota keinen Rauch abbekam, doch die wich nicht zurück, sondern steckte den Kopf in die graue Wolke. In Montevideo rauchte jedermann, auch ihr Vater und viele Frauen, und daher hatte sie regelmäßig an seinen Zigaretten gezogen. Hier galt es für ein Mädchen als höchst unanständig, und sie hatte das Rauchen manchmal schmerzlich vermisst.
»Kann ich auch eine haben?«, fragte sie schnell.
Nicolas schien von ihrem Verhalten nicht abgeschreckt, sondern grinste breit, und sie erwiderte sein Lächeln etwas verlegen.
»Ich weiß, es steht einer Dame nicht gut, zu rauchen, aber ...«
»Ich stelle mir das Leben einer Dame als sehr langweilig vor«, unterbrach er sie.
»Sie sagen es!«, rief sie im Brustton der Überzeugung.
»Aber auch wer keine Dame sein will, wird doch gewiss einen Namen haben.«
»Selbstverständlich. Ich bin Car... Tabitha.«
»Tabitha.« Er betonte den Namen ganz eigentümlich; aus seinem Mund klang er wie Musik. Bis jetzt hatte sie sich nicht daran gewöhnen können, dass man sie Tabitha nannte, doch jetzt dachte sie, dass sie für immer so heißen wollte.
»Es ist kein alltäglicher Name«, erwiderte er.
»Und ich bin keine alltägliche Frau«, meinte sie kokett.
Sein Grinsen wurde breiter, und seine weißen Zähne blitzten in der Dunkelheit. »Da haben Sie auch wieder recht. Im Übrigen sollte ich mich natürlich auch vorstellen.«
»Sie heißen Nicolas – das habe ich schon gehört. Was mich ungleich mehr interessiert: Wie lange werden Sie in dieser Gegend bleiben?«

»Sie scheinen direkte Fragen nicht zu scheuen.«
»Warum auch Zeit verschwenden mit all diesen hohlen Phrasen!« Mit einem Seufzen deutete sie hinter sich Richtung Ballsaal. »Es ist oft schrecklich langweilig, mit all den feinen Herrschaften zu plaudern.«
»Das kann ich mir vorstellen. Nun, ich habe seit einigen Wochen eine kleine Wohnung in Frankfurt bezogen, und ich werde wohl noch länger bleiben, dank eines Engagements an der hiesigen Oper. Wie lange ich es tatsächlich aushalte – wer weiß. Bis jetzt bin ich nie länger als einige Monate an einem Ort geblieben.«
Carlota lauschte zunehmend fasziniert. Früher hatte sie oft davon geträumt, Reisen in die unterschiedlichsten Länder zu machen. In diesen Träumen war sie natürlich immer reich genug gewesen, um sich die besten Hotels zu leisten. Dieser Nicolas war als Musiker wahrscheinlich nicht sonderlich wohlhabend, aber in diesem Augenblick war ihr das egal.
Mittlerweile hatte er ihr eine Zigarette gegeben und sie angezündet. Sie sog begierig daran und unterdrückte ein Husten.
»Mein Großvater darf mich so aber nicht sehen.«
»Ihr Großvater ist Albert Gothmann, nicht wahr? Nun, an seiner Stelle würde ich Ihnen auch Zigaretten verbieten.«
»Warum das denn? Haben Sie etwa doch eine Vorliebe für wohlerzogene Damen, die stets freundlich lächeln und den Mund nicht aufkriegen?«
»So wie Sie lächelt gewiss keine«, gab er charmant zurück. »Ich fürchte nur, die Zigaretten ruinieren Ihre Stimme – und Sie haben bestimmt eine wunderschöne Stimme.«
»Aber das können Sie doch gar nicht wissen! Sie haben mich schließlich noch nicht singen gehört.«
»Ich hatte die Ehre, schon vielen Damen Gesangsunterricht zu geben – ich kenne mich aus, wirklich.«

»Soso«, gab sie zurück, »und jetzt sind Sie immer noch bereit, Unterricht zu geben? Trotz Ihres Engagements an der Oper?«
»Wenn es sich lohnt, wer weiß.«
Sie lächelten sich schweigend an. Nach einer Weile ließ Carlota die Zigarette zu Boden fallen und trat sie aus.
»Sie haben recht«, meinte sie mit einem vielsagenden Zwinkern. »Ich sollte wohl wirklich besser nicht mehr rauchen.«

Als der Ball vorüber war, Carlota längst wieder im Bett lag und Nicolas spät in der Nacht, nachdem die meisten Gäste das Anwesen verlassen hatten, in den Garten trat, löste sich eine dunkle Gestalt vom Schatten der Wand und eilte auf ihn zu.
Nicolas fuhr herum. »Du hast hier auf mich gewartet?«, fragte er verwundert.
Mit fahrigem Blick musterte der andere erst ihn, dann das Haus. Mit Nicolas waren die anderen Musiker ins Freie getreten, und sie blieben stehen und fragten, ob er denn doch nicht mit ihnen fahren wollte.
»Nein«, erklärte er, »wie es aussieht, hat mich mein Vater abgeholt.«
Für den Fall, dass sie darüber verwundert waren, zeigten sie es nicht.
Nicolas wandte sich wieder an den dunklen Mann. »Also, Vater, warum bist du hier? Ich hätte dir später doch auch alles berichten können.«
»Tu es jetzt!«
Unwillkürlich hatte Laurent Ledoux die Schulter seines Sohns umfasst. Obwohl nur spärliches Licht auf sie fiel, konnte Nicolas sehen, wie die Ader an seiner Schläfe pochte – wie immer, wenn er höchst erregt war. Dass er das eben war,

war kein Wunder – schließlich schien er seinem Ziel so nahe wie noch nie.

»Nun, alles ist gut gelaufen«, sagte er schnell, »sogar noch besser, als wir es uns in den kühnsten Träumen ausgemalt haben. Tabitha Gothmann war mit mir allein im Garten, um zu plaudern – und ich werde ihr wohl künftig Gesangsstunden geben.«

»Großartig!«, rief sein Vater triumphierend. »Wirklich großartig! Das hast du gut gemacht!«

Kurz fühlte Nicolas heißen Stolz, den sonst oft nörgelnden Vater endlich einmal zufriedenstellen zu können, doch alsbald erwachten Zweifel.

»Ich bin mir immer noch nicht sicher, ob wir ein unschuldiges Mädchen …«

»Sie ist eine Gothmann!«, unterbrach Laurent ihn scharf. »Und die Gothmanns werden dafür zahlen, was sie meinem Vater – deinem Großvater – angetan haben.«

»Aber sie ist doch erst Jahrzehnte nach Großvaters Tod geboren worden«, wandte Nicolas vorsichtig ein.

Laurent runzelte die Stirn. »Wann wirst du es endlich lernen?«, zischte er ungehalten. »Gerechtigkeit ist nichts, was einem in den Schoß fällt, sondern was man sich zu erkämpfen hat!«

Nicolas senkte den Blick. Er verstand ja, was den Vater antrieb, oder versuchte es zumindest. Und er war ja auch dankbar, dass dieser von ihm stets Disziplin verlangt und ihm nutzlose Träume ausgetrieben hatte – sonst wäre er nie der Musiker geworden, der heute junge Damen entzückte. Aber der Hass, der in ihm schlummerte und in Augenblicken wie diesem so unbeherrscht hervorbrach, erschreckte ihn.

»Ich bin doch bereit, an deinem Vorhaben mitzuwirken«, hielt er ihm schwach entgegen.

Laurent ließ ihn los. »Albert Gothmann hat meinen Vater Fabien kaltblütig erschossen. Ich will ja gar nicht, dass dem Mädchen etwas zustößt, ich will nur endlich, dass Albert die ganze Wahrheit gesteht und zugibt, dass mein Vater nicht bei einem Brand, sondern durch seine Kugel starb, und dass er zur Verantwortung gezogen wird. Komm, lass uns nach Frankfurt fahren.« Er zog ihn mit sich, und Nicolas war so müde, dass er ohne weiteren Widerspruch folgte. Seine Zweifel hingegen wuchsen. Früher hatte ihm der Vater nicht nur vorgeworfen, dass er zu verträumt, sondern auch, dass er zu leichtgläubig sei. Jetzt wünschte er sich fast, er wäre es tatsächlich und könnte seinem Vater vorbehaltlos vertrauen. Leider wurde er den unangenehmen Verdacht nicht los, dass Laurent noch mehr im Schilde führte, als er zugab, und dass er sich mit Albert Gothmanns Geständnis allein nicht zufriedengeben würde.

36. Kapitel

Einige Wochen waren vergangen, seit Tabitha bei Valeria und Valentín lebte, aber immer noch konnte sie sich nicht in den neuen Alltag einfinden. Sie versuchte, die Zähne zusammenzubeißen und es zu ertragen – das ärmliche Haus, das schlechte Essen und die einfache Kleidung –, aber sie wurde immer unglücklicher, und selbst die Treffen mit José konnten ihre Laune nicht aufhellen. Sie sahen sich am Hafen oder am Meer, denn er wollte nicht, dass sie noch einmal zu den Conventillos kam – und immer, wenn sie seinen Geruch einatmete, sein verwegenes Lächeln sah und in seinen Augen versank, redete sie sich ein, dass sich ihr Opfer lohnte. Aber viel zu schnell mussten sie sich wieder verabschieden, und auf dem Heimweg überkam sie jedes Mal nackte Verzweiflung.

Seit jenem ersten Mal hatten sie sich noch ein paar Mal geliebt, meist irgendwo am Strand hinter Bäumen versteckt. Notgedrungen war es ein hastiger, schamvoller Akt. Sie spürte gerne seine Haut und mochte es, wenn er sie streichelte, liebkoste oder ihr durchs Haar fuhr, doch sobald er auf ihr lag, ging immer alles ganz schnell. Es tat nicht mehr weh wie beim ersten Mal, fühlte sich manchmal sogar ganz angenehm an, aber insgeheim dachte sie immer: So sollte es nicht sein.

Wenn sie dann heimkam, wurde sie bereits ungeduldig von Valeria oder Valentín erwartet. Erstere war so hilflos ohne Augenlicht, wenngleich sie sich das nicht anmerken lassen wollte. Zweiterer verlangte stets gereizt, sie solle ihrer Mutter gefälligst mehr helfen und sich nicht ständig herumtreiben. Auch aus ihm sprach die Hilflosigkeit, aber Tabitha fiel es zunehmend schwerer, schnippische Worte oder Tränen zurückzuhalten.

Schlimm genug, dass sie so ärmlich lebten, obendrein musste sie Valerias fehlende Arbeitskraft wettmachen. Sie nähte gut und gerne, aber nach vielen Stunden im schlechten Licht taten ihr Augen, Rücken und Finger weh.

Valeria lobte sie wenigstens dafür, wenn sie auch meist geistesabwesend wirkte – Valentín dagegen war unnahbar und streng. Tagsüber war er Gott sei Dank nicht da, aber abends kehrte er umso mürrischer nach Hause zurück und gab ihr das Gefühl, sie könnte ihm nichts recht machen.

Eines Morgens gab er Tabitha einen Peso für Einkäufe. Im Haus ihres Großvaters wurde zwar oft über Geld gesprochen, aber sie hatte keine Ahnung, was eine solche Münze wohl wert war. Mühsam versuchte sie, sich ins Gedächtnis zu rufen, wie viel für ihre Kleidung im Hause der de la Vegas' ausgegeben wurde: Ihr Großvater hatte oft gestöhnt, in Montevideo wäre alles so viel teurer als in Deutschland – vor allem die Arbeiten der Schneider, Schuster und Tischler. Bis jetzt hatte sie sich nie darüber Gedanken machen müssen, aber nun erinnerte sie sich vage, dass ein Paar Stiefel zehn Pesos kostete, ein Paar Beinkleider fünfzehn und ein Rock gar fünfunddreißig. Allerdings hatte ihr Valentín ja das Geld für den Kauf von Lebensmitteln, nicht von Kleidung gegeben. Am besten, sie sah sich einfach mal auf dem Markt um, was sie dafür würde erhalten können.

Wie immer drängten sich die Menschen vor den vielen farbenfrohen Ständen. Schon beim ersten blieb sie stehen. Hier wurden Granatäpfel angepriesen, dunkelrot und gewiss mit saftigen Kernen. Im Haus der de la Vegas' hatte es sie in Fülle gegeben, und sie hatte diese Frucht immer geliebt. Sie kaufte sofort einen, was bedeutete, dass gleich ein halber Peso weg war, und der Rest des Geldes reichte gerade noch für etwas Brot. Rindertalg, der anstelle von Butter darauf geschmiert wurde, brachte der Vater schließlich aus dem Saladero mit – auf Reis und Bohnen, vor allem auf Fisch mussten sie eben verzichten. Nun, sie konnte das gut und gerne – Hauptsache, sie bekam etwas von dieser leckeren Frucht. Natürlich müsste sie sie mit den Eltern teilen, aber das minderte nicht die Vorfreude auf den Genuss. Nur mühsam bezwang sie ihre Gier bis zum Abend.

Als der Vater heimkehrte, starrte er erbost auf den Granatapfel. »Bist du verrückt, Geld für so etwas auszugeben?«, herrschte er sie an.

»Aber sie sahen doch so gut aus! Und sie schmecken köstlich!«

»Na und? Granatäpfel sind viel zu teuer! Das können wir uns nicht leisten, das weißt du ganz genau!«

»Aber …«

»Adolfo verdient fünfzig Pesos im Monat – und Mercedes kann es sich erlauben, Granatäpfel zu kaufen, vorausgesetzt, dass er das ganze Geld nicht versäuft, aber wir nicht!«

Verdiente der Nachbar tatsächlich nur fünfzig Pesos? In einem ganzen Monat? Und Valentín etwa noch weniger?

Aber schließlich leistete sie auch einen Beitrag zur Haushaltskasse. »Ich habe so viel genäht!«, erklärte sie trotzig.

Dieses Argument stimmte Valentín nicht gnädiger. »Das musst du auch, um deine Mutter zu ersetzen«, herrschte er sie an. »Du weißt genau, dass wir für die Anzahlung auf ein Grundstück sparen.«

Tabitha hatte noch nie von seinen Plänen gehört, von hier wegzuziehen. Im Grunde hätte sie liebend gerne dieses

schreckliche Haus verlassen, um nie wieder zurückzukehren – am besten allein, ohne die Eltern, vor allem ohne den Vater.
»Es tut mir leid«, sagte sie kleinlaut. Sie war den Tränen nahe, Valentín jedoch starrte sie nur wütend an. »Das hilft jetzt auch nichts«, knurrte er.
»Was ist denn los?« Valeria, die ansonsten meistens oben im Bett liegen blieb, hatte sich die Treppe heruntergewagt und stand nun in ihrem dünnen Nachthemd, unter dem man ihre sehr knöchrig gewordene Figur erahnen konnte, in der Küche. Valentín fuhr herum. »Was machst du hier? Willst du dir etwa den Hals brechen?«
»Ich ertrage es oben nicht länger! Und warum schreist du Carlota so an?«
Valentín grummelte etwas Undeutliches – offenbar wollte er sich nicht auf eine Auseinandersetzung einlassen, ob der unnötige Einkauf von Granatäpfeln nun Schelte verdiente oder nicht.
»Begleite deine Mutter wieder nach oben«, befahl er knapp.
Tabitha nickte und war froh, ihm aus den Augen zu kommen. Jeder Schritt nach oben fiel quälend langsam aus, weil Valeria wieder einmal starke Kopfschmerzen hatte. Dennoch – die Tränen, die sie später vergoss, galten ihrem eigenen Los, für das der fremden Mutter hatte sie einfach keine mehr übrig.

In der nächsten Zeit ging Tabitha Valentín so gut wie möglich aus dem Weg. Sie war jedes Mal erleichtert, wenn er bald morgens das Haus verließ und sie mit Valeria alleine war, die ihre Verzweiflung über die Blindheit nie an ihr ausließ. Tabitha ahnte, dass sie die Mutter, die ihr nun immer vertrauter wurde, von Herzen gernhaben könnte, aber sie wollte sich keine

tiefen Gefühle erlauben. Diese hätten es ihr nur unnötig erschwert, ihr und Carlotas Geheimnis zu wahren.
Auch so drohte es eines Tages ans Licht zu kommen. Tabitha war mit neuen Näharbeiten beschäftigt, und Valeria saß bei ihr.
»Ich habe das Gefühl, das Nähen geht dir schneller und leichter von der Hand als früher«, sagte die Mutter leise.
Und ehe sie bedachte, was sie da sagte, rutschte es Tabitha heraus: »Oh, wenn ich nicht nähen könnte, wüsste ich ja gar nicht, wie ich das alles ertragen könnte.«
Erschrocken biss sie sich auf die Lippen, aber es war zu spät. Zwar bezog Valeria ihre Sorgen auf ihre Blindheit, nicht die Armut, doch etwas anderes ließ die Mutter stutzen. »Seit wann nähst du denn gerne? All die Jahre war es dir immer eine Qual!«
Tabitha rang nach Worten, aber ihr fielen keine ein, um ihren Fehler glattzubügeln. Obwohl Valeria blind war, schien sie sie eindringlich zu mustern.
»Carlota, was ist denn mit dir? Warum antwortest du nicht?«
»Nun ja … seit dem Erdbeben … sehe ich alles etwas anders«, begann sie stammelnd. »Ich meine, so viele Menschen haben so viel verloren, nicht zuletzt du dein Augenlicht. Da wäre es doch kleinlich, mich über meine Arbeit zu beschweren.«
Valerias Misstrauen schwand nicht. »Du hast dich doch immer danach gesehnt, reich zu sein. Und damit soll es jetzt plötzlich vorbei sein?«
Tabitha setzte zu einer salbungsvollen Erklärung an, wonach Reichtum nicht alles im Leben wäre, doch sie fürchtete, den Argwohn dadurch nur zu vergrößern, und erhob sich stattdessen hastig. »Ich muss frische Luft schnappen, die Luft hier drinnen ist so stickig.«

Und ehe Valeria etwas sagen konnte, eilte sie schon nach draußen.
Zumindest Letzteres war keine Lüge. Die Luft im Haus war tatsächlich schlecht, und sie hatte sich zunehmend unwohl gefühlt. Seit dem Morgen quälten sie überdies Kopfschmerzen, nun kam auch noch Übelkeit hinzu. Aber draußen im Hof wurde es leider nicht besser, im Gegenteil – der durchdringende Geruch, der ihr in die Nase stieg, ließ sie würgen. Irgendwo wurde wohl der Eintopf der armen Leute gekocht – in einem Topf, der auf einem heißen Stein stand und in den ein jeder das, was er beizutragen hatte, hineingab: Muscheln, Fleisch oder Gemüse. Beim letzten Mal, als sie davon gekostet hatte, hatte es ihr eigentlich gut geschmeckt, doch jetzt verstärkte der Geruch die Übelkeit. Sie würgte erneut, bis Tränen in die Augen stiegen. Was hatte sie heute bloß gegessen? Sie konnte sich nicht mehr daran erinnern, nur dass ihr schon beim Aufstehen etwas flau im Magen gewesen war.
»Carlota?«, rief Valeria von drinnen. Anstatt stehen zu bleiben, eilte sie weiter und stieß fast mit Mercedes zusammen. »Na, Mädchen, so eilig unterwegs? Wie geht's deiner Mutter? Ich habe schon lange ...«
Tabitha konnte nichts sagen, sich nur vorbeugen und sich übergeben.
Angewidert zuckte Mercedes zurück. »Jesus Maria! Das hat gerade noch gefehlt. Deine armen Eltern.«
Tabitha dachte, dass sich die Frau nach dem Erdbeben vor einer Seuche fürchtete. »Ist es eine Krankheit?«, fragte sie entsetzt.
Statt Ekel und Angst erschien nur Überdruss in Mercedes' Miene. »Eine Krankheit, die neun Monate dauert und am Ende einen kleinen Schreihals hervorbringt.«

Sprach's und ging ihres Weges.
Tabitha blickte ihr wie erstarrt nach. Was sagte die Alte da? Dachte sie wirklich, sie sei …?
Nein, nicht einmal denken wollte sie das! Das durfte doch nicht sein!
Sie hörte wieder die Mutter ihren Namen rufen, kehrte aber nicht ins Haus zurück, sondern lief auf die Straße. Doch dort konnte sie nur vor Valeria fliehen – nicht vor ihren Ängsten.
Ja, es durfte nicht sein, aber es *konnte* sein. Kein einziges Mal, seit sie hier lebte, hatte sie die grässliche Monatsblutung gehabt.
Sie lief dem schlimmen Verdacht davon, schnell, immer schneller, lief durch die Stadt, an Menschen vorbei, erreichte schließlich die Conventillos, wo José lebte.
Als sie vor ihm in diesem ärmlichen Zimmer stand, konnte sie der Wahrheit nicht länger davonlaufen.
»Tabitha«, setzte er an.
Die Übelkeit hatte etwas nachgelassen, aber die Brust tat ihr vom schnellen Rennen weh. Sie brach in Tränen aus.
»Ich … ich glaube, ich bin schwanger.«

Minute um Minute verging in Schweigen. Erst blickte er sie nur überrascht an, dann senkte er den Blick. Sie wusste nicht, worauf genau sie wartete. Bis eben hatte sie gefürchtet, dass die Ahnung wahr sein könnte, doch kaum hatte sie sie ausgesprochen, wurde sie von Glücksgefühlen durchströmt.
Sie bekam ein Kind. Ihr und Josés Kind. Sie würden eine kleine Familie sein. Und glücklich. Viel glücklicher als Valeria und Valentín und Carlota.
Doch anstatt endlich etwas zu sagen, bückte sich José, nahm ein Paar Lederstiefel und stopfte sie in eine Tasche. Erst jetzt sah sie, dass sie schon halbvoll war – offenbar hatte er bereits

vor ihrem Eintreffen begonnen, sein Hab und Gut zusammenzupacken.

»Was ... was sagst du denn nun dazu, dass ich ein Kind bekomme?«, fragte sie.

Er zuckte die Schultern. »So etwas passiert eben ...«

Welche Worte sie sich auch immer erhofft hatte – das waren die falschen. Ihre Augen füllten sich mit neuen Tränen. »José ...«

Da war kein Glücksgefühl mehr, nur Panik ... auch Wut.

Die widerstreitenden Gefühle, die sich auf ihrer Miene ausbreiteten, entgingen ihm nicht. »Natürlich freue ich mich«, sagte er hastig. Doch anstatt zu lächeln, sie zu umarmen und seine Hände liebevoll auf ihren Bauch zu legen, fuhr er fort, seine Sachen in die Tasche zu packen, und wich dabei ihrem Blick aus.

»Warum packst du? Wohin willst du?«

»Hier finde ich nun mal keine Arbeit, also werde ich Montevideo verlassen. Ich habe es in der Stadt nie so gut ausgehalten, ich brauche den Anblick von weitem Land.«

»Aber ...«

»Du kannst natürlich mitkommen«, erklärte er schnell.

Ihr Mut sank. »Wo willst du denn auf dem Land Arbeit finden? Willst du dich wieder als Gaucho verdingen? Ich dachte, die werden nicht länger gebraucht. Und du wolltest doch kein Feldarbeiter sein!«

»Das stimmt. Und deswegen werde ich in die Schafzucht einsteigen.«

Tabitha runzelte skeptisch die Stirn.

Er dagegen trat endlich auf sie zu, ergriff ihre Hände und drückte sie: »Versteh doch!«, rief er begeistert. »Es ist das Geschäft der Zukunft. Allein im letzten Jahrzehnt hat sich der Schafbestand vervielfacht, da die Nachfrage aus Europa deutlich gestiegen ist. Die Zuchtmethoden haben sich verbessert –

nicht zuletzt dank der vielen Einwanderer aus Europa. Kaum eine Viehzucht bringt einen so großen Ertrag wie die Schafzucht, da nicht nur das Fleisch, sondern vor allem die Wolle verkauft wird.«
Tabitha entzog ihm die Hände. Sosehr sie sich nach diesem Zeichen der Nähe gesehnt hatte – es befremdete sie zutiefst, dass er von Schafen begeisterter sprach als von ihrem gemeinsamen Kind. »Mein Onkel Julio sagte einmal, dass die Schafzucht fast ausschließlich in den Händen der Engländer liegt«, murmelte sie.
»Eben! Und wer ist denn hierzulande der Reichste? Die Engländer! Und nicht etwa die Deutschen, Franzosen oder Italiener. Das mögen alles tüchtige Bauern und Handwerker sein, aber sie verdienen bei weitem nicht so viel Geld.«
»Aber du bist kein Engländer«, wandte Tabitha ein.
»Na und? Ich habe bereits viel über Schafzucht gelernt. Das größte Problem ist, dass sich die Schafzucht trotz aller Verbesserungen noch nicht auf europäischem Standard befindet. Die Rassen werden nicht getrennt, die Begattung erfolgt oft willkürlich, viele Schafe werden außerhalb der Stallung groß. Das bedeutet, dass sie nicht vor Nässe geschützt sind und ihre Wolle darum von minderer Qualität ist.«
»Was nutzt dir dieses Wissen, wenn Engländer nur ihresgleichen anstellen?«
Eben noch hatte er sehr eifrig gewirkt, nun umwölkte sich sein Blick.
»Wenn du nicht an mich glaubst, dann geh!«, kam es harsch.
Neue Tränen stiegen ihr in die Augen. »Ich bin schwanger, ich habe kein Geld, meine Mutter ist blind und mein Vater so streng. Ich kann auch nicht mehr zurück zu den de la Vegas' … Ich kann nirgendwo hingehen. Und jetzt schickst auch du mich fort?«

Er seufzte und wirkte sichtlich ungeduldig, dennoch ergriff er wieder ihre Hände. »Ach Tabitha, ich hab's doch nicht so gemeint. Es wird schon alles gut, natürlich bleiben wir zusammen.«
»Und du freust dich auf unser Kind?«
Anstatt zu antworten, sagte er schnell: »Am besten, du gehst nach Hause und packst wie ich deine Sachen. Wir treffen uns am Abend vor der Kathedrale. Ich habe von meinem restlichen Lohn ein Pferd gekauft, damit können wir noch heute die Stadt verlassen.«
Sie hatte so gehofft, dass er für sie Pläne machte und dass diese eine gemeinsame Zukunft vorsahen, aber als sie versuchte, sich ihr künftiges Leben mit José auszumalen, packte sie plötzlich die Angst. Sie bedauerte kaum, ihre ohnehin fremden Eltern nie wiederzusehen, jedoch umso mehr, nie wieder im weichen Bett bei den de la Vegas' zu schlafen. Solange sie sich in Montevideo aufhielt, nur wenige Viertel von ihrem alten Leben entfernt, hatte sie vermeint, es jederzeit wieder aufnehmen zu können, doch wenn sie nun mit José wegging, gab es kein Zurück mehr. Und an seiner Seite winkten zwar Abenteuer und Freiheit, aber auch Armut und Dreck.
Nun war sie sich nicht mehr ganz so sicher, dass ihre kleine Familie wirklich glücklicher werden würde als die von Valentín, Valeria und Carlota.
»Und du denkst, du wirst tatsächlich bei einer Schafzucht Arbeit finden?«, fragte sie zweifelnd.
»Ich werde dich nicht verhungern lassen, und dein ... unser Kind auch nicht.«
»Und warum brechen wir nicht sofort auf? Warum warten wir noch bis zum Abend?«
Er schüttelte den Kopf. »Ich habe hier noch etwas zu erledigen. Und vielleicht kannst du etwas Geld von zu Hause mitnehmen. Wir werden es brauchen.«

Hatte er nicht gerade gesagt, er würde sie und das Kind ernähren?
Tabitha brachte keinen Einwand hervor, und auch er sagte nichts mehr, sondern hauchte ihr einen Kuss auf die Stirn. Er fiel nur flüchtig aus, sie spürte seine Lippen kaum.
José wandte sich ab und packte weiter. Sie blieb eine Weile stehen, aber da er kein Wort mehr hervorbrachte, ging sie zur Tür.
»Bis später«, murmelte sie.
»Wir sehen uns bei Sonnenuntergang«, erwiderte er, ohne noch einmal hochzublicken.

Tabitha zögerte, heimzugehen. Wenn sie erst einmal das Haus betreten, ihre Habseligkeiten zusammengesucht und es wieder verlassen hätte, wäre ihre Zukunft endgültig besiegelt. Nicht dass sie ohne José leben wollte, aber wenn sie an ihn dachte, befiel sie keine Abenteuerlust oder Aufregung, sondern nur Angst. Die Übelkeit hatte nachgelassen, doch sie fühlte sich auf einmal so schwer und müde, als würde sie bald Fieber bekommen. Es war diese Erschöpfung, die sie letztlich doch nach Hause trieb. Mehr als alles andere wünschte sie sich, sich ins Bett zu legen und die Decke über den Kopf zu ziehen.
Gottlob war Valentín immer noch im Saladero, und Valeria starrte blicklos vor sich hin. Ihr merkwürdiges Verhalten von vorhin hatte sie offenbar vergessen, sondern war in düstere Gedanken versunken.
»Carlota?«, fragte sie lediglich leise.
»Ich gehe nach oben«, sagte Tabitha schnell.
Sie mied den Anblick der blinden Mutter, konnte das schlechte Gewissen ihr gegenüber aber nicht abschütteln. Sie war ihr nichts schuldig, schließlich hatte sie sie selbst gleich nach der

Geburt weggegeben – aus welchen Gründen auch immer –, dennoch fühlte sie sich schäbig, sie nun einfach im Stich zu lassen.

Sie versuchte, das Unbehagen zu verdrängen, legte sich aufs Bett, um sich eine Weile auszuruhen, und packte danach ihre Sachen. Sie sehnte den Abend herbei und fürchtete doch den Moment, da sie mit José die Stadt verlassen würde. Wo würden sie heute Nacht wohl schlafen? Oder würden sie womöglich gar nicht schlafen, sondern bis zum Morgengrauen durchreiten?

Sie fürchtete sich vor Pferden, und sie fühlte sich bereits jetzt schon elend und müde! Jedes einzelne Glied tat ihr weh, als hätte sie stundenlang geschuftet!

Schließlich gab sie sich einen Ruck und verließ noch lange vor dem Abend das Haus – weniger von der Angst getrieben, Valeria oder Valentín könnten sie später aufhalten, als von der Ahnung, dass sie sich nicht würde aufraffen können, wenn sie zu lange wartete. Ihr Magen knurrte, aber ihre Kehle schien so eng, dass sie gewiss keinen Bissen herunterbringen würde. Sie schlich auf Zehenspitzen hinaus, und Valeria hörte sie nicht oder war immer noch zu sehr in Gedanken versunken, um sie zur Rede zu stellen.

Auf der Straße rannte sie los, und die Schwere wich langsam aus ihren Gliedern. Bald … bald war sie mit José vereint, bald würde ein neues Leben beginnen, vielleicht hatte er recht, und die Schafzucht war tatsächlich einträglich. Sie würden auf dem Land leben, ein nettes Haus haben, vielleicht eines, das der Quinta von Tante Claire glich. Im Garten würde sie Blumen anbauen, wenn möglich sogar Rosen, sie würde Josés Kind großziehen, kochen lernen, ihre Kleidung nähen, sie würde …

Sie hatte die Kathedrale erreicht, und eben läuteten die Glocken so laut zur Abendandacht, dass ihr ganzer Körper zu dröhnen schien. Der Platz war wie immer voller Menschen, doch weit und breit war nichts von José zu sehen. Tabitha schlang ihr Tuch um die Schultern und ging vor dem Portal auf und ab. Die Schatten der Kuppel und der schlanken Türme wurden erst immer länger, dann matter. Die rostrote Sonne versank, frischer Wind zog auf. Und immer noch war weit und breit nichts von José zu sehen. Sie rief sich seine Worte ins Gedächtnis, war sich aber sicher, dass sie ihn nicht falsch verstanden hatte: Er hatte die Kathedrale als Treffpunkt genannt – und den Abend als Zeit. Weil er zuvor noch etwas zu erledigen hatte, wie er sagte. Ob ihm dabei etwas zugestoßen war?

Sie schüttelte den Kopf. Plötzlich wusste sie, dass dem nicht so war. Wenn José nicht hierherkam, hatte er das willentlich so entschieden.

Inzwischen fror sie jämmerlich und ging nun immer schneller auf und ab, aber der bitteren Erkenntnis konnte sie nicht davonlaufen: Er hat Montevideo ohne mich verlassen. Frau und Kind sind ihm zu viel an Lasten, um ein neues Leben zu beginnen. Er hat seinen Spaß gehabt, aber jetzt will er keine Verantwortung übernehmen.

Die Füße wurden bleischwer, die Zähne klapperten, eine neue Welle der Übelkeit stieg in ihr hoch. Es waren jedoch nicht nur Entsetzen und Enttäuschung, die sich in ihr breitmachten, sondern auch Erleichterung. Sie könnte nach Hause zurückkehren, sie könnte sich ins Bett legen und schlafen, sie könnte etwas essen. So schäbig ihr Heim war, es war zugleich vertraut.

Allerdings – wie würde es morgen weitergehen? Was würde passieren, wenn Valentín und Valeria entdeckten, dass sie schwanger war? Wenn sie Glück hatte, würden sie sie nicht hinauswerfen, aber sie wäre auf ewig zum Leben in ihrem

Haus verdammt und müsste nähen, bis ihr Rücken krumm und ihre Augen schlecht waren.

In Josés Gegenwart hatte sie geweint, doch jetzt blieben die Tränen aus. Kalter Schrecken erfasste sie, und sie konnte sich nicht erinnern, sich jemals so allein und von aller Welt verlassen gefühlt zu haben. Sie schloss die Augen, gab sich kurz dem Trug hin, alles wäre nur ein böser Traum, der Hoffnung, dass sie bald erwachen würde und sie die alte Tabitha wäre, die nie mit Carlota die Rollen vertauscht und José ihre Jungfräulichkeit geschenkt hatte …

Doch die Glocken, die zur Wandlung läuteten, brachten sie in die Wirklichkeit zurück.

Oh, wenn nur ihre Großeltern hier wären, wenn sie Albert auf den Schoß klettern könnte wie einst als kleines Kind, wenn Rosa ihr eine heiße Schokolade kochen würde!

Die Sehnsucht nach dem prächtigen Haus im Taunus überwältigte sie – und auch der Neid auf Carlota, die dort ein gutes Leben hatte, die besten Kleider trug, vorzügliches Essen serviert bekam, die nicht vor Liebeskummer verging … und die nicht schwanger war.

Dunkelheit senkte sich über die Stadt – nach dem Erdbeben funktionierte die Straßenbeleuchtung noch nicht –, und zu allem Unbehagen gesellte sich nun auch die Furcht vor Dieben.

Sie musste unbedingt nach Hause, auch wenn sie keins mehr hatte: nicht bei den Eltern, die sie kaum kannte, nicht bei den de la Vegas', die sie schwanger nicht wieder aufnehmen würden, nicht bei José, der selbst heimatlos durch die Nacht ritt, nicht …

Sie atmete tief durch. Plötzlich war ihr eine Idee gekommen, bei wem sie Unterschlupf finden könnte.

37. Kapitel

Claires Herz schlug bis zum Hals, als sie zum Haus der Silveiras aufbrach. Sie hatte lange mit sich gerungen, ob sie tatsächlich die Einladung zum Abendessen annehmen sollte. Zunächst hatte sie gedacht, dass Luis sie ohnehin nicht ernst gemeint hatte, doch nachdem sie einige Wochen lang nichts von ihm gehört hatte, erreichte sie ein Brief von ihm. Sonderlich freundlich klangen seine Zeilen, mit denen er die Einladung wiederholte, nicht, jedoch sehr höflich.
Sie hatte gezögert, schließlich schriftlich zugesagt und heute ihr bestes Kleid angezogen. Nun stand sie vor dem Haus und betrachtete es. Beim ersten Mal hatte sie keine Augen dafür gehabt – jetzt stellte sie fest, dass es zwar klein, aber sehr sauber war. Die Holzbalken vor den Fenstern waren nicht verwittert wie bei vielen der Nachbarhäuser, der weiße Verputz bröckelte noch nicht.
Sie atmete tief durch, und ihre Hand zitterte, als sie klopfte. Sie wappnete sich, gleich Luis gegenüberzustehen, doch es war ein kleines Mädchen, das ihr öffnete – höchstens acht Jahre alt, mit verschmitztem Gesicht und zwei Zöpfen im gleichen rötlich braunen Ton wie Luis' und Antonios Haare. Der Mund war von einer Creme verschmiert.
»Bist du Monica oder Dolores?«, erkundigte sich Claire.
Das Mädchen antwortete nicht darauf. »Ich habe Alfajores gebacken!«, verkündete es stolz.
Alfajores waren eine Süßspeise, die hierzulande oft verzehrt wurde: zwei Stück mit Dulce de Leche gefüllte Biskuits.

»Willst du eines kosten?«, fragte das Mädchen.
Ehe Claire antworten konnte, nahm es sie bei der Hand und führte sie über einen blau gekachelten Flur in die Küche. Von Luis war nichts zu sehen, aber Antonio stand hinter dem Herd und gleich daneben ein weiteres Mädchen, etwas größer als das andere, mit dunkleren Haaren und einem strengen Blick.
»Nicht du hast die Alfajores gemacht, Dolores, sondern ich!«, erklärte es barsch.
Antonio zwinkerte Claire vertraulich zu. »Die beiden prahlen immer, wie gut sie kochen können, dabei bleibt die meiste Arbeit an mir hängen.« Während er sprach, rührte er den Eintopf um, der auf dem Herd köchelte, und wischte Dolores den Mund ab. Claire war erstaunt, wie geübt der Junge, der nur um wenige Jahre älter als seine Schwester schien, darin war, die Mädchen zu versorgen.
»Kann ich helfen?«, fragte sie.
»Wie wär's mit Tisch decken?«, gab Antonio zurück.
Claire betrat das Esszimmer – einen niedrigen Raum mit dunklen Dielen, wurmstichigen Möbeln und einer Glasvitrine, in der sich Geschirr und Besteck befanden. Sie öffnete sie und suchte nach Gläsern, als sich plötzlich jemand hinter ihr räusperte. Erschrocken fuhr sie herum und sah Luis an der Türschwelle stehen.
»Ich wollte Antonio beim Tischdecken helfen«, erklärte sie hastig. Schuldbewusst trat sie von der Glasvitrine zurück, als hätte sie etwas Verbotenes getan.
»Ist schon gut.«
Mehr sagte er nicht, und seine Miene zeigte nicht das geringste Anzeichen von Freude, dass sie gekommen war. Am liebsten wäre sie sofort wieder aus dem Haus geflohen, doch da trat Antonio mit dem Eintopf und einem Korb Brot ins Zim-

mer, und seine Schwestern folgten. Weiterhin wortlos ging Luis an Claire vorbei und deckte nun selbst den Tisch, doch das angespannte Schweigen war nicht von langer Dauer. Schon als sie Platz nahmen, plapperten die Kinder munter durcheinander und fuhren beim Essen trotz vollem Mund damit fort. Claire fand es eher erfrischend als schlecht erzogen und war überdies erleichtert, dass in dem Stimmengewirr nicht auffiel, dass sowohl Luis als auch sie kaum etwas sagten. Sie löffelte ihren Teller leer, um Antonio nicht zu enttäuschen, hätte jedoch nicht zu sagen vermocht, was sie da aß und wie es schmeckte.
Erst als sie beim Dessert angelangt waren, hatte sie sich wieder gefasst und fragte: »Wer hat euch denn eigentlich beigebracht, so gute Alfajores zu backen?«
»Das war Eva. Eva kocht besser als Antonio«, erzählte Dolores.
Monica widersprach streng: »Sei nicht ungerecht. Eva backt ständig Kuchen, doch davon bekommt man nur Zahnweh.«
»Letzte Woche habe ich einen Zahn verloren!«, rief Dolores stolz. »Willst du das Loch sehen?«
Ohne eine Antwort abzuwarten, machte sie den Mund so weit wie möglich auf.
Claire begutachtete anerkennend die Zahnlücke, ehe sie fragte: »Und wer ist Eva?«
Erstmals meldete sich Luis zu Wort. »Eine Nachbarin. Sie sorgt tagsüber für die Kinder, wenn ich arbeite und Antonio in der Schule ist. Mir ist es wichtig, dass er keine Stunde versäumt. Er ... er soll es einmal besser haben als ich.«
Antonio verdrehte die Augen. »Aber in der Schule ist es so schrecklich langweilig!«
Claire lachte, wurde aber rasch wieder ernst. »Nun, dein Vater hat recht. Bildung ist wichtig. José Pedro Varela, ein gro-

ßer Politiker, hat gesagt, dass sie die Grundlage für Demokratisierung und Wohlstand sei so wie in den USA.«
»Tja«, meinte Luis zynisch, »und ausgerechnet ein Diktator hat seine Ideen aufgegriffen.«
Er meinte Lorenzo Latorre, der bis vor kurzem die Macht in Uruguay innegehabt hatte und auf Basis von Varelas Ideen das Bildungssystem revolutioniert hatte – trotz des erbitterten Widerstands von Kirche und Universitäten.
Claire seufzte. »Manchmal ist eine Diktatur unvermeidlich und erst die Voraussetzung für spätere Freiheit. Ich meine, diese vielen politischen Unruhen der letzten Jahrzehnte, der stete Streit zwischen Land und Stadt, Blancos und Colorados, haben das Land geschwächt. In einer Demokratie hätte der Parteienstreit jeglichen Fortschritt unmöglich gemacht. Latorre dagegen gelang es, mit der Unterstützung des Militärs das Land neu zu organisieren.«
»Es spricht aber gegen unser Land, dass selbst ein Diktator wie er schließlich meinte, die Uruguayer seien unregierbar, und er lieber freiwillig ins Exil ginge.«
»Auf seine Bildungsreform möchte ich trotzdem nicht verzichten.«
»Wobei man sich fragt, ob sie wirklich so viel gebracht hat. Die Hälfte der Bevölkerung kann immer noch nicht lesen und schreiben. Meine drei Kinder sollen es auf jeden Fall besser haben.«
Antonio verdrehte erneut die Augen, aber in Claire erwachte Wehmut. Sie erinnerte sich daran, dass sie Luis nicht nur geliebt und begehrt hatte, sondern mit ihm über so viele Themen hatte sprechen können. Den intellektuellen Austausch hatte sie nicht minder vermisst wie seine Nähe.
Luis schien Ähnliches zu denken, denn als sich ihre Blicke trafen, war seiner nicht länger ausdruckslos, sondern trau-

rig … und sehnsüchtig. Rasch senkte er seinen Blick, griff zu seinem Weinglas und trank in großen Zügen.
Claire wurde die Kehle eng, und um den Schmerz nicht übermächtig werden zu lassen, fragte sie schnell: »Macht dir denn gar nichts in der Schule Spaß?«
»Doch«, gab Antonio widerwillig zu, »zumindest der Spanischunterricht. Ich erzähle meinen Schwestern immer Gutenachtgeschichten – und später schreibe ich sie manchmal auch auf. Ich will einmal Schriftsteller werden. Oder Journalist.«
Claire nickte anerkennend. »Vielleicht kann ich dir später mal behilflich sein. Ich kenne José Batlle y Ordóñez ganz gut.«
Antonio sah sie fragend an, und Luis erklärte schnell: »Das ist auch ein Journalist. Er hat vor zwei Jahren die Zeitung *El Día* gegründet. Sein Hauptanliegen ist es, die Krankheiten des Landes aufzuzeigen – und Heilungsmöglichkeiten.«
»Welche Krankheiten?«, fragte Antonio. »Die Grippe? Oder der Keuchhusten?«
»Nein«, Luis musste unfreiwillig schmunzeln. »Er meint die soziale Kluft.«
»Unter anderem setzt er sich für den Achtstundentag ein«, wandte Claire ein.
»Was ist das denn?«, fragte Dolores, der es sichtlich langweilig zu werden begann und die unruhig auf ihrem Sessel herumrutschte.
»Da geht es um ein Gesetz, das dafür sorgt, dass man nicht länger als acht Stunden arbeitet.«
Monica seufzte. »Es wäre schön, wenn dieses Gesetz kommen würde! Du arbeitest immer viel länger, Papá, und du bist fast nie zu Hause.«
Claire sah Luis das schlechte Gewissen an, doch Antonio sagte schnell: »Dafür bin ich ja da.« Er wandte sich an Claire: »Könnten Sie mich diesem Journalisten einmal vorstellen?«

Claire wollte eifrig zustimmen, aber Luis sagte: »Gemach, gemach, jetzt essen wir erst einmal.«

»Aber wir sind doch schon fertig«, erwiderte Antonio. »Es sind fast keine Alfajores mehr da.«

»Schade!«, krähte Dolores dazwischen.

Claire strich sich über den vollen Bauch. »Es hat ausgezeichnet geschmeckt. Hast du wirklich alles selbst gekocht?«

Antonio nickte stolz, und Monica fügte hinzu: »Er wäscht auch die Wäsche. Aber flicken kann er sie nicht. Das mache ich.«

»Und gewiss machst du das ganz großartig!«, lobte Claire, woraufhin das bis jetzt so ernste Mädchen lächelte und errötete.

»Nach dem Tod meiner Frau mussten wir eben irgendwie weitermachen«, murmelte Luis. »Immerhin war Antonio damals schon acht Jahre alt – und mir eine große Hilfe.«

Trotzdem war er kaum mehr als ein kleiner Junge gewesen, dachte Claire. Sie musterte die Kinder. Monica war damals wohl um die zwei gewesen, Dolores gerade erst geboren. Es musste schwer, wenn nicht unmöglich gewesen sein, die Lücke zu füllen. Doch trotz der Last, die Antonio von klein auf zu schultern hatte, war er ein fröhlicher, aufgeweckter junger Bursche, Dolores ganz entzückend, und Monica verbarg hinter der etwas rauhen Schale bestimmt einen weichen Kern.

»Wie bist du eigentlich auf die Idee gekommen, Journalist zu werden?«, fragte Claire.

»Natürlich wegen Papa. Er ist ja auch Journalist.«

»Tatsächlich?«, entfuhr es ihr erstaunt. »Ich dachte, du arbeitest bei der Eisenbahn!«

»Ja, aber vor einigen Jahren wurde die Gewerkschaft gegründet und eine entsprechende Gewerkschaftszeitung. Das haben wir den vielen Einwanderern aus Europa zu verdanken, die die sozialen Ideen von dort mitbrachten. Und auch Präsident Santos.«

»Autoritär wie Latorre, aber wie dieser voller Eifer, die Wirtschaft zu modernisieren, die Infrastruktur auszubauen und das Bildungswesen weiter zu reformieren«, sagte Claire schnell.

Dolores' Stuhl fiel fast um, weil sie so heftig kippelte, und Monica verkniff sich mit Mühe ein Gähnen, aber Antonio sagte stolz: »Papa hat zwar nicht so lange die Schule besucht wie ich, aber er ist trotzdem sehr gebildet.«

Claire lächelte. »Ich weiß. Nicht nur, was die Politik anbelangt. Er versteht auch viel von den Naturwissenschaften – all den Pflanzen und Tieren.«

»Ich wünsche mir so sehr einen Papagei«, rief Monica dazwischen.

»Au ja!«, stimmte Dolores ein.

»Früher bin ich einmal mit eurem Vater durchs Land gereist, und damals haben wir viele Papageien gesehen. Doch so schön sie auch anzusehen sind, für die Bauern sind sie eine echte Plage.«

»Wirklich?«, fragte Monica. »Wann sind Sie denn mit Papa verreist?«

Und Antonio wollte wissen: »Wie lange kennen Sie ihn eigentlich?«

Claire hatte sich schon vorgebeugt, um zu antworten, aber plötzlich stellte Luis mit lautem Klirren das Weinglas auf den Tisch. Sein Gesicht war gerötet, und mit schroffer Stimme erklärte er: »Das ist Ewigkeiten her und kaum der Rede wert.«

Die Mädchen wollten noch etwas sagen, doch er fuhr ihnen scharf über den Mund: »Es ist auch bald Schlafenszeit.«

Antonio schien ebenso neugierig wie seine Schwestern, ahnte jedoch wohl, dass man den Vater in diesem Gemütszustand

nicht weiter bedrängen durfte. Er erhob sich hastig, um das Geschirr abzuräumen. »Bevor ihr ins Bett geht, helft ihr mir beim Abwaschen!«, forderte er seine Schwestern auf.
Die Papageien waren vergessen. Dolores verzog unwillig ihr Gesicht. »Aber ich habe keine Lust!«
»Nichts da!«, ermahnte Antonio sie mit aufgesetzter Strenge. »Wer Alfajores essen will, muss danach auch Geschirr spülen – aber dafür erzähle ich euch später eine Geschichte.«
»Au ja!« Dolores klatschte begeistert in die Hände und folgte Antonio und Monica in die Küche. Eine Weile hörten Luis und Claire dem Geklapper von Geschirr, dem Kichern und Plappern zu, schwiegen aber selbst.
Claire blickte peinlich berührt auf ihre Hände und bereute zutiefst, dass sie die Vergangenheit erwähnt hatte. »Ich wollte keine alten Wunden aufreißen«, murmelte sie verlegen.
Luis' Gesicht blieb ausdruckslos, aber an seiner brüchigen Stimme erkannte sie, dass sie mit jedem Wort alles nur noch schlimmer gemacht hatte. »Wie kommst du auf die Idee, du hättest die Macht dazu?«, zischte er.
Claire zuckte zusammen. Sie wusste nicht, wann genau sich die Stimmung so verändert hatte. Eben noch hatte Luis so entspannt gewirkt, jetzt regelrecht feindselig. Es bedrückte sie, machte sie hilflos – und zugleich wütend. Eine Weile rang sie nach Worten, um ihn zu besänftigen, aber plötzlich spürte sie einen tiefen Widerwillen, ihn gnädig stimmen zu müssen. »Warum bist du nur so?«, brach es aus ihr hervor. »So verschlossen? So ... kalt?«
»Das fragst du?« Nicht länger konnte er seine Züge beherrschen. Er lief rot an, und seine Lippen bebten. »Du hast mich damals verraten!«
Er war aufgesprungen, und Claire tat es ihm unwillkürlich gleich. Obwohl er um einiges größer war, schüchterte er sie

nicht ein. Im Gegenteil: Zu ihrem Erstaunen merkte sie, dass ihre Wut sogar noch wuchs, anstatt sich zu legen. »Das ist viele Jahre her!«, rief sie. »Ich dachte, deine Einladung wäre ein Zeichen, dass du mir vergeben kannst.«
»Das kann ich nicht! Glaub nicht, ich hätte es nicht versucht, aber ...«
Sie sah Schmerz und Trotz in seinem Gesicht und fühlte beides selbst. Übermächtig blieb jedoch der Zorn. All die Jahre hatte sie sich schuldig gefühlt, aber als sie ihn nun betrachtete, dachte sie nicht an ihr eigenes Fehlverhalten, nur: Das habe ich nicht verdient.
Sie wusste, dass es besser wäre, zu gehen, aber sie setzte sich wieder und verkrampfte die Hände ineinander.
»Ich hingegen habe dir vergeben«, sagte sie leise, »denn scheinbar bin ich großmütiger als du. Ja, ich konnte dir verzeihen, dass du dein verdammtes Pflichtbewusstsein vor unsere Liebe stelltest.«
Er blickte sie verwundert an. Gewiss war er nie auf die Idee gekommen, dass auch er sich schuldig an ihr gemacht hatte – sie selbst hatte ja auch nie so weit zu denken gewagt. Doch nun fuhr sie fort, und mit jedem Wort, das sie sprach, fühlte sie sich befreiter: »Ich weiß, ich habe dich verraten, hintergangen und bitter enttäuscht. Aber ich tat es doch nicht aus Eigennutz! Ich habe um Valerias willen so gehandelt – und die hat es mir nicht einmal gedankt. All ihre Gedanken galten Valentín und ihren ungeborenen Töchtern. Was ich für sie geopfert habe, ist ihr gar nicht bewusst geworden. Am Ende habe ich sie genauso verloren wie dich, obwohl sie mir nahestand wie eine Schwester. Vergeblich habe ich versucht, wieder mit ihr Kontakt aufzunehmen. Nachdem sie sich von ihrer Familie losgesagt hatte, wollte sie auch mit mir nichts mehr zu tun haben. Du kannst mir glauben, Luis: Für das,

was ich dir angetan habe, wurde ich vom Leben genug bestraft. Du ... du bist heil aus dem Krieg wiedergekehrt, du hast eine Familie – drei gesunde, wohlgeratene Kinder. Ich hingegen bin eine einsame, alte Frau, deren glücklichste Zeit Jahrzehnte zurückliegt. Weißt du, wenn du mir nicht verzeihen kannst, dann ist es eben so, und ich werde damit leben müssen wie mit so vielem anderen auch. Aber glaub nicht, du wärst der bessere, heldenhaftere Mensch, nur weil du deinen verfluchten Stolz und deine Selbstgerechtigkeit nicht wenigstens für kurze Zeit schlucken und mir einen einzigen Abend lang das Gefühl geben kannst, mein Leben wäre nicht völlig zerstört und sinnlos.«

Sie hatte entschlossen begonnen, aber gegen Ende ihrer Rede zitterte ihre Stimme immer stärker. Nach ihrem letzten Satz konnte sie die Tränen nicht länger zurückhalten. Sie wollte sie ihm nicht zeigen und wollte auch nicht in seinem Gesicht nach den Gefühlen forschen, mit denen er ihre Worte aufnahm.

»Es ist besser, ich gehe jetzt«, rief sie heiser.

»Claire ...«

Sie hatte kaum die Tür erreicht, als er ihr folgte und ihre Hand nahm. Nun konnte sie gar nicht anders, als in sein Gesicht zu sehen, den Schmerz wahrnehmen, die Sehnsucht ... und die Liebe ... trotz allem so groß, trotz allem ungebrochen.

Noch mehr Tränen stiegen in ihr hoch, aber sie riss sich zusammen. Der Moment, da sie sich ihm nahe fühlte wie schon seit Ewigkeiten nicht mehr, währte nicht lange. Er ließ ihre Hand los, und sein Gesicht verschloss sich wieder.

»Ja«, erwiderte er mit belegter Stimme. »Ja, es ist wirklich besser, wenn du jetzt gehst.«

Als Claire nach Hause kam, war sie immer noch völlig durcheinander, aber nicht so verzweifelt, wie sie erwartet hatte. Sie hatte den ganzen Rückweg über geweint, fühlte sich nun jedoch nicht niedergeschlagen, sondern erleichtert.
Vielleicht würde sie Luis nie wiedersehen, vielleicht hatte sie mit ihren heftigen Worten einstige Wunden neu aufgerissen, und doch überkam sie kurz ein Gefühl von Frieden, wie sie ihn seit Ewigkeiten nicht mehr verspürt hatte.
Der Friede währte nicht lange. Sie war kaum bei der Quinta angekommen, als ihr jemand entgegenstürzte. Erst erkannte sie die junge Frau gar nicht, sah nur, dass sie einfache und dreckige Kleidung trug und tränenüberströmt war, doch nachdem die andere eine Weile ziemlich wirr auf sie eingeredet hatte und schließlich um ihre Hilfe flehte, da überkam sie eine Ahnung.
Sie musterte sie eindringlich. »Tabitha? Ich dachte, du bist nach dem Erdbeben nach Deutschland zurückgekehrt und …«
Das Mädchen senkte seinen Blick. »Tabitha ist tatsächlich in Deutschland, aber ich …«
Sie stockte, und Claire kam ein ungeheuerlicher Verdacht. War es wirklich möglich, dass sich Zwillinge so ähnlich sahen? Trotz der schäbigen Kleidung, die sie trug – das hier war doch Tabitha! Allerdings erklärte das Mädchen nun: »Ich bin Carlota.«
»Mein Gott!«, stieß Claire aus. Sie konnte es nicht fassen. All die Jahre hatte sie völlig zurückgezogen gelebt – und nun war plötzlich nicht nur Luis wieder in ihrem Leben aufgetaucht, sondern auch Valerias Tochter.
»Mein Gott, deine Eltern …«
»Sie leben beide noch.«
»Immer noch hier in Montevideo?«, fragte Claire heiser.

»Ja, aber sie dürfen nicht wissen, dass ich hier bin. Bitte sagen Sie ihnen nichts. Ich wusste nicht, wohin ich gehen und an wen ich mich wenden sollte. Sie ... Sie helfen mir doch, oder?«
»Helfen wobei?«
Das Mädchen sagte nichts, sondern brach in Tränen aus; außerdem schien es zu frieren, so wie es zitterte.
Claire brummte der Schädel, als hätte sie zu viel getrunken – für einen Abend war das eindeutig zu viel Aufregung. Allerdings konnte sie Valerias Tochter unmöglich mit dem Verweis wegschicken, dass sie alt geworden war und sich an die Einsamkeit gewöhnt hatte.
»Komm erst einmal mit hinein«, sagte sie seufzend, »dann bekommst du frische Kleidung, ein heißes Bad und etwas zu essen. Und später erzählst du mir in Ruhe, was passiert ist.«

Tabitha fiel es schwer, sich im Netz von all ihren Lügen nicht zu verheddern. Mittlerweile lebte sie seit zwei Wochen bei Claire und musste immer noch jedes Wort sorgsam abwägen, um sich nicht zu verraten. Es war das eine, sich gegenüber Valeria und Valentín als deren Tochter auszugeben, als vor Claire Carlota zu spielen, obwohl diese ihre Nichte Tabitha ja kannte. Mehrmals war sie kurz davor, sich zu verplappern, und das Einzige, was ihr dann aus der Klemme half, war die Tatsache, dass Claire ungewöhnlich verwirrt wirkte. Schon am Abend, als sie vor ihrem Haus gewartet hatte, war sie unaufmerksam und in Gedanken versunken gewesen, und so blieb es auch in der Zeit, die folgte. Oft starrte sie ins Nichts, und wenn Tabitha sie anredete, blickte sie sie an, als erwachte sie aus einem langen Traum.
Wäre es anders gewesen, hätte sie sich sicher in den Kopf gesetzt, nach ihren Eltern zu suchen. So aber fragte sie sie zwar nach Valentín und Valeria aus, und Tabitha erzählte alles, was

sie über die beiden wusste, aber als sie sie bat, keinen Kontakt mit ihnen aufzunehmen, fügte sich Claire unerwartet schnell. Bei der Begründung, warum sie von zu Hause geflohen war, blieb Tabitha teilweise bei der Wahrheit: Sie erzählte, dass sie sich verliebt hätte, ihr Vater jedoch gegen die Verbindung gewesen sei. Auch wenn jener Mann mittlerweile die Stadt verlassen hätte, könnte sie ihrem Vater nicht verzeihen und wollte nicht mehr zurück. Zunächst hätte sie nicht weitergewusst, aber dann hätte sie alte Briefe entdeckt und so von der wahren Herkunft ihrer Mutter erfahren.

Claire hatte geistesabwesend genickt und am ersten Abend verkündet, was sie später noch des Öfteren bekräftigt hatte: »Du kannst natürlich fürs Erste hierbleiben.«

Tabitha war erleichtert, dass sie ihr seitdem nicht noch mehr Lügen auftischen musste, wusste aber, dass das Schwerste noch bevorstand: ihr die Schwangerschaft anzuvertrauen. Bald würde sie diese nicht länger verheimlichen können. Ihre Brüste wuchsen und spannten schmerzhaft, ihr Leib rundete sich, ganz zu schweigen von ihrem merkwürdigen Verhalten – mal hatte sie großen Appetit, mal verweigerte sie vor Übelkeit jeden Bissen. Mal schlief sie tagsüber ein, mal lag sie nächtelang wach, mal war ihr zum Weinen zumute, mal lachte sie schrill und grundlos. Gewiss, noch konnte sie das körperliche Unwohlsein auf Nachwirkungen des Erdbebens schieben, aber irgendwann würde sie die Wahrheit nicht mehr vertuschen können. Irgendwann würde Claire ihrer Umgebung auch wieder mehr Aufmerksamkeit zollen und herausfinden, was passiert war.

Die schweren Gedanken folgten ihr überallhin, auch in den Garten, wo sie nachmittags meist unter hohen Bäumen und inmitten dicker Büsche und duftender Blumen saß und grübelte.

Eines Tages erwartete sie dort allerdings eine angenehme Abwechslung. Ein junger Mann kam den Weg, der zum Anwesen führte, entlang, sah sich eine Weile um und betrat schließlich den Garten. Tabitha hatte ihn noch nie hier gesehen. Genau genommen hatte sie, seit sie bei Tante Claire lebte, noch nie erlebt, dass diese überhaupt Besuch bekam. Manchmal plauderte sie mit der Nachbarin, und dann gab es natürlich den Kutscher Claudio und die Haushälterin. Ansonsten aber lebte Claire völlig zurückgezogen.
Der Mann sah ungewöhnlich gut aus – muskulös, hochgewachsen, mit rotblondem Haar, das sich im Nacken lockte, ebenmäßigen Zügen, einem freundlichen Lächeln und dunklen Augen, in denen der Schalk blitzte.
Tabitha betrachtete ihn fasziniert und schimpfte sich sogleich selbst dafür. Ihre Lage war misslich genug. Besser, sie mied es, jungen Männern ungebührliche Aufmerksamkeit zukommen zu lassen. Sie wollte schon ihren Kopf senken, als sein Blick sie traf und er zu ihr trat.
»Bin ich hier richtig bei Claire Gothmann?«
Sie errötete, obwohl die Frage eigentlich harmlos war. »Das ist meine Tante«, sagte sie schnell. »Sie macht gerade einen Spaziergang. Ich glaube, sie schwimmt regelmäßig im Meer.«
Der junge Mann nickte nachdenklich. »Mein Fehler«, gestand er. »Ich hätte nicht unangekündigt herkommen sollen.«
Tabitha erhob sich und merkte einmal mehr, wie ihr Kleid spannte und sie es aufs Neue in der Höhe der Taille würde erweitern müssen. Aber in diesem Augenblick wollte sie nicht an ihre missliche Lage denken.
»Und wer sind Sie?«, wollte sie wissen. Sie betrachtete ihn genauer und überlegte, wie alt er wohl war – wohl etwas jünger als sie, siebzehn oder achtzehn Jahre.

»Antonio Silveira«, stellte er sich vor und streckte ihr die Hand entgegen. Sie zögerte kurz, aber dann ergriff sie sie. Sein Händedruck war fest und warm, sein Lächeln verstärkte sich.
»Und Sie kennen meine Tante gut?«, fragte sie neugierig.
»Erst seit kurzem. Aber mein Vater Luis ist schon seit vielen Jahren mit ihr befreundet – das vermute ich zumindest.«
Tabitha erinnerte sich vage, den Namen schon einmal gehört zu haben. Erst konnte sie ihn nicht recht einordnen, aber dann fiel es ihr wieder ein. »Die große Liebe von Tante Claire!«
Sie biss sich auf die Lippen, weil die Worte so unbeherrscht aus ihr herausgebrochen waren, doch ehe sie sie zurücknehmen konnte, nickte Antonio verständnisvoll. »So etwas habe ich mir schon gedacht. Seit sie bei uns zu Besuch war, ist mein Vater nicht mehr derselbe, müssen Sie wissen. Er ist ständig so traurig, grüblerisch und ernst. Das war er früher zwar auch oft ... aber diesmal ist es anders.«
Jetzt verstand Tabitha Tante Claires Unaufmerksamkeit der letzten Wochen: Sie war Luis Silveira wiederbegegnet!
»Sie verhält sich auch merkwürdig!«, rief sie. »Sie scheint gar keinen vernünftigen Gedanken mehr fassen zu können.«
Antonio seufzte. »Wie es aussieht, gehen die beiden sich seit dem Abendessen beharrlich aus dem Weg, und deswegen bin ich auch hergekommen. Ich glaube, das sollten wir unbedingt ändern.«
Tabitha hob fragend die Augenbrauen und hatte keine Ahnung, warum der junge Mann so erpicht war, einstige Gefühle des Liebespaars wiederzubeleben.
»Meine Mutter ist seit acht Jahren tot«, erklärte er, »und seitdem fehlt eine Frau im Haus. Mein Vater ist seither nie wieder richtig glücklich gewesen. Nur an dem Abend mit Claire – da

haben seit langem seine Augen wieder geleuchtet. Und meine jüngeren Schwestern haben Claire sofort ins Herz geschlossen und fragen ständig, ob sie noch einmal kommt.«
»Aber wenn die beiden sich doch offenbar nicht sehen wollen …«, wandte Tabitha ein.
»Dann müssen wir eben nachhelfen!«
»Und wie?«
»Ich glaube, ich habe eine Idee.«
Sie deutete auf die Gartenbank. »Setzen Sie sich doch zu mir«, forderte sie ihn auf. Sie merkte, wie ihr der Schweiß ausbrach, weil sie so lange in der Sonne gestanden hatte, und fühlte sich dennoch beschwingt wie schon lange nicht mehr: Zum ersten Mal musste sie für kurze Zeit nicht an ihr vermaledeites Leben und José denken.

38. Kapitel

Die Liebe machte das Leben so leicht, so bunt, so wunderbar. Carlota schien zu schweben: Vergessen war die Furcht, dass ihr Geheimnis aufgedeckt werden könnte, vorbei die Anspannung, die sie auf Schritt und Tritt begleitet hatte, weil sie sich doch bei jeder Gelegenheit verraten könnte. Bei den gemeinsamen Mahlzeiten hatte sie sich aus Angst, das Falsche zu sagen, immer als sehr wortkarg erwiesen. Jetzt konnte sie gar nicht genug bekommen, von dem Gesangsunterricht zu erzählen, den Nicolas ihr erteilte.
Selbstverständlich musste sie vor den Großeltern verheimlichen, dass ihre Faszination weniger den Liedern von Schubert galt als vielmehr ihrem Lehrer, aber sie sang – das war wohl ein Erbe ihres Vaters – wirklich gerne, und Nicolas machte ihr immer wieder Komplimente. Nicht nur ihre Stimme lobte er und wie mühelos sie selbst die hohen Töne traf, sondern auch ein neues Kleid, eine hübsche Brosche, vor allem ihr liebreizendes Lächeln. Davon wussten ihre Großeltern natürlich nichts, und obwohl sie manchmal angesichts ihres Übereifers etwas befremdet wirkten, schienen sie sich zu freuen, dass sie für etwas eine derart große Leidenschaft zeigte – werteten sie dies doch als Zeichen, dass sie nicht länger an ihrer Kopfverletzung litt.
Bis jetzt hatte Carlota befürchtet, unter anderem auch deshalb aufzufallen, weil sie sich schwerfälliger bewegte als andere Mädchen ihres Alters, die von klein auf gewohnt waren, in spitzen Schuhen zu trippeln, und niemals harte Arbeit ver-

richtet hatten, doch die Liebe machte sie anmutig, ließ ihre Augen glänzen, färbte ihre Wangen rosa.

Es war ein ebenso berauschendes wie fremdes Gefühl. Carlota hatte oft andere Mädchen über die Liebe tuscheln gehört, aber stets geglaubt, dass sie nur die richtige Partie suchten. Sie selbst hatte es nie angestrebt, einen passenden Mann zu finden, und auch jetzt dachte sie nicht an die Zukunft und an eine mögliche Heirat – sie wollte nur viel Zeit mit Nicolas verbringen und jeden Augenblick mit ihm genießen.

Der Gesangsunterricht allein genügte ihr bald nicht mehr – zumal sie im Haus der Gothmanns nie ungestört waren. Ständig war ihre Großmutter in der Nähe oder einer der vielen Dienstboten. Umso begeisterter war sie darum von Nicolas' Vorschlag, ihn zu dem einen oder anderen Hauskonzert nach Frankfurt zu begleiten, was, wie sie den Großeltern erklärte, Teil ihrer musikalischen Ausbildung war, in Wahrheit aber ein Vorwand, um sich aus dem Haus zu stehlen.

Tatsächlich begleitete sie ihn ein paar Mal in die Salons der besseren Familien, wo man sich an seinem Spiel erfreute, aber oft verbrachten sie die Nachmittage in Frankfurt auch ganz anders, so zum Beispiel mit dem Besuch des zoologischen Gartens. Carlota war sich sicher, dass Tabitha schon oft hier gewesen war, und hatte den Zoo darum bisher gemieden. Doch Nicolas, der Tabitha nie begegnet war, überdies Frankfurt und seine Sehenswürdigkeiten kaum kannte und darum nicht bemerkte, wie fremd ihr die Stadt war, musste sie nichts vorspielen. An seiner Seite konnte sie mit Interesse die exotischen Tiere betrachten und über die anderen Besucher lästern, vorzugsweise die Offiziers- und Beamtenwitwen, die ihre Töchter auf der Suche nach einem geeigneten Ehemann hierherschleppten. Diese ließen sich mit einer Stickerei und mitgebrachtem Kuchen auf einer der Bänke nieder – Restaurants konnten sich nur die reicheren Besucher leisten – und taten so, als würden sie die wenigen herbstlichen Sonnenstrahlen genießen, während sie in Wahrheit jeden Passanten taxierten.

»Im Grunde werden die Männer so fasziniert gemustert wie die wilden Tiere«, spottete Carlota. »Und die künftigen Schwiegermütter überlegen schon, wie sie sie einfangen und zähmen werden.«

»Dann ist es ja fast ein Glück, dass ich als Musiker nicht reich bin.«

Es kam ihr widersinnig vor, dass er auf sein fehlendes Vermögen anspielte, denn für sie, die sie in Armut aufgewachsen war, war Nicolas der Inbegriff für ein feines Leben, Schönheit und Eleganz. Aber er lag wohl nicht ganz falsch – der Bankier Albert Gothmann erwartete sich für seine Enkeltochter gewiss einen anderen Brautwerber.

Sie schob den Gedanken allerdings weit von sich und beschloss, sich über das Morgen nicht den Kopf zu zerbrechen und sich lieber in immer neue Freizeitvergnügen zu stürzen, so auch das Eislaufen auf der eigens dafür angelegten Bahn im Palmengarten. Carlota hatte gehört, dass Tabitha eine gute Eisläuferin gewesen war, doch einmal mehr konnte sie sich darauf verlassen, dass Nicolas keinen Vergleich ziehen würde. Ihre ersten Schritte fielen noch etwas wackelig aus, aber sie war geschickt und ehrgeizig genug, dass sie bald ziemlich zügig laufen konnte. Nur beim Versuch, eine Pirouette zu drehen, kam sie ins Stolpern und wäre fast aufs Eis gefallen, wenn Nicolas sie nicht aufgefangen und festgehalten hätte. Noch nie war sie ihm so nahe gekommen. Als Musiker hatte er keinen gestählten, stämmigen Körper wie die hart arbeitenden Männer Montevideos. Alles an ihm war schmal und feingliedrig. Doch sein Griff war fest, und sie fühlte sich in seinen Armen geborgen.

Kurz waren ihre Lippen ganz dicht beieinander, und Carlota hätte liebend gerne herausgefunden, wie sie wohl schmeckten, sich anfühlten, rochen. Noch allerdings traute sie sich nicht, den verbleibenden Abstand zu überbrücken.

An jenem Abend lag sie lange wach und malte sich aus, Nicolas zu küssen. Als junges Mädchen hatte sie einmal Adolfos und Mercedes' Sohn geküsst, weil der behauptet hatte, sie würde es nicht wagen, und sie ihm, stolz, wie sie war, das Gegenteil beweisen wollte. Es hatte sich angefühlt, als würde man eine Schnecke im Mund haben, und sie war angewidert zurückgezuckt. Nicolas zu küssen, da war sie sich sicher, war gewiss viel angenehmer ...

Leider bot sich so schnell keine neue Gelegenheit für einen Kuss. Obwohl es ihm sichtlich Vergnügen bereitete, mit ihr die Zeit zu verbringen, und er ihr mit seiner samtigen Stimme und dem warmen Lächeln ständig versicherte, wie zauberhaft sie war, blieb er stets ein wenig zurückhaltend.

Viele Monate waren mittlerweile seit dem Erdbeben in Montevideo und ihrer schicksalhaften Begegnung mit Tabitha vergangen. Der Winter brach an und mit ihm die Zeit, da man auch im Freien Eislaufen konnte, an einigen Tagen sogar auf dem Main, aber leider beherrschte Carlota den Sport mittlerweile so gut, dass sie nicht mehr zu fallen drohte und er sie nicht mehr auffangen musste.

Reiche Leute, so fand sie heraus, vertrieben sich die Zeit in der kältesten Jahreszeit auch anders – indem sie nämlich in kunstvoll geschnitzten Prunkschlitten an Schlittenparaden teilnahmen. Natürlich konnte sie sich unter den Blicken der neugierigen Passanten nicht mit Nicolas zeigen, sondern saß mit Albert und Rosa in einer Kutsche, aber Nicolas kam zu einer bestimmten Zeit an einen festgelegten Ort, wo sie ihm verstohlen eine Kusshand zuwarf.

An den folgenden Wochenenden brachen sie zu winterlichen Jagdgesellschaften nach Soonwald im Hunsrück oder Bad Orb im Spessart auf. Tabitha hatte offenbar Pferde gefürchtet und Carlota nie reiten gelernt, aber die Frauen begleiteten die Männer in der Kutsche oder im Schlitten, und Carlota hatte sich bei ihrer Großmutter dafür eingesetzt, dass Nicolas einmal mitkommen durfte. Er war kein guter Jäger, jedoch ein passabler Reiter, und auch wenn sie kaum ein Wort miteinander wechselten, setzte sie sich immer unauffällig neben ihn, wenn sie in den Pausen heißen Tee mit Rum tranken.

Ihre Großeltern schienen weiterhin kein Misstrauen zu entwickeln, nur einmal fühlte Carlota Rosas Blick überaus nachdenklich auf sich ruhen und erschrak. Ahnte die Großmutter womöglich, welche Gefühle sie für Nicolas hegte? Oder gar etwas von ihrer wahren Identität?

Doch sie sagte nur: »Ich freue mich, dass du dich nach der Verletzung so gut erholt hast. Jetzt kann ich es ja zugeben. Ich habe mir schreckliche Sorgen gemacht und dachte schon, du würdest nie wieder die Alte werden.«

Carlota war etwas beschämt, hatte sie die vermeintlichen Kopfschmerzen doch stets ganz eigennützig als Vorwand genommen, sich aus brenzligen Situationen zurückzuziehen. Je besser sie sich in das neue Leben einfügte, desto seltener wurde das notwendig. »Es geht mir tatsächlich gut«, murmelte sie.

»Und du hast Freude am Gesangsunterricht.«

Carlota wappnete sich gegen den Vorwurf, dass sie gar zu vertraulich mit ihrem Klavierlehrer umging, doch Rosas Gedanken schweiften ab. »Ich habe einst auch Gesangsstunden genommen«, sagte sie leise.

Carlota hatte sie noch nie singen gehört. »Und warum musizierst du jetzt nicht mehr?«, fragte sie.

»Ach, das ist eine lange Geschichte, und sie weckt bloß traurige Erinnerungen«, antwortete Rosa ausweichend.
Carlota war neugierig, aber sie wollte nicht nachbohren. Besser, sie mied ein allzu persönliches Gespräch mit ihren Großeltern. Offenbar liebten die beiden Tabitha über alles und verwöhnten sie nach Strich und Faden, doch Berührungen und Umarmungen waren selten. Auch miteinander gingen sie durchaus freundlich um, aber Carlota hatte sie noch nie dabei ertappt, wie sie liebevolle Gesten austauschten. Aus Gesprächen der Dienstboten hatte sie herausgehört, dass es früher noch schlimmer gewesen war und das Ehepaar, das sich über die Jahre entfremdet hatte, erst nach Tabithas Geburt wieder zueinandergefunden hätte.
»Nun, in jedem Fall bin ich froh, dass es etwas gibt, woran du dein Herz hängst. Ich hatte immer das Gefühl, dass du nicht genau wusstest, was dir Freude bereitet. Umso schöner, dass du nun etwas zielstrebig verfolgst.«
Wieder versank Rosa in Gedanken, und Carlota fragte sich, was sie je selbst mit Leidenschaft getan hatte, und auch, ob sie sie in solchen Momenten mit ihrer Mutter verglich. Valerias Name fiel so gut wie nie, und falls doch, packte Carlota das schlechte Gewissen, weil ihre Großeltern dachten, sie wäre tot, und sie sie in diesem Glauben ließ. Sie wusste zwar selbst nicht genau, was damals passiert und warum die Zwillingsschwestern getrennt worden waren, aber sie fühlte ihren Kummer und hätte ihnen manchmal gerne die Wahrheit gesagt. Allerdings hätte sie dann auch ihre Identität offenbaren müssen und nicht nur die eigene Zukunft riskiert, sondern ebenfalls das Glück mit Nicolas. Und so übermächtig, sagte sie sich dann, war der Kummer von Albert und Rosa nach all den Jahren nun auch nicht mehr.
Nach dem letzten winterlichen Ausflug bot sich kaum eine Gelegenheit, mit Nicolas allein zu sein. Die Weihnachtsvor-

bereitungen waren in vollem Gange, und im Salon, wo das Klavier stand, wurde der Weihnachtsbaum geschmückt. Immerhin konnte sie den Anlass nutzen, Nicolas ein Geschenk zu machen: ein Paar perlgraue Glacéhandschuhe, um seine geschmeidigen Finger vor der Kälte zu schützen.

Als sie sie ihm überreichte, war sie etwas traurig, denn es war die letzte Gesangsstunde vor den Festtagen. Eben hatten sie ein paar Weihnachtslieder einstudiert, die sie am Heiligen Abend vortragen würde.

»Es wäre so schön, wenn du dabei wärst!«, rief sie.

»Aber das schickt sich nicht! Den Heiligen Abend verbringt man im Kreise der trauten Familie.«

»Nun, ich werde zusehen, dass du zumindest eine Einladung zum diesjährigen Silvesterempfang bekommst.«

Er strich ehrfürchtig über die Glacéhandschuhe. »Sie sind wirklich sehr schön, vielen Dank. Umso beschämender ist es für mich, dass ich gar kein Geschenk für dich habe.«

Sie zögerte kurz, dann überwand sie ihre Bedenken. »Du könntest mir etwas anderes schenken, etwas, was kostbarer ist als Handschuhe.«

»Was denn?«

Sie zitterte vor Aufregung, das Herz schlug ihr bis zum Hals, dennoch folgte sie verwegen ihrer jähen Eingebung. »Wie wär's mit einem Kuss?«

Kurz starrte Nicolas sie verblüfft an. Sie blickte sich rasch um, sah, dass sie ausnahmsweise allein im Salon waren, und nutzte die Gelegenheit. Als er den Mund öffnete, um zu widersprechen, hatte sie sich schon auf die Zehenspitzen gestellt, sich zu ihm geneigt und ihre Lippen auf seine gepresst. Kurz verharrten sie beide reglos, doch an seinem keuchenden Atem merkte sie, wie sein Widerstand bröckelte. Heftig zog er sie an sich.

Als sie sich wenig später voneinander lösten, waren Carlotas Wangen heiß. Ohne Zweifel – Nicolas küsste viel besser als Adolfos und Mercedes' Sohn.

Lautlos stapfte Laurent Ledoux durch den Schnee. Die Äste neigten sich unter der schweren, weißen Decke, die kleinen Tümpel waren gefroren, die einzigen Spuren im knöcheltiefen Schnee stammten von ihm oder den wenigen Tieren, die keinen Winterschlaf hielten.
Als er zum ersten Mal im Taunus war, hatte er jenes Fleckchen Erde gehasst. Hier war sein Vater gestorben, hier hatte jener zuvor fern seiner Familie gelebt. Mittlerweile genoss er zwar die Stille der weitläufigen Wälder, doch wenn er auch die Landschaft liebgewonnen hatte – die Menschen, die hier wohnten, waren nach wie vor seine Feinde, besonders die Familie Gothmann.
Laurent konnte sich noch gut an die Verzweiflung seiner Mutter erinnern, die so oft vergebens auf Fabiens Briefe wartete und, falls doch mal einer eintraf, meist enttäuscht war, dass er immer noch nicht seine Rückkehr in Aussicht stellte. Sie hatten in einer einfachen Mietwohnung in einem Vorort von Paris gewohnt, und wenn sie auch nicht frieren und nicht hungern mussten – das Leben war grau und öde, und seine Mutter Béatrice mit jedem Brief, den sie erhielt, unglücklicher. Irgendwann verbrachte sie ihre Zeit damit, einfach nur dazusitzen und stumpfsinnig vor sich hin zu starren, als könnte jede schnelle Regung den Traum zerplatzen lassen, dass ihr Mann endlich zurückkehren würde und sie sich seiner Liebe vergewissern könnte.
Fabien Ledoux jedoch hatte den Duft der großen, weiten Welt geschnuppert und wohl für sich beschlossen, dass es erstrebenswerter war, einer feinen Dame Klavierunterricht zu

geben, als bei der schwermütigen Béatrice und seinem verrotzten Kind zu hocken. Seit Laurent denken konnte, war er immer krank gewesen, und manchmal fragte er sich, ob seine Mutter ihn absichtlich der Zugluft ausgesetzt hatte, um ihn stellvertretend für seinen Vater zu strafen, oder weil sie insgeheim hoffte, jenes plärrende Kind loszuwerden, das sie dabei störte, Trübsal zu blasen.

Er atmete tief aus; eine graue Wolke stieg vor seinem Gesicht hoch. Die Kälte bekam ihm gut. Nicht zuletzt wegen seines winterlichen Kleides hatte er den Taunus schätzen gelernt. Die Gedanken an die Vergangenheit erzeugten hier nicht länger diese Ohnmacht, die er als Kind empfunden hatte – vor allem an dem Tag, da ein weiterer Brief eingetroffen war, nicht von Fabien, sondern von einem Musikerkollegen, der die Todesnachricht überbrachte –, sondern fiebrige Erregtheit.

Er hatte so lange auf seine Rache gewartet, so viele Mühen auf sich genommen, sich seinen schmerzlichen Erinnerungen mit so viel Willenskraft gestellt, anstatt Vergessen zu suchen – bald würde er dafür belohnt werden.

Einige Monate nach seinem Vater war auch Béatrice gestorben, und jene Zeit war im Rückblick nicht nur grau, sondern schwarz. Er war ins Waisenhaus von Saint-Lazaire gesteckt worden und konnte sich an nichts anderes erinnern, als dass er immer hungrig gewesen war und immer gefroren hatte, dass er von allen anderen verprügelt worden und noch häufiger krank gewesen war. Er war ein weiches, zartes Kind, das Musik liebte und das in jener Hölle zugrunde gegangen wäre, wenn der Schulleiter nicht sein Talent entdeckt hätte – das Talent, das er von seinem Vater geerbt hatte und dank dessen er sich aus dem Elend befreien konnte. Aus dem geschundenen Waisenknaben war ein berühmter und gefeierter Pianist geworden, der ganz Europa bereiste und sein Publikum mit

Auftritten erfreute. Doch das Elend der Kindheit lag wie ein Schatten über seinem Leben. Wie seine Mutter überwältigte ihn oft die Schwermut – und er vermochte sie nur abzuschütteln, indem er begann, mehr über den gesichtslosen Vater, den er ebenso hasste wie liebte, zu erfahren.

Im Vermächtnis seiner Mutter hatte er einen Brief gefunden, den Fabien Ledoux wenige Stunden vor seinem Tod geschrieben hatte – sein letztes Lebenszeichen, ehe er sich, wie er darin ankündigte, mit Albert Gothmann duellieren würde. Und hier in Frankfurt hatte er schließlich ein ehemaliges Dienstmädchen der Gothmanns ausfindig gemacht, das seine vage Ahnung bestätigt hatte: Demnach war Fabien offenbar in Rosa Gothmann verliebt gewesen, doch bevor es zum Skandal kam, war Fabien bei einem Brand ums Leben gekommen. Wegen des Briefs glaubte Laurent nicht daran. Sein Vater war nicht einem Unglück zum Opfer gefallen. Sein Vater war kaltblütig erschossen worden.

Er hörte das Knirschen von anderen Schuhen im Schnee, drehte sich um und sah Nicolas auf sich zustapfen. Die Wangen des jungen Mannes waren gerötet, und er bibberte am ganzen Leib. Die Kälte, die Laurent so genoss, bekam ihm weit weniger.

Er ist nicht so abgehärtet wie ich, dachte Laurent, und war einerseits dankbar, dass er dem Sohn eine ungleich behütetere Kindheit hatte bieten können, andererseits nie frei von Neid und leiser Verachtung.

»Hat dich jemand verfolgt?«, fragte er streng.

»Warum bist du so ängstlich, Vater?«, gab Nicolas zurück.

»Keiner weiß, dass du Fabien Ledoux' Sohn bist. Selbst wenn du leibhaftig vor ihnen stündest, würde dir keiner im Hause Gothmann misstrauen. Niemand denkt dort noch an Fabien.«

Laurent wusste, dass er deshalb seinen Plan unauffällig verfolgen konnte, dennoch packte ihn die Wut: Der Tod des Vaters hatte ihn gleich einem glühenden Eisen, das tiefe Narben auf der nackten Haut hinterlässt, geprägt, und hier hatte man ihn einfach vergessen?
Er stieß mit dem Fuß in den Schnee und bezähmte nur mit Mühe seinen Groll.
»Also«, wollte er ungeduldig wissen. »Was gibt es Neues?«
»Ich bin zum Silvesterempfang eingeladen worden.« Nicolas senkte seinen Kopf, als schämte er sich.
Laurent jedoch schlug ihm begeistert auf die Schultern. »Das ist doch großartig!«
Nicolas zuckte zusammen. »Was ist großartig daran, dass mir eine junge, liebenswerte Frau vertraut und ich sie hintergehe?«
Er klang trotzig, und Laurents Verachtung wuchs. Sein Sohn war nicht nur weicher – auch leichtgläubiger. So wie er nur schöne Musik mochte und vor Lärm zurückschreckte, wollte er die dunklen Gefühle nicht wahrnehmen, die in seinem Vater tobten: Hass und Rachsucht. Er glaubte immer noch, dass es ihm nur um Gerechtigkeit ging.
Laurent unterdrückte ein Seufzen. Nicolas war immer leicht formbar und darum gehorsam gewesen, doch genau diese Eigenschaft machte ihn wohl auch so empfänglich für die Reize eines hübschen Mädchens. Kürzlich war er noch höchst zufrieden gewesen, als er gehört hatte, dass sich die beiden sogar geküsst hatten – jetzt fragte er sich, ob Nicolas damit nicht zu weit, weil diesem Mädchen ins Netz gegangen war.
»Du hast doch nicht ernsthaft Gefühle für sie entwickelt?«
Nicolas wich seinem Blick aus. »In jedem Fall hat sie es nicht verdient, dass ich sie hintergehe.«
Er schüttelte seinen Sohn an den Schultern. »Ich will endlich wissen, was damals genau passiert ist.«

»Warum fragst du Albert Gothmann dann nicht? Er scheint mir ein freundlicher Mann zu sein, wirklich, ich kann nur Gutes von ihm sagen.«
»Er ist der Mörder deines Großvaters!«
Nicolas presste trotzig seine Lippen zusammen, doch dass keine Widerrede kam, verärgerte Laurent noch mehr.
»Hör mir zu! Alles, was du bist, bist du durch mich. Du hast stets die besten Lehrer bekommen, die teuersten Violinen. Ich habe keine Kosten und Mühen gescheut, um dich zu fördern. Du musstest dir nichts erkämpfen, dir ist alles in den Schoß gefallen. Du bist es mir schuldig, dass du …«
Nicolas hob abwehrend die Hände. »Ist gut, ist gut, ich weiß ja, was ich dir verdanke.«
Laurent atmete tief durch. »Du stehst also auf meiner Seite?«
»Natürlich tue ich das.«
Laurent war sich nicht ganz sicher. Nicolas wirkte nicht nur trotzig, sondern auch so verletzlich – ein Zeichen, dass er sich ernsthaft verliebt hatte.
Sie verabschiedeten sich, und er stapfte in die andere Richtung davon. Schnee rieselte von den Bäumen und nässte Laurents Gesicht. Er durfte nicht zulassen, dass sein Sohn noch mehr Gefühle für Tabitha Gothmann entwickelte. Er musste seinen Plan beschleunigen. Und er hatte schon eine Idee, wie er das anstellen würde.

Albert Gothmann hatte nie zu den Menschen gehört, die sich Vorsätze fürs neue Jahr machten, und auch diesmal, an der Schwelle zu 1889, war das nicht anders. Dennoch nutzte er die Zeit gerne zum Innehalten, und je älter er wurde, desto gründlicher fiel seine Rückschau sowohl auf die unmittelbare Vergangenheit als auch generell auf seinen Werdegang aus. Mit zunehmendem Alter war anstelle des brennenden Ehrgeizes, der ihn in der Jugend angetrieben hatte, jene satte Zufriedenheit getreten, die nur derjenige genießen kann, der genügend Höhen und Tiefen hinter sich gebracht hat. Sie war nicht so berauschend wie spontanes Glück oder Triumphgefühl bei einem unerwarteten Erfolg, aber um vieles verlässlicher, und sie entsprang der Gewissheit, dass er zwar nicht immer Erfolg gehabt, vielmehr manche Rückschläge hatte hinnehmen müssen, aber dass er beharrlich seinen Weg gegangen war und das Bankhaus seines Vaters sicher in die neue Zeit geführt hatte.

Als Tabitha noch klein war, hatten Bankiers wie er noch von der Industrialisierung profitieren können, hatten in neue Bergwerke und Stahlkochereien investiert, Eisenbahnen und Fabriken. Die Rechnung war ganz einfach: Die Unternehmer brauchten Kapital, und Männer wie er stellten es zur Verfügung. Anders als viele Kollegen hatte er sich jedoch nicht von diesem kurzen Höhenflug täuschen lassen. Als Tabitha seinerzeit ihren ersten Hauslehrer bekam, gerieten viele private Bankhäuser in die Krise, und auch wenn er zu den wenigen Bankiers Frankfurts gehörte, die diese überstanden, hatte ihn die wirtschaftliche Lage oft an den Rand der Verzweiflung getrieben.

Doch wie so oft hatte er sich nicht von Gefühlen leiten lassen. Diese waren ihm schließlich immer suspekt gewesen, insbesondere, was das Geschäft betraf. Er holte sich alle Mitarbeiter an den Tisch und verkündete mit besonnener Stimme die radikale Neuausrichtung des Bankhauses. Zwei Gefahren musste man künftig trotzen: dass die Stadt- und Kreissparkassen verstärkt im Privatkundengeschäft mitmischten – und dass die Aktienbanken immer mächtiger wurden: Bald würden Bankiers wie er nicht länger deren Partner sein. Folglich galt es, neue Pläne zu schmieden – und seiner war, auf Nischen zu setzen, den Wertpapierverkehr zur eigentlichen Do-

mäne zu machen und die bisherigen Stärken auszubauen – die persönliche Betreuung der Kunden, die Bearbeitung von Spezialproblemen und die vielgerühmte Diskretion.
Ebenfalls zum Vorteil gereichte nicht zuletzt ihr Engagement im Kolonialhandel. Leider Gottes wurden die einst so engen Beziehungen zum südamerikanischen Kontinent seit Carl-Theodors Tod immer brüchiger, aber ihm war es gelungen, ein paar Kontakte nach Nordamerika herzustellen und Kredite dorthin zu verleihen.
Ja, alles in allem hatte er das Bankhaus heil durch die Krise geführt, und nun, Ende der achtziger Jahre, profitierte er vom allgemeinen Wohlstand.
In den ersten Tagen des neuen Jahres war Albert also ein zufriedener Mann. Er mochte es, dass das Haus noch weihnachtlich geschmückt und der Garten verschneit war, und anstatt an seinem geliebten Schreibtisch zu sitzen und die Holzplatte zu streicheln, stand er auf und trat ans Fenster. Eine Weile blickte er hinaus und lauschte den gedämpften Klängen, die im Salon erklangen: Klavierspiel und Gesang.
Das erste Mal, als er die Musik gehört hatte, war er zusammengezuckt und hatte sich an die unheilvolle Zeit erinnert, als Rosa von Fabien Ledoux unterrichtet worden war. Aber dann hatte die Freude überwogen, dass Tabitha endlich etwas gefunden hatte, das sie mit Leidenschaft verfolgte und an das sie ihr Herz hing. Und was Rosa anbelangte – nun, mit dem Zustand seiner Ehe konnte er ebenfalls durchaus zufrieden sein. Auch dieses Glück war ein leises, das auf überschwengliche Gefühle verzichten musste, aber sich aus Routine und Verlässlichkeit nährte. Sie verbrachten nur wenig Zeit miteinander und hatten das Schlafzimmer ebenso wenig wieder geteilt wie jene starken Gefühle, als sie noch jung waren. Es blieb ein Rest an Misstrauen und unausgesprochenen Vorwürfen, die

das Schweigen zwischen ihnen immer ein wenig angespannt erscheinen ließen, denn er konnte nicht vergessen, was sie mit Fabien getrieben hatte, und sie nicht, dass er ein Mörder war. Aber sie teilten die Trauer um Valeria, das schlechte Gewissen gegenüber der toten Tochter und die Entschlossenheit, Tabitha gute Großeltern zu sein. All das knüpfte ein stabiles Band. Überdies erfreuten sie sich vieler liebgewonnener Rituale – ob nun gemeinsame Abendessen, Gottesdienstbesuche, Empfänge oder Opernabende. Rosa trat formvollendet auf und erfüllte ihn mit Stolz; Tabitha galt als eine der besten Partien Frankfurts, und ihm selbst wurde der Respekt eines erfolgreichen, alteingesessenen Bürgers der Stadt zuteil.

Ein wenig Sorge bereitete es ihm, dass seine Enkeltochter noch keinen Bräutigam erwählt hatte – schließlich hatte er ihr immer wieder vielversprechende Männer vorgestellt, in der Hoffnung, dass sich daraus eine Romanze entwickelte. Wenn es nach ihm gegangen wäre, hätte er sie schon deutlich in die eine oder andere Richtung gedrängt, doch Rosa ermahnte ihn stets, ihr die Freiheit zu lassen und auf ihr Herz zu hören: »Ich werde nie vergessen, wie mich mein Vater mit diesem schrecklichen, alten Ricardo del Monte verheiraten wollte. So etwas werde ich Tabitha nie antun!«

Albert fand, dass man das nicht vergleichen konnte, hätte er bei der Auswahl von Tabithas künftigem Gatten doch deutlich mehr Feingefühl bewiesen als der despotische Alejandro de la Vegas, dem es nicht zuletzt um den eigenen Vorteil gegangen war. Aber wie auch immer – er wollte mit Rosa nicht streiten und hoffte, dass Tabitha selbst begreifen würde, dass sie nicht ewig Zeit hatte, über ihr künftiges Leben zu entscheiden.

Albert trat vom Fenster zurück und setzte sich an seinen Schreibtisch. Wie immer strich er reflexhaft über die Platte,

und da erst entdeckte er den Brief. Offenbar war er heute Morgen abgegeben worden.
Er blickte das Schreiben verwundert an. Sein Name war darauf geschrieben, aber kein Absender.
Zögernd öffnete er den Umschlag und las die Zeilen mit zunehmender Verwirrung. Jene satte Zufriedenheit schwand. Der Brief war nicht unterzeichnet, doch seine Botschaft eindeutig:

Sie sollten Bescheid wissen, dass Ihre Enkeltochter eine sehr enge Freundschaft mit ihrem Gesangslehrer Nicolas pflegt. Gewiss haben Sie sie nicht dazu erzogen, ihren Lehrer zu küssen, aber genau das ist passiert.

Alberts erste Eingebung war es, das Schreiben zu zerknüllen. Was für eine unverschämte Verleumdung! Doch dann spitzte er unwillkürlich die Ohren, hörte die Klänge des Klaviers, die Stimme von Tabitha, wie beides abriss und erst Gemurmel folgte, dann Gelächter. Es versetzte ihm einen Stich, der schmerzhafter war als alles, was er seit Jahren gefühlt hatte.
Er seufzte. Manchmal war es tatsächlich großartig, alt zu sein, dann nämlich, wenn man auf ein erfülltes Leben zurücksah. Manchmal war es einfach nur erschöpfend – vor allem in den Augenblicken, wenn man sich unverhofft den Gefühlen seiner Jugend stellen musste.

Albert fiel es schwer, streng zu sein. Er hatte es nie gekonnt, schon damals gegenüber Valeria nicht. Er empfand große Zärtlichkeit für Tabitha und hatte sie als Kind oft auf den Schoß genommen, doch wie bei seiner Tochter hatte er ihre Erziehung lieber anderen überlassen. Bis jetzt war er damit gut gefahren, aber nun musste er wohl oder übel eingreifen, und er entschied, Rosa lieber nicht bei dieser Aussprache dabeizuhaben. Nicht nur dass diese ebenso ungern wie er selbst dem Mädchen Grenzen aufzeigte – er hatte überdies bemerkt, dass sie den jungen Musiker oft traurig musterte, und wurde den Verdacht nicht los, dass er sie an Fabien erinnerte. Besser, er wühlte weder in unangenehmen Erinnerungen, noch riskierte er den Widerspruch einer aufgrund von nostalgischen Gefühlen milde und nachsichtig gestimmten Großmutter und handelte lieber eigenmächtig.

Lange hatte er sich die richtigen Worte überlegt, doch als er Tabitha zu sich rief, geriet er prompt ins Zaudern. Ihre Wangen waren so rosig, ihr Blick war so leuchtend. Sie wirkte lebendig wie nie und erinnerte ihn an die junge Rosa, wie sie vor der Ehe mit ihm gewesen war, ja sogar ein wenig an Valeria, deren überschäumendes, ungezügeltes Temperament ihn immer etwas erschreckt hatte. Es auch an Tabitha wahrzunehmen, war ungewohnt für ihn. Gewiss, sie war eine junge Frau und diese dafür bekannt, dass sie weniger von Verstand als vielmehr von ihren Gefühlen geleitet wurden – sah man von unnahbaren Vernunftmenschen wie Antonie ab –, aber bislang hatte sie immer etwas verträumt und hilflos gewirkt. Nun witterte er nicht nur Sturheit, sondern gar Kampfeswillen, und das, obwohl er noch kein Wort gesagt hatte.

Rasch verwarf er das Vorhaben, sie direkt auf Nicolas anzusprechen, und legte sich eine ganz andere Taktik zurecht. Statt ein strenges Gesicht aufzusetzen, lächelte er freundlich.

»Ich habe manchmal das Gefühl, du könntest dich hier in Frankfurt etwas langweilen«, begann er.

»Wie kommst du nur darauf?«, fragte sie überrascht.

»Nun, ich hatte bislang immer den Eindruck, dass du es im Sommer kaum erwarten konntest, nach Montevideo zu reisen.«

Sie senkte den Kopf und wirkte plötzlich schuldbewusst, etwas, was er nicht recht deuten konnte.

»Nach dem Erdbeben kann ich fürs Erste gerne darauf verzichten«, murmelte sie.

»Siehst du, und darum ist mir eine Idee gekommen«, erklärte er eifrig. »Es gibt doch noch so viele andere Länder auf dieser Welt, die eine Reise lohnen. Ich habe mir schon länger gedacht, dass wir eine solche gemeinsam unternehmen könnten. Zum Beispiel nach Troja oder Pompeji zu den Ausgrabungen. Meines Wissens bietet das jüngstens gegründete Reisebüro Cook auch faszinierende Reisen in den Orient an.«

Er stellte befriedigt fest, dass er Tabitha in einen Zwiespalt gestürzt hatte. Sie war von seinem Angebot sichtlich angetan, und es schien ihr auf den Lippen zu liegen, begeistert zuzustimmen. Doch als er sich schon innerlich für seine Taktik beglückwünschen wollte, verkündete sie plötzlich schmallippig: »Das ist eine gute Idee. Aber wenn ich es mir recht überlege, möchte ich lieber hierbleiben.«

So schnell wollte sich Albert nicht geschlagen geben. »Aber ist dein Leben nicht etwas eintönig? Ich meine, du zählst nun schon mehr als zwanzig Jahre. Ich finde, dass du deine Tage mit einer anderen Beschäftigung zubringen solltest als ... als mit Gesangsstunden.«

Zu spät zügelte er den unverkennbar verächtlichen Tonfall.

»Damit hat es also zu tun!«, stieß sie aus. Etwas Störrisches, Feindseliges lag plötzlich in ihrem Blick, das ihn geradezu verängstigte. Wie konnte es sein, dass ihm seine liebreizende, freundliche Tabitha plötzlich so fremd geworden war? Wo war das Mädchen, das vergnügt lachte, wenn er es am Bauch kitzelte, oder das ihm nach langen Arbeitstagen seine Zigarre anzünden durfte?

»Ich finde, dass du ein wenig zu viel Zeit mit deinem Musiklehrer verbringst«, sagte er streng.

Röte schoss in ihr Gesicht – leider nicht Ausdruck von Scham, sondern von Wut. »Na und?«, gab sie schnippisch zurück.

Albert fühlte sich hilflos wie einst, als er vor den überbordenden Gefühlen Rosas an seinen Schreibtisch geflohen war. »Ich freue mich ja, dass du Freude am Gesang hast«, fügte er gemäßigter hinzu. »Aber ich finde dennoch, dass du besser mehr Zeit mit Männern deines Standes verbringst.«

»Nicolas ist ein hochbegabter Musiker!«

»Daran zweifle ich auch gar nicht. Aber sieh doch«, er seufzte. »Er hat ein Engagement an der Oper, soviel ich weiß. Wie lange wird es wohl währen, einige Wochen, Monate? In jedem Fall wird er danach woanders hinziehen. Es ist ein sehr unstetes Leben, das er führt. Du wirst schrecklich unglücklich sein, wenn er Frankfurt verlässt.«

»Dann gehe ich eben mit ihm! Ich liebe es, zu reisen!«

Gott bewahre!, dachte Albert, aber er riss sich zusammen. »Deswegen biete ich dir doch eine solche Reise an!«, sagte er hastig. »Ja, du sollst etwas von der Welt sehen, fremde Orte kennenlernen, exotische Länder erforschen. Aber dein Zuhause ist hier – nicht an der Seite eines … eines …«

Tabitha sprang auf und starrte ihn wutentbrannt an. »Er ist ein ehrenwerter Mann!«

»Ist er das?« Alberts Beherrschung bekam endgültig Risse. »Ich habe erfahren, dass er dich geküsst hat«, fügte er schneidend hinzu. »Und das würde kein ehrenwerter Mann tun, solange er nicht verlobt ist.«

Er sah, wie es hinter ihrer Stirn arbeitete. Offenbar fragte sie sich, woher er das wusste, und hatte ein Hausmädchen im Verdacht. Ihm selbst hingegen war kurz gar nicht wohl, dass er allein dieser anonymen Nachricht vertraute. Wie es aussah, war es aber die Wahrheit, denn sie stritt es nicht ab. Mehr noch: Sie war sogar noch stolz darauf. »Nicht er hat mich geküsst, sondern ich ihn!«, rief sie.

»Tabitha!« Sein Unbehagen wich Entsetzen. Was war nur in sie gefahren? Wo war ihre Unschuld, ihre Unbekümmertheit, das Mädchenhafte?

Als er ihren Blick suchte, sah er nichts Kindliches, nur Trotz und ... Härte. Woher, zum Teufel, kam diese bloß?

Sie schien zu ahnen, dass sie zu weit gegangen war, denn sie wandte sich schnell ab. Doch ihm entging nicht, wie ihre Kiefer mahlten.

»Ich will dir doch nichts Schlechtes ... und jenem jungen Musiker auch nicht. Aber du musst einsehen ...«

»Was?«, begehrte sie wieder auf. »Dass er nicht der rechte Mann für mich ist?«

Er verzichtete darauf, zu nicken. »Ich glaube, es ist besser, du gibst die Gesangsstunden auf«, sagte er bloß.

Zu seiner Betroffenheit sah er Tränen in ihren Augen glänzen. »Warum muss ich auf etwas verzichten, was mir solche Freude bereitet?«

»Nun, wir könnten auch einen anderen Lehrer suchen.«

»Großmutter hast du die Liebe zur Musik einst auch ausgetrieben!«, warf sie ihm vor. »Sie hat früher doch auch gesungen, nicht wahr? Warum hat sie es wohl aufgegeben, wenn nicht deinetwegen!«

Albert erblasste. »Was hat sie dir darüber erzählt?« Seine Stimme war kalt – und erschreckte ihn ebenso wie sie. Dennoch fasste sie sich alsbald wieder und trotzte ihm: »Großmutter wird es nicht zulassen, dass du mir das Singen verbietest.«

Albert fuhr zusammen, als ihm aufging, dass sie damit wohl gar nicht so unrecht hatte.

»Aber ich treffe in diesem Haus die Entscheidungen«, schrie er. Sein Zorn war so heftig wie seine Ohnmacht und Hilflosigkeit, die gleichen Gefühle wie damals, als er Rosa nichts hatte recht machen können – ganz anders als jener Fabien Ledoux. »Wenn ich Nicolas verbiete, das Haus zu betreten, wird niemand dem zuwiderhandeln.«
Er bereute seine Worte und noch mehr seine Lautstärke, doch es war zu spät.
Tabitha starrte ihn mit weit aufgerissenen Augen an. »Dann weiß ich, was ich zu tun habe«, sagte sie mit zitternder Stimme.
Sprach's, erhob sich und ging.
Albert hatte keine Ahnung, was ihre kryptischen Worte bedeuten. Seufzend ließ er sich auf den Stuhl fallen, seine heftigen Gefühle verrauchten. Warum war das Leben so schwer, warum waren die Frauen so undurchschaubar? Warum hatte sie sich nicht in einen Bankierssohn verliebt, und was sollte er nun tun?
Es war unmöglich, zu ihr durchzudringen, und darum unvermeidbar, Rosa zu Rate zu ziehen. Trotz allem würde sie wissen, wie sie vorgehen sollten, und Tabitha würde sich nicht lange als so bockig erweisen. Letztlich war sie doch ein braves, gehorsames Mädchen, das seine Großeltern zufriedenstellen wollte.
Albert beruhigte sich langsam, schob ein Gespräch mit Rosa jedoch fürs Erste auf.
Am Abend stellte sich heraus, dass er einen schweren Fehler begangen hatte.
Tabitha erschien nicht zum Abendessen, und als er Else aufforderte, sie zu holen, kam jene unverrichteter Dinge wieder. Sie wirkte ernstlich besorgt. »Sie ist fort«, sagte sie.
»Wie – fort?«

»Das hat sie zurückgelassen.«
Sie hob einen Brief hoch. Rosa blickte ihn fragend an, und Albert schloss erschöpft die Augen.
Ich bin zu alt für diese Aufregung, dachte er einmal mehr.
Er ahnte, was in dem Brief stand, noch ehe er ihn las: Wenn Nicolas in seinem Haus nicht erwünscht war, dann würde auch sie, Tabitha, nicht länger darin leben.

39. Kapitel

Valeria ging fünf Schritte, ehe sie mit dem Schienbein gegen den Tisch stieß. Sie verkniff sich einen Schmerzenslaut, versuchte vielmehr, sich die Entfernung zu merken, und drehte sich nach rechts, um wieder fünf Schritte zu machen. Diesmal stieß sie gegen den Herd – nicht mit dem Bein, sondern mit dem Arm, und es war noch schmerzhafter, obwohl kein Feuer brannte. Fluchend rieb sie sich den Ellbogen und merkte, dass ihr Magen knurrte. Seit Tagen hatte sie schon nichts Ordentliches gegessen. Die Geldvorräte neigten sich dem Ende zu, denn sie konnte nicht nähen, und Valentín kam jeden Tag früher von der Fabrik nach Hause, um sich um sie zu kümmern, und verzichtete dadurch auf einen Teil seines Lohns. Anstatt seine Hilfe anzunehmen, schickte sie ihn Tag für Tag fort, um nach Carlota zu suchen. Die Sorge um die Tochter wuchs mit jeder Stunde, und sie verzweifelte beinahe wegen der eigenen Hilflosigkeit.

Heute hatte sie entschieden, diese nicht länger hinzunehmen und sich vom fehlenden Augenlicht nicht entmutigen zu lassen, wieder mehr Selbständigkeit zu wagen. Es gab schließlich auch andere blinde Menschen, die sich irgendwie zurechtfanden, anstatt den ganzen Tag verzagt im Bett zu liegen oder in der Stube zu hocken.

Abermals machte sie fünf Schritte, die sie laut mitzählte, und landete diesmal bei der Tür. Sie öffnete sie, horchte nach draußen und hörte die Nachbarinnen schwatzen. Prompt fühlte sie sich wie eine Ausgestoßene. Natürlich, sie könnte zu ihnen treten, um den neuesten Klatsch zu erfahren und ihren Mitleidsbekundungen, ob nun echt oder geheuchelt, zu lauschen. Aber Letztere würde sie nicht ertragen und sich hinterher ja doch nur erbärmlicher fühlen.

Sie schloss die Tür, ging wieder fünf Schritte, erreichte aber nicht wie erwartet den Herd, sondern stieß gegen den Stuhl. Er fiel laut krachend um, und als sie sich bückte, um ihn wieder aufzustellen, griff sie ins Leere.

»Verflucht!«

Sie rieb sich die Schläfen. Seit dem Erdbeben machten ihr nicht nur die Blindheit zu schaffen, sondern auch Kopfschmerzen, die heute noch quälender waren als in den letzten Tagen. Seufzend griff sie ein zweites Mal nach dem Stuhl, und diesmal gelang es ihr, ihn wieder aufzustellen. Allerdings war sie danach so erschöpft, dass sie sich setzen musste, und ihre Entschlossenheit versiegte. Wie sollte es nur weitergehen, wenn es ihr nicht einmal gelang, sich in den eigenen vier Wänden zu orientieren?

Tränen stiegen auf, doch sie unterdrückte sie, als sie Schritte hörte. Wenig später öffnete sich die Tür.

»Valentín?«

Sie war unendlich erleichtert, dass er wieder da und sie nicht länger allein war, aber das wollte sie ihm nicht zeigen. »Hast du sie gefunden?«

»Ich weiß, wo sie lebt«, erwiderte er.

Valeria sprang erleichtert auf. »In Gottes Namen, wo denn?«

»Sie hat bei ... Claire Unterschlupf gefunden.« Valentín sprach den Namen aus, als müsste er an einem besonders bitteren Bissen kauen.

Auch Valerias Erleichterung schwand. »Bei Claire?«, fragte sie atemlos.

»Sie lebt in einer Quinta außerhalb von Montevideo, und ...«

»Woher weißt du das?«, unterbrach sie ihn scharf.
»Das lässt sich leicht herausfinden – die de la Vegas' und Gothmanns sind bekannte Familien in Montevideo. Ich war dort und habe sie aus der Ferne beobachtet.«
Valeria war entsetzt. »Du hast kein Recht, zu Claire zu gehen, und Carlota auch nicht.«
Sie hörte Valentín seufzen und konnte sich trotz Blindheit denken, wie Überdruss seine Miene verdunkelte. »Warum denn nicht?«, fragte er. »Du hast mich gebeten, Carlota zu suchen – und ich weiß so gut wie du, dass sie sich seit Jahren nach einem besseren Leben sehnt. Keine Ahnung, wie sie herausgefunden hat, dass sie mit Claire Gothmann verwandt ist, aber in jedem Fall kann die ihr mehr bieten als wir. Carlota ist immerhin ihre Nichte – und auch wenn es mir so wenig gefällt wie dir: Sie ist alt genug, um selbst zu entscheiden, ob sie die Nähe ihrer Familie sucht oder nicht.«
»Ich will das nicht!«, schrie Valeria. Ihre Stimme kippte, und sie brachte das, was ihr eigentlich auf der Seele lastete, nicht über die Lippen. Ich will nicht an die Vergangenheit denken und das Gefühl haben, einen schrecklichen Fehler begangen zu haben. Ich will nicht blind und hilflos sein. Ich will mich nicht von meiner Tochter entfremden – der einzigen, die ich noch habe. Ich will nicht, dass unsere Liebe sich in Überdruss wandelt.
»Valeria, ich bitte dich, sei vernünftig! In deinem Zustand … du brauchst Hilfe … Hilfe, die ich allein dir nicht geben kann. Wir können so nicht weitermachen. Glaub mir, ich will mit dieser ganzen Brut nichts zu tun haben, aber du musst deinen Stolz herunterschlucken und Claire um Hilfe bitten.«
Er war auf sie zugetreten, wie sie es an der Wärme spüren konnte. Eben breitete er die Arme aus und versuchte, sie an sich zu ziehen, doch das war mehr, als sie ertragen konnte. Sie schlug mit der Faust gegen seine Brust.

»Geh weg!«
»Du bist von Sinnen!«
»Geh weg!«, schrie sie wieder. Als er sich nicht rührte, lief sie an ihm vorbei. Sie zählte fünf Schritte, dann erreichte sie die Tür.
»Valeria!«
Sie hörte nicht auf ihn, sondern stürmte hinaus. Die Sonne brannte auf ihrer Haut, sie glaubte, ihr Kopf müsste zerspringen, und draußen war sie noch hilfloser als drinnen, aber sie konnte nicht stehen bleiben. Sie stieß gegen eine Hausmauer, schürfte sich die Hand auf, ließ sich davon jedoch nicht aufhalten. Sie lief immer weiter weg. Von Valentín. Und von der Einsicht, dass am Ende ihrer Entscheidung für Freiheit und Liebe nur Scheitern, Krankheit und Armut standen.

Bald hatte sie ihr Viertel hinter sich gelassen, wie sie an den immer wohlriechenderen Gerüchen und dem dichteren Gedränge bemerkte. Mehrmals stieß sie mit Menschen zusammen und wurde von ihnen übel beschimpft, doch nichts brachte sie dazu, stehen zu bleiben. Einmal vernahm sie ganz dicht an ihrem Ohr ein Klingeln, gefolgt von einem Quietschen und noch mehr Flüchen – offenbar war sie fast vor eine der Straßenbahnen gelaufen, die seit knapp zwanzig Jahren in Betrieb waren und mit der sie bis jetzt noch nie gefahren war, aber sie kam nach wie vor nicht zur Besinnung. Sie fühlte, dass die Pflastersteine unter ihren Füßen glatter und ebenmäßiger wurden, und sie erinnerte sich vage daran, dass man damals, als die besseren Viertel der Stadt mit elektrischer Beleuchtung ausgestattet wurden, auch viele Straßen erneuerte.
Doch was nützte ihr diese Beleuchtung, wo alles finster war und womöglich immer finster bleiben würde?

Schlimmer noch als ihre Blindheit war die Finsternis in der Seele.
Wegen Carlota, wegen Valentín, wegen Claire, wegen ... nein, das konnte sie nicht denken.
Während sie lief und lief, ohne etwas zu sehen, dachte sie plötzlich, dass sie in den letzten Jahren eigentlich immer blind durch die Stadt gegangen war. Sie hatte so radikal mit ihrer Vergangenheit gebrochen, dass sie nicht wieder an alte Schauplätze zurückkehren wollte, und falls es sich nicht vermeiden ließ, hatte sie alles Vertraute ignoriert.
Die Ciudad Vieja hatte sie nur wenige Male betreten, doch jetzt verriet ihr der salzige Geruch die Nähe des Hafens. Valentín hatte es einmal erwähnt, aber sie hatte sich nie selbst davon überzeugt, dass es dank der Kanalisation nicht mehr stank wie einst. Nie hatte sie auch mit eigenen Augen die vielen Parks und Promenaden sehen wollen, die in den letzten fünfzehn Jahren entstanden waren und wo Montevideos Elite flanierte, wahrscheinlich auch die de la Vegas'.
Sie wollte keine reichen Leute sehen, sie verachtete sie. Das zumindest hatte sie Valentín gesagt, während sie insgeheim von der Angst geplagt wurde, dass sie sich nach dem alten, bequemen Leben sehnen würde. Nach den Eltern, nach Onkel Carl-Theodor, nach Claire.
Valentín hatte nie erwartet, dass sie dieses Opfer brachte, aber umso verbissener hatte sie an der Entscheidung festgehalten, mit dem alten Leben zu brechen. Hatte sie es wirklich nur für ihn getan oder nicht vielmehr für sich selbst?, fragte sie sich jetzt. Um sich etwas zu beweisen – nämlich dass sie Albert und Rosa und alle anderen nicht brauchte?
Insgeheim wusste sie, sie hatte es aus einem ganz anderen Grund getan, und der rührte an einem so tiefen Schmerz, dass sie sich ihm nicht stellen konnte – auch jetzt nicht.

Sie lief weiter und trat in eine Pfütze. Der Geruch nach Tabak hing in der Luft und auch der nach nassem Stoff und gegerbtem Leder. Sie musste in der Nähe der vielen Fabriken und Textilwerkstätten am Hafen sein, wo verschiedene Sorten Ponchos hergestellt wurden, Karren aus gutem Holz, Zigarren und Zigaretten, Leder und Schuhe. Einmal hatte sie selbst eine Zeitlang in so einer gearbeitet, um sich und ihre Familie über Wasser zu halten, aber das Geld hatte trotzdem nicht ausgereicht.

»Valeria!«

Eine Stimme drang in die Dunkelheit, gefolgt von lauten Schritten. Valentín war ihr nachgelaufen und holte sie nun ein. Sie fühlte, wie seine Hand nach ihr griff. So wie vorhin wehrte sie sich gegen ihn, doch diesmal hielt er sie fest.

»Valeria, was ist nur mit dir los?«, rief er und klang nicht nur befremdet, sondern auch verzweifelt. »Was ist so schlimm daran, dass ich bei Claire war? Warum kannst du deinen verdammten Stolz nicht einmal beiseiteschieben und um Hilfe bitten?«

Sie rang um Fassung, aber die lange Blindheit hatte sie zermürbt und ihre Flucht von zu Hause erschöpft. »Lieber Himmel, es ist doch nicht mein Stolz!«, brach es aus ihr hervor.

»Was, zum Teufel, denn dann?«

Sie biss sich auf die Lippen, aber sie ahnte – sie würde das Geheimnis nicht länger wahren können. Vielleicht war das auch gut so. All die Jahre, das erkannte sie jetzt überdeutlich, hatte es an ihrer Seele gefressen. Nun schien kaum mehr etwas von dieser Seele da zu sein, und um das wenige zu retten, blieb ihr keine andere Wahl, als schonungslos ehrlich zu sein. Sie war froh, dass sie nicht in sein Gesicht sehen musste, als sie stammelte: »Ich habe nie um die Hilfe meiner Familie gebeten, weil ich sie nicht verdiene.«

Er schnaubte. »Unsinn! Warum solltest du sie nicht verdienen? Weil du mich liebst, obwohl ich zu deinen Entführern gehörte und obendrein aus einem Feindesland stamme?«
Sie schüttelte den Kopf. Neue Tränen stiegen ihr in die Augen, und diesmal konnte sie sie nicht zurückhalten.
»Nein, es hat nichts mit dir zu tun. Sondern mit unserer … unserer …« Sie konnte es kaum sagen. »Mit unserer Tochter«, stieß sie schließlich heiser hervor, ehe sie in lautes Schluchzen ausbrach.
»Aber gerade um Carlotas willen …«, setzte er an.
»Ich meine doch nicht Carlota!« Sie schwieg kurz, atmete tief durch und wartete, bis das Schluchzen nachließ. Nach einer Weile bekannte sie etwas ruhiger: »Ich meine das zweite Mädchen, das ich damals geboren habe. Ich habe es dir nie erzählt, weil ich dachte, es wäre besser so. Dieses Kind war so schwach. Alle waren sich sicher, dass es die nächsten Stunden nicht überleben würde, und darum habe ich es bei Claire gelassen. Ich wusste, wenn ich bliebe und darauf wartete, dass es starb, würde ich dich nicht mehr einholen. Ich habe es kein einziges Mal in den Arm genommen, ich habe es nicht einmal richtig angesehen. Ich brachte es einfach nicht übers Herz, aber hinterher fühlte ich mich so schäbig. Was bin ich nur für eine schlechte Mutter, die ihr Kind im Stich lässt! Was nützte es, dass Claire und Espe da waren – ich hätte da sein müssen, aber ich war es nicht! Vielleicht ist es meine gerechte Strafe, dass ich nun blind bin, vielleicht ist alles eine Strafe …«
Wieder schluchzte sie auf und konnte nicht mehr weiterreden. Sie spürte, wie Valentín sie fassungslos anstarrte, wie langsam Verstehen in ihm reifte. »Zwillinge? Du hast damals Zwillinge geboren?«
»Es war schwer genug mit einem – wie hätten wir ein kränkliches Kind durchbringen sollen? Seit Jahren versuche ich,

mich so zu rechtfertigen. Doch ich weiß ganz genau – ich bin eine schlechte Mutter. Sonst wäre auch Carlota nicht vor mir davongelaufen.«

»Sag so etwas nicht!«, widersprach er heftig. »Du warst die zärtlichste Mutter, die man sich nur vorstellen kann. Du hast alles getan, um sie zu beschützen und ihr ein gutes Leben zu ermöglichen.«

»Nein, nicht alles. Ich habe mir so viel verwehrt, weil ich dachte, ich müsste einen Preis zahlen, und habe nicht gemerkt, dass ich damit auch ihr geschadet habe. Es war fast, als ließe ich sie büßen, dass ich ihre Schwester aufgegeben habe. Und das ist ungerecht gewesen!«

»Mein Gott, warum hast du mir nie die Wahrheit gesagt? Wir hätten doch gemeinsam um dieses Kind trauern können.«

»Ich dachte, dein Leid wäre schon groß genug. Du hast für mich auf deine Heimat verzichtet und mit deinem Bruder gebrochen. Und ich dachte mir, du könntest mich verachten ...« Immer mehr heiße Tränen strömten über ihr Gesicht.

»Nie im Leben!«, rief er empört. »Ich hätte alles ertragen, wenn du es nur mit mir geteilt hättest. Aber so hatte ich stets das Gefühl, ich allein wäre schuld an deinem Elend. Manchmal habe ich geahnt, dass du mir etwas verschweigst, aber ich dachte immer, es wäre Reue, dass du dich für mich und gegen deine Familie entschieden hast.«

»Ach Valentín ...«, seufzte sie.

Er atmete heftig. »Nur aus diesem Grund habe auch ich dir so lange etwas verschwiegen, dass nämlich ... dass nämlich ...«

»Sag es! So sag es doch!«

Auch wenn sie ihn nicht sehen konnte, vermeinte sie zu fühlen, wie sein Kiefer mahlte.

»Vor einigen Jahren bin ich hier in Montevideo zufällig Tshepo über den Weg gelaufen«, brachte er schließlich mühsam hervor.
»Der Schwarze aus Brasilien, der zu den Gefolgsmännern deines Bruders zählte?«
»Genau, und er hat mir erzählt, dass ...«
Wieder brach er ab, aber Valeria ahnte, was er sagen wollte.
»Dass Pablo den Krieg nicht überlebt hat«, sagte sie leise.
»Aber das hast du doch immer geahnt.«
»Geahnt, aber nicht gewusst! Vor allem nicht, wie er ums Leben kam.«
Er schwieg lange und schien mit den Dämonen seiner Vergangenheit ebenso zu ringen wie sie gerade mit den ihren.
»Eine Granate der Argentinier ...«, sagte er schließlich, »im letzten Kriegsjahr, es ging ganz schnell ... Eigentlich sollte ich froh sein, dass er nicht irgendwo verwundet auf dem Schlachtfeld liegen blieb und quälend langsam krepierte. Und dennoch ...«
Sie legte ihre Hand auf seine Schulter und spürte, wie sie erzitterte.
»Und dennoch hast du um ihn getrauert«, murmelte sie. »Aber du hast nicht gewagt, mit mir zu reden, weil ich Pablo ebenso gefürchtet wie gehasst habe.«
»Ich weiß, was er dir angetan hat!«, rief Valentín. »Ich bin bis heute froh, dass ich mich von ihm losgesagt habe! Und dennoch ... er ... er war doch mein Bruder.«
Seine Stimme klang gepresst, und auch Valerias Kehle wurde plötzlich eng. Nicht wegen Pablo, sondern weil sie tief bereute, dass sie sich erst jetzt ihr Innerstes anvertrauten. Es tat unendlich gut, aber es kam spät ... viel zu spät.
Unwillkürlich zog sie ihre Hand zurück. Was zwischen ihnen stand, ließ sich nicht durch wenige Worte aus der Welt räu-

men. Mit ihrer Trauer um die zweite Tochter und Valentíns Trauer um Pablo hätten sie leben können, doch das Schweigen, das sich wie ein schwarzer Schatten über sie legte, war unerträglich. Es hatte ihre Liebe, ihre Hoffnung, ihre Lebenslust erstickt – all die Jahre, selbst jetzt noch. Und nach ihrer beider Bekenntnisse erschien ihr die Blindheit plötzlich nicht länger als schlimmes Geschick, sondern als gerechte Strafe für sie beide: für ihn, weil er nie Fragen gestellt hatte, für sie, weil sie nicht hatten sehen wollen, wie es in seinem Innersten aussah.

Sie schluchzte auf und lief erneut davon. Valentín war so verdattert, dass er ihr nicht gleich folgte. Erst nach einer Weile hörte sie sein Rufen, doch sie blieb nicht stehen.

»Valeria, gib acht, Valeria, du ...«

Plötzlich hörte sie ein lautes Rumpeln. Es kam von rechts, und sie duckte sich unwillkürlich.

Später erfuhr sie, dass sie an einem Fuhrwerk vorbeigelaufen war, sich die Fässer, die dieses transportierte, gelöst hatten, auf die Straße gerollt waren und sie mitten in sie hineinlief. In diesem Augenblick spürte sie nur, wie die Erde vibrierte, wie etwas Schweres auf sie donnerte, erst ihre Beine und Arme traf, dann gegen ihren Kopf prallte.

Die Schwärze, absoluter noch als jene, die sie seit Wochen begleitete, verschluckte sie ganz und gar. Sie fiel zu Boden, spürte jedoch keinen Schmerz. Da war nichts ... nur großes, blankes Nichts.

Irgendwann tauchte in dem Nichts ein Licht auf. Noch war es nur ein Streifen, doch der wurde immer breiter. Sie sah den dunstigen Himmel, sah Hauswände, sah die Ochsen vor dem Fuhrwerk – und Valentíns Gesicht, als er sich besorgt über sie beugte.

Sie starrte ihn an, als sähe sie ihn zum ersten Mal seit Jahren. Zwar war sie erst seit kurzem blind, aber auch in der Zeit vor dem Erdbeben hatte sie kaum auf ihn geachtet. Wann war sie in den letzten Jahren so in seinem Blick versunken wie jetzt? Wann hatte sie zärtlich über seine Wangen gestreichelt? Wann seine Hand genommen und gedrückt und sich an dem Gefühl gelabt, nicht allein durch das Leben zu gehen?
»Ich sehe dich ...«, murmelte sie.
Sie blickte sich um und erkannte, dass sie inmitten von Fässern lag. Einige waren zerborsten, andere unversehrt. Ihr Inhalt war herausgekullert, Lederwaren, Taue und Fangnetze. Eine Horde Männer sammelte die Sachen ein, fluchte auf sie und war blind für das Wunder, das sich vor ihren Augen abgespielt hatte.
»Macht, dass ihr fortkommt!«, schrien sie Valeria und Valentín an.
Valentín hob sie hoch und trug sie weg, und ein zweites Mal versank sie in seinem Blick. Vorhin hatte sie gedacht, dass keine Worte der Welt die vielen Versäumnisse wettmachen und die vielen Wunden heilen konnten. Jetzt dachte sie, dass es doch möglich war, wenn sie nur die richtigen wählte. Ich liebe dich. Ich brauche dich. Ich will mit dir zusammen sein.
Doch bevor sie solche Bekenntnisse aussprechen konnte, musste sie noch etwas anderes tun.
»Lass mich runter, ich kann selbst gehen.«
Er tat es nur unwillig. »Ich sollte dich zum Arzt bringen, damit der dich untersuchen kann. Immerhin hast du einen heftigen Schlag auf den Kopf bekommen.«
»Der mich wieder sehen lässt. Vielleicht ist das ja auch nur ein Zufall, aber ich fühle mich auf jeden Fall gut.«
»Trotzdem ...«
»Nein! Ich habe viel zu lange damit gewartet, mich viel zu lange von meinem Stolz leiten lassen ... Ich muss zu Claire

gehen, muss mit ihr sprechen, und natürlich auch mit Carlota.«

Sie sah, wie sich Widerspruch in ihm regte, aber dann erkannte er, wie entschlossen sie war, und nickte. »Und ich begleite dich!«

Als sie sich auf den Weg machten, ließ er ihre Hand nicht los.

Tabitha zwinkerte Antonio aus der Ferne zu. Er erwiderte ihr Lächeln zwar flüchtig, tat aber so, als würde er sie nicht sehen.

In den letzten Tagen hatte er sie mehrmals heimlich besucht – und jedes Mal hatte sie sich sehr über die Abwechslung gefreut und es genossen, dass ihre Gedanken einmal nicht um die eigene Lage kreisten. Wenn sie mit Antonio zusammen war, fühlte sich alles herrlich leicht an, und sie konnte sich kurz dem Trug hingeben, dass ihr Leben nicht ruiniert war, sondern es jederzeit die Chance auf einen Neubeginn gab. Die Wirklichkeit holte sie bald wieder ein: Nachts weinte sie oft um José, die Schwangerschaft schritt voran, und sie hatte immer noch keine Ahnung, wie sie Tante Claire diesen Umstand beibringen sollte – ganz zu schweigen davon, dass sie sie immer noch belog, wenn es um ihre wahre Identität ging. Aber sobald morgens die Sonne aufging, freute sie sich auf ein Wiedersehen mit Antonio. Der Blick auf die Welt fiel nicht ganz so düster aus, wenn sie gemeinsam mit ihm an ihrem Plan schmiedete, und falls es für Claire und Luis tatsächlich noch Hoffnung auf neues Glück gab, dann vielleicht auch für sie.

»Es ist ziemlich windig heute«, murmelte Claire eben. Sie deutete auf die vielen weißen Schaumkronen, die auf der Wasseroberfläche tanzten. Der Strand war nicht so belebt wie sonst, was Tabitha Sorge bereitete. Obwohl sie die Tante geschickt von Antonio, seinen Schwestern und Luis weglotste, die ebenfalls gerade an den Strand gekommen waren, bestand die Gefahr, dass Claire sie zu früh entdecken würde. Allerdings war es einmal mehr hilfreich, dass Claire wie immer in Gedanken versunken war, und Antonio tat das Seine, um ebenfalls genügend Abstand zwischen seiner Familie und den beiden Frauen zu halten.

»Du hast erzählt, dass du auch im Winter im Meer schwimmen gehst. Dann ist es doch noch kälter, oder?«, meinte Tabitha.

»Gewiss, doch mir macht das nichts aus. Aber für unser Vorhaben wäre es besser, das Meer wäre glatt.«

Mit dem Vorwand, dass sie schwimmen lernen wollte und Claire es ihr doch zeigen möge, hatte Tabitha sie hierhergelockt und war dabei ein hohes Risiko eingegangen: Wenn sie tatsächlich ihre Kleider abgelegt hätte, wäre Claire ihr gerundeter Leib nicht entgangen.

»Na ja«, meinte sie nun. »So eilig habe ich es mit dem Schwimmenlernen auch wieder nicht. Vielleicht hast du recht, und wir verschieben es besser auf ein anderes Mal. Aber das bedeutet nicht, dass du auf das Vergnügen verzichten musst. Geh du ruhig ins Wasser, ich vertreibe mir die Zeit inzwischen am Strand. Hier gibt es so viele schöne Muscheln, die ich gern sammeln würde.«

Claire zögerte. Nicht zum ersten Mal traf Tabitha ein skeptischer Blick. Auch als sie Claire in den letzten Tagen nach deren Vergangenheit befragt hatte, hatte diese sie oft verwirrt angestarrt. Sie hatte zwar bereitwillig alles erzählt, was Tabitha wissen wollte – auch von dem Tag, an dem sie Luis kennengelernt hatte –, aber hinterher hatte sie immer ein wenig traurig gewirkt, vor allem verwundert, warum Tabitha, also Carlota, so neugierig war.

Immerhin – sie sah keinen Zusammenhang zwischen deren Interesse an der Vergangenheit und ihrem plötzlichen Wunsch, schwimmen zu lernen, und bedrängte sie auch jetzt nicht weiter. Stattdessen legte sie ihre Kleider ab und stürzte sich in die Fluten. Ihr Gesicht war etwas faltig, und die Haare wiesen graue Strähnen auf, aber ihr Körper war immer noch so straff und sehnig wie in jungen Jahren. Tabitha staunte, als sie sah, mit welch kräftigen Stößen Claire hinaus ins offene Meer schwamm. Sie schien sich nicht daran zu stören, dass ihr der Wind das salzige Wasser ins Gesicht trieb, sondern tauchte zwischenzeitlich mit dem ganzen Kopf unter.

Tabitha wartete eine Weile, bis der Kopf winzig klein geworden war, dann drehte sie sich um und hielt nach Antonio Ausschau. Seine beiden Schwestern tollten auf dem Strand herum – er selbst hatte den Vater erst unmerklich von ihnen fortgelenkt, um ihn nun wieder zurück in ihre Richtung zu lotsen. Als die beiden nahe genug an sie herangekommen waren, nickte Antonio ihr zu. Wieder lächelten sie sich kurz verschwörerisch an, dann setzte sie eine ernste Miene auf.

»Señor!«, schrie sie und stürzte auf Luis zu. Sie sah ihn zum ersten Mal und war erstaunt, wie ähnlich sich Vater und Sohn waren, aber sie nahm sich nicht die Zeit, ihn ausführlich zu mustern.

»Señor! Señor! Bitte helfen Sie mir!«

Ihre Stimme war sehr schrill, doch was in ihren Ohren ein wenig übertrieben klang, alarmierte Luis sofort.

»Was ist passiert, Niña?«, rief er und kam herbeigeeilt.

»Meine Tante wollte ins Wasser gehen, um sich abzukühlen, doch dann ist sie von einer Strömung erfasst und ins offene Meer getrieben worden. Sie kann zwar schwimmen, aber ihre Kräfte reichen gewiss nicht aus, um wieder ans Ufer zu gelangen.«

»Gütiger Himmel!«, stieß auch Antonio aus.
Luis starrte hinaus aufs Meer. Erst entdeckte er den verschwindend kleinen Kopf nicht, doch dann stieß er einen besorgten Schrei aus.
»Sie ... Sie können doch schwimmen?«, stammelte Tabitha. »Ich bitte Sie – retten Sie meine Tante!«
Anstatt zu antworten, hatte Luis schon seine Stiefel ausgezogen. Hastig schlüpfte er auch aus seiner Jacke und schleuderte sie Antonio vor die Füße. Ehe der etwas sagen konnte, stürzte er sich ins Wasser. Er war ebenfalls nicht mehr der Jüngste, aber seine Schwimmzüge fielen so kräftig aus wie die von Claire. Alsbald wurde auch sein Kopf kleiner und kam immer näher an den von Claire heran.
Tabitha seufzte erleichtert. Der erste Schritt war getan – jetzt mussten sie abwarten.
»Denkst du wirklich, sie versöhnen sich?«, fragte sie Antonio. Gebannt spähte er aufs Meer. »Wollen wir es hoffen.«

Wie immer, wenn sie im Meer schwamm, hatte Claire das Gefühl, dass die Fluten sie von aller Last befreiten und sie reinwuschen. Die Kälte ließ ihren Körper anfangs erstarren, um danach das Blut noch heißer durch die Glieder zu jagen, sämtliche Bitterkeit zu vertreiben, mit der sie oft auf die Vergangenheit blickte, und auch die Hoffnungslosigkeit, wenn sie in die Zukunft sah.
Sosehr die vielen anderen Erinnerungen geschmerzt hatten – nie hatte sie jene gequält, wie sie damals hinausgeschwommen und von Luis zurückgeholt worden war: Luis, der sie festgehalten und sich später für die irrige Annahme geschämt hatte, sie wäre am Ertrinken, Luis, der ihr verstohlene Blicke zugeworfen hatte, als sie sich wieder ankleidete, Luis, der ...

Sie war derart in Gedanken versunken, dass sie es kurz für eine Sinnestäuschung hielt, als nicht weit von ihr plötzlich Luis' Kopf zwischen den Wellen auftauchte.
Jetzt verliere ich endgültig den Verstand, dachte sie.
Sie schloss die Augen, öffnete sie wieder. Der Mann war immer noch da, sah immer noch aus wie Luis und hatte auch seine Stimme. »Ich bin schon da, Doña! Halten Sie sich an meinem Arm fest, dann bringe ich Sie sicher ans Ufer!«
Claire traute ihren Sinnen nicht länger, doch statt sich über das unerwartete Wiedersehen zu freuen, erwachte in ihr blanke Wut. Nicht dass Luis jemals besonders humorvoll gewesen war, aber dieser Scherz war an Geschmacklosigkeit nicht zu überbieten! Was sollte das? Wochenlang hörte sie nichts von ihm, und plötzlich tauchte er auf und trieb üble Späße mit ihr!
»Glaubst du, ich habe das Schwimmen verlernt?«, rief sie ihm schnippisch zu. »So alt kann ich gar nicht sein, dass ich nicht aus eigenen Kräften ans Ufer zurückkehren kann.«
Die Strömung trieb sie näher an ihn heran, und erst jetzt sah sie, wie sich in seinem Gesicht basses Erstaunen breitmachte.
»Du?«, stieß er hervor.
»Wer denn sonst?«, gab sie zurück. »Wie viele Frauen in Montevideo wagen es wohl, so weit hinauszuschwimmen?«
»Aber ...«
Er blickte hilfesuchend zum Strand – und sie sah sie nun selbst: Carlota, Antonio, Monica und Dolores.
Ihre Wut verrauchte so schnell, wie sie gekommen war. »Was hat denn dein Sohn mit meiner Nichte ...«, setzte sie verwirrt an.
Luis hatte sie fast erreicht. Noch wahrte er Abstand, aber die Strömung ergriff sie wieder, und ihre nackten Füße schlugen aneinander. Ein Schauder lief über ihren Körper. Es war wie einst – und doch auch nicht.

»Deine Nichte hat mich gebeten, dich zu retten«, erklärte er.
Claire runzelte die Stirn. »Sie weiß doch ganz genau, wie gut ich schwimmen kann.«
»Du meinst ...«
Abermals wanderte ihr Blick zum Strand. Antonio und Tabitha steckten vertraulich die Köpfe zusammen – ein deutliches Zeichen, dass sie einander nicht zum ersten Mal begegneten.
»Ich meine, dass sie sich das alles nur ausgedacht haben, um uns zusammenzubringen«, stammelte sie.
»Was bedeutet, dass du deiner Nichte erzählt hast, wie wir uns kennengelernt haben«, sagte Luis.
»Ja, warum denn auch nicht? Die Erinnerungen sind schließlich das Einzige, was mir geblieben ist.«
Sie musste schreien, um sich über das rauschende Wasser hinweg verständlich zu machen. Eine Weile schwammen sie an gleicher Stelle, sorgsam darauf bedacht, sich nicht noch einmal unbeabsichtigt zu berühren.
Luis schüttelte den Kopf. »Was haben sie sich nur dabei gedacht!«, rief er.
»Um das herauszufinden, sollten wir besser ans Ufer zurückkehren.«
Die ersten Meter Richtung Strand schwammen sie schweigend. Claire warf immer wieder einen verstohlenen Blick auf Luis, wurde aber aus seiner Miene nicht schlau. Sein Gesicht war gerötet – vielleicht nur von der Anstrengung und dem kalten Wasser, vielleicht vor Wut, weil ihn Antonio in diese Lage gebracht hatte, vielleicht aber auch, weil er zutiefst bewegt war – wie sie selbst. Sie kamen immer näher an den Strand, und anstatt sich über das Verhalten ihrer Nichte zu wundern, wuchs ihre Angst, dass sie dort erneut ohne Aussicht auf ein Wiedersehen auseinandergehen würden.

Sie dachte fieberhaft nach, was sie sagen könnte. »Sei Antonio bitte nicht böse«, bat sie schließlich.

Luis' Kiefer mahlten. »Er hatte kein Recht dazu und deine Nichte auch nicht«, zischte er. »Vorzugeben, du könntest ertrinken – das ist nichts, worüber man Scherze macht.«

»Nun sei doch nicht so streng! Er sorgt für seine jüngeren Schwestern, und das ist gewiss nicht immer leicht für ihn. Kein Wunder, dass ihm das manchmal zu viel wird und er sich eine Frau im Haus wünscht.«

»Er hat sich nie beklagt!«

Claire verdrehte die Augen. »Warum wundert mich das jetzt nicht? Ich nehme an, er kommt ganz nach dir und besitzt jede Menge Pflichtbewusstsein.«

»Du sprichst das so aus, als wäre das etwas Schlechtes«, sagte er vorwurfsvoll.

Sie konnte den sandigen Boden bereits unter den Füßen spüren. Gänsehaut lief über ihre Schultern, als sie sich aus dem Wasser erhob.

»Gewiss nicht«, meinte sie. »Aber du vermittelst immer das Gefühl, dass du sterben würdest, wenn du deiner Pflicht einmal nicht nachkommst. Als ob Scheitern nicht zum Leben gehört und wir uns nicht damit abfinden müssten, auch mal zu versagen.«

»Nun, ich habe damals versagt. Und ich wäre fast gestorben. Ich habe zwei Jahre im Krieg gekämpft – hast du auch nur die geringste Vorstellung, wie schrecklich das war?« Auch er erhob sich aus dem Wasser, auch er fror. Doch seine Lippen bebten wohl nicht nur der Kälte wegen.

»Nein, ich kann es mir nicht vorstellen!«, erwiderte Claire. »Ich bin mir sogar sicher, dass es noch schrecklicher war, als du je zugeben würdest. Aber der Krieg ist vorbei, und du lebst. Denkst du nicht, dass es an der Zeit ist, mit der Vergan-

genheit abzuschließen? Dass du ein Recht darauf hast, glücklich zu sein? Genauso wie deine Kinder, ja, selbst ich?«
Sie standen nur noch bis zu den Knien im Wasser. Ihr entging nicht, wie sein Blick über ihre Gestalt huschte, und ihr wurde plötzlich bewusst, dass sie nur ein dünnes Untergewand trug, das mehr entblößte als verhüllte. Auch sein Hemd klebte auf seiner Haut. Der Körper darunter war noch sehnig wie einst. Sie wappnete sich insgeheim dagegen, dass er ihr widersprechen und an seiner Unversöhnlichkeit festhalten würde, aber zu ihrem Erstaunen schwieg er. Sie rechnete auch damit, dass er seinen Blick von ihr löste, doch er starrte sie unverwandt an, und obwohl sie beide froren, ihre Lippen gewiss schon bläulich waren und die Zähne klapperten, konnte sie keinen Schritt machen.
Ihm schien es nicht anders zu ergehen, und plötzlich brach es aus ihm hervor: »Ich habe dich vermisst in all den Jahren ... so sehr vermisst.«
Claire traten Tränen in die Augen. Sie wusste, dass das seine Art war, ihr zu vergeben. »Ich dich doch auch.«
Plötzlich war es ganz selbstverständlich, sich aus der Starre zu lösen. Sie wateten ans Ufer, gingen dort aufeinander zu. Nur ein kurzer Abstand trennte sie noch voneinander. Gleich würden sich ihre Hände berühren, gleich ihre Körper sich aneinanderschmiegen, gleich die Lippen zum Kuss treffen – und sie beide vergessen, dass ihre Nichte und seine Kinder in der Nähe waren und auch jede Menge andere Menschen, die am Strand spazierten und sie sehen konnten.
Doch ehe sie sich endlich in die Arme fielen, rief jemand ihren Namen.
Claire zuckte zusammen, fuhr herum und konnte kaum glauben, wer da auf sie zukam.

»Valeria ...«

Die vergangenen Jahre ... Jahrzehnte erschienen ihr plötzlich kurz wie ein Wimpernschlag. Jener Tag, an dem Valeria bei Pilar ihre beiden Töchter geboren und das Schwächere ihr anvertraut hatte – jener Tag auch, da Luis sich endgültig von ihr abgewandt hatte und sie in ihrer Trauer und Wut aller Welt erzählt hatte, Valeria wäre tot, schien nur Stunden zurückzuliegen.

Claire musterte ihre Cousine. Ihre Haut war gebräunt wie die einer Bäuerin, die Falten um den Mund waren tief, die Haare nicht mehr leuchtend wie einst. Überdies musste sie beim Erdbeben verletzt worden sein, wie viele kaum vernarbte Wunden es bewiesen. Doch so ausgezehrt und gealtert sie auch war – sie hatte immer noch den wachen, hungrigen, trotzigen Blick einer Unbeugsamen.

»Valeria ... was machst du hier?«

Claire trat zu ihr. Kurz wusste sie nicht, was nun zu tun war, aber dann breitete sie einfach ihre Arme aus und umarmte sie. Oft hatte sie Groll gegen sie empfunden – nicht nur wegen Luis, sondern auch, weil Valeria nie auf ihre Briefe geantwortet hatte. Aber nun, da Luis an ihrer Seite war und sich versöhnlich zeigte, war kein Hass mehr auf die Cousine, nur unendliches Glück und Erleichterung, der Frau endlich wiederzubegegnen, der sie in der Kindheit und Jugendzeit so nahegestanden hatte.

Zuerst versteifte sich Valeria, dann ergab sie sich der Umarmung. »Ich habe zu lange gewartet«, stammelte sie mit rauher Stimme, »viel zu lange, um deine Hilfe anzunehmen, aber jetzt ...« Sie schluckte schwer. »Ich komme soeben von deiner Quinta, habe dich dort aber nicht angetroffen. Deine Haushälterin meinte, du wärst am Strand, und da es nicht weit ist, dachte ich, ich komme hierher ...«

Sie brach ab. In ihrem stolzen Gesicht breitete sich Verwirrung aus, denn eben hatte sie Luis erkannt, der hinter Claire stand. Claire selbst drehte sich um und bemerkte, dass nicht länger Wehmut und Sehnsucht in seinen Zügen stand, sondern blanke Wut.
Claire begriff erst nicht, wie seine Gefühle so schnell umschlagen konnten, aber dann sah sie, dass Valeria von einem Mann begleitet wurde. Sie hatte Valentín Lorente nur einmal gesehen – damals, als sie ihn schwer krank und verletzt aus dem Gefängnis befreit hatte –, doch sie erkannte ihn sogleich wieder. Auch sein Gesicht kündete von Entbehrungen – die Knochen stachen spitz hervor, der Bart war schief geschnitten, das Haar stand wirr und verfilzt nach allen Seiten ab. Dennoch war er ein attraktiver Mann mit jenen fast schwarzen Augen, die funkelten, als würde ein stetes Feuer darin brennen. Eben trotzte dieser Blick dem von Luis, der nichts mit dem so beherrschten Mann gemein hatte, den Claire kannte.
»Der verfluchte Paraguayer ...«, setzte er an.
Nie hatte Claire Luis so reden gehört – so erstickt, so zischend. Nie hatte sie erlebt, dass er sich von seinen Gefühlen so hinreißen ließ wie in diesem Augenblick, als er die Faust hob und auf Valentín losging.
»Gütiger Himmel, Luis!«, stieß sie aus. »Der Krieg ist beinahe zwanzig Jahre vorüber.«
»Er hat unser Glück zerstört! Er!« Luis' Augen wurden schmal, als er Valentín erreichte, der hoheitsvoll den Kopf gehoben hatte, doch ehe er mit seinen Fäusten auf ihn einschlagen konnte, stellte sich Claire dazwischen: »Bist du von Sinnen?«
»Wenn du ihn nicht aus dem Gefängnis befreit hättest ...«
»Eben! *Ich* habe es getan! Es war *meine* Entscheidung! Dafür kannst du ihm doch nicht die Schuld geben.«

»Aber er ist mit dir mitgekommen. Wie wenig Stolz muss man haben, um sich von einer Frau retten zu lassen?«
Valentín hatte bisher unbewegt zugehört und schien nicht gleich begriffen zu haben, wen er vor sich hatte. Doch nun hielt er Luis wütend entgegen: »Und wie wenig Stolz müssen Männer haben, auf einen Wehrlosen einzutreten. Wäre ich im Gefängnis geblieben, hättet ihr mich zu Tode gefoltert.«
»Ich ... ich habe mich schützend vor Sie gestellt.«
»Und deswegen hätte ich aus Dankbarkeit dort verrotten sollen? Sie waren so dumm, sich von einer Frau überlisten zu lassen ...«
»Weil ich sie geliebt habe! Und weil ich sie geheiratet hätte, wenn nicht dieser verdammte Krieg ... diese verdammten Paraguayer ...«
Seine Stimme brach, und Claire konnte es nicht fassen, wie er zunehmend seine Beherrschung verlor. Was darunter zum Vorschein kam, war ihr völlig fremd: So viel Verletzlichkeit war da, so viel Ohnmacht, so viel Enttäuschung. Doch sosehr sie das verstörte – zugleich war sie dankbar, dass sich jene Gefühle endlich entluden, anstatt immer nur verdrängt zu werden.
»Mein Land hat lange genug unter euch gelitten«, schrie Valentín, »ich muss mich dafür nicht auch noch beleidigen lassen.«
Auch er hob nun die Faust, und auch in ihm schienen lang unterdrückte Gefühle aufzubrechen, die Gefühle eines Mannes, der seine Heimat verlassen musste, um jahrzehntelang im einstigen Feindesland zu leben, immer auf der Hut, dass seine Herkunft nicht aufflog, immer genötigt, sich zu verstellen und sich seine Gedanken nicht anmerken zu lassen. Valeria versuchte, ihn ebenso zurückzuhalten wie Claire Luis, doch beide hatten keine Chance.

Die Streithähne entzogen sich ihren Griffen, gingen aufeinander los, und während sie sich prügelten, hörten sie nicht auf, sich wüste Beleidigungen an den Kopf zu werfen, die ihre Verbitterung über die vielen Versäumnisse und Enttäuschungen des Lebens zum Ausdruck brachten.
Irgendwann war Claire es leid, Luis' Namen zu rufen, und sie duckte sich, um keinen Faustschlag abzubekommen. Valeria tat es ihr gleich und lief ein paar Schritte von den Raufbolden fort, doch ein anderer ging dazwischen: Antonio, der sich bis jetzt nicht eingemischt hatte, kam herbeigelaufen, um seinen Vater zurückzuzerren. Es gelang ihm nicht, so dass ihm nichts anderes übrigblieb, als sich vor ihn zu stellen und seine Schläge abzufangen. Luis und Valentín waren für ihn ebenso blind wie vorhin für Claire und Valeria, doch Antonio war kräftig, und kurz sah es wirklich so aus, als würde der Kampf zum Erliegen kommen.
In diesem Augenblick stürzte auch Carlota herbei ... zumindest war sich Claire wie in den letzten Wochen sicher, dass es Carlota war.
Doch ehe sie ihr zurufen konnte, besser Abstand zu halten, sah sie, wie Valeria erbleichte und die Tochter gebannt anstarrte.
»Gütiger Himmel! Wer ist das?«
Claire hatte das Gefühl, die Welt wäre verrückt geworden. Luis und Valentín prügelten sich immer noch, und Antonio war von Valerias Aufschrei zu abgelenkt, um es zu verhindern. Ihr dämmerte, dass Carlota Tabitha war und Tabitha Carlota, und Valeria wiederum dämmerte, dass ihre zweite Tochter damals überlebt hatte, dass sie nun leibhaftig vor ihr stand und sie sie nur nicht erkannt hatte – wie sie jetzt fassungslos rief –, weil sie nach dem Erdbeben blind gewesen war.
Carlota ... nein, Tabitha sah sie halb verlegen, halb schuldbewusst an, aber ehe Valeria zu ihr treten und sie noch genauer

mustern konnte, war es Antonio doch noch gelungen, seinen Vater zurückzuzerren. Dieser wollte jedoch nicht aufgeben, wehrte sich erbittert gegen den Sohn und trat wild um sich. Erst traf sein Fuß nur Luft – dann mit aller Wucht Tabitha.
»Vater!«, schrie Antonio entsetzt.
Endlich kam Luis zur Räson, versteifte sich und blickte ein wenig verwirrt um sich, als käme er nach einem Zustand von Besessenheit langsam wieder zu sich. Auch Valentíns Fäuste entkrampften sich.
Carlota jedoch ... nein, vielmehr Tabitha krümmte sich und strich sich mit schmerzverzerrtem Gesicht über den Bauch.
»Das wollte ich nicht«, stieß Luis aus. Er versuchte, sie zu stützen, aber ehe er sie erreicht hatte, fiel sie auf die Knie.
»Mein Kind ...«, klagte sie, »ich bekomme doch ein Kind.«

40. Kapitel

Carlota bereute noch am selben Abend, was sie getan hatte. Warum nur, haderte sie mit sich, hatte sie sich nur wieder einmal von ihrer Wut hinreißen lassen, ihre Sachen gepackt, den Brief geschrieben und das Haus verlassen, anstatt nüchtern zu überlegen, was sie tun sollte? Gleiche Wut hatte sie oft im ärmlichen Alltag bei Valeria und Valentín überkommen, doch damals hatte es nicht viel gegeben, das sie zerstören konnte, bot das Leben doch nahezu nichts.
Nun aber hatte sie mit einem Schlag die mühsam errungenen und so genossenen Annehmlichkeiten aufgegeben, und zur Wut gesellte sich Furcht.
Vom Haus aus war sie zunächst ins kleine Gartenhäuschen geflohen, aber dort war ihr rasch kalt geworden, und das Zittern ihres Körpers war nicht gerade hilfreich, wenn es zu entscheiden galt, was sie nun tun sollte. Gewiss, sie könnte zu Nicolas nach Frankfurt gehen, aber der Weg dorthin war – insbesondere bei Nacht und Kälte – weit, und überdies wollte sie ihm nicht mit dem Eingeständnis gegenübertreten, dass sie sich vorschnell von ihren Großeltern losgesagt hatte, nun aber keinen Plan hatte, wie es weitergehen sollte. Ebenso wenig wollte sie ihn demütigen, indem sie ihm offen ins Gesicht sagte, dass ihr Großvater ihn nicht als geeignete Partie betrachtete. Das konnte er sich zwar auch selbst denken, aber ihr widerstrebte es, ihm solcherart die Verantwortung für ihr Leben aufzubürden und ihre zarte Liebe mit der Last ihres Opfers zu beschweren.

So verging Stunde um Stunde, in der sie zitternd auf und ab ging. Es wurde kälter, der Himmel schwärzer und ihre Sehnsucht nach ihrem gemütlichen Zimmer immer größer. Kurz war sie geneigt, ihren Trotz hinunterzuschlucken und Abbitte zu leisten, aber wann immer sie das Gespräch mit ihrem Großvater heraufbeschwor, erwachte ihr Stolz. Nein, sie konnte nicht klein beigeben!

Mit der Zeit sehnte sie sich nicht nur nach wohliger Wärme und Geborgenheit, sondern auch nach ihren Eltern. Gewiss, sie hatte sich so oft über sie geärgert, aber nun ahnte sie, was ihre Mutter angetrieben hatte, als die sich von ihrer Familie losgesagt hatte. Niemals, so war sie sich sicher, würde jemand wie Valeria auf einen Mann nur wegen seines niederen Rangs in der Gesellschaft herabblicken – im Gegenteil. Sie selbst hatte der Liebe zu ihrem Vater alles geopfert, und was Carlota bislang als Riesendummheit erschienen war, deren Zeche nicht zuletzt sie selbst zu bezahlen hatte, erschien ihr nun plötzlich heroisch und vorbildlich.

Nein, so schnell würde sie sich, die Tochter ihrer Eltern, nicht geschlagen geben!

Als der Morgen graute, zitterte sie noch immer, fasste aber einen Entschluss, und nachdem sie sich mehrmals umgeblickt hatte, verließ sie das Gartenhaus und machte sich in Richtung Stall auf. Sie wusste, dass die Dienstboten allesamt ihren Großeltern treu ergeben waren – aber bei einem konnte sie darauf hoffen, dass seine Bewunderung für sie die Loyalität gegenüber den Gothmanns übertraf: Moritz, der Kutscher, der sie stets hingerissen ansah, wann immer er ihr begegnete. Insgeheim fand sie, dass er mit seinen Glupschaugen einem Frosch glich, aber es hatte ihr stets geschmeichelt, mit welch schwärmerischem Unterton er ihren Namen Tabitha aussprach.

Der Schnee dämpfte ihre Schritte, bei jedem Atemzug stieg eine graue Wolke von ihrem Mund hoch. Im Stall war es etwas wärmer, und während sie noch ihre Hände aneinanderrieb und darauf hauchte, hatte sie Moritz schon entdeckt.
»Fräulein Tabitha!«, rief er begeistert.
Einmal mehr glich er einem Frosch, doch das hielt sie nicht davon ab, ihr hinreißendstes Lächeln aufzusetzen.
»Kannst du die Pferde anspannen lassen?«
»Sie wollen so früh am Morgen schon weg?«, gab er zurück.
»So ist es«, murmelte sie und schlug kokett die Augen nieder, »und es ist wichtig, dass es mein Großvater nicht erfährt.«
Er blickte sie zweifelnd an, kommentierte ihr Ansinnen aber nicht weiter. »Und wohin soll es gehen?«
»In der Nähe von Falkenstein besitzen die Gothmanns doch eine kleine Jagdhütte.«
Moritz runzelte die Stirn. »Aber jetzt im Winter wird sie nicht benutzt. Der Weg ist gewiss völlig verschneit, und in der Hütte ist es eiskalt.«
»Nun, es gibt dort doch sicher einen Kamin, um sie zu beheizen.«
»Aber es ist schrecklich einsam dort.«
»Eben!«, rief Carlota und hob ihren Blick. »Genau aus diesem Grund will ich dorthin.«

»Warum hast du nicht mit mir darüber geredet? Warum hast du sie eigenmächtig zur Rede gestellt?«
Rosa war wütend wie schon lange nicht mehr, ihre Beherrschung ebenso dahin wie das übliche Gleichmaß der Tage. Dass sie sich überdies schrecklich sorgte, machte die Sache nicht besser. Derart aufgewühlt, war sie blind dafür, dass Albert schuldbewusst wirkte, zerknirscht den Kopf einzog und, wie das Zittern seiner Unterlippe verriet, ihre Sorgen teilte.

Die Liebe zur Enkeltochter war für gewöhnlich das, was sie einte, nun funkelte Rosa ihn feindselig an.

»Ich wollte nicht, dass du dich aufregst«, stammelte Albert hilflos.

»Warum sollte ich? Weil meine Enkeltochter einen Musiker liebt? Es gibt Schlimmeres, zum Beispiel, dass diese Enkeltochter davonläuft und wir nicht wissen, wo sie Unterschlupf gefunden hat.«

»Wahrscheinlich ist sie bei diesem ... diesem ...«

»Sprich seinen Namen ruhig aus!«, rief Rosa. »Nur weil er seinen Lebensunterhalt mit Musik verdient, ist er kein unehrenwerter Mann.«

»Er hat Tabitha geküsst!«

»Na und? Ist es wirklich das, was dich so sehr erbost? Oder vielmehr die Erinnerung an Fabien, die er heraufbeschworen hat?«

Leichtfertig sprach sie den Namen aus – zum ersten Mal seit Jahrzehnten. Im Schweigen, das folgte, wuchs ihr Entsetzen, nicht nur über den unbedachten Tabubruch, sondern auch über jenes überschäumende Temperament, das da in ihr wütete. Ansonsten konnte sie es gut bezähmen, doch nun brach alles hervor: jene Wildheit, jene Entschlossenheit, jener Trotz auch, der sie einst dazu getrieben hatte, aus ihrem Elternhaus zu fliehen, um Albert in die Arme zu laufen.

»Rosa ...«

Sie las die Verletztheit in seinem Blick, aber plötzlich auch die Sehnsucht, vielleicht die gleiche, die sie überkam: die Sehnsucht nach der Jugend, als sie dachten, das Leben sei leicht, solange sie sich liebten und ihren Gefühlen freien Lauf ließen. Sie schluckte schwer. »Genug«, sagte sie mit erstickter Stimme, »wir dürfen uns nicht streiten, wir müssen in Ruhe überlegen, was zu tun ist. Und wo wir Tabitha suchen sollen.«

Albert atmete schwer und nickte schließlich. Wieder folgte ein kurzes Schweigen, das von einem Klopfen an der Tür beendet wurde.

Else trat ein. Auch bei ihrem Anblick musste Rosa unwillkürlich an die ersten Jahre in Frankfurt denken: Sie selbst war damals noch ein unbedarftes Mädchen gewesen – und Else eine fröhliche, geschwätzige Dienstmagd. Mittlerweile war sie eine rundliche Frau geworden, mit Krähenfüßen um die Augen und ergrauten Haaren, die sie zu einem Knoten hochsteckte. Sie war mit dem Gärtner verheiratet, hatte einen Sohn – Moritz, der mittlerweile ihr Kutscher war –, schwatzte zwar immer noch gerne, aber nicht länger mit Rosa.

»Ja?«, fragte Albert.

»Ich habe gehört, dass Tabitha weggelaufen ist.«

Rosa nickte bestürzt. Gestern Abend hatten sie noch gehofft, dass Tabitha bald wegen der Kälte heimkehren würde, doch nach einer durchwachten Nacht und einem unruhigen Tag reifte die Einsicht, dass das wenig wahrscheinlich war und Tabithas Trotz und Sturheit Vernunft und Gehorsam besiegt hatten.

»Ich habe mir ja schon lange überlegt, ob ich es Ihnen sagen soll«, murmelte Else.

»Dass Tabitha sich in Nicolas verliebt hat?«, fragte Albert.

Else zuckte die Schultern. »Davon weiß ich nichts. Aber ... aber Frau Gothmann, ist es Ihnen nicht auch aufgefallen?«

Rosa ging auf Else zu, studierte deren nachdenkliche Miene, hatte jedoch keine Ahnung, was sie andeutete. »Was?«, rief sie atemlos.

»Nun, wie sehr sich Tabitha verändert hat!«, sagte Else. »Seit sie aus Montevideo zurückgekehrt ist, ist sie nicht mehr die Alte. Ich habe sie des Öfteren beobachtet, wie sie durch das Haus ging, und sie hat dabei den Eindruck gemacht, als sähe

sie alles zum ersten Mal. Meist schien sie gar nicht zu wissen, wen sie gerade vor sich hatte.«
»Was willst du damit sagen?«, fragte Albert unwirsch. »Dass sie den Verstand verloren hat?«
Rosa hob die Hand, um ihn zum Schweigen zu bringen. »Vielleicht hast du recht«, murmelte sie, »sie wirkte oft so weggetreten. Aber das hat wohl mit dem Erdbeben zu tun. Und mit ihrer Kopfverletzung.«
»Tja, wenn es das ist ...«, meine Else vielsagend.
»Was könnte es auch sonst sein?«
Rosa rief sich die vergangenen Monate ins Gedächtnis, und ja, es stimmte, Tabitha hatte sich verändert. Als Kind war sie so anhänglich und liebebedürftig gewesen, nun gab sie sich meist distanziert und wortkarg. Allerdings – gehörte das nicht zum Erwachsenwerden dazu? Und war es nicht das Wichtigste, dass sie wieder ganz gesund geworden war?
»Nun, im Moment hat es wenig Sinn, dass wir uns darüber den Kopf zerbrechen«, schaltete sich Albert ein. »Es zählt allein, dass wir sie so schnell wie möglich finden.«
»Ich glaube, da könnte ich helfen«, meinte Else.
»Weißt du, wo sie ist?«
»Nein, aber so merkwürdig, wie er sich verhält, mein Sohn Moritz.«

Laurent ließ Nicolas nicht aus den Augen. Er hatte sich vermeintlich nachsichtig erwiesen und die letzten Tage nicht mehr nachgebohrt, ob der Sohn Gefühle für Tabitha Gothmann hegte, aber er lag ständig auf der Lauer – und hatte, wie sich nun herausstellte, gut daran getan, ihm zu misstrauen.
Eben beobachtete er, wie Nicolas unten mit einem Kutscher sprach. Der trug eine Livree mit Goldknöpfen – ohne Zweifel ein Zeichen, dass er für sehr feine Leute arbeitete –, doch als

Nicolas wenig später nach oben in ihre kleine Mietwohnung in der Nähe des Römers zurückkehrte, sagte er kein Wort. Er wirkte abwesend, und Laurent hätte schwören können, dass jener Kutscher ihm eine Nachricht von Tabitha überbracht hatte.

Er fluchte insgeheim auf seinen Sohn, weil der ihn nicht einweihte, gab sich nach außen jedoch gelassen und verhielt sich so, als hätte er nichts Ungewöhnliches bemerkt. Geduldig wartete er bis zum Abend, bis Nicolas in die Oper aufbrach, und durchstöberte seine Sachen erst, als die Tür ins Schloss fiel.

Nicolas ist wirklich ein Narr, dachte er, als er den Brief fand – in einer der obersten Schubladen, nicht einmal ordentlich unter der Wäsche versteckt.

Hastig überflog er die Zeilen – und sah sich prompt bestätigt. Tatsächlich, die Nachricht stammte von Tabitha Gothmann, und mit jedem Wort, das er las, wurde Laurents Lächeln breiter. Also hatte sein anonymes Schreiben an Albert Gothmann Erfolg gehabt: Der Großvater hatte sich mit dem Mädchen entzweit, dieses war kopflos aus dem Haus geflohen und verriet sogar seinen derzeitigen Aufenthaltsort – eine Jagdhütte in der Nähe von Falkenstein.

Laurent ließ das Schreiben sinken. Dort würde er freie Bahn haben.

Er konnte seine Ungeduld nicht länger bezähmen, sondern entschied sich, sofort zu handeln, zumal Nicolas nicht hier war, und ging hastig in sein eigenes kleines Zimmer. Er selbst hatte für seine Pistole ein besseres Versteck ausgesucht als Nicolas für den Brief: Sie lag nicht in einer der Schubladen, sondern unter einer losen Holzdiele.

Eine Weile betrachtete er sie mit einem Anflug von Befremden. Als Musiker hatte er nicht oft Waffen in den Händen gehalten, wenngleich er den Gebrauch von dieser genau gelernt hatte, und kurz fragte er sich, ob es eine ähnliche Pistole war, mit der sein Vater den Tod gefunden hatte. Er versuchte, dessen Gesicht heraufzubeschwören, doch es gelang ihm nicht. Das Einzige, was er ganz deutlich vor seinem inneren Auge sah, war seine Mutter, deren leidender Ausdruck einem immer stumpfsinnigeren gewichen war, während sie jahrelang vergebens auf Fabien und ein besseres Leben wartete.

Er zuckte zusammen, als er plötzlich hinter sich ein Knarzen vernahm. »Vater ... Vater, was tust du denn da?«

Nicolas stand hinter ihm und wurde kreidebleich, als er die Pistole erblickte.

Laurent unterdrückte ein Seufzen. »Warum, zum Teufel, bist du schon wieder zurück? Du solltest doch längst in der Oper sein!«

»Ich habe etwas vergessen, aber ...«

Laurent ließ sich sein Unbehagen nicht anmerken, sondern trat auf seinen Sohn zu, doch zu seinem Erstaunen wich dieser nicht zurück. Es steckte mehr Mumm in seinen Knochen, als er gedacht hatte.

»Aus dem Weg!«, befahl er streng.

»Gütiger Himmel, was hast du vor?«

»Das geht dich nichts an. Du hast deinen Teil unseres Plans erfüllt, jetzt bin ich dran. Geh Violine spielen!«

Immer noch wich Nicolas nicht zurück. »Warum besitzt du eine Waffe? Und was willst du damit? Unser Plan sah vor, dass ich Tabitha von zu Hause fortlocke und dass wir ihrem Großvater den Aufenthaltsort nur verraten, wenn er endlich die Wahrheit gesteht. Doch für dieses Vorhaben brauchst du keine Waffe!«

Laurent wurde wütend. Warum erwies sich sein weicher, verträumter, naiver Sohn ausgerechnet jetzt als so misstrauisch?

»Geh mir endlich aus dem Weg!«, wiederholte er.
Nicolas' Augen weiteten sich ängstlich. »Du willst dich nicht damit begnügen, die Wahrheit zu erfahren. Du willst ... du willst jemanden töten. Albert Gothmann, nicht wahr?«
Schweigen folgte, in dem beide einander völlig erstarrt gegenüberstanden. Nicolas sah ihn an und suchte in der Miene des Vaters nach der Bestätigung seines schrecklichen Verdachts. »Nein«, dämmerte ihm plötzlich die Wahrheit, »ihn zu töten wäre keine vollkommene Rache. Du triffst ihn noch mehr, wenn du ... wenn du ...« Nicolas brach ab. »Tabitha!«, rief er dann entsetzt.
»Er hat mir meinen Vater genommen!«, schrie Laurent. »Also nehme ich ihm die Enkeltochter!«
»Bist du wahnsinnig? Ich ... ich habe noch einen Vater – aber so wie du dich benimmst, wäre es mir lieber, du wärst tot.«
Laurents Wut zerplatzte wie eine rote Blase. Er hob die Hand, um ihn zu schlagen, und merkte zu spät, dass er immer noch die Pistole hielt. Nicolas wehrte sich nicht, zuckte nicht einmal zurück. Ein dumpfer Laut erklang, als ihn der Knauf mit ganzer Wucht traf, und ein noch lauteres Poltern, als er in sich zusammensackte.
Entsetzen stieg in Laurent hoch – heftig, aber nur kurz. Als er sich über Nicolas beugte und seinen Namen rief, erkannte er, dass er noch atmete. Der Schlag würde einen blauen Fleck hinterlassen, aber er blutete nicht. Gewiss würde er sich bald erholt haben.
Laurent stieg über seinen reglosen Sohn hinweg. Er konnte keine Rücksicht mehr nehmen – auf nichts und niemanden.

Elses Sohn Moritz war entsetzlich halsstarrig. Albert und Rosa fragten wiederholt, wo Tabitha steckte, erst flehentlich, dann streng, doch er verweigerte ihnen strikt die Antwort.

Zwar hatte er zugegeben, dass er sie von hier fortgebracht hatte, aber er hielt an seinem Versprechen fest, das er ihr gegeben hatte: Er würde niemandem ihren Aufenthaltsort verraten.

Rosa war erleichtert, dass Tabitha bei der Flucht nicht ganz auf sich allein gestellt gewesen war, und wollte schon aufgeben, doch dann trat Else vor und gab ihrem Sohn eine Kopfnuss wie einem kleinen Kind.

»Auf der Stelle sagst du den Herrschaften, wo sie steckt!«, blaffte sie ihn an.

Moritz rieb sich den schmerzenden Kopf. »Aber Mutter, ich musste ihr doch schwören ...«

»Das sagtest du schon. Aber siehst du nicht, dass ihre Großeltern in schrecklicher Sorge um sie sind?«

»Ich kann versichern – Fräulein Tabitha befindet sich an einem sicheren Ort. Es geht ihr gut, sie hat genug zu essen, und ich habe sogar ein Feuer gemacht.«

»Wo?«, brüllte Albert.

Moritz kniff seine Lippen zusammen, obwohl Rosa fühlte, wie sein Widerstand bröckelte, doch ehe er endlich die Wahrheit verriet, ertönte von der Tür her eine Stimme: »Ich fürchte, ich weiß, wo sie ist.«

Rosa fuhr herum und sah Nicolas dort stehen. Er musste in höchster Eile hierhergekommen sein, denn sein Gesicht war rot vor Kälte, und er zitterte, weil er sich nicht warm genug gekleidet hatte. Überdies sah er mit dem zerzausten Haar und dem geschwollenen Auge so aus, als wäre er in eine Rauferei geraten. Bevor er sich erklären konnte, stürzte Albert auf ihn los: »Sie!«, schrie er. »Sie sind für all das verantwortlich! Sie haben ihr eingeredet, von zu Hause fortzulaufen! Tabitha war immer das anständigste und bravste Mädchen, das man sich nur vorstellen konnte, und ...«

Er hatte Nicolas am Kragen gepackt und schüttelte ihn. Der junge Mann ließ es stoisch über sich ergehen, aber Rosa ging hastig dazwischen. »So lass ihn doch!«

»Warum?«, fragte Albert empört. »Seit sie ihn kennt, ist Tabitha nicht mehr die Alte, das hat doch auch Else bestätigt!«

Das alte Dienstmädchen schüttelte nachdenklich den Kopf. »Nein«, murmelte sie, »nicht seit sie ihn kennt, sondern seit sie aus Montevideo zurück ist. Da ist es Ihnen nur noch nicht aufgefallen.«

»Bitte!«, stieß Nicolas hervor. »Dafür ist jetzt keine Zeit! Tabitha befindet sich in höchster Gefahr.«

Albert ließ endlich seinen Kragen los, während Rosa ihn zunehmend entsetzter musterte. »Was ... was ... meinen Sie?«, stammelte sie.

Nicolas senkte seinen Kopf. »Ich habe hier in Frankfurt immer einen falschen Namen angegeben. Mein richtiger ist ... Ledoux. Nicolas Ledoux.«

Albert schien verwirrt, aber Rosa war es, als würde sie einen schmerzhaften Schlag erhalten.

»Fabien ...«, stammelte sie. »Sie sind mit Fabien verwandt?«

»Er war mein Großvater ... Ich habe ihn nie kennengelernt, aber mein Vater hat sein Leben lang unter dem Verlust gelitten. Er ... er hat das alles eingefädelt. Und jetzt ist er auf dem Weg zu Tabitha ...«

Er atmete tief durch, und einige wirre Worte später hatte er die ganze Wahrheit offenbart. Tabitha war in die Jagdhütte geflohen, und Laurent, der auf Rache aus war, wusste das.

Albert stöhnte auf. Eben noch hatte er Nicolas geschüttelt wie ein junger Mann, nun wirkte er plötzlich alt und gebeugt. Die Wut und Verbitterung wegen seiner einstigen Tat hatten Rosas Herz so lange zerfressen; selbst nach der Versöhnung hatte sie sich ihm nicht ganz öffnen können und dann und

wann einen Anflug kalten Hasses empfunden. Doch als sie ihn nun betrachtete, überkam sie einfach nur Mitleid. Sie selbst hatte sich beim Gedanken an Fabien stets schrecklich schuldig gefühlt und gemeint, sie müsste sich bestrafen, indem sie ihre Lebendigkeit und Fröhlichkeit unterdrückte. Doch erst jetzt erkannte sie, dass Albert sich nicht einfach ins Reich der Zahlen und an seinen sicheren Schreibtisch hatte flüchten können, sondern seine Tat auch an ihm genagt und ihm schlaflose Nächte bereitet haben musste.
»Gütiger Himmel!«, stießen sie wie aus einem Mund aus.
Hilflos blickten sie sich an.
Nicolas wandte sich an Rosa. »Ich weiß nicht, was damals vorgefallen ist. Scheinbar hat mein Großvater Sie geliebt und auf eine Zukunft mit Ihnen gehofft ...«
Rosa schüttelte den Kopf. »Das glaube ich nicht. Ja, gewiss, er hat für mich geschwärmt; er war auch sehr vom Leben angetan, das er hier führen konnte. Aber für mich war er ein Freund, nichts weiter.«
»Ein Freund?«, brach es aus Albert hervor. »Nur ein Freund? Du hast nie mit ihm ...?«
»Nein«, gab Rosa unumwunden die Wahrheit zu, die sie so lange gehütet hatte, um Albert zu quälen. »Ich hatte nie eine Affäre mit ihm. Er war für mich da, als ich mich einsam fühlte, aber du warst der Mann, den ich wollte. Ich habe dich geliebt – niemals ihn. Ich war ihm nur dankbar dafür, dass er mir die Lebensfreude wieder schenkte ...«
»Die du an meiner Seite eingebüßt hast«, murmelte Albert tonlos. »Aber warum hast du mir das nie gesagt?«
Rosa sah ihn traurig an. »Weil du deine eigenen Schlüsse gezogen hast. Weil du mich nie gefragt hast, was genau mich mit ihm verbindet. Du warst in deiner Eifersucht sogar bereit, dich mit ihm zu duellieren. Und danach ...«

Sie sprach nicht weiter. Und danach haben wir nie wieder offen darüber geredet, selbst nach unserer Versöhnung nicht, fügte sie in Gedanken hinzu.
Rosa fragte sich, wen sie damit mehr bestraft hatte – sich selbst oder ihn. In jedem Fall stieg bittere Reue hoch, weil sie sich so vieler Jahre beraubt hatten – Jahre, in denen sie mehr hätten sein können als nur zufriedene Großeltern, die die Fürsorge der Enkeltochter einte, nämlich ... Liebende wie einst.
»Das ist doch jetzt alles nicht so wichtig«, rief Nicolas dazwischen. »Wir müssen sofort zur Jagdhütte, um Schlimmes zu vermeiden.«
Albert nickte und sagte an Moritz gerichtet: »Du bringst uns sofort dorthin.«
»Bring mir Muff und Mantel!«, befahl Rosa ihrerseits Else.
»Rosa, du solltest besser hier ...«
»Denk gar nicht erst daran, mir zu verbieten, mitzukommen.«
Zielstrebig eilte sie nach draußen, und Albert blieb nichts anderes übrig, als ihr zu folgen.
Als sie durch den Schnee stapfte, tat ihr die Brust alsbald von der eisigen Luft weh. Trotz des Muffs schmerzten ihre Hände. Ich bin zu alt für so viel Aufregung, ging es ihr durch den Kopf, aber sie schob den Gedanken zur Seite.
Irgendwann konnte sie ihr bequemes, langweiliges Leben fortführen, jetzt zählte nur Tabitha. Hastig bestiegen sie die Kutsche, und Moritz sprang auf den Bock, um die Pferde anzutreiben.
So unverzüglich sie auch aufgebrochen waren – der Weg zur Jagdhütte kam Rosa unendlich lang vor, zumal es wieder in dicken Flocken zu schneien begonnen hatte und die Wege steil und vereist waren. Mehrmals kamen die Pferde kaum weiter, die Kutsche schwankte.

»Verflucht!«, schimpfte Albert ein ums andere Mal.
Nicolas sagte gar nichts mehr.
Ehe sie die letzte Wegstrecke bezwingen konnten, blieb die Kutsche endgültig im Schnee stecken. »Ich schaffe es nicht mehr weiter«, erklärte Moritz.
Rosa sprang aus dem Wagen. »Dann müssen wir eben zu Fuß gehen.«
Schon nach wenigen Schritten versank sie knöcheltief im Schnee. Kälte und Nässe drangen durch die dünnen Stiefel, und sie keuchte schwer. Albert hatte zu ihr aufgeschlossen und schien wieder sagen zu wollen, dass sie besser hierbleiben und warten sollte, doch ihm entging die Entschlossenheit ihrer Miene nicht, und er reichte ihr stattdessen schweigend die Hand. Sie nahm sie, drückte sie kurz, dann stapften sie weiter.
Obwohl sie hinter Bäumen verborgen war, sahen sie die Jagdhütte schon von weitem. Der Kamin war beheizt, und der warme Lichtschein wirkte inmitten der verschneiten Einöde tröstlich.
Rosa hatte sich nicht oft in jenem hübschen, aber einfachen Gebäude aufgehalten, wusste jedoch, dass es im Erdgeschoss eine Stube und die Küche gab und sich unter dem Dach einige niedrige Schlafräume befanden.
Nicolas stürzte auf eines der winzigen Fenster zu, um hineinzuspähen, aber die Scheiben waren beschlagen.
»Was sehen Sie?«, rief Albert.
»Nicht so laut!«, gab er flüsternd zurück.
Rosa blickte sich nach Spuren im Schnee um, doch es war zu dunkel, um welche zu erkennen.
»Los, hinein!«, rief Albert, ohne seine Stimme zu drosseln.
Rosa war sich nicht sicher, ob das eine gute Idee war, aber auch sie konnte ihre Ungeduld nicht länger bezähmen. Als

Albert die Tür öffnete, stürzte sie hinter ihm in die Stube. Nicht weit vom Kamin entfernt stand ein Stuhl, und darauf saß ihre Enkeltochter.
»Tabitha!«
Das Mädchen sah auf. Sie wirkte blass und angespannt. Bei dem Anblick ihrer Großeltern hellte sich zwar kurz ihre Miene auf, doch dann weiteten sich angstvoll ihre Augen, und sie schüttelte den Kopf.
Jetzt erst bemerkte Rosa, dass sie nicht einfach nur auf dem Stuhl saß, sondern daran gefesselt war.
»Tabitha ...«
Ihre Stimme erstarb zu einem Krächzen. Aus der Ecke trat ein Mann, der Fabien bis aufs Haar glich und eine Pistole in der Hand hielt.
»Guten Abend, Herr und Frau Gothmann. Sie kommen früher, als ich erwartet hatte.«

Carlota wusste, eigentlich sollte sie vor Angst vergehen – Angst um ihr Leben und um das der Großeltern. Tatsächlich war sie auch zutiefst erschrocken gewesen, als plötzlich dieser fremde Mann in der Jagdhütte aufgetaucht war, ihren Großvater des Mords bezichtigte und wild von Rache faselte. Doch nun, als sie in Nicolas' Gesicht die Wahrheit lesen konnte, überwog die Enttäuschung. Ja, er war tatsächlich der Sohn des Verrückten, wie dieser behauptete. Und ja, er hatte von Anfang an gemeinsame Sache mit ihm gemacht, sich den Platz in ihrem Herzen hinterhältig erschlichen und ihr seine Liebe nur vorgeheuchelt.
Sie schloss die Augen – in der Hoffnung, dass all das nicht wirklich war, dass sie nur träumte. Doch als sie sie wieder öffnete, fuchtelte der Fremde immer noch mit seiner Pistole vor ihrem Gesicht herum, und Nicolas flüsterte: »Vater ...«

Es half kein Leugnen. Die beiden gehörten zusammen. Carlota biss sich auf die Lippen, konnte einen Schrei des Entsetzens jedoch nicht unterdrücken.

»Ich habe es dir doch schon vorher gesagt – halt dich da raus«, herrschte Laurent Ledoux seinen Sohn an. »Geh einfach!«

Nicolas rührte sich nicht. »Vater, du begehst einen großen Fehler.«

Während Laurent Nicolas fixierte, machte ihr Großvater einen Schritt auf sie zu. Prompt fuhr Laurent herum und richtete die Pistole auf ihn. »Keinen Schritt weiter!«

Carlota konnte nicht umhin, ihren Großvater für seinen Mut zu bewundern. Er wirkte besorgt, doch nicht eingeschüchtert. Auch Rosa Gothmann hatte es geschafft, ihre Fassung zu wahren. Sie war zwar bleich, stand aber aufrecht an der Seite ihres Mannes.

»Ich weiß, was Sie antreibt«, erklärte Albert ruhig. »Und Sie haben recht. Ich ... ich habe tatsächlich Ihren Vater auf dem Gewissen. Ich schwöre Ihnen, es war damals ein Unfall, ich wollte ihn nicht töten. Womöglich werden Sie mir nicht glauben, und selbst wenn, wird es keinen Unterschied für Sie machen, aber Sie sollten trotzdem wissen ...«

Wieder hatte er einen Schritt auf Carlota zugemacht. »Rühren Sie sich nicht!«, schrie Laurent.

»Hören Sie mir zu, Monsieur Ledoux«, flehte Albert. »Sie fordern Genugtuung, und die sollen Sie auch haben. Ich begebe mich in Ihre Hand – machen Sie mit mir, was Sie wollen. Aber lassen Sie meine Enkeltochter frei, und lassen Sie auch meine Frau gehen.«

Ein grausames Lächeln verzerrte Laurents Mund. »Es ist nicht so einfach, wie Sie sich das vorstellen«, presste er hervor. »Die wahre Prüfung für mich war, ohne meinen Vater groß zu

werden. Der Verlust von Menschen, die einem nahestehen, ist so viel schlimmer als der eigene Tod.«
Carlotas Mut sank. Er war wirklich dazu entschlossen, sie zu töten. Und Nicolas hatte es gewusst.
»Wie konntest du ...«, stieß sie aus.
»Ich wusste nicht, dass er so weit gehen würde, wirklich nicht. Ich wollte nie ...«
»Du hast mir deine Liebe nur vorgespielt!«
»Nein! So ist es nicht, ich ...«
»Genug!« Laurents Stimme klang wie ein Peitschenknall. Alle zuckten zusammen. Langsam richtete er seine Pistole von Albert auf Carlota und presste sie ihr direkt auf die Schläfe. Das Metall war kalt, aber sie wurde plötzlich ganz ruhig. Da war kein Platz mehr für Liebeskummer, kein Mitleid für ihre entsetzte Großmutter, keine Angst vor einem viel zu frühen Tod. Da war nur die bittere Einsicht: Ich werde meine Eltern niemals wiedersehen. Ich werde nicht nach Montevideo heimkehren.
Erst jetzt konnte sie sich die Sehnsucht nach ihrer Heimat und ihren Eltern eingestehen. Erst jetzt konnte sie zugeben, dass sie zu leichtherzig das vertraute Leben ihrem Begehren nach Wohlstand geopfert hatte.
»Bitte lassen Sie Tabitha gehen«, flehte Albert wieder.
Laurents Miene blieb verschlossen, aber Carlota wusste: Dies war ihre letzte Chance, um zu verhindern, dass sie mit einer Lüge starb.
»Ich ... ich bin nicht Tabitha«, sagte sie hastig. »Ich bin ihre Zwillingsschwester. Ich bin bei Valeria und Valentín aufgewachsen, die beiden sind nicht tot, wie sie es alle Welt haben glauben lassen. Meine Mutter wollte nichts mehr mit euch zu tun haben, aber dann ... dann hat dieses Erdbeben Montevideo erschüttert, und ich bin zufällig Tabitha begegnet. Wir haben die Rollen getauscht und ...«

»Still!«
Während Albert und Rosa einfach nur fassungslos lauschten, war Laurent sichtbar irritiert. Die Enthüllung von Familiengeheimnissen störte ihn dabei, den Moment der Rache auszukosten.
Aber Carlota konnte nicht anders, als immer weiterzureden: »Es tut mir leid, so unendlich leid, dass ich euch angelogen habe, aber ich sehnte mich danach, reich zu sein, schöne Kleider zu tragen und ...«
Laurent hob seine freie Hand und wollte ihr offenbar eine Ohrfeige versetzen, damit sie endlich schwieg. Genau diesen Moment der Unaufmerksamkeit nutzte Nicolas. Ehe Carlota sichs versah, stürzte er auf seinen Vater und riss ihn zurück. Laurent war erst überrascht, dann verärgert. Er stolperte, fiel gegen die Wand, fing sich aber rasch wieder und schlug auf den Sohn ein. Ein wildes Handgemenge entstand, ohne dass Carlota erkennen konnte, wer sich als der Stärkere erwies. Schon stand Albert an ihrer Seite und löste hastig die Fessel.
»Was ... was redest du denn da?«
»Es stimmt. Ich bin nicht Tabitha, wenngleich trotzdem eure Enkeltochter und ...«
Auch Rosa eilte zu ihr und wollte sie aus der Hütte ziehen, doch Carlota konnte ihren Blick nicht von Vater und Sohn lassen.
»Nicolas!«
Dass er sich mit seinem Vater prügelte, war vielleicht ein Zeichen, dass er dessen Pläne doch nicht guthieß! Vielleicht war es sogar ein Zeichen, dass er sie trotz allem liebte!
Kurz hatte es den Anschein, er könnte seinen Vater überwinden, doch als er ihr einen flehentlichen Blick zuwarf, versetzte Laurent ihm einen Faustschlag, Nicolas taumelte zurück, und Carlota sah Blut aus seiner Nase rinnen.

»Nicolas!«, rief sie abermals.
Sein Name blieb ihr in der Kehle stecken. Laurent hatte die Pistole nach wie vor in der Hand und umklammerte sie fest, ehe er sie auf sie richtete. Im nächsten Augenblick erklang ein ohrenbetäubend lauter Schuss. Sie spürte nicht, wo die Kugel sie traf, nur dass Schmerz in ihrem Körper förmlich explodierte und kein einziges Glied aussparte. Ein gleißendes Licht hüllte sie ein.
»Tabitha!«
Ihre Großeltern schrien diesen Namen – war doch ihre Enthüllung in diesem Augenblick bedeutungslos.
»Nein«, flüsterte sie, »nein, ich bin Carlota.« Dann sackte sie auf dem Stuhl zusammen.

41. Kapitel

Sowohl Luis als auch Valentín boten an, Tabitha zum Haus zurückzutragen, aber Claire hob abwehrend die Hände. »Ihr habt schon genug angerichtet«, rief sie streng. Valeria sagte nichts zu alledem. Sie starrte völlig fassungslos auf das Mädchen, das ihre zweite, totgeglaubte Tochter war. Schließlich war es Antonio, der Tabitha zur Quinta trug. Den ganzen Weg über redete er beruhigend auf sie ein, während Claire neben ihr herlief und ihre Hand hielt.
»Das Kind«, klagte Tabitha, als sie den Garten erreichten. »Ich habe solche Angst um das Kind …«
»Ganz ruhig«, tröstete Claire sie, »ich schicke Claudio sofort los, damit er einen Arzt holt. Es wird alles gut, du wirst sehen. Warum hast du mir denn nicht gesagt, dass du schwanger bist?«
Tabitha errötete. »Ich hatte keine Ahnung, wie es weitergehen sollte … vor allem, nachdem José die Stadt ohne mich verlassen hat. Ich dachte, mein Leben sei ruiniert, und ich wusste nicht, wohin, deswegen bin ich zu dir gekommen und habe dich belogen. Es tut mir so leid. Es …« Sie brach ab. »Ich will das Kind nicht verlieren.«
Claire fiel nichts anderes ein, als einmal mehr tröstend ihre Hand zu drücken und Antonio zuzunicken, damit der seine Schritte beschleunigte. Schon traten sie über die Schwelle, und Valeria, die sich endlich aus ihrer Starre gelöst hatte und nachgeeilt war, wollte ihnen rasch folgen. Claire hielt sie zurück.

»Warte ein wenig! Ich weiß, dir liegen unendlich viele Fragen auf den Lippen, aber das alles wird zu viel für sie! Und auch du musst dich erst einmal sammeln …«

Valeria war kreidebleich. »Sie lebt …«, stammelte sie ein ums andere Mal. »Sie lebt noch. In all den Jahren habe ich immer gedacht, sie wäre damals gestorben. Sie war doch so klein, so schwach und konnte kaum atmen …«

»Vor allem war sie ziemlich zäh.«

»Tabitha …«, flüsterte Valeria ehrfurchtsvoll. »Damals habe ich sie einfach verlassen, ohne ihr einen Namen zu geben. Und in den letzten Wochen habe ich sie nicht einmal erkannt. Ich war so mit meinem eigenen Elend beschäftigt.«

Tränen traten in ihre Augen, und sie wirkte so zerknirscht, dass Claire sie am liebsten tröstend in den Arm genommen hätte, doch dafür war keine Zeit. Schnell folgte sie Antonio ins Innere des Hauses, wo dieser Tabitha behutsam auf ein Sofa gelegt hatte. Tabitha war immer noch blass im Gesicht, aber sie krümmte sich nicht mehr so erbärmlich, und obwohl Claire nicht viel von Schwangerschaften wusste, hielt sie das für ein gutes Zeichen. Trotzdem schickte sie Claudio den Arzt holen, und der Haushälterin befahl sie, frischen Tee aufzusetzen.

Entgegen ihrem Rat war Valeria ins Wohnzimmer gefolgt und neben dem Sofa auf die Knie gesunken. »Dass ich dich nicht erkannt habe …«

»Es tut mir so leid«, Tabitha zitterte, »es war falsch, dass ich euch alle belogen habe.«

»Denk nicht daran, darüber reden wir später.«

Claire trat vor das Haus, um auf den Arzt zu warten und tief durchzuatmen. Mittlerweile waren auch Valentín und Luis nachgekommen. Sie wirkten beide beschämt und hatten rote Flecken im Gesicht. Luis trug Dolores auf seinem Arm und hielt Monica an der anderen Hand. Die beiden Mädchen wirkten nach allem, was sie beobachten mussten, schrecklich aufgeregt, und Dolores weinte sogar.

»Wenigstens ich hätte sie erkennen müssen ...«, sagte Valentín. »Schließlich war ich nicht blind wie Valeria. Allerdings habe ich doch nicht gewusst, dass sie eine zweite Tochter hatte – sie hat es mir bis vor kurzem verschwiegen.«

Luis strich der weinenden Dolores über den Kopf. »Mein Gott, ich habe sie getreten! Wenn sie das Kind verliert, ist es allein meine Schuld!«

Claire blickte von einem zum anderen, während sie drinnen weiterhin Valeria auf ihre Tochter einreden hörte, und konnte all die Selbstbezichtigungen plötzlich nicht länger ertragen.

»Schluss jetzt!«, rief sie energisch. Luis und Valentín blickten sie erstaunt an. »Tabitha braucht Ruhe – und was euch betrifft: Reicht es nicht endlich, mit der eigenen Vergangenheit zu hadern, sich Fehler zu bezichtigen, Versäumnisse zu beklagen und die anderen mit Hass und Vorwürfen zu verfolgen? Ist es nicht endlich an der Zeit, zu vergeben – uns selbst und allen, von denen wir denken, sie sind an uns schuldig geworden? Lassen wir die Vergangenheit doch ruhen und ab heute das Beste aus unserem Leben machen.«

Ihre Wangen glühten nach ihrer Rede. Niemand widersprach. Erst jetzt sah sie, dass Luis mit nackten Füßen vor ihr stand, schließlich hatte er keine Gelegenheit gehabt, nach dem Schwimmen die Stiefel wieder anzuziehen. Und was noch schlimmer war: Sie selbst stand im nassen Unterhemd da, fror entsetzlich und merkte es nicht einmal.

Sie stellte sich vor, welch grotesken Anblick sie allesamt boten, und die Anspannung wich, als sie plötzlich hellauf lachen musste.

Einige Wochen später saß Valeria mit Claire in deren Garten. Der Wind rauschte durch die Blätter der Zitronen- und Orangenbäume, die vielen Blumen verströmten einen intensiven Duft, Mücken tanzten um die dichte Hecke. Erst gestern hatte Valentín den Garten ehrfürchtig betrachtet. Er erinnerte ihn an seine Heimat und an seine Mutter, die wie Claire eine leidenschaftliche Gärtnerin gewesen war. Valeria selbst hatte Claires Quinta bislang kaum in Augenschein genommen. So viel war passiert, so viel auf sie eingestürmt, mit dem sie fertig werden musste. Erst jetzt bot sich die Gelegenheit, ganz ruhig dazusitzen, die Farbenpracht zu genießen und ihre Gedanken zu ordnen.

Auch Claire wirkte nach all der Aufregung ein wenig mitgenommen, aber zugleich unglaublich glücklich. Sie hatten noch nicht offen darüber geredet, doch Valeria war es nicht verborgen geblieben, dass sie sich mit Luis versöhnt hatte. »Wie wird es nun mit euch weitergehen?«, fragte sie leise.

Claire zuckte die Schultern. »Ich bin mir nicht sicher. Die verlorenen Jahre sind nicht so leicht rückgängig zu machen, und vor allem müssen wir den Kindern Zeit geben, sich an mich zu gewöhnen.«

Valeria lächelte. »Die Kinder scheinen dich doch bereits sehr zu mögen, vor allem die kleine Dolores. Und auch Antonio ist ständig hier.«

Claire verdrehte die Augen. »Nun, das hat gewiss nichts mit mir zu tun, sondern mit Tabitha.«

»Erstaunlich, dass er sich so um sie kümmert«, sagte Valeria nachdenklich. »Ich meine, sie bekommt das Kind von einem anderen Mann. Jeder andere würde sich davon sogleich in die Flucht schlagen lassen.«

»Du darfst nicht vergessen, dass Antonio Luis tatkräftig geholfen hat, die beiden Schwestern großzuziehen. Er ist sehr

verantwortungsvoll und außergewöhnlich reif für sein Alter.«
»Ganz anders als dieser José ...«
Valeria lehnte sich zurück. Unter den vielen Blumen, die Claire gepflanzt hatte, befanden sich auch Rosen und dufteten besonders süß. Vage erinnerte sie sich an die Geschichte ihrer spanischen Großmutter, nach der sie benannt worden war und die sich vergebens darum bemüht hatte, hierzulande Rosen zu züchten. Claire dagegen war es gelungen.
Während sie die Blumen betrachtete, ließ sie die vergangenen Wochen Revue passieren. Nachdem klar war, dass Tabitha ihr Kind behalten würde, waren lange Gespräche gefolgt. Die verlorene Tochter hatte Valentín und ihr alles anvertraut: das Täuschungsmanöver, das sie gemeinsam mit Carlota ausgeheckt hatte, ebenso wie ihre unglückliche Liebe zu diesem José Amendola.
Valeria hatte zunächst ein wenig Scheu vor dem Mädchen empfunden, die zwar wie Carlota aussah, sich aber doch in vielem unterschied. Sie war etwas feinfühliger, weicher und labiler als sie, wenngleich auch an ihr ähnlicher Trotz und Stolz zu erahnen war. Mit jedem Tag jedoch war ihre Nähe gewachsen.
Noch größere Scheu als sie hatte Valentín empfunden, und anders als Valeria war er nicht hier bei Claire geblieben, sondern in ihr Haus zurückgekehrt. Doch er kam fast jeden Tag vorbei und erwies sich als immer gesprächiger und liebevoller. Die Beziehung von Vater und Tochter hatte zwar nicht recht glücklich begonnen, so streng, wie sich Valentín in der Zeit erwiesen hatte, da Tabitha bei ihnen lebte, aber Valeria hatte allen Grund, zu hoffen, dass in der Zukunft ein Neuanfang möglich war. Sorgen bereitete ihr hingegen der Gedanke an Carlota.

»Ich will dich nicht drängen«, sagte Claire, »doch es wird Zeit, dass du deinen Eltern telegraphierst. Und du solltest auch den de la Vegas' die Wahrheit sagen.«
Valeria zuckte unsicher die Schultern.
Claire beugte sich vor und sah sie eindringlich an: »Valeria, ich werde dich und deine Tochter so gut wie möglich unterstützen. Mein Haus ist selbstverständlich immer für dich offen. Doch Tabitha braucht im Moment nicht nur ein Dach über dem Kopf, sie braucht ihre Familie. Und auch wenn du dich noch so sehr um sie bemühst – die verlorenen Jahre lassen sich nicht in wenigen Wochen aufholen. Rosa, Albert, die de la Vegas' und du – ihr müsst gemeinsame Entscheidungen treffen. Nicht nur, was Tabitha anbelangt, sondern auch Carlota. Und deswegen musst du dich mit ihnen aussprechen. Dein Stolz zählt jetzt nicht mehr.«
Valeria senkte ihren Blick. »Es ist doch nicht nur mein Stolz. Weißt du, als ich damals Tabitha im Stich ließ, habe ich gedacht, dass mich die Liebe zu Valentín dazu treibt. Aber das war nicht der wahre Grund ... Ich wusste, wenn ich mit den Kindern zurückbleibe, dann würde ich wohl oder übel wieder bei meinen Eltern Unterschlupf finden. Aber das wollte ich nicht. Ich wollte sie bestrafen, weil sie immer so kalt gewesen sind.«
»Tabitha hat erzählt, dass sie sehr liebevolle Großeltern sind.«
»Ja«, sagte Valeria nachdenklich. »Offenbar wollten sie an ihr wiedergutmachen, was sie bei mir versäumt haben.«
»Und deswegen ist die Zeit gekommen, ihnen zu sagen, dass du noch lebst. Und den de la Vegas' ebenso.«
»Ich weiß.«
Claire erhob sich, denn eben war Luis mit den beiden Töchtern vor dem Gartentor erschienen.
Valeria hielt sie an der Hand zurück. »Also gut«, meinte sie, »ich werde morgen zum Haus der de la Vegas' gehen. Ver-

sprich du im Gegenzug, dass du dir nicht länger den Kopf über verlorene Jahre zerbrichst oder wie die Kinder eure Liebe aufnehmen könnten. Wenn Luis dich wie einst fragt, ob du ihn heiraten willst – dann sag ohne Zögern ja. Diesmal darf nichts dazwischenkommen.«

Die Dienstmagd, die Valeria die Tür öffnete, musterte sie erstaunt von oben bis unten und schien sich nicht im Klaren zu sein, wie sie sich gegenüber dem ungebetenen Gast verhalten sollte. Valeria hatte sich ein Kleid von Claire ausgeborgt, und das war durchaus elegant, aber sie trug keine Handschuhe, ihr Haar war strähnig und die Haut gegerbt wie die einer Bäuerin.
»Doña ...?«
»Gothmann«, sagte Valeria leise. »Mein Name ist Valeria Gothmann. Ich will Julio ... ich meine, Señor de la Vegas sprechen.«
Der Klang ihres Namens bewirkte nichts im Gesicht des Mädchens. Es zögerte immer noch. Doch da trat Tabitha vor, die bis jetzt hinter Valeria verharrt hatte, und die Augen des Mädchens weiteten sich überrascht. »Niña Tabitha! Ich dachte, Sie wären in Deutschland ...«
»Das ist eine lange Geschichte. Wir müssen mit Onkel Julio sprechen, bitte.«
Das Mädchen wich zur Seite und ließ Valeria und Tabitha eintreten. Schon nach wenigen Schritten wurde Valeria ganz weh ums Herz. Sie hatte zwar nicht viel Zeit in diesem Haus verbracht, aber dennoch wurden Erinnerungen übermächtig – weniger an die bedrückenden Monate, da sie schwanger war und hier eingesperrt wurde, sondern an die Tage nach ihrer Ankunft, als Onkel Carl-Theodor noch gelebt hatte und Claire und sie so aufgeregt gewesen waren, diese fremde Stadt

zu erforschen. Die Zukunft war noch so verheißungsvoll gewesen, Tante Leonora noch so freundlich, der Krieg so unendlich weit weg ...
»Señor Julio ist leider nicht hier. Er befindet sich auf Geschäftsreise.«
Valeria sank das Herz, obwohl sie damit hatte rechnen müssen. Tabitha hatte ihr erzählt, dass er häufig unterwegs war – nicht zuletzt, um vor seiner Frau zu fliehen –, und sie selbst hatte manchmal in der Zeitung von einem seiner vielen geschäftlichen Erfolge gelesen. Sie hatte zwar immer vorgegeben, dass die Familie de la Vegas sie nicht interessiere, aber heimlich jeden Artikel, jede Fotografie aufmerksam studiert und so erfahren, dass Julio nicht nur an der ersten Telegraphenlinie beteiligt war, die ab 1866 gebaut und einige Jahre später ans britisch-europäische Kabelnetz angeschlossen wurde, sondern auch an diversen Eisenbahnverbindungen ins Hinterland.
Er war mittlerweile so reich, dass er die Gothmanns nicht mehr brauchte, um seine Stellung zu halten. Wie es aussah, hatte er bekommen, was er wollte – doch richtig glücklich hatte es ihn wohl nicht gemacht, warum sonst würde er ein so unstetes Leben führen, am liebsten so weit weg von den Seinen wie möglich?
»Soll ich Doña Leonora Bescheid geben?«, fragte das Mädchen.
Valeria zauderte. »Ich würde lieber mit Isabella sprechen.«
Zu ihrer Erleichterung nickte das Mädchen und drehte sich um, doch es war zu spät. Ehe es die gegenüberliegende Tür erreichte, trat Leonora ausgehbereit in den Patio. Vor einigen Jahren hatte Valeria sie einmal aus der Ferne gesehen, doch erst jetzt stellte sie fest, dass sie noch wuchtiger wirkte. Vielleicht lag das nicht an ihrer wachsenden Leibesfülle, sondern

an dem vielen Schmuck, den sie trug, oder an dem unglaublich weiten Kleid aus raschelndem, rotem Taft. Einen Augenblick lang spürte Valeria das ganze Ausmaß der Verzweiflung einer einsamen Frau, die sich von ihrem Mann entfremdet hatte, mit ihrer Tochter nichts anzufangen wusste und Trost im Essen suchte, das sie hatte so unförmig werden lassen, oder in eleganter Kleidung, die diese Unförmigkeit nicht verbergen konnte. Leonoras Blick fiel auf sie. Sie riss die Augen auf, das Doppelkinn begann zu beben, und einen Augenblick lang war nur Überraschung in ihrer Miene zu lesen, nicht die übliche Bösartigkeit.

Valeria wollte diesen Augenblick nutzen. Sie straffte die Schultern, trat auf sie zu.

»Ja ... ja, ich bin es wirklich«, sagte sie schnell. »Die totgeglaubte Valeria. Claire hat euch damals nicht die Wahrheit gesagt. Ich bin nicht bei Tabithas Geburt gestorben.«

Leonora japste nach Luft, schien aber kaum atmen zu können. Schweißtröpfchen traten auf ihre gerötete Stirn. Ehe sie die Fassung wiedererlangte, fiel ihr Blick auf Tabitha. »Du ... du bist doch in Deutschland ...«

»Nein, dort ist meine Schwester Carlota. Wir haben die Rollen getauscht.«

Leonora wurde noch verwirrter, doch gerade weil sie nicht begriff, was hier vorging, erwachte ihr alter Zorn. Immer hatte sie sich gegenüber den Frauen aus Europa minderwertig gefühlt – nun war es nicht Mode und Stilsicherheit, die ihr diese voraushatten, sondern das Wissen um äußerst verquere Ereignisse.

»Was hast du hier zu suchen, Valeria?«, kreischte sie. »Du hast Schande über die Familie gebracht! Du hast dich mit einem Teufel aus Paraguay eingelassen! Meinetwegen hättest du damals verrotten können!«

Valeria war entsetzt über dieses Ausmaß an Hass, der sich auf sie richtete, doch sie hielt mit fester Stimme dagegen: »Bitte, Leonora, lass die Vergangenheit ruhen. Es sind so viele Jahre vergangen, es ist endlich die Zeit gekommen, Frieden zu schließen. Ich will, dass ihr wisst, dass ich noch lebe, und auch meinen Eltern will ich erklären, warum ...«
Sie brach ab.
Leonoras Blick war von Valeria zu Tabitha geschweift. Offenbar war es leichter zu verkraften, das Mädchen hier zu sehen. Ihr Atem wurde ruhiger, der Kopf schien nicht mehr gleich zu platzen. Doch als sie das Mädchen musterte, erkannte sie allzu bald, dass dessen Leibesmitte gerundet war – und was das zu bedeuten hatte.
»Ein Bastard!«, polterte sie los. »Du wagst es tatsächlich, mit einem Bastard unter deinem Herzen dieses Haus zu betreten?«
Tabitha wurde rot vor Scham – Valeria vor Wut.
»Du hast kein Recht, meine Tochter zu beleidigen«, erklärte sie trotz aller guten Vorsätze schneidend. »Mich konntest du einst ungestraft einsperren und demütigen – aber bei ihr lasse ich es nicht zu.«
»Das ist keine Beleidigung, sondern die Wahrheit!«, rief Leonora schrill. »Tabitha ist eine Hure wie ihre Mutter, die nichts als Schande über die Familie bringt!«
Valeria konnte ihr Temperament nicht länger zügeln. »Welche Familie meinst du denn? Onkel Julio ist doch nie hier, Isabella hat versäumt, glücklich zu werden, und du bist eine verbitterte alte Frau. Es gibt nichts, was dieses Haus noch dunkler und seine Bewohner noch einsamer machen könnte. Über den Namen de la Vegas spottet man gewiss nicht wegen meiner einstigen Schande. Man hat vielmehr Mitleid mit euch und hofft, niemals selbst Teil einer sterbenden Familie zu werden.«

Leonora stürzte wütend auf sie zu und hob ihre Hand, um sie zu schlagen. Valeria wollte ihr in den Arm fallen, doch ehe sie ihn zu fassen bekam, ertönte hinter ihnen plötzlich ein Schrei.
»Mutter!«
Leonora fuhr herum.
Isabella stand an der Tür und starrte Valeria mit kalkweißem Gesicht an.
»Valeria, bist du das? Du lebst?« Anders als bei der Mutter sorgte dieser Umstand bei ihr für echte Freude.
Valeria rang sich ein Lächeln ab. »Ja, ich lebe. Ich habe meinen Tod damals nur vorgetäuscht, um Valentín zu folgen. Nun habe ich mich entschlossen, zurückzukehren, denn ich brauche Hilfe.«
Isabella wollte auf sie zugehen, um sie zu umarmen, doch ihre Mutter stellte sich vor sie.
»Bleib ihr fern!«, herrschte sie sie an. »Die Hure verdient es nicht, dass man freundlich zu ihr ist. Dies hier ist ein ehrenwertes Haus, in dem sie nichts verloren hat, ebenso wie ihre Tochter.« Sie wandte sich wieder an Valeria und Tabitha. »Schert euch zum Teufel!«
»Mutter ...«
»Halt deinen Mund und geh auf dein Zimmer!«
Isabella war tief betrübt, wagte es jedoch nicht, sich zu widersetzen, und Valeria fühlte dasselbe Mitleid, das sie einst bewogen hatte, ihr schöne Kleider zu beschaffen.
»Komm mit uns«, murmelte sie. »Claire würde sich freuen, dich zu sehen, und gewiss kommst du viel zu selten aus diesem Haus hinaus. Verschwende deine Zeit nicht mit dieser bösartigen alten Frau.«
Leonora heulte auf. »Sie wird nicht mit euch kommen! Und dein Mann, wenn er denn noch lebt, wird nicht länger in Montevideo bleiben. Ich werde euch das Leben so schwer wie

möglich machen, und am Ende werdet ihr alle von hier verschwinden, dafür sorge ich.«

Noch wich Valeria nicht zurück, aber als Leonora erneut auf sie losstürmte, um sie zu schlagen, flüchtete sie zur Tür. Leonora verzichtete darauf, abermals die Hand zu heben, keifte jedoch: »Geht! Haut ab! Und wagt es nicht noch einmal, einen Fuß auf diese Schwelle zu setzen. In diesem Haus ist kein Platz für euch!«

Valeria hätte ihr gerne getrotzt, doch Tabitha nahm ihre Hand und zog daran. »Bitte, Mutter, lass uns gehen. Das hat doch keinen Sinn.«

»Ja«, erwiderte Valeria, »du hast recht. Das müssen wir uns nicht anhören.«

Doch ehe sie sich umdrehen und vor der geifernden Hausherrin fliehen konnten, ertönte eine Stimme von der Tür her: »Bleibst du uns die gebotene Gastfreundschaft ebenfalls schuldig, Leonora?«

Valeria traute ihren Augen kaum, und auch Leonora blieb vor Erstaunen der Mund offen stehen. Tabitha wirkte etwas verlegen, Isabella dagegen lächelte erleichtert und fasste sich als Erste: »Was macht ihr denn hier?«

Im Patio standen Rosa und Albert Gothmann, beide sichtlich angestrengt von der weiten Reise, aber noch nicht bereit, der Müdigkeit nachzugeben. Ihr erster Blick galt Tabitha, der nicht sonderlich überrascht ausfiel. Offenbar hatten sie damit gerechnet, sie hier zu sehen, ging es Valeria durch den Kopf, was wiederum bedeutete, dass sie bereits die Wahrheit über den Rollentausch der Zwillingsschwestern herausgefunden hatten.

Doch dann nahmen die beiden auch sie in Augenschein, und obwohl Carlota ihnen gewiss erzählt hatte, dass ihre Mutter noch lebte, erbleichte Rosa und schlug sich die Hand vor den Mund, während Albert zu zittern begann.

»Valeria ...«

Sie starrte ihre Eltern betroffen an, wollte etwas sagen, brachte jedoch nur ein gequältes Räuspern hervor. Rosa und Albert waren alt geworden – und gezeichnet von einem Kummer: dem Kummer um sie. Selbst Tabitha hatte den Verlust der einzigen Tochter nicht wettmachen können, ging es Valeria auf, der Tochter, die sie geliebt haben mussten, auch wenn es ihnen so schwergefallen war, das zu zeigen. Ansonsten würde nicht dieser Schmerz in ihrer Miene stehen, die Fassungslosigkeit, schließlich schiere Überwältigung vor Freude. Beide traten auf sie zu und berührten sie so vorsichtig, als wäre sie ein Geist und könnte jederzeit wieder entschwinden, wenn sie zu beherzt zupackten.

»Ich konnte nicht glauben, als Carlota mir erzählt hatte, dass du ... dass du ...«, Rosa brach ab. Sie atmete tief durch. »Als wir davon erfahren haben, sind wir sofort hierher aufgebrochen. Ich dachte, ich würde auf dem Schiff verrückt werden, weil ich es nicht erwarten konnte, mich mit eigenen Augen davon zu überzeugen, dass du ... dass du ...« Erneut versagte ihre Stimme.

»Dass du noch lebst«, brachte Albert an ihrer statt den Satz zu Ende. »Aber warum ... warum hast du uns das all die Jahre verschwiegen?«

Valeria war zu bewegt, um ein Wort hervorzubringen, doch Tabitha trat vor und erklärte: »Sie hat ihren Tod nur vorgetäuscht, um mit Valentín, meinem Vater, zusammenbleiben zu können.«

Rosa strich ihrer Tochter übers Gesicht, das seit ihrer letzten Begegnung so viel rauher und faltiger geworden war. Beinahe zuckte Valeria zurück, denn eine solche Berührung durch die

Mutter war ihr fremd, aber dann las sie etwas in Rosas Miene, das sie ihr näherbrachte: das Glück, eine verlorengeglaubte Tochter wiederzufinden, das sie selbst erst kürzlich erfahren hatte dürfen, als sie Tabitha in die Arme schließen konnte.
»Mutter ...«, presste sie hervor.
Rosa umarmte sie, und Valeria ließ es zu. Auch als Albert seine Arme um sie breitete, wich sie nicht zurück.
»Warum hast du das getan? Warum hast du uns nicht vertraut?«
Valeria war weiterhin unfähig, etwas zu sagen. Was immer sie hervorgebracht hätte, es hätte nur an einstigem Groll gerührt, dass sich ihre Eltern stets so distanziert verhalten hatten, und der schien ihr verjährt. Doch während sie stumm blieb, hatte sich Leonora nach erstem Schrecken wieder gefasst: »Sie hat es ganz richtig gemacht«, erklärte sie bitter. »Und besser, sie wäre verschwunden geblieben, damit sie nicht noch mehr Schande über die Familie bringen kann.«
Rosa löste sich von Valeria. »Halt den Mund, Leonora!«
Doch die dachte gar nicht daran. »Es wäre das Beste gewesen, wenn du wirklich gestorben wärst. Oder zumindest in ein Kloster gegangen, so wie es geplant war.«
Rosa lag ein weiterer Widerspruch auf den Lippen, aber Albert kam ihr zuvor und fragte Valeria: »Hattest du davor Angst? Dass wir uns verhalten wie ... *sie*? Dass wir dich wegsperren und zwingen, deine Kinder aufzugeben?«
Valeria blickte hilflos von einem zum anderen. »Wie hätte ich denn etwas anderes glauben können?«
Rosa und Albert senkten schuldbewusst ihren Blick. »Wir hätten doch nie ...«
Leonoras schrilles Gelächter unterbrach sie. »Nun, wenn ihr ach so verständnisvolle Eltern seid, dann gebt ihr gewiss auch gute Großeltern ab. Eure Enkeltochter ist so missraten wie

ihre Mutter. Sie trägt ebenfalls einen Bastard unter ihrem Herzen – von einem Stallburschen!«

Die Blicke richteten sich auf Tabitha, die sich verlegen wand. Instinktiv stellte sich Valeria schützend vor die Tochter, sah sich im nächsten Augenblick jedoch suchend um. Im Aufruhr der Gefühle hatte sie nicht an sie gedacht, doch nun packte sie Furcht: »Wo ... wo ist eigentlich Carlota?«

Kaum hatte sie den Namen ausgesprochen, sah sie in Rosas und Alberts Miene Sorge und Kummer aufblitzen.
»Es ist etwas passiert ... Eigentlich wollten wir es dir in Ruhe sagen ...«, stammelte Rosa.
Panik stieg in Valeria hoch. »Carlota! Wo ist Carlota?«, schrie sie, und ihre Stimme überschlug sich.
»Hier bin ich doch ...«
Die leisen Worte kamen von der Tür her. Als Valeria herumfuhr und die Tochter betrachtete, begriff sie, warum Albert und Rosa sie auf ihren Anblick behutsam vorbereiten wollten. Carlota sah entsetzlich krank aus – so abgemagert und blass, wie sie war, mit eingefallenen Wangen und dunklen Ringen unter den Augen. Um den rechten Arm trug sie einen Verband.
»Eigentlich war sie nicht reisefähig«, erklärte Rosa, »aber sie wollte unbedingt so schnell wie möglich zu dir und deinem ... Mann zurückkehren. Ein Arzt hat uns begleitet. Gott sei Dank verheilt die Wunde gut.«
»Eine Wunde? Was, zum Teufel, ist passiert?«, fragte Valeria aufgeregt.
»Das ist eine lange Geschichte ... Carlota wird sie dir in aller Ruhe erzählen«, meinte Rosa zögerlich.
Während sie herumdruckste, erklärte Albert unumwunden: »Sie hat sich in den falschen Mann verliebt.«

Eben noch hatte sie verstörend zart und schwächlich gewirkt, doch als sie protestierte, kam die willensstarke, trotzige Carlota zum Vorschein, die Valeria so gut kannte. »Das ist nicht wahr! Nicolas wusste nichts von den Plänen seines Vaters. Und der hat seinen Racheplan nur deinetwegen ausgeheckt. Er hätte nie ...«

»Wer ist Nicolas?«, unterbrach Valeria sie verwirrt.

Rosa trat zu Carlota und legte ihr beschwichtigend die Hand auf den Arm. »Bevor wir alles erklären, sollten wir uns unbedingt ausruhen. Die Reise war lang und anstrengend.«

Bis jetzt war Leonora ruhig geblieben, doch als sich Rosa zu ihr wandte, erwachte wieder ihre Feindseligkeit. »Wenn ihr denkt, ich biete euch eine Unterkunft an, habt ihr euch gründlich geirrt.«

Rosa starrte sie fassungslos an, Valeria zornig, Albert müde. Doch dann trat Isabella, die die Wiedervereinigung der Familie bislang wortlos beobachtet hatte, vor die Mutter und erklärte: »Nun, aber ich lade euch ein, hier zu wohnen. In diesem Haus ist genügend Platz, und wenn ich es recht sehe, braucht ihr auch dringend eine Stärkung. Falls ihr lieber die Gesellschaft meiner Mutter meiden und in einem Hotel unterkommen wollt, dann werde ich selbstverständlich auf unsere Kosten mehrere Zimmer in der besten Bleibe der Stadt mieten.«

Leonoras Kinn erzitterte. »Isabella! Wie kannst du mir nur so in den Rücken fallen!«

Kurz zuckte Isabella zusammen, dann wandte sie sich ungewohnt resolut an ihre Mutter: »Das ist ebenso mein Haus wie deines. Und ich werde nicht zulassen, dass du unsere Familie vor die Tür setzt. Gastfreundschaft ist ein hohes Gut. Ich bin sicher, Vater sieht es genauso.«

Valeria hatte Isabella noch nie mit dieser festen Stimme sprechen gehört; ihr ansonsten oft flackernder Blick bohrte sich nahezu in Leonora. Die öffnete zwar den Mund, aber es kam nur ein hilfloses Glucksen heraus. Sie lief rot an, wandte sich schließlich schweigend ab und verschwand.

Während Isabella das Hausmädchen rief und Anweisungen gab, trat Carlota zu Tabitha. Obwohl sie sich ähnlich sahen, waren sie nun doch deutlich zu unterscheiden, da Carlota nur noch ein Schatten ihrer selbst war.

»Und?«, fragte sie leise. »Hast wenigstens du bekommen, was du wolltest?«

Tabitha deutete auf ihren gerundeten Leib. »Ich fürchte, so dick, wie ich bin, wäre es nicht länger möglich, die Rollen zu tauschen. Es war ein Fehler … schrecklicher Fehler.«

Valeria schüttelte den Kopf. »Wenn ich etwas in den letzten Wochen gelernt habe, so, dass es keinen Sinn hat, mit der Vergangenheit zu hadern. Was geschehen ist, ist geschehen. Nun sollten wir uns tatsächlich ausruhen und dann nach vorne schauen.«

Sie wusste nicht genau, wie es weitergehen würde – sie wusste nur, sie hatte zwei Töchter, für die sie das Beste wollte, würde bald ein Enkelkind bekommen, war wieder mit ihren Eltern versöhnt, mit Valentín und Claire. Was auch immer die Zukunft bringen würde – sie war nicht mehr so einsam, wie sie sich in den letzten Jahren oft gefühlt hatte. Mit ihrer Familie vereint, würde sie jede Herausforderung meistern.

42. Kapitel

»Wie sollen wir sie nun nennen?«, fragte Tabitha in die Runde.
In den letzten Monaten hatten sie sich immer wieder passende Namen für ihr Kind überlegt, aber bislang keine endgültige Entscheidung getroffen. Am Ende hatten sie beschlossen, die Geburt abzuwarten – und nun lag das kleine Mädchen auf ihrem Arm, rotverschmiert und aus Leibeskräften brüllend. Tabitha war erschöpft, aber stolz, es geschafft zu haben.
Die Wehen hatten mitten in der Nacht begonnen. Eine Weile war sie allein in Claires Haus auf und ab gegangen, wo sie die Schwangerschaft verbracht hatte, ehe sie in den Morgenstunden Claire und Valeria Bescheid gegeben hatte, die wiederum Rosa und Carlota – beide im Haus der de la Vegas' untergebracht – hierhergebeten hatten. Wenig später war auch Isabella eingetroffen, die sich die Ankunft des neuen Erdenbürgers ebenso wenig entgehen lassen wollte wie der Rest, und am frühen Nachmittag waren sie schließlich die Zeugen des ersten Schreis geworden.
Nun standen sie allesamt um das Bett und stritten, wer das Kleine zuerst halten dürfte.
Die Wahl fiel auf Rosa, die Älteste. Hingebungsvoll musterte sie den Säugling. »Meine Mutter hat immer versucht, hierzulande Rosen zu züchten«, murmelte sie. »Es ist ihr nie recht geglückt, aber sie hat mich Rosa genannt. Wir alle sind ein wenig wie Rosen – wir können wunderbar blühen und duften, aber auch welken und haben unsere Stacheln.«

»Rosalia«, sagte Tabitha plötzlich laut. Nun, da sie ihr Kind betrachtete, fiel die Wahl für den richtigen Namen nicht schwer. »Und mit zweitem Namen soll sie Valentina heißen – nach Vater.«
»Wo ist er eigentlich?«, fragte Claire. »Er will seine Enkeltochter doch sicher auch bald sehen.«
Valeria lächelte vielsagend. Sie selbst sah ihn nur noch selten, seit Luis ihm Arbeit beschafft hatte.
Ja, ausgerechnet die Männer, die sich am Strand so wüst geprügelt hatten, darüber aber so verlegen waren, weil sie fast eine Fehlgeburt bewirkt hätten, hatten in den letzten Monaten Freundschaft geschlossen, und Luis hatte Valentín eine Anstellung bei einer Gewerkschaftszeitung vermittelt. Seit Jahren war er selbst dort engagiert – und Valentín brachte die rechten Voraussetzungen mit, war er doch sehr erfahren, was die schrecklichen Arbeitsbedingungen in vielen Fabriken anbelangte.
Rosa übergab das Neugeborene wieder an Tabitha, die sein Schreien ein wenig beschwichtigen konnte. »Sie wird mir fehlen, wenn wir wieder nach Frankfurt zurückkehren«, stellte sie fest.
»Willst du wirklich nicht bleiben?«, fragte Valeria.
»Ach, ich war lange genug hier … Gewiss, ich habe mich wohl gefühlt und wollte unbedingt die Geburt abwarten, aber der Taunus ist meine Heimat geworden. Dorthin gehöre ich – und an die Seite deines Vaters.«
Albert war schon vor einigen Wochen zurückgekehrt, denn seine Bankgeschäfte konnten nicht so lange warten. Valeria war sich sicher – am liebsten hätte Rosa auch Tabitha und ihr Urenkelkind mitgenommen, doch Tabitha hatte sich darauf versteift, vorerst in Montevideo zu bleiben. Valeria wusste selbst nicht genau, was sie dazu trieb, ob die Liebe zum Land oder die

Hoffnung, dass José sich wieder zeigte. Sie selbst glaubte nicht daran, denn all die Monate hatten sie nichts von ihm gehört, doch in jedem Fall war Tabitha nicht mehr so verzagt und beschämt wie zu Beginn der Schwangerschaft. Vielleicht steckte auch Antonio Silveira dahinter, der wie seine beiden Schwestern häufig zu Besuch bei Claire, ihrer künftigen Stiefmutter, waren. Um dauerhaft hier zu leben, war die Quinta zu klein, weswegen die neue Familie nach der bald geplanten Hochzeit von Claire und Luis ein neues Landhaus beziehen würde – und Valeria und Valentín die Quinta übernehmen würden.

Valeria war erleichtert, dass Claire und Luis ihr Glück gefunden hatten. Es ließ sie so jung erscheinen und machte seinen oft so strengen Blick ganz weich. Alle schienen sie zufriedener – auch Isabella, die zu neuem Selbstbewusstsein gelangt war, nachdem sie ihrer Mutter die Stirn geboten hatte. Nur Carlota machte ihr ein wenig Sorgen. Obwohl ihre Armwunde gut verheilt war, wirkte sie fahrig und blass.

Die Hebamme, die sich bis jetzt im Hintergrund gehalten hatte, schaltete sich ein. »So, nun wollen wir Mutter und Kind ein wenig Ruhe gönnen«, erklärte sie.

Als sie den Raum verließen, zog Valeria Carlota zu sich. »Wir haben noch nicht darüber gesprochen, aber wenn du willst, dann kannst du gerne deine Großmutter nach Deutschland begleiten. Sie würde sich sicher sehr freuen.«

Zu ihrer Verwunderung schüttelte Carlota energisch den Kopf. »Das Leben dort war wunderbar, aber es fühlte sich nicht wirklich an, eher wie ein Traum.«

»Aber ich dachte, dich bekümmert der Gedanke an unsere Zukunft. Meine Eltern werden uns künftig unterstützen, doch so prächtig wie im Taunus werden wir hier nicht leben.«

»Das ist in Ordnung …«, gab Carlota leise zurück. Ihre Miene blieb bedrückt, ihr Blick schweifte ab.

Valeria ging ein Licht auf. »Es ist Nicolas, nicht wahr? Die Erinnerungen an ihn machen dich so traurig.«
Carlota schien es kurz leugnen zu wollen, aber dann gestand sie ein: »Nachdem sein Vater verhaftet wurde, haben wir uns nicht wieder gesehen. Gewiss, ich gebe ihm nicht die Schuld an dem, was passiert ist. Aber ich fürchte, er hat mich nie geliebt. Zumindest nicht so wie ich ihn. Und selbst wenn – es steht zu viel Trennendes zwischen uns.«
»Auch wenn ihr keine Aussicht auf eine gemeinsame Zukunft habt, wäre es wichtig, euch auszusprechen.«
Carlota schüttelte den Kopf. »Das würde bedeuten, dass ich nach Deutschland zurückkehren müsste, und im Moment steht mir nicht der Sinn nach einer weiteren Reise. Ich verbringe meine Zeit lieber mit meiner kleinen Nichte. Sie ist so zauberhaft, nicht wahr?«
Und ehe Valeria noch etwas einwenden konnte, zog sie sich zurück.

Einige Wochen später saßen die beiden Schwestern im Garten der Quinta: Wie so oft waren sie allein, denn Claire und Luis waren mit Dolores und Monica bei ihrem neuen Haus. Luis bewachte strikt den Fortschritt, den die Bauarbeiten nahmen, und Claire pflanzte im Garten bereits die ersten Bäume. Über die Arbeit dort vernachlässigte sie diesen hier, der mehr und mehr verwilderte, aber zumindest spendeten die in alle Richtungen wachsenden Hecken wohltuenden Schatten. Valeria war auch nur selten hier, arbeitete sie mittlerweile doch wie Valentín bei der Gewerkschaftszeitung, die sie für die Einwanderer auf Deutsch übersetzte.
Der einzige treue Gast war Antonio, der nun schon seit einer Stunde die kleine Rosalia herumtrug.
Carlota blickte ihn verwundert an, als er begann, ein Lied zu

summen. »Wenn man ihn so sieht, hat man das Gefühl, er hätte das ganze Leben nichts anderes gemacht«, murmelte sie.
»Hm«, machte Tabitha nachdenklich.
»Er scheint kleine Kinder wirklich zu lieben.«
»Hm.«
Carlota zwinkerte ihr vielsagend zu. »Und ihre Mütter auch«, rief sie keck.
Diesmal kam keine Entgegnung.
»Warum bist du so wortkarg heute?«, fragte Carlota.
»Wieso ich?«, fuhr Tabitha auf. »Du willst mir seit Wochen nicht erzählen, was genau zwischen dir und Nicolas vorgefallen ist.«
»Warum auch?«, gab Carlota schnippisch zurück. »Er spielt in meinem Leben keine Rolle mehr.«
Tabitha lächelte nachsichtig. »Und du denkst auch nicht mehr an ihn?«, bohrte sie nach. »Ach, mach mir nichts vor! Ich weiß genau, dass du nachts oft nicht schlafen kannst. Immer wenn ich die Kleine beruhige, sehe ich in deinem Zimmer noch Licht.«
Carlota zuckte die Schultern. »Ich muss mich nach der Zeit in Deutschland eben wieder an das Klima hier gewöhnen.«
»Auch noch nach einem halben Jahr?«, meinte Tabitha skeptisch.
»Genug jetzt.« Carlota erhob sich rasch. »Ich werde frische Limonade machen. Immerhin habe ich den ganzen Vormittag lang Zitronen gepflückt.«
Nachdem Carlota hineingegangen war, trat Antonio mit dem Kind zu Tabitha.
»Rosalia ist eingeschlafen«, verkündete er stolz.
Vorsichtig überreichte er den Säugling seiner Mutter.
»Ich begreife nicht, wie du es zustande bringst, sie immer wieder zu beruhigen«, stellte Tabitha fest und streichelte über das Köpfchen.

»Das konnte ich bei meinen Schwestern lange genug üben.«
»Ich würde deine Dienste liebend gerne auch für die Nacht in Anspruch nehmen ...«, rutschte es ihr heraus.
»Nichts lieber als das.«
Antonio hatte sich zu ihren Füßen niedergelassen und einen Grashalm gepflückt. Nun kaute er darauf herum und blickte mit seinen warmen, braunen Augen zu ihr hoch. Wie immer flatterte unter diesem Blick ihr Herz wie ein kleiner Vogel. Rasch konzentrierte sich Tabitha auf ihr Kind. »Es wäre anmaßend, noch mehr von dir zu fordern. Du verbringst viel zu viel Zeit hier – schließlich musst du zur Schule gehen.«
»Na und? Früher musste ich mich um meine Schwestern kümmern – jetzt tut das deine Tante Claire. Ich wüsste ja sonst gar nichts mit mir anzufangen.«
Tabitha brachte kein Wort hervor. Sie war glücklich in Antonios Nähe, zugleich jedoch verlegen. Irgendwie fühlte es sich verboten an, derart viele Stunden mit ihm zu verbringen und ihn so sehr zu mögen. Er war noch so jung. Und sie hatte sich auf einen unsteten Mann wie José eingelassen und bereits ein Kind bekommen. Antonio hatte etwas Besseres verdient.
»Warum runzelst du so die Stirn?«
»Ich habe nur gedacht, wie sehr Rosalia dich dereinst vermissen wird, wenn du einmal einem hübschen Mädchen den Hof machst.«
»Nur Rosalia? Wirst du mich auch vermissen?«
Tabitha machte ein ausdrucksloses Gesicht und legte Rosalia schnell in die Wiege. »Vielleicht ein klein wenig«, gab sie zu.
Antonio sprang auf die Beine. »Und wenn ich nicht irgendeinem hübschen Mädchen, sondern dir den Hof mache?«
Tabitha schüttelte mahnend den Kopf. »Stürz dich nicht ins Unglück! Was habe ich denn schon zu bieten außer einer verlorenen Ehre?«

»Nun, obendrein auch ein wundervolles Kind. Glaub mir: Wenn ich dich je heirate, dann nur wegen des Kindes.«
Tabitha rang weiterhin um ihre Fassung, aber sie konnte nicht verhindern, dass ihr Röte ins Gesicht schoss. Sie versuchte, ihre Bewegtheit zu überspielen, indem sie schroff fragte: »Wer sagt denn, dass ich dich heiraten würde?«
Antonio warf den Grashalm fort.
»Nun, vorerst würde mir ein Kuss vollends genügen.«
Er ergriff ihre Hand und drückte sie, und plötzlich war sein Gesicht ganz nahe bei ihrem.

Carlota schmunzelte, als sie sah, wie Antonio und Tabitha sich küssten. Zuerst wirkten sie beide noch schüchtern und steif, wie sie sich da gegenüberstanden, sich kaum zu berühren wagten, nur vorsichtig die Lippen aufeinanderpressten. Doch dann wurden die beiden von ihrer Leidenschaft übermannt. Tabitha bog Antonio ihren Körper entgegen, und der fuhr ihr ungebärdig durchs Haar, während ihre Münder zu verschmelzen schienen.
Carlota wartete nun schon seit Wochen darauf, dass die beiden sich ihre Gefühle füreinander gestanden, die ihnen so überdeutlich ins Gesicht geschrieben standen. Doch sosehr sie sich jetzt über diesen Anblick freute, wurde ihr zugleich weh ums Herz, erinnerte er sie doch unweigerlich an das kurze Glück mit Nicolas.
Sie schob den Gedanken an ihn beiseite, fühlte dennoch einmal mehr die Leere im Herzen, die umso schwerer zu ertragen war, wenn ihr Blick auf ihre Narbe fiel – ein nur allzu deutliches Zeichen, dass etwas in ihr zerstört war und es keine Hoffnung auf Heilung gab. Sie hätte leichter damit leben können, wenn sie sich mit irgendetwas hätte ablenken können, doch sie wusste nicht, wie sie sich die Zeit vertreiben

konnte. Manchmal dachte sie, dass selbst das verhasste Nähen besser wäre als das stete Grübeln.

Diskret zog sie sich ins Haus zurück, um Tabitha und Antonio nicht zu stören, aber dort wurde es ihr bald zu eng. In den letzten Monaten hatte sie sich hier verkrochen wie ein waidwundes Tier und war nach ihrer Verletzung wieder zu Kräften gekommen. Heute jedoch packte sie das Gefühl, sie säße in einem Gefängnis, nicht zuletzt, weil der Anblick der Küssenden sie daran gemahnt hatte, die Suche nach dem eigenen Glück nicht aufzugeben.

Unruhig ging sie auf und ab.

Als sie arm war, hatte sie sich danach gesehnt, reich zu werden, als sie Nicolas begegnet war, hatte sie davon geträumt, mit ihm ihr Leben zu verbringen. Konnte es sein, dass es nun nichts gab, das sie sich wünschen und auf das sie all ihre Kraft ausrichten konnte?

Doch, da war noch etwas – jene Sehnsucht, die Nicolas in ihr entfacht hatte und in der sie ihre Großmutter Rosa bekräftigt hatte: die Sehnsucht nach Musik.

In Claires Salon stand ein Klavier. Es war völlig verstaubt und verstimmt, und bis jetzt hatte dieser Anblick nur schmerzliche Erinnerungen an Nicolas hervorgerufen, doch jetzt überkam Carlota bei seinem Anblick die vage Ahnung, dass es auch für ihre Zukunft stehen könnte.

Sie trat zum Instrument, schlug den Deckel auf und strich zögerlich über die Tasten. Wieder musste sie an ihre Großmutter denken, die ihr auf der Reise nach Montevideo von ihrem Gesangsunterricht erzählt und dass sie diese Leidenschaft wegen dem tragischen Ende von Nicolas' Großvater aufgegeben hatte.

Vielleicht sollte ich dort weitermachen, wo sie aufgehört hat, dachte Carlota.

Sicherlich gab es auch hierzulande die Möglichkeit, Gesangsunterricht zu nehmen. Es hieß zwar, dass die Sänger der Oper fürchterlich schreien würden, aber irgendwer war gewiss geeignet, ihr die Grundkenntnisse beizubringen. Auf diese Weise könnte sie sich die Zeit nützlich vertreiben und herausfinden, ob ihr Talent taugte, mehr daraus zu machen.
Sie fühlte sich glücklich, als sie den Entschluss getroffen hatte, doch als sie hinter sich ein Räuspern hörte, schlug sie schnell wieder den Deckel des Klaviers zu, als wäre sie bei etwas Verbotenem ertappt worden.
Sie fuhr herum. Hinter ihr stand Claudio, der treue Kutscher von Tante Claire.
»Niña Carlota? Dieser Brief ist eben für Sie abgegeben worden.«
Er zog sich zurück, sobald er das Schreiben überreicht hatte. Carlota stockte das Herz, als ihr Blick auf den Absender fiel. Nicolas Ledoux.
Sie hielt den Brief in zitternden Händen, wagte nicht, ihn zu öffnen, und spielte kurz mit dem Gedanken, ihn erst Tabitha lesen zu lassen. Doch das hätte bedeutet, dass sie warten müsste, bis diese sich von Antonio trennen konnte, und das würde dauern.
Entschlossen brach sie selbst das Siegel.
Die ersten Zeilen verschwammen vor ihren Augen. Er schrieb von seinem Vater, dass er ihn anfangs unterstützt hatte, dass er zu spät geahnt hatte, worauf dessen perfider Plan tatsächlich hinauslief, und dass er mittlerweile endgültig mit ihm gebrochen hatte.

Meine Gefühle für Dich waren nur anfangs gespielt, das musst Du mir glauben. Am Ende habe ich mich wirklich in Dich verliebt, und nicht zuletzt darum tut es mir so unglaublich leid, was geschehen ist. Ich weiß, mein Verhalten ist unverzeihlich, und es wäre vermessen, auf mehr zu hoffen als auf Deine Vergebung – dass Du nämlich meine Gefühle immer noch erwiderst. Aber ich kann diese Hoffnung nicht unterdrücken, und darum schreibe ich diesen Brief. Wenn Du ihn unbeantwortet lässt, will ich Dich nie wieder bedrängen, aber wenn Du mir doch eine Antwort gewährst, so sei gewiss: Ich werde mich mit allem begnügen, und wäre es nur eine oberflächliche Brieffreundschaft.

Carlotas Hände zitterten immer noch, als sie den Brief sinken ließ. Sie konnte ihre Gedanken kaum sortieren und wusste nicht, ob und wie sie auf Nicolas' Bitte reagieren sollte.
Sie blickte zum Fenster hinaus. Antonio und Tabitha hatten sich mittlerweile voneinander gelöst und saßen auf der Gartenbank. Antonio hielt die kleine Rosalia auf dem Schoß, und Tabitha streichelte ihre winzigen Füße. Für einen Fremden wirkten sie wie eine glückliche Familie, obwohl sie das nicht waren – noch nicht. Doch wenn Tabitha nach allen Irrungen ihres Lebens das Glück finden konnte, gab es vielleicht auch für sie und Nicolas Hoffnung. Mit einem Lächeln trat Carlota zurück zum Klavier, öffnete es ein zweites Mal und drückte auf die Tasten. Im Moment genügte ihr das vielleicht, um sich das erste Mal seit langem wieder auf die Zukunft zu freuen.

Anhang

Personenverzeichnis

Die de la Vegas'
Alejandro, Kaufmann aus Montevideo
Valeria Olivares, seine Frau
Eugenia und Orfelia, seine Schwestern
Rosa, seine Tochter
Julio, sein Sohn
Leonora, Julios Frau
Isabella, Julios und Leonoras Tochter

Die Gothmanns
Adele, Gattin des Frankfurter Bankiers Albert Gothmann senior
Albert junior, ihr ältester Sohn und Erbe der Bank
Carl-Theodor, Alberts jüngerer Bruder
Antonie, Carl-Theodors Frau
Claire, Carl-Theodors Tochter
Valeria, Alberts und Rosas Tochter
Tabitha und *Carlota*, Valerias Töchter

In Uruguay
Esperanza, genannt *Espe*, treue Dienerin von Valeria Olivares und Rosa de la Vegas
Rufus Smith, englischer Geschäftsmann
Luis Silveira, Polizist
Susanna Weber, deutsche Einwanderin
Pilar Ortiz, Wirtin

José Amendola, ehemaliger Gaucho
Antonio, Monica, Dolores, Luis Silveiras Kinder
Claudio, Claires Kutscher

In Deutschland
Frau Lore, Haushälterin der Gothmanns
Else, Dienstmädchen der Gothmanns
Moritz, Elses Sohn und Kutscher
Fabien Ledoux, Rosas Gesangslehrer
Laurent und *Nicolas Ledoux*, Fabiens Sohn und Enkelsohn

In Paraguay
Valentín Lorente, Sohn eines Plantagenbesitzers
Pablo, sein Bruder
Tshepo, ehemaliger Sklave aus Brasilien
Pinon, ein Abkömmling der Payaguás (der Ureinwohner Paraguays)
Jorge, Ruben und *Pío,* Pablos Gefolgsmänner

Historische Anmerkung

*J*ch war noch ein kleines Kind, als ich gemeinsam mit meinen Großeltern *Das Haus in Montevideo* – den berühmten Film mit Heinz Rühmann – gesehen habe. Damals hatte ich noch keine Ahnung, wo Uruguay genau lag. Für mich war Montevideo jedoch der Inbegriff einer unglaublich fernen, exotischen Stadt.
Als ich mich später ausführlicher mit der Geschichte dieser Stadt befasst habe, habe ich festgestellt, dass sie gar nicht so exotisch, sondern vielmehr stark europäisch geprägt ist: Viele der Gebäude aus dem 19. Jahrhundert, die noch heute das Stadtbild prägen, sind nach französischem Vorbild gebaut worden. Die Wirtschaft des Landes wurde seit den Unabhängigkeitskriegen vor allem von den Briten bestimmt. Und bis heute gilt Uruguay als eines der stabilsten, wohlhabendsten Länder Lateinamerikas – eine Tatsache, die ihm nicht zuletzt den Titel »Die Schweiz Lateinamerikas« eingebracht hat. (Ohne geographische Kenntnisse könnte das irrtümlich zum Schluss führen, dass das an hohen Bergen liegt; in Wahrheit ist das Landesinnere weitgehend flach und von der eintönigen Steppenvegetation geprägt. Es ist also vielmehr das Bankwesen, das zum Vergleich mit dem Alpenstaat einlädt.)

Doch auch wenn es nicht so spektakulär wie seine Nachbarländer erscheint, blieb meine Faszination für dieses Land ungebrochen – nicht zuletzt aufgrund seiner wechselhaften Geschichte: Obwohl es von den Spaniern und Briten zunächst nur als Pufferstaat zwischen Brasilien und Argentinien betrachtet wurde, ist es Uruguay doch gelungen, sich seine Eigenständigkeit und nationale Identität zu bewahren. Eine innere Einheit ließ sich damit allein allerdings nicht gewährleisten. Im 19. Jahrhundert war das Land nicht nur von britischer Bevormundung geprägt, sondern von sozialen Spannungen: Die Kluft zwischen Arm und Reich ging ebenso tief wie jene zwischen Land- und Stadtbevölkerung (Colorados und Blancos), und nicht selten trieben bürgerkriegsähnliche Zustände den Staat an den Rand des Abgrunds und seine Präsidenten zur Abdankung. Dennoch blieb es attraktiv für Einwanderer aus Europa – für Bauern und Handwerker ebenso wie für Kaufleute, die für rege interkontinentale Handelsbeziehungen sorgten und zugleich viele europäische Errungenschaften ins Land brachten. Auch im 19. Jahrhundert zog es schon Touristen nach Uruguay, u.a. Hermann Burmeister, dessen Reiseschilderungen für meinen Roman unverzichtbar waren, insbesondere wenn es um die Szenen geht, da Claire und Luis das Land erforschen oder Valeria mit Pablo und seiner Truppe unterwegs ist.

Einer der dunkelsten Flecke der Geschichte Uruguays ist ohne Zweifel der verheerende Tripelallianz- bzw. Dreibundkrieg, den es mit Brasilien und Argentinien gegen Paraguay führte. Anders als der fast zeitgleich stattfindende Bürgerkrieg in den USA ist er in Europa nahezu in Vergessenheit geraten und findet sich in hiesigen Geschichtsbüchern so gut wie gar nicht. Beschäftigt man sich allerdings näher damit, stößt man auf erschreckende Fakten: Jener Krieg gilt als der blutigste in Lateinamerika nach den Unabhängigkeitskriegen. Gemessen an den Opfern Paraguays im Verhältnis zu dessen Gesamtbevölkerung, ist er wohl gar einer der verlustreichsten

Kriege der Weltgeschichte. Wenn man bedenkt, wie gnadenlos der Diktator sein Volk in den Kampf trieb, kommen einige Historiker zu der Schlussfolgerung, dass es der erste totale Krieg der modernen Geschichte war.
Der Kriegsverlauf war höchst kompliziert und ist zum Teil nicht genau überliefert. In diesem Buch habe ich etliches verkürzt dargestellt. Dennoch hoffe ich, mit diesem Roman den Blick zumindest ein wenig auf die zahlreichen Opfer zu lenken, die ansonsten bestenfalls eine Fußnote der Geschichte sind.

Für dieses Buch habe ich nicht nur viel über Südamerika und Uruguay recherchiert, sondern mich auch intensiv mit meiner Wahlheimat Frankfurt am Main beschäftigt. Vieles war mir bereits vage bekannt, doch nun konnte ich mein Wissen vertiefen, z.B. wenn es um Frankfurts Bedeutung als Bankenstadt und als Zentrum der Märzrevolution ging, um das reiche, kulturelle Leben der Stadt oder den vorherrschenden liberalen Geist unter den Bürgern, die hart daran zu knabbern hatten, als 1866 die Preußen die Stadt besetzten. Dem Selbstbewusstsein der Frankfurter hat es langfristig keinen Abbruch getan, was ich ebenso faszinierend finde wie die Tatsache, dass man dort erstaunlich viele emanzipierte, politisch interessierte und gebildete Frauen fand, die die Stadtgeschichte ebenso prägten wie ihre Männer. Interessant erscheint mir überdies, dass jedoch auch schon zur damaligen Zeit – gemessen an Wien, Berlin und Paris – Frankfurt oft unterschätzt wurde und ihm Ortskundige gerne das Siegel einer reinen Bankenstadt aufdrückten. Auch heute wird die Lebensqualität in der Stadt von ihren Bewohnern ungleich höher bewertet als von Einwohnern aus anderen deutschen Großstädten.

CARLA FEDERICO
Im Land der Feuerblume

ROMAN

Hamburg 1852: Im Hafen begegnen sie sich das erste Mal: die junge, abenteuerlustige Elisa, der nachdenkliche Cornelius und ihre Familien, die das Wagnis eines neuen Lebens in Chile eingehen wollen. Jeder erhofft sich etwas anderes von dem Land seiner Träume. Bereits auf dem Schiff, das sie in die ferne neue Heimat bringen soll, entbrennt Elisa in glühender Liebe zu dem oft so melancholischen Cornelius. Doch stets scheint dem Glück des jungen Paares etwas im Wege zu stehen: die unerbittliche Natur, die sie vor immer neue Herausforderungen stellt, aber auch Missgunst und Eifersucht ...

Ausgezeichnet mit dem internationalen Buchpreis CORINE in der Kategorie »Klassik Radio Publikumspreis«

Knaur Taschenbuch Verlag

**Die atemberaubende Fortsetzung
von *Im Land der Feuerblume***

CARLA FEDERICO
Jenseits von Feuerland

ROMAN

Punta Arenas, die südlichste Stadt der Welt. Hier kämpfen zwei Frauen, die unterschiedlicher nicht sein können, um ihre Zukunft und ihre Freiheit – und um die Liebe: Emilia ist die Tochter von deutschen Auswanderern und flieht von zu Hause, nachdem sie ein dunkles, beschämendes Familiengeheimnis enthüllt hat. Die zurückhaltende Rita dagegen hat nur einen Wunsch: Sie will von den Chilenen als Weiße anerkannt werden, denn sie ist die Tochter einer Weißen und eines Mapuche und wird als Mischling brutal verfolgt.
Im sturmgepeitschten Patagonien entscheidet sich das Schicksal der beiden Frauen …

»Eine fabelhafte Familiensaga, Abenteuer- und Liebesroman.« *Appenzeller Volksfreund*

Knaur Taschenbuch Verlag

Die ersehnte Fortsetzung
von *Jenseits von Feuerland*

Carla Federico

Im Schatten des Feuerbaums

Roman

Santiago de Chile zu Beginn des 20. Jahrhunderts: Hier kämpfen die beiden jungen Frauen Victoria und Aurelia um die Erfüllung ihrer Lebensträume. Aurelia ist eine begabte Malerin und wird bereits als Jahrhunderttalent gerühmt. Doch als der reiche Bankierssohn Tiago um sie wirbt, stellt sie ihre Berufung hinter ihr Liebesglück. Während Victoria für die Rechte der Frauen und Arbeiter streitet, gerät Aurelias Ehe in Gefahr, denn der beste Freund ihres Mannes macht ihr heftige Avancen. In der Glut der Atacama-Wüste entscheidet sich das Schicksal der beiden Frauen …

»Liebe und Leidenschaft, verpasste Chancen und gaaaanz viel Gefühl: Hier ist einfach alles drin! Perfekte Unterhaltung, nicht nur für Chile-Fans.«   *Petra – Buch Special*

Knaur Taschenbuch Verlag